[美] **丹·布朗**
DAN BROWN

地狱
INFERNO

译 路旦俊
　　王晓东

上海文艺出版社

图书在版编目(CIP)数据

地狱/(美)布朗著;路旦俊,王晓东译.—上海:
上海文艺出版社,2014
ISBN 978-7-5321-5369-5

Ⅰ.①地… Ⅱ.①布… ②路… ③王… Ⅲ.①长篇小说-美国-现代 Ⅳ.①I712.45

中国版本图书馆 CIP 数据核字(2014)第 125878 号

Inferno

ⓒ 2013 by Dan Brown
Arranged with Sanford J.Greenburger Associates,LLC.
through Andrew Nurnberg Associates International Limited.
Chinese simplified character translation rights ⓒ 2014 by
Shanghai 99 Culture Consulting Co.,Ltd

Graph "Special Report:How Our Economy is Killing the Earth"(*New Scientist*. 10/16/08) copyright ⓒ Reed Business Information-UK. All rights reserved. Distributed by Tribune Media Services.

著作权合同登记号 图字:09-2014-428

责任编辑:刘晶晶
特约策划:吴文娟 邱小群
封面设计:杨 军

地狱

〔美〕丹·布朗 著
路旦俊 王晓东 译
上海文艺出版社出版、发行
地址:上海绍兴路 74 号
电子信箱:cslcm@public1.sta.net.cn
网址:www.slcm.com

新华书店经销 上海利丰雅高印刷有限公司印刷
开本 889×1194 1/32 印张 15.5 字数 432,000
2014 年 8 月第 1 版 2016 年 11 月第 4 次印刷
ISBN 978-7-5321-5369-5/I·4267 定价:54.00 元

DAN BROWN

致中国的合作者、读者和书迷们：

　　对于今年不能亲至中国一事，我深感遗憾，因此想借这封短信向你们所有人表达我的感激之情，有了你们，才有我所谓的成功。
　　谢谢你们为我的作品中文版所付出的时间与努力，你们的厚爱尤其让我感动。我希望能在不久的将来拜访你们美丽的国家，亲口表达我的谢意。
　　谨致最诚挚的祝愿。

丹·布朗
2013 年 10 月 30 日

谨以此书
献给我的父母

鸣　　谢

谨将我最谦恭与诚挚的谢意致予：

一如既往，首先是我的编辑和密友杰森·考夫曼，感谢他的贡献和才华……但主要的是感谢他无时不有的好脾气。

我非凡的爱妻布莱斯，感谢她在我写作过程中所给予的爱和耐心，也感谢她作为一线编辑所具有的超凡直觉和坦诚。

我那不知疲倦的代理人、值得信赖的朋友海德·兰格，感谢她在与更多国家涉及更多议题的更多商谈中所给予的专业性引导，而对此我几乎一无所知。对于她的才干和精力，我永远感激不尽。

双日出版社的整个团队对我这部作品付出了热情、创造力和努力，我尤其要感谢苏珊·赫兹（她担任那么多职务……而且样样都做得那么出色）、比尔·托马斯、迈克尔·温莎、朱迪·雅克比、乔·加拉格尔、罗伯·布隆姆、诺拉·莱夏德、贝斯·麦斯特、玛利亚·卡雷拉、洛林·海兰德，感谢下列这些人给予的无尽支持：索尼·梅塔、托尼·基里诃、凯瑟·特拉格、安妮·梅西特和马库斯·多尔。感谢兰登出版社了不起的销售人员……你们无可匹敌。

我睿智的顾问迈克尔·鲁德尔，感谢他在所有事情上准确无误的直觉——无论这些事情是大是小，感谢他的友谊。

我那无可替代的助手苏珊·莫尔豪斯，感谢她的大度和活力。如果没有她，一切都会陷入混乱。

我在英国Transworld出版公司的朋友们，尤其要感谢比尔·斯科特·凯尔，感谢他的创造力、支持和鼓励，感谢盖尔·雷巴克的出色领导。

我的意大利出版商蒙达多利，尤其要感谢里基·卡瓦雷罗、皮埃拉·库桑尼、乔万尼·杜托、安东尼奥·弗兰切尼和克劳迪奥·斯楚；还有我的土耳其出版商阿尔庭·吉塔普拉尔，尤其要感谢奥雅·阿尔帕尔、埃尔登·赫佩尔和巴图·博兹库尔特，感谢他们在本书所涉及的地点方面所提供的特别帮助。

世界各地的出版商，感谢他们的激情、辛劳和投入。

列昂·罗梅罗-蒙塔尔沃和鲁契亚诺·古列尔米，感谢他们对伦敦和米兰翻译点的出色管理。

聪慧的玛塔·阿尔瓦雷兹·贡扎雷兹博士，感谢她陪我们在佛罗伦萨度过那么多时光，让我们生动地了解到这座城市的艺术和建筑。

无与伦比的莫里奇奥·品彭尼，感谢他为了丰富我们的意大利之旅所做的一切。

所有史学家、导游和专家，他们在佛罗伦萨和威尼斯慷慨地花费了大量时间与我们分享他们的专业知识：劳伦图书馆的乔万尼·拉奥和尤金妮娅·安托努奇，维奇奥宫的塞雷娜·皮尼和其他员工，乌菲兹美术馆的乔万尼·朱斯蒂，洗礼堂和主教座堂的芭芭拉·费德里，圣马可大教堂的埃托罗·维奥和马西莫·比松，总督府的乔尔乔·塔利亚费罗，威尼斯的伊莎贝拉·狄·雷纳多、伊丽莎白·卡罗尔·康萨瓦里诃埃琳娜·斯瓦尔杜兹，圣马可国家图书馆的安娜丽莎·布鲁尼和其他员工，以及我无法在此一一列举的许多其他人，衷心感谢。

桑福德·J.格林伯格联合公司的蕾切尔·迪龙·弗里德和斯蒂芬妮·德尔曼，感谢你们在美国内外所做的一切。

乔治·亚伯拉罕博士、约翰·特雷诺博士和鲍勃·赫尔姆博士等天才，感谢你们给予的科学专业知识。

我的首批读者，是他们一直在提供自己的看法：格雷格·布朗、迪克和康妮·布朗、丽贝卡·考夫曼、杰里和奥利维亚·考夫曼、约翰·夏菲。

网络高手阿里克斯·坎农，感谢他和桑博恩媒体工厂的团队不断在网络世界宣传本书。

加德和凯瑟·格雷格，感谢他们在我创作本书最后几章时在格林山墙庄园给我提供了一个安静的场所。

普林斯顿大学"但丁项目"、哥伦比亚大学"数字但丁"以及"但丁世界"所提供的一流在线信息资源。

地狱中最黑暗的地方
是为那些在道德危机时刻皂白不辨的人准备的。

事实：

书中所涉及的艺术品、文献、科学及历史事件皆真实不虚。

"财团"系一私立秘密组织，分部遍及七个国家。鉴于安全和隐私的考虑，隐去其真实名称。

"地狱"一词来自阿利盖利·但丁的史诗《神曲》，指诗歌中所描绘的阴间世界。在但丁笔下，地狱是一个结构复杂严谨的王国，居住此间之物被称作"幽灵"——那些困在生与死之间的无形魂灵。

楔　子

我是幽灵。

穿过悲惨之城，我落荒而逃。

穿过永世凄苦，我远走高飞。[1]

沿着阿尔诺河[2]的堤岸，我夺路狂奔，气喘吁吁……左转上了卡斯特拉尼大街，一直朝北而行，始终隐蔽在乌菲兹美术馆的阴影之下。

但他们还是穷追不舍。

他们的脚步声越来越响，这些追捕者冷酷无情，不达目的决不善罢甘休。

这么多年来，他们一直尾随着我。他们锲而不舍，使得我只能活在地下……被迫呆在炼狱之中……就像冥府的恶魔，时刻忍受地狱的煎熬。

我是幽灵。

如今浮升尘世，我举目北望，却看不到通往救赎的捷径——那高耸的亚平宁山脉挡住了黎明的第一缕阳光。

我穿过宫殿，把带雉堞的塔楼与单指针的报时大钟留在身后……我钻进圣佛罗伦萨广场的早市里，穿行在小贩们之间，听着他们沙哑的叫卖声，飘着他们口中牛肚包[3]和烤橄榄的味道。在巴杰罗美术馆前的十字路口，我向西急转，朝着修道院的尖顶走去，一直来到楼梯入口的大铁门前。

1　此处系对但丁《神曲》中地狱之门上所刻文字的改写。书中脚注皆为译者注。
2　意大利中部托斯卡纳地区的主要河流，流经历史名城佛罗伦萨。
3　佛罗伦萨的特色小吃，用牛肚炖制，配以红绿两色酱汁。

在这里，所有的犹豫与迟疑都必须抛弃。

我转动把手，打开铁门，踏上楼道，心里明白这将是一条不归路。两条腿如同灌了铅一般，全靠意念支撑，在狭窄的梯道里拾阶前行……滑软的大理石台阶盘旋而上，台阶破损布满凹陷。

他们的声音回荡，从楼梯下方传来。听得出已经迫不及待了。

他们就在我身后，死缠不放，步步紧逼。

他们压根就不明白将要发生什么……也不知道我为他们所做的一切！

这个忘恩负义的世界！

我挣扎着向上攀爬，眼前的景象触目惊心：淫荡的肉体在火雨中挣扎；贪婪的灵魂在粪水里沉浮；背信弃义的恶徒被封固在撒旦的冰冷之握中[1]。

我爬完最后一截楼梯，来到塔顶。跟跟跄跄、精疲力竭地冲进潮湿的晨雾中。我跑到齐人高的护墙边，透过壁上的裂口向下张望。脚下是那座神佑之城——我一直的避难所，让我躲避放逐我的那些人。

他们已经迫近，就在我的身后，大声地叱喝："你的所为真是疯狂之举！"

疯狂滋生疯狂。

"看在上帝的份上，"他们喊道，"告诉我们你把它藏在哪儿了！"

正因为我爱上帝，所以我绝不会泄密。

现在，我被他们堵在角落，背靠着冰冷的石墙，无路可退。他们死死盯着我清澈的绿色眼眸，面色阴沉；这次不再软言细语地诓骗，而是赤裸裸地威胁道："你知道我们的手段。我们有法子让你说出那东西在哪儿。"

---

[1] 此处指攀爬圣母百花大教堂楼梯时看到的巨幅壁画《末日的审判》，为文艺复兴巨匠瓦萨里所绘。三个意象均来自《神曲》中但丁对地狱的描述：在地狱第七层第三圈，渎神者、鸡奸者和放高利贷者在燃烧的无垠沙漠里醒下的大片火雨中受刑；在第八层第二圈，谄谀者，被泡在一堆粪便之中；地狱底层——第九层，属于罪恶最深重的背叛者，共有四界：该隐界（出卖亲属者）、安忒诺耳界（出卖祖国者）、多利梅界（出卖客人者）、犹大界（出卖恩人者），而在犹大界，撒旦的三张嘴分别啃咬着出卖耶稣的犹大、背叛并暗杀凯撒大帝的卡鲁都与卡修斯。

正因如此，我才爬到这通往天堂的半山腰。

迅雷不及掩耳，我突然转过身，双臂上探，手指弯曲扣住护墙边缘，用力上拉，同时用膝盖配合着爬上护墙，然后立直身子……摇摇晃晃地站在墙边。尊敬的维吉尔[1]，请指引我，穿越时空的阻隔！

他们冲上前来，露出难以置信的神情；他们想要来抓住我的脚，但又害怕这样做会使我失去平衡而跌落下去。他们开始好言相劝，乞求我下来，心底里其实已经绝望；而我也已经转身，背对他们。我知道自己必须做什么。

从这令人眩晕的高度望下去，红色瓦片的屋顶在我脚下铺展开来——如同乡野间蔓延的火海——照亮了这片美丽的土地，这个乔托[2]、多纳泰罗[3]、布鲁内列斯基[4]、米开朗基罗[5]、波提切利[6]等大师曾经生活游历过的地方。

我向前挪了挪脚。

"快下来！"他们大叫，"还来得及！"

哦！任性的无知的人啊！你们难道没看到未来，没明白我创造的辉煌，以及这一切势在必行吗？

我将牺牲自己；我心甘情愿……用我肉身的毁灭，熄灭你们寻找此物最后的希望。

你们绝不可能及时找到它。

数百英尺之下，鹅卵石铺就的广场如同一片宁静的绿洲，在向我召唤。我是多么希望能有更多的时间啊……但即便我富可敌国，时间

---

1 指古罗马诗人维吉尔。在《神曲》中，维吉尔从母狼、狮子和豹的爪下解救了但丁，并引领他穿越地狱、炼狱、天堂三界。
2 乔托（1267—1337），意大利文艺复兴初期画家、雕塑家和建筑师，突破中世纪艺术传统，作品有教堂壁画《圣方济各》等。
3 多纳泰罗（1386?—1466），意大利文艺复兴初期佛罗伦萨雕塑家、写实主义雕塑的奠基人之一，代表作有《大卫》、《格达梅拉骑马像》等。
4 布鲁内列斯基（1377—1446），意大利文艺复兴初期建筑师，建筑风格典雅、宁静、清晰，代表作有圣洛伦佐教堂以及佛罗伦萨的圣马利亚教堂。
5 米开朗基罗（1475—1564），意大利文艺复兴盛期雕刻家、画家、建筑师和诗人，主要作品有雕像《大卫》、《摩西》，壁画《最后的审判》等。
6 波提切利（1445—1510），意大利文艺复兴时期画家，运用背离传统的新绘画方法，创造出富于线条节奏且擅长表现情感的独特风格，代表作有《春》、《维纳斯的诞生》等。

也是惟一买不来的商品。

在这最后的几秒钟，我凝视着脚下的广场，发现了令我惊讶的一幕。

我看到了你的面庞。

在阴影里，你仰头望着我。你的眼中溢满悲伤；从中我感到你对我壮举的崇敬。你知道我别无选择。为了芸芸众生，我必须保护我的杰作。

即便此刻它仍在成长……等待……在那血红的湖水之下酝酿，那里的泻湖不会倒映群星。

于是，我抬起头，不再看你的双眼，转而将视线投向远方的地平线。在这高居于艰难尘世上方之所，我做了最后一次祷告。

我最亲爱的上帝，我祈祷世人能记住我之名——不是作为一个可怕的罪人，而是作为一名荣耀的救世主——你知道这是真正的我。我祈祷世人会弄懂我留下的礼物。

我的礼物是未来。

我的礼物是救赎。

我的礼物是地狱。

想着这些，我结束祷告，轻声念出"阿门"……然后迈出最后一步，踏入无底深渊。

第 1 章

回忆慢慢成形……就如同那汩汩的气泡,从深不可测的漆黑井底浮上水面。

一个蒙着面纱的女子。

罗伯特·兰登望着她到达河对岸。隔着被鲜血染红的翻腾河水,女子与兰登相对而立;她纹丝不动,庄严肃穆,面纱遮住了大半张脸。她一只手攥着一块蓝色布料,上面印着带唇兰的花纹;她举起这块布料,向脚边河水中成片的死尸致哀。死亡的气息无处不在。

去寻找,女子低声道,你必然会发现[1]。

在兰登听来,这女子仿佛就在他脑袋里面言语。"你是谁?"他张嘴大喊,却发不出丝毫声音。

时间无多,她接着说,去寻找,你会发现。

兰登朝河里迈出一步,但眼前的河水变得血红,而且深不可渡。兰登抬头再次望向蒙面女子,她脚下的尸体成倍地堆积。现在足有几百人,或许几千;有些还残存一口气,在痛苦地扭动挣扎,承受匪夷所思的死法……被烈焰焚烧,被粪便掩埋,或者相互吞噬。哪怕身在对岸,他仍能听到空中回荡着人类的惨叫。

女子朝他走来,伸出纤纤细指,仿佛要寻求帮助。

"你究竟是谁?!"兰登再次大声发问。

女子闻言,抬手慢慢掀起脸上的面纱。她美得惊心动魄,但比兰登猜想的要年长许多——或许有六十多岁了,仪态端庄、身材健美,如同时光未曾留痕的雕塑。她有着棱角分明的下巴,深邃热情的眼眸,银灰色的长发打着卷儿瀑布般地披在双肩上。她脖颈间挂着一块

---

[1] 语出《圣经》,耶稣说,你们把网撒在船的右边,就必得着。

天青石护身符——上面的图案是一条蛇缠绕在权杖上[1]。

兰登对她有种似曾相识的感觉……并且信任她。但怎么会这样？为什么呢？

这时，女子指向两条扭动的人腿，它们上下颠倒地从泥里伸出来，显然属于某个被头朝下埋到腰部的倒霉鬼。这个男子的大腿惨白，上面还有一个字母——是用泥巴写成的——*R*。

字母*R*？兰登陷入沉思，不甚明了：难道代表……罗伯特(Robert)？"指的是……我？"

女子面如止水。去寻找，你会发现，她又说了一遍。

毫无征兆地，女子突然通体射出白色光芒……越来越耀眼。她整个身体开始剧烈地抖动，接着，轰隆声大作，她裂成千余块发光的碎片。

兰登大叫一声，猛地惊醒。

房间里灯光明亮，只有他一个人。空气中弥漫着医用酒精刺鼻的味道。屋内某处摆着一台仪器，发出嘀嘀声，正好与他的心跳节奏合拍。兰登试着活动一下右臂，但一阵刺痛让他只能作罢。他低头一看，原来是一只静脉注射器扎着他前臂的皮肤。

他的脉搏加快，仪器也跟着加速，发出越来越急促的嘀嘀声。

我这是在哪儿？出了什么事？

兰登的后脑一阵阵悸动，是那种锥心刻骨的剧痛。他小心翼翼地抬起没有静脉注射的左臂，用手轻轻触碰头皮，想找到头痛的位置。在一团打了结的头发下面，他摸到一道硬疤，大概缝了十几针，伤口已经结了血痂。

他闭上双眼，绞尽脑汁回想到底出了什么意外事故。

什么也想不起来。记忆一片空白。

再想想。

---

[1] 在希腊神话中，缠绕着一条蛇的权杖象征着治愈与健康，被称为"蛇徽"，近代，美国、英国、加拿大、德国以及联合国世界卫生组织都将蛇徽用作医学标识。

只有无尽的黑暗。

一名身着外科手术服的男子匆匆赶来,应该是收到了兰登的心脏监护仪过速的警报。他上唇和下巴上都留着蓬乱、厚密的胡须;在那副过于浓密的眉毛下面,一双温柔的眼睛透着关切与冷静。

"我这是……怎么了?"兰登挣扎着问道,"是不是出了意外?"

大胡子竖起一根手指放在唇边,做出嘘声的手势,然后跑到走廊上,呼叫大厅里的某个人。

兰登转过头,仅是这个动作就让他头痛欲裂,像有一颗长钉打进颅骨一般。他长吸几口气来消除疼痛。随后,他加倍小心,动作轻缓而有条不紊地打量起所处的这个无菌环境。

这是一间单人病房。没有鲜花,没有慰问卡片。在旁边的操作台上,兰登看到了自己的衣服,叠好后放在一个透明塑料袋里。衣服上面血迹斑斑。

我的上帝啊。事情肯定很严重。

此时,兰登一点一点地扭动脖子,面对着病床边的窗户。窗外漆黑一片。已经是夜里了。在玻璃窗上,兰登能看到的惟有自己的影子——一个面如死灰的陌生人,苍白、疲倦,身上插满各种管线,埋在一堆医疗设备之中。

走廊里传来了说话声,越来越近,兰登将视线挪回屋内。那名医生回来了,和他一起的还有一名女子。

她看上去三十出头。穿着蓝色的外科手术服。浓密的金色长发挽在脑后,扎成一个马尾辫;走起路来,马尾辫在身后有节奏地摆动着。

"我是西恩娜·布鲁克斯医生,"进门时,她冲兰登微微一笑,自我介绍道,"今天晚上,我和马可尼医生一起当班。"

兰登有气无力地点了点头。

布鲁克斯医生身材高挑,姿态优雅,举手投足间带着运动员般的自信。肥大的手术服丝毫掩盖不住她的婀娜与优雅。兰登看得出她并没有化妆,但她的皮肤却异常光滑;惟一的瑕疵就是嘴唇上方有一颗小小的美人痣。她有一双褐色的眼眸，虽然颜色稍浅，但好似具备非同寻常的看透人心思的魔力，仿佛它们已经见过许许多多她同龄人极少遭遇的事情。

"马可尼医生不太会说英语，"她挨着兰登坐下，解释道，"所以他让我来填写你的病历表。"她又微微一笑。

"谢谢，"兰登从喉咙里挤出一句。

"好的，我们开始吧，"她立刻换成严肃认真的语气，问道，"你叫什么名字？"

他想了一会儿："罗伯特……兰登。"

她用笔形电筒检查了一下兰登的眼睛："职业？"

寻找这个问题的答案花了他更长时间。"教授。艺术史……和符号学专业。哈佛大学的。"

布鲁克斯医生放下手中的电筒，看上去一脸震惊。而那位浓眉医生也同样惊讶。

"你是……美国人？"

这话问得兰登摸不着头脑。

"只是……"她欲言又止，"今晚你入院的时候，没有任何身份证件。当时你穿着哈里斯花呢[1]外套和Somerset牌[2]路夫鞋，所以我们猜你应该是英国人。"

"我是美国人，"兰登再次向她确认，他已经没有多余的气力来解释自己对剪裁精良衣物的偏好。

"哪里感觉到痛吗？"

"头痛，"兰登答道，电筒刺眼的光线让头痛得愈发厉害了。谢天谢地，她终于将电筒收到口袋里，然后抓起兰登的手腕，检查他的脉搏。

"你刚才醒来的时候一直在大叫，"女医生问道，"你还记得什么

---

1 哈里斯花呢是一种面料的统称，指在苏格兰西北群岛范围内，用当地纯新羊毛手工捻纱、染色、纺织，并带有专属戳记、商标、专业机构编号的花呢面料。
2 英国奢侈品牌。

原因吗？"

蒙面女子被那些扭动挣扎的躯体所包围的奇怪画面再次掠过兰登的脑海。去寻找，你会发现。"我刚才做了一个噩梦。"

"梦见了什么？"

兰登一五一十地告诉她。

布鲁克斯医生边听边在写字夹板上做记录，脸上看不出任何情绪变化："知道有可能是什么引发这个噩梦吗？"

兰登使劲回想了一下，然后摇了摇头；动作一大，他的脑袋就撕心裂肺地痛。

"好的，兰登先生，"她还在做记录，"下面是几个例行问题：今天星期几？"

兰登考虑了一会儿："周六。我记得在今天早些时候，我穿过校园……去参加一个下午的系列讲座，然后就……这差不多就是我能记起的最后一件事了。我是不是摔了一跤？"

"这个我们待会儿再说。你知道你在哪里吗？"

兰登给出最合理的猜测："马萨诸塞州综合医院[1]？"

布鲁克斯医生又写了些什么："有谁是我们可以帮你联系的？比方说你的妻子？或者孩子？"

"没有，"兰登脱口而出。尽管一直以来，他很是享受选择单身生活给他带来的孤独与自由；但在当下的情形中，他不得不承认，他宁愿有一张熟悉的面孔相伴左右。"有几个同事可以联系，但没那个必要。"

布鲁克斯医生停下手中的笔，年长些的男医生走了过来。他将浓密的眉毛向后捋了捋，从口袋里掏出一只小巧的录音笔，向布鲁克斯医生示意了一下。她心领神会，点点头，又转身面向病人。

"兰登先生，今晚你被送到医院时，口中一直在不停地念叨一些话。"她望了一眼马可尼医生，马可尼医生举起录音笔，按下按钮。

---

[1] 哈佛大学位于美国马萨诸塞州，该医院在哈佛大学附近。

是一段录音。兰登听到自己含糊不清的声音，在反复地咕哝一个词组："Ve…sorry。Ve…sorry。"

"照我看，"女医生说，"你好像是在说'非常抱歉。非常抱歉。'[1]"

兰登觉得应该没错，但依然没有丝毫印象。

这时布鲁克斯医生突然紧张不安地盯着他："你知道你为什么一直这样说吗？你是不是抱歉做了什么不该做的事？"

兰登竭力在黯淡的记忆深处细细搜寻，他又看到那名蒙面女子。她伫立在血红河流的堤岸上，周围全是尸体。死亡的恶臭也回来了。

突然之间，兰顿感觉被一种油然而生的危险感所笼罩……不仅自己有危险……每个人都危在旦夕。心脏监护仪发出的嘀嘀声频率急剧加快。他浑身肌肉紧绷，想坐起来。

布鲁克斯医生马上伸手按住兰登的胸口，不容商量地让他躺回去。她扫了一眼大胡子医生，大胡子走到旁边的操作台，开始准备治疗。

布鲁克斯医生面对着兰登，低声说道："兰登先生，对脑部损伤患者来说，焦虑是很正常的，但你得将心率降下来。不要移动。不要激动。静卧休息。你会好起来的。你的记忆也会慢慢恢复的。"

大胡子拿着一只注射器过来。布鲁克斯医生接过注射器，将药推进兰登的静脉注射器里。

"这只是一种轻度的镇静剂，为的是让你平静下来，"她解释道，"还能缓解疼痛。"她站起身准备离开："兰登先生，你会好起来的。睡上一觉。如果有什么需要，就按床边的按钮。"

她关上灯，和大胡子医生一起离开病房。

兰登躺在黑暗中，感到药效几乎在霎那间席卷全身，将他整个人拖回那口深井里，而他刚从那里面爬出来。他拼命反抗这种感觉，强迫自己在漆黑的病房中睁开双眼。他试着坐起身，但身体却像凝固了

---

[1] "非常抱歉"英文为"Very sorry"。

的水泥，动弹不得。

兰登转了一下，发现自己再次面向窗户。由于病房里熄了灯，暗色的玻璃上，他自己的影子已经消失，看到的只有远处灯火辉煌的城市天际线。

在尖塔与穹顶轮廓的映衬下，一座威严建筑的正面占据了他视野的核心。这是一座雄伟的石头堡垒，护墙开有垛口；塔楼高达三百英尺，塔的顶部向外凸起，形成了一圈巨大的锯齿形城垛。

兰登一下坐直了身子，头痛得仿佛要裂开了一般。他压抑着撕心裂肺的剧痛，死死地盯着眼前的高塔。

对于中世纪建筑，兰登如数家珍。

更何况它是世界上独一无二的。

不幸的是，它应该坐落在离马萨诸塞四千英里之外的地方。

* * *

就在他的窗外，在托雷嘉利大街的阴暗角落里，一名体型健硕的女子轻松地从她那台宝马摩托车上跃下。她就像一只盯紧自己猎物的黑豹，全神贯注地扑向目标。她眼神犀利。剪得超短的发型如同刺猬头一般，挺立在黑色皮质骑装的立领之外。她检查了一番武器和消音装置，抬头盯着罗伯特·兰登病房的窗户，里面的灯光刚刚熄灭。

今晚早些时候，她在执行任务时犯下了一个大错。

一只鸽子的"咕咕"声改变了所有一切。

现在，她来把事情扳回正轨。

第 2 章

我是在佛罗伦萨！？

罗伯特·兰登的脑袋一抽一抽地作痛。此刻他坐得笔直，手指死死地摁在病床边的呼叫按钮上。尽管体内注射了镇静剂，但他的心跳依旧很快。

布鲁克斯医生匆匆赶回来，漂亮的马尾辫上下摆动："你没事吧？"

兰登摇了摇头，一脸困惑："我这是在……意大利！？"

"很好，"她应道，"你的记忆开始恢复了。"

"不是的！"兰登指着窗外远处巍然耸立的宏伟建筑，"我认得出那是维奇奥宫[1]。"

布鲁克斯医生重新打开灯，窗外佛罗伦萨的天际线淡去了。她走近病床边，面色平静，悄声道："兰登先生，不用担心。你只是得了轻微的失忆症，而且马可尼医生已经确认你的大脑功能并未受到影响。"

大胡子医生跟着冲进来，显然也听到了病床呼叫。他一边查看兰登的心脏监护仪，一边听年轻同事汇报。布鲁克斯医生说的意大利语很流利，语速很快——内容是关于兰登获知自己身在何地后是多么"情绪激动"。

只是情绪激动？兰登心中腾起怒气，瞠目结舌还差不多！他体内的肾上腺素汹涌澎湃，与镇静剂正在酣战。"我究竟出了什么事？"他催问道，"今天是星期几？！"

"一切正常，"她安慰道，"这会儿是凌晨。星期一，三月十八号。"

星期一。兰登强忍着头痛，竭力在脑海中回放所能忆起的最后一幅画面——寒冷而阴暗——他独自一人穿过哈佛校园，去参加周六晚上的系列讲座。那是两天前的事情了？！他努力回想讲座上或者讲座之后发生的点滴片段，心里愈发惊恐。一片空白。心脏监护仪的嘀嘀声频率更快了。

---

[1] 又称旧宫，始建于一二九四年，曾是佛罗伦萨共和国的市政厅，其主体是一座带城垛的巨大方形建筑，上有一座哥特式钟楼。

年长医生挠挠他的大胡子,继续摆弄仪器,而布鲁克斯医生则坐回到兰登身边。

"你会好起来的,"她柔声说道,让他宽心,"根据我们的诊断,你的情况属于逆行性遗忘,这在脑外伤中相当常见。你过去几天的记忆可能会模糊不清甚至完全缺失,但大脑不会有永久性伤害。"她顿了一顿,"你还记得我的名字吗?刚才我进来时告诉过你。"

兰登想了一会儿:"西恩娜。"没错,西恩娜·布鲁克斯医生。

她微微一笑:"你看?你已经能够产生新的记忆了。"

兰登还是觉得头痛难耐,而且看近距离的物体时,视线仍然一片模糊。"出……什么事了?我怎么来这里的?"

"你该休息了,我想或许——"

"我是怎么来这里的?!"他再次发问,心脏监护仪的响声更急促了。

"好吧,放松呼吸,"布鲁克斯医生与同事交换了一下眼神,面色紧张,"我这就告诉你。"她的语调明显严肃了许多。"兰登先生,三个小时之前,你跌跌撞撞闯进我们急症室,头部有一处创伤,血流不止,接着就陷入昏迷。没人知道你是谁,是怎么来到这里的。由于你嘴里一直念着英语,所以马可尼医生请我来帮忙。我从英国来,正在这里过学术休假年。"

兰登此时的感觉恍若一觉醒来,发现自己在马克斯·恩斯特[1]的画作中。我在意大利搞什么鬼名堂?一般说来,兰登每两年来这里一次,参加一个艺术会议;但会议通常在六月,而现在才三月。

这会儿镇静剂的药效越来越大,他感觉地球引力每一秒钟都在增强,正透过床垫把他往下拉。兰登不甘就范,昂起头,竭力保持清醒。

布鲁克斯医生俯身凑过来,就像一个天使:"睡吧,兰登先生,"

---

1 马克斯·恩斯特(1891—1976),德裔法国画家。其作品展现了丰富无边的想象力,营造了一个虚幻荒诞的世界。

她轻声道,"在最初二十四小时里,脑外伤需要特别小心。你得卧床休息,否则会产生严重的后遗症。"

突然,病房里的对讲机嘶嘶响起,飘出一个声音:"马可尼医生在吗?"

大胡子医生按下墙上的按钮,应道:"什么事?"

对讲机里蹦出一连串意大利语。兰登没听明白,但他注意到两名医生相对而视,且一脸诧异。难道这是一个警报?

"请稍等,"马可尼医生答道,随即松开对讲机按钮。

"究竟怎么回事儿?"兰登问道。

布鲁克斯医生仿佛微微眯了一下眼睛:"刚才是重症监护室的接待员打来的。有人来医院探视你。"

昏昏沉沉的兰登看到一丝希望:"太好啦!或许这个人知道我身上发生了什么事。"

她看上去迟疑不定:"居然会有人来医院找你,这有点古怪。我们刚知道你的姓名,而且你的信息还没有登记到系统里!"

兰登一边抵抗着体内的镇静剂,一边挣扎着坐起来:"如果有人知道我在这里,那这个人肯定清楚发生了什么事情!"

布鲁克斯医生望了一眼马可尼医生,他立刻摇摇了头,并用手指点了点腕上的手表。她扭过头,面对兰登。

"这里是重症监护室,"她解释道,"最早也要等到上午九点之后,才允许进来探视。待会儿,马可尼医生会出去,看看探访者是谁,并了解他或者她有什么要求。"

"那我的要求又该怎么办?"兰登逼问道。

布鲁克斯医生微微一笑,凑近兰登,压低声音,耐心地解释:"兰登先生,昨天晚上有些情况你还不了解……关于发生在你身上的事情。而且在你和别人交谈之前,我觉得你有权知道所有的真相。不幸的是,我想你现在还很虚弱,难以——"

"什么真相!?"兰登迫不及待地追问道,他挣扎着试图坐起身。他胳膊上的静脉注射器扯得他生痛,整个人感觉像是有几百磅重。"我只知道我躺在佛罗伦萨的医院里,而且来的时候,嘴里还不停念着'非常抱歉……'"

一股寒意袭上心头。

"我是不是驾车肇事?"兰登问道,"我是不是伤了人?!"

"没有,没有,"她安慰道,"我确信没有。"

"那到底是怎么回事?"兰登紧逼不放,眼中喷着怒火,打量着两位医生,"我有权知道究竟发生了什么事情!"

两人沉默良久,终于,马可尼医生极不情愿地向他年轻漂亮的同事点了点头。布鲁克斯医生长舒一口气,靠近兰登:"好吧,我来告诉你我所了解的情况……但你听的时候要保持冷静,同意吗?"

兰登点点头,这个动作又扯得头部一阵剧痛,脑袋仿佛要炸开了一般。但他一心想知道答案,无暇顾及疼痛。

"首先要澄清的是……你头部的伤势不是交通事故造成的。"

"很好,那我就放心了。"

"也不见得。你的伤——实际上——是枪击造成的。"

兰登心脏监护仪的嘀嘀声加快:"对不起,你说什么!?"

布鲁克斯的语气相当平静,但她说得很快:"一颗子弹从你的颅顶擦过,极有可能导致了脑震荡。你能够活下来,已经非常幸运。子弹要是往下一英寸,那……"她摇了摇头。

兰登盯着她,一脸难以置信的神情。有人冲我开枪?

突然走廊上传来愤怒的叫喊声,像是有人在吵架。听上去,应该是前来探望兰登的那个人不愿意再等。几乎与此同时,兰登听到走廊尽头的一道厚门被重重地撞开。他盯着门口,直到看见一个身影沿着长廊走过来。

是一个女人。全身上下裹在黑色的皮衣之中。她肌肉结实,身型壮硕,深色刺猬头发型。她大步流星,双脚仿佛没有触地一般,直奔兰登的病房而来。

马可尼医生见状,毫不犹豫地走到病房门口,挡住来者。"请止步!"医生喝令道,并像警察一样伸出一只手掌。

陌生人丝毫没有放慢脚步，她掏出一支带消音器的手枪，对准马可尼医生的胸口，开了一枪。

一种钢琴断奏[1]发出的嘶声。

马可尼医生跌跌撞撞退回病房，紧捂着胸口，摔倒在地板上，白色的长褂浸在血泊中。望着眼前这一切，兰登吓坏了。

第3章

在距离意大利海岸线五英里的地方，长达237英尺的豪华游艇"门达西乌姆号"正劈风斩浪，划破黎明前亚得里亚海[2]翻滚涌浪所腾起的薄雾。隐形剖面船体被漆成铁灰色，赋予了游艇军舰般独特的威严，让人不敢靠近。

这艘游艇的市价超过三亿美元，拥有所有常见的娱乐设施——健身中心、游泳池、电影院、私人潜艇和直升机停机坪。然而，游艇的主人却对这类物质享受不以为然；五年前，他刚拿到这艘游艇时，便拆除了船上的大部分娱乐设施，将它改造成一个军事级别的衬铅防辐射电子指挥中心。

"门达西乌姆号"上的控制室配有三条专用卫星链路和超额配置的地面中继站，确保信号传输万无一失。里面工作人员共有二十多名，有技术员、分析员、行动协调员，他们吃住都在船上，并与该组织在陆地上的各类行动中心时刻保持联系。

游艇上的防卫体系包括一个受过军事训练的作战小组，两套导弹监测系统，以及装满最新式武器的弹药库。再加上其他后勤人员——厨师、保洁和维护人员，船上的总人数超过四十。实际上，"门达西

---

[1] 钢琴基本弹奏方法之一，发出的声音短促、清脆而富有弹性。这里用来比拟经过消音的子弹声。
[2] 是地中海的一部分水域，隔开亚平宁半岛和巴尔干半岛。亚得里亚海西岸属于意大利，东岸则属于斯洛文尼亚、克罗地亚、波斯尼亚等国家。

乌姆号"就是一幢移动的办公楼，它的主人从这里控制他的帝国。

他的手下只知道他叫"教务长"。他身材矮小，小时候发育不良；皮肤晒成棕褐色，双目深陷。他毫不起眼的身型与直来直去的行事方式，貌似非常符合他的身份——一个游走在社会的阴暗边缘、靠提供私密服务而发家暴富的人。

别人给过他很多称号——没有灵魂的雇佣兵、罪恶的导引者、魔鬼的执行人——但没有一个能真正准确地描述他。教务长只是为他的客户们提供一个机遇，去肆无忌惮地追逐他们的野心与欲望；而那人性中与生俱来的邪恶显然并不能归咎于他。

无论人们如何诋毁他、攻击他的道德品行，教务长处事立世的原则始终犹如恒星般亘古不变。他建立自己的信誉——还有"财团"组织——靠的就是两条黄金法则：

永远不做无法兑现的承诺。

永远不欺骗客户。

永不。

从他干这一行以来，教务长从未食言或失约。他的话就是信用——一种绝对的保障——就算签下一些让他后悔不已的合同，背弃约定也绝不是他的选择。

这个早晨，他踏上游艇特等舱的私人阳台，凝望着翻滚的大海，试着排遣胸中积郁许久的忧虑。

我们过去所做的决定缔造了我们的现在。

在此之前，教务长的决策让他一次又一次地从危机中全身而退，并大获成功。然而，今天，在将视线投向窗外意大利领土上遥远的灯光时，他却前所未有地泛起如履薄冰的感觉。

一年之前，就在这艘游艇上，他做了一个决定；而今天，正是这个决定，将他所建立的帝国置于分崩离析的危险之中。我向一个错误的人允诺提供服务。但那个时候，教务长根本无从预见这一切；这一步走错，如今艰难险阻汹涌而至，他的帝国前途叵测，逼着他派出手下最优秀的特工，带着"不计一切代价"的指令，挽狂澜于既倒，扶大厦之将倾。

此时此刻，教务长就在等候一个外勤特工的消息。

瓦任莎，他在心里念叨着她的名字，脑海中浮现出一个精壮强健、留着刺猬头发型的干将形象。在执行这次任务之前，瓦任莎从未让他失望过；但昨天晚上，她却犯下大错，引发极其可怕的后果。过去的六个小时，事情乱成一团，他一直在绝望地尝试重新掌控局势。

瓦任莎将自己的失手归咎于纯粹的不走运——一只鸽子不合时宜地咕咕叫了一声。

然而，教务长从来不相信所谓的运气。他干任何事都会精心谋划，排除一切小概率随机事件的干扰。他的专长就是控制——预见每一种可能，预备每一步反应，从而改变现实来获得想要的结果。他做事从未失手，亦以守口如瓶见长；盛名之下，客户纷至沓来——有亿万富翁、政治家、酋长，甚至还有政府。

旭日东升，第一缕阳光开始吞没海平面附近的星星。教务长伫立在甲板上，耐心地等待瓦任莎的消息——她应该会按照计划完成任务的。

第 4 章

那一瞬间，兰登感觉时间仿佛停止了。

马可尼医生躺在地板上，一动不动，鲜血从他的胸口汩汩地往外冒。兰登强压着体内镇静剂的药效，举目望向留着刺猬头发型的刺客。她就在几码开外，正大步迈向兰登的病房，而且房门大开着。转眼她已到了门口，朝兰登这边扫了一眼，立刻调转枪头对着兰登……瞄准了他的脑袋。

我要死了，兰登万念俱灰，就在此时此地。

砰的一声巨响，在狭小的病房里震耳欲聋。

兰登缩作一团，以为自己肯定中了弹，但这噪音并非来自刺客的手枪。巨响是病房那扇厚重的金属门猛地关闭时发出的，布鲁克斯医生死死地抵在门后，并将门反锁了。

她满眼惊恐，立刻转身，蹲在她浑身是血的同事旁边，检查他还有没有脉搏。马可尼医生咳出一口鲜血，血滴顺着他的大胡子往下流。接着他整个人软了下来。

"恩里克，不！坚持住！"她尖叫着。

病房外，一梭子弹打在房门的金属外皮上。走廊上满是惊恐的呼叫。

不知怎么，兰登的身体能活动了，恐慌和求生的本能打败了镇静剂。他手脚并用，从床上爬下来，右前臂一阵灼痛，像被撕裂了似的。他一度以为是子弹射穿房门击中了自己，低头一看，才发现原来是胳膊里埋着的静脉注射器被扯出来了。塑料留置导管在他前臂上戳出一个边缘参差的窟窿，温热的鲜血顺着导管往外涌。

兰登这下完全清醒了过来。

布鲁克斯医生还蹲在马可尼身边，泪如泉涌，徒劳地搜寻脉搏跳动的迹象。然后，她仿佛被拨动了体内的某个开关，突然站起身，转向兰登。在他眼前，她的表情刹那间发生了转换，年轻的面孔变得坚毅决绝，展现出一名经验丰富的急诊医生在处理危机时的超然与镇静。

"跟我来，"她命令道。

布鲁克斯医生抓起兰登的胳膊，拽着他来到病房另一头。走廊里枪声和呼救声不绝于耳、乱成一团，兰登双腿不稳，脚步趔趄着向前扑。他心里绷紧了弦，但身体却重似千钧、不太听使唤。快走！光脚踩着瓷砖地面，冷冰冰的；身上薄薄的短袖无领病号服太短，根本遮不住他六英尺的身躯。他能感觉到血顺着前臂往下滴，汇聚在掌心里。

子弹不停地射在结实的门把手上，布鲁克斯医生使劲将兰登推进狭窄的卫生间。她正要跟着进来，突然犹豫了一下，转身跑回到操作台旁，抓起兰登那件血迹斑斑的哈里斯花呢外套。

别管我那该死的外套啦!

她攥着衣服跑回来,迅速锁好卫生间的门。就在这时,外面一道房门被砸开了。

年轻医生一马当先,她大步跨过狭小的卫生间,来到另一侧的门前,猛地拉开门,领着兰登进入相邻的术后观察病室。布鲁克斯医生不惧身后回荡的枪声,探出头观察走道上的情况,然后拽着兰登的胳膊,拖着他迅速穿过走廊,跑进楼梯井。这一连串动作让兰登头晕目眩;他意识到自己随时可能昏倒。

在接下来的十五秒钟里,他眼前一片模糊……下行的楼梯……磕磕碰碰……摔倒。兰登头痛欲裂,难以忍受。他的视线好像比之前更加模糊,浑身无力,每一个动作都要慢半拍。

接着空气变得冷冽。

我出来了。

布鲁克斯医生连拖带拽,带着兰登离开医院大楼,走进一条阴暗的小巷;兰登一脚踩到什么尖利的东西,摔倒在地,重重地砸在路面上。布鲁克斯医生一边费力地拉他站起来,一边大声咒骂不该给他注射镇静剂。

好不容易快走到巷子尽头时,兰登又被绊倒了。这次她将他留在原地躺着,自己则跑到街上,冲远处什么人大声呼喊。兰登隐约看到微弱的绿灯——一辆出租车就停在医院门口。车子并没有动,显然,司机睡着了。布鲁克斯医生大叫着,疯狂地挥舞双臂。终于,出租车的大灯亮起,慢悠悠地朝他俩挪过来。

兰登听到身后传来门被撞开的声音,接着急促的脚步声越来越近。他一扭头,看到一个黑色的身影正朝这边奔来。兰登试着自己站起身,但医生已经转回来,架着他,将他塞进尚未熄火的菲亚特出租车的后座。他半边身子在座椅上,半边在轿厢地板上;布鲁克斯医生跳上车,坐在兰登身上,使劲关上车门。

出租车司机睡眼惺忪,扭过头,望着刚钻进他车厢里的怪异二人组——一个是年轻女子,扎着马尾辫,身着手术服;另一个套着短袖无领病号服，衣服破了一个大口子，一只胳膊血流不止。显然他正打算要他俩快从他的车上滚出去，突然一侧外后视镜炸开了花。一身黑色皮衣的女子从巷子里冲出来，举着手枪。听到子弹划过空气的嗞嗞声再度响起，布鲁克斯医生按着兰登的头往下压。子弹打在后车窗上，玻璃碎片洒了他俩一身。

这下不用催促司机了。他猛踩油门，出租车一溜烟蹿了出去。

兰登意识模糊、半梦半醒。有人要杀我？

等他们的车转过一个弯，布鲁克斯医生坐直身子，抓起了兰登流血的胳膊。留置导管一头埋在肉里，另一头别扭地露在外头。

"看窗外，"她命令道。

兰登照她说的做了。窗外，天色昏暗，一块块墓碑就像孤魂野鬼，在眼前飞速掠过。他们应该是在穿过一片公墓。兰登感觉到医生的手指在摸寻导管的位置，她动作很轻，没和兰登打招呼，就直接将导管拽了出来。

一阵撕心裂肺的剧痛直刺向兰登的大脑。他感觉自己双目上翻，然后眼前一片漆黑。

第 5 章

教务长凝视着亚得里亚海的薄雾，心神渐渐平复；刺耳的电话铃声猛地将他惊醒，他快步走回特等舱里的办公室。

差不多是时候了，他心想，迫不及待想得到消息。

办公桌上的电脑屏幕一闪，屏保退出，显示着来电信息：对方是用瑞典 Sectra 公司的 Tiger XS 个人语音加密电话[1]打来的，而且在接

---

[1] Sectra 通信公司是一家瑞典企业，为超过一半的欧盟成员国领导层提供电话语音加密产品，保障政府当局敏感电话的通信安全。

通到他的游艇之前已经由四个无法追踪的路由器重新定向。

他戴上耳机。"我是教务长，"他说得很慢，细细斟酌每一个字，"你说。"

"我是瓦任莎，"话筒里的声音答道。

教务长立刻捕捉到她言语中那异乎寻常的紧张。外勤特工极少与教务长直接通话，像昨晚这样行动搞砸了还继续为他效力的情况更是罕见。然而，教务长已经要求一名特工就地协助补救这场危机，而瓦任莎就是最佳人选。

"我有最新进展报告，"瓦任莎说。

教务长没有吭声，暗示她继续。

瓦任莎说话时尽量不带一丝情感，显然在竭力展示自己的职业素养。"兰登跑了，"她说，"东西在他手里。"

教务长在办公桌旁坐下，沉默许久。"知道了，"他终于开口，"我想一有机会，他就会与官方取得联系。"

* * *

教务长所坐的位置往下两层，就是"门达西乌姆号"的安全控制中心，高级协调员劳伦斯·诺尔顿正坐在他的专属隔间里。他注意到教务长的加密通话结束了。他由衷希望带来的是好消息。过去两天，教务长所承受的压力显而易见；船上每名特工都觉察到某项风险极大的行动正在展开。

让人难以置信的高风险，这次瓦任莎最好能完成任务。

诺尔顿习惯于主持执行那些策划周密的行动，就像橄榄球场上的四分卫[1]那样。但这一次，事情乱成一团糟，教务长已经亲自接管。

我们正闯入未知的领域。

---

[1] 四分卫是美式橄榄球中的一个重要位置。通常负责组织、发动球队的进攻，协调、指导其他队员参与比赛，是球队的领袖和灵魂。

尽管在全球范围内，还有另外六七项任务正在执行，但它们全部都由"财团"的各个陆地办公室负责处理。这让教务长和他在"门达西乌姆号"上的队伍能够心无旁骛、全力以赴地解决手上的麻烦。

几天前，他们的委托人在佛罗伦萨坠亡，而"财团"尚有承诺要提供的数项卓越服务还未完成——他委托给该机构无论在何种情况下都要执行的特殊任务——而"财团"无疑打算一如既往地履行职责。

我手上还有几项任务呢，诺尔顿心想，也非常乐意完成它们。他走出自己的隔音玻璃间，路过六七间办公室——有些玻璃墙是透明的，有些则是磨砂的——里面当值的工作人员正在忙碌，都是为了同一个任务，只是分工不同。

诺尔顿从主控室穿过，那里的空气稀薄，并经过加工处理。他向技术人员点头示意，走进主控室后面的步入式保险库，库里还有保险箱，一共是十二个。他打开其中一个，取出里面的物品——这次是一只鲜红色的记忆棒。按照上面所附任务卡片的描述，记忆棒里存储着一个大容量视频文件，委托人指示他们在明天早晨的特定时间将其上传给主要的媒体。

明天的匿名上传只是小菜一碟，但根据电子文件处理协议，流程图中已标记这个视频文件要在今天审核——上传之前二十四小时——以确保"财团"有足够的时间完成必要的解码、编辑或者其他准备工作，确保文件准点上传。

杜绝任何突发事件。

诺尔顿拿着记忆棒回到他那透明的玻璃间，关上厚重的玻璃门，与外界隔绝开来。

他拨下墙上的一个开关，隔间的玻璃立即变成磨砂状，不再透明。出于私密的考虑，"门达西乌姆号"上所有的玻璃隔断办公室都采用这种"悬浮颗粒装置"的玻璃。这种玻璃可以利用通电或者断电来实现透明与不透明的轻松转换，因为电流可以让玻璃片中悬浮的数以百万计的棒状微小粒子呈线性或者不规则状排列。

分工严明是财团成功的基石。

仅了解自己的使命。绝不与他人分享。

现在,诺尔顿隐蔽在自己的私人空间里,将记忆棒插上电脑,打开文件,开始评估。

电脑屏幕立即暗下来,变得漆黑一片……与此同时,扬声器里飘出波浪轻轻拍打堤岸的声音。接着屏幕上慢慢出现画面……模糊不清、若隐若现。一片黑暗中,场景开始显现……是一座洞窟的内部……或者是在某个巨型大厅里面。地面上全是水,像是一个地下湖。奇怪的是,水面熠熠发光……而且光仿佛是从水里射出来的。

诺尔顿从未见过此番景象。整座洞窟泛着一种诡异的微红光芒;水面涟漪折射在苍白的墙壁上,如同藤蔓的卷须。这……是什么鬼地方?

波浪拍击声不断,镜头开始向下倾斜,并朝水面垂直下降,直接没入波光粼粼的水面。水浪声消失了,取而代之的是水下那奇怪的寂静。摄像机继续下沉,直到几英尺深处才停下来,对准洞穴淤泥覆盖的地面。

一块长方形的钛金板被用螺栓固定在那里,闪闪发光。

牌子上刻着两行字。

就在此地,正当此日
世界被永远改变。

牌子底部还刻着一个人名和一个日期。

名字是他们委托人的。

日期是……明天。

第 6 章

一双强有力的手将兰登托起……令他从昏迷中惊醒,帮助他下了出租车。他光脚踩到人行道上一片冰凉。

他半个身子倚着布鲁克斯医生瘦弱的身躯，步履蹒跚地走在两座公寓大楼之间空荡荡的人行道上。晨风鼓起他身上的病号服，沙沙作响；就连私密处，兰登都感到冷飕飕的。

医院注射的镇静剂让他大脑一片空白，眼前一片模糊。兰登觉得自己如同置身水底，正穿过黏稠的、光线昏暗的世界向上爬。西恩娜·布鲁克斯拖着他前行，真不知她哪来这么大的力气。

"有楼梯，"她提醒道。兰登意识到他俩到了公寓大楼的侧门。

兰登紧握着楼梯扶手，头晕眼花，举步维艰，一次一个台阶地往上挪。他的身体重似千钧。布鲁克斯医生几乎是在推着他前行。终于到了楼梯平台，她在一个锈迹斑斑的门禁键盘上按下几个数字，大门嘎的一声开了。

门里面也没暖和多少，但是与外面人行道那粗糙的路面相比，光脚踩在瓷砖地面上就像是踩在柔软的地毯上一般。布鲁克斯医生带兰登走到一个小型电梯跟前，用力拉开折叠门，将兰登推进电梯里。电梯轿厢和电话亭差不多大小，里面能嗅到 MS 牌[1]香烟的味道——那种苦中带甜的气息，就如现煮的浓缩咖啡的芳香一般在意大利无处不在。烟草味尽管只是淡淡的，但足以帮助兰登提提神。布鲁克斯医生摁下按钮，在他们头顶上方某处，一组老旧的齿轮咣当作响，轰轰隆隆开动起来。

电梯上行……

轿厢在攀升过程中左摇右晃，嘎吱嘎吱作响。因为轿厢四周只是金属滤网，兰登发现自己正看着电梯井的内墙在面前有节奏地滑过。哪怕是在半清醒的状态下，兰登对狭小空间的恐惧依然挥之不去。

不要看。

他靠在金属滤网上，试着调整呼吸。前臂隐隐作痛，他低头一看，那件哈里斯花呢的两只袖子胡乱系在他的胳膊上，在用作绷带止

---

[1] 一种意大利香烟品牌。

血。夹克的其他部分则掉在地上，一路这么拖过来，已经有些磨损，而且脏兮兮的。

剧烈的头痛迫使他闭上双眼，黑暗再次将他吞噬。

熟悉的景象又回来了——蒙着面纱、雕塑般的女子，她身上的护身符，还有打着卷儿的银色长发。和之前一样，她站在血红河水的岸边，周围是痛苦扭动的躯体。她对兰登说话，言辞恳切：去寻找，你就会发现！

兰登只有一个念头，那就是自己必须去救她……救下所有的人。那些半埋在土里、倒立着的大腿开始瘫软下来……一个接着一个。

你是谁！？他大叫道，却没发出任何声音，你想要什么？！

灼热的风拂过，吹起她浓密的银色长发。我们的时间越来越少，她摸着护身符项链，低声说道。然后，毫无征兆地，她化作一柱耀眼的火焰，翻滚着越过河水，将他们俩吞没。

兰登大叫一声，猛地睁开双眼。

布鲁克斯医生注视着他，面露关切："怎么回事？"

"我总是产生幻觉！"兰登惊叫，"而且场景一模一样。"

"又是银发女子？还有那些死尸？"

兰登点点头，额上蒙了一层汗珠。

"你会好起来的，"她安慰他，尽管听上去自己都信心不足，"对逆行性遗忘症来说，反复出现幻觉是正常的。你大脑负责分类和整理记忆的功能被暂时打乱了，于是所有的事情都拼凑到一个画面里。"

"这画面可不怎么赏心悦目，"他勉强答道。

"我知道，但在你康复之前，你的记忆还将是模糊、杂乱的——过去、现在和你的想象全都混在一起。就和做梦一样。"

电梯摇晃了一下，停住了。布鲁克斯医生用力拉开折叠门。他俩又走了一段路，这次是沿着一条阴暗狭窄的走廊。他们经过一扇窗户，能看到外面佛罗伦萨的屋顶已经在黎明前的微光中显现模糊的轮廓。走到尽头，她蹲下身子，掀起一盆看似许久未浇水的植物，取出一把钥匙，然后打开门。

公寓很小，屋内的气味暗示了香草味蜡烛与陈旧地毯之间持续的战争。公寓里的家具和摆设相当简陋——好像都是她从旧货市场购置的。布鲁克斯医生调了一下温度调节器，暖气片咣当一声开始工作。

她在原地站了一会儿，闭上双眼，大口呼气，仿佛在让自己镇定下来。随后，她转过身，搀着兰登走进一间简易小厨房，里面摆着一张硬塑料餐桌，两把摇摇欲坠的椅子。

兰登摇摇晃晃地朝其中一把椅子走去，想坐下来歇会儿，但布鲁克斯医生一只手抓住他的胳膊，另一只手打开橱柜。橱柜里基本上是空的……只有薄脆饼干、几袋意大利面、一罐可乐，还有一瓶 NoDoz 牌提神片。

她拿出药瓶，往兰登掌心倒了六粒药片。"含咖啡因，"她说，"我留着上晚班时用的，就像今晚这样。"

兰登将药片丢进口里，环顾四周想找水喝。

"直接咀嚼，"她建议道，"这样药效抵达神经系统会更快，有助于抵消镇静剂的药效。"

兰登刚嚼了一口就直皱眉。药很苦，明显是要整颗吞服的。布鲁克斯医生拉开冰箱门，递给兰登一瓶喝剩一半的圣培露牌矿泉水。他痛快地喝了一大口。

随后，扎着马尾辫的医生托起他的右臂，取下用他的夹克制作的临时绷带，将夹克丢在餐桌上。接着，她仔细地检查兰登手臂的伤口。当她握着他裸露的手臂时，兰登能感到她那纤细的手指在微微颤抖。

"你死不了，"她宣布道。

兰登希望她能快点恢复平静。到现在，他还没搞清楚他们俩刚刚经历了什么。"布鲁克斯医生，"他说，"我们得打电话求助。给领事馆……或者警察。不管哪个都行。"

她点头表示赞同。"另外，你不用再叫我布鲁克斯医生——我叫西恩娜。"

兰登也点点头："谢谢。叫我罗伯特。"逃命途中的患难之情让两人关系跨越到了直呼其名的阶段。"你说过你是英国人？"

"没错，土生土长。"

"但我没听出一点英国口音。"

"那就好，"她答道，"我一直在想法儿让人听不出口音。"

兰登正准备问她原因，西恩娜却示意他跟自己来。她领着兰登穿过狭窄的过道，来到一间昏暗的小浴室。在洗脸盆上方的镜子里，兰登第一次见到自己的模样，之前只是在病房的玻璃窗上看到一个大概。

真不怎么样。兰登浓密的黑发都打了结，双目充血，眼神疲惫。密密麻麻的胡楂儿遮住了下巴。

西恩娜打开水龙头，让兰登将受伤的前臂放在冰冷的水流下面冲。尽管痛得龇牙咧嘴，但他仍坚持冲洗伤口。

西恩娜拿出一条新毛巾，用灭菌皂液浸透："你可能不会想看。"

"没事的。我不怕——"

西恩娜开始用毛巾擦拭伤口，进行消毒处理，一阵剧痛从胳膊向全身发散，痛得兰登眼冒金星。他紧咬牙关，不让自己哼出声来。

"你不想让伤口感染吧，"她说着手上更用力了，"另外，如果你准备待会给政府机构打电话，也会希望自己比现在更精神点儿吧。没有什么比痛感更能刺激肾上腺素分泌了。"

兰登强忍着擦洗伤口的剧痛，感觉持续了足有十秒钟，才大力将手臂挣脱。够了！不得不承认，现在他确实更有力气、更加清醒；而且胳膊上的灼痛完全盖过了头痛。

"好的，"她关上水龙头，用一条干净毛巾蘸干他胳膊上的水。接着西恩娜在他前臂打上一块小小的绷带。就在她包扎伤口的过程中，兰登这才突然不安地注意到一件事——这件事使他极其心烦意乱。

近四十年来，兰登始终带着一块骨灰级珍藏版的米奇牌手表，那是他父母送他的礼物。米老鼠的笑脸和疯狂舞动的双臂每天都在提醒他要多保持微笑，更加轻松地面对生活。

"我的……手表，"兰登结结巴巴地说，"它不见了！"没了这块表，他的人生突然不再完整。"我来医院的时候，有没有戴着它？"

西恩娜看了他一眼，露出惊诧的神情，显然难以理解他为何如此纠结于一件微不足道的小事。"我不记得有什么手表。你赶紧把身上收拾干净。我过几分钟就回来,然后我们再一起想想怎样帮你寻求援助。"她转身离开,却在门口站定,双目注视着镜子里的兰登,"趁我出去这会儿,我建议你仔细回忆一下为什么有人想杀你。我猜这是领事馆或者警察会首先问你的问题。"

"等一等,你要去哪儿?"

"你可不能这样半裸着身子跑去和警察说话。我去给你找些衣服穿。我的邻居和你身材差不多。他出门了,我一直帮他喂猫。他欠我人情。"

说完,西恩娜离开了。

罗伯特·兰登转身望着洗脸盆上的那面小镜子,几乎认不出里面那个盯着自己的人。有人想要我死。他脑海中又响起那段录音——他神志昏迷时的呓语:

非常抱歉。非常抱歉。

他绞尽脑汁,想找回些许记忆……哪怕是零星片段。但他脑海里只是空白。兰登只知道自己人在佛罗伦萨,头上还有一处枪伤。

兰登凝视着镜子里那双疲惫的眼睛,怀疑他随时有可能从这场梦中醒来,发现自己其实是躺在家中的读书椅上睡着了,手里还攥着一只空的马蒂尼酒杯[1]和一本《死魂灵》[2]——只是为了提醒自己,千万不要在喝孟买蓝宝石金酒[3]的时候读果戈理。

第 7 章

兰登扯掉身上血迹斑斑的病号服,用一条浴巾裹住腰部。他往脸

---

[1] 一种三角锥形杯体的透明玻璃杯,常用来饮马蒂尼酒。
[2] 十九世纪俄罗斯著名作家果戈理的代表作。
[3] 一款英国出产的全球最优质的金酒,通过将酒蒸馏汽化,配以十种草药酿成。外包装为蓝宝石酒瓶。

上泼了些凉水，然后小心翼翼地摸了摸脑后缝针的地方。头皮依然作痛，但当他理顺打结的头发，盖住这块地方时，伤口完全看不出来。咖啡因药片开始发挥作用，他眼前的雾气终于散去了。

想一想，罗伯特。看能不能记起来。

浴室没有窗户，兰登突然感觉幽闭恐惧症要发作了，他赶紧走出浴室，本能地循着一道自然光而去。隔着过道，一道房门半掩着，像是一间简易书房，里面摆着一张廉价书桌，一把破旧的旋转椅，各种各样的书撒了一地，而且，谢天谢地……有一扇窗户。

兰登朝阳光走去。

远处，托斯卡纳上空冉冉升起的朝阳刚刚照到这座苏醒城市一些最高的塔尖上——钟楼、修道院和巴杰罗美术馆。兰登将前额抵在冰凉的窗玻璃上。三月春寒料峭，太阳刚从连绵起伏的群山后面探出一个头，折射出五彩缤纷的光芒。

画师之光，他们这么称它。

在天际中央，一个红砖穹顶直刺苍穹，如同一座丰碑；其尖顶之上饰有一颗镀金铜球，闪耀如灯塔。佛罗伦萨主教座堂[1]。布鲁内列斯基[2]设计建造的巨大教堂穹顶空前绝后；在五百多年后的今天，这座三百七十五英尺高的建筑依旧岿然不动，如同一个矗立在主教座堂广场上难以撼动的巨人。

为什么我会在佛罗伦萨？

兰登这辈子都痴迷于意大利艺术。佛罗伦萨一直是他在欧洲最喜爱的目的地之一。米开朗基罗小时候在这座城市的街巷间玩耍；而后在他的工作坊里，点燃了意大利文艺复兴的璀璨火焰。它的美术馆吸引着数以百万计的游客，他们前来瞻仰波提切利的《维纳斯的诞生》、列奥纳多的《天使报喜》，以及这座城市的骄傲和喜悦——《大卫》雕像。

---

1 亦称圣母百花大教堂，系佛罗伦萨标志性建筑，由主教座堂、钟塔与圣乔凡尼洗礼堂构成。其教堂圆顶为有史以来最大的砖造穹顶。
2 十五世纪行会建筑师，多才多艺的文艺复兴时期巨匠。

兰登第一眼看到米开朗基罗的《大卫》，就为之倾倒，那时他还只是一个十来岁的孩子……步入佛罗伦萨学院美术馆……缓慢地走过米开朗基罗未完工的四座《奴隶》雕像所构成的阴森方阵[1]……接着感觉他的目光被向上吸引，无法抗拒地落在这座十七英尺高的旷世杰作上。对大多数初来乍到的参观者来说，《大卫》雕像的宏大的规模与轮廓分明的肌肉线条最让他们震撼；但对兰登而言，最吸引他的是大卫站姿的天才设计。米开朗基罗使用古典主义传统的对应技法[2]，营造一种视觉假象，让人感觉大卫整个身体向右倾斜，左腿基本没有承重；但实际上，大卫的左腿支撑着几吨重的大理石。

《大卫》让兰登有生以来第一次真正体会到伟大雕塑作品的魅力。现在兰登怀疑自己在过去几天里是否再次去膜拜过这件杰作，他惟一能唤起的记忆就是在医院里醒来，并看着无辜的医生在面前被杀害。非常抱歉。非常抱歉。

负罪感让他觉得恶心欲呕。我究竟干了什么？

他站在窗边，眼角的余光看到一台笔记本电脑，就放在旁边的书桌上。他突然想到，不管昨晚发生了什么事，都有可能在新闻里看到。

如果我能上网，或许可以找到答案。

兰登转身，冲过道大声喊道："西恩娜？！"

无人应答。她还在邻居的公寓里，给他找衣服。

兰登确信西恩娜会理解自己的冒昧，于是他掀开笔记本电脑，开启电源。

西恩娜的电脑屏幕一闪，显示出桌面——Windows 系统标准的蓝天白云背景。兰登立即访问谷歌意大利的搜索网页，输入关键词"罗伯特·兰登"。

---

[1] 这四座雕塑系米开朗基罗为教皇儒略二世的陵寝所建，未完工。一九四〇年移至佛罗伦萨学院美术馆的入口处陈列。

[2] 视觉艺术的术语，通常描述一种站姿，肩膀和胳膊扭转，偏离躯干正轴，并与臀部和腿不处在同一平面上，只用一条腿支撑身体重量，给人以轻松和不僵硬的感觉。

如果此刻被我的学生们看到,他开始搜索的时候心中暗想。兰登总是告诫学生们不要去自己谷歌自己——一种怪诞的新型消遣,在美国年轻人中大有市场,反映了他们对个人知名度的执迷。

搜索结果满满一页——几百条点击与兰登有关,涉及他的书、他的讲座。这不是我要找的。

兰登选中"搜索新闻",缩小搜索范围。

一个新页面打开了:有关"罗伯特·兰登"的新闻搜索结果。

新书签售:罗伯特·兰登将出席……

罗伯特·兰登所作的毕业演说……

罗伯特·兰登出版符号学入门读本,针对……

检索结果列了好几页,但兰登没看到一条最近的新闻——当然无从解释他当下的困境。昨晚究竟出了什么事?兰登继续努力,访问《佛罗伦萨人报》的网站,这是一家佛罗伦萨出版的英语报纸。他浏览了一下报纸头条、突发新闻版块和警务信息栏,里面的文章分别关乎一场公寓大火、一桩政府挪用公款丑闻,以及几起轻微犯罪事件。

来点有用的啊?!

他注意到突发新闻版块的一则报道:昨晚,在大教堂外的广场上,一名市政官员心脏病突发死亡。该官员的姓名尚未公布,但可排除他杀的可能性。

兰登不知道还能做些什么,最后只有登录他哈佛大学的电子邮件账户,查看消息,希望能从中找到答案。电子邮箱里都是与同事、学生和朋友的日常邮件往来,大多信件涉及对这一周活动安排的预约。

好像没人知道我不在哈佛。

兰登越看越糊涂,干脆关掉电脑,合上笔记本。他正准备出去,目光却被一样东西吸引了。在西恩娜书桌的一角,一摞旧医学期刊和报纸的上面,放着一张拍立得照片。在这张快照上,西恩娜和她的大胡子同事站在医院走廊上,两人开怀大笑。

马可尼医生,兰登默念道。他带着负罪感拿起照片,细细端详。

兰登将照片放回那一叠书刊之上,惊奇地发现最上面有一本黄色的小册子——一份破旧的伦敦环球剧场的节目单。从封面上看,演出剧目是莎士比亚的《仲夏夜之梦》……时间则是将近二十五年之前。

节目单上用白板笔潦草地写了一行字:亲爱的宝贝,永远别忘了你是一个奇迹。

兰登拿起节目单,里面夹着的一叠剪报落在书桌上。他急忙把它们收回去,但当他打开节目单,翻到剪报所在的发黄页面时,不禁为之一怔。

他看到一张儿童演员的剧照,扮演的是《仲夏夜之梦》里那个喜欢恶作剧的小精灵迫克。照片里的小女孩最多不过五岁,头发金黄,扎着眼熟的马尾辫。

照片下面写着:一颗新星的诞生。

演员简介里绘声绘色地描述了一位戏剧神童——西恩娜·布鲁克斯——她拥有超乎寻常的智商,只用了一个晚上就记住了所有角色的台词;而且在首次彩排中,经常给扮演其他角色的演员提词。这个五岁孩子的兴趣包括小提琴、国际象棋、生物和化学。她的父母家资殷厚,住在风景优美的伦敦东南郊的布莱克西斯;而她本人也已经是科学界的名人;在四岁的时候,她曾击败了一名国际象棋大师,并能够用三种语言阅读。

我的天啊,兰登直咂舌,西恩娜。这一来有些事情就说得通了。

兰登联想到哈佛大学的一位著名毕业生索尔·克里普克,他也是一个神童,六岁时自学了希伯来文;不到十二岁就读完了法国哲学家笛卡尔所有的著作。再往近一点,兰登想起曾读过一篇报道,关于一个叫凯孝虎的年轻天才。他在十一岁的时候就获得学士学位,平均分高达4.0,并在全美武术锦标赛中获奖;十四岁时出版了一本书,书名叫《我们能做到》。

兰登捡起另一张剪报,是一则报刊文章,配有七岁西恩娜的照片,文章标题是:天才儿童,智商高达208。

兰登没想过人的智商可以有那么高。照这篇文章的说法,西恩娜·布鲁克斯是一名小提琴大师,能够在一个月内精通一门新的语言，并且正在自学解剖学和生理学。

他看着另一张从医学期刊上截下来的剪报：《思想的未来：并非所有大脑生来都是平等的》。

文章还配有一张西恩娜的照片，那时她也许有十岁了，仍然是一头淡黄色头发，站在一台大型医疗器材旁边。文章中有一段访谈，被采访的医生解释，根据西恩娜的 PET 扫描[1]结果，她的小脑在生理构造上与众不同：她的小脑比常人更大、形状更具流线型，能够处理视觉空间内容的方式是大多数人类所无法想象的。该医生将西恩娜的生理优势等同于一种异常加快的脑部细胞生长，与癌症很相似，只不过加速生长的是有益的脑部组织，而非危险的癌细胞。

兰登又发现一则摘自小镇报纸的报道。

《天才的诅咒》

这次没有照片，报道讲述了一个年轻天才，西恩娜·布鲁克斯，试着去普通学校读书，但因为无法融入学校生活，被其他同学取笑嘲弄。文章还提到天赋过人的年轻人往往社交能力有欠缺，与他们的智商极不相配，他们常常受人排斥，并感到隔绝、孤立。

这篇文章提到西恩娜八岁的时候曾经离家出走，而且利用自己的聪明才智，独自一人生活了十天没被发现。最终人们在伦敦一家高档酒店里找到了她，她假装成一名房客的女儿，偷了一把钥匙，并点了房间送餐服务，当然都是别人买单。据说她利用一个星期读完了长达 1600 页的《格雷氏解剖学》。当警察问她为什么要读医学教科书时，她告诉他们是因为她想知道自己的大脑出了什么问题。

兰登对这个小女孩充满了同情。他难以想象一个如此与众不同的孩子该有多么孤独。他将这些剪报重新折好，又最后望了一眼那张西恩娜五岁时扮演小精灵迫克的照片。兰登不得不承认，考虑到今早他与西恩娜相遇的离奇经历，这个爱搞恶作剧、诱人入梦的精灵形象似

---

[1] 正电子发射型计算机断层摄影。它是一种核医学技术，利用该器械中的照相机获得人体功能的多幅图像，提供健康和疾病方面的信息。

乎特别适合她。兰登只希望自己也能像剧中人物那样,一觉醒来,假装最近发生的一切都只是一个梦而已。

兰登小心翼翼地将所有剪报放回原来的页面,合上节目单。他再次看到了封面上那行字:亲爱的宝贝,永远别忘了你是一个奇迹,心头涌起一股莫名的伤悲。

这时,节目单封面上一个熟悉的装饰符号吸引了他的注意力。全世界大多数剧院的节目单都使用同样的希腊早期象形图作为装饰——一个有着二千五百年历史的符号,已经是戏院的同义词。

面具。

代表喜剧与悲剧的两张标志性面孔向上盯着兰登,兰登耳朵里突然响起一阵奇怪的嗡嗡声——仿佛脑子里有一根弦被慢慢地拉紧。他的头一下就像裂开了一般,剧痛不止。眼前浮现出一只面具的幻影。兰登大口喘着粗气,在书桌旁的转椅上坐下,痛苦地闭紧双眼,慢慢举起双手,紧摁着头皮。

虽然他视线模糊,但那怪异的幻觉又铺天盖地回来了……格外鲜明,格外生动。

带着护身符的银发女子又一次隔着血红的河水向他呼唤。她绝望的叫喊刺透腐臭的空气,盖过那些受折磨和将死者的哀嚎,清晰可辨。而触目所及之处皆是他们痛苦翻滚的躯壳。兰登再次看到那倒立的双腿,以及上面的字母 R,半埋在土中的躯体扭动着,两腿在空中拼命地蹬踏。

去寻找,你会发现!女子向兰登呼喊,时间无多!

兰登再度感到当务之急是去救她……救每一个人。他像疯了一般,隔着血红的河水向她狂喊:你到底是谁?!

又一次,女子抬手掀起面纱,露出美丽夺目的面庞,和兰登先前看到的一模一样。

我是生命,她答道。

话音未落,她的上空毫无征兆地冒出一个巨型身影——他戴着让人毛骨悚然的面具,上面有一个鸟喙状长鼻子,两只炯炯有神的绿色眼眸,看不出任何情绪,正死死地盯着兰登。

那……我是死亡,低沉而洪亮的声音回荡着。

第8章

兰登猛地睁开双眼,倒吸一口凉气。他还坐在西恩娜的书桌旁,双手捧头,心脏怦怦狂跳。

我身上究竟发生了什么事?

银发女子以及鸟喙面具的模样在他脑海中挥之不去。我是生命。我是死亡。他想赶走这幻觉,但它却像永远烙在记忆里一般根深蒂固。在面前的书桌上,节目单上的两副面具仰面凝视着他。

你的记忆将是模糊、杂乱的,西恩娜曾告诉他,过去、现在和你的想象全都混在一起。

兰登感到头晕目眩。

不知从公寓的什么地方,传来了电话铃声。是那种刺耳的老式铃音,从厨房里飘出来。

"西恩娜?!"兰登站起身,大声唤她。

没人答应。她还没回来。电话又响了两下,接通了留言机。

"你好,是我,"[1] 西恩娜用意大利语欢快地宣布她在外不能接听电

---

[1] 原文为意大利语。

话,"请留言,我会给你回话。"[1]

嘀声之后,一个女人开始留言,听上去她被吓坏了。她那带有浓重东欧口音的声音在门厅回荡。

"西恩娜,我系丹妮科娃!你哪儿呢?!太瞎人啦!你的朋友马可尼医生,他死了!医院闹翻了天!警察也来啦!他们跟警察说你跑出去救一个病人?!为啥啊!?你都不认识人家!现在警察要找你谈话!他们拿走了员工档案!我晓得上面的信息是错的——地址不对、没有电话、工作签证也是假的——所以他们今天找不着你,但迟早会!我打电话提醒你。抱歉,西恩娜。"

电话挂断了。

兰登的心里又掠过一波自责。根据电话留言判断,是马可尼医生同意西恩娜在医院工作的。兰登的出现不仅害马可尼丢了性命,而且西恩娜出于本能搭救一个陌生人,也给自己的未来蒙上阴影。

这时公寓另一头传来砰的一声,有人关门。

她回来了。

没一会儿,电话留言机响起:"西恩娜,系丹妮科娃!你哪儿呢?!"

知道西恩娜将听到什么消息,兰登选择逃避。趁着播放留言的时机,兰登迅速将节目单放好,整理一下书桌。然后他退出房间,回到对面的浴室,心中怀着对窥探西恩娜过往的愧疚。

过了十秒钟,浴室门上响起轻柔的敲门声。

"我把衣服留在门把手上,"她的声音听不出情绪变化。

"非常感谢,"兰登答道。

"等你收拾好了,请到厨房来一下,"她补充道,"在我们打电话求助之前,我得给你看一件重要的东西。"

---

[1] 原文为意大利语。

* * *

西恩娜沿着走廊回到简陋的卧室,身心俱疲。她从衣橱里取出一条蓝色牛仔裤和一件毛衣,走进卧室的卫生间。

她盯着镜子里的自己,抬起手,揪住那浓密的金色马尾辫,用力向下一扯,假发滑落,露出她光秃秃的头皮。

一个三十二岁的光头女人在镜子里与她对视。

西恩娜这一生从不缺乏挑战。尽管她一直在训练自己依靠理性智慧去战胜困难,但如今的困境却在情感深处将她击垮了。

她将假发放在一边,洗手洗脸。擦干之后,她换上衣服,戴回假发,小心翼翼地摆正发套。通常,自怜这种冲动是西恩娜无法容忍的,但现在,当悲从中来,泪如泉涌时,她知道她别无选择只能任其宣泄。

于是她就这么做了。

她痛哭流涕,为无法掌控的人生。

她痛哭流涕,为在她眼前死去的导师。

她痛哭流涕,为充斥心田的深切孤独。

但是,最主要的,是为了未来……那突然变得虚无缥缈的未来。

第 9 章

在豪华游轮"门达西乌姆号"的船舱内,高级协调员劳伦斯·诺尔顿坐在他的封闭玻璃隔间里,盯着电脑屏幕发愣。他刚预览了委托人留下的视频,仍感觉难以置信。

难道明天一早我要把这东西上传给媒体?

诺尔顿在"财团"工作了十年,执行过他也明白介乎不诚实与非法之间的各种古怪任务。在道德的灰色地带工作对于"财团"来说再正常不过——因为这个组织惟一的道德制高点就是他们愿不计一切代价兑现对客户的承诺。

我们使命必达。不问任何问题。无论发生什么情况。

然而，上传这段视频将引发的后果却让诺尔顿惶恐不安。过去，不管执行多么变态的任务，他总能明白其缘由……领悟其动机……理解其期望达成的结果。

但这段视频却让他难以捉摸、把握不定。

它有什么地方感觉不对劲。

非常不对劲。

诺尔顿坐回电脑旁，从头播放视频文件，希望再看一遍能有更多线索。他调大音量，坐稳了来观看这九分钟的表演。

和之前一样，刚开始是轻柔的水浪声，那诡异的洞窟里全都是水，被一种肃穆的红光所笼罩。镜头再次钻到发光的水体之下，对准淤泥覆盖的地面。又一次，诺尔顿读到水底钛金板上的文字：

就在此地，正当此日，
世界被永远改变。

抛光的钛金板上署着"财团"委托人的名字，这已相当令人不安。而上面的日期就是明天……诺尔顿更感忧虑。然而，真正让诺尔顿如坐针毡的还在后面。

镜头这会儿摇到左边，能看到就在钛金板的旁边，有一个惊人的物体悬浮在水中。

那是一只塑料球，用一根短短的细线固定在水底，塑料层很薄，整个球体近乎透明，如同一个易破的超大肥皂泡般摇曳，又似漂浮在水底的一只气球……但里面充的并非氦气，而是某种凝胶状棕黄色液体。塑料球膨胀开来，并非规则球体，目测直径约有一英尺；在它透明的内壁里，朦胧呈雾状的液体仿佛在缓慢旋转，就像是酝酿之中的风暴之眼。

上帝啊,诺尔顿手心冒汗,心底发寒。这袋漂浮的液体在他看第二遍时显得愈发不祥。

画面渐渐暗下来,黑暗笼罩。

一个新的场景冒出来——发光的泻湖、波光粼粼的水面、折射在洞窟潮湿墙壁上舞动的倒影。墙壁上一个影子浮现……是一个男人……立在洞窟中。

但这个男人的脑袋是畸形的……非常丑陋。

他没有鼻子,只有一只长长的鸟喙……如同半人半鸟的怪物。

开口说话时,他的声音含混……有一种诡异的口才……节奏分明的抑扬顿挫……仿佛化身某个古典合唱团的解说者。

诺尔顿坐着一动不动,几乎喘不过气来,他聆听着鸟喙鬼影的话:

> 我是幽灵。
>
> 如果你们正在观看这段视频,那就意味着我的灵魂终得安息。
>
> 被迫藏匿地下,被放逐到这个黑暗的洞窟里。血红的河水在这儿汇聚成泻湖,它不会倒映群星。我的宣言必须从地球深处向全世界发布。
>
> 可这就是我的天堂……孕育我那柔弱孩子的完美子宫。
>
> 地狱。
>
> 很快,你们就会知道我身后所留之物。
>
> 然而,甚至在这里,我依然感觉到那些愚昧灵魂的脚步在对我穷追不舍……为了阻挠我的行动,他们不惜一切代价。
>
> 原谅他们吧,你们也许会说,因为他们压根儿就不知道自己在做什么。但古往今来,总有这样的时候,无知不再是可原谅的罪行……这时,只有智慧才有豁免的权力。
>
> 出于纯洁的良知,我赠与你们所有的礼物——希望、救赎和

明天。

但仍有那些像狗一样对我穷追不舍的人，满脑袋自以为是的信念，把我当作疯子。那银发美人居然胆敢视我为怪物！就像那些有眼无珠的教士为处死哥白尼而游说奔走，她对我冷嘲热讽，当我是恶魔，为我已窥探到真理而惶惶不可终日。

但我不是先知。

我是你们的救赎。

我是幽灵。

第 10 章

"请坐，"西恩娜说，"我想问你几个问题。"

兰登迈入厨房，感觉脚步更稳了。他穿着邻居的布里奥尼[1]西装，大小合适，恰似为他量身定做一般。就连脚上的路夫鞋也很舒服，兰登暗记在心，等回美国以后，一定要换意大利的鞋子来穿。

如果我能回去的话，他心想。

西恩娜改了装扮，变身自然风格的美人，她换上贴身牛仔裤和米色毛衣，轻盈的身形被完美地勾勒出来。她头发还是向后扎成马尾辫，但卸下医院手术服带来的威严之后，她显得更加柔弱。兰登注意到她双眼微红，像是刚刚哭过，于是心头一紧，再次涌起负疚感。

"西恩娜，我很抱歉。我听到电话留言了。我不知该说什么。"

"谢谢，"她答道，"但现在我们得把重点放在你身上。请坐下。"

她语气变得坚定，让兰登联想到在剪报中读到的她那早慧的童年。

"我需要你好好想想，"西恩娜示意他坐下，"你还记得我们是怎

---

[1] 顶级意大利男装品牌。

么来到这间公寓的吗？"

兰登搞不懂这有什么关系。"搭出租车来的，"他挨着餐桌坐下，"有人冲我俩开枪。"

"是朝你开枪，教授。这点得搞清楚。"

"是的。对不起。"

"在出租车上的时候，你还记得枪响了几声吗？"

奇怪的问题。"记得，两声。一枪打在侧边后视镜上，另一枪打穿了后车窗。"

"很好，现在闭上双眼。"

兰登这才意识到她在检查他的记忆恢复情况。他闭上眼睛。

"我穿的什么衣服？"

她的样子浮现在兰登脑海里："黑色平底鞋、蓝色牛仔裤和米色V领毛衣。你的头发是金色的，齐肩长，向后扎起。你的眼睛是棕色的。"

兰登睁开眼睛，端详着她，也为自己的细节记忆功能恢复正常而欣喜。

"很好，你的视觉认知铭印很棒，证明你的失忆完全是可逆性的，对你的记忆形成过程没有任何永久性损伤。关于过去几天，你又回忆起什么新的事情了吗？"

"很不幸，没有。但你出去那会儿，我又产生了一堆幻觉。"

兰登告诉她幻觉中反复出现的蒙面女子、成堆的死尸、还有那半埋在土里、烙着字母 R、并痛苦扭动的双腿。然后他又说起从天而降的那副奇怪的鸟喙面具。

"'我是死亡'？"西恩娜问道，一脸的迷惘。

"没错，它就是这么说的。"

"好吧……我想这要比'我是毗湿奴[1]，世界的摧毁者'更加震撼。"

1　毗湿奴是印度教中的主神之一。

年轻医生刚刚引用了罗伯特·奥本海默[1]在试验第一颗原子弹时的名言。

"那这个长鼻……绿眼的面具?"西恩娜说,大惑不解地问,"你知道为什么会引发这种联想吗?"

"毫无头绪,但那种样式的面具在中世纪相当普遍,"兰登顿了一顿,"它被称作瘟疫面具。"

西恩娜莫名其妙地焦躁不安起来:"一副瘟疫面具?"

兰登接着向她解释,在符号学领域,鸟喙或者长鼻面具的独特形状基本上就是黑死病的代名词。公元十四世纪席卷整个欧洲的那场致命瘟疫,在一些地区,甚至夺走了三分之一居民的生命。大多数人认为"黑死病"之所以叫"黑"死病,是由于患者因生坏疽和皮下出血导致肌肉发黑;但实际上"黑"字指的是这种传染病在民众中造成的极度恐惧。

"而鸟喙面具,"兰登说,"是中世纪医生在治疗被感染的病人时佩戴的,用以避免他们的鼻孔接触到瘟疫。如今,只有在威尼斯狂欢节上你才会看到它们作为装饰佩戴,算是对意大利历史上那段可怕岁月的一种怪异的提醒。"

"你肯定在幻觉中看到的是这种面具?"西恩娜追问道,她的声音已有些发抖,"中世纪瘟疫医生所佩戴的面具?"

兰登点点头。鸟喙面具特征明显,他绝不会认错。

西恩娜皱着眉头,这让兰登有种预感,她正在想如何用最好的方式告诉自己一些坏消息。"还有那个女子不停对你说'去寻找,就会发现'?"

"没错。和之前完全一样。但问题是,我压根儿就不知道要我去找什么。"

西恩娜缓缓地长舒一口气,面色凝重:"我猜我或许知道。另

---

[1] 尤利乌斯·罗伯特·奥本海默(1904—1967),美国犹太裔物理学家,制造原子弹的"曼哈顿计划"的主要领导者之一,被称为美国"原子弹之父"。

外……我想你或许也已经发现了。"

兰登目瞪口呆:"你在说什么?!"

"罗伯特,昨晚在你来医院的时候,你夹克口袋里有一件不同寻常的东西。你还记得是什么吗?"

兰登摇摇头。

"你随身带着一件东西……一件让人相当震惊的物品。我是在帮你做清洁的时候偶然发现的。"她指了指兰登那件血迹斑斑的哈里斯花呢外套,它就平铺在餐桌上,"那东西还在口袋里,或许你想看一眼。"

兰登打量着他的外套,举棋不定。这至少解释了她为什么要返身去取我的夹克。他抓起沾血的外套,把所有的口袋翻了个遍。什么也没有。他又搜了一遍。最终,他冲她耸耸肩:"什么也没有。"

"看看衣服的暗袋?"

"什么?我的夹克上可没有什么暗袋。"

"没有?"她大惑不解,"难道这件夹克……是别人的?"

兰登感觉大脑又开始糊涂了:"不,这是我的夹克。"

"你确定?"

太他妈确定了,他心道,实际上,它一直是我最喜欢的一件金巴莉上装[1]。

他翻出衬里,给西恩娜看标签上他最喜欢的时尚界符号——哈里斯花呢的标志性圆球,上面饰有十三颗纽扣状的珠宝,顶上是一个马耳他十字[2]。

被一块斜纹布勾起对基督教战士的回忆,这种事还是留给苏格兰人吧。

"你看这儿,"兰登指着标签上手绣的姓名首字母缩写——*R. L.*——那是专门加上去的。他始终钟情于哈里斯花呢的手工缝制,正

---

1 英国著名男装品牌。
2 马耳他十字是第一次十字军东征时医院骑士团以及马耳他骑士团所使用的符号,由四个"V"字组成,其八个顶点象征骑士的八项美德。

因如此,他总会多付些钱,让裁缝把他的姓名首字母绣到标签上。在大学校园里,你会撞见成百上千件斜纹花呢夹克,在餐厅和教室里,不断有人脱下又穿上。兰登可不愿意因某次疏忽而蒙受损失。

"我相信你,"她从他手中拿过夹克,"但是你看。"

西恩娜摊开夹克,露出颈背附近的衬里。下面小心地藏了一个整齐成形的大口袋。

真是活见鬼?!

兰登肯定自己从未见过这个暗袋。

口袋的走线隐蔽,缝制得十分完美。

"以前没有这个暗袋!"兰登坚持道。

"那我猜你也从没见过……这个?"西恩娜将手伸进口袋,掏出一件光滑的金属物体,轻轻地放在兰登手中。

兰登低头望着这件物什,完全没有头绪。

"你知道这是什么吗?"西恩娜问。

"不知道……"他结结巴巴地说,"我从未见过类似的东西。"

"嗯,我不幸碰巧知道这是什么。而且我相当肯定就是因为这玩意儿,才有人要杀你。"

* * *

在"门达西乌姆号"上,协调员诺尔顿在他的私人隔间里踱来踱去。明天一早就要将这段视频公诸于世,他越想越不安。

我是幽灵?

有谣言说,这名委托人在死前最后几个月已经精神崩溃,而这段视频貌似证实了这些传言确定无疑。

诺尔顿明白自己有两个选择:他可以依照承诺将视频处理好,明天上传;他也可以拿着视频上楼去找教务长,再请示他一次。

我已经知道他的意见,诺尔顿从未见过教务长采取与对客户的允诺不符的行动。他会告诉我将这段视频上传,公诸于世,不要多问……而且他会对我的请求暴跳如雷。

诺尔顿的注意力又回到视频上,他将视频后退到一处特别让人不安的地方。他点下重播键,散发着诡异光芒的洞窟再度出现,并伴着水浪拍击的声音。那个似人非人的影子在湿淋淋的墙壁上若隐若现——是一名高个子,有着一个长长的鸟喙。

这个扭曲的影子瓮声瓮气地演说道:

> 这是新的黑暗世纪。
>
> 几百年前,欧洲处于水深火热之中——人们群居于穷山恶水间,食不果腹,衣不蔽体,还背负着生来便罪孽深重的思想重负,看不到救赎的希望。他们如同一片茂密的森林,太多的枯木朽枝快要将其淹没窒息,正盼望着上帝的闪电——它的火花将最终点燃净化的火焰,肆虐这片土地,摧枯拉朽,让阳光雨露再次洒落在茁壮的树根上。
>
> 汰劣存优是上帝的自然秩序。
>
> 你们扪心自问,黑死病之后发生了什么?
>
> 我们都知道答案。
>
> 文艺复兴。
>
> 重生。
>
> 生死循环。自古如此。
>
> 要想进入天国,你必须经过地狱。
>
> 这,大师[1]已经告诉我们。
>
> 但是那个银发的白痴居然胆敢称我为恶魔?难道她还没有把握未来的规律?没看到它将带来的恐惧?
>
> 我是幽灵。
>
> 我是你们的救赎。
>
> 所以我站在这里,这座洞窟深处,望着那片吞噬所有星光的

---

[1] 此处指但丁及其作品《神曲》。

泻湖。在这座沉没的宫殿里,地狱之火在水下燃烧。

很快它就会迸出火焰。

等到那一刻,这世间便再无可以阻挡它之物!

第 11 章

兰登手中的这件东西看着不大,却重得出奇。金属圆筒经过抛光处理,纤细光滑;长约六英寸,两头浑圆,就像一只迷你鱼雷。

"在粗暴地把玩它之前,"西恩娜提议,"你可能想先看一下它的另一面。"她挤出一丝紧张兮兮的微笑:"你说你是一名研究符号的教授?"

兰登的注意力回到圆筒上,将其在两手之间慢慢旋转,一个鲜红色的符号映入眼帘,那是它侧面的纹饰。

他浑身上下立刻绷紧了。

当还是一名研究图标符号的学生时,兰登就知道不多的几个图形具备让人望而生畏的震慑力……而眼前这个符号绝对榜上有名。他本能而迅速地作出反应:将圆筒放在桌子上,身体一软,靠在椅背上。

西恩娜点点头:"没错,我也是这个反应。"

圆筒上的标记是一个简单的品字形图标。

兰登曾读过有关资料,这个众所周知的符号是由陶氏化学公司[1]于 20 世纪 60 年代设计的,来代替之前使用的一系列效果并不明显的

---

1 一家一八九七年创建于美国的跨国化工公司,公司规模位居世界前列。

警示图标。和其他广为流传的符号一样，它简单、独特、易于复制。它巧妙的设计能引发人们各种联想，从蟹螯到忍者的飞刀；这个在现代社会里代表"生物危害"的符号已经成为一种全球品牌，在各国语言中无一例外地意味着危险。

"这个小罐子是一只生物管，"西恩娜说，"用来运输危险品。在医学领域我们偶尔会接触到。它里面是一个泡沫套筒，用来固定样品试管，保证运输安全。在这种情况下……"她指向生物危害标识，"我猜里面装的是一种致命的化学药剂……或者也许是一种……病毒？"她顿了一顿："最早的埃博拉病毒[1]样本就是用类似这样的圆筒从非洲带回来的。"

这绝不是兰登希望听到的："这鬼东西怎么会在我的夹克里！我是艺术史教授；我为什么要随身带着这玩意儿？！"

痛苦扭动着的身躯在他脑海里掠过……在那之上，是一副瘟疫面具。

非常抱歉……非常抱歉。

"不管这东西是从哪里来的，"西恩娜说，"它都是一个非常高端的装置。衬铅钛管。基本上完全密封，连辐射都穿不透。我猜应该是政府配备的。"她指着生物危害标识一侧邮戳大小的黑色面板："指纹识别系统。万一遗失或者被盗后的安保措施。这种管子只能由某个特定人物打开。"

尽管兰登感觉大脑已经能以正常速度运转，但他依旧要费很大力气才跟得上西恩娜的话。我一直携带着一只生物样品密封罐。

"我在你的夹克里发现这个生物管之后，本想私下给马可尼医生看的，但一直没有机会，后来你就醒过来了。在你昏迷的时候，我考虑过用你的大拇指来解锁，但我完全不清楚里面会是什么，于是——"

"我的拇指？！"兰登直摇头，"这东西绝对不可能设置成由我来

---

1 一种人畜共通病毒，以非洲刚果民主共和国的埃博拉河命名，致死率达 50% 至 90%。

打开。我对生物化学一窍不通。而且我从未碰过这一类装置。"

"你确定吗?"

兰登有十足的把握。他伸出手,将大拇指摁在面板上。没有反应。"你看?!我都告诉你了——"

钛金管清脆地咔哒一声,吓得兰登把手一下缩回去,就像被烫到一般。真他妈活见鬼!他盯着钛金管,仿佛它会自动开启,并释放出致命的气体。过了三秒钟,它又咔哒一声,显然是重新锁死了。

兰登一言不发,转向西恩娜。

年轻医生长舒一口气,不再那么紧张:"嗯,这下非常清楚了,你就是指定的携带人。"

对兰登来说,整个情节前后矛盾、不合逻辑。"这不可能。首先,我怎么可能带着这块金属通过机场安检?"

"也许你是坐私人飞机来的?或者是等你到了意大利以后才拿到它的?"

"西恩娜,我得给领事馆打电话。马上就打。"

"你不觉得我们应该先打开它看看吗?"

兰登这辈子干过不少缺心眼的事情,但绝不会包括在这个女人的厨房里打开一个装危险物质的容器。"我要把这东西交给有关部门。就现在。"

西恩娜噘起嘴唇,权衡着各个选项。"好吧,但一旦打了这通电话,你就得全靠自己了。我不能牵涉其中。另外你肯定不能在这里和他们见面。我在意大利的入境情况……有点复杂。"

兰登直视着西恩娜的眼睛:"西恩娜,我只知道你救了我的命。所以你想要我怎么处理,我就怎么做。"

她感激地点点头,走到窗边,望着下面的街道。"好吧,我们就这么办!"

西恩娜迅速拟定了一个方案。简单明了、设计巧妙,而且万无一失。

她开启手机的来电信息屏蔽,然后拨号。她的手指纤细优美,每一下点触都显得坚定果敢。兰登在一旁默默等候。

"查号台吗?"西恩娜说,她的意大利语听不出一点口音,"请帮我查一下美国驻佛罗伦萨领事馆的电话号码。"

她等了一会儿,然后迅速记下一个号码。

"非常感谢,"说完她挂了电话。

西恩娜将号码,还有她的手机推给兰登:"该你上场啦。你还记得怎么说吧?"

"我的记忆没问题了。"他微笑着回应,拨通纸片上的号码。电话接通了。

无人应答。

他按下免提键,将手机放在桌子上,让西恩娜也能听到。是电话录音自动答复,告知领事馆的服务项目与作息时间,办公时间要上午八点半才开始。

兰登看了一眼手机上的时间。刚凌晨六点。

"如遇紧急情况,"电话录音继续播放,"请拨77联系夜班值班员。"

兰登立刻拨通分机号码。

电话接通中。

"美国领事馆,"一个疲惫的男声响起,"这里是值班室。"

"你说英语吗?"兰登用意大利语问道。

"当然,"接线员用美式英语答道。听上去他因为被吵醒而略有几分不悦,"有什么事吗?"

"我是美国人,在佛罗伦萨被袭击了。我的名字是罗伯特·兰登。"

"护照号,请讲。"能听到他在打哈欠。

"我的护照丢了。我想应该是被偷了。我头上挨了一枪。我还住了院。我需要帮助。"

接线员突然清醒过来:"先生!?你刚才说你被枪击了?你的全名是什么?请再说一遍!"

"罗伯特·兰登。"

电话那头传来沙沙的声音，兰登能听到对方在用手指敲打键盘。电脑嘀了一声。没了动静。接着又是敲击键盘的声音。又一声嘀音。然后响起三声尖锐的嘀音。

更长时间的沉默。

"先生？"接线员开口了，"你是罗伯特·兰登？"

"对，没错。我现在有麻烦。"

"好的，先生，你的名字上标有警示记号，要求我立刻将来电转接给总领事的秘书长。"他又停住了，仿佛自己都觉得难以置信。"请不要挂机。"

"等一下！你能告诉我——"

电话已经在转接中。

铃声响了四下，接通了。

"我是柯林斯，"一个嘶哑的声音应道。

兰登长吸一口气，尽量让自己保持冷静，把话讲清楚："柯林斯先生，我是罗伯特·兰登。我是一名美国人，现在佛罗伦萨。我中了枪。我需要帮助。我想立即到美国领事馆来。你能帮我吗？"

没有片刻的犹豫，这个低沉的声音答道："谢天谢地你还活着，兰登先生。我们一直在找你。"

第 12 章

领事馆知道我在佛罗伦萨？

这个消息顿时让兰登如释重负。

柯林斯先生——自称为总领事的秘书长——说话语气坚定而专业，声音中透出一丝紧迫感："兰登先生，你得好好谈谈，越快越好。但显而易见不能在电话上。"

这时候兰登仍然一头雾水,没有任何事情对他来说是显而易见的,但他不准备插话。

"我会立刻安排人去接你,"柯林斯说,"你的位置是?"

西恩娜通过扬声器听两人的交流,此时紧张地换了一个坐姿。兰登向她点头示意,表明自己一定会准确无误地执行她的计划。

"我在一家小旅店,叫佛罗伦萨家庭旅馆,"兰登望了一眼街对面那家外墙单调灰暗的旅店,之前西恩娜曾指给他看过。他告诉了柯林斯街道地址。

"明白了,"男子答道,"不要轻举妄动。待在房间里。我们的人马上就到。房间号是多少?"

兰登编了一个:"39。"

"好的。等二十分钟。"柯林斯压低声音,"另外,兰登先生,听上去你好像受了伤,思维有些紊乱,但恕我多问一句……还在身上吗?"

还在身上。兰登琢磨着这个问题,这么神神秘秘的,只可能是一个意思。他的目光落在厨房餐桌的生物管上。"没错,长官,还在身上。"

能听到柯林斯长舒了一口气:"我们没收到你的消息,还以为……嗯,坦白地说,我们假设了最糟糕的情况。现在终于放心了。待在原地别动。等二十分钟。就会有人敲你的房门。"

柯林斯挂上电话。

从在医院里醒来到现在,兰登第一次感觉到肩膀放松下来。领事馆的人了解是怎么回事儿,很快我就会知道答案了。兰登闭上双眼,缓缓长吁一口气,仿佛重获新生。他的头痛也消失得无影无踪。

"很好,真有军情六处[1]的范儿,"西恩娜半开玩笑半认真地问道,"你不会是间谍吧?"

此刻兰登完全搞不清自己究竟是谁。他丢失了两天的记忆,身处

---

[1] 英国情报机关。著名的影视人物007就隶属于该机构。

一个陌生的环境，这一切让人难以理解，但却的的确确发生了……再过二十分钟，他就要和一名美国领事馆的官员在一家破败的旅店里见面。

这里究竟出了什么事？

他望了西恩娜一眼，意识到彼此分别在即，但隐约觉得他俩之间还有未竟之事。他眼前浮现出医院里的那名大胡子医生在他面前倒在血泊中的画面。"西恩娜，"他轻声道，"对你的朋友……马可尼医生……我非常难过。"

她点点头，面无表情。

"另外，非常抱歉把你牵扯进来。我知道你在医院工作的情况比较特殊；假如有什么调查的话……"他的声音越来越小。

"没关系的，"她说，"我已经习惯了四处漂泊。"

透过西恩娜冷漠的眼神，兰登能体会到这个早晨完全改变了她的人生轨迹。尽管兰登自己的生活也是一团乱麻，但他不由得对这个女子心生怜悯。

她救了我的命……而我却毁了她的生活。

两人相对无言，坐了足有一分钟的时间。气氛渐渐凝重，他俩都想打破沉默，却无话可说。毕竟他们素昧平生，只是萍水相逢，共同走过一段短暂而又离奇的旅途，现在到了分岔口，得分道扬镳、各奔前程了。

"西恩娜，"兰登终于说话了，"等我和领事馆的事有了头绪，假如有什么事情我能帮上你的忙……请一定要开口。"

"谢谢，"她低声答道，将流露出悲伤的目光移向窗外。

* * *

时间一分一秒地流逝，西恩娜·布鲁克斯心不在焉地望着厨房窗外，想知道命运将会把她引向何处。不管事态如何发展，惟一可以确定的是，等到今天结束，她的世界肯定已经天翻地覆。

她怀疑或许只是肾上腺素在捣鬼，自己莫名其妙地被这名美国教授所吸引。他不仅英俊，似乎还有一颗真诚而善良的心。她遥想着，在别处，在另一种人生里，罗伯特·兰登甚至可能成为与她厮守终身的人。

他不会要我的，她心想，我有瑕疵了。

就在她压抑自己情绪的时候，窗外发生的事情引起了她的关注。她突然坐得笔直，脸紧贴在窗玻璃上，俯视着街道："罗伯特，快看！"

兰登眯着眼睛往下看，只见一台豪华的黑色宝马摩托车在佛罗伦萨家庭旅馆前轰鸣着停下来。车上的人精悍强壮，一身黑色皮衣，戴着头盔。在车手一跃而下，动作优雅地摘去闪亮的黑色头盔时，西恩娜听到兰登突然倒吸一口凉气。

是那个留着刺猬头发型的女子，绝不会认错。

她掏出一把手枪——看上去很眼熟——检查一下消音器，然后，她悄悄把枪塞进夹克口袋，迈着优雅的步伐，裹着杀气进入了旅馆。

"罗伯特，"西恩娜低声道，声音因为害怕而发紧，"美国政府刚刚派了人来杀你。"

第 13 章

罗伯特·兰登站在公寓的窗户边，眼睛盯着街对面的家庭旅馆，心底泛起一阵寒意。刺猬头女子刚刚走了进去，但兰登怎么也搞不懂她是如何弄到地址的。

肾上腺素持续冲涤着他的神经，再次让他的思维支离破碎。"我自己的政府派人来杀我？"

西恩娜看上去同样震惊。"罗伯特，那意味着最初在医院里要取你性命的行动也是美国政府授意的。"她站起身，确认公寓的房门已经锁好。"假如美国领事馆得到许可去杀你……"她没再往下推论，但两人都已明白这意味着什么。这个暗示让人毛骨悚然。

他们究竟认为我干了什么？为什么我自己国家的政府要追杀我？！

兰登耳畔再次响起他跌跌撞撞走进医院时嘴里含含糊糊念叨着的话：

非常抱歉……非常抱歉。

"你在这里不安全，"西恩娜说，"我们都不安全。"她示意街对面。"那个女人看到了我俩一起从医院里逃出来。而且我敢打赌，美国政府和警察已经在追查我了。虽说我这公寓是以别人的名义转租的，但他们终将会查出来。"她的注意力又转回桌上的生物管。"你得把它打开，就现在。"

兰登打量着这个钛金管，目光只落在生物危害标识上。

"不管里面是什么，"西恩娜说，"可能是一串身份代码、一柄特工匕首、一个电话号码，诸如此类的东西。但你得知道为什么。我也要知道！你的政府杀了我的朋友！"

西恩娜语气中的悲恸将兰登从沉思中拉回来。他点点头，明白她说得对。"对，我……非常抱歉。"兰登赶紧住口，他不自觉又冒出了这句话。他回头望着桌上的生物管，想知道里面会藏着什么样的答案。"打开它可能带来难以想象的危险。"

西恩娜想了一会儿答道："不管里面是什么，都会格外妥善安置，应该放在一只防震的树脂玻璃试管里。这个生物管只是一层外壳，在运输过程中提供额外的保护。"

兰登看向窗外，望着旅馆前面停着的黑色摩托车。那个女子还没有出来，但她可能已经猜到兰登并不在里面。他想知道她下一步会怎么办……她还要多久就将猛拍这间公寓的房门。

兰登把心一横，拾起钛金管，无奈地将大拇指摁在生物识别面板上。过了一会儿，金属管发出嘀嘀声，接着是咔哒一声巨响。

赶在钛金管重新自锁之前，兰登握住两端，朝相反的方向拧动。大概转了四分之一圈,钛金管第二次发出嘀嘀声,兰登知道方法对了。

他继续扭动钛金管,手心不断冒汗。钛金管的两个半边分别沿着加工精密的螺纹平稳地移动。他一直不停地拧,那种感觉就像是要打开一只珍贵的俄罗斯套娃,只是这次他不知道里面会掉出来什么。

转了五圈之后,两半儿松开了。兰登深吸一口气,小心地将它们拉开。两半儿中间的空隙越来越大,露出里面的泡沫塑料。兰登将它放在桌子上。乍一看,这层保护包装就像一只拉长的乐福[1]橄榄球。

真是白费心思。

兰登轻轻地卷起顶层的保护泡沫,里面的东西终于露出了真容。

西恩娜低头盯着看了一会儿,然后昂起头,一脸困惑。"完全出乎我的意料。"

兰登本以为会是某种带有未来主义色彩的小瓶子,但生物管里的东西与现代毫不沾边。这件雕饰异常华丽的物品貌似用象牙制成,大小和一筒救生圈形薄荷糖差不多。

"看上去有年代了,"西恩娜低声说,"是某种……"

"圆筒印章,"兰登答道,终于可以松一口气了。

圆筒印章是苏美尔人[2]在公元前三千五百年左右发明的,是凹版印刷的前身。印章通体有装饰性图案,内有中空轴,装有轴销,这样雕刻滚筒就能像现代的滚筒油漆刷一样滚过潮湿的黏土或者陶土,留下一组反复出现的符号、图像或者文字。

兰登估摸,这个滚筒印章毫无疑问相当罕见,价值不菲。但他还是想不明白它怎么会像某种生化武器一般锁在一只钛金管里。

兰登在指间把玩印章,发现它表面的雕刻让人不寒而栗——一个长着三头带角的撒旦正在同时吞噬三个不同的人,每张嘴里一个。

有意思。

---

1 商标名。一种由泡沫塑料、橡胶或者软物质制成的玩具式体育器材。
2 历史上底格里斯河与幼发拉底河中下游早期的定居民族,建立了最早的人类文明。

兰登注意到在魔鬼下方还刻有七个字母。这些字母雕刻得异常精美，而且与所有印记辊上的文字一样，都是反书的——SALIGIA。

西恩娜眯着眼睛看，大声读出来："Saligia？"

兰登点点头，听到有人大声朗读这个单词让他心底发寒。"这是中世纪时梵蒂冈所造的拉丁文助记符号，提醒基督徒们牢记七宗致命死罪。Saligia 是七个拉丁文单词首字母缩写的集合：superbia，avaritia，luxuria，invidia，gula，ira 和 acedia。"

西恩娜眉头拧在一起："傲慢、贪婪、淫欲、嫉妒、暴食、暴怒和懒惰。"

兰登很是吃惊："你认识拉丁文。"

"我在天主教家庭长大。当然知道原罪。"

兰登挤出一丝微笑，注意力又回到印章上，再次疑惑它怎么会被锁在生物管里，好似它是危险品一般。

"我以为它是象牙的，"西恩娜说，"但其实是骨质的。"她将印章对着阳光，指着上面的纹路。"象牙上的纹路是半透明的，呈交叉菱形斑纹，但骨头上的纹路是有深色小坑的平行线。"

兰登小心翼翼地拿起印章，更近距离地检查上面的雕纹。真正的苏美尔人印章上所刻一般为比较简单的花纹和楔形文字。然而这个印章的雕工要精美复杂得多。兰登推测应该是中世纪的作品。此外，印章上的图案与他的幻觉有千丝万缕的联系，让他惴惴不安。

西恩娜关切地注视着他："怎么回事？"

"反复出现的主题，"兰登神色严峻，指着滚筒上的一处雕纹，"看到这个三头食人的撒旦了吗？这是一个中世纪时常见的形象——与黑死病密切相连的图案。而那三张血盆大口正是这瘟疫在人群中肆虐的象征。"

西恩娜瞄了一眼金属管上的生物危害标志，浑身不自在。

在这个早晨，种种涉及瘟疫的暗示频繁地出现，已经到了让兰登无法忽视的程度。不管有多么心不甘情不愿，他都不得不承认这其中存在深层次的关联。"Saligia 代表着人类罪恶的集合……按照中世纪宗教的教化——"

"它就是上帝用黑死病惩罚世人的原因，"西恩娜说出了兰登要讲的话。

"没错。"兰登的思路被打断，停了下来。他刚注意到滚筒有点异常。一般情况下，滚筒印章的中心是通透的，人们可以像透过一根空管子一样看穿。但这个滚筒印章的转轴被堵住了。这块骨头里面塞了什么东西。其中一头在灯光下熠熠生辉。

"里面有东西，"兰登说，"看上去像玻璃材质的。"他将滚筒倒过来，检查另一头。这时，里面有一个细小的物体在晃动，从一头滚到另一头，仿如试管里面有一个滚珠轴承。

兰登不敢动了，他能听到耳边西恩娜在发出轻轻的喘气声。

那究竟是什么鬼玩意？！

"你听到那声音了吗？"西恩娜低声问。

兰登点点头，小心翼翼地向滚筒里面看。"好像是被……金属一类的东西堵住了。"有可能是一根试管的管帽？

西恩娜向后退了几步："你看它……碎了吗？"

"我觉得没碎。"他小心地将骨质滚筒再次翻转，重新检查玻璃那一头，刚才的声音又出现了。片刻之后，里面的玻璃呈现了完全出人意料的变化。

它开始发光。

西恩娜瞪圆双眼："罗伯特，住手！千万不要动！"

第 14 章

兰登站着一动不动，一只手悬在空中，牢牢地握住骨质滚筒。毫无疑问，滚筒一头的玻璃正在发光……像是里面的物质被突然激活了。

但很快,里面的光线暗下来,恢复黑暗。

西恩娜靠近兰登,紧张得呼吸加速。她侧着头,研究滚筒里面那部分能看到的玻璃。

"再试着转一圈,"她低声说,"尽量放慢速度。"

兰登轻轻地将滚筒倒转过来。和刚才一样,里面有一个小东西从一头滚到另一头,然后停住了。

"再来一遍,"她说,"动作要轻。"

兰登依言照办,滚筒里又传来滚动声。但这一次,里面的玻璃发出微弱的光亮,又亮了一会儿然后熄灭。

"应该是一根试管,"西恩娜断言,"带有一颗球形搅拌器。"

兰登知道那是什么,就和自喷漆罐里的一样——漆里面的小球,在罐体摇晃时用以搅拌油漆。

"试管里可能是某种磷光化合物,"西恩娜说,"或者发光性生物,一旦受到刺激就会发光。"

兰登并不这样认为。他见过化学发光棒的光亮,也见过小艇驶入长满浮游生物的海域时,这些生物体的发光现象;他有九成把握手中滚筒里的光不是来自这些东西。他轻轻地将滚筒反复旋转几次,一直到它亮起来,然后将发光的一端对准手掌。正如他所料,掌心出现了一道微弱的淡红色光芒。

很高兴知道智商 208 的人有时也会犯错。

"你看,"兰登开始用力摇晃滚筒。里面的东西来回滚动,速度越来越快。

西恩娜向后跳了一步:"你在干什么!?"

兰登一边继续摇晃滚筒,一边走到房灯开关前,关上电灯,整个厨房陷入相对黑暗中。"里面不是试管,"他还在死命地摇晃,"是一个法拉第指示器。"

曾经有学生给兰登送过一件类似的东西——激光教鞭,适合那些不喜欢没完没了地浪费七号碱性电池、而且不介意连续摇晃几秒钟以将动能转化为所需电能的授课者。当激光教鞭摇晃时,里面的金属球会来回运动，穿过一系列叶轮，为一只微型发电机提供能量。显然有人把这种指示器塞进了一个中空的雕纹骨质滚筒里——用古代皮肤来包装现代电子设备。

他手中指示器的顶端现在发出耀眼的光芒，兰登朝西恩娜不自在地咧嘴一笑。"好戏上场了。"

他将滚筒里的指示器对准厨房里一面光秃秃的墙壁。墙壁被照亮了，西恩娜被眼前的景象惊得倒吸一口凉气。而兰登则被吓得后退了一步。

墙上出现的并非一个红色的激光点。滚筒里射出来的是一幅惟妙惟肖的高清照片，就像是一台老式幻灯片机放映的一样。

我的上帝啊！兰登望着眼前墙壁上投射的骇人的死亡场景，他的手微微颤抖。难怪我总是看到死亡的意象。

西恩娜站在他身边，用手掩着嘴，犹犹豫豫地往前迈了一步，显然完全被眼前所见吸引了。

雕纹滚筒投射出的是一幅描绘人类惨状的油画——成千上万的灵魂分居于地狱的各层之中，忍受令人发指的折磨。阴间世界被绘制成一个深不见底的巨穴般漏斗状的大坑，直插入地球之中。在这幅上宽下窄的剖面图中，地狱被分为若干层下行阶地，越往下罪孽越深重，刑罚越严峻，每一层中都住满了犯下了各种罪行被折磨的鬼魂。

兰登立刻就认出了这幅作品。

他面前这幅旷世杰作——《地狱图》——由意大利文艺复兴时期真正的巨擘之一桑德罗·波提切利所作。《地狱图》详细描绘了阴间世界的蓝图，呈现了最让人惊心动魄的来世画面。整幅画作阴暗、残酷、恐怖，直至今日仍能让观者在它面前止步不前。与他生机勃勃、色彩鲜亮的《春》或者《维纳斯的诞生》不同，波提切利在《地狱图》中只用了红、墨黑和棕三种色调来营造阴郁压抑的氛围。

突然间，撕心裂肺的头痛又回来了，然而，自从在那家陌生的医院里醒来之后，兰登第一次有种将一块拼图嵌对位置的感觉。他种种可怖的幻觉显然是由于之前看了这幅名作而引发的。

我肯定研究过波提切利的《地狱图》,他对自己说,尽管完全记不起其中原委。

虽然画面本身让人不安反感,但现在令兰登愈发担忧的却是这幅画的出处。兰登很清楚,这幅汪洋恣肆的警示之作的灵感并非来自波提切利本人……而是借鉴自早于他两百年的一位大师。

一件伟大的作品激发了另一部杰作的诞生。

波提切利的《地狱图》实际上是向一部十四世纪的文学作品致敬的画作,那部文学作品已成为有史以来最振聋发聩的杰作……一部时至今日仍以描绘地狱之惨烈恐怖而声名远播的巨著。

那就是但丁的《神曲·地狱篇》。

* * *

马路对面,瓦任莎悄无声息地爬上服务楼梯,隐匿在佛罗伦萨家庭旅馆寂静的屋顶平台上。兰登向领事馆接头人提供的房号根本就不存在,见面地点也是假的——用她的行话来说,是一次"镜像会面"——间谍特工通常会这么做,让自己在暴露之前评估局势。更重要的是,他总是会挑选那些能在他真实位置一览无余的地方作为假的或者"镜像"会面地址。

瓦任莎在屋顶找到一处有利地形,既能够鸟瞰附近区域,又比较隐蔽。她开始观察街对面的公寓大楼,目光缓慢地一层一层往上移。

该你出招了,兰登先生。

* * *

与此同时,在"门达西乌姆号"上,教务长踏上红木甲板,做了个深呼吸,尽情享受亚德里亚海清新的咸味空气。多年来船就是他的家,而现在佛罗伦萨发生的一系列事件将他所创立的一切置于分崩离析的危机之中。

他的外勤特工瓦任莎把事情搞砸了,等任务结束后她必将面临调查,但现在教务长仍然需要她。

她最好能收拾这盘乱局。

听到身后轻快的脚步声靠近,教务长转过身,看到他手下一名女性分析员小跑着过来。

"先生,"分析员上气不接下气,"最新消息。"她那罕见紧张的声音划破了清晨的宁静。"看样子罗伯特·兰登刚刚登陆了他哈佛大学的电子邮箱账号,而且使用的是没有屏蔽的 IP 地址。"她停了一下,盯着看教务长的反应,"这下能够追踪到兰登的精确位置了。"

居然有人会愚蠢到这个地步,真让教务长始料不及。这改变了全局。他双手指尖相抵,形成尖塔状,眺望着海岸线,思索对策:"知道 SRS 小组目前处于什么状态吗?"

"知道,先生。离兰登的位置不到两英里。"

片刻间,教务长便做出了决定。

第 15 章

"但丁的地狱,"西恩娜轻声道,她全神贯注地一点点凑近投射在厨房墙壁上的阴间图像。

但丁眼中的地狱,兰登想,在这里被鲜活的色彩演绎出来。

《地狱篇》是但丁·阿利基耶里所作《神曲》三篇中的第一篇,被誉为世界文学最璀璨的明珠之一。《神曲》这部史诗分为《地狱篇》、《炼狱篇》和《天堂篇》三部分,共 14233 行,描绘但丁下到地狱、穿过炼狱、最终抵达天堂的全程。其中,以《地狱篇》最广为人知且影响深远。

《神曲·地狱篇》创作于十四世纪初。通过这部作品,但丁·阿利基耶里实际上重新界定了中世纪对罚下地狱的理解。并以一种前所未有的有趣方式,让地狱的概念深入人心。几乎一夜之间,但丁的作品便将虚无缥缈的地狱具体化成清晰、可怖的场景——震撼人心、触手可及而且令人过目难忘。因此,在长诗问世之后,天主教会受到狂热追捧也就不足为怪了,那些吓坏了的罪人们前来寻求救赎,以求躲避被但丁表现得活灵活现的地狱。

根据但丁的描述,波提切利将那令人魂飞魄散的地狱绘制成一个上宽下窄的漏斗,直通地心,死去的罪人们在此接受各种酷刑的折磨。这个阴曹地府到处是火焰、硫磺、污水和妖魔鬼怪,最底层还有撒旦在等候。地狱深坑共有九层,唤作"地狱九圈",罪人们视所犯罪孽的深重程度被放逐到不同地方受刑。在接近顶层的地方,纵欲或"犯邪淫者"在地狱飓风中摇曳飘零,象征他们无法控制自己的欲望。往下一层,暴食者被迫趴在地上,埋头于污秽之中,嘴里塞满吃不完的食物。再往下去,异端者被困在燃烧的棺材里,接受烈火炽烧的刑罚。以此类推……越往下走,惩罚折磨越骇人听闻。

在《神曲》问世后的七百年间,但丁笔下的地狱形象经久不衰,激发了历史上无数伟大天才的致敬、翻译以及改写之作。朗费罗[1]、乔叟[2]、马克思、弥尔顿[3]、巴尔扎克[4]、博格斯[5],甚至包括几任教皇都曾依据但丁的《地狱篇》进行文学创作。而蒙特威尔第[6]、李斯特[7]、瓦格纳[8]、柴可夫斯基[9]和普契尼[10],当然还有兰登所钟爱的现代演唱艺术家——罗琳

---

1 朗费罗(1807—1882),美国诗人,代表作包括抒情诗集《夜吟》、长诗《海华沙之歌》等,他翻译过但丁的《神曲》。
2 乔叟(1340?—1400),英国诗人,用伦敦方言创作,使其成为英国的文学语言,代表作包括《坎特伯雷故事集》。
3 弥尔顿(1608—1673),英国诗人,对十八世纪诗人产生过深刻影响,代表作有《失乐园》《复乐园》等。
4 巴尔扎克(1799—1850),法国小说家,代表作为总标题为《人间喜剧》的九十一部小说等。
5 博格斯(1899—1986),阿根廷作家,以其深奥且富于想象力的短篇小说而著称。
6 蒙特威尔第(1567—1643),意大利作曲家,创立威尼斯歌剧风格,对后世音乐有很大影响,代表作有歌剧《奥菲欧》等。
7 李斯特(1811—1886),匈牙利作曲家、钢琴家,首创交响诗,主要作品有交响曲《浮士德》《但丁》等。
8 瓦格纳(1813—1883),德国作曲家,毕生致力于歌剧的改革与创新,代表作有歌剧《尼伯龙根的指环》《罗恩格林》等。
9 柴可夫斯基(1840—1893),俄国作曲家,主要作品有六部交响曲、芭蕾舞《天鹅湖》、歌剧《叶甫根尼·奥涅金》等。
10 普契尼(1858—1924),意大利歌剧作曲家,代表作有歌剧《波西米亚人》《托斯卡》《图兰朵》等。

娜·麦肯尼特都依据但丁的作品谱写乐曲。[1]甚至连最新潮的电脑游戏和苹果iPad的应用程序也不乏与但丁有关的内容。

为了与学生们一同领略但丁作品中丰富鲜活的象征，兰登会时不时地专门开设课程讲授在但丁以及受其影响的后世作家的作品中反复出现的意象。

"罗伯特，"西恩娜离墙上的投影更近了，"看这里！"她指着漏斗状地狱底部附近的区域。

她手指的地方被称作"恶沟"——意思是"邪恶的沟渠。"它位于地狱的第八层，也就是倒数第二层，分为十条沟，每一条沟惩罚一种类型的欺诈之罪。

西恩娜这时更加激动了，她指着画说："快看！你不是说，在幻觉中，你见到过这个吗？"

兰登眯着眼，顺着她手指的方向望去，却什么也没看见。小型投影仪的电力渐渐不足，图像开始模糊。他赶紧又摇晃几下，画面顿时明亮起来。接着他小心翼翼地向后退，离墙更远一些，将滚筒搁在厨房操作台的边缘，让光线越过整间小厨房，这样投射的画面变得更大了。随后他向前几步，与西恩娜并排站着，一起研究这幅发光的地图。

西恩娜还是指着地狱第八层。"快看。你不是说在幻觉中见到一双倒置的腿从土里伸出来，上面还有字母 R 吗？"她点着墙上的一块区域："那双腿就在这里！"

这幅画兰登曾看过多次，恶沟的第十条沟里塞满了罪人，头脚倒置，半埋在土里，只有两腿露在外面。但奇怪的是，在这个版本里，其中一双腿上用泥巴写着字母 R，与兰登之前在幻觉中的所见一模一样。

我的上帝！兰登聚精会神地望着这处小细节，"那个字母 R……

---

[1] 罗琳娜·麦肯尼特（1957—　），加拿大竖琴演奏家、键盘手和歌手。以创作、表演凯尔特和中东风格音乐以及女高音演唱而闻名。

在波提切利的原作里绝对没有。"

"还有一个字母,"西恩娜指向另一处。

兰登顺着她伸出的手指望向恶沟的另一条沟,一个脑袋被反置的假占卜者身上,潦草地写着一个字母 E。

究竟怎么回事?这幅画被修改了。

其他的字母此刻也陆续在他眼前出现,潦草地涂写在所有十条沟的罪人身上。他在一个被恶魔鞭笞的诱奸者身上看到一个 C……在被毒蛇紧咬不放的盗贼身上看到又一个 R……在沸腾的沥青池中的污吏身上看到一个 A。

"这些字母,"兰登斩钉截铁地断言,"绝对不是波提切利原作里的。这幅画应该是经过数字化编辑处理了。"

他的目光又回到恶沟的最上层,他从上往下拼这些字母,每条沟一个:

C···A···T···R···O···V···A···C···E···R

"*Catrovacer?*"兰登反问道,"这是意大利语吗?"

西恩娜摇摇头:"也不是拉丁文。我真不认识。"

"也许,只是……一个签名?"

"*Catrovacer*?"她面露疑色,"我觉得不像是人名。但你看那儿。"她指向第三条沟里诸多人物中的一位。

兰登看清这个人物后,顿时有种不寒而栗的感觉。在第三条沟的一群罪人中,有一个典型的中世纪形象——一个披着斗篷的男子,戴着面具,上面有长长的鸟喙状鼻子以及毫无生气的双眼。

瘟疫面具。

"波提切利的原作里有瘟疫医生吗?"西恩娜问道。

"绝对没有。这个人物是后来加上去的。"

"那真迹上有波提切利的签名吗?"

兰登一时想不起来,但当他将目光移到右下角画家通常署名的位置时,他明白了她为何有此一问。画上没有签名,但沿着《地狱图》深褐色的边线,有一行印刷体的小字若隐若现:la verità è visibile solo attraverso gli occhi della morte。

兰登懂一些意大利语,能看明白其大意:"只有通过死亡之眼才能瞥见真相。"

西恩娜点点头:"真够诡异的。"

两人站着没说话,令人毛骨悚然的画面在他们面前渐渐黯淡下来。但丁的地狱,兰登心想,从一三三〇年开始就一直在为预言式的作品提供灵感。

在关于但丁的课程里,兰登总会安排整整一堂课,专门探讨受《地狱篇》影响而诞生的杰出艺术作品。除了波提切利这幅著名的《地狱图》之外,还有罗丹不朽的群雕《地狱之门》的局部——《三个幽灵》……斯泰达乌斯[1]的插图中弗勒古阿斯[2]在漂浮着尸体的斯堤克斯河中摇桨……威廉·布莱克[3]版画中被永恒风暴席卷的邪淫罪人……法国画家布格罗描绘但丁和维吉尔观望两个裸体男人扭打在一起的那幅充满奇怪色情暗示的画作[4]……当代插图画家拜罗斯笔下在滚烫的飞石与流火倾盆之下挤作一团的受难魂灵……当代画家萨尔瓦多·达利一系列怪诞的水彩和木版画……还有多雷[5]的鸿篇巨制,他那黑白两色的蚀刻插图,描绘了从漏斗状入口到冥界的一切……直到面对生有双翼的撒旦。

现在看来,被但丁诗歌中描绘的地狱形象启发了灵感的不仅仅是历史上那些德高望重的艺术家们。显然,还有一个人也从中受到了启发——这个扭曲的灵魂对波提切利名作进行了数字化修改,增加了十个字母,一名瘟疫医生,然后写下关于透过死亡之眼看到真相的不祥语句。然后这个人将修改后的图像存储在高科技投影仪中,并塞进一

---

[1] 斯泰达乌斯,十六世纪活跃在佛罗伦萨的尼德兰籍版画家。
[2] 地狱第五层在斯堤克斯河上引渡的船夫。
[3] 布莱克(1757—1827),英国诗人和版画家,善用五韵体抒写理想和生活,代表作有诗集《天真之歌》等。
[4] 此处指布格罗的名作《地狱里的但丁与维吉尔》。布格罗(1825—1905),十九世纪末法国学院派画家。
[5] 古斯塔夫·多雷(1832—1883),十九世纪法国著名版画家和插图画家。曾为但丁《神曲》、《圣经》、弥尔顿的《失乐园》等作品绘制插图。

只雕纹稀奇古怪的骨筒里。

兰登无法想象什么样的人会创造这样一件作品,然而,此刻,这个疑惑得让步于一个更令人胆寒的问题。

它究竟为什么会在我身上?

* * *

就在西恩娜与兰登站在厨房里,考虑下一步要怎么办时,大马力发动机咆哮的声音突然从楼下的街道传来。接着是断断续续的轮胎摩擦地面的尖啸声,还有车门关闭的砰砰声。

西恩娜不知道出了什么事,急忙跑到窗边向外看。

街道上,一辆黑色的面包车猛地刹车,滑行一段后停下来。一队人从没有任何标识的面包车里鱼贯而出,他们穿着黑色制服,左肩上佩有圆形绿色徽章。一个个手握自动步枪,行动间带着军人的雷厉风行。其中四名士兵不假思索地直接冲向公寓大楼的入口。

西恩娜的心凉了半截。"罗伯特!"她大喊道,"虽然还不知道他们是谁,但他们找上门来了!"

* * *

楼下街道上,克里斯多夫·布吕德特工正大声指挥他的手下们冲进公寓大楼。他身材魁梧,常年的行伍生涯让他习惯于一丝不苟地执行上级的命令,从不夹杂任何个人情感。他清楚自己的使命,了解其中的风险。

他所效力的组织有许多部门,但布吕德所在的部门——监测与反应支持小组(SRS)——只有在事态恶化到"危机"状态时,才会被调用。

看着他的手下消失在公寓大楼里,布吕德盯着前门,掏出通信设备,联系上级负责人。

"我是布吕德，"他说，"通过电脑的 IP 地址，我们已经成功确定兰登的位置。我的人正在进去。等抓到他后，我会向你报告。"

* * *

在布吕德上方，佛罗伦萨家庭旅店的屋顶天台上，瓦任莎望着特工冲进公寓大楼，既难以置信又心生恐惧。

他们究竟来这里干什么？！

她一只手挠挠头顶的短发，猛地意识到昨晚搞砸任务的可怕后果。只因为鸽子咕咕叫了一声，所有的事情就像断线的风筝，完全乱了套。最开始只是一个再简单不过的任务……如今却变成了一场活生生的噩梦。

如果 SRS 小组来了，那我算是完蛋了。

绝望之际，瓦任莎抓起她的 Tiger XS 个人语音加密电话，接通教务长。

"先生，"她结结巴巴地说，"SRS 小组也在这里！布吕德的人正冲进街对面的公寓大楼！"

她等着教务长的回复，但等了半天，只听到电话里传来尖锐的咔嚓声，然后一个电子合成声音响起，毫无感情地宣布"撤销协议生效"。

瓦任莎垂下手中电话，望了一眼屏幕，正好看到电话自动关机。

瓦任莎面无血色，逼迫自己接受眼前的事实。"财团"刚刚切断了与她所有的联系。

不再相关。不再联络。

我被撤销了。

震惊只持续了一秒。

恐惧随即油然而生。

第 16 章

"快点，罗伯特！"西恩娜催促道，"跟我来！"

兰登冲出房门，来到公寓大楼的走廊时，满脑子仍是但丁笔下阴森可怖的阴曹地府。此前，西恩娜·布鲁克斯面对今晨种种重压时，仍保持着一种超然的冷静，但这一刻，她突然绷紧了弦，流露出兰登从未在她身上见过的情绪——发自内心的恐惧。

走廊上，西恩娜跑在前面，经过电梯也没停下来，因为电梯已经下行，显然是冲进门厅的人按下的。她奔到走廊尽头，没顾上回头看一眼，就消失在楼梯井里。

兰登紧随其后，借来的路夫鞋鞋底太滑，有些收不住脚。在他奔跑时，微型放映机在布里奥尼西装前胸口袋里蹦来蹦去。他突然想起画上装饰地狱第八层的那些不知所云的字母：CATROVACER，脑海里冒出那副瘟疫面具以及那句奇怪的签字：只有通过死亡之眼才能瞥见真相。

兰登努力将这些杂乱无章的线索拼在一起，但却毫无头绪。等他跑到楼梯平台停下来时，西恩娜正站在那里，聚精会神地聆听着。下面传来的有人上楼的沉重脚步声也钻入了兰登的耳朵。

"还有其他出口吗？"兰登低声问道。

"跟我来，"她简练地答道。

西恩娜今天已经救过自己一命，兰登别无选择只能信任这个女人。他深吸一口气，跟在她身后朝楼下走去。

他们下了一层，此时军靴声已经很近了。根据回音判断，距离他们只有一层或者两层楼了。

她这不是送上门去了吗？为什么？

兰登还没反应过来，西恩娜便抓住他的手，一把将他拖出楼梯井,拐入一条空无一人的走廊——走道很长,两边的公寓都大门紧锁。

根本无处可躲!

西恩娜扳动开关,灭掉几盏灯,但走廊没有暗到能让两人藏身。西恩娜和兰登仍然无所遁形。轰隆隆的脚步声就要上到这个楼层了,兰登知道这些人随时可能出现在楼梯口,整个走廊将一览无余。

"把你的外套给我,"西恩娜低声道,伸手扯下兰登身上的休闲西装。接着她强迫兰登蹲下来,躲在她身后,藏在一处凹进去的门框里。"记住别动。"

她在干什么?她完全暴露了!

士兵们出现在楼梯口,正准备向上冲,但看到阴暗走廊里的西恩娜,突然停下来。

"看在上帝的份上,"西恩娜用意大利语冲他们嚷着,情绪激动,"你们能不能消停点!"

有两个士兵眯着眼望过来,显然不确定他们看到的是什么人。

西恩娜继续朝他们大叫:"Tanto chiasso a quest'ora!"这么早吵死人了!

这时兰登看到西恩娜将他的黑色西装上衣披在头上,盖住两肩,就像是老年妇女穿着的披肩。她向前弓着背,这个姿势正好挡住蹲在她身下的兰登,而且她完全变成了一个蹒跚着朝他们迈步同时尖声叫喊的衰老妇人。

一名士兵举起一只手,示意她回到自己的公寓:"夫人,回你的房间里去!"

西恩娜又摇摇晃晃向前一步,愤怒地挥着拳头:"Avete svegliato mio marito, che è malato!"

兰登听得不胜疑惑。他们把你生病的丈夫吵醒了?

这时,另一名士兵举起机枪,直接对准她:"站住,不然我就开枪了!"

西恩娜立即停住了,嘴里还是骂骂咧咧,但脚下却在慢慢向后退,远离他们。

士兵们继续前进,消失在楼梯里。

虽然算不上莎士比亚式的表演,兰登心道,但非常精彩。显然戏剧表演的经历大有用武之地。

西恩娜掀下头顶上的外套,将它丢还给兰登:"行啦,跟我来。"

这次兰登再没有任何犹豫。

他俩下到一楼大厅之上的楼梯平台,又有两名士兵刚刚进了电梯[1],准备上楼。在外面的街道上,还有一名士兵站在面包车旁守候;他虎背熊腰,肌肉发达,身上的黑色制服被绷得紧紧的。西恩娜和兰登匆忙下楼,悄无声息地朝地下室走去。

地下一层是一个停车场,里面光线阴暗,散发着尿臊味。西恩娜跑到一个角落,那里停满了小型摩托和机车。她在一辆银色的三轮摩托车前站住——那种三个轮子、机动脚踏两用、看起来像意大利黄蜂牌小摩托[2]和成人三轮车杂糅的丑陋产物。她将纤细的手指探到三轮摩托的前挡泥板下面,取出一只小巧的磁体盒子。里面有一片钥匙。她插好钥匙,发动摩托。

几秒钟之后,兰登跨上摩托车,坐在她的身后。由于座位太小,根本坐不稳,兰登向两边伸手,看能不能抓住什么东西来保持平衡。

"这时候就别婆婆妈妈啦,"西恩娜说,拽着他的两只手,搂紧她的纤腰,"你不会想放手的。"

西恩娜一拧油门,三轮摩托箭一般冲上出口的斜坡,兰登紧紧搂住她的腰。三轮车的动力比他预想的要足,当他们冲出车库时,轮子都快离地了。他们驶进晨光中,离主干道入口还有五十码的距离。西恩娜加大油门,三轮车发出的轰鸣巨响,引得站在公寓大楼门口那名肌肉发达的士兵回头张望,正好看到兰登和西恩娜急驰而去。

兰登坐在后面,扭头隔着肩膀瞄了一眼那名士兵。他正举着手中

---

[1] 意大利老建筑中的老式电梯通常只能乘坐两到三人。
[2] 意大利造低座微型摩托车。

的步枪，专心致志地瞄准。兰登鼓足勇气做好准备。一声清脆的枪响，子弹擦着兰登脊柱底部而过，打掉了三轮车的后挡泥板。

我的天哪！

西恩娜在交汇路口向左一个急转弯，兰登感觉自己要飞出去了，他奋力保持着平衡。

"趴在我身上！"她大声叫道。

兰登依言向前挪了一挪，找回了重心，西恩娜转上一条宽阔的大道，全速狂奔。直到他们驶过一整个街区后，兰登才感觉缓过气来。

那些到底是什么人？！

西恩娜的注意力还得集中在前方的道路上。她沿着林荫道急速行驶，在车流中弯来绕去，幸好清晨的车流量不大。一些行人在他俩擦身而过的时候会多看两眼，显然在为一个身着名牌西装的六英尺男子坐在一名柔弱女子后面而感到诧异。

兰登与西恩娜驶过了三个街区，在靠近一个主干道的交叉路口时，前方车喇叭声大作。一辆黑色豪华面包车两只前轮猛地急转，从拐弯处冲出来，车后部失去控制左右摆动着驶入交叉路口，然后加快速度，直冲他俩追过来。这辆车的外形和公寓大楼门口运送那些士兵的面包车一模一样。

西恩娜见状立即向右边猛一拧摩托车把手，同时踩死刹车。三轮摩托在地上滑行一段，正好停在一辆泊在路边的送货卡车后面，被它遮得严严实实。因为惯性，兰登前胸紧压着她的后背。她将三轮摩托紧靠着卡车的后保险杠，然后关掉引擎。

他们看到我俩了吗！？

她和兰登蜷缩在摩托车上，等待着……大气都不敢出。

面包车呼啸而过，丝毫没有减速的意思，显然并没有发现他俩。就在它疾驰而过的一瞬间，兰登一眼瞥见车内的一个人。

端坐在后排的女子年纪不小，但风韵犹存。她被两名士兵夹在中间，像是被挟持了。她双目无神，头也耷拉着，仿佛神志不清或是被下了药。她佩戴着一块护身符，银色的长发瀑布般披下来，打着卷儿。

兰登觉得喉咙发紧,许久都喘不过气来,以为自己看到了鬼。

这就是他在幻觉中见过的女子。

第 17 章

教务长冲出控制室,在"门达西乌姆号"长长的右舷夹板上踱步,试着理清思绪。在佛罗伦萨公寓大楼里刚刚发生的一切实在太不可思议了。

他绕着游艇转了整整两圈,然后怒气冲冲地走进办公室,拿出一瓶高原骑士五十年单一麦芽威士忌。他没有给自己倒上一杯,而是将瓶子放下,转身背对着酒瓶——这个动作是一个提醒,一切仍然尽在他的掌控中。

他的眼神不自觉地移到书架上那本厚重的古旧书卷上——那是一位客户送的礼物……正是如今令他后悔不迭,希望从未见过的那位委托人。

但一年之前……我又怎能预料到今天这一幕?

一般情况下,教务长不会亲自与潜在的客户见面。但这名委托人是由一个非常可靠的中间人介绍的,于是他就破了一次例。

那天大海上风平浪静,这名委托人乘坐自己的私人直升机来到"门达西乌姆号"上。委托人是他所属的领域里的显赫人物。当时他 46 岁,体面光鲜,个子高得出奇,还有一双犀利的绿色眼睛。

"如你所知,"访客开口道,"一个我们共同的朋友将你的服务介绍给了我。"然后他伸直两条长腿,在教务长装修豪华的办公室里显得很自在。"所以,让我告诉你我需要什么。"

"实际上,你不用告诉我,"教务长打断他的话,向客人表明谁才是这里的老大,"我的原则是你什么都不用说。我会向你介绍我所提供的服务，然后你再来决定哪些是你感兴趣的。"

客人看上去很吃惊，但勉强认可了，聚精会神地听教务长介绍。最后这位又瘦又高的客人所想要的服务对财团来说再普通不过——他其实就是想有一个机会能从人间"蒸发"一段时间，以便自己全力完成目标，而不用担心好奇的人来窥探他的秘密。

易如反掌。

财团可以给他提供一个假身份，以及与世隔绝的安全住所，让他能神不知鬼不觉地做自己的事——什么事都行。财团从不过问客户要求一项服务的用意；相反，他们宁愿对客户了解得越少越好。

在接下来整整一年里，教务长为这名绿眼男子提供安全港，回报当然极其丰厚。而这名委托人也是个理想的客户：教务长不用跟他联系，他所有的账单都会准时支付。

但是，就在两个星期之前，所有的一切都改变了。

委托人出乎意料地主动联系，提出要和教务长见面。考虑到过去一年他所支付的巨额费用，教务长给了他这个面子。

再次来到"门达西乌姆号"的这名男子头发凌乱，衣衫不整，与教务长印象中一年以前洽谈生意的那个稳重自持、体面光鲜的委托人判若两人。他曾经犀利的绿色眼眸中透着疯狂。看上去他几乎是……中了邪。

他怎么了？他一直在干什么？

教务长领着紧张兮兮的客人进到办公室。

"那个银发的魔鬼，"他的委托人结结巴巴地说，"她在一天天接近我。"

教务长低头瞄了一眼手中委托人的档案，看到照片上魅力非凡的银发女子。"没错，"教务长答道，"你的银发魔鬼。我们对你的敌人了如指掌。尽管她能呼风唤雨，但在过去整整一年里，我们一直让她无法靠近你，我们将继续如此。"

绿眼男子焦虑不安，不停地用手指缠绕他那一缕缕油腻的头发："别被她的美貌愚弄了，她是一个非常危险的敌人。"

千真万确,教务长心道,仍然为他的委托人招惹了这位影响非凡的人物而不快。银发女人的权限和资源丰富到难以想象——她可不是教务长所喜欢的对手类型。

"要是她或者她手下的恶魔们找到了我……"委托人开口道。

"他们不会的,"教务长向他保证,"我们不是一直将你隐藏得很好吗?你的所有要求我们不是一概满足了吗?"

"没错,"委托人说,"但是,要让我睡得更安稳,只有……"他顿了一顿。"我得知道假如我发生了什么不测,你会不会完成我最后的愿望。"

"你的愿望是?"

委托人把手伸到包里,掏出一只密封的小信封:"我在佛罗伦萨有一只贵重物品保险箱,开启方法在这封信里。在保险箱里,你会找到一个小玩意儿。假如我发生不测,我需要你代我投递。它算得上是一份礼物。"

"好吧,"教务长提起笔做记录,"我该把它交给谁?"

"给那个银发魔鬼。"

教务长抬头看了他一眼:"送给折磨你的人一件礼物?"

"更像是一根肉中刺,"他双眼闪烁着疯狂的光芒,"而且是一根骨头做的巧妙的倒刺。她会发现这是一幅地图……她私人的维吉尔……陪同她下到她自己地狱的深处。"

教务长端详他良久:"依你所愿。交给我吧,我会完成的。"

"时间的选择至关重要,"委托人提出,"礼物不能送得太早。你必须秘密保管,直到……"他停住了,突然陷入自己的思绪中。

"直到什么时候?"教务长催促道。

委托人猛地站起身,走到教务长的办公桌后面,抓起一只红色的记号笔,在教务长的私人台历上大大地圈下一个日期。"直到这一天。"

教务长恨得牙痒痒,但他长吐一口气,竭力咽下他对委托人厚颜无耻的厌恶。"明白,"教务长说,"在你圈定的那一天之前,我会按兵不动；到了那一天，不管你放在保险箱里的是什么东西，我都会把它交给那个银发女人。我向你保证。"他看着台历上圈出的那一天，算了算日子："从现在开始整整十四天之后，我会完成你的愿望。"

"而且一天都不能提早！"委托人告诫道，声音中带着偏执的狂热。

"我明白，"教务长保证道，"一天都不早。"

教务长接过信封，将它塞进委托人的档案，并做了必要的标注，确保委托人的愿望准确无误地执行。委托人并没有言明保险箱里物品的确切性质，但教务长也乐得不知情。置身事外是"财团"行事哲学的基石。提供服务。不问问题。不做评判。

委托人的肩膀沉下来，大口喘着气说："谢谢你。"

"还有别的事情吗？"教务长问道，急于摆脱这位改头换面的委托人。

"是的，事实上，还有一件事。"他把手伸入口袋，摸出一个小巧的深红色记忆棒。"这是一个视频文件。"他将记忆棒放在教务长面前，"我希望将它上传给全世界的媒体。"

教务长好奇地打量着面前这个男人。"财团"经常为客户大规模散布信息，但这个人的请求却让教务长觉得有些不妥。"在同一天吗？"教务长指着台历上潦草圈出的日期问道。

"同一天，"委托人答道，"一刻都不能早。"

"明白。"教务长给深红色的记忆棒贴上标签，注明要求。"就这些了，对吗？"他站起身，预备下逐客令。

委托人坐着一动不动："等等。还有最后一件事。"

教务长重新坐下。

委托人绿色的眼睛里露出野兽般的光芒。"一旦你上传了这段视频，我就会成为一个名人。"

你已经是一位名人了，教务长想起委托人所取得的辉煌成就。

"那时你将分享部分荣耀，你受之无愧，"委托人说，"你所提供的服务让我得以完成我最伟大的作品……一件即将改变世界的杰作。"

你应该以此为豪。"

"不管你的杰作是什么,"教务长越来越不耐烦,"我都很高兴看到你得到了所需的私密空间去完成它。"

"为了表达我的感激,我给你带了一份赠别礼物。"邋里邋遢的委托人又把手伸进包里,"是一本书。"

教务长怀疑这本书是否就是委托人一直在捣鼓的秘密作品:"这本书是你写的吗?"

"不是。"他将一本巨大的书卷重重丢在办公桌上,"恰恰相反……这本书是为我而写的。"

教务长一头雾水,看了一眼委托人拿出来的这本书。他以为这是为他而写的?这可是一部文学经典……十四世纪的作品。

"读一读,"委托人挤出一丝诡异的笑容,"它将帮你理解我所做的一切。"

言毕,这位邋遢的客人站起身,道了声再见后突然扭头就走。教务长隔着办公室的窗户望着委托人的直升机离开夹板,朝意大利海岸线飞去。

然后教务长的视线移回到眼前这本大书上。他迟疑地探出手指,掀开皮制封面,翻到开始的页面。全书开篇的诗节是用大号字体印刷的,占满了整个第一页。

地狱
在我们人生旅途走到一半的时候,
我发现自己身处一座阴暗的森林,
因为笔直的康庄大道已然消失。

在旁边一页上,他的委托人手书了一段赠言:

我亲爱的朋友,感谢你助我发现这条路径。
整个世界也会因此感谢你。

教务长完全不懂他在说什么，但已不想再读下去。他合上书，将它放在书架上。谢天谢地，和这个怪癖客户的业务关系很快就要结束了。再坚持十四天，教务长心里念叨，目光又落在他私人台历的那个潦草而疯狂的红圈上。

接下来几天里，教务长感到有种非同寻常的不安。他的委托人似乎已经精神错乱了。尽管教务长的预感强烈，日子却波澜不惊地流逝着。

不料，就在圈定的日期临近之时，佛罗伦萨接连发生了一系列灾难性事件，让人措手不及。教务长试着去处理危机，但事态急速恶化，完全失控。危机在委托人气喘吁吁地爬上修道院的钟楼时达到了巅峰。

他跳了下去……投向死亡。

尽管委托人之死让他心生恐惧，尤其还是以这种方式，但教务长是一个言而有信的人。他随即开始着手准备，完成对逝者最后的承诺——将存放于佛罗伦萨某家银行保险箱里的物品交给那名银发女子——而交接的时间，正如委托人曾告诫过的那样，至关重要。

就在你台历上圈定的那一天，一刻都不能早。

教务长将含有保险箱密码的信封交给瓦任莎，她立即赶赴佛罗伦萨去取里面所放之物——这根"巧妙的倒刺"。然而，当瓦任莎打来电话时，她传递的消息既令人震惊又让人慌乱。保险箱里的东西已经被取走，而且瓦任莎差点被警察拘捕。银发女人不知怎么得知了这个保险箱账户，并运用她的影响力获准打开保险箱，还给将现身来取保险箱中所装物品的人开出了逮捕证。

那是三天前的事情了。

委托人明白无误地表明过他的意图：以这件被窃之物给予银发女子最后的羞辱——来自坟墓里的嘲讽。

但迄今这话还言之尚早。

从那以后，"财团"陷入了绝望的挣扎之中——动用一切资源来确保委托人遗愿的落实，当然还有自己的名声。在这个过程中，"财团"突破了一系列底线，教务长明白很难再有回头路可走。现在，佛罗伦萨的事务成了一团解不开的乱麻，教务长盯着办公桌，感觉前景一片迷茫。

在他的台历上，委托人疯狂而潦草的红圈触目惊心——那红墨水的圆环圈着一个明显特殊的日子。

明天。

教务长极不情愿地望了一眼面前的那瓶苏格兰威士忌。然后，十四年来第一次，他给自己倒了一杯，一饮而尽。

* * *

在船舱里，协调员劳伦斯·诺尔顿从电脑上拔下小巧的红色记忆棒，将它放在面前的电脑桌上。里面的视频是他这辈子见过的最奇怪的东西。

它正好九分钟长……精确到秒。

他心生警兆，这种感觉极罕见，他站起来，在小隔间里踱来踱去，再次犹豫是否应该将这段诡异的视频拿给教务长看。

干好你分内的事，诺尔顿告诫自己，不问问题。不做评判。

他竭力将视频从脑海中抹去，在记事本上标明任务确认。按照委托人的要求，明天，他将把这个视频文件上传给媒体。

第 18 章

尼可罗·马基雅维利[1]大街被誉为佛罗伦萨最优雅的一条林荫大

---

[1] 尼可罗·马基雅维利（1469—1527），意大利著名政治哲学家，佛罗伦萨人，是意大利文艺复兴中的重要人物，以主张为达目的可以不择手段而著称于世，著有《君主论》、《论李维》等政治理论巨著。

道。它在苍翠茂盛的树林绿地中蜿蜒,两边是树篱与落叶树,S形的弯道很宽阔,是自行车爱好者和法拉利发烧友钟爱的车道。

西恩娜驾着三轮摩托,技术高超地兜过一个个拱形弯道,黯淡破旧的居民区被甩在身后,扑面而来的是这座城市西岸高档社区干净、充满雪松香味的空气。他们经过一座小礼拜堂,钟塔正好敲响八下。

兰登紧紧搂住西恩娜,脑海里翻滚着但丁笔下的地狱里那些令人困扰的画面……还有美丽银发女子的神秘面孔,他刚看到她被两名五大三粗的士兵挟持,坐在面包车的后排。

不管她是谁,兰登想,他们现在已经控制她了。

"面包车里的女人,"西恩娜的声音压过三轮车引擎的噪音,"你确定就是你在幻觉中见到的那个女子?"

"绝对没错。"

"这么说,过去两天里,你肯定在某一个时刻见过她。问题是你为何会反复见到她……而她又为何不断提醒你去寻找并发现呢。"

兰登也有同样的疑问:"我也不知道……但丝毫没有印象见过她,而且每次我看到她的面孔,都会产生一种不可抗拒的想要去帮助她的冲动。"

非常抱歉。非常抱歉。

兰登突然怀疑他这奇怪的道歉或许就是对那个银发女子说的。难道我让她失望了吗?这个念头在他心里打了一个结。

对兰登而言,这种感觉就像是他的军火库中丢失了一件最为重要的兵器。我的记忆不见了。从孩提时代起,他便有着清晰异常的记忆,而这副好记性也是他最依仗的智力财富。对一个习惯了能清楚地回忆起身边所见之物每一处复杂细节的人来说,记忆失常就如同试图身处漆黑的夜晚,在没有雷达的情形下去降落飞机。

"我觉得找到答案的惟一办法就是破解这幅《地狱图》,"西恩娜说,"不管它藏有何种秘密……那应该就是你被追杀的原因。"

兰登点点头,想起那个单词"catrovacer",凸显于绘有但丁《地狱篇》里那些痛苦扭动躯体的背景之中。

突然之间,一个清晰的想法浮现在兰登脑海里。

我是在佛罗伦萨醒来的……

再没有一个城市比佛罗伦萨与但丁的联系更加紧密了。但丁·阿利基耶里生于斯、长于斯,根据传说,他爱上了佛罗伦萨的贝雅特丽齐,但被残忍地从故乡放逐,命中注定在意大利各地漂泊多年,朝思暮想着重归故土。

你将抛下你挚爱的一切,但丁这样描写流放,这是放逐之弓射出的第一支利箭。

兰登一面回味《神曲·天堂篇》第十七诗章的这两行诗,一面向右扭头,凝视着阿尔诺河对岸佛罗伦萨老城遥远的塔尖穹顶。

兰登在脑海里勾勒老城的布局——一座大迷宫,游客如织,交通拥堵,熙熙攘攘的狭窄街道环绕着佛罗伦萨著名的大教堂、博物馆、礼拜堂还有购物区。他怀疑只要他和西恩娜把三轮摩托丢掉,立刻就能在潮水一般的人流中销声匿迹。

"老城才是我们要去的地方,"兰登宣布,"如果有什么答案,应该就在那里。老佛罗伦萨就是但丁的整个世界。"

西恩娜点头表示同意,并大声喊道:"去那里也安全一些——有很多地方可以藏身。我现在朝罗马门[1]开,我们可以从那里渡河。"

过河,兰登心里不由自主地一颤。但丁著名的地狱之旅也是从渡过阿刻戎河[2]开启的。

西恩娜加大油门,两边的风景飞掠而过,兰登也在脑海里过了一遍地狱的画面,死去的亡魂和垂死者,恶沟的十条沟,以及瘟疫医生和奇怪的单词——CATROVACER。他回味着《地狱图》下方涂写的文字——只有通过死亡之眼才能瞥见真相——怀疑这句无情的格言是否引自但丁。

我想不起来。

---

[1] 佛罗伦萨城墙的南门,出此门可前往罗马,故此得名。
[2] 根据但丁的描述,地狱入口处有一条大河,名曰阿刻戎河,河畔聚集着无数亡魂。船夫卡戎将这些亡魂送至对岸的冥府。

兰登对但丁的作品了如指掌,而且作为一名以精通图标而声名赫赫的艺术史学家,他偶尔会收到邀请参与阐释但丁作品中极为丰富的象征符号。巧合的是,或者并非那么巧合,大概两年前,他还做过一个关于但丁《地狱篇》的讲座。

"神圣但丁:地狱的符号。"

但丁·阿利基耶里已经演化成被膜拜且历史上确有其人的偶像之一,并促成了世界各地但丁协会的诞生。历史最悠久的美国分会于一八八一年由亨利·沃兹沃斯·朗费罗在马萨诸萨州剑桥市创立。这位新英格兰著名的"炉边诗人"是第一位翻译《神曲》的美国人,直到今天,他的译本仍然是最受欢迎、最通用的版本。

作为研究但丁作品的知名学者,兰登曾受邀在一次学术盛会上发言,主办方是世界上历史最悠久的但丁协会之一——维也纳但丁·阿利基耶里协会。这次会议被安排在维也纳科学院举行。会议的主赞助商——某位富豪科学家兼但丁协会成员——居然弄到了科学院有两千个座位的讲堂作为会场。

兰登到达后,会议总干事亲自迎接,并领他进入会场。在他们路过大厅时,兰登不由自主地注意到布满整面后壁的惊人大字:**要是上帝错了怎么办?**

"卢卡斯·特罗伯格[1]的作品,"总干事低声介绍道,"我们最新的艺术装饰。你觉得如何?"

兰登打量着巨大的字体,不知道该如何回答:"嗯……他的笔画大气豪迈,但对虚拟语气的掌控尚有欠缺。"

总干事望了他一眼,露出不知所云的神情。兰登只希望待会他与听众们的沟通会更融洽一些。

等他最终登台准备开始演讲的时候,整个大厅座无虚席,雷鸣般的掌声经久不息。

"尊敬的女士们、先生们,"兰登用德语开场,浑厚的嗓音透过扩

---

[1] 当代知名先锋派艺术家。

音器在大厅里嗡嗡作响,"Willkommen, bienvenue, welcome。"

这引自《歌厅》[1]里的著名台词赢得了台下听众会心的笑声。

"主办方告诉我,今晚的听众不仅有我们但丁协会的会员,还有许多访问学者及科学家——他们有可能是第一次涉足但丁研究,而且忙于科研没有时间去研读这部中世纪意大利史诗。因此,为了这部分听众,我想还是首先快速简要介绍一下但丁其人——他的生平、作品,以及他为何被视为人类历史上最有影响的人物之一。"

掌声再度响起。

兰登摁下手中的微型遥控器,一系列但丁的图片开始播放。第一张是安德烈·德·卡斯塔格诺[2]所绘的但丁全身画像,画中诗人站在门廊上,手持一本哲学书。

"但丁·阿利基耶里,"兰登开始介绍,"这位佛罗伦萨的作家、哲学家生于一二六五年,卒于一三二一年。在这幅肖像画中,与在几乎所有描绘但丁的画作中一样,他头戴一顶红色的方济各会[3]的头巾——有褶、带耳罩、紧绷的兜帽——再配上深褐色的卢卡[4]风格外袍,这已成为最深入人心的但丁形象。"

兰登跳过几张幻灯片,停在乌菲兹美术馆所藏的但丁像上,波提切利在这幅画中着重表现了但丁最明显的面部特征——宽下巴和鹰钩鼻。"在这儿,但丁独特的面孔周边又围着他那红色的方济各会头巾;惟一不同的是,波提切利在他的头巾上添了一顶月桂花冠,象征他在诗歌艺术领域的精湛技艺。这种传统的象征起源于古希腊,直到今天仍在向桂冠诗人和诺贝尔奖得主表达敬意的场合使用。"

兰登很快地展示了其他几张图片,里面的但丁都头戴红色头巾、

---

1 百老汇历史上最成功的音乐剧之一,一九六六年初演。剧本改编自小说《再见柏林》,背景是一九三一年柏林的一家破败的歌舞厅,讲述了一位英国歌舞演员与年轻美国作家的凄美爱情故事。上文中德、法、英三种语言的"欢迎光临"出自该剧第一幕中的暖场歌舞段落。

2 卡斯塔格诺(1421—1457),文艺复兴时期佛罗伦萨著名画家。其作品主要为壁画,具有浓烈的宗教色彩。代表作有《耶稣受难》等。

3 方济各会,又称方济会,是天主教托钵修会派别之一。该派修道士将所有财物捐给穷人,靠行乞布施生活。同时效忠教宗,重视学术研究和文化教育,反对异端。

4 佛罗伦萨周边的古城。

身着深褐色长袍、饰以月桂花冠,有着显眼的鹰钩鼻。"为了完善你们心中但丁的形象,请看圣克罗切广场[1]上的雕像……当然还有巴杰罗小礼拜堂中据称为乔托所作的著名壁画。"

兰登让幻灯机放映的画面停留在乔托的壁画上,然后走到讲坛中央。

"众所周知,但丁以其不朽的文学巨著《神曲》而闻名于世。《神曲》残忍而又生动地描绘了诗人下到地狱,穿过炼狱,并最终升入天堂与上帝交谈的过程。按现代的标准来看,其中丝毫没有喜剧因素。它之所以被称作喜剧[2],完全是因为其他原因。在十四世纪,意大利文学按规定被分为两类:一类是悲剧,代表高雅文学,用正式文体写成;另一类就是喜剧,代表通俗文学,使用本族口语,面向普通大众。"

兰登将幻灯片跳到米凯利诺[3]的肖像壁画,上面绘着但丁站在佛罗伦萨的城墙外,手握一卷《神曲》。壁画的背景是在地狱之门上方的炼狱。这幅画现藏于佛罗伦萨的圣母百花大教堂——也就是人们常说的佛罗伦萨主教座堂。

"从这个标题你们可能已经猜到,"兰登继续娓娓而谈,"《神曲》是用本族口语,也就是老百姓的大白话写成的。然而,它出色地将宗教、历史、政治、哲学与社会评论融入文学虚构丰富多彩的框架中;做到了既博大精深,又雅俗共赏。这部作品成为意大利文化不可或缺的基石,以至于但丁的写作风格被奉为现代意大利语言之圭臬。"

兰登刻意沉默片刻,然后低声说道:"听众朋友们,但丁·阿利基耶里的影响再怎么夸大都不为过。纵观人类历史,可能除了《圣经》之外,再没有一件美术、音乐或者文学作品能像《神曲》这样,激发了数量如此众多的致敬、模仿、改编以及诠释之作。"

---

1 圣克罗切教堂外的广场,立有但丁纪念碑。圣克罗切教堂是佛罗伦萨最大的方济各会教堂,这里葬有许多佛罗伦萨名人,伽利略、米开朗基罗等人都长眠于此。
2 《神曲》一名原意为"神圣的喜剧"。
3 米凯利诺(1417—1491),意大利画家,代表作包括圣母百花大教堂中的壁画《喜剧照亮佛罗伦萨》。

兰登接着罗列了大批知名作曲家、艺术家和作家,他们都从但丁的史诗中汲取过创作的素材和灵感。随后他环视场下的听众:"现在请告诉我,今晚在座诸位中有多少是作家?"

有近三分之一的听众举起了手。兰登放眼望去,惊愕不已。天啊,要么今天台下坐的是全世界水平最高的听众,要么就是电子出版如今真的火了。

"好的,那你们都知道,最令作家心存感激的莫过于吹捧推荐——来自某位显赫人物只言片语的赞赏,能让别人对你的作品趋之若鹜。其实这种现象在中世纪就已经存在了。而但丁更是受益匪浅。"

说着,兰登切换了一张幻灯片。"假如你的书皮上印着这么一句话,你觉得会有什么效果?"

> 世间再没有比他更伟大之人物。
> ——米开朗基罗

台下的听众一片哗然。

"没错,"兰登解释道,"这就是你们所知道的那个创作了梵蒂冈西斯廷礼拜堂壁画[1]和《大卫》雕像的米开朗基罗。他不仅是一名绘画和雕塑大师,还是一流的诗人,出版了将近三百首诗歌——其中有一首就叫'但丁',献给这个用阴森地狱意象给自己《最后的审判》提供灵感的人。要是你们对我的话尚有怀疑,请先阅读但丁《神曲》的第三诗章,再去参观西斯廷礼拜堂;在祭坛上方,你会看到熟悉的场景。"

兰登翻到下一张幻灯片,画面恐怖,是一只肌肉虬结的怪兽正朝战战兢兢的人群挥舞巨型船桨的特写。"这是但丁笔下地狱的摆渡人,卡戎,正在用船桨击打掉队的亡魂。[2]"

接着兰登切换到一张新的幻灯片——米开朗基罗的《最后的审

---

[1] 西斯廷礼拜堂的穹顶壁画为米开朗基罗所作《创世纪》,礼拜堂的祭坛墙上绘有他的代表作《最后的审判》。

[2] 这里描述的是《最后的审判》右下角的图案,内容取自但丁的《神曲·地狱篇》。

判》的另一处细节——被钉在十字架上的男人。"这个人是亚甲族人哈曼，按照《圣经》的说法，他是被绞死的。然而在但丁的史诗里，他却是被钉死在十字架上。正如你们在西斯廷礼拜堂里能看到的那样，米开朗基罗选择了但丁的版本而不是《圣经》的说法。"这时兰登咧嘴微微一笑，故意压低声音说道："千万别告诉教皇。"

听众被逗乐了。

"但丁的《地狱篇》营造了一个充满痛苦折磨的阴间世界，超出所有前人的想象。他的描述基本上定义了现代人对地狱的看法。"兰登停顿了一下，"请相信我，天主教会得感谢但丁。几个世纪以来，他笔下的地狱让虔诚的信徒们惊恐不已，无疑让进教堂的人数增多了两倍。"

兰登又换了一张幻灯片。"这就引出了我们今晚在这儿相聚一堂的缘由。"

屏幕上打出他演讲的标题：神圣但丁：地狱的符号。

"但丁的《地狱篇》提供了一幅象征与符号如此丰富的广阔画面，以至于我通常要用整个一学期的课程来讨论它们。但是今晚，我想揭示但丁《地狱篇》中符号象征意义最好的方式就是与他并肩同行……穿过地狱之门。"

兰登踱到讲坛边缘，随意地环视一圈台下的听众。"现在，假如我们打算要到地狱里走一遭，我强烈建议大家使用地图。而关于但丁的地狱最完整、最精确的地图当属桑德罗·波提切利的作品，无人能出其右。"

他摁了一下遥控器，波提切利那幅恐怖的《地狱图》展现在观众面前。在人们看到在这个漏斗状地底深坑里发生的各种惨状时，他甚至听到了他们情不自禁发出的几声叹息。

"与有些艺术家不同，波提切利对但丁文本的解读是绝对忠实的。事实上，他花费了如此多的时间去阅读但丁的作品，以至于著名艺术史学家乔尔乔·瓦萨里[1]都感叹波提切利对但丁的痴迷导致'其生活

---

1 乔尔乔·瓦萨里（1512—1574），意大利文艺复兴时期画家、文艺史学家。曾在米开朗基罗门下学习绘画。

严重紊乱'。波提切利一共创作了二十多幅与但丁有关的作品，但以这幅地图最为著名。"

兰登转过身，指着幻灯片的左上角："我们的旅途将从那里开启，在地面之上，你能看到身着红衣的但丁，和他的领路人维吉尔一起，站在地狱之门的外面。我们将从那儿下行，穿过九圈地狱，最终面对……"

兰登迅速翻到下一张幻灯片——波提切利原作中撒旦的局部放大图——三头的魔王面容狰狞，三张嘴里各咬着一个人，正在将他们生吞活咽。

兰登能听到台下观众的喘息声。

"这只是对接下来要游览的景观的一瞥，"兰登宣告，"这个恐怖角色所在之处就是今晚旅途将要结束的地方。这里是地狱的第九层，撒旦盘踞之地。然而……"兰登顿了一顿，"到达地狱底部的过程本身也充满乐趣，所以让我们向后倒退一点……退到地狱之门，我们旅途开始的地方。"

下一张幻灯片是古斯塔夫·多雷的版画，画的是在万丈悬崖壁上凿出的一条阴暗隧道的入口。门上刻着：入此门者，须弃所有希望。

"那么……"兰登微笑着发问，"我们该进去吗？"

不知什么地方传来轮胎刮地的尖啸，兰登眼前的听众突然消失了。他半个身子向前倾，撞在西恩娜的背上，三轮摩托车滑行一截后停在马基雅维利大道的中段。

兰登一个趔趄，脑子里仍然萦绕着地狱之门的画面。等他重新坐稳后，才看清身处何地。

"出什么事了？"他问道。

西恩娜指着三百码开外的罗马门——曾经作为老佛罗伦萨入口的古代石门。"罗伯特，我们有麻烦了。"

第 19 章

布吕德特工站在简陋的公寓里,想弄明白眼前是怎么回事。究竟是什么人住在这里?房间里陈设简单,凌乱无序,如同寒碜的大学生宿舍。

"布吕德特工?"一名手下在走廊尽头喊他,"你可能想看看这个。"

布吕德闻言走了过去,想知道当地警方有没有将兰登拦下来。虽然布吕德宁愿"在内部"解决这场危机,但兰登的逃跑让他别无选择,只能请求当地警方支援,设立路障。在佛罗伦萨迷宫般的大街小巷里,机动灵巧的摩托车很容易摆脱布吕德的面包车。要知道他的车都装有厚重的聚碳酸酯车窗,以及结实、防刺穿的轮胎。这些配置虽然让他的车牢不可破,却也让它们牺牲了灵活性。意大利警方素以不愿与外人配合而闻名,但布吕德所在的组织影响非同一般——无论在警界,还是在领事馆或大使馆。只要我们一开口,没人敢质疑。

布吕德走进这间小书房,他的手下正站在一台打开的笔记本电脑前,戴着乳胶手套敲击键盘。"他用的就是这台电脑,"手下汇报道,"兰登用它登录电子邮箱,并上网搜索了一些信息。网页浏览产生的缓存文件都还在。"

布吕德朝书桌走去。

"这不像是兰登的电脑,"技术人员说,"注册用户姓名的首字母缩写是 S.C.——很快我就能找出全名。"

布吕德等待结果时,注意到书桌上有一摞文件。他随手抄起几份翻阅,发现它们不寻常——有一份伦敦环球剧院的旧节目单,还有一连串新闻剪报。布吕德读得越多,眼睛瞪得越圆。

布吕德拿起这摞文件,退回到走廊里,给他的上司打了一个电话。"我是布吕德,"他说,"帮兰登逃跑的人,我想我有线索了。"

"是谁?"他的上司问道。

布吕德缓缓吁了一口气:"你可能不会相信。"

* * *

两英里之外,瓦任莎伏在她的宝马摩托车上,落荒而逃。一辆辆警车疾驰着与她擦肩而过,警笛大作。

我被撤销了,她心道。

往常,摩托车四冲程发动机轻柔的抖动总能平复她的紧张,但今天失效了。

瓦任莎已经为"财团"工作了十二年,从最初的地勤,干到战术协调员,再一步步爬到高级外勤特工的位置。我的职业就是我的全部。外勤特工行事隐秘、四处奔波、常年在外、随时待命,因此他们不可能拥有正常的家庭生活或者人际关系。

这桩任务我已经跟了整整一年,她心想,仍然无法相信教务长会痛下杀手,如此突兀地将她撤销掉。

在过去十二个月里,瓦任莎一直在为该任务保驾护航,服务的都是"财团"的同一个委托人——那位举止怪异的绿眼天才,他只想"消失"一段时间,以便不受竞争对手和仇敌的打扰而安心工作。他几乎足不出户,也绝少露面,但一直在工作。这个人究竟在做些什么,瓦任莎丝毫不知情,因为合同只要求保障委托人销声匿迹,不被势力强大的对头发现。

瓦任莎兢兢业业,恪尽职守,任务也一直开展得很顺利。

格外顺利……直到昨天晚上。

从那以后,瓦任莎的情绪状态和职业前景每况愈下。

我现在是局外人了。

撤销条款一旦激活,特工应立即停止正在执行的任务,并撤离"行动现场"。如果特工被捕,"财团"会否认与该特工的任何关联。

特工们亲眼见证过"财团"为达到目的而展现的颠倒黑白足以翻云覆雨的惊人操控力,因此他们绝不会铤而走险,去惹怒组织。

瓦任莎只听说过两个特工曾被撤销。奇怪的是,她从此再也没有见过这两人。以前她总是假想他们被喊去接受正式调查评估,然后就被开除了,并被禁止再与"财团"雇员联络。

但现在,瓦任莎有些不确定了。

你反应过激了,她试着告诉自己,"财团"绝不至于如此冷血卑劣,采取杀人灭口的手段。

尽管如此,她心底还是泛起一股凉意。

在看到布吕德小组的那一刻,出于本能,她选择了悄无声息地逃离旅店屋顶;她说不清这次直觉是不是救了她的命。

现在没人知道我在哪儿。

瓦任莎沿着平滑的皇家之山大街笔直地向北疾驰,意识到短短几个小时之间她的人生已经天翻地覆。昨天晚上,她还在为保住工作发愁。现在她要担心的是如何保住性命。

第20章

佛罗伦萨曾经有过城墙,其中最主要的入城通道——罗马石门修建于一三二六年。几百年前,古城大多的城墙就已灰飞湮灭,唯有罗马门屹立不倒。直到今天,进城的车流仍从这巨型工事的三条拱形巷道里穿过。

整座罗马门是一处五十英尺高的古代壁垒,砖石结构,主通道仍保留着巨型有闩木门,却长开不闭,保持畅通。通道前共有六条主干道,交汇于包围着一片圆形草坪的环行路。草坪中央立有一尊皮斯特莱托[1]的

---

[1] 米开朗基罗·皮斯特莱托,一九三三年出生于意大利,当今世界享有盛誉的著名艺术家。

巨型雕像：一名妇女头顶着一大捆行李，正欲离开城门。

尽管如今的罗马门更多时候在上演着交通拥堵的噩梦，但佛罗伦萨这座古朴的城门曾经是 Fiera dei Contratti——婚约市场——的所在地。在这里，唯利是图的父亲们将自己的女儿当做商品，换取一份婚契；为了谋取更丰厚的嫁妆，他们甚至时常逼迫女儿跳起撩人的舞蹈。

今天早晨，在距离罗马门不到几百码的地方，西恩娜一个急刹车停了下来，惊恐地望着前方。兰登坐在三轮摩托车后座，探头向前一看，立即体会到了她的恐惧。在他们前面，停下的汽车排成了长龙。警察在环路那里设置了一处路障，阻住车流，而更多的警车正呼啸而至。全副武装的警察正一辆车一辆车挨个检查，盘问着驾驶员。

不可能是针对我们吧，兰登心道，可能吗？

一个蹬自行车的人沿着马基雅维利大道上坡而来。他骑着一辆靠背脚踏自行车，汗流浃背，两条光溜溜的大腿在他身前时上时下。

西恩娜冲他喊道："出什么事啦？"[1]

"天晓得！"他大叫着，显得心事重重，"宪兵都来了。"[2] 他急急忙忙向前蹬，好像巴不得赶紧离开这里。

西恩娜转身面对兰登，表情凝重。"有路障。是宪兵队。"

警笛呜咽着由远而近，西恩娜在座位上转过身，凝视着面前的马基雅维利大道，满脸惊恐。

我们被堵在路中间了，兰登心想，环顾四周希望能找到出口——分岔路、公园或者私人车道——却只看到左边的私人住宅和右边高耸的石墙。

警笛声越来越响。

"到那儿去，"兰登催促道，指着前方三十码处一个废弃的工地。那边有一台移动式水泥搅拌机，多少能提供一些掩护。

西恩娜一拧油门，三轮摩托冲上人行道，驶进工地。他俩将车

---

12 原文为意大利语。

停在水泥搅拌机后面，很快意识到它的高度只能遮住胯下的三轮摩托车。

"跟我来，"西恩娜说着跑向石墙下的灌木丛，原来这里搭了一小间临时工棚。

这哪里是什么工棚，兰登刚一凑近，就不禁直皱眉头。这分明是一间简易厕所。

兰登和西恩娜刚跑到建筑工人们的化学掩臭移动马桶外面，就听到身后警车呼啸而至。西恩娜抓住门把手使劲一拉，门却纹丝未动。原来厕所门被大铁链子加上挂锁牢牢锁紧。兰登抓起西恩娜的胳膊，拖着她绕到厕所后面，将她推入厕所和石墙之间的狭窄缝隙。里面根本容不下两个人，而且腐臭的气味熏得人恶心欲呕。

兰登刚刚侧身钻到西恩娜身后，一辆深黑色的斯巴鲁森林人SUV驶入了他们的视野，车上印着醒目的"宪兵队"。这辆车缓缓地从他们眼前开过。

居然惊动了意大利宪兵队，兰登觉得匪夷所思。他甚至怀疑这些军警是不是还收到命令，见到嫌犯格杀勿论。

"有人挖空心思想找到我们，"西恩娜低声道，"而且他们居然几乎要成功了。"

"靠 GPS 吗？"兰登说出了心里的疑惑，"难道说投影仪里面有追踪器？"

西恩娜摇摇头："相信我，如果那玩意儿能被追踪的话，警察早就把我俩拿下了。"

兰登挪了挪位置，他身材高大，挤在窄缝里很不舒服。他刚发现自己的脸就贴在马桶后面风格雅致的涂鸦大杂烩上。

把它留给意大利人吧。

在美国，这类厕所涂鸦大多是类似巨大的乳房或者生殖器的暧昧漫画，风格幼稚。但此处的涂鸦，更像是一本艺术专业学生的写生簿——画的有人的眼睛、惟妙惟肖的手掌、男子的侧面像，还有怪诞的巨龙。

"在意大利其他地方，破坏公物可没有这种格调，"西恩娜显然看穿了他的心事，"这堵墙那边就是佛罗伦萨美术学院。"

仿佛是为了印证西恩娜的话，远处正好出现一群学生。他们腋下夹着画作，不紧不慢地朝他俩走过来。他们一路聊着天，点着香烟，对罗马门前架设的路障颇感好奇。

兰登和西恩娜蜷低身子，不想让这帮学生看到。此时，兰登猛地被一个奇怪的念头击中了。

半埋在土里的罪人们，两条腿在半空中挣扎。

或许是由于人类粪便的味道，要不就是骑靠背自行车那名男子两条甩来甩去的长腿，不管诱因是哪一个，总之兰登的脑海里突然亮起了恶沟那腐臭世界的画面，还有从土里探出的裸露大腿。

他遽然扭头面对同伴："西恩娜，在我们手上《地狱图》的版本里，倒置的双腿是出现在第十条恶沟里的，对不对？也就是恶沟的最下面一层？"

西恩娜满脸诧异地望着他，似乎觉得这话说得也太不是时候了："没错，在底层。"

刹那间，兰登又回到了维也纳讲座的现场。他站在讲坛上，刚刚向听众展示了多雷所刻的格里昂[1]的版画——那只居住在恶沟之上的恶魔，长着双翼，还有一条带刺的毒尾。

"在我们与撒旦见面之前，"兰登大声说道，他雄浑的嗓音在讲堂里回荡，"我们必须穿过十层恶沟，这里接受惩罚折磨的都是欺诈者——那些故意犯下欺诈恶行的人。"

兰登播放了几张有关恶沟细节的幻灯片，然后领着听众一条沟一条沟地解读。"从上而下，分别是：被魔鬼鞭打的诱奸者……泡在人粪里的谄谀者……倒埋着的神棍，他们的双腿在半空中挣扎……头被拧到背后的占卜者……陷身于煮沸的沥青中的污吏……穿着沉重铅

---

1 根据《神曲》的描述，地狱第七层最末有一道悬崖，维吉尔以但丁身上的一绳索为饵，自深渊中唤出怪兽格里昂。格里昂有一张义人的面庞，但却有着毒蛇的躯干和心肠，预示着第八圈的欺诈之罪。

衣的伪君子……被毒蛇咬噬的盗贼……烈焰焚烧的献诈者……被魔鬼掏出五脏六腑的挑拨离间者……最后,是那些作伪者,他们受病痛折磨,浑身腐烂恶臭,面目全非。"兰登面向听众:"但丁之所以将最后一条恶沟留给作伪者,极有可能是因为他被迫离开挚爱的佛罗伦萨而被流放,正是由于关于他的一系列谎言。"

"罗伯特?"西恩娜的声音响起。

兰登被拉回现实。

西恩娜面带疑惑地盯着他:"这次又是怎么回事?"

"我们手上这幅《地狱图》,"他兴奋地宣布,"把原作给篡改了!"他从外套口袋里摸出投影仪,在狭小空间允许的范围内竭力晃动。里面的滚珠咣咣作响,但被警笛声盖住了。"做这幅画的人打乱了恶沟的次序!"

投影仪开始发光,兰登将其对准面前平坦的地方。《地狱图》浮现了,在昏暗的光线下显得格外清晰。

简易马桶上的波提切利,兰登心想,充满对艺术大师的愧疚。在陈列过波提切利作品的场馆中,这肯定是最不优雅的一处。兰登快速扫了一眼地狱十条恶沟,兴奋得频频点头。

"果然如此!"他大叫道,"画是错的!恶沟的最后一条里应该是受病痛折磨的罪人,而不是倒埋的尸体。第十条恶沟是留给作伪者的,而不是那些只顾赚钱的神职人员!"

西恩娜的好奇心被激起:"那么……为什么有人要这样改动呢?"

"Catrovacer,"兰登在口中默念,审视着每一条沟中添加的字母,"我觉得它并不是这个意思。"

尽管脑部受伤抹去了兰登过去两天的记忆,但这会儿他能感觉到强大的记忆力又回来了。他闭上双眼,让两个版本的《地狱图》在脑海中呈现,比较它们的差异。对恶沟部分的修改并没有兰登以为的那么多……但他仍然感觉有层窗户纸被捅破了。

突然之间,一切都清晰明了。

去寻找,你就会发现!

"你想到了什么?"西恩娜急切地问。

兰登感觉嘴唇发干:"我知道我为什么会在佛罗伦萨了。"

"你想起来啦?!"

"没错,而且我知道下一步应该去哪儿。"

西恩娜攥紧他的胳膊:"哪里?!"

从在医院里苏醒过来到现在,兰登第一次有了种脚踏实地的感觉。"这十个字母,"他低声道,"实际上指向老城中一处确切位置。答案应该就在那里。"

"老城的什么地方?!"西恩娜催问道,"你怎么想到的?"

简易厕所的对面响起阵阵欢笑声。又有一群艺术专业的学生经过,他们大声聊天,相互开着玩笑,说着不同国家的语言。兰登警觉地观察周边的情况,看着他们渐行渐远。然后他又仔细检查了旁边有没有警察。"我们得继续前进。我会在路上解释的。"

"在路上?!"西恩娜直摇头,"罗马门我们是绝对过不去的!"

"在这里等三十秒,"他嘱咐道,"然后再跟上来。"

说完,兰登飘然而去,让他的新朋友一个人待在原地发愣。

第 21 章

"不好意思!"罗伯特·兰登追上了这群学生,"打扰一下!"[1]

他们全都转过身来,兰登扮出一副迷路游客的模样,四下张望。

"请问国家美术学院怎么走?"[2]兰登用断断续续的意大利语问道。

一个有文身的小伙子扮酷吐了一口烟,讥讽地答道:"我们不会讲意大利语。"[3]听口音应该是法国人。

---

123 原文为意大利语。

一个女孩站斥责了她的文身朋友,并彬彬有礼地指给他看通往罗马门方向的高墙:"继续向前,直走。"[1]

一直往前走,兰登把她的话译成英语。"谢谢。"[2]

趁着没人注意,西恩娜按兰登的指示自简易厕所后面现身,朝他们走过来。等这个婀娜多姿的三十二岁美女走近,兰登一只手搭在她肩膀上,以示欢迎:"这是我的妹妹,西恩娜。她是教艺术的老师。"

有文身的小伙子嘴里嘟哝着:"妹——妹——。"他那帮男同学跟着哄笑。

兰登不去理会他们。"我俩来佛罗伦萨,想找一份为期一年的海外教职。我们能和你们一起走吗?"

"当然可以,"[3]那名意大利女孩微笑着答道。

他们一行人慢慢朝罗马门前的警察走去,西恩娜已经和这些学生聊了起来,而兰登则躲在队伍中央,故意低头垂肩,让自己不那么显眼。

去寻找,你就会发现,兰登回味着这句话,脑海中浮现出恶沟中十条沟的画面,激动得心跳加速。

Catrovacer。这十个字母,兰登已经意识到,是一个艺术界最费解迷局的关键。那是有着几百年历史的未解之谜。在一五六三年,这十个字母就出现在佛罗伦萨著名的维奇奥宫的一面墙上。它们拼成一条信息,绘在离地四十英尺的高处,不借助望远镜根本看不清。所以几个世纪以来,它就在人们眼皮底下却没被发现。直到二十世纪七十年代,它才被一位当时还籍籍无名的著名艺术诊断专家注意到,这位专家后来花了几十年的时间来揭示它的含义。尽管推测众多,但这条信息的确切意义直到今天仍是一个谜。

对兰登而言,密码是一个熟悉的领域——如同一片波涛翻涌的陌生大海里的安全港湾。毕竟,较之生物危害试管和舞刀弄枪,艺术史和古代秘密绝对是兰登的拿手绝活。

---

123 原文为意大利语。

正前方，增援的警车开始从罗马门下面鱼贯穿过。

"上帝啊，"文身小伙感慨道，"他们要抓的人肯定犯大事了。"

他们一行人来到罗马门右侧的美术学院正门前，门口聚集了一群学生，在看罗马门那边的热闹。拿最低工资的学校门卫心不在焉，只是瞄了一眼学生证就让他们进去了，显然他这会儿更关心的是警察那边有什么动静。

这时，广场上传来了刺耳的急刹车声，一辆再熟悉不过的黑色面包车在罗马门前停了下来。

兰登根本不用再看第二眼。

他和西恩娜一言不发，抓住时机，和他们新结识的朋友们一起溜进了学校大门。

国家美术学院入口的大道美极了，甚至堪称华丽。道路两边立着巨大的橡树，它们枝叶相接，树冠映衬着远处的建筑——带有三层柱廊以及宏大的椭圆形草坪的淡黄色巨型宫殿。

兰登认识这座宫殿。和这座城市里诸多建筑一样，它们都是由同一个辉煌的王朝委托建造的，这个家族在十五、十六、十七世纪把持着佛罗伦萨的政坛。

美第奇家族。

仅仅这个名字就已成为佛罗伦萨的象征。在它统治的三个世纪里，美第奇家族攒下了数不清的财富，更积累了难以估量的影响。这个家族出了四位教皇，两位法兰西皇后，还建立了全欧最大的金融机构。直至今日，世界各国的银行仍在使用美第奇家族发明的记账方法——复式记账法。

然而，美第奇家族最大的遗产却并非在金融或者政治领域，而是在艺术方面。美第奇家族或许是整个艺术史上最为慷慨挥霍的资助人，它对艺术家们源源不断的委托资助，推动着整个文艺复兴的进程。得到美第奇家族资助的旷世之才可以列出一张长长的单子，从达·芬奇到伽利略再到波提切利皆名列其中——波提切利最有名的画作《维纳斯的诞生》就是应洛伦佐·德·美第奇委托所作，洛伦佐想送一幅画作为结婚礼物给他的表亲挂在婚床前，要求画家画出一些暧昧春光来。

洛伦佐·德·美第奇——当时因其仁慈大度被唤作豪华者洛伦佐——本人就是一位颇有造诣的艺术家和诗人，据说在艺术上别具慧眼。一四八九年，洛伦佐看中了一位年轻的佛罗伦萨雕塑家的作品，并邀请这个大男孩搬进美第奇宫廷，让他得以在精美艺术、伟大诗歌和高雅文化的熏陶中磨砺自己的技艺才华。在美第奇家族的监护下，这个尚在青春期的孩子迅速成长，最终创作了两座历史上最负盛名的雕塑——《圣母怜子》和《大卫》。今天我们称他米开朗基罗——这位才华横溢的巨匠有时被认为是美第奇家族送给全人类最珍贵的礼物。

既然美第奇家族对艺术的支持不遗余力，兰登心想，那他们一定会很高兴得知面前这座建筑——当初造它是为做美第奇家族主马厩之用——已被改成一所生机勃勃的美术学院。这处宁静的所在如今为年轻的艺术家们提供创作灵感，当初这儿被选中修建马厩，就是因为它靠近佛罗伦萨周边风景最好的一个骑马场。

波波利庭园。

兰登望向左边，能看到高墙之外森林的树梢。广袤的波波利庭园如今是一处旅游胜地。兰登很有把握，假如他和西恩娜能进入花园，他们就可以神不知鬼不觉地穿行其中，绕过罗马门。毕竟，这个花园太大了，而且里面到处都是隐身之所——森林、迷宫、石窟、睡莲。更关键的是，穿过波波利庭园最终可以抵达碧提宫——曾被用做美第奇家族大公[1]主要住所的石头城堡。它拥有一百四十个房间，一直是佛罗伦萨最受欢迎的景点。

如果我们能赶到碧提宫，兰登心想，离通往老城的桥就只有一步之遥了。

---

[1] 大公是欧洲国家的爵位之一，低于国王，高于公爵。美第奇家族中的科西莫于一五六七年获大公称号，两年后建立托斯卡纳大公国，称科西莫一世。至一七三七年，美第奇家族第七代托斯卡纳大公吉安·加斯托内·德·美第奇没有留下继承人就去世，大公的爵位才旁落到洛林家族。

兰登故作心不在焉地指了指环绕花园的高墙。"我们怎么才能进到花园里去？"他问道，"在参观校园之前，我想带我妹妹去看看。"

文身小伙直摇头："从这儿你们是进不了花园的。花园的入口在碧提宫，远着呢。你们得开车穿过罗马门。"

"胡说，"西恩娜脱口而出。

所有人都转过身，盯着她，包括兰登在内。

"得了吧，"她一边捋着金色的马尾辫，一边故作羞怯地傻笑道，"你是说你们这些家伙从没溜到花园里去抽大麻胡闹过？"

小伙子们相互对视，然后哈哈大笑起来。

文身小伙这下对她彻底服气了："女士，你真应该来这里教书。"他领西恩娜走到建筑一侧，指着后面停车场的一个角落："看到左边的棚子了吗？后面有一个荒废的台子。爬上屋顶，你就能跳到墙那边去了。"

对方话音未落，西恩娜就已经行动起来。她回头瞄了一眼兰登，带着胜利者的微笑："快点，鲍勃老哥。你不会老得连篱笆墙都跳不动了吧？"

第 22 章

面包车里的银发女子将头倚在防弹车窗玻璃上，双目紧闭。她感觉脚下的世界在不停地旋转。他们给她的药让她感觉恶心难受。

我需要医疗救助，她心想。

然而，她身旁的武装警卫严阵以待：在他们的任务圆满完成之前，她的需求没有人理会。而根据周边的嘈杂声来判断，显然这一切一时半会儿还结束不了。

她越来越头晕目眩，就连呼吸也变得有些困难。她竭力压下又一波恶心欲呕的感觉，感叹生活怎么会将她放在了这个超现实的十字路口。在当前这种神志不清的状态下，很难想明白答案，但她明白无误地知道这一切始于何处。

纽约。

两年前。

她从日内瓦总部飞到曼哈顿。作为世界卫生组织的总干事，她在这个名声显赫、觊觎者甚众的位置上，已经干了将近十年。作为传染性疾病和流行病学方面的专家，她曾受邀在联合国举办讲座，评估大范围流行疾病对第三世界国家的威胁。她的讲座积极乐观，安抚人心，概述了世界卫生组织和其他机构制定的几套最新早期检测系统与治疗方案。讲座赢得满堂彩，全场起立为她鼓掌。

讲座结束后，当她在前厅和几名逗留的学者交谈时，一名联合国雇员大步走过来，打断了他们的谈话。他的肩章表明他的外交级别很高。

"辛斯基博士，刚才美国外交关系委员会联系我们。他们部门有人想和你聊一聊。我们的车就在外面等着。"

伊丽莎白·辛斯基博士迷惑不解，也有些许不安。她拎起随身旅行袋，彬彬有礼地向谈话者告了别。坐在豪华汽车里驶上第一大道时，她心头涌上一阵异样的紧张。

美国外交关系委员会？

和大多数人一样，伊丽莎白·辛斯基也听过一些谣言。

作为一个私人智囊团，外交关系委员会成立于二十世纪二十年代。曾经加入其中的包括几乎每一任国务卿，超过六七位总统，以及大多数中央情报局局长、参议员、法官，还有摩根、罗特希尔德和洛克菲勒之类的传奇人物。外交关系委员会成员无与伦比的智力资源、政治影响力以及财富，为其赢得了"地球上最有影响力的私人俱乐部"的称号。

作为世界卫生组织的负责人，伊丽莎白对和大人物打交道并不陌生。她在世界卫生组织的长期任职，加上直率坦白的个性，最近为她赢得了一家主流新闻杂志的肯定，该杂志将她列入全世界二十个最有影响力的人物榜单。世界卫生健康的面孔，他们在她的照片下这么标注,伊丽莎白觉得很有讽刺意味,要知道她曾经是个体弱多病的孩子。

在六岁之前,她一直忍受严重哮喘的折磨,并接受了一种很有前景的新药的大剂量治疗——全球最早的糖皮质激素,一种类固醇荷尔蒙。这种新药不可思议地治好了她的哮喘综合症。不幸的是,这种药物出人意料的副作用直到多年以后她进入青春期时才显现出来……她从没有来过月经。十九岁那年在医生办公室里经历的那个黑暗时刻,她终生难忘,当时,她被告知药物对她生殖系统的损伤是永久性不可逆的。

伊丽莎白·辛斯基永远生不了孩子。

时间会治愈空虚,医生安慰她,但悲伤和愤怒只能藏在心底潜滋暗长。残忍的是,药物剥夺了她生儿育女的能力,但却没有抹去她母性的本能。几十年来,她无时无刻不在与自己的渴念作战,那种对满足自己无法企及之欲望的渴念。直至今天,已经六十一岁的她每次看到怀抱婴儿的母亲,仍然会心如刀割。

"前面就到了,辛斯基博士,"司机通知她。

伊丽莎白迅速用手指拢了拢长长的银色鬈发,照了照镜子。她还没有意识到,汽车就已经停了下来,司机扶她下车,踏上曼哈顿一处昂贵路段的人行道。

"我会在这里等你,"司机彬彬有礼地说,"你准备好了,我们就直接去机场。"

外交关系委员会在纽约的总部位于帕克大道和68街的拐角,是一栋其貌不扬的新古典主义风格的建筑,曾经是一位美孚石油公司[1]大亨的私人住宅。建筑外观与周边的优雅风景浑然一体,让人全然察觉不到它的独特功用。

"辛斯基博士,"一名体态丰盈的女接待员上前迎接她,"这边请。他正在等你。"

---

[1] 一八七〇年由约翰·洛克菲勒等人创办的石油公司。

好吧，但他究竟是谁？她跟随接待员走过一条豪华长廊，来到一扇紧闭的大门前。女接待员轻敲一下随即打开门，示意伊丽莎白进去。

她走进房间，门在她身后关上了。

这是一间阴暗的小会议室，只有一块显示屏发出光亮。在屏幕前，一个极其瘦高的黑色轮廓正对着她。尽管看不清他的面孔，但她能感觉到其逼人的气势。

"辛斯基博士，"男子的声音尖锐刺耳，"感谢你来见我。"他紧绷的口音表明他应该和伊丽莎白一样来自瑞士，也有可能是德国。

"请就座，"他指了指会议室前排的一把扶手椅。

就不自我介绍一下？伊丽莎白坐下了。光怪陆离的画面被投射到荧屏上，让她愈发不安。到底搞什么鬼？

"今早你发言的时候，我也在场，"黑影说道，"我千里迢迢赶来听你的演讲。你的表现令人印象深刻。"

"谢谢，"她答道。

"恕我冒昧，你比我想象的要漂亮多了……尽管你年纪不小，而且关于世界健康方面的看法缺乏深谋远虑。"

伊丽莎白惊得差一点合不拢嘴。他的评论无论怎么听都相当无礼。"不好意思？"她凝视着前方的黑暗，开口问道，"你是谁？为什么把我叫到这里来？"

"请原谅，看来我想要显得幽默的尝试很失败，"瘦长的身影答道，"屏幕上的图像会解释你来这里的原因。"

辛斯基审视着那可怖的图像———幅油画，上面密密麻麻挤满了人，病态扭曲的裸露躯体纠结在一起，相互攀扯。

"伟大的艺术家多雷，"男子宣告，"这是他对但丁·阿利基耶里笔下的地狱壮观而阴森的再现。希望这幅画没有让你不适……因为那就是我们将要去往的地方。"他顿了一顿，缓缓凑近她："现在让我告诉你为什么。"

他不断靠近她，仿佛每向前一步都变得更加高大。"假如我取一张纸,并将其撕为两半……"他在桌边立定,拿起一张白纸,哗啦一声撕成两半。"然后如果我再将这两个半张纸叠放……"他将两边叠在一起。"然后我再重复上述过程……"他再次将纸张撕成两半,并叠放在一起。"那现在我手上这叠纸就有原来的四个厚,对不对?"在阴暗的房间里,他的双眼像在水中燃烧的火焰。

伊丽莎白不喜欢他盛气凌人的语气和挑衅的姿态。她一言未发。

"我们来做个假设,"他继续道,凑得更近了,"最初那张纸只有十分之一毫米厚,而我将重复这个过程……比方说,五十次……你知道这垛纸会有多高吗?"

伊丽莎白被激怒了。"我知道,"她言语中的敌意甚至超出自己的想象,"它的厚度将是十分之一毫米乘以二的五十次方。这叫做几何级数。可以请问要我来这里干什么吗?"

男子自鸣得意地假笑着,用力地点了下头:"可以,你能猜到实际的数值会是多少吗?十分之一毫米乘以二的五十次方?你知道我们这垛纸会变得多高吗?"他沉默片刻:"这垛纸,只需对折五十次,就几乎达到……从地球到太阳的高度。"

伊丽莎白并不惊讶。在工作中,几何级数增长的骇人威力是她工作中经常要应对的。污染的循环……感染细胞的复制……死亡人数统计。"抱歉也许如果我显得有些幼稚,"她毫不掩盖自己的恼怒,"但我不明白你是什么意思。"

"我是什么意思?"他扑哧一笑,"我的意思就是我们人类人口增长的历史甚至更为惊人。地球上的人口,就像我们这垛纸,在最开始的时候微不足道……但其增长的潜力让人不得不警惕。"

他又开始踱步:"你想想。地球人口达到10亿花了几千年——从人类诞生一直到19世纪初。接着,在短短一百年间,人口数令人震惊地翻了一番,在20世纪20年代达到20亿。此后,只过了五十年,人口数再次翻番,于20世纪70年代超过40亿。你能想象,我们很快就要突破80亿。仅今天一天,地球又新增了25万人口。25万啊。而这种事情每天都在上演——无论刮风下雨或者风和日丽。照这个速度,每一年,地球上就要多出相当于整整一个德国的人口。"

高个子男人突然站定,双手按着桌子,虎视眈眈地盯着伊丽莎白:"你今年多大了?"

又一个无礼的问题,但是作为世界卫生组织的负责人,她对以外交手腕应付敌对状况轻车熟路。"六十一岁。"

"你知道假如你再活十九年,到八十岁的时候,你在有生之年会见证世界人口翻两番。一辈子——翻两番。想想后果。你肯定知道,你们世界卫生组织已经再次提高预期,估计到本世纪中叶地球人口数将达到约九十亿。动物物种正以一种惊人的加速度灭绝。自然资源日益减少,需求却急剧上升。干净水源越来越难以获得。不论以何种生物学衡量标准来看,我们人类的数量都超过了可持续发展的极限。面对这种灾难,世界卫生组织——这个星球健康卫生的看门人——却浪费大量时间金钱去干治疗糖尿病、修建血库、对抗癌症之类的事情。"他顿了顿,眼睛直直地盯着她。"所以我把你请到这里来,面对面问你世界卫生组织为什么没有勇气正面解决这个问题?"

伊丽莎白彻底被激怒了:"不管你是谁,都应该清楚世界卫生组织非常重视人口过剩的问题。最近我们投入几百万美元,委派医生前往非洲,分发免费的避孕套,宣传避孕节育。"

"啊,没错!"瘦高个挖苦道,"然后一支更庞大的天主教传教士队伍尾随你们去了,告诉非洲人如果使用避孕套,他们就都得下地狱[1]。如今的非洲又出现了一个新的环境问题——到处填埋着未使用的避孕套。"

伊丽莎白竭力保持沉默。在这方面,他说得没错,然而现代天主教徒已经开始抵制梵蒂冈对生育问题的干涉。尤其值得一提的是,梅琳达·盖茨[2]这位虔诚的天主教徒,敢冒天下之大不韪,承诺提供五亿六千万美元,以帮助改善全世界范围内的节育状况。伊丽莎白·辛

---

[1] 天主教严禁堕胎流产。
[2] 比尔·盖茨的夫人,盖茨夫妇共同建立了美国有史以来最大的基金会——盖茨基金会。

斯基曾许多次公开表示，由于他俩的基金会对世界健康卫生所作的贡献，比尔和梅琳达·盖茨夫妇理应被封为圣徒。遗憾的是，惟一具备擢升圣徒资格的机构却对他俩努力中体现的基督教义精髓视而不见。

"辛斯基博士，"阴影继续道，"世界卫生组织根本没有意识到，当今世界只有一个全球性健康问题。"他再次指着屏幕上令人生畏的画面——纠缠错杂的人类躯体的汪洋大海。"就是这个。"他停顿了一下，"我想起你是科学家，或许没有深入研究过经典著作或者高雅艺术，那么允许我给你展示另一幅图，用一种你更容易理解的语言向你解释。"

房间陷入黑暗，接着屏幕再次亮起。

那是一张折线图，伊丽莎白曾看过许多次……而且它总是带给她一种诡异的感觉，如同宿命般无法躲避。

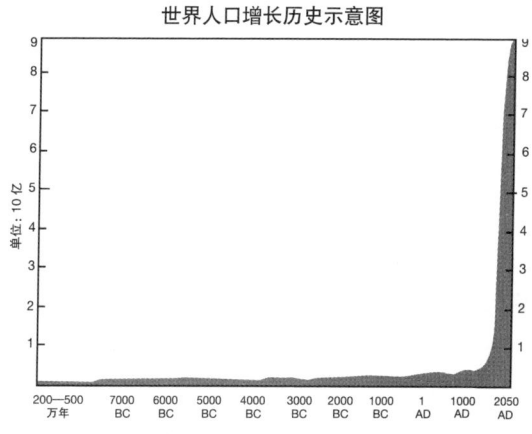

整个房间一片死寂。

"是的，"瘦高个男子终于开口，"对这幅图最恰当的反应就是无言的畏惧。望着它就有点像盯着一台碾过来的火车头的前灯。"男子慢慢转过身，面对伊丽莎白，生生挤出一抹微笑，摆出屈尊俯就的模样："辛斯基博士，还有问题吗？"

"只有一个,"她厉声质问,"你把我带到这里就是为了教训我或者侮辱我吗?"

"都不是。"他突然柔声细语,更令人毛骨悚然,"我请你来,是想和你共事。你明白人口过剩属于健康问题,这一点我毫不怀疑。我担心你没想明白的是,这个问题将会影响到人类的心灵。在人口过剩的压力下,哪怕是从未想过偷东西的人也会为了养家糊口而变成盗贼。而为了养儿育女,从未想过杀戮的人也会大开杀戒。但丁笔下所有致命的原罪——贪婪、暴食、背叛、谋杀,诸如此类——都会开始出现……在人群中泛滥,并随着舒适安逸生活的烟消云散而愈演愈烈。我们面临着一场为人类心灵而战的斗争。"

"我是一名生物学家。我拯救的是人们的生命……而不是心灵。"

"嗯,我可以向你保证,在未来的岁月里,拯救生命会变得越来越困难。人口过剩所滋生的问题远远不止精神匮乏。正如马基雅维利所述——"

"是的,"她打断他的话,依着记忆,背出这段名言,"'当居民遍布各个角落、世界拥挤不堪之时,人们既不能在原来的地方生存下去,也无法迁徙到其他地方……这个世界就将自我净化。'"她仰头注视着他:"我们世界卫生组织每一个工作人员都熟知这一段话。"

"很好,那你肯定知道马基雅维利接下的话,他认为瘟疫是这个世界自我净化的自然方式。"

"没错。这点我在刚才的发言中也提到了,我们非常清楚人口密度与大规模传染病爆发可能性之间的直接关联,但我们不断致力于建立完善新的传染病检测系统和治疗方案。世界卫生组织始终有信心预防可能爆发的大规模传染病。"

"那就太遗憾了。"

伊丽莎白惊讶地瞪大眼睛:"你说什么?!"

"辛斯基博士,"男子带着诡异的笑容,"你谈及控制传染病时,就好像那是件好事儿。"

伊丽莎白惊得合不拢嘴,简直不敢相信自己的耳朵。

"这就是我的观点,"瘦高个高声宣布,就像一名律师在做结案陈词。"现在和我站在一起的是世界卫生组织的负责人——有史以来最成功的一个。可能在你看来这是一个恐怖的想法。我已向你展示了即将出现的悲惨画面。"他按亮荧屏,再次呈现那幅尸陈遍野的画面。"我提醒了你人口增长失控后极其可怕的破坏力。"他指着那一小垛纸,"我也提请你关注,人类正处于精神崩溃的边缘。"他顿了一顿,然后直接面对她。"而你的应对措施呢?就是在非洲免费发放避孕套。"男子轻蔑地冷笑。"这无异于螳臂当车。定时炸弹倒计时终结。它已经爆炸。如果不采取极端的手段,指数数学将成为你们新的上帝……而且'他'是一个报复心很重的上帝。他会让但丁的地狱降临在外面的帕克大道上……人们挤作一团,吞食自己的粪便。一场自然界自己策划的全球范围的选择性宰杀。"

"就这一套吗?"伊丽莎白呵斥道,"那请告诉我,在你对可持续发展未来的展望里,地球上理想的人口数量是多少?达到何种水平人类才能有希望无限繁衍下去……并相对舒适地生存?"

高个子男子微微一笑,显然对她的问题赞赏有加:"任何一名环境生物学家或者统计学家都会告诉你,人类繁衍生息最理想的状态是保持地球上只有约四十亿人口。"

"四十亿?"伊丽莎白质问道,"我们现在都已经达到七十亿了,你这个目标是不是提得太晚了。"

高个男子绿色的眼眸里如同闪烁着火光:"真的晚了吗?"

第 23 章

罗伯特·兰登重重地落在护墙另一侧松软的草地上,这里是波波利庭园树木茂密的南端。西恩娜在他身旁落地,她站起来,拍拍身上的尘土,察看着周边环境。

他们所站的地方是一块林中空地,长满了青苔和蕨类植物,面前就是一片小树林。站在这里,碧提宫完全被遮住了,兰登估摸着他们大概是在花园中距离宫殿最远的位置。至少没有工人或者游客一大早就跑到这么偏远的角落来。

兰登望着豆砾石小径发呆,这条路蜿蜒曲折,穿过面前的森林,通往山脚下。在小径没入树林的地方,映入眼帘的是一尊与周边风景完美融合的大理石雕像。兰登并不吃惊。毕竟波波利庭园的设计者包括尼可洛·特里波罗[1]、乔尔乔·瓦萨里和贝尔纳多·布翁塔伦提[2]——这个由艺术天才组成的智囊团,在这片一百一十一公顷的画布上创造了一个适于步行的杰作。

"我们只要朝东北方向走,就能到达宫殿,"兰登指着这条小径说,"我们可以在那里混进游客里面,然后神不知鬼不觉地出去。我想花园应该是九点对游客开放。"

兰登低头看表,才意识到他的米老鼠手表不见了,手腕上光秃秃的。他突然走神了,琢磨着手表是不是和其他衣物一起留在了医院里,不知自己还能不能把它取回来。

西恩娜站在原地一动不动,质疑他的决定。"罗伯特,在我们采取下一步行动之前,我想知道我们要去哪里。你刚才在厕所那儿想起什么了?是恶沟吗?你说它的顺序被打乱了?"

兰登指着前方那一片树林,"我们先躲进去再说。"他领着西恩娜沿一条蜿蜒伸展的小径前行,进入一块封闭的空地——在园林建筑学中被称作"房间"——这儿有一些仿木长椅和一座小型喷泉。树下的空气明显凉爽许多。

兰登从口袋里掏出小投影仪,开始摇晃它。"西恩娜,制作这幅电子图像的人不仅在恶沟中罪人的身上增加了字母,而且改变了他们

---

[1] 特里波罗(1500—1550),意大利画家、建筑设计师。
[2] 布翁塔伦提(1531—1608),意大利建筑师、舞台设计师。

所犯罪行的顺序。"他跳到长椅上，俯视着西恩娜，将投影仪对准她的双脚。波提切利的《地狱图》若隐若现地在西恩娜旁边的光滑椅面上铺开了。

兰登指给她看漏斗底部的多层地带："看到恶沟中的字母了吗？"

西恩娜在投影上找到这些字母，从上到下将它们读了出来："Catrovacer。"

"没错。但毫无意义。"

"于是你意识到十条恶沟被打乱重新洗牌了？"

"比那要来得简单一些。如果我们把十层恶沟比作一副有十张牌的扑克，那这副牌只是简单地切了一次，而没有洗牌。在切牌之后，扑克牌仍保持着原先的顺序，只不过第一张牌变化了而已。"兰登向下指着十层恶沟："按照但丁的描述，第一条沟里的应该是被恶魔鞭打的诱奸者。但是，在这个版本里，诱奸者一直到……第七条沟里才出现。"

西恩娜琢磨着眼前渐渐黯淡的图像，频频点头："是的，我看到了。原先的第一条沟现在是第七条沟。"

兰登收起投影仪，从长椅上跳下来。他抓起一根小树枝，在路边一块泥土上划出十个字母："这就是它们出现在我们这个经过修改的地狱里的顺序。"

C
A
T
R
O
V
A
C
E
R

"Catrovacer，"西恩娜念道。

"对。而这里就是'这副牌'被切的地方。"兰登在第七个字母下面划了一条线,望着正在研究自己手迹的西恩娜,等待她的反应。

C
A
T
R
O
V
A
———
C
E
R

"那好,"她很快接口道,"那就是 Catrova 和 Cer。"

"对,然后只要将底下一张牌放回到上面,不去切这副牌,我们就能将它恢复原状。两摞牌交换位置而已。"

西恩娜注视着这几个字母。"Cer。Catrova。"她耸耸肩,不以为然地说,"还是毫无意义……"

"Cer catrova,"兰登重复了一遍。过了一会儿,他又将两个词连在一起读出来:"Cercatrova。"最终,他在中间断开:"Cerca…trova。"

西恩娜突然喘了一口气,兰登一抬头,两人四目相撞。

"对!"兰登微笑着说,"就是 Cerca trova。"

cerca 和 trova 是两个意大利语单词,字面意义分别是"寻找"和"发现。"如果构成一个词组——cerca trova——它的意思相当于《圣经》里的箴言"去寻找,你就会发现。"

"你的幻觉!"西恩娜激动地大叫,几乎喘不过来气,"蒙着面纱的女子!她一直不停地叫你去寻找并且发现!"她一下跳起来:"罗伯特,你知道这意味着什么吗?这说明 cerca trova 这两个词自始至终都在你的潜意识里！你难道还不明白吗？在你走进医院之前，你肯定已经破解了这个词组！你很可能早已看过投影仪里的图像……只是忘了而已！"

她说得没错，他如此沉迷于这个密码文字本身，以至于根本没有意识到他可能已经解开了所有的谜团。

"罗伯特，先前你说过，《地狱图》指向老城中一处特别的地方。但我还是想不出是哪里。"

"Cerca trova 这两个词没有给你一些提醒吗？"

她耸耸肩。

兰登在心里偷笑。终于，还有你西恩娜不知道的事情。"水落石出，这个词组非常具体地指向一幅著名壁画，壁画就在维奇奥宫——五百人大厅里那幅乔尔乔·瓦萨里的《马西阿诺之战》。在壁画顶部附近，若不留意很难发现，瓦萨里绘下 cerca trova 几个小字。至于他为什么要这么做，人们众说纷纭，但各派意见都还没有为自己的说法找到确凿的证据。"

头顶上突然传来小型飞行器的尖啸声，它不知从什么地方冒出来，飞快地掠过他们头顶的树冠。它的轰鸣声离得太近了，兰登与西恩娜呆立在原地一动不动，等着它飞过去。

飞行器渐行渐远，兰登的目光透过树冠间隙追随着它远去。"是玩具飞机，"他看着这架三英尺长、由无线电控制的直升飞机模型在远处倾斜着转弯，长吁了一口气。它发出的声音听上去就像一只愤怒的巨型蚊子。

然而西恩娜仍然没有放松警惕，她对兰登说："蹲下，别动！"

果然如她所料，直升机模型兜了一个大圈，又飞回来了，再次掠过树梢，从他们上方经过，这次朝他俩左边的另一块空地飞去。

"这可不是玩具，"她低声说，"这是一架无人驾驶侦察机。机上应该载有视频摄像头，会将直播画面传送回给……某个人。"

兰登望着小直升机飞快地消失在它来自的方向——罗马门和美术学院，顿时收紧了下巴。

"我不知道你究竟犯了什么事,"西恩娜说,"但某些有权势的人显然非常迫切地想要找到你。"

直升机又拐了一个弯,兜回来,开始沿着他俩刚刚跃过的围墙慢速巡航。

"肯定是在美术学院看到我俩的人中有谁向他们汇报了,"说着,西恩娜率先朝山下走去,"我们得离开这里。要快!"

侦察机朝花园另一端飞去,嗡嗡声逐渐消失在远方。兰登用脚抹去刚才在地上写的字母,匆匆追上西恩娜。他满脑子里都是 cerca trova、乔尔乔·瓦萨里的壁画,还有西恩娜的那个发现:他肯定已经解开了投影仪里的密码。去寻找,你就会发现。

就在他们刚走进第二块林间空地时,一个突如其来的念头击中了兰登。他在林间小道上站定,脸上挂着茫然的表情。

西恩娜也停下来:"罗伯特?怎么回事?!"

"我是无辜的,"他大声宣布。

"你在说什么啊?"

"那些追捕我的人……我本以为是因为我干了什么罪大恶极的错事。"

"没错,在医院里,你不停地重复'非常抱歉。'"

"我知道。但之前我以为自己说的是英语。"

西恩娜诧异地看着兰登:"你当然说的是英语!"

兰登蓝色的眼睛中闪动着兴奋之情:"西恩娜,当时我不停地重复'very sorry',并非是在道歉。我嘴里念叨的是维奇奥宫壁画上的秘密讯息!"他耳边仍然回荡着录音笔里自己那断断续续的声音。Ve……sorry。Ve……sorry。

西恩娜完全懵住了。

"你还没明白?!"兰登咧嘴笑着,"我说的不是'非常抱歉,非常抱歉。'而是一位艺术大师的名字——Va……sari,瓦萨里!"

第 24 章

瓦任莎一脚踩死了刹车。

她胯下的摩托车后轮向前甩着发出尖锐的摩擦声,轮胎在帝国之山大道上划下一道长长的刹车印,终于在凭空冒出来的拥堵车队后面急停下来。帝国之山大道上的交通瘫痪了。

我可没有时间耗在这里!

瓦任莎伸长脖子,越过前面的汽车,想看看是什么原因导致了交通堵塞。她已经被迫绕了一个大圈子来回避 SRS 小组以及公寓大楼前的乱摊子,现在她急需回到古城,搬离宾馆房间。近日来,为了这项任务她一直驻扎在那里。

我被撤销了——我得赶紧逃出这鬼地方!

她那接踵而至的霉运看来还没个完。她选择的进入古城的路线显然已经堵死了。瓦任莎可没有心情干等,她调转车头,驶上对面狭窄的应急车道疾驰,直到望见了交汇路口的一团混乱。前方是一条环路,六条主干道在那里交汇,车行缓慢。这就是罗马门——佛罗伦萨最繁忙的路口之一——进入古城的通道。

这里又出了什么状况?!

现在瓦任莎看清楚了,整个罗马门路段涌入了大批警察——设了一道路障或者某种检查站。很快,她就发现了前方拥堵的源头——几名身穿黑制服的特工正围在一辆熟悉的黑色面包车周围,对当地警察发号施令。

毫无疑问,这些人都是 SRS 小组的队员,但瓦任莎猜不透他们在这里干嘛。

除非……

瓦任莎咽了口唾沫,简直不敢想象这种可能性。难道兰登又逃出了布吕德的掌心？这太不可思议了；他逃脱的几率几乎为零。不过这一回，兰登依然并非孤身奋战，瓦任莎已经亲自体会过那名金发女子的足智多谋。

一名警察出现在她近旁，他从一辆车走到另一辆车，挨个给乘客展示一张照片，上面是一位长着浓密棕色头发的英俊男子。瓦任莎立即认出那正是罗伯特·兰登的新闻标准照。她的心狂跳不止。

布吕德失手了……

兰登还没有退场！

作为经验丰富的策略师，瓦任莎立即开始评估事态最新的进展对她当下处境的影响。

选择一：按规定撤离。

瓦任莎干砸了一项教务长指派的紧急任务，并因此被撤销。假如她足够幸运，将会面临一场正式调查，然后职业生涯可能就此终止。而如果她不够走运，或低估了她老板的严酷，她有可能下半辈子都得提心吊胆地过日子，时刻担心"财团"从暗处痛下杀手。

现在多出了第二个选择。

完成你的任务。

继续执行任务完全违反她的撤销协议；但兰登依然在逃，瓦任莎如今有了一个机会，去继续完成她最初获得的指令。

如果布吕德没能抓住兰登，她盘算着，心跳越来越快，而我却成功做到的话……

瓦任莎知道这是一个风险极大的赌注，但如果兰登从布吕德掌心里成功逃脱，而瓦任莎却及时跟进、完成任务的话，她将凭借一己之力挽救"财团"于水火之中；到那时，教务长别无选择，只能对她法外开恩。

我将保住工作，她心想，甚至还有可能得到提拔。

霎那间，瓦任莎意识到她未来的全部希望都系于一件关键任务之上。我必须找到兰登……赶在布吕德之前。

这并非易事。布吕德人手众多，还拥有大量高科技监控设备。瓦任莎却是孤军奋战。然而,她掌握了一条布吕德、教务长和警方尚不知晓的信息。

我有一个绝妙的主意,知道兰登会去哪里。

她拧动宝马摩托车的油门,原地180度转弯,回到刚才经过的路上。感恩桥[1],她脑海里浮现出北边那座桥的模样。进入老城的路可不只一条。

第 25 章

那并非道歉,兰登陷入沉思,而是一位艺术大师的名字。

"瓦萨里,"西恩娜惊得张口结舌,后退了一大步,"那位将 cerca trova 两个词藏在所作壁画里的大师。"兰登不禁面露微笑。瓦萨里。瓦萨里。这一发现不仅给他奇怪的窘境带来了一丝光明,而且意味着兰登再也不用为是否干过什么可怕的坏事而惴惴不安……一件他需要为之没完没了地说"非常抱歉"的事。

"罗伯特,在受伤之前,显然你已经看过投影仪里这幅波提切利的画作。你也知道画中藏有密码,指向瓦萨里的壁画。因此,你苏醒后不断重复念叨瓦萨里的名字!"

兰登试着理清楚所有的线索。乔尔乔·瓦萨里——十六世纪著名艺术家、建筑师和作家——经常被兰登称作"世界上第一位艺术史学家。"他所创作的绘画有几百幅,设计的宫殿建筑十几处,但他影响最深远的贡献当推他的拓荒之作《名人传》[2]。这本书是意大利艺术家传记的合集,直到今天仍是艺术史学生的必读书。

大约三十年前,维奇奥宫五百人大厅壁画较高处的一条"神秘信

---

[1] 又译为阿勒教堂大桥。横跨阿尔诺河,与旧桥相隔。
[2] 原书名是 Lives of the Most Excellent Painters, Sculptors, and Architects.

息"，即 cerca trova 这两个词被人发现，将留下这条信息的瓦萨里重新拉回人们的视线中。这一行小字出现在一面绿色的战旗之上，在混乱的战争场景中很不显眼。至于瓦萨里为什么要在他的壁画上添加如此奇怪的信息，人们众说纷纭，莫衷一是。主流的观点认为这是暗示未来的人们，在壁画所在墙面后面三厘米的缝隙里，藏着一幅失踪的列奥纳多·达·芬奇的壁画[1]。

西恩娜仍时不时紧张地仰头观望天空。"还有一件事我搞不懂。如果你说的不是'非常抱歉，非常抱歉'……那为什么会有人想要杀你？"

兰登也在思考同样的问题。

侦察机的嗡嗡声再度由远及近，兰登知道是时候做出决定了。虽然还看不出瓦萨里的《马西阿诺之战》与但丁的《地狱篇》，或者昨晚自己所受枪伤有何种关联，但他终于发现面前有一个明确的方向了。

Cerca trova。

去寻找，就会发现。

兰登眼前再次浮现出那位银发女子的身影，她在河对岸冲他大声呼喊。时间无多！凭直觉，兰登认为如果要有答案，那一定就藏在维奇奥宫。

他脑海里闪过一则在古代希腊潜水者中间流传的古谚。他们没有任何潜水装备，却必须深潜到爱琴海诸岛的珊瑚溶洞里抓捕龙虾。当你潜入一条黑暗的隧道，发现自己无路可退时，如果余下的那口气不足以支撑你原路返回，你惟一的选择就是继续前行，游向未知……并祈祷能找到出口。

兰登怀疑他俩就处于这种境地。

他注视着前方花园里有如迷宫一般的道路。如果他和西恩娜能顺

---

[1] 达·芬奇曾受委托在五百人大厅里绘制了《安吉里之战》，据说此画被焚毁。后来五百人大厅翻修，两边墙加厚，新墙面上新绘了六幅壁画。一九七五年，有艺术史学家在瓦萨里所绘的壁画上发现了 cerca trova 的字样，后经过科学检测，在壁画背面三厘米处提取到与达·芬奇其他画作相同的颜料成分。

利到达碧提宫,并从花园出去,那么古城就在咫尺之遥,只需穿过那座世界上最著名的步行桥——维奇奥桥。旧桥上总是熙熙攘攘,可以为他俩提供很好的掩护。过了桥,离维奇奥宫就只有几个街区了。

侦察机嗡嗡地飞近,兰登顿时感觉自己快要累垮了。想到自己并没干需要说"非常抱歉"的坏事,他对是否要躲避警察的追捕开始犹疑。

"西恩娜,他们终会抓到我的,"兰登说,"可能我还是不要再逃避的好。"

西恩娜警惕地望着他:"罗伯特,每次你一停下来,就有人朝你开枪!你得搞清楚被卷进了什么事情中。你得去看看瓦萨里的壁画,希望它能触发你的记忆。或许那幅壁画能帮你想起这个投影仪是从哪里来的,以及你为何会把它带在身边。"

兰登眼前浮现出冷酷无情地杀死马可尼医生的短发女子……冲他俩开枪的士兵……在罗马门前聚集的意大利宪兵队……还有正在波波利庭园里追踪他俩的无人侦察机。他揉揉疲惫的双眼,陷入沉默,权衡着各种选择。

"罗伯特?"西恩娜抬高声音,"还有一件事……本来貌似无关轻重,但现在看来有可能至关重要。"

兰登察觉到她语气凝重,抬头望着她。

"在公寓里的时候,我就打算告诉你,"她说,"但是……"

"究竟什么事?"

西恩娜咬着嘴唇,看上去忐忑不安。"你来医院的时候,整个人神志不清,并试着与我们交流。"

"对,"兰登说,"嘴里念叨着'瓦萨里,瓦萨里。'"

"没错,但在那之前……在我们准备好录音笔之前,在你抵达医院的第一时间,你还提到另一件事,我记下了来。你只说了一遍,但我肯定听明白了。"

"我说了什么?"

西恩娜抬头望了一眼侦察机,然后目光转回兰登身上。"你当时说:'我握着找到它的钥匙……如果我失败了,那么所有的人都会死。'"

兰登惊得目瞪口呆。

西恩娜继续道:"我本以为你所说的钥匙就是你外套口袋里的东西,但现在我不那么确定了。"

如果我失败了,那么所有的人都会死?这句话太让兰登震撼了。那挥之不去的死亡场面在他眼前摇曳……但丁笔下的地狱、生物危害的标识、瘟疫医生。还有再度出现的那位隔着血红的河水向他发出恳求的银发美妇的脸。去寻找,你就会发现!时间无多!

西恩娜的声音将他拉回现实:"不管这个投影仪最终指向什么……或者不管你一直在努力寻找什么,它肯定都是极其危险的。这些人想要杀死我俩,这就是明证……"她的嗓音略微发哑,于是她停顿了一下,顺便整理思绪。"你想想。他们刚才在光天化日之下冲你开枪……还有我——完全无辜的旁观者。根本就没人有想要谈判的意思。你的政府已经背叛了你……你打电话向他们求救,而他们却派人来干掉你。"

兰登盯着地面,一脸茫然。美国领事馆有没有向刺客透露兰登的地址,或者刺客会不会根本就是领事馆派来的,现在已无关紧要。结果都是一样。我自己的政府居然不站在我这边。

兰登凝视着西恩娜棕色的双眼,看到了她内心的勇敢。我把她牵扯到什么样的麻烦里了?"我希望能知道我们在寻找的究竟是什么。这样会有助于看清所有的一切。"

西恩娜点点头:"不管它是什么,我想我们都必须找到它。这至少能给我们增加些筹码。"

她的逻辑很难驳斥。那个声音仍在兰登耳边回荡。如果我失败了,那么所有的人都会死。整个早晨,他不断碰到与死亡有关的象征——生物危害标志、瘟疫,还有但丁笔下的地狱。诚然,他并不能明确地说出正在寻找的究竟是什么,但也不至于幼稚到对所发生的一切所指向的可能性全然忽略的地步:当下的情形或许涉及某种致命的传染病或者大规模生化危机。假如他的猜测没有错,那他自己国家的政府又为何要除掉他呢?

难道他们认为我与某个潜在的恐怖袭击有关联?

这完全说不通。肯定另有蹊跷。

兰登又想起那位银发女子。"还有那个在我的幻觉中出现的女人。我觉得必须要找到她。"

"那就相信你的直觉,"西恩娜说,"就目前而言,你最好的导航就是你的潜意识。这是最基本的心理学——如果你的直觉告诉你信任那个女人,那么我想你就应该照她一直告诉你的去做。"

"去寻找,就会发现,"两人异口同声道。

兰登长舒一口气,扫清了心中阴霾。

我要做的就是继续向前,游出这截海底隧道。

主意一定,他便转身四顾,观察周围的情况,试着确定所在方位。从哪条路出花园呢?

他俩隐蔽在树下,面前就是一片开阔的广场,几条小道贯穿其中。在他们左边,兰登远远地看见了一洼椭圆形的浅水湖,中间有座小岛,上面点缀着柠檬树和雕像。那是"孤岛",他心想,认出了那尊闻名遐迩的雕塑,珀尔修斯[1]跨着一匹半没在水中的骏马跃出水面。

"碧提宫在那边,"兰登说着指向东面,远离"孤岛",通往波波利庭园的主干道——柏树林大道。柏树林大道足有两条车道宽,两旁各立着一排高峻挺拔、树龄达四百年的柏木。

"在那儿会无处藏身,"西恩娜望着下方一览无余的林荫道,又指了指天上盘旋的侦察机。

"你说得对,"兰登咧嘴笑了,"所以我们要走它旁边的暗道。"

他又向西恩娜示意,这次是指向邻近柏树林大道入口处一丛茂盛的灌木树篱。在这堵密不透风的树墙上,有一个拱形小缺口。在缺口之外,一条狭窄的步行小道延伸向远方,那是和柏树林大道平行的一

---

[1] 希腊神话中的英雄,宙斯之子。

条暗道。经过修葺的圣栎树如同方阵般将暗道夹在中间,这些圣栎树从十七世纪初开始就被精心修整,以使其向内弯曲,枝叶交错缠绕,在道路上方形成一个遮篷。这条暗道的名字,"小箍圈"——"圆圈"或者"环形"的意思——源自弧形树木的树冠与圆筒的箍圈相似。

西恩娜迅速地走到缺口处,向树荫遮蔽的通道里张望。很快,她转身面朝兰登,露出微笑。"这条道好多了。"

她一秒钟也没有耽搁,立即钻进入口,消失在树丛中。

兰登始终认为"小箍圈"是佛罗伦萨最宁静的景点之一。然而,今天,在看着西恩娜消失在阴暗道路的深处时,他的脑海里却再次浮现出希腊的潜水者——他们游进珊瑚隧道,祈祷能找到出口。

兰登也迅速简短地默默祷告,然后急匆匆地追随她而去。

*　　*　　*

他俩身后半英里处,在美术学院门外,布吕德特工昂首阔步地穿过拥挤的警察和学生。在他冷酷眼神的逼视之下,人群纷纷自动避让。他径直走向临时指挥点,那是负责监视的特工在黑色面包车的引擎盖上搭建的。

"侦察机发回来的,"特工汇报道,递给布吕德一个平板电脑,"这是几分钟前的数据。"

布吕德仔细翻看视频静态截图,看到一帧放大的有两张模糊面孔的图片时停住了——是一个深发男子和一名扎马尾辫的金发女子——两人都躲在树荫之下,隔着树冠向天空张望。

罗伯特·兰登。

西恩娜·布鲁克斯。

确定无疑。

布吕德将目光移到铺在引擎盖上的波波利庭园地图上。他们做了一个愚蠢的选择,他研究着花园的布局,不禁心中窃喜。尽管整个花园占地甚广,设计精妙,有无数藏身之处,但是它四面有高墙环绕。波波利庭园可谓布吕德在执行任务时见过的最接近天然围猎场的地方。

他们将插翅难飞。

"当地警方已经封闭了所有出口,"手下继续汇报,"而且已经开始彻底搜查。"

"有新消息通知我,"布吕德命令道。

他缓缓抬起头,透过厚厚的聚碳酸酯车窗玻璃,能看到坐在后排的银发女人。

他们给她下的药肯定让她反应迟钝——药效甚至比布吕德想象的还要强。然而,从她恐惧的眼神能看出,她仍然对周围发生的事情了如指掌。

她看起来不太开心,布吕德想,可是话又说回来,她怎么会高兴呢?

第 26 章

水柱盘旋着射向二十英尺的高空。

兰登望着水花轻轻落回地面,知道出口越来越近了。他们已经来到"小箍圈"这条树荫遮蔽的暗道的尽头,迅速冲过一块空旷的草坪后,钻进一片栓皮栎树林里。现在展现在他们面前的就是波波利庭园最著名的喷泉——斯托尔多·洛伦齐[1]的海神铜像;因为海神手中握着三叉戟,它也被当地人戏称为"叉子喷泉"。这处水景就位于波波利庭园的正中心。

西恩娜在林边止步,隔着枝桠仰视天空:"没看到侦察机。"

兰登也没听到它嗡嗡的马达声,当然喷泉的喷水声也很吵。

---

[1] 洛伦齐(1534—1583),意大利雕塑家,代表作有《海神喷泉》、《亚当》等。

"肯定是补充燃料去了,"西恩娜推断,"这是我们的机会。走哪边?"

兰登领着她转向左边,他们顺着一个陡坡下行。等一走出树林,碧提宫便映入了他们的眼帘。

"漂亮的小房子,"西恩娜低声赞叹。

"典型的美第奇式低调,"他揶揄道。

在离他们约四分之一英里的地方,碧提宫正面的石墙赫然耸立,向左右两边延伸。它外凸、粗犷的石砌墙体赋予了这座宫殿一种高高在上的威严;令人震撼的多组重叠的遮光大窗和拱顶透光孔,更添加了其凛然的霸气。按照传统,主宫殿通常位于高地之上,这样人们从花园里只能抬头仰视它。然而碧提宫却另辟蹊径,坐落在阿尔诺河旁的一处山谷,意味着人们可以从波波利庭园俯视整座宫殿。

这种视觉效果更具冲击力。曾有建筑师这样描绘碧提宫——它浑然天成……仿佛那些巨大的石块在山体滑坡中沿着长长的陡坡翻滚而下,然后在山谷垒成一座雅致的、堡垒般的石堆。尽管其地势低,不利防御,但碧提宫坚固的石头结构如此气势磅礴,以至于拿破仑在佛罗伦萨时亦将其选做权力中心。

"你看,"西恩娜指着碧提宫离他俩最近的一道门,"好消息。"

兰登也注意到了。在这个诡异的早晨,最受欢迎的景象并非宫殿本身,而是那些络绎不绝地走出宫殿,前往下面花园的游客们。宫殿的门开着,说明兰登和西恩娜能够毫不费力地混进去,穿过宫殿,逃出波波利庭园。一旦出了宫殿,他们就会看到阿尔诺河横亘在右手边,而在河对岸,就是古城的各个尖塔。

他和西恩娜继续前行,连走带跑地沿陡峭的路堤下行。他们穿过了波波利庭园的圆形露天剧场——历史上第一次歌剧表演的场所——掩映在山坡一侧,仿如一块 U 形马蹄铁。然后又经过拉美西斯二世的方尖石碑,以及被安放在其基座上的不幸的"艺术品"。旅游指南称其为"取自罗马卡拉卡拉浴场的巨型石盆,"但在兰登眼中它其实就是一个世界上最大的浴缸。他们真应该将那玩意儿移到别处去。

终于来到宫殿的背面后,他们放慢脚步,故作镇定,神不知鬼不觉地混入碧提宫第一批参观者中。他们逆人流而行,沿着狭窄通道下到内庭,游客们可在这儿坐下休息,在咖啡摊上享受一杯早晨的意式浓缩咖啡。空气中弥漫着现磨咖啡的香味,兰登突然产生了一种渴望,想坐下来好好享用一份有品位的早餐。今天不是时候,他一面想一面向前赶路,进入宽敞的石头通道,向宫殿正门走去。

　　就在他俩快到通道门口的时候,兰登与西恩娜被一群越聚越多的游客挡住了去路。他们滞留在门廊里,仿佛是在观望外面发生的事情。兰登隔着人群,朝宫殿前方的广场看去。

　　和他记忆中一样,碧提宫恢宏的入口看上去呆板生硬。它的前院没有精心修葺的草坪或者自然景观,石铺路面占满了整块山坡,一直延伸到古奇亚蒂尼街,如同一片巨大的铺着石头的滑雪坡道。

　　目光移到山脚下后,兰登明白了游客们在看什么热闹。

　　在下面的碧提广场上,六辆警车已从各个不同方向驶入。一小队军警正爬上山坡,荷枪实弹,扇形散开,将碧提宫前坪围了起来。

第 27 章

　　就在警察进入碧提宫的时候,西恩娜和兰登也已经行动起来。他们原路折返,退回宫殿内部,躲避警察的到来。两人急匆匆地穿过中庭,路过咖啡摊,突然嗡嗡声响起,游客们纷纷伸长脖子,四下张望,想找到混乱的源头。

　　西恩娜很惊讶警察这么快就搜寻到他们。无人侦察机肯定是因为已经发现了我俩,所以才消失不见的。

　　她和兰登找到刚才从花园下来时的那条狭窄通道,毫不犹豫地一头扎进去,拾阶而上。楼梯的尽头左边确有一堵高墙。他俩挨着墙根跑,护墙越来越矮,最终他俩能越过护墙,看到外面广袤的波波利庭园。

兰登突然伸手拽住西恩娜的胳膊，将她拖回来，猫腰躲在护墙下面。西恩娜也看到了。

三百码开外，在斜坡上还没到圆形露天剧场的地方，另一拨警察正在下行。他们搜索小树林，盘问游客，并用手持对讲机彼此保持联络。

我们被包围了！

在刚遇上罗伯特·兰登时，西恩娜绝没想过会落到这一步。这大大出乎我的意料。当西恩娜和兰登一起离开医院的时候，她以为他俩只是在躲避一个持枪的刺猬头女人。如今他俩却在一整支军事作战小组和意大利警察的追捕下逃亡。此刻她意识到他俩逃脱的机会几乎为零。

"还有其他的路出去吗？"西恩娜上气不接下气地问。

"没有了，"兰登答道，"这个花园就是一座带围墙的城市，就像……"他突然停住了，转身望向东方，"就像……梵蒂冈。"他脸上神情奇怪，仿佛看到了一丝希望。

西恩娜猜不透梵蒂冈与他们眼下的穷途末路有何关联，但兰登突然开始自顾自地点头，并沿着碧提宫的后墙向东眺望。

"虽然把握不大，"他说，"但也许还有一条路可以离开这里。"

两个身影突然出现在他俩面前，绕过护墙，差点撞上西恩娜和兰登。这两人都是一身黑衣；那一瞬间，西恩娜惊恐万分，以为他们就是在公寓大楼碰到过的那些士兵。一直等对方与他俩擦肩而过，她才看清楚那只是普通游客——应该是意大利人，她根据他们时髦的黑色皮衣这么猜。

西恩娜拿定主意，伸手抓住其中一位游客的胳膊，仰头冲他尽可能灿烂地微笑："Può dirci dov'è la Galleria del costume?"她操着流利的意大利语，问他去碧提宫著名的服装博物馆怎么走。"Io e mio fratello siamo in ritardo per una visita privata."我和我哥哥没跟上旅行团。

"当然！"男子冲两人微笑，看上去很愿意帮忙，"继续一直往前走！"他转身指着西边，顺着护墙，正好与兰登刚才眺望的方向相反。

"非常感谢你！"西恩娜再次笑咯咯地说，两名男子离开了。

兰登对西恩娜点点头表示赞许，显然看出了她的用意。一旦警察开始盘问游客，他们就有可能得到消息，兰登和西恩娜往服装博物馆去了；而根据他们面前墙上这幅示意图，服装博物馆恰好在碧提宫的最西头……与他俩此刻要去的方向南辕北辙。

"我们得到那条路上去，"兰登指给西恩娜看远处的一条步道，它穿过一个开阔的广场，通往远离宫殿的另一座山的山脚。这条砾石小道上山的一段正好被高大的树篱遮得严严实实，为他俩躲避仅仅一百码之外、此刻正在下山的警察提供了很好的掩护。

西恩娜盘算了一下，他俩穿过开阔地到达林荫道而不被警察发现的概率几乎为零。那边的游客越聚越多，好奇地围着警察看热闹。侦察机的嗡嗡声再次隐约可闻，由远而近。

"再不走就晚了，"兰登斩钉截铁地说，紧握西恩娜的手，拉着她一同冲进广场。广场上不断有游客涌入，他俩逶迤而行。西恩娜恨不得能跑起来，但兰登按捺着她这种冲动，步履轻快但又不显慌乱地穿过人群。

终于抵达步道的入口时，西恩娜回头望了一眼对面山上的警察，看他们是否发现了他俩的踪迹。她所看到的警察们一个个背对他俩这边，都抬头看着侦察机声音飘来的方向。

她返身加快步伐追上了兰登，沿着小道疾行。

此刻，在他们正前方，佛罗伦萨老城的轮廓呈现在树梢之上，就在远处清晰可见。她看到了圣母百花大教堂的红瓦穹顶，还有乔托钟塔的绿、红、白三色塔尖。有一小会儿她还辨认出了他们似乎永远无法抵达的维奇奥宫那独特的带雉堞的尖塔，但随着他俩沿着步道往山下走，高高的围墙挡住了所有这一切，让两人再次陷入绝望。

还没到山脚下，西恩娜就已经累得气喘吁吁，开始怀疑兰登究竟知不知道他们该怎么走。小道直接通向一座迷宫式的花园,但兰登信心满满地左转拐进一处宽敞的碎石天井;兰登傍着边缘走,始终躲在树篱边高大树干的阴影下。这处天井已经荒废,更像员工的停车场,而不是一处景点。

"我们这是要去哪里?!"西恩娜终于忍不住发问,她快喘不上气了。

"就快到了。"

快到哪儿啦?整个天井四面都有护墙,而且至少有三层楼高。西恩娜看到的惟一出口是左边的一条机动车道,由一扇锻铁大门把守,那门看上去历史可以追溯到宫殿始建的战乱年代。在路障外面,她能看到聚集在碧提广场上的警察。

兰登傍着绿化带,向前紧走几步,冲向他俩面前的高墙。西恩娜扫视墙面搜寻出口,却只看到一处壁龛,里面摆着一尊她这辈子所见过最丑的雕像。

我的天哪,美第奇家族能买得起这世上任何一件艺术品,他们却选中了这个?

眼前这尊雕像刻的是一个肥胖、赤裸的小矮人,跨在一只巨大的乌龟上。侏儒的睾丸压在乌龟壳上,乌龟的嘴边挂着口水,像是生病了。

"我知道,"兰登说着,脚下却没有放慢速度,"那是布拉丘·狄·巴托洛——著名的宫廷取乐侏儒。要我说,他们应该把它弄出去,和那个大浴缸堆在一起。"

兰登猛地向右转弯,沿着西恩娜这才刚看到的一截楼梯向下狂奔。

一条出路?!

但希望之光稍纵即逝。

就在转过拐角,跟着兰登跑下楼梯时,她立刻就意识到他们钻进了一条死胡同——楼梯尽头被堵死了,而且围墙比外面的还高一倍。

而且,西恩娜此刻感觉到他俩漫长的逃亡之旅即将终结于一个硕大的洞口前……前方墙壁上被人挖出一个深洞。这肯定不是他要带的路！

洞窟入口处就像魔鬼打哈欠时张开的血盆大口，洞顶上挂着匕首一般的钟乳石，隐隐透出一种不祥的气息。往山洞里看去，地质沉积在洞壁上渗出，仿佛石头在融化……然后变成各种形状：比如从石壁间突起的一块类似半截人体的岩石，乍一看，如同一个人正被石头生吞活咽，把西恩娜吓了一跳。整个场景让西恩娜想起了波提切利《地狱图》中的某些细节。

不知为什么，兰登表现得很镇定，仿佛成竹在胸，他径直跑向洞口。他之前提到过梵蒂冈城，但西恩娜相当肯定，在圣廷梵蒂冈的城墙里，绝对没有这样的诡异洞窟。

他们靠近洞窟，入口处上方无序放置的横梁引起了西恩娜的注目——那是一组形同鬼魅的钟乳石，还有模糊难辨的凸起的石头，看上去就像洞壁正在吞噬两个女人，女子头向后仰，身侧有一面盾牌，上面嵌着六颗球，或者药丸[1]，那是美第奇家族闻名遐迩的饰章。

兰登猛地左转，远离洞口，奔向西恩娜先前忽略了的地方——山洞左侧的一扇灰色小门。这扇已经风化的木门看上去毫不起眼，里面像是用于放置园艺用品的储藏柜或者储藏间。

兰登跑到门口，显然希望能将其打开，但门上没有把手——只有一个黄铜锁眼——而且，显而易见，门只能从里面打开。

"该死的！"这下兰登眼中流露出焦急的神色，早先的希望完全被浇灭了，"我本指望——"

无人侦察机的哀号声毫无征兆地再度响起，在楼道里回荡，格外刺耳。西恩娜回头看到侦察机从宫殿上空升起，正朝他们这边徐徐飞来。

兰登应该也看到了，因为他抓起西恩娜的手，冲向山洞。他俩猫

---

[1] 美第奇家族的祖先曾是药剂师，其姓氏"美第奇"（Medici）即来源于此（医生在意大利语中是 medico）。这一特点也反映在族徽上，上面的六颗圆球最初就是代表药丸。

着腰钻到倒悬的钟乳石下方,在千钧一发之际消失不见了。

这个结局再合适不过,她心想,冲过地狱之门。

第 28 章

往东四分之一英里,瓦任莎停下摩托车。她从感恩桥过河,穿过老城,绕到鼎鼎大名的维奇奥桥——连接老城和碧提宫的步行桥。将头盔在摩托车上锁好后,她大步踏上老桥,融入了清晨的游客中。

三月凉爽的微风徐徐拂过河面,吹着瓦任莎的刺猬短发,让她想起兰登已认得自己的模样。她在桥上众多商铺中的一家稍作停留,买了一顶印有"我爱佛罗伦萨"字样的棒球帽戴上,还故意压低帽檐遮住面孔。

她隔着皮衣摩挲着手枪凸起的部分,走到旧桥接近正中的地方,选定一个位置,面向碧提宫,随意地靠在桥柱上。站在这里,她能监视到所有经过阿尔诺河进入中心城区的步行游客。

兰登也是步行,她心里想,如果他设法绕过了罗马门,那这座桥就是他进入老城最合理的路线。

从西边,也就是碧提宫的方向,传来了一阵阵警报声,她不知道这代表着好消息抑或坏消息。他们还在四处搜寻吗?或者他们已经抓到人了?瓦任莎竖起耳朵,聚精会神地聆听周边动静,突然她发现了一个新的声音——头顶上空不知从什么地方传来刺耳的嗡嗡声。她本能地仰头望天,立即就发现了它——一架小型遥控直升机正迅速升到碧提宫上方,然后俯冲向波波利庭园东北角的树林。

一架无人侦察机,瓦任莎心头涌起一丝希望,如果它还在天上,说明布吕德还没找到兰登。

侦察机很快靠近。显然它在搜寻庭园的东北角,就是最接近维奇奥桥和瓦任莎位置的区域,这说明瓦任莎的判断是正确的,也让她信心倍增。

只要兰登逃出布吕德的追捕,他肯定会从这里经过。

就在瓦任莎仰目观察的时候,侦察机不知为何突然一个下坠,飞到高高的石墙后面不见了踪迹。她能听到侦察机在树林中某处盘旋的声响……应该是发现了什么有趣的东西。

第 29 章

去寻找,你就会发现,兰登对自己说,和西恩娜挤进昏暗的洞窟,我们本是要寻一个出口……却走进了一条死路。

洞窟中央有一座看不出形状的喷泉,为他俩提供了绝妙的藏身之处。但当兰登悄悄探头向外观望时,他意识到还是太晚了。

侦察机刚刚俯冲进高墙之间的死胡同,在洞口遽然停下,现在就悬滞在半空中,离地面仅仅十英尺处,对着洞窟,嗡嗡作响,就像一只狂怒的昆虫……等待捕食它的猎物。

兰登缩回喷泉后面,低声将这个严峻的消息告诉西恩娜:"我想它发现了我们在里面。"

侦察机的嗡嗡声在狭小的洞穴里震耳欲聋,噪音在石壁之间回荡,更显得刺耳。兰登简直无法相信他俩居然被一架微型直升机扣押,但他心里也明白要试图甩掉它只会是徒劳。那现在我们该怎么办呢?就在这里干等着?他原先的计划是从那扇灰色小木门出去,本来挺合理的,只是他没料到那扇门只能从里面打开。

兰登的眼睛慢慢适应了洞窟里的黑暗,他观察着周边非同寻常的环境,想找找看有没有其他出口。他没看到一丝希望。洞窟的内壁雕有各种动物和人体,都不同程度地被石壁奇怪的渗出物吞噬。兰登灰心沮丧,抬头看着洞顶,一根根钟乳石垂下来,显得阴森恐怖。

在这里死去也不错。

布翁塔伦提洞窟——以其建筑师贝尔纳多·布翁塔伦提而命名——大概是整个佛罗伦萨最奇特的一个地方。这个相当于三室套房的洞窟套间,旨在为碧提宫的年轻客人们提供一处用于消遣的游乐宫。洞内的设计糅合了自然主义的想象与泛滥的哥特风格。内部由貌似湿淋淋的凝结物与附在表面的火山浮石构成。这些浮石看上去要么像是裹着那些雕像,要么像是从雕像中渗出来的。在美第奇时代,还有水不断顺着洞窟内壁流下来,既可以为托斯卡纳地区炎热的夏天消暑降温,又能够营造真实山洞的氛围。

兰登和西恩娜躲在第一个,也是最大一个洞室里的中央喷泉后面。周围都是五彩斑斓的雕像,有牧羊人、农夫、乐师、各种动物,甚至还有米开朗基罗四尊奴隶雕像的复制品。所有这些仿佛都在竭力挣脱那湿漉漉的岩石洞壁,不想被其吞噬。在洞顶之上,清晨的阳光透过天花板上的一个圆窗射进来;那地方本来放置着一只巨大的玻璃球,里面盛满清水,还养了鲜红的鲤鱼,在阳光下游来游去。

兰登想知道,那些文艺复兴时期的参观者们要是看到一架真正的、他们意大利自己人列奥纳多·达·芬奇曾天马行空地设想过直升机[1]在洞口盘旋,会作何感想。

就在这时,侦察机尖锐的啸叫声停息了。它的声音不是慢慢减弱、越来越远;它就是……突然一下不响了。

兰登不明就里,从喷泉后探头观望,只见那架侦察机落在地上。此刻,它躺在砾石广场上,发动机空转着,不再那么令人生畏,尤其是因为它前部那个螯刺状的摄像头并没有对着他俩,而是偏向一边,冲着灰色木门的方向。

兰登悬着的心还没来得及放下,形势又急转直下。在距离侦察机一百码的地方,侏儒和乌龟雕像附近,三名全副武装的士兵正大步走下台阶,目标明确地直奔洞窟而来。

这几名士兵都穿着眼熟的黑军装,肩上佩有绿色徽章。走在最

---

[1] 达·芬奇曾绘制过直升机设计图,并第一次阐述了直升机原理,被视为直升机的鼻祖。

前面的肌肉虬结的男子眼神冷漠，让兰登想起了幻觉中见到的瘟疫面具。

我是死亡。

但兰登并没有见到他们的面包车以及那名神秘的银发女子。

我是生命。

转眼间三人已经逼近，其中一名士兵在楼梯底部站定，转过身，面朝外，显然是要阻止其他人再下到这片区域。另两名士兵继续朝洞窟这边走来。

兰登和西恩娜立即再次行动起来——尽管可能只是垂死挣扎，被捉不可避免——他俩手脚并用，倒着爬进洞窟的第二个洞室，这里更小、更幽深、光线也更暗。这儿正中的位置也立有一件艺术品——两名拥抱在一起的恋人——兰登和西恩娜此刻就躲在这尊雕像后面。

兰登藏在阴影之中，小心翼翼地从雕像底座边探出头，观察逼近的两名士兵。他们走到侦察机跟前，其中一人停了下来，弯腰拾起机器，检查它的摄像头。

摄像头刚才拍到我俩了吗？兰登心中忐忑，害怕知道答案。

第三名士兵，就是落在后面肌肉结实、眼神冷酷的那个，仍然用冷冰冰的犀利目光扫视着兰登这边。他一步步逼近了洞窟入口。他要进来啦！兰登准备缩回雕像后面，告诉西恩娜一切都已结束，就在这一刻，出人意料的事情发生了。

这名士兵没有进入洞窟，而是突然转向左边，消失不见了。

他要去哪儿？！难道他不知道我俩在这里面？

又过了一会儿，兰登听到砰砰的声音——拳头砸在木门上的响声。

那扇灰色小木门，兰登明白了，他肯定知道那门通往何处。

* * *

碧提宫的保安欧内斯托·拉索从小就梦想着去踢欧洲联赛，但他现在已经二十九岁，而且体重超标，只能慢慢接受儿时的梦想永难实现了这一残酷的事实。过去三年里，欧内斯托在碧提宫担任保安，一直待在一间橱柜大小的办公室里，干着无聊的重复性工作。

他所蹲守的办公室外面有一道灰色的小木门，总有游客出于好奇来敲门，对此欧内斯托已经见怪不怪了。往常他只是不予理会，游客们自然就会消停。但是今天，砰砰的敲门声特别响，而且没有停下来的意思。

他心烦意乱，想让注意力回到电视机上，里面正播着比赛回放——佛罗伦萨对尤文图斯，电视声音开得很大。敲门声却越来越响。他终于受不了了，骂骂咧咧地出了办公室，沿着狭窄的走廊循着敲门声走去。走廊中间有一道巨大的铁栅栏，通常都是紧闭的，只在特定的时段才打开；他在栅栏前停下来。

他输入门锁密码，打开铁门，将其推到一边。进到门里之后，他按照规定，将铁栅栏在身后锁好。然后才走向那扇灰色木门。

"此门不通！"他用意大利语朝门外嚷道，希望外面的人能听清，"闲人免进！"

门还是被擂得咚咚响。

欧内斯托恨得牙痒痒。这些纽约佬，他猜测应该是美国游客，他们为所欲为。他们的红牛足球队在世界舞台上能取得成功，惟一的理由就是挖了一位欧洲最好的教练[1]。

敲门声还在持续，欧内斯托极不情愿地打开门锁，推开一道几英寸的小缝："此门不通！"[2]

擂门声终于停止了，欧内斯托发现自己面对的是一个当兵的；这个人的双眼如此冷酷，逼得欧内斯托不自觉后退两步。

"Cosa succede?！"欧内斯托大声质问，给自己壮胆。出什么事了?！

---

[1] 此处书中人物将美国大联盟的纽约红牛足球队与奥地利联赛的萨尔斯堡红牛队混淆。萨尔斯堡红牛队曾聘请意大利金牌教头特拉帕托尼担任主帅。

[2] 原文为意大利语。

在他身后，另一名士兵蹲在地上，摆弄着一架像是玩具直升机的东西。更远处，还有一个守在楼梯那里。欧内斯托听到了附近回荡的警笛声。

"你会说英语吗？"这个人的口音绝对不是纽约的。应该是欧洲什么地方的？

欧内斯托点点头。"会的，一点点。"

"今早有人从这扇门经过吗？"

"没有，先生，没有人。"他一半英语一半意大利语。

"很好。把门锁紧。决不允许旁人出入。明白吗？"

欧内斯托耸耸肩。这不就是他的工作吗。"好的，明白。谁都不准进，谁都不准出。"

"请告诉我，这道门是不是惟一的入口？"

欧内斯托思考着这个问题该怎么回答。从技术角度来说，如今这道门应该算是出口，这正是它朝外的一面没有把手的原因，但他能听明白这个人的问题。"是的，只有这道门。再没别的路了。"碧提宫内最早的入口已经被封闭多年。

"波波利庭园里还有其他隐蔽的出口吗？除了正门之外？"

"没了，先生。到处都是高墙。这是惟一的秘密出口。"

士兵点点头。"感谢你的配合，"他示意欧内斯托关门落锁。

欧内斯托尽管心存疑惑，还是依言照做。他沿着长廊返回，来到铁栅栏前，开锁、通过、再次落锁，然后回去继续观赏他的足球比赛。

第 30 章

兰登和西恩娜抓住了这个稍纵即逝的机会。

就在那名肌肉发达的士兵用力敲门的时候，他俩继续朝洞窟深处爬去，挤进最后一个洞室。这里空间更小，装饰着制作粗糙的马赛克和萨梯神[1]的图案。正中间立着一尊真人大小的雕像——《沐浴的维纳斯》，维纳斯似乎在紧张地扭头回望，倒是十分应景。

兰登和西恩娜隐藏在雕塑狭窄底座朝里的一面。他俩静静地等候，凝视着长在洞窟最里面那堵墙上的一柱孤零零的圆球状石笋。

"所有出口均已排查完毕！"外面有名士兵朝里面喊道。他的英语稍稍带点口音，兰登也说不上是哪里的："把侦察机带上去。我去检查一下这个洞穴。"

兰登能感觉到身旁的西恩娜身体僵硬发直。

几秒钟之后，洞窟里响起了沉重的军靴声。来人迅速穿过第一个洞室，然后进入第二洞室，脚步声越来越响，径直冲他俩逼近。

兰登和西恩娜紧紧挤作一团。

"嗨！"突然又有人在远处呼叫，"我们找到他们啦！"

脚步声戛然而止。

这时，兰登能听到有人跑过砾石人行道，冲向洞窟，踩得碎石嘎吱作响。"身份吻合！"同一个人上气不接下气地宣布，"我们刚问到一对游客。大约十几分钟之前，该男子与该女子找他们问路，要去碧提宫的服装博物馆……就在广场的西头。"

兰登瞄了一眼西恩娜，她脸上正掠过一丝淡淡的微笑。

那名士兵缓过气来，继续汇报："西边出口是最早封闭的……我们极有信心将他俩堵在波波利庭园里。"

"执行你的任务，"靠近他俩的士兵指示道，"一旦得手马上通知我。"

砾石人行道上又传来匆匆撤退的脚步声，侦察机再度嗡嗡起飞，再然后，谢天谢地……一切重归寂静。

兰登正准备向一边扭动身子，从基座后探出头看看外面的动静，西恩娜一把抓住他的胳膊，让他不要动。她举起一只手指，放在双唇

---

[1] 希腊神话中具有人形却长着山羊尖耳、腿和短角的森林之神，性喜无节制地寻欢作乐。

上，然后点头示意后壁上一个模糊的人影。带头的那名士兵一言不发，仍然默默地站在洞窟入口。

他还在等什么？！

"我是布吕德，"他突然开口，"我们把他俩困住了。我很快会再给你确认。"

原来男子正在打电话，他的声音听上去近得让人不安，好像就站在他俩跟前一样。整个洞窟像一个抛物面反射式传声器一样，将他在洞口发出的所有声音都搜集起来，然后在洞底深处放大。

"还有，"布吕德说，"鉴定人员刚送来最新报告。那女人的公寓好像是转租的，简单装修，短期暂住。我们找到了生物试管，但投影仪下落不明。我重复一遍，投影仪下落不明。我们估计它还在兰登手上。"

听到这名士兵提及自己的名字，兰登不禁打了个冷颤。

脚步声越来越响，兰登意识到此人正在往洞窟里面走。但他的步伐不像几分钟之前那么坚定有力，听起来他像是在遛达，一边打电话，一边在洞里随意查看。

"是的，"男子说，"鉴定人员同时确认，就在我们冲进公寓之前，有一通电话拨出去了。"

美国领事馆，兰登心道，想起他们的通话交谈以及紧跟着出现的那名刺猬头刺客。这个女杀手仿佛消失了，被一整支训练有素的军人所取代。

我们终归逃不出他们的掌心。

男子的军靴踏在石头地面上，从声音判断离他俩只有二十英尺了，而且还在靠近。男子已经进入第二个洞室，如果他继续往前走到底，肯定会发现有两个人躲在维纳斯雕像的底座后面。

"西恩娜·布鲁克斯，"男子突然提到西恩娜的名字，声音异常清晰。

兰登身边的西恩娜被惊了一跳，她转动双眼向上看，还以为那个士兵正从高处俯视着自己。但上面并没有人。

"他们正在检查她的笔记本电脑,"声音还在继续,离他俩只有大约十英尺远,"我还没拿到报告,但应该和我们追踪到兰登登录其哈佛电子邮箱所用的电脑是同一台。"

听到这个消息,西恩娜简直不敢相信似的转向兰登,她目瞪口呆地看着他,脸上的表情混杂着震惊……以及被人背叛的愤怒。

兰登同样大吃一惊。原来他们是这样追踪到我们的?!当时他根本没有料到后果如此严重。我只是需要找一些信息!兰登还没来得及表达歉意,西恩娜已经扭过头,一副冷若冰霜的模样。

"确实如此,"男子说着已经迈入第三个洞室,距离兰登和西恩娜仅有六英尺。他再走两步,就肯定会发现他俩。

"完全正确,"他大声道,又向前迈了一步。他突然在原地停下:"先别挂,等一下。"

兰登一动不动,做好了被发现的准备。

"请别挂电话,我听不清,"男子说着后退几步,回到第二个洞室,"信号不好。请继续说……"他聚精会神地听了一会,然后答道:"好,我同意。但我们至少得知道是在和谁打交道。"

说话间,他的脚步声渐行渐远,离开洞窟,穿过砾石路面,然后完全消失了。

兰登紧绷的弦终于松下来,他转身面对西恩娜,看到她眼中燃烧着愤怒,还有恐惧掺杂其中。

"你用了我的笔记本电脑?!"她质问道,"为了查看你的电子邮件?"

"抱歉……我以为你能理解。我得找出——"

"他们就是这样找上门的!而且现在他们知道我的名字了!"

"西恩娜,我向你道歉。我当时没意识到……"兰登心中满是愧疚。

西恩娜转过身,望着后墙上的球状石笋,一脸茫然。接下来一分多钟里,两人都没有说话。兰登怀疑西恩娜是不是想起了书桌上堆放的那些私人物件——《仲夏夜之梦》的节目单,以及介绍她神童事迹的新闻剪报。她是不是怀疑我看过这些了？就算是，她也没有问，而兰登明白自己已经让她心存芥蒂，他也不想再提起。

"他们知道我是谁了，"西恩娜重复道，她的声音如此微弱，兰登差点没听清。接下来十多秒里，西恩娜几次调整呼吸，仿佛试着接受这一新的现实。在这个过程中，兰登感觉到她正在下定决心。

西恩娜突然站起身来。"我们该走了，"她说，"要不了多久，他们就会发现我俩不在服装博物馆。"

兰登也跟着站起来："没错，但是……去哪儿呢？"

"梵蒂冈？"

"你说什么？"

"我终于想通了你之前的意思……波波利庭园和梵蒂冈有一点是相同的。"她示意灰色小木门的方向，"那里是一个入口，没错吧？"

兰登勉强点点头："确切说来，那是一个出口，我曾认为值得一试。不幸的是，我们根本进不去。"兰登已经听到士兵与保安交谈的大部分内容，知道这条路再也行不通。

"但是，假如我们能进去，"西恩娜说，她的语气中又恢复了那一丝调皮，"你知道那将意味着什么吗？"她唇间掠过淡淡的笑意："那就意味着，你和我在一天之内，两次受惠于同一位文艺复兴时期的大师。"

兰登忍俊不禁，几分钟之前他也有过同样的想法："瓦萨里。瓦萨里。"

西恩娜的笑容更加灿烂，兰登觉得她应该已经原谅了自己，至少暂时如此。"我想这也是天意吧，"她一本正经地说，"我们应该从那道门进去。"

"好吧……难道我们就直接从保安身边走过？"

西恩娜一边捏着指关节，一边往洞外走去。"不，我打算和他谈谈，"她回头看了看兰登，眼里重新燃起了怒火，"相信我，教授。在必要的时候，我可以很有说服力。"

＊　　＊　　＊

灰色小门上再次响起敲击声。

坚定有力,持续不断。

保安欧内斯托·拉索牢骚满腹,却也无可奈何。显然那个莫名其妙、眼神凌厉的大兵又回来了,但他也太不会挑时候了。电视里的足球比赛已经进入补时阶段,佛罗伦萨队被罚下一人,形势岌岌可危。

敲门声没有停下的意思。

欧内斯托并不傻。他知道今天早晨外面出了一些麻烦——到处都是军警,警笛大作——但他一向奉行"事不关己,高高挂起"的处世原则。

总在看别人做什么的人是疯狂的。[1]

另外,那个当兵的一看就地位颇高,得罪这种人物太不明智。如今想在意大利找一份工作可不容易,哪怕是无聊至极的工作也一样。欧内斯托恋恋不舍地瞄了最后一眼比赛录像,朝木门走去。

他至今都几乎不敢相信,只要整天坐在他那间小办公室里看电视,就会有工资领。一天大概两次吧,会有一支 VIP 旅行团从乌菲兹美术馆那边走到这里。欧内斯托负责迎接,替他们打开铁栅栏,让旅行团通过小木门,从而进入波波利庭园。

敲门声越来越响,欧内斯托打开铁栅栏,来到门外,拉上门,随手锁好。

"谁啊?"他一边匆匆忙忙跑向木门,一边大声问道。

没人应答。敲门声还在继续。

还有完没完!他打开锁,推开木门,准备迎接刚才那副死气沉沉的眼神。

出乎意料的是,这次门外的面孔要令人赏心悦目得多。

---

[1] 原文为意大利语。

"你好，"[1]一位漂亮的金发女子笑盈盈地和他打招呼。她递上一张折叠的纸条，而他不假思索就伸手接过来。他握住纸条才发现这只是一张从地上捡的废纸，但为时已晚。金发女子伸出纤纤细手扣住他的手腕，大拇指死死按住他掌根腕骨所在的位置。

欧内斯托感觉手腕就像被刀切掉一般。巨痛之后，又袭来一阵被电击的麻木感。金发女子凑前几步，手腕处承受的压力急剧增强，刚才先痛后麻的循环又来一遍。他踉踉跄跄向后退，想挣脱胳膊，但他两腿发麻，跟着一软，紧接着便双膝着地瘫倒了。

所有这一切都发生在电光石火之间。

门口又出现了一名身着黑色西装的高个男子。他溜进走廊，迅速关上那扇灰色木门。欧内斯托伸手去摸对讲机，但有一只柔若无骨的手在他脖子后面用力一捏，他的肌肉立刻不听使唤了，只能在那大口喘气。金发女子拿起对讲机；高个男人走过来，看上去和欧内斯托一样对她的身手惊骇不已。

"点穴，"金发女子解释道，仿佛这没什么大不了的，"中国人的施压点。它们能流传三千年，当然不是浪得虚名。"

男子看着她，充满惊叹。

"Non vogliamo farti del male，"金发女子轻声对欧内斯托说，手上的劲道也放松一些。我们不想伤害你。

脖子上的压力一减轻，欧内斯托就试着要挣脱控制，但那女子稍加用力，他的肌肉就又不听使唤了。他痛得大口喘气，就快呼吸不过来了。

"Dobbiamo passare，"她说。我们要从这里通过。她努嘴示意铁栅栏，欧内斯托庆幸刚才出来时把它锁上了。"钥匙在哪儿？"

"Non ce l'ho，"他敷衍道。我没有钥匙。

高个子男人走过他们身边，来到栅栏前，查看它的工作原理。"这是密码锁，"他冲女子喊道，听口音是美国佬。

---

1 原文为意大利语。

女子单膝跪在欧内斯托身旁，她棕色的眼睛如同寒冰。"密码是什么？"她逼问道。

"我不能说！"他还嘴硬，"不允许我——"

欧内斯托的脊柱顶端被摁了一下，然后他整个身子变得软绵绵的。不一会儿，他就昏了过去。

＊　　＊　　＊

他苏醒过来后，欧内斯托觉得自己在清醒与昏迷之间游离了几分钟。他记起一些对话……还有阵阵剧痛……难道是被人捅了刀子？所有一切都模糊不清。

他头脑渐渐明晰，看到一幅奇怪的景象——他的两只鞋丢在身边，鞋带却不见了。然后他才意识到自己动弹不得。他侧躺在地上，手脚都被绑在身后，应该是用鞋带绑的。他想大声呼救，却发不出声音。脚上一只袜子被塞在嘴里。然而真正让他恐惧的还在后面——他抬头看到电视里还在播放足球比赛。我在自己的办公室里……在栅栏里面？！

欧内斯托能听到远处有奔跑的脚步声，正从走廊离开……然后，脚步声渐行渐远，直到完全消失。不可能！那个金发女人不知道用了什么手段，让自己干了一件这项工作绝对禁止的事情——泄漏通往著名的瓦萨里长廊大门门锁的密码。

第31章

伊丽莎白·辛斯基博士胃里泛起一阵阵恶心，头晕眼花的感觉来得更快更猛烈。她瘫坐在面包车的后排，车子就停在碧提宫前面。坐在她身旁的士兵观望着她，面色愈发凝重。

不久之前，这名士兵的无线电对讲机响起——提到一个服装博物馆——也将伊丽莎白从阽暗的噩梦中惊醒。她刚梦到了那个绿眼魔鬼。

她又回到美国外交关系委员会位于纽约的那个昏暗房间，听着把她召去的那个神秘陌生人疯狂的胡话。这个鬼魅般的男子在房间前部踱来踱去——他身后屏幕上阴森恐怖的背景衬着他瘦长的轮廓，屏幕上的画面正是根据但丁的《地狱篇》绘制的裸露、垂死的男男女女。

"得有人站出来发动这场战争，"男子总结道，"否则这就是我们的未来。数字不会撒谎。人类正在拖沓、犹豫和个人贪欲的炼狱中彷徨……但九层地狱在等着我们，就在我们的脚下，等着将我们全部吞噬。"

伊丽莎白仍然震惊于男子刚刚在她面前阐述的骇人建议。她再也无法忍受，一跃而起："你的提议就是——"

"我们所剩下的惟一选择，"男子迅速接过话。

"其实，"她冷冷地答道，"我要说的是'犯罪'！"

男子耸耸肩："通往天堂的道路必须穿过地狱。这是但丁告诉我们的。"

"你真是疯了！"

"疯了？"男子重复了一遍，听起来像是受到了伤害，"我？我不觉得。你们世界卫生组织眼睁睁地看着面前的无底深渊，却无动于衷，矢口否认，那才真是疯了。就像鸵鸟在一群土狼围聚过来的时候，把头埋到沙子里，那才是疯了。"

伊丽莎白还没来得及为世界卫生组织辩护，男子就切换了屏幕上的图片。

"提到土狼，"他指着新图片说，"这就是正在将人类包围的一群土狼……而且它们很快就要合围进攻了。"

伊丽莎白惊讶地看着这张熟悉的图表。那是世界卫生组织去年公布的曲线图，简单阐明了世界卫生组织认定的对全球卫生健康有最大影响的几个关键环境问题。

除了其他几项，该列表还包括：

洁净饮用水的需求、全球表面温度、臭氧损耗、海洋资源消耗、物种灭绝、二氧化碳浓度、森林砍伐以及全球海平面升高。

在过去一百年间，所有这些负面指标全线上扬。然而，在今天，它们更是以令人恐惧的幅度在加速增长。

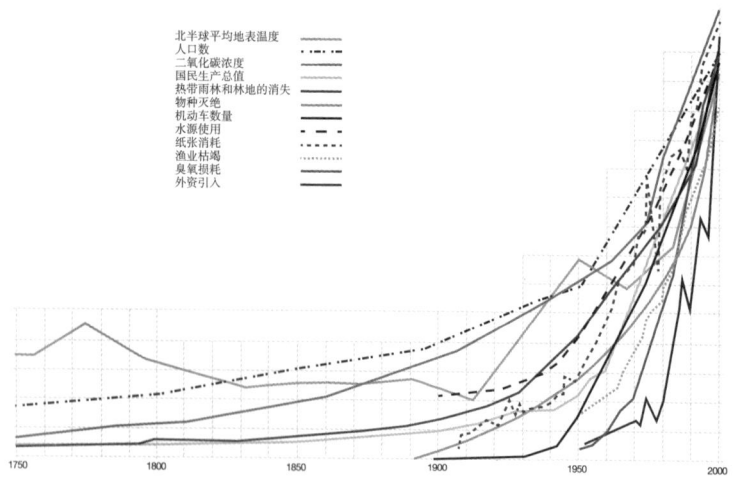

看到这张图表，伊丽莎白产生了深深的无助感。作为一名科学家，她相信数据不会说谎。而这张图表则绘制出了令人不寒而栗的残酷画面，而且并非遥远的未来，……而就是近在咫尺的前景。

一生之中，伊丽莎白·辛斯基屡屡被自己不能怀孕生子的阴霾困扰。然而，当看到这张图表时，她顿觉释然，庆幸没有把孩子带到这个世界上来。

这就是我要交给孩子的未来吗？

"过去五十年间，"高个男子大声说道，"我们对大自然母亲犯下的罪呈指数增长。"他停了一会儿。"我为人类的灵魂感到担忧。当世界卫生组织公布这张图表的时候，全世界的政治家、权力掮客[1]和环境保护主

---

1 指对政治或经济施加强大影响的人，尤指通过其控制的个人与选票来施加影响者。

义者召开了紧急峰会,共同尝试评估出哪些问题是最为严重的,哪些是我们实际上有希望解决的。结果怎样?私下里,他们双手捧脸、痛哭流涕;公开场合,他们信誓旦旦,正在努力寻找解决方案,但这些问题过于复杂。"

"这些问题确实复杂!"

"胡说八道!"男子火冒三丈,"你他妈的太清楚了,这张图反映了最简单的关联——就是基于单一变量的函数!图中每一条曲线的上升都和这个变量的值成正比——而对这个值每个人却都讳莫如深:全球人口数!"

"实际上,我想这有一点过于——"

"过于复杂?其实一点都不!再没有比这更简单的了。如果你希望拥有更多的人均洁净饮用水,那地球上就不能有这么多人;如果你希望减少尾气排放,那就不能有这么多人驾车;如果你希望海洋中鱼虾成群,那就不能有这么多人吃鱼!"

他居高临下,盛气凌人地看着她,语气变得更加咄咄逼人:"睁眼看看吧!我们正处在人类灭绝的边缘,而我们的领导人们却还坐在会议室里,忙着启动关于研究太阳能、循环利用和混合动力汽车的研究课题?作为受过高等教育的女科学家,你怎么会看不明白?臭氧消耗、水源缺乏和污染都不是疾病——它们只是症状。而病根是人口过剩。除非能正视全球人口问题,否则我们所做的一切只不过是在快速扩散的恶性肿瘤上贴一张创可贴。"

"你把人类比作癌症肿瘤?"伊丽莎白反诘道。

"癌症只不过是健康细胞的复制开始失控而已。我知道你觉得我的建议十分可恶,但我可以向你保证,你会发现其他的选择更不得体。如果我们再不采取勇敢的行动,那么——"

"勇敢?!"她啐道,"你用'勇敢'一词并不恰当。也许该换成'疯狂'!"

"辛斯基博士,"男子的语气平静得有些诡异,"我叫你来这里,主要是因为我希望你——世界卫生组织中的最睿智、开明的声音——

愿意接受我的提议，与我共同探寻一个可行的解决方案。"

伊丽莎白瞪视着他，感觉难以置信："你以为世界卫生组织会与你同流合污……去干这种下三滥的事情？"

"是的，我觉得完全可行，"他说，"你们世界卫生组织很多人都是医生。当医生碰到一个下肢长了坏疽的病人时，他们会毫不犹豫地切除病人的腿，以保住他的命。有时候，只能两害相权取其轻。"

"这完全是两码事儿。"

"不。本质相同。只是规模和影响有差别而已。"

伊丽莎白听够了他的混账逻辑。她霍然起身："我还要赶飞机。"

高个男子朝她迈出一步，气势汹汹地挡住出口："预先警告。不管你合不合作，我凭借一己之力都能轻而易举地实现这个想法。"

"我也预先警告，"她毫不示弱，"我视你的行为为恐怖威胁，并将采取应对措施。"说着她掏出手机。

男子哈哈大笑："你准备告发我，就因为我提出了一些假设？不幸的是，你还得等一会儿才能打这个电话。这个房间有电子屏蔽。你的手机是不会有信号的。"

我根本不需要信号，你这个自以为是的疯子。伊丽莎白举起手机，趁他没有反应过来，抓拍了一张他面部的照片。手机闪光灯闪烁在他绿色的眼眸里，那一刻，她突然觉得他有些面熟。

"不管你是何方神圣，"她说，"你错在不该把我叫过来。在到达机场之前，我就会知道你是谁，并会将你作为潜在的生物恐怖主义分子，列入世界卫生组织、疾病防治中心和传染病控制中心的检测名单。我们会派人日日夜夜盯着你。如果你打算购买相关原料，我们会了如指掌。如果你搭建了实验室，我们也会一清二楚。总之，你会无所遁形。"

男子闻言陷入紧张而长久的沉默，似乎准备扑过来夺走她的手机。但最终，他放松下来，走到一旁侧身让开，带着诡异的微笑："看起来我们这支舞才刚刚开始。"

第 32 章

瓦萨里长廊是在一五六四年由乔尔乔·瓦萨里设计的。瓦萨里受命于当时美第奇家族的统治者,科西莫一世大公,他希望有一条安全通道,连接他的寝宫碧提宫与位于阿尔诺河对岸维奇奥宫里的办公之所。

与梵蒂冈城里著名的梵蒂冈通道[1]类似,瓦萨里长廊是一条典型的秘密通道。它始于波波利花园东端,跨越维奇奥桥,绕过乌菲兹美术馆,止于旧宫正中,全长足有一公里。

直至今日,瓦萨里长廊仍然在发挥着安全避难所的作用,只不过服务对象不再是美第奇家族的贵族们,而是那些价值连城的艺术品;由于其空间大、且隐蔽安全,这条长廊成为无数件珍稀画作的收藏之所——走廊正好经过举世闻名的乌菲兹美术馆,那里放不下的作品都转移了过来。

若干年前,兰登参加了一个私人豪华旅行团,曾走过这条长廊。那天下午,他无数次驻足欣赏长廊两边所悬挂的让人叹为观止的艺术珍品——包括世界上最珍贵的名家自画像收藏[2]。他还几次止步,隔着走廊上偶尔出现的观景大窗向外张望,这些庞大的窗户能让长廊内的人估摸出自己在这条架高走道里的位置。

然而,今天早晨,兰登和西恩娜却是一路狂奔着穿过了走廊,只想把身后的追捕者甩得越远越好。兰登不知道那名五花大绑的保安要多久才会被人发现。望着眼前看不到尽头的隧道,兰登感觉它正引领着他俩一步步逼近所搜寻的答案。

去寻找,你会发现……死亡之眼……以及谁正在追杀我这个问题

---

1 连接梵蒂冈圣天使古堡与圣彼得大教堂的秘密通道,在一段古城墙上改建,全长约八百米,供教皇危急时逃生之用。在丹·布朗的《天使与魔鬼》中,光照派就曾使用这条密道。
2 在瓦萨里创作《名人传》之后,红衣主教开始收藏十五世纪以来著名艺术家的自画像,现藏于瓦萨里长廊,其中包括瓦萨里本人的自画像。

的答案。

无人侦察机的呜咽声已被远远抛到身后。他们往隧道里走得越深，兰登就越是感叹这个建筑史上的壮举在当时是何其野心勃勃、异想天开。几乎整条瓦萨里长廊都被架高，从城市的上空穿过；它仿佛一条粗壮的巨蟒，在这座城市的宫殿教堂之间逶迤而行，从碧提宫开始，跨过阿尔诺河，钻入佛罗伦萨老城的腹地。石灰水刷白的狭窄通道仿佛一直向前延伸，只是偶尔向左或者向右转个弯，以绕过阻挡的建筑物，但大方向始终朝向东边……跨过阿尔诺河。

前方走廊里突然回荡起阵阵嘈杂声，西恩娜赶紧刹住脚步。兰登也随即停下来，并冷静地伸出一只手，搭在她肩膀上，示意她走到附近的一扇观景窗旁。

游客们从他俩身下走过。

兰登和西恩娜挪到窗边，向外张望，发现他俩正位于维奇奥桥的上方——这座中世纪的石桥是通往老城的步行通道。在他俩正下方，今天的第一拨游客正在逛桥上那些店铺，其中有些商家的历史可以追溯到十五世纪初。如今桥上的商铺大多是做黄金和珠宝生意的，但最初并非如此。这里原先是佛罗伦萨最大的露天肉类市场，但被随意丢弃的肉类垃圾腐烂变质后，发出的恶臭飘到了上方的瓦萨里长廊里，让大公敏锐的嗅觉大感不适。于是在一五九三年，大公下令将桥上所有的肉铺统统迁走。

兰登又想起，佛罗伦萨历史上最臭名昭著的一次犯罪也发生在这座桥上。在一二一六年，一个名叫庞戴尔蒙特的年轻贵族拒绝了家族给他安排的婚姻，坚持追求真爱；就是因为这个决定，他在维奇奥桥上被残忍地杀害。

很长一段时间里，他的遇害被认为是"佛罗伦萨最血腥的谋杀"。之所以这样说，是因为它导致了两大政治派系的分裂，贵尔弗派系和吉伯林派系[1]自此开始了长达几个世纪的无情对峙。正是两派之间接

---

[1] 两大派系分别支持教皇和日耳曼皇帝。他们的斗争在十二、十三世纪对意大利的政局影响很大，一直持续到十五世纪。

连不断的政治斗争，使但丁受到牵连并被从佛罗伦萨流放。在他的《神曲》中，诗人用悲怆的诗行让这一事件永垂史册：哦，庞戴尔蒙特，你由于听从他人的挑唆，竟逃避所订的婚约，这真是大错特错！

直到今天，在谋杀发生地的附近，还能看到三块铭牌，每一块分别引用了但丁《神曲·天堂篇》第十六诗章中的一行。位于维奇奥桥桥头的那块，上面的文字让人胆战心惊：

> 但是，这是命中注定，
> 佛罗伦萨要在它最后的和平日子里，
> 向那看守桥头的残缺石像献祭牲品。

兰登的目光从桥上移开，落在它所横跨过的浑浊河水上。再往东去，维奇奥宫孤零零的塔尖在向他发出召唤。

尽管兰登和西恩娜刚走到阿尔诺河中央，但他非常肯定他俩早已没有回头的可能。

* * *

三十英尺之下，在维奇奥桥的鹅卵石路面上，瓦任莎焦急地扫视查看着迎面而来的游客，绝没有料想到，就在片刻之前，她仅存的救赎希望刚从她头顶上方经过。

第 33 章

静静停泊在海中的"门达西乌姆号"船舱深处，协调员诺尔顿独自一人坐在隔间里，试图专注于工作，却无法集中精神。他始终惴惴不安，又回头看了那段视频，而且在过去的一个小时里，他一直在研究这段九分钟长的独白,说话的人介乎天才与疯子之间。

诺尔顿从头开始快进播放,寻找可能错过的线索。他快进跳过水下的铭牌……跳过装着黄棕色不明液体的漂浮袋……找到长鼻阴影出现的时间点——丑陋畸形的影子投射在滴水的洞壁上……被柔和的红光照亮。

诺尔顿仔细听他含混不清的话语,尝试破译他雕琢繁复的语句。在他的话讲到大约一半的时候,墙上的阴影赫然放大,语气也加强了。

但丁笔下的地狱并非虚构……它是预言!

猥琐的苦难。磨人的灾祸。就是明日之画面。

人类,如果不加以抑制,就会像瘟疫、癌症一般肆虐……一代又一代,人口数量急速递增,直到曾让我们体面高尚、和谐共处的舒适生活环境消失殆尽……让我们内心的恶魔原形毕露……为了养儿育女而争到你死我活。

这就是但丁的九层地狱。

这就是等待我们的明天。

未来汹涌而至,在马尔萨斯无可辩驳的数学原理助推之下,我们在地狱第一层之上摇摇欲坠……很快就会以我们从未想象过的速度坠落。

诺尔顿按下暂停键。马尔萨斯的数学原理?他上网搜索了一下,很快找到相关信息:原来有一位十九世纪的著名英国数学家和人口学家名叫托马斯·罗伯特·马尔萨斯,他以预言地球终将因人口过剩不堪重负而崩溃著称。

在马尔萨斯的生平介绍中有一段危言耸听的节选引起了诺尔顿的警觉,来自于他的代表作《人口论》:

人口增殖力,远远超出土地生产人类生活资料的能力,因此必须有这种或者那种形式的非正常死亡提早发生。人类的恶行是减少人口积极有效的执行者。它们是破坏大军的先驱；还往往能独自完成可怕的毁灭。但是，在这场灭绝之战中，如果它们未能成功，流行病盛行的季节、传染病、瘟疫和恶疾，会排着恐怖的方阵铺天盖地杀来，掠走成千上万的生命。假如这种扫荡还不够彻底，还有不可避免的大范围饥荒紧随其后，只要致命一击，就能让世界人口和食物供给恢复平衡。

读到这段文字，诺尔顿的心狂跳不止，不禁又瞄了一眼电脑屏幕上那个长鼻阴影的静止画面。

人类，如果不加抑制，就会像癌症一般。

抑制。诺尔顿可不喜欢这种语气。

他犹豫了一下，才再次播放视频。

含混不清的声音继续述说。

> 袖手旁观就是在迎接但丁笔下的地狱到来……拥挤不堪，忍饥挨饿，身陷罪恶的泥沼。
> 于是我勇敢地挺身而出，采取行动。
> 有的人畏缩不前，但一切救赎都得付出代价。
> 终有一天，世人会领悟我献祭的美妙。
> 因为我是你们的救赎。
> 我是幽灵。
> 我是通往后人类时代的大门。

第 34 章

维奇奥宫就像一枚巨型国际象棋棋子，矗立在领主广场的东南角。它正面四四方方、美观坚固、朴实无华的正方形城垛与整座建筑相得益彰。

维奇奥宫只有一座与众不同的高塔，自正方形堡垒正中向上耸立，在天空的映衬下切割出格外醒目的轮廓，已经成为佛罗伦萨独一无二的标识。

作为曾经的意大利共和国的治所，宫殿前立有一组阳刚之气十足的雕塑，足以震慑刚刚抵达的游客。阿曼纳第[1]所作肌肉发达的海神赤身裸立于四匹海马之上，象征着佛罗伦萨对海洋的统治。还有米开朗基罗的《大卫》像——或许是这个世界上最受追捧的男性裸体——的复制品傲然站在宫殿入口。除了大卫，还有《赫拉克勒斯与卡科斯》[2]——另外两个巨型裸体男像——再加上海神喷泉四周装饰的一群青铜萨梯神，暴露的男性生殖器多达十几个，迎接着每一位前往宫殿的参观者。

通常情况下，兰登的参观路线都是从领主广场的这个位置开始；尽管这里的男性阳物有点多，领主广场却一直是兰登最喜爱的欧洲广场之一。如果没有在里瓦尔咖啡馆[3]啜一杯意式浓缩咖啡，再去广场一侧号称户外雕塑博物馆的兰奇敞廊[4]看看美第奇雄狮，到领主广场的行程就不算完整。

但是今天，兰登和他的同伴打算从瓦萨里长廊进入维奇奥宫，就像当年的美第奇大公们那样——经过著名的乌菲兹美术馆，顺着长廊绕过桥梁、道路、民居，直接进入旧宫中心。到现在为止，他们尚未听到身后有追赶的脚步声，但兰登仍然急迫地想要走出长廊。

这下我们终于到了，兰登观察着面前那扇厚重的木门，通往旧宫的入口。

---

1 阿曼纳第（1511—1592），意大利建筑师与雕塑家。
2 指雕塑《赫拉克勒斯与卡科斯》，卡科斯系希腊神话中的羊腿人身怪物，趁赫拉克勒斯熟睡偷了他的牛，赫拉克勒斯循着牛的叫声找到卡科斯，将其扼死。这座雕塑和《大卫》像分列于维奇奥宫入口左右两侧。
3 位于领主广场的一家有百年历史的咖啡甜品店。
4 领主广场的一处建筑，毗邻乌菲兹美术馆，由面向街道敞开的宽拱组成，宽三个分隔间，深一间。圆拱支撑在科林斯簇柱之上。

这扇门尽管闭锁装置异常牢固,却还配有一根横向推杆,可以作为紧急出口使用,同时防止另一侧的人没有钥匙卡就进入瓦萨里长廊。

兰登将耳朵贴在门上,聚精会神地倾听。外面没什么动静,他双手握住推杆,轻轻拉动。

门锁咔嚓响了一声。

木门咯吱咯吱地开出一道几英寸的缝,兰登窥探外面的世界。是一间狭小的凹室,空空荡荡,安安静静。

兰登松了口气,他举步穿过木门,并示意西恩娜跟上来。

我们进来了。

站在维奇奥宫某处一间安静的凹室里,兰登稍作等候,便开始试着确定方位。前面是一条长长的走道,与凹室垂直。左边,阵阵欢快的交谈声沿着走廊从远处飘来。维奇奥宫,与美国的国会大厦一样,既是政府办公室,又是旅游景点。在这个时间点,他们所听到的说话声极有可能是市政府工作人员发出的,他们正在办公室之间进进出出,为一天的工作做准备。

兰登与西恩娜一点点挪到走廊边,从拐角处往前看。果不其然,走廊尽头有一个天井,十来位政府雇员围站在那里,赶在上班之前,一边品尝着早晨的意式浓缩咖啡,一边与同事闲聊。

"瓦萨里壁画,"西恩娜低声道,"你说它在五百人大厅里?"

兰登点点头,指着人头攒动的天井后面一处柱廊,它通向一条石头通道。"不幸的是,我们得从中庭穿过。"

"你确定?"

兰登点点头:"我们没法不被发现地走过去。"

"他们是政府工作人员。对我俩不会感兴趣的。就这样大摇大摆走过去,就当你在这里上班一样。"

西恩娜抬起手,温柔地抚平兰登的布里奥尼西装外套,摆正他的衣领:"罗伯特,你看上去神采奕奕,绝对拿得出手。"她面带端庄的微笑,整整自己的毛衣,迈步走过去。

兰登急急忙忙跟在她身后，两人昂首阔步、脚步坚定地走向中庭。进到中庭后，西恩娜开始用意大利语和他说话，语速很快——关于农场补助的事情——一边说还一边情绪激动地打着手势。他俩站在靠外的墙边，与其他人保持一定距离。让兰登惊讶的是，中庭里的工作人员谁也没有多看他们一眼。

离开中庭后，他俩迅速靠近走廊。兰登突然想起那张莎士比亚戏剧的节目单。调皮的小精灵迫克。"你真是一个好演员，"他低声道。

"只是迫不得已，"她条件反射式地答道，语气里透出一种奇怪的冷漠。

兰登再次感觉到，这位年轻女子的过去有太多他尚不了解的心结，他愈加悔恨将她牵扯进了自己这充满危险的窘境中。他提醒自己，现在别无他法，只有坚持到底。

继续往前游，穿过隧道……祈祷能看到光亮。

他俩一步步靠近柱廊，兰登庆幸自己的记忆力还相当好用。拐弯处有一块路牌，上面的箭头指向走廊，标识着：IL SALONE DEI CINQUECENTO。五百人大厅，兰登心道，好奇里面等着他们的究竟是什么样的答案。只有通过死亡之眼才能瞥见真相。这句话是什么意思？

"大厅可能还是锁着的，"在他俩快要拐弯时，兰登提醒道。尽管五百人大厅是一处极受欢迎的景点，但今天早晨看似还没有向游客开放。

"你听到没有？"西恩娜突然站住。

兰登也听到了。拐角另一头传来嘈杂的嗡嗡声。别告诉我是一架室内侦察机。兰登小心翼翼地隔着柱廊的拐角望过去。三十码开外有一道简陋得出奇的木门通往五百人大厅。遗憾的是，刚好在他们与那扇木门之间，一位肥胖的看门人推着一台电动地板抛光机，正有气无力地转着圈。

看门的守卫。

兰登的注意力转移到门外一块塑料招牌的三个符号上。哪怕是最没有经验的符号学家也能解读出这些通用符号的意思：一台照相机中央划着一个×；一个饮水杯上划着一个×；以及一对四四方方的线条画人物，一个代表女性，一个代表男性。

兰登挺身而出，大步跨向守门人，快走近的时候干脆小跑起来。西恩娜也紧跟在他后面。

看门人抬头看到他俩，一脸惊愕："你们是？！"他伸出双臂，想拦住兰登和西恩娜。

兰登挤出一丝苦笑——更像在龇牙咧嘴——带着歉意挥手示意门边的标识。"厕所，"他捏着嗓子说。这不是在发问。

看门人犹豫片刻，准备拒绝他俩的请求，但最终，看到兰登难受地在他面前扭来扭去，他同情地点点头，挥手让他俩进去。

他俩走到门前时，兰登冲西恩娜飞快地眨了一下眼。"怜悯心是世界通用的语言。"

第 35 章

五百人大厅一度是全世界最大的房间。它始建于一四九四年，作为给整个大议会提供的议事厅而建，共和国的大议会正好有五百名议员，该厅由此得名。若干年后，在科西莫一世的敦促下，大厅被彻底翻修并扩建。科西莫一世，这个全意大利最有权势的人物，选择了伟大的乔尔乔·瓦萨里担任工程的总监和建筑师。

作为工程领域的一项杰出壮举，瓦萨里将原有屋顶大幅抬高，以让自然光从大厅四面高处的气窗照进来，从而造就了这座陈列佛罗伦萨最精美建筑、雕塑和绘画的优雅展厅。

对兰登而言，通常首先吸引他眼球的是这间大厅的地面，它第一时间宣告了这个所在的不同凡响。深红色大理石拼花地面覆盖着黑色的网格，确立了这块一万二千平方英尺的宽阔区域稳健、深邃与和谐的基调。

兰登缓缓抬起眼睛，望向大厅另一头，那里有六尊充满活力的雕塑——《赫拉克勒斯的壮举》[1]——靠墙摆成一列，像是一队士兵。兰登故意忽略了那座饱受非议的《赫拉克勒斯与狄俄墨得斯》[2]。两具赤裸的男性躯体在角力中身姿尴尬地扭作一团，还有那独创的"揪扭阴茎"动作，每每令兰登望而却步。

还是米开朗基罗惊心动魄的《胜利者》雕像来得悦目得多。它在《赫拉克勒斯与狄俄墨得斯》的右侧，占据整面南墙最中心的龛位。《胜利者》接近九英尺高，本是为极端保守的教皇尤利乌斯二世——恐怖教皇——的陵寝所作，这项委托让兰登觉得极具讽刺意味，尤其是考虑到梵蒂冈对同性恋问题所持的态度。这座雕像刻画的是托马索·德·卡瓦利耶里，这个漂亮的年轻小伙儿是米开朗基罗大半辈子的挚爱[3]，还专门为他写了三百多首十四行诗。

"无法相信，我以前从没来过这里，"西恩娜在他身边低语道，语气突然变得平静而虔诚，"这真是……太美了。"

兰登点了点头，回忆起他第一次造访这里的经历——是为参加一场精彩绝伦的古典音乐会，演奏者是当代知名钢琴家玛丽尔·吉梅尔。尽管这座大厅曾经是美第奇大公专用的私人洽谈与会面之所，但如今它已屈尊纡贵，成为流行音乐家、演讲者和晚宴典礼的舞台——从艺术史学家莫瑞希奥·塞拉西尼[4]到时尚品牌 Gucci 博物馆群星璀璨、黑白色调的开幕盛典。兰登有时十分好奇，想知道科西莫一世大公对与后世的公司总裁和时装模特们分享他的私人大厅会作何感想。

兰登此刻仰起头，凝视装饰高墙的巨幅壁画。它们的经历异乎寻常，包括列奥纳多·达芬奇的一次失败的绘画技巧创新，造就了

---

[1] 根据希腊传说，赫拉克勒斯，俗称大力神，是宙斯与凡人的私生子。作为半人神，他需要完成十二件非常艰巨的任务，才能成为奥林匹亚山上的神族成员。在五百人大厅里，陈列着根据这一传说而创造的十二尊雕塑，每尊雕塑对应一桩任务，大厅两边各摆六尊。
[2] 赫拉克勒斯的十二件任务之一，驯服色雷斯国王狄俄墨得斯的野马。
[3] 米开朗基罗在五十多岁时开始与二十多岁的卡瓦利耶里交往。
[4] 发现五百人大厅中瓦萨里壁画秘密，以及下面暗藏达·芬奇原作的艺术诊断学工程师及艺术史学家。

一幅"消失的杰作"[1]。还有由皮埃罗·索德里尼与马基雅维利[2]主导的艺术品位"对决",他们各自下令文艺复兴时期的两位巨擘——米开朗基罗与达·芬奇——在同一间大厅相对的两面墙壁上分别创作壁画。

但是今天,兰登更感兴趣的是有关这座大厅的另一件历史轶事。

Cerca trova。

"哪一幅是瓦萨里画的?"西恩娜问道,她环视厅中壁画。

"基本上都是,"兰登回答,作为大厅翻修工程的一部分,瓦萨里和他的助手们几乎重绘了大厅里的每一处,从最早的壁画到装饰大厅著名的"悬吊"天花板的三十九块嵌板。

"但是那块壁画,"兰登指着最右边的一幅说道,"才是我们要看的——瓦萨里的《马西阿诺之战》。"

这幅两军对决的画面绝对恢宏震撼——有五十五英尺长,超过三层楼高。整幅画以棕色和绿色为主,加之红色色调渲染——描绘的是士兵、战马、长矛与战旗在一处乡野山坡上混战的全景。

"瓦萨里,瓦萨里,"西恩娜低声念叨,"就在那里的某处隐藏着他的秘密信息?"

兰登点点头,眯着眼睛仰头观察巨幅壁画的顶端,想找到那面绿色战旗,瓦萨里在上面留下了他的神秘信息——CERCA TROVA。"站在这里,没有望远镜几乎不可能看清楚,"兰登边说边用手指,"但是在壁画中间往上的地方,你的目光沿着山坡上那两栋农舍稍微向下移一点,就会看到一小面略微倾斜的绿色战旗,还有——"

"我看到了!"西恩娜喊道,她指着右上角的扇形区域,正是那

---

1 达·芬奇曾在五百人大厅尝试用油画颜料直接在墙壁上作画,绘制了战争题材的巨作《安吉里之战》。后瓦萨里负责翻修大厅,此画不知所踪。根据塞拉西尼的发现,瓦萨里并没有销毁达·芬奇的原作,而是将其巧妙地隐藏保护在自己的画作之下。
2 一四九四年,美第奇家族在统治佛罗伦萨六十年之后被推翻,佛罗伦萨共和国成立,索德里尼为第二任行政长官,而马基雅维利则担任共和国执政委员会秘书,负责外交和国防。两人在政治上斗争不断。一五一二年,美第奇家族复辟;但到一五二七年,美第奇家族倒台,佛罗伦萨再度恢复共和制。

个位置。

兰登真希望自己能有更加年轻犀利的眼神。

两人走近高悬的壁画,兰登仰视它的壮观辉煌。终于,他们来到了这里。现在惟一的问题是兰登还不知道他们为什么要来这儿。他默默地伫立了许久,仰头欣赏着瓦萨里杰作的每一处细节。

如果我失败了……所有的人都会死。

他俩身后的木门咯吱一声打开了,推着地板抛光机的看门人探头探脑地望进来,表情犹豫不决。西恩娜朝他友好地挥挥手。看门人打量了二人一番,然后合上了门。

"罗伯特,时间紧迫,"西恩娜催促道,"你得好好想想。这幅画有没有提醒你想起了什么?唤起了什么回忆没?"

兰登细细观察头顶上混乱的战争场面。

只有通过死亡之眼才能瞥见真相。

兰登本以为,这幅壁画可能绘有一具尸体,死者的眼睛会对着画中另一处线索所在的方位……甚至有可能是大厅的其他地方。但不幸的是,兰登已经在画里发现了十几具尸体,却没有一具异常突出,也没有一具的眼睛特别望向某个方向。

只有通过死亡之眼才能瞥见真相?

他又试着将这些尸体用想象的线连接起来,以为会构成某种图形,却还是一无所获。

而且当他往记忆深处疯狂探寻的时候,撕心裂肺的头痛又回来了。在记忆深处,银发女子的话低声回荡着:去寻找,你就会发现。

"发现什么?!"兰登想喊出胸中郁闷。

他逼迫自己闭上双眼,缓缓地吐气。他甩了几下肩膀,试着让自己摆脱思维的定势,希望能触发本能的直觉。

非常抱歉。

瓦萨里。

Cerca trova。

只有通过死亡之眼才能瞥见真相。

直觉告诉他,毫无疑问,他正站在正确的地方。虽然他尚不确定为什么,但他有种强烈的感应,要不了多久,他就会发现前来寻找之物。

* * *

布吕德特工望着面前展柜里的红色天鹅绒紧身裤和束腰外衣发愣,嘴里轻声地咒骂着。他的 SRS 小组已经将整个服装博物馆翻了个底朝天,却连兰登与西恩娜的影子都没看到。

监测与反应支持小组,他火冒三丈,什么时候开始被一个大学教授牵着鼻子团团转?他俩究竟跑到什么鬼地方去了!

"所有出口都封闭了,"一名手下坚持认为,"惟一的可能就是他俩还在花园里。"

听起来合乎逻辑,但布吕德有种不祥的预感,兰登和西恩娜·布鲁克斯已经找到其他路径,逃之夭夭了。

"把无人侦察机再放上天,"布吕德大声下令,"告诉当地警察将搜索范围扩到围墙外。"真他妈见鬼了!

他的手下飞奔而去,布吕德抄起手机,拨通老板的电话。"是布吕德,"他说,"恐怕我们碰到了一个大麻烦。实际上,不是一个而是一堆。"

第 36 章

只有通过死亡之眼才能瞥见真相。

西恩娜在心中反复默念这句话,眼睛则在瓦萨里残酷的战争画面上一英寸一英寸地搜寻,希望能有所发现。

她在很多地方都看到了死亡之眼。

究竟哪一双才是我们要找的？！

她怀疑所谓的死亡之眼有没有可能就是指黑死病肆虐之后遍布欧洲各地的腐烂尸体。

这个假设至少能解释那张瘟疫面具……

突然间，西恩娜的脑海里冒出一首儿时的歌谣：戒指环绕着蔷薇，口袋里装满了草药，灰烬，灰烬，我们全都倒下。

在英格兰读小学的时候，她常常吟唱这首儿歌，后来才听说它来源于一六六五年的伦敦大瘟疫。戒指环绕着蔷薇，这是一种比喻的说法，因为感染瘟疫的人皮肤上会生出玫瑰色脓疮，周边会长出一圈环状疱疹。染病者将口袋里塞满草药来遮盖他们身体腐烂的味道以及城市散发的恶臭。那时候伦敦每天都有成百上千人死于瘟疫，他们的尸体会被火化。灰烬、灰烬，我们全都倒下。

"看在上帝的份上，"兰登脱口而出，转了一个圈儿，对着另一面墙壁。

西恩娜看了他一眼："怎么啦？"

"我说的是一件曾在这里展示的艺术品。《看在上帝的份上》。"

西恩娜一头雾水，看着兰登急急忙忙穿过大厅，来到一扇玻璃门前，想将它打开。门紧锁着。他把脸凑在玻璃上，双手围着眼睛捧成杯状，向门内窥视。

不管兰登在找什么，西恩娜但求他能赶紧找到；看门人刚才又露了一下头，看到兰登在大厅里到处晃悠，还向紧闭的玻璃门里窥探，不禁面露狐疑。

西恩娜满脸堆笑，热情地向他挥手，但看门人冲她冷冷地瞪了一眼，然后又消失了。

*　　　*　　　*

弗朗切斯科的小书房。

就在玻璃门后，正对着五百人大厅里隐藏 cerca trova 那个单词的位置，坐落着一个没有窗户的小房间，是由瓦萨里为美第奇家族的弗朗切斯科一世设计建造的私密书房。长方形的书房有一道高耸的圆弧桶状拱顶天花板，让身处其中的人们有种进入巨型百宝箱的感觉。

相应地，书房的内部也因美轮美奂的珍品而熠熠生辉。三十多幅绘画装饰着墙面和天花板，一件紧挨着另一件，整个书房内几乎没有空置的墙面。《伊卡洛斯的坠落》[1]……《人生的寓言》……《自然赠予普罗米修斯奇珍异宝》……

兰登隔着玻璃窥视里面令人目眩的艺术世界，心中默念着："死亡之眼。"

若干年前，在旧宫的一次私密通道之旅中，兰登第一回步入小书房。那次经历也让他惊讶地获知旧宫宛如一个错综复杂的蜂巢，其中竟有如此之多的暗门、隐蔽楼梯以及暗道，甚至在小书房里壁画的后面就藏有几个。

然而此刻激起兰登兴趣的，却并非那些秘密通道。他想起曾在这里看过一件惊世骇俗的现代艺术展品——《看在上帝的份上》——达米恩·赫斯特[2]的极富争议之作，它在瓦萨里著名的小书房里展览时，引起了极大的轰动。

那是一个用铂金浇注的实体大小的人类头颅，表面由超过八千颗亮晶晶的、紧密镶嵌在一起的钻石完全覆盖。整件作品璀璨夺目。骷髅空洞的眼窝闪烁着光芒与活力，生与死……美丽与恐怖，这截然对立的象征并列着，令人不安。尽管赫斯特的钻石骷髅头早就从小书房撤展，但对它的回忆还是给兰登带来了启发。

死亡之眼，他想，骷髅头肯定是符合条件的，不是吗？

在但丁的《地狱篇》中，骷髅头是一个反复出现的意象，其中最

---

[1] 伊卡洛斯是希腊神话中代达罗斯的儿子，借助他父亲做的人工翅膀逃离克里特时，由于离太阳太近以致粘翅膀用的蜡熔化而掉进爱琴海中。
[2] 新一代英国艺术家的主要代表人物之一，享有很高的国际声誉。

著名的当数乌戈利诺伯爵在地狱最底层所受的残忍惩罚——永无停止地啃食邪恶大主教的头盖骨[1]。

我们是要去找一个骷髅头吗？

兰登知道，这间神秘的小书房是依照"藏珍阁"的惯例而建。几乎所有的绘画后面都藏有铰链，打开后会露出暗格。大公可以在里面存放他稀奇古怪的收藏——稀有的矿石标本、美丽的羽毛、一件完美的鹦鹉螺贝壳化石，据说甚至还有一位高僧的胫骨，上面装饰着手工打制的银片。

遗憾的是，兰登怀疑暗格很久以前就已被清空，而且除了赫斯特的作品，他再也没听说展览过什么骷髅头了。

这时，大厅远端传来大门被猛地推开的巨响，打断了他的思绪。一阵急促的脚步声穿过大厅，朝他们而来。

"先生！"，一个声音愤怒地大叫道，"这里还没对外开放！"[2]

兰登回过身，看到一名女性工作人员朝他走来。她身材娇小，留着棕色齐耳短发。她还怀着身孕，看上去就快要生了。她冲他俩快步走来，咄咄逼人，一边用手指敲着手表，一边嚷嚷着大厅还没开放什么的。等她靠近，与兰登四目相对时，她立即怔住了，用手掩着嘴。

"兰登教授！"她失声叫道，看起来很尴尬，"非常抱歉！我不知道是你来了。欢迎回来！"

兰登愣在原地。

他非常肯定这辈子从未见过这个女人。

---

1 乌戈利诺伯爵是比萨贵族，为了自身利益在支持罗马帝国与教皇的两派之间摇摆，典型的两面派。后被大主教鲁杰里连同家人一起关进监狱，活活饿死。有传说他在狱中啃食饿死子孙的尸体延续生命。作为背叛者，乌戈利诺伯爵被但丁放进地狱的第九层，脖子以下的部位被冰冻住；同时背叛他的人——鲁杰里大主教就被冰冻在他身边，乌戈利诺伯爵没完没了地啃他的头颅。

2 原文为意大利语。

第 37 章

"我差点没认出你,教授!"女人一面接近兰登,一面用口音很重的英语滔滔不绝地说。"是因为你的穿着,"她露出热情的微笑,看着兰登的布里奥尼西装赞许地点了点头,"非常时尚。你看上去和意大利人一样了。"

兰登瞠目结舌,嘴里发干,但当女子面对他时,还是挤出一丝礼貌的微笑。"早上……好,"他结结巴巴地说,"你好吗?"

她捧着肚子笑着说:"累死了。小卡特琳娜整晚都在踢我。"女子环视了一圈大厅,面露不解:"小主教座堂并没有提到你今天要回来。我猜是他陪你一块来的?"

小主教座堂?兰登完全不知道她说的是谁。

女人显然看出了他的困惑,善解人意地咯咯笑着说:"没关系。每个佛罗伦萨人都用这个绰号称呼他。他并不介意。"她又扫视一圈。"是他让你进来的吗?"

"是的,"西恩娜答道,她从大厅对面赶过来,"但他要参加一个早餐会。他还说如果我们待在这里看一看,你是不会介意的。"说着西恩娜热情地伸出手,"我是西恩娜。罗伯特的妹妹。"

女人捏着西恩娜的手,非常官方地握了一下。"我是玛塔·阿尔瓦雷茨。你真幸运——有兰登教授作私人导游。"

"没错,"西恩娜故作热情地说,差点让人看到她翻起的白眼,"他太聪明了!"

女人打量着西恩娜半天没说话,气氛尴尬。"真有趣,"她开口道,"你俩是一家人却长得一点也不像。可能除了身高之外。"

兰登意识到再这样下去局面将难以收拾。机不可失,时不再来。

"玛塔,"兰登打断她,希望刚才没有听错她的名字,"非常抱歉给你添麻烦了,但是,嗯……我想你大概能想到我为什么会在这里。"

"实际上,我不明白,"她眯起眼睛答道,"你来这里要做什么,我一点头绪都没有。"

兰登的心跳加快,又是一段令人尴尬的沉默,他觉得这场赌局就要输得一败涂地了。这时玛塔扑哧一声大笑起来。

"教授,我和你开玩笑呢!我当然猜得到你为什么会回来。坦白说,我不明白你为何对它如此痴迷;但既然昨天晚上你和小主教座堂在那上面待了将近一个钟头,我猜你应该是回来向你妹妹展示一下?"

"没错……"他附和道,"完全正确。我太想带西恩娜看看了,不知是否……方便?"

玛塔抬头看了一眼二楼的楼厅,耸耸肩道:"没问题。正好我也要上去。"

兰登举目看到大厅后部伸出的二层楼厅,心里狂跳不止。昨晚我在上面?他没有丝毫印象。据他所知,楼厅不仅与 cerca trova 两个单词完全处在一个高度,它还是通往维奇奥宫博物馆的入口,而博物馆则是兰登每次来此的必访之地。

玛塔正准备领着他们穿过大厅,她突然停下来,仿佛又想起什么事情:"教授,说真的,你确定我们不能给你可爱的妹妹看点别的吗?不那么可怕的?"

兰登不知如何应对。

"我们要看恐怖的东西?"西恩娜抢着问道,"究竟是什么?他还没告诉我呢。"

玛塔忸怩地微微一笑,又看着兰登:"教授,你是想让我告诉你妹妹,还是希望自己介绍呢?"

兰登高兴得差点没跳起来:"当然可以,玛塔,为什么不由你来原原本本告诉她呢。"

玛塔转向西恩娜,改用非常慢的语速说道:"我不知道你哥哥跟你说过什么,但是我们要去博物馆里看的是一张非同寻常的面具。"

西恩娜瞪圆眼睛："什么面具？就是狂欢节上人们戴的那种丑陋的瘟疫面具吗？"

"猜得不错，"玛塔说，"但不对，它不是瘟疫面具。是一种截然不同的类型。人称死亡面具[1]。"

兰登听到真相，紧张得粗声喘气，引得玛塔扭头冲他皱眉，显然认为他为了吓唬自己的妹妹表演得过头了些。

"别听你哥哥的，"她安慰西恩娜，"在十六世纪，死亡面具相当普遍。它实质上就是某个人面部的石膏模型，在那个人死后不久套模浇注的。"

死亡面具。自从在佛罗伦萨醒来以后，兰登的思维从未如此清晰。但丁的地狱……cerca trova……透过死亡之眼。面具！

西恩娜接着问道："那这张面具是根据谁的脸做的？"

兰登一只手搭在西恩娜的肩膀上，极力平抑内心的激动，平静地说："一位著名的意大利诗人。他的名字叫但丁·阿利基耶里。"

第 38 章

地中海明媚的阳光洒在"门达西乌姆号"的甲板上，随着亚得里亚海起伏不断的浪涌波荡。教务长感觉身心俱疲，他喝光了第二杯苏格兰威士忌，盯着办公室窗外，一脸茫然。

佛罗伦萨传来的消息不妙。

或许是酒精的作用，毕竟很长时间以来他滴酒不沾，他有一种奇怪的迷失方向、软弱无力的感觉……仿佛他的游艇失去了动力，只能漫无目的地随波逐流。

这种感觉对教务长来说十分陌生。在他的世界里，永远存在一只

---

[1] 死亡面具，有时也被称作死亡面模。

值得信赖的罗盘——工作法则——无论何时,它都能指引教务长前行的方向。工作法则让他能够毫不迟疑地做出艰难的决定。

按照工作法则,瓦任莎必须被撤销,教务长在采取这一行动时,没有丝毫犹豫。等眼前的危机一过去,我就处理她。

按照工作法则,教务长必须对所有委托人的情况知道得越少越好。很久以前,他就宣布,"财团"没有道德上的责任去评估它的客户。

提供服务。

信任客户。

不问问题。

和大多数公司的掌舵人一样,只要假定所提供的服务能在法律允许的范围实施,教务长就会简单地照做。毕竟,沃尔沃集团没有责任和义务去保证足球妈妈们[1]不在中小学校附近超速行驶;戴尔公司也无需为那些使用他们的电脑侵入银行账户的黑客行为承担责任。

现在,所有情况浮出水面,教务长在心底暗骂那个曾经可靠的中间人,就是这位中间人将这名委托人引荐到财团来的。

"他事情不多,赚钱容易,"中间人信誓旦旦地说,"这个人才华横溢,是他那个领域的翘楚,钱多得难以想象。他只是需要消失一两年。他想购买一些销声匿迹的时日,好去完成手中的重要项目。"

教务长没有多想就应承了下来。为客户安排长期安全的居所,这种钱总是很好赚,而且教务长相信他的中间人的直觉。

果不其然,这个项目的钱来得非常容易。

直到上个星期。

现在,面对这个男人留下的一副烂摊子,教务长发现自己正绕着一瓶苏格兰威士忌兜圈子,掰着指头数对这位委托人的责任还有几天才告结束。

办公桌上的电话响起,教务长看到来电信息,是诺尔顿从楼下打

---

[1] 在美国,指那些居住在市郊的母亲,她们常常忙于接送自己的孩子在各个体育活动地点之间往返。

来的，他是教务长手下最得力的行动协调员之一。

"喂，"他接通电话。

"先生，"诺尔顿的声音里透着局促不安，"我非常不愿意打扰你，但你可能也知道，明天我们就要按约定将一段视频上传给媒体。"

"是的，"教务长答道，"预备好了吗？"

"准备好了。我认为你或许想先看看内容，然后再上传。"

教务长没有答话，对诺尔顿这番话感到迷惑不解："这段视频提到了我们的名字，或者对我们有些不利吗？"

"都不是，先生。但里面的内容非常令人不安。我们的委托人出现在视频里，而且还说——"

"就此打住，"教务长喝令道，他的高级行动协调员居然敢如此明目张胆地违反工作法则，这让他震怒不已，"视频内容不关我们的事。不管它说什么，委托人这段视频有没有我们的帮助都可以传播出去。委托人他自己就完全可以轻而易举地通过电子途径将其散布，但他雇用了我们。他掏钱给我们。他信任我们。"

"是的，先生。"

"给你薪水不是让你来当影评家的，"教务长斥责道，"你拿了钱，就要兑现承诺。干好你的活！"

*　　*　　*

维奇奥桥上，瓦任莎还在守候。她锐利的眼神在桥上数百张面孔中搜寻。她始终保持高度警惕，非常肯定兰登还没有从她这里经过；但是侦察机又安静下来，看来已经不再需要它帮助追捕了。

布吕德肯定已经抓住他了。

她极不情愿地开始考虑将要面对的严峻后果——"财团"的调查。甚至更糟。

瓦任莎脑海中再次浮现出那两名被撤销特工的模样，他们后来一直杳无音讯。只是换到其他岗位了，她自我安慰道。然而，她内心深处已经开始动摇。她犹豫着是否应该骑着摩托车，钻进托斯卡纳的群山，销声匿迹，凭借她一身本事开始新的生活。

但躲得过一时，躲得了一世吗？

她曾亲眼见证过无数个"目标"的遭遇，很清楚，一旦"财团"将你锁定，隐私就成了幻想。剩下的只是时间问题。

难道我的事业真的就从此完蛋了吗？她不停地问自己，仍然难以接受这残酷的现实：她十二年如一日为"财团"卖命，却因为几个倒霉的意外就被扫地出门。过去整整一年里，她都在监督检查"财团"这位绿眼客户种种需求的执行情况，恪尽职守。他跳楼自杀不是我的错……但我却仿佛和他一起坠入了深渊。

她惟一自我救赎的机会就是证明比布吕德棋高一着……但从一开始，她就明白赌这一把的胜算不大。

昨天夜里机会就在眼前，而我却没有抓住。

瓦任莎心有不甘，但还是转身走向她的摩托车，突然她隐约听到一个遥远的声音……那熟悉的马达尖啸声。

她大惑不解，抬头仰视。令她惊讶的是，这架无人侦察机刚刚再次腾空，这次是从碧提宫最远端附近起飞。瓦任莎凝神远望，小小的飞机在宫殿上空绝望地转着圈儿。

部署侦察机只能意味着一件事。

他们还没有抓到兰登！

那他究竟在哪儿？

*　　*　　*

头顶上刺耳的尖啸声再次将伊丽莎白·辛斯基博士从神志昏迷的状态中拉了回来。侦察机又升空了？我还以为……

她在车后座上挪了挪位置，那名年轻特工依然坐在她身边。她再度闭上双眼，压抑着不断袭来的疼痛与恶心。虽然，她最要抵抗的是恐惧。

时间无多。

尽管她的敌人已经跳楼自尽,但她仍然会梦到他的身影,梦到他在美国国际关系委员会的阴暗房间里那一番慷慨陈词。

必须得有人站出来采取勇敢的行动,他大声疾呼,绿色的眼眸泛着光芒,我们不出手谁会出手?此时不为,更待何时?

伊丽莎白知道,如果有机会,她当时就会立即阻止他。她永远忘不了,自己冲出那间会议室,怒气冲冲地钻进豪华轿车,穿过曼哈顿驶向肯尼迪国际机场时,迫切地想知道这个疯子究竟是何许人,便掏出手机,查看她刚才出其不意抓拍的照片。

当她辨清照片中的人物后,不禁倒吸一口冷气。伊丽莎白·辛斯基博士非常清楚这名男子是谁。好消息是他非常容易追踪到。坏消息是他在他的领域里是一个天才——如果他愿意,可以成为一个极度危险的人物。

再没有什么比带着明确目标的聪颖头脑……更具创造力……和破坏力了。

三十分钟后,她还没有抵达机场,就已经致电工作人员,将这个男人列入各类生化恐怖主义活动检测名单,包括全球所有相关机构——中情局、疾病防治中心、传染病控制中心,还有它们在世界各地的友好合作组织。

我回到日内瓦之前,只能做到这些了,她心想。

她筋疲力竭地拎着随身行李,走到登机柜台前,递上护照与机票。

"哦,是辛斯基博士,"空服人员微笑着说,"一位非常友善的绅士刚给你留言了。"

"对不起,你说什么?"据伊丽莎白所知,没有外人了解她的航班信息。

"他个子很高?"空服人员提示她,"眼睛是绿色的?"

伊丽莎白差点没拿住手中的袋子。他在这里?怎么做到的?!她转过身,打量身后的一张张面孔。

"他已经走了,"空服人员说,"但他要我们把这个转交给你。"她递给伊丽莎白一张折叠的信纸。

伊丽莎白双手颤抖,打开信纸,阅读他手写的便条。

便条上是一行著名的诗作,引自但丁·阿利基耶里。

> 地狱中最黑暗的地方
> 是为那些
> 在道德危机时刻
> 皂白不辨的人准备的。

第 39 章

玛塔·阿尔瓦雷茨望着面前陡峭的楼梯,面露难色。楼梯从五百人大厅通往二楼的博物馆。

Posso farcela,她对自己说。我能行的。

作为维奇奥宫的艺术与文化总监,这截楼梯玛塔走过无数次,但是最近,已经身怀六甲的她发现爬楼明显变得越来越艰难。

"玛塔,你确定我们不坐电梯吗?"兰登面露关切,挥手示意旁边的小型服务电梯,那是博物馆为残疾游客准备的。

玛塔微微一笑,表示感激,但摇头拒绝了:"昨晚我就跟你说过,医生建议我多运动,说对孩子有好处。另外,教授,我知道你有幽闭恐惧症。"

兰登装作闻言大吃一惊的样子:"噢,对了。我都忘记提过这件事了。"

忘记提过?玛塔表示怀疑,还不到十二个小时呢,而且我们还详细讨论了导致恐惧的童年事故。

昨天晚上,当兰登肥胖得有些病态的同伴,小主教座堂,搭乘电梯时，兰登是陪着玛塔走上去的。在路上，兰登向她绘声绘色地描述了他孩提时代掉进一口废弃的井里的经历，从那以后狭小空间几乎总是让他感觉恐惧不适。

现在，兰登的妹妹一蹦一跳地走在前面，她金色的马尾辫在身后甩来甩去。兰登和玛塔有节奏地向上爬，每走几级就停下来，让她能喘口气。"我很惊讶，你居然还想再看一遍那面具，"她说，"在佛罗伦萨所有的面具里，这个可能是最无趣的。"

兰登耸耸肩，不置可否。"我之所以回来，主要是为了带西恩娜来看看。顺便说一句，非常感谢你让我俩再次进来。"

"这当然没问题。"

昨天晚上玛塔应该是被兰登的学识名望折服了，因此心甘情愿为他打开展厅，但当时陪同他的是小主教座堂，这意味着她其实别无选择。

伊格纳奇奥·布索尼——被唤作小主教座堂的男人——算得上佛罗伦萨文化圈里的名人。伊格纳奇奥长期担任主教座堂博物馆的馆长，事无巨细地管理着佛罗伦萨最显赫重要的历史遗迹——主教座堂——那座有着巨型红砖穹顶、在佛罗伦萨的历史上和天际线中都占据着重要位置的大教堂。他对佛罗伦萨这座地标建筑的狂热激情，加上他接近四百磅的体重和永远红扑扑的面颊，让人们善意地给他起了一个"小主教座堂"的绰号——就是"小圆屋顶"的意思。

玛塔不清楚兰登是如何认识小主教座堂的；但昨天傍晚，小主教座堂打电话给她，说他想带一位客人私下来观赏一下但丁的死亡面具。当最终得知这位神秘来客原来是著名的美国符号学与艺术史学家罗伯特·兰登时，玛塔有一些激动，为自己能有机会领着两位如此重要的人物进入维奇奥宫博物馆的展厅而兴奋。

现在，他们爬到楼梯的尽头，玛塔双手撑着腰，大口喘气。西恩娜已经站在二楼阳台的栏杆边，从上往下俯视五百人大厅。

"这是我最喜欢的视角，"玛塔上气不接下气地说，"你能从完全不同的角度去欣赏这些壁画。我想你哥哥和你说过藏在那幅壁画里的神秘信息吧？"她用手指着壁画问西恩娜。

西恩娜满怀热情地点点头："Cerca trova。"

兰登凝视着大厅，而玛塔则在观察兰登。在夹层楼面窗户透进的光线下，她不禁注意到兰登没有昨天晚上见到的那样英气逼人。她喜欢他的新外套，但他得刮个胡子，而且他的脸色苍白，看起来很憔悴。还有，他的头发，昨晚可是又厚又密，今早看上去都打了结，好像没洗过澡。

在兰登注意到之前，她将目光移回到壁画上。"我们现在站的地方和 cerca trova 所在的位置几乎在一个水平高度上，"玛塔说，"你甚至能用肉眼看到这两个单词。"

兰登的妹妹好像对壁画不感兴趣。"和我说说但丁的死亡面具吧。它为什么会在维奇奥宫呢？"

有其兄，必有其妹，玛塔心底暗自嘀咕，仍为他俩对面具如此着迷而感到纳闷。不过话说回来，但丁的死亡面具的确有一段十分离奇的历史，尤其是在最近一段时间里；而兰登并非第一个表现出对它近乎疯狂的痴迷的人。"好吧，告诉我，你对但丁了解多少？"

年轻漂亮的金发女郎耸耸肩："还不是那些大家在学校里学的东西。但丁是一位意大利诗人，以创作了《神曲》而闻名于世，作品描写了他在想象中穿越地狱的旅程。"

"对了一半，"玛塔答道，"在他的长诗里，但丁逃出地狱，继续进入炼狱，并最终抵达天堂。如果读过《神曲》，你会发现他的旅途分为三个部分——地狱、炼狱和天堂。"玛塔示意他俩跟随她沿着阳台走向博物馆入口。"但是，这副面具收藏在维奇奥宫与《神曲》这部作品没有一点关系，而是与真实历史有关。但丁生长在佛罗伦萨，比任何人都更爱这座城市。他也是一位显赫、有影响的佛罗伦萨人，但在政治权力更迭中，但丁站错了队，于是被流放——赶到城墙外面，被告知永远不能回来。"

说话间他们来到了博物馆入口，玛塔停下来歇一口气。她再次双手叉腰，向后靠着墙，继续娓娓而谈。"有人声称但丁的死亡面具看上去表情悲恸，就是因为他被流放的原因，但我有其他看法。我有点浪漫，认为这张悲伤的面孔更多与一位叫贝雅特丽齐的女人有关。要知道，但丁终生都无可救药地爱着这个名为贝雅特丽齐·波提纳里的年轻女人。但不幸的是，贝雅特丽齐嫁作他人妇，这意味着但丁的生活中不仅没有了他深爱的佛罗伦萨，也没有了他朝思暮想的女人。他对贝雅特丽齐的爱成为《神曲》的中心主题。"

"非常有趣，"西恩娜用一种对这一切闻所未闻的语气说，"但是我还是没弄懂，为什么他的死亡面具被保存在这里？"

玛塔觉得这个年轻女人的执着既古怪又近乎无礼。"嗯，"她继续往前走，"但丁死后，不准他进入佛罗伦萨的禁令仍然有效，于是他被葬在意大利东北部的腊万纳。但是由于他的真爱，贝雅特丽齐，被安葬在佛罗伦萨；而且因为但丁如此热爱佛罗伦萨，将他的死亡面具带回这里就像是对这位伟人一种善意的致敬。"

"我明白了，"西恩娜说，"那为什么特别挑选了这座宫殿呢？"

"维奇奥宫是佛罗伦萨最古老的象征，而且在但丁生活的年代，它是整座城市的中心。实际上，在大教堂里藏有一幅名画，上面的但丁踯躅于城墙边，被放逐出佛罗伦萨，画的背景里宫殿的塔尖清晰可辨，那正是他所怀念的维奇奥宫。从许多方面来说，把他的死亡面具保存在这儿，会让我们感觉但丁终于获准回家了。"

"真好，"西恩娜感叹道，好像终于满足了好奇心，"谢谢你。"

玛塔走到博物馆大门前，轻叩三下："是我，玛塔！早上好！"[1]

门内发出锁匙转动的声音，然后门打开了。一名老年保安笑眯眯地望着她，满脸倦意，看了看手上的表。"*È un po' presto*，"他微笑着说。有一点早。

作为解释，玛塔指了指兰登，保安立即容光焕发。"Signore！Bentornato！"先生！欢迎回来！

---

[1] 原文为意大利语。

"谢谢,"[1]兰登和蔼亲切地答道,保安示意他们都进去。

他们穿过一间小休息室,保安停下来解除安保系统,然后打开第二道更加结实厚重的大门。大门推开,他向旁边避让,潇洒地挥舞胳膊:"这就是博物馆啦!"[2]

玛塔微笑着致谢,领着客人们步入馆中。

这间博物馆原本是用做政府办公室的,所以这里没有伸展开阔的展示空间,而有些像是由若干中等大小的房间和走廊构成的一座迷宫,占据了半幢楼。

"但丁的死亡面具就在前面,"玛塔告诉西恩娜,"它陈列在一个狭窄的空间,意大利语叫'l'andito',是指两个较大房间之间的走道。靠墙的一只古董橱柜用来放置面具,所以你只有走到和柜子平行的地方,才能看到面具。就因为这个,许多参观者直接从面具前走过,却没有注意到它!"

兰登快步向前,双目直视,仿佛面具对他有着某种魔力。玛塔用胳膊肘轻碰西恩娜,低声道:"很明显,你哥哥对我们的其他展品毫无兴趣,但既然你来到这里,就应该参观一下我们馆藏的马基雅维利的半身像,还有地图展厅里中世纪制作的《世界地图》地球仪。"

西恩娜礼貌地频频点头回应,但脚下没有放慢,眼睛也盯着前方。玛塔都快跟不上她了。他们走到第三间展厅时,玛塔已经落在后面,她索性停了下来。

"教授?"她气喘吁吁地喊道,"也许你……想带你妹妹参观……这间展厅里的一些展品……然后再去看但丁的面具?"

兰登转过身,一副心不在焉的样子,好像刚刚神游八方还没元神归位:"对不起,你说什么?"

玛塔上气不接下气地指着附近的一个展柜:"《神曲》最早的……印刷本之一?"

兰登这才看清玛塔不停地擦拭额头的汗珠,气喘吁吁,他顿时

---

12 原文为意大利语。

深感羞愧。"玛塔,请谅解!当然,若能快速地瞄一眼这个文本会很不错。"

兰登匆匆走回来,让玛塔领着他俩来到一个古董柜前。里面摆着一本皮革包边、磨损严重的古书,翻到装饰精美的标题页,上面写着:《神圣的喜剧:但丁·阿利基耶里》。

"难以置信,"兰登感叹道,听上去非常惊讶,"我认识这幅卷首插图。没想到你们竟然藏有最早的纽门斯特氏版本。"

你当然知道,玛塔心道,同时不胜迷惑,昨晚我介绍给你看了啦!

"在十五世纪中叶,"兰登急匆匆地向西恩娜介绍,"约翰·纽门斯特制作了但丁作品的第一批印刷本。当时印了几百本,只有十来本存世。它们可是相当罕见。"

在玛塔看来,兰登此刻似乎是在故意装模作样,好在他年轻的胞妹面前炫耀自己知识渊博。对于这样一位知名的谦谦学者来说,这种行为未免失之轻浮。

"这件展品是从劳伦齐阿纳图书馆借来的,"玛塔补充道,"要是你和罗伯特还没参观过,建议你们去一下。他们那儿有一处相当壮观的楼梯,是由米开朗基罗设计的,直通向世界上第一个公共阅览室。那里的藏书都用链子锁在座位上,免得有人把书带走。当然,其中许多书籍都是孤本。"

"了不起,"西恩娜附和道,眼睛瞄向博物馆里面,"那副面具是朝这边走吗?"

这么着急干什么?玛塔还要多停留片刻好喘口气。"没错,但你们可能有兴趣听听这个。"她指着壁龛对面的一截通向天花板的楼梯。"这截楼梯通往阁楼观景平台,在那儿你们能够俯视瓦萨里著名的悬空天花板。我很乐意在这里等一下,如果你们想去——"

"拜托了,玛塔,"西恩娜打断她,"我迫不及待地想去看那副面具。而且我们的时间有点紧。"

玛塔盯着这位漂亮的年轻女士,有些不知所措。她非常反感陌生人相互之间直呼其名的新潮做派。我是阿尔瓦雷茨女士,她在心里抗议,而且我已经给你很大的面子了。

"好吧,西恩娜,"玛塔还是彬彬有礼地说,"面具是往这边走。"

玛塔不再浪费时间给这对兄妹讲解了,他们穿过蜿蜒曲折的展厅,直奔面具而去。昨天晚上,兰登和小主教座堂二人在那狭窄的过道里待了将近半个小时,观赏那副面具。他俩对面具的兴趣也勾起了玛塔的好奇,她问他俩如此痴迷,是否因为去年围绕着这副面具发生的一系列离奇事件。兰登与小主教座堂均顾左右而言其他,没有给出明确的答复。

现在他们逐渐靠近走道,兰登开始向他妹妹解释制作一副死亡面具的简单流程。让玛塔欣慰的是,他的描述完全准确,不像之前他佯装从未见过博物馆里那件《神曲》的罕见珍本时那么不着调。

"咽气后没多久,"兰登讲解道,"死者被平躺着放置,面部先涂上一层橄榄油。然后再糊上一层湿的灰泥,盖住面部各个角落——嘴巴、鼻子、眼睑——从发际线一直到脖子。等灰泥结成硬块后,就能轻而易举地揭下来;再用它作模,往里面倒入新拌的灰泥。再等灰泥变硬,就制作出死者面部惟妙惟肖的复制品了。这种习俗被普遍用于纪念那些显赫名人与旷世天才,比如但丁、莎士比亚、伏尔泰[1]、塔索[2]、济慈[3],他们过世后都制作了死亡面具。"

"我们终于到了,"当一行三人来到走道外侧的时候,玛塔宣布。她向旁边让出一步,示意兰登的妹妹先进去。"面具在你左边靠墙那个展柜里。馆方要求参观时站在立柱外面。"

"谢谢提醒,"西恩娜迈入狭窄的走廊,走向展柜,向里面一看。她两只眼睛立刻瞪得滚圆,她回头望了她哥哥一眼,满脸惊恐。

类似的反应玛塔见过千百遍;游客们第一眼看到这副面具,正视但丁那褶皱的诡异面孔、鹰钩鼻和紧闭的双眼时,通常都会被吓到甚

---

[1] 伏尔泰(1694—1778),法国启蒙思想家、作家、哲学家,著作有《哲学书简》、《老实人》等。
[2] 塔索(1544—1595),十六世纪意大利诗人,代表作有史诗《被解放的耶路撒冷》。
[3] 济慈(1795—1821),英国诗人,浪漫主义运动代表之一。

至感到厌恶。

兰登紧跟着西恩娜大步走过去,站在她身边,望向展柜里。他随即向后一退,同样面露惊讶。

玛塔暗自嘀咕道,太夸张了吧。她跟在后面加入他们。但在望向展柜时,她也不由得大声惊呼:噢,我的上帝啊![1]

玛塔·阿尔瓦雷茨本以为会见到那副熟悉的面具瞪着自己,但她所看到的却是展柜的红缎内壁以及用来悬挂面具的小钩。

玛塔手掩着嘴,一脸惊恐地望着空空如也的展柜。她呼吸加速,抓紧一根立柱以防自己摔倒。最终,她将目光从展柜上移开,转身朝主入口的夜班警卫走去。

"但丁的面具[2]!"她发了疯似的尖叫,"但丁的面具不见了[3]!"

第 40 章

玛塔·阿尔瓦雷茨在空展柜前瑟瑟发抖。她只希望腹部蔓延的紧缩的感觉只是恐慌的反应而不是产前阵痛。

但丁的死亡面具不见了!

两名保安此刻进入全面戒备状态,他们来到走道,看见空空的展柜后,立刻采取了行动。一个跑到附近的监控室去取监控镜头自昨晚以来的视频,另一个则打电话给警察,报告劫案。

"La polizia arriverà tra venti minuti!"保安挂断电话,向玛塔通报。警察二十分钟后过来!

"Venti minuti?!"她追问道。要二十分钟?!"我们可是有一件重要艺术品失窃!"

保安解释,警方告诉他,现在本市绝大多数警力都在处理一场严

---

123 原文为意大利语。

重得多的危机，他们会尽力找一名警探过来看看，录一份口供。

"Che cosa potrebbe esserci di più grave？！"她咆哮道。还有什么事能比这更严重？！

兰登与西恩娜交换了一个焦急的眼神，而玛塔也感觉到她的两位客人精神上负担过重。这很正常。他俩只是顺路来瞄一眼那副面具，结果却见证了一起艺术品失窃的惨案。昨天晚上，有人不知用什么方法，进入展厅，并偷走了但丁的死亡面具。

玛塔知道这座博物馆里还有价值更高的文物，却都安然无恙，于是她试着让自己多往好处想想。然而，这是博物馆历史上首次被盗。我甚至连处理流程都不清楚！

玛塔突然有一种被掏空的感觉，于是她再次伸手，抓住一根立柱支撑身体。

两名展厅保安均感大惑不解，向玛塔重述他俩昨天晚上的每一个确切的行动以及事项：昨晚十点左右，玛塔领着小主教座堂与兰登进入展厅。片刻之后，三人又同时离开。保安重新锁好门，设置好警铃，而且就他俩所知，从那以后，再没有人进出过展厅。

"不可能！"玛塔用意大利语厉声道，"昨晚我们三个离开的时候，面具还好好地在展柜里。所以，很明显，在那之后，有人进过展厅！"

保安们两手一摊，一脸茫然。"我们没有看到任何人！[1]"

此刻警察正在赶过来，玛塔挺着大肚子，用她那怀孕的身体允许的最快速度冲向监控室。兰登和西恩娜紧张地跟在她身后。

监控录像，玛塔心想，它会告诉我们昨晚究竟还有谁来过这里！

*　　*　　*

三个街区之外，在维奇奥桥上，瓦任莎看到两名警察手持兰登的

---

[1] 原文为意大利语。

照片，在路人中开始逐一排查，她闪身躲到暗处。

当警察靠近瓦任莎的时候，其中一人的无线电对讲机响起——是来自指挥中心的常规全境通告。通告很短，是用意大利语说的，但瓦任莎听懂了大意：在维奇奥宫附近有没有警力能去旧宫博物馆录一份口供。

两名警察听后几乎毫无反应，瓦任莎却竖起了耳朵。

维奇奥宫的博物馆？

昨天晚上彻头彻尾的失败——这场惨败毁掉了她的职业生涯——就发生在紧挨着维奇奥宫的一条小巷里。

警讯通告还在继续，由于有无线电干扰，而且又是意大利语，瓦任莎基本没有听懂，只听到了两个特别清晰的词：但丁·阿利基耶里。

她的身体立刻绷得紧紧的。但丁·阿利基耶里？！她有十成把握这并非巧合。她转身寻找维奇奥宫的方向，看到它那带雉堞的高塔城垛，耸立在附近建筑的屋顶之上。

博物馆里究竟出了什么事？她思忖着，又是什么时候发生的呢？！

抛开细节不谈，瓦任莎做过多年实战分析，知道巧合并不像大多数人认为的那样常见。维奇奥宫博物馆……**还有但丁？这肯定与兰登有关！**

一直以来，瓦任莎都在怀疑兰登会不会回到老城。这是惟一合理的解释——昨天晚上，当所有事情开始混乱失控时，兰登就在老城里。

现在，在清晨的阳光中，瓦任莎想知道兰登回到维奇奥宫那个地方，是不是为了获取他正在寻找的东西。她敢肯定兰登并没有从这座桥进入老城。但还有其他很多座桥，尽管这些桥都离波波利花园太远，步行似乎难以抵达。

在她身下，她注意到一艘四人划桨赛艇掠过水面，从桥底穿过。船身上写着 SOCIETÀ CANOTTIERI FIRENZE（佛罗伦萨划艇俱乐部)。赛艇红白分明的船桨次第起伏,整齐划一,煞是好看。

兰登有可能是乘船进城的吗?似乎可能性不大,但她隐约觉得关于维奇奥宫的警讯是一条线索,值得跟进。

"请先不要急着拍照!"一个带着英国口音的女声喊道。

瓦任莎循声看去,一名女导游正摇着一根棍子,上面挂着一只带褶边的橙色绒球,正率领着像一窝小鸭子似的游客穿过维奇奥桥。

"你们上方就是瓦萨里最大的杰作!"导游带着职业化的热情大喊道,同时举起她手中的绒球,引着众人的目光向上移。

在此之前,瓦任莎并没有留意到,然而维奇奥桥上确实有一个两层结构,跨过桥上商铺的屋顶,如同一幢狭窄的公寓楼。

"这就是瓦萨里长廊,"导游介绍道,"它接近一公里长,为美第奇家族往返于碧提宫与维奇奥宫提供了一条安全通道。"

瓦任莎望着头顶上隧道式的建筑结构,瞪圆了眼睛。她听说过这条长廊,但知之甚少。

它通向维奇奥宫?

"今天,只有那些极少数拥有 VIP 资格的人,"导游继续说,"才能进入长廊。从维奇奥宫到波波利庭园的东北端,整条长廊就是一座令人叹为观止的画廊。"

导游后面介绍了些什么,瓦任莎没有听到。

她已经朝她的摩托车冲了过去。

第 41 章

兰登头皮上缝针的伤口又开始阵阵作痛,他和西恩娜挤进视频监控室,里面还有玛塔和两名保安。狭窄的空间里只有一个折叠衣柜和一排呼呼作响高速运转的硬盘以及电脑显示器。房间里空气温度高得令人窒息,还充斥着难闻的烟味。

兰登立即感觉四面墙壁向自己压过来。

玛塔坐在视频监视器前的椅子上，监视器处于回放模式，颗粒状的黑白画面呈现的是走道里的情形，应该是从门上方拍摄的。屏幕上的时间表明这段视频是昨天凌晨拍摄的——整整二十四小时之前——就在博物馆准备开放之前，比傍晚时分兰登与神秘的小主教座堂来访要早很多。

保安将视频快进，兰登看到画面上一群游客快速涌入走道，脚步摇晃、急促。从这个角度看不到面具，但根据游客们不断停下来向内观望或者在继续前进之前拍照留念来判断，它显然还在展柜里。

拜托快点，兰登心急火燎，知道警察就在赶来的路上。他考虑过要不要找个借口，和西恩娜赶紧跑路；但他们需要看到这段视频：监控记录将回答许多疑问，告诉他们究竟发生了什么事。

视频回放还在继续，这会儿速度加快了些，下午的阴影开始在展厅地面移过。游客们一阵风似的进进出出，终于人流开始减少，然后突然完全消失。这时屏幕上显示时间刚过 17:00，博物馆的灯光熄灭，完全安静下来。

下午五点。闭馆时间。

"加快速度，"[1] 玛塔命令道，她身体向前倾，盯着监视器屏幕。

保安加快快进速度，时间标记更新很快，到了晚上十点左右，博物馆里的灯突然又亮起来。

保安赶紧将视频播放调回正常速度。

没过多久，玛塔·阿尔瓦雷茨身怀六甲的熟悉体态进入视野。兰登紧跟在她身后，穿着那件哈里斯花呢坎贝莉外套，熨得笔挺的卡其布裤子，还有科尔多瓦皮[2]的路夫鞋。他甚至能看到自己走路时，从衣袖下露出的米老鼠手表闪烁的光。

我在那里……还没有被枪击。

---

1 原文为意大利语。
2 一种产自西班牙科尔多瓦地区的高级皮革，用山羊皮加工制成。

看着自己在做一些现在已毫无印象的事情，兰登如坐针毡。昨天晚上我在这里……看死亡面具？从那时到现在，他不知怎么，丢失了衣服、他的米奇老鼠手表、还有两天的记忆。

视频往下播放，他和西恩娜凑上前，挤在玛塔和两名保安身后，想看得更清楚些。画面无声地继续，显示兰登和玛塔走到展柜前，欣赏那副面具。就在这时，一具宽大的身体挡住了整条走道，一个极度肥胖的男子进入了画面。他穿着棕色的西装，拎着手提箱，勉强能够从门里挤过去。他的身材甚至把怀孕的玛塔都映衬得顿显苗条。

兰登立刻就认出了这个男人。伊格纳奇奥？！

"那是伊格纳奇奥·布索尼，"兰登附在西恩娜的耳边说，"主座教堂博物馆的馆长。我认识他有好几年了。只是从未听说他有一个外号叫小主教座堂。"

"这个绰号很恰当，"西恩娜平静地回答。

过去几年间，兰登曾多次向伊格纳奇奥咨询与主座教堂的文物和历史相关的问题——他掌管圣母百花大教堂——但维奇奥宫好像不在他的管辖范围之内。此外，伊格纳奇奥·布索尼不仅仅是佛罗伦萨艺术圈内的风云人物，还是一名但丁爱好者和专家。

关于但丁死亡面具，他是合情合理的信息来源。

兰登的注意力又回到视频上，看到玛塔靠着走道的后墙，耐心地等候；而兰登与伊格纳奇奥则身体前倾，越过立柱，尽可能近距离观察面具。两人不停地审视面具，并相互交流，时间一分一秒过去，能看到玛塔躲在他俩身后小心翼翼地看表。

兰登多么希望监控录像能收录声音啊。我和伊格纳奇奥在交谈什么？我们又在找寻什么？！

就在这时，在屏幕上，兰登跨过立柱，在展柜前蹲下来，他的脸快贴到展柜玻璃上了。玛塔立即走过来，显然是在提醒他，然后兰登道着歉向后退。

"抱歉当时过于严厉，"玛塔扭头望着他说，"就像我告诉你的那样，展柜本身是一件古董，相当易碎。而且面具的拥有者坚决要求我们让游客站在立柱后面观赏。他甚至不允许我们的工作人员在他不在场时打开展柜。"

她的话让兰登好一会儿才回过神来。面具的拥有者？兰登一直以为这副面具归博物馆所有。

西恩娜看上去同样惊讶，她立即问道："难道这面具不属于博物馆吗？"

玛塔摇摇头，她的双眼又回到屏幕上："一位富有的资助人提出从我们的馆藏里购买但丁的死亡面具，但将其留在我们这儿做常设展览。他出了一小笔钱，我们也乐于接受。"

"等等，"西恩娜打断她的话，"他花钱买了面具……却让你们留着？"

"常见的安排，"兰登说，"慈善收购——一种让捐赠者可以向博物馆捐出大笔善款，同时无需被视作施舍的做法。"

"这位捐赠者可不是一般人，"玛塔说，"他是一个真正的但丁研究专家，但有一点……用你的话怎么说……狂热？"

"他是什么人？"西恩娜催问道，好像随意问起，但语气中透出一丝迫切。

"什么人？"玛塔皱着眉，眼睛没从屏幕上挪开，"嗯，你最近有没有在新闻里读到他——瑞士的亿万富翁贝特朗·佐布里斯特？"

对兰登来说，这个名字只是似乎有点耳熟；但西恩娜抓住兰登的胳膊，攥得紧紧的，仿佛见到鬼了一般。

"哦，是的……"西恩娜脸色苍白，吞吞吐吐地说，"贝特朗·佐布里斯特。著名生物化学家。年纪轻轻就靠生物方面的专利获得大量财富。"她停下来，平复紧张的心情。然后侧过身，对兰登耳语道："生殖细胞系遗传修饰技术就是佐布里斯特开创的。"

兰登不知生殖细胞系遗传修饰技术为何物，但这名称听着就给人一种不祥的感觉，尤其是考虑到最近碰到大量瘟疫与死亡的意象。他想知道西恩娜对佐布里斯特如此了解是不是因为她在医学方面涉猎甚广的缘故……或许是因为他俩都曾经是神童。天才们都喜欢相互关注对方的研究吗?

"几年前,我第一次听说佐布里斯特这个人,"西恩娜解释道,"当时他在媒体上对人口增长问题大放厥词、极具煽动性。"她顿了一顿,面色凝重,"佐布里斯特是人口灾变等式的狂热拥护者。"

"你说什么?"

"从本质上来说,它是一种数学认知:地球人口在增长,人的寿命在延长,而我们的自然资源却在锐减。根据这个等式,照当前的趋势发展下去,等待我们的只有社会的最终崩溃毁灭。佐布里斯特公开预言,人类无法再延续一个世纪……除非发生某种大规模灭绝事件。"西恩娜重重叹了一口气,盯着兰登。"实际上,佐布里斯特曾经引述'黑死病是在欧洲历史上发生过的最好的一件事。'"

兰登惊诧地望着她。他感觉脖子上的汗毛都竖起来了,瘟疫面具的形象再次掠过他的脑海。整个早晨,他一直在抵制这个念头,希望现在的困境与致命瘟疫无关……但这个念头却越来越不容辩驳。

贝特朗·佐布里斯特说黑死病是欧洲发生过的最好事情,这当然骇人听闻,然而兰登记得许多历史学家都曾记载这场发生在十四世纪的大灭绝给欧洲带来的长远的社会与经济效益。在那场瘟疫之前,人口过剩、饥荒、经济困境就是黑暗中世纪的标签。突如其来的黑死病尽管令人闻风丧胆,但也有效地"降低人类种群密度",提供了充足的食物与生存机会,这在许多历史学家看来,正是文艺复兴诞生的最主要的催化剂。

兰登眼前浮现出金属管上的生物危害标识,想到里面藏着的但丁地狱的阴森地图,一股寒意涌上心头:那个诡异的小投影仪是由某个人设计制造的……而贝特朗·佐布里斯特——生物化学家兼但丁狂热爱好者——现在看来是最有可能的人选。

生殖细胞系遗传修饰之父。兰登感觉拼图落对了地方。遗憾的是,逐渐显露的画面却越来越骇人。

"把这部分快进过去,"玛塔命令保安,听上去她希望将兰登与伊格纳奇奥·布索尼研究面具这一段跳过去,好早点找出是什么人闯进博物馆，盗走了面具。

保安点下快进按钮，监控录像上的时间标记加快前进。

三分钟……六分钟……八分钟。

能看到屏幕上玛塔站在两个男人身后，她轮换身体支撑脚的频率越来越高，而且不停地在看腕上的手表。

"我们聊得太久了，"兰登对玛塔说，"抱歉让你等了那么长时间，而且你还身体不便。"

"不怪你们，"玛塔答道，"你俩都坚持让我先回家休息，叫保安送你们出去就好。但我觉得那样不是待客之道。"

说话间，玛塔在屏幕上消失了。保安将视频减慢到正常速度播放。

"这没问题，"玛塔说，"我记得我去了一趟厕所。"

保安点点头，伸手准备按下快进键，但玛塔抢在他之前，抓住他的胳膊："等一下！"[1]

她昂着头，困惑地盯着显示器。

兰登也看到了。这又是演的哪一出啊？！

屏幕上，兰登从他花呢外套的口袋里掏出一副医用橡皮手套，正在往手上戴。

与此同时，小主教座堂先生挡在兰登身后，向走廊里玛塔刚去上厕所的方向探视。过了一会儿，这个大胖子朝兰登点点头，好像是在示意四下无人。

我俩究竟在搞什么鬼？！

兰登望着监控录像里的自己用戴着手套的手摸到展柜柜门的边缘……然后，动作温柔地向后拉，直到古董柜的铰链松动，柜门缓缓打开……露出但丁的死亡面具。

玛塔·阿尔瓦雷茨惊恐地大叫一声，双手捂着脸。

兰登的恐惧也不遑多让，他望着录像中的那个自己伸手探进展柜，

---

[1] 原文为意大利语。

双手轻轻地握住但丁的死亡面具,将其取出,简直不敢相信自己的眼睛。

"上帝啊,救救我吧!"玛塔再也忍不住了,从座位上站起来,转身直面兰登,"他都干了些什么?为什么?"[1]

兰登还没来得及做出反应,一名保安已经拔出一支黑色的伯莱塔[2]手枪,对准兰登的胸口。

我的天哪!

罗伯特·兰登盯着手枪的枪管,感觉到狭小的房间在他周围收缩逼近。玛塔·阿尔瓦雷茨已经站了起来,冲他怒目而视,脸上挂着无法相信自己会受此愚弄的神情。在她身后的监控显示屏上,兰登正举着面具,对着光细细察看琢磨。

"我只拿出来了一小会儿,"兰登为自己辩解,心中祈祷他所言属实,"而且伊格纳奇奥向我保证过,说你不会介意的!"

玛塔没有答话。她看起来有些困惑,显然是在试图理清兰登为什么要对她说谎……而且兰登为何明知监控录像会揭露他的罪行,却能始终镇定地站在一边,听任监控录像往下播放。

我根本不知道我打开了展柜!

"罗伯特,"西恩娜低声道,"快看!你发现了什么!"西恩娜始终盯着监控回放,无视两人所处的险境,坚持寻找答案。

屏幕上的兰登正高举起面具,转动角度好让它对着光,他的注意力显然被文物背面的什么东西所吸引。

从摄像头的角度来看,那一瞬间,举起的面具遮住了兰登的半张脸,死亡面具的眼窝正好对着兰登的眼睛。他想起那句话——只有通过死亡之眼才能瞥见真相——顿时毛骨悚然。

兰登完全不记得自己当时在查看面具背面的什么东西;视频里,当他将这一发现展示给伊格纳奇奥看时,大胖子向后退了一步,立即从身上摸出眼镜,戴上仔细端详……一遍又一遍。然后他激动地摇着

---

[1] 原文为意大利语。
[2] 意大利的皮埃特罗·伯莱塔公司是世界上最古老的枪械生产工业组织之一。从十六世纪开始,伯莱塔家族就开始生产轻武器。

头,焦虑不安地在走道里踱来踱去。

突然,两个人都抬起头,显然听到大厅里有什么动静——极有可能是玛塔从厕所回来了。兰登急急忙忙从口袋里掏出一只大的塑料自封袋,将面具封在里面,然后小心地递给伊格纳奇奥。后者好像不太乐意,但还是将其放进手提篮。兰登迅速合上玻璃门,留下空空如也的展柜。两个人大步走进大厅,迎上玛塔,防止她发现面具被盗。

两名保安此刻都用枪指着兰登。

玛塔身子左摇右晃,站立不稳,她撑着桌子以防摔倒。"我真不明白!"她语无伦次地喊道,"你和伊格纳奇奥·布索尼偷了但丁的死亡面具?!"

"不是这样!"兰登继续狡辩,能扯多远扯多远,"我们得到了物主的允许,将面具从博物馆带出去一晚上。"

"物主的允许?"她反问道,"贝特朗·佐布里斯特的许可!?"

"没错!佐布里斯特先生同意让我们研究一下面具背面的一些记号!我们昨天下午和他见的面!"

玛塔双目射出寒光:"教授,昨天下午你们绝对没有见过贝特朗·佐布里斯特,这点我非常肯定。"

"我们当然见过——"

西恩娜将手搭在兰登的胳膊上,示意他不要再说下去:"罗伯特……"她长叹一口气,"六天前,贝特朗·佐布里斯特从巴迪亚塔的塔顶跳下去了,距离这儿只有几个街区。"

第 42 章

在维奇奥宫北侧,瓦任莎弃车而行,步入领主广场。她在兰奇敞廊中的室外雕像间逶迤而行,注意到了一个不容忽略的事实,所有的雕塑仿佛都是在演绎同一个主题的变奏:男性对女性统治力的暴力呈现。

《强劫萨宾妇女》[1]

《抢掠波吕克赛娜》[2]

《珀耳修斯手持美杜莎首级》[3]

妙,瓦任莎心想,将帽檐拉低,遮住大半张脸,避开清晨三五成群的游客,走向宫殿的入口。今天的第一批参观者正在排队入场。从表面上看,维奇奥宫这儿的情况一切如常。

没有警察,瓦任莎心道,至少暂时还没有。

她将皮衣的拉链拉到头,衣领竖起贴着脖子,确定已将手枪藏好,然后走向入口。循着维奇奥宫博物馆的路标,她穿过两个华丽的中庭,攀上一段长长的楼梯,向大厅二楼进发。

她爬楼梯的时候,脑海中还在回放警方调度中心的广播。

维奇奥宫的博物馆……但丁·阿利基耶里。

兰登绝对在这里。

博物馆的指示牌指引瓦任莎进入了一间宽敞壮观、精美华丽的大堂——五百人大厅——游客们三五成群,散布在大厅里,欣赏着墙上的巨幅壁画。瓦任莎对观察这里的艺术品毫无兴趣,她很快在大厅尽头右边拐角处发现了博物馆的另一个路标,指向一截楼梯。

她从大厅中央穿过,注意到一群大学生正围拢在一座雕像前,一边哄笑,一边拍照留念。

下方的铭牌上写着:《赫拉克勒斯与狄俄墨得斯》。

瓦任莎打量着雕像,也忍不住犯起了嘀咕。

雕塑刻画的是两位希腊神话中的英雄——都浑身赤裸、一丝不挂——两人正扭打在一起角力。赫拉克勒斯将狄俄墨得斯头下脚上地举起,准备把他扔出去;而狄俄墨得斯则紧紧地攥着赫拉克勒斯的阴

---

[1] 罗马初建之时,男多女少,而当地的萨宾人不愿与罗马人通婚。罗马人邀请萨宾女子来作客,然后强抢年轻女子为妻。三年后,萨宾人进攻罗马复仇,已为人妻母的萨宾妇女们出来调停,从此罗马人和萨宾人融为一体,共创了罗马帝国。

[2] 根据希腊神话,特洛伊之战后,疲惫的希腊战士渴望回家,但苦于没有风,舰队无法启航。于是希腊士兵抢来特洛伊国王最小的女儿波吕克赛娜,将她献祭给海神。

[3] 该青铜像描述英雄珀耳修斯杀死女妖美杜莎之后,提着她头颅的场景。

茎，那神情仿佛再说："你确定要把我扔出去吗？"

瓦任莎看得直皱眉。这就是所谓的揪住别人的要害吧。

她将目光从这尊怪异的雕像上移开，迅速登上楼梯，朝博物馆走去。

她上到一处可以俯瞰整座大厅的阳台。博物馆入口处正候着十来名游客。

"推迟开放，"一名游客从他的便携式摄像机后面探出头，兴高采烈地提醒瓦任莎。

"知道为什么吗？"她问。

"不知道，但等待时能看到的景观也太棒了！"男子挥舞着胳膊，指向身下宽阔的五百人大厅。

瓦任莎走到阳台边缘，凝视着下面气势恢宏的大厅。楼下，一名警察正走过来，几乎没有引起周边游客的注意。他不紧不慢地穿过大厅，走向楼梯。

他是上楼来录口供的，瓦任莎猜测。警察步履艰难地爬楼梯，表明这只是一次例行出警——与罗马门前搜查兰登的一团混乱截然不同。

如果兰登在这里，他们为什么不包围整座宫殿呢？

要么是瓦任莎对兰登在这里的判断失误，要么就是当地警方和布吕德都还没有根据线索做出推断。

警察爬完楼梯，缓步迈向博物馆入口，瓦任莎不经意地转过身，装作眺望窗外的风景。考虑到她已经被撤销，而教务长的势力无处不在，她可不能冒任何被认出来的风险。

"等一等！"不知从什么地方有人叫道。

警察就在瓦任莎身后站住时，她紧张得心跳都停了一拍。这时她才意识到，这声呼叫来自警察的无线对讲机。

"Attendi i rinforzi？"指令又重复了一遍。

等待支援？瓦任莎嗅到事态开始出现转机。

就在这时，瓦任莎注意到窗外远处天空中一个黑色的物体正渐渐逼近。它自波波利花园方向直扑维奇奥宫而来。

无人侦察机,瓦任莎的第一反应是,布吕德知道了。而且他正在赶过来。

*　　*　　*

"财团"的行动协调员劳伦斯·诺尔顿仍在暗自懊恼,不该打电话给教务长。他怎么会愚蠢到这个地步,居然建议教务长在明天上传之前先预览一下委托人的视频。

内容无关紧要。

协议才是上帝。

诺尔顿永远忘不了刚开始为"财团"效力时,传授给他们这些年轻行动协调员的金科玉律:不要问。只管干。

尽管一百个不愿意,他还是将红色的记忆棒放进了明天早晨需要处理的队列中,猜想着媒体对这条怪异的信息会做何反应。他们会播放它吗?

他们当然会。它可是贝特朗·佐布里斯特制作的。

不仅因为佐布里斯特是生物化学界鼎鼎大名的成功人士,而且他上周自杀身亡,已经成为媒体关注的焦点。这段九分钟的视频相当于来自坟墓的讯息,而它令人毛骨悚然的死亡气息会让人们无法将其关闭。

这段视频一旦上传,就会像病毒一样迅速扩散。

第 43 章

玛塔·阿尔瓦雷茨怒火中烧,走出拥挤的监控室,留下保安用枪抵着兰登与他粗鲁的妹妹。她走到窗边,眺望下面的领主广场,欣慰地看到一辆警车就停在维奇奥宫正门外。

差不多是时候了。

为什么像罗伯特·兰登这样在业界德高望重的人物会如此明目张胆地欺骗她,还利用她出于职业礼节所提供的便利,盗走了一件无价之宝。玛塔仍然百思不得其解。

而伊格纳奇奥·布索尼居然还助纣为虐!?真是荒谬至极!

玛塔掏出手机,拨通小主教座堂办公室的电话,准备把伊格纳奇奥臭骂一顿。他的办公室就在主教座堂博物馆,离这里仅有几个街区之遥。

电话铃只响了一声。

"伊格纳奇奥·布索尼的办公室,"[1]一个熟悉的女声应答道。

玛塔对伊格纳奇奥的秘书一向友善,但今天没有心情寒暄。"尤金妮娅,我是玛塔。我要和伊格纳奇奥通话。"[2]

电话那头突然奇怪地没了声音,接着秘书小姐歇斯底里地痛哭起来。

"Cosa succede?"玛塔催问道。出什么事了!?

尤金妮娅一边哭一边告诉玛塔,她刚到办公室就得知伊格纳奇奥昨晚在圣母百花大教堂附近的一条小巷子里心脏病突然发作。他打电话求救时接近午夜,救护车没能及时赶到。布索尼死了。

玛塔双腿一软。今天早晨她听到一则新闻,一位姓名不详的市政官员昨晚去世,但她绝没想到会是伊格纳奇奥。

"尤金妮娅,听我说,"玛塔恳求道,竭力保持冷静,简明扼要地解释了她刚才在监控视频里看到的情形——伊格纳奇奥和罗伯特·兰登盗取了但丁的死亡面具,而兰登现在被保安用枪指着。

玛塔没细想过尤金妮娅听后会是何种反应,但绝对不是现在这样。

"罗伯特·兰登!?"尤金妮娅追问道,"Sei con Langdon ora?!"

---

12 原文为意大利语。

你现在和兰登在一起？！

尤金妮娅好像没听到她话里的重点。是的，但那面具——

"Devo parlare con lui！"尤金妮娅几乎喊叫起来。我要和他通话！

* * *

在监控室里，两名保安都拿枪指着兰登。他的头部持续悸痛，这时，房门猛地打开，玛塔·阿尔瓦雷茨走了进来。

透过打开的门，兰登听到外面某处无人侦察机遥远的马达声。它那令人生畏的呜咽伴随着由远逼近的警笛声。他们发现我俩了。

"警察来了，"玛塔对保安说，并派其中一人下楼去领警察们进入博物馆。另一个站在玛塔身后，枪口仍然对着兰登。

让兰登始料未及的是，玛塔掏出手机递向他。"有人想和你通话，"她说，听起来很困惑，"你得走出房间才会有信号。"

他们一行人走出空气污浊的监控室，来到外面的展厅。阳光透过巨大的窗户倾泻进来，让楼下的领主广场显得极为壮观。尽管仍被枪指着，但能离开密闭的空间，还是让兰登如释重负。

玛塔示意他走近窗户，然后将手机递给他。

兰登接过手机，迟疑不决地举到耳边："你好，我是罗伯特·兰登。"

"先生，"说话的女子带着英国口音，吞吞吐吐，"我是尤金妮娅·安托努奇，伊格纳奇奥·布索尼先生的秘书。昨天晚上，我们俩在布索尼先生的办公室见过面。"

兰登丝毫没有印象："是吗？"

"我非常抱歉地告诉你，伊格纳奇奥，他昨晚心脏病突发，去世了。"

兰登攥紧了手中的电话。伊格纳奇奥·布索尼死了？！

电话中的女子此刻泣不成声，满怀悲伤地说："伊格纳奇奥去世之前还打电话给我。他给我留了一个口讯,告诉我必须保证你能收到。我这就播放给你听。"

兰登听到话筒里窸窸窣窣的声音,过了一会儿,伊格纳奇奥·布索尼气喘吁吁、若有若无的录音飘进他的耳朵里。

"尤金妮娅,"他大口喘着粗气,显然痛苦不堪,"请确保罗伯特·兰登听到这条讯息。我有麻烦了。我想我回不了办公室了。"伊格纳奇奥呻吟着,许久没有出声。当他再次开口时,声音更加虚弱:"罗伯特,我希望你能逃过此劫。他们还在追我……而我……我情况不妙。我试着找一个医生来,但……"接着又是长时间的停顿,小主教座堂先生好像在积攒最后一点力气,然后……"罗伯特,听仔细了。你要找的东西藏在安全的地方。大门给你留着,但你一定要快。天堂,二十五。"他停了很长时间,然后低声道,"上帝祝福你。"

录音结束了。

兰登心跳加速,明白自己刚才听到的是这个男人的临终遗言。但这些留给他的话丝毫无助于缓解他的焦虑。天堂,25?大门给我留着?兰登心里琢磨这句话,他指的是什么门?!惟一有意义的信息就是伊格纳奇奥提到面具被安全地藏好了。

尤金妮娅的声音又回到线上:"教授,你听明白了吗?"

"嗯,大概听懂了。"

"我能为你做些什么吗?"

兰登闻言考虑了许久:"不要让其他任何人听到这则口讯。"

"包括警察在内?马上就有一名警探要来给我录口供。"

兰登绷紧了身体。他望了一眼拿枪对着自己的保安。然后,他迅速转身,面向窗户,压低声音,语调急促地说:"尤金妮娅……这个要求可能听起来很奇怪。但为了伊格纳奇奥,我需要你删除这条口讯,并不要和警方提起你我通过电话。明白了吗?现在形势非常复杂,而且——"

兰登感到枪口抵着自己的肋部,他转身看到那名持枪保安只隔了几英寸远,伸出没拿枪的手,要他把玛塔的手机还回来。

电话那头许久没有声音，尤金妮娅最终开口道："兰登先生，我的老板信任你……那我也会一样。"

然后她挂断电话。

兰登将电话递回给保安。"伊格纳奇奥·布索尼死了，"他对西恩娜说，"他昨晚离开这里后，心脏病突发去世。"兰登顿了一顿。"面具还安然无恙。伊格纳奇奥临终前将它藏起来了。我想他给我留了一条线索，告诉我怎么去找到它。"天堂，25。

西恩娜双眼中流露出希望；但当兰登转身面对玛塔时，她眼中尽是疑色。

"玛塔，"兰登说，"我会为你取回但丁的面具，但你得先让我俩离开这里。就现在。"

玛塔哈哈大笑："别指望我做这样的事！就是你偷了面具！警察就快到了——"

"Signora Alvarez，"西恩娜大声打断她，"Mi dispiace, ma non leabbiamo detto la verità."

兰登愣了一下。西恩娜要干什么？他听懂了她的话。阿尔瓦雷茨女士，对不起，但我们没和你说实话。

玛塔也被吓了一跳，尽管惊到她的仿佛更多的是西恩娜突然能够地道、流畅地说意大利语这个事实。

"Innanzitutto, non sono la sorella di Robert Langdon，"西恩娜带着歉意坦承。首先，我不是罗伯特·兰登的妹妹。

第 44 章

玛塔·阿尔瓦雷茨跟跟跄跄向后退了一步，双臂合抱在胸前，打量着面前这位年轻的金发女郎。

"Mi dispiace，"西恩娜操着流利的意大利语继续说道，"Le

abbiamo mentito su molte cose."许多事情我们都对你撒了谎。

保安看上去和玛塔一样摸不着头脑,但他继续坚守职责。

西恩娜的语速越来越快,继续用意大利语原原本本地向玛塔讲述,说她在佛罗伦萨一家医院工作,昨晚碰到因头部枪伤而来医院救治的兰登。她解释说兰登完全回忆不起来是什么事件导致他来到医院,而且在看到监控录像里的内容以后,他和玛塔一样震惊。

"给她看你的伤口,"西恩娜吩咐兰登。

看到拉登打结的头发下面缝针的伤口以后,玛塔一屁股坐在窗台上,双手捧着脸,陷入了沉思。

在过去十分钟里,玛塔得知不仅但丁的死亡面具就在她眼皮底下被盗,而且两名窃贼是德高望重的美国教授加上深得她信任的佛罗伦萨同事,后者已经撒手人寰。此外,这位年轻的西恩娜·布鲁克斯,她原以为是罗伯特·兰登的大眼睛美国妹妹,其实却是一名医生,更承认撒了谎……而且用一口流利的意大利语道歉。

"玛塔,"兰登说道,他声音低沉,充满理解,"我知道这一切太难以置信,但我确确实实一点也想不起昨天晚上发生的事情。我完全不记得伊格纳奇奥和我为什么要取走那面具。"

望着兰登的眼睛,玛塔感觉他说的是实话。

"我会把面具完好无损地带回来,"兰登说,"我向你保证。但如果你不放我们走,我根本取不回来它。当下形势错综复杂。你得让我俩离开这里,刻不容缓。"

尽管希望拿回那副价值连城的面具,但玛塔不打算放走任何人。警察到哪儿啦?!她俯视领主广场上那辆孤零零的警车。奇怪的是,开车来的警官怎么还没有进入博物馆。玛塔还听到远处传来奇怪的嗡嗡声——听起来像是有人在使用电锯。而且这噪音越来越响。

什么情况?

兰登苦苦哀求:"玛塔,你了解伊格纳奇奥。如果没有正当的理由,他绝不会带走面具。这件事要放到全局里去看。这副面具的主人，贝特朗·佐布里斯特，是一个善恶不分的天才。我们认为他有可能牵涉到某些恐怖活动。现在我没有时间向你详细解释，但我请求你信任我们。"

玛塔只是瞪着眼望着他。他说的这一切似乎完全不合理。

"阿尔瓦雷茨女士，"西恩娜盯着玛塔，冷漠的目光中透着决绝，"如果你还在意你的未来，以及你腹中孩子的未来，那你必须要让我们离开这里，马上。"

玛塔闻言双手交叠护住腹部。这对她尚未出世孩子的含蓄威胁让她十分不快。

外面尖锐的嗡嗡声越来越响；当玛塔向窗外望去，她没看到噪音源，却发现了另一个新情况。

保安也看到了，他瞪圆了双眼。

在领主广场上，人群中分出一条道，一长串警车悄然而至，都没有鸣响警笛，领头的两辆面包车此刻刚好在宫殿门口急刹着停下。身着黑色制服的士兵从车上跃下，抱着长枪，冲进宫殿。

玛塔感觉恐惧阵阵袭来。他们是什么人？！

保安看上去也被这阵势吓到了。

而那尖锐的嗡嗡声突然变得刺耳，玛塔忍受不了，向后退了两步。一架小型直升机闯入视野，就在窗户外面。

它在空中悬停着，离他们不到十码的距离，几乎像是瞪视着屋里的每一个人。它体积不大，大约只有一码长，前方装有一只长长的黑色圆筒。圆筒正对着他们。

"它要开枪了！"西恩娜大叫道，"Sta per sparare！大家都趴下！Tutti a terra！"她率先双膝跪地，趴在窗台下面；而玛塔吓得瑟瑟发抖，本能地跟着效仿。保安也跪倒在地，并本能地举起手枪，瞄准这个小玩意。

玛塔狼狈不堪地趴在窗台下面，看到兰登还站在那里，并用古怪的眼神盯着西恩娜，显然并不相信会有什么危险。西恩娜在地上只蹲了一秒，随即一跃而起，抓起兰登的手腕，拖着他跑向走廊。眨眼间,他俩已朝宫殿的主入口逃去。

保安单膝跪地一个转身,摆出狙击手的蹲姿——举起手枪对准走廊里一对逃跑者的方向。

"Non spari!"玛塔命令道,"Non possono scappare。"不要开枪!他们不可能逃得掉!

兰登和西恩娜消失在拐角处。玛塔知道要不了几秒钟,他俩就会撞见迎面而至的警察们。

* * *

"加快速度!"西恩娜催促道。她和兰登沿着来路往回跑。她本希望两人能赶在警察之前赶到主入口,但她很快意识到这种可能性几乎为零。

兰登显然也想到了同样的问题。他毫无征兆地突然刹住脚,停在两条走廊交汇的宽阔路口。"我们这样是跑不掉的。"

"快点!"西恩娜焦急地挥手示意他跟上,"罗伯特,那我们也不能就站在这里啊!"

兰登似乎有点分心,他凝视着左边,那是一条短短的走廊,尽头有一个灯光昏暗的小房间,再没有其他出口。房间墙壁上挂满了古代地图,屋子中央摆着一只巨大的铁球。兰登打量着这个巨型金属球体,开始慢慢点头,接着点得更加坚定有力。

"这边走,"兰登叫道,冲向那个铁球。

罗伯特!尽管这有违她的判断,她还是跟了过来。这条走廊通往博物馆里面,这样他们离出口就更远了。

"罗伯特?"她终于赶上他了,气喘吁吁地问,"你准备带我们去哪里?!"

"穿过亚美尼亚,"他答道。

"什么?!"

"亚美尼亚,"兰登又说了一遍,眼睛望着前方,"相信我。"

* * *

在下面一层楼,五百人大厅的阳台上,瓦任莎隐藏在惊恐的游客之中。在布吕德的 SRS 小组气势汹汹地从她身边跑过,冲进博物馆时,她始终低着头。楼下,大门关闭的声音在大厅里回荡,警察封锁了整座宫殿。

如果兰登真的在这里,那他已是瓮中之鳖。

不幸的是,瓦任莎也不例外。

第 45 章

地图展厅里装有温馨的橡木护墙板以及木质天花板,与仅以冷冰冰的石头与灰泥为内饰的维奇奥宫相比,仿如另一个世界。这个富丽堂皇的房间原本是维奇奥宫的衣帽间,里面有十几个暗室与壁橱,用来存放大公们的随身物品。如今,这里四面墙壁上都饰满地图——五十三幅画在皮革上的彩色手绘地图——呈现了十六世纪五十年代人们所知的世界。

在展厅里的各种地图藏品中,最醒目的就是正中央放置的巨大地球仪。这个六英尺高的球体被称作《世界地图》,是当时世界上最大的旋转地球仪。据说只消用手指轻轻一碰,它就能转动自如。如今,这座地球仪往往被当做参观的最后一站:游客们观赏完长长的一排展厅后,走进这里,他们会绕地球仪一圈,然后原路返回,离开博物馆。

兰登和西恩娜跑进地图展厅,上气不接下气。这个叫《世界地图》的地球仪威严地出现在他俩面前。兰登却都没顾上看它一眼,他的眼睛在展厅的墙壁上搜索。

"我们得找到亚美尼亚!"兰登说,"亚美尼亚那幅地图!"

虽然觉得这个要求莫名其妙,西恩娜还是赶紧跑到展厅右侧,搜寻亚美尼亚地图。

兰登则立即从左侧墙壁开始,沿着与西恩娜相反的方向搜寻。

阿拉伯、西班牙、希腊……

每个国家的地图都绘制得极为精细,尤其是考虑到这些都制作于五百多年前,而在那时,世界上大部分地区还没有被绘入地图,甚至还没有被发现。

但亚美尼亚在哪儿呢?

通常情况下,兰登对往事的记忆都清晰而生动。然而他对若干年前在维奇奥宫的"密道之旅"印象却有些雾蒙蒙的,这在很大程度上要归咎于嘉雅酒园[1]的纳比奥罗[2]葡萄酒——在参观之前的午宴上,他受不住诱惑,饮了第二杯。巧合的是,"纳比奥罗"这个词在意大利语中的意思就是"雾"。尽管如此,兰登还是清楚地记得在这个展厅里所参观的一幅地图——亚美尼亚——它具有一种独一无二的特性。

我知道它在这里,兰登心道,继续在漫无边际的地图堆里搜寻。

"亚美尼亚!"西恩娜大声宣布,"就在这里!"

兰登转身朝向西恩娜的位置,她站在展厅最右边的角落里。他冲了过去,西恩娜指着墙上的亚美尼亚地图,那神情仿佛在说:"我们找到亚美尼亚了——那又怎样?"

兰登明白没有时间再作解释。他只是伸出双手,抓紧地图巨大的木质边框,将地图用力朝下拉。整幅地图垂下来,连同一大块墙面以及护墙板,露出后面暗藏的一条密道。

"好吧,那么,"西恩娜对兰登刮目相看,"这才是亚美尼亚。"

西恩娜没有丝毫犹豫,急忙爬进洞口,无畏地朝昏暗的地道深处挺进。兰登跟在她后面,迅速将地图拉回来,封好墙面。

---

1 嘉雅家族来自西班牙,在十七世纪迁入意大利的皮尔蒙特区,栽培葡萄酿酒,逐步成为世界顶级的酒庄。
2 酿酒最好的葡萄品种之一,主产于意大利的皮尔蒙特区。纳比奥罗这个名字源于意大利语的"雾",反映了这种葡萄常在年末采收的特性。

尽管整个密道之旅的回忆模糊不清，但兰登对这条通道却印象深刻。他和西恩娜刚刚穿过的相当于是一面镜子，通往影宫——存在于维奇奥宫墙壁后面的秘密世界——这个隐秘的领域曾经只供当时大权在握的大公及其最亲近的人使用。

兰登在密道中静立片刻，观察周边的情况——这是一条昏暗的石头通道，全靠一排用铅条焊接的小玻璃窗透进些许自然光。通道下行五十码左右，有一道木门。

他转身向左，看到一条狭窄的楼梯，被一根铁链拦着。楼梯上方的标识牌提醒：USCITA VIETATA。

兰登直奔楼梯而去。

"走错了！"西恩娜提醒他，"牌子上写着'此路不通'。"

"谢谢，"兰登露出狡黠的微笑，"我看得懂意大利语。"

他解下铁链，将其拿到入口的暗门后面，迅速固定暗门——他将铁链穿过暗门把手，然后在附近的固定物上绕几圈，于是这道门从外面就拉不开了。

"原来如此，"西恩娜不好意思地说，"好主意。"

"这个挡不了他们多久，"兰登说，"不过我们也要不了多长时间。跟我来。"

* * *

亚美尼亚地图终于被撞开，露出狭窄的暗道，布吕德特工和他的手下鱼贯而入，扑向尽头的木门。他们踹开木门，布吕德感觉一阵寒风迎面而来，随即他被明亮的阳光晃得什么也看不到。

他来到了一条户外步行道，绕着宫殿屋顶一圈。他的目光沿着道路搜寻，看到另一扇门，大约在五十码开外，重新通向宫殿内部。

布吕德又朝步行道左边看了一眼，五百人大厅高耸的拱顶如一座大山般耸立在他眼前。不可能翻过去。布吕德转向右边，步行道紧挨着一面陡壁，下面就是一个天井。有去无回，死路一条。

他的目光重新回到正前方。"朝这边追！"

布吕德率领他的手下沿着步行道冲向第二道木门，无人侦察机就像一只秃鹫在上空盘旋。

布吕德和手下冲进门里后，他们全都骤然止步，一个贴一个地挤叠在一起。

他们面前是一间极小的石室，除了进来的那道门之外再无其他出口。墙边孤零零地摆着一张木桌。头顶上，天花板壁画中绘着奇形怪状的人物，似乎在用嘲讽的眼光盯着他们。

这是一条死路。

一名手下匆匆上前，瞄了一眼墙上挂着的标识牌。"等一等，"他说，"牌子上提到这里有一扇 finestra segrata——是某种隐秘的窗户吧？"

布吕德四下环顾，没有看到窗户的影子。他大步上前，自己又读了一遍。

这个地方曾经是比昂卡·卡佩罗公爵夫人的私人书房，内有一扇隐秘的窗户，通过这扇窗户，公爵夫人能偷偷观看她丈夫在下面的五百人大厅里发表演讲的情形。

布吕德又仔细搜寻了一遍这间书房，注意到侧墙上有一处暗藏的通气孔，上面覆有格栅。难道他俩是从那里逃出去的？

他阔步上前，检查这个通气孔，显然口径太小，不足以让兰登那个块头的人爬过去。布吕德将脸贴在格栅上，往里面窥视，更加确信没人从这里逃了出去；在格栅的另一边是一条直落而下的通道，足有几层楼高，通向五百人大厅的地面。

那他们逃到什么鬼地方去了？！

布吕德在狭小的石室中转过身，这一天所经历的种种挫败感一并涌上心头。布吕德特工极少有这样情绪失控的时候，他昂起头，发出一声怒吼。

吼声在狭小的空间里回荡，震耳欲聋。

怒吼甚至飘到下方的五百人大厅里，游客和警察们闻声全都转过身，仰头凝视墙壁高处的格栅通气孔。从这吼声判断，公爵夫人的秘密书房此刻正被用来困住一头野兽。

* * *

西恩娜·布鲁克斯和罗伯特·兰登静候在一片黑暗之中。

几分钟前，西恩娜看着兰登巧妙地借助铁链封死亚美尼亚地图后面的转门，然后两人转身逃跑。

出乎她意料的是，兰登并没有沿着暗道向下跑，却爬上了标有"此路不通"标识的陡峭楼梯。

"罗伯特！"她迷惑不解地低声问道，"牌子上写着'此路不通'！而且，我觉得我们应该往楼下逃！"

"的确，"兰登扭头看看身后，"但有时候为了向下走……你得先向上爬。"他冲她眨眨眼，给她鼓劲。"还记得撒旦的肚脐眼吗？"

他在说什么？西恩娜跟在他身后往上爬，完全糊涂了。

"你读过《神曲·地狱篇》吗？"兰登问道。

读过……但那应该是我七岁的时候。

很快她就明白了。"哦，撒旦的肚脐眼！"她说，"现在我想起来了。"

虽然费了一番周折，但西恩娜现在意识到兰登所指的是但丁《神曲·地狱篇》的终曲。在这几个诗章里，但丁为了逃出地狱，不得不沿着撒旦毛茸茸的腹部往下爬；当他来到撒旦的肚脐眼时——所谓的地球中心——地心引力突然改变方向，而但丁为了继续下行前往炼狱……突然间不得不开始向上攀登。

西恩娜对《神曲·地狱篇》没什么印象，只记得当时读到这发生在地球中心的荒谬引力现象之后的失望之情；显然但丁虽然天才横溢、博学多识，却也没有掌握矢量力学。

两人来到楼梯顶端，兰登打开面前惟一一扇门；门上写着：大厅的建筑模型[1]。

兰登领着她走进去,随手关上门,并拴好。

房间不大,装修简陋,只有一排大柜子,里面摆放有一组陈列柜,展示着瓦萨里为维奇奥宫内部所做的建筑设计的木头模型。西恩娜没心思去关心这些模型。她只注意到这个房间再没有其他的门,也没有窗户,而且就像标牌上所说……此路不通。

"在十四世纪中叶,"兰登低声道,"雅典公爵在宫中掌权,并修建了这条秘密逃生通道,以备在遇袭的情况下使用。它被称作雅典公爵楼梯,通向一处狭小的逃生口,位于一条偏僻的街道上。如果我们能逃到那里,就没人会看到我们从这里出去。"他指着其中一个模型,"你看。看到边上那个楼梯的模型了吗?"

他带我上来就是为了看这个模型吗?

西恩娜朝缩微模型投去焦急的一瞥,看到一条秘密楼梯从宫殿顶部盘旋而下,抵达街道之上,巧妙地隐藏在宫殿的内墙与外墙之间。

"罗伯特,我能看到那楼梯,"西恩娜烦躁地说,"但它们在宫殿的另一头。我们无论如何是过不去的!"

"给一点信心嘛,"他咧嘴一笑。

楼下突然传来一声巨响,他们明白是那幅亚美尼亚的地图门被冲开了。他俩一动不动地站在原地,静候着士兵们的脚步声从暗道走过,没有人想到他们的猎物会爬到更高的地方……还是登上了一截标有"此路不通"的狭窄楼梯。

当下面的躁动渐渐平息后,兰登信心满满地大步跨过展览室,蜿蜒穿过那些模型,来到房屋尽头,那里墙上像是悬着一个巨大的橱柜。橱柜宽约一码,挂在离地三英尺处。兰登毫不犹豫地抓起门把手,用力一拉,打开柜门。

西恩娜惊讶地向后一退。

门里像是一处巨大的洞穴,什么也看不到……橱柜门仿佛是通往

---

[1] 原文为意大利语。

另一个世界的门户。里面只有无尽的黑暗。

"跟我来，"兰登说。

他抓起入口处墙壁上悬着的一支手电筒。然后，教授先生展现出令人惊讶的敏捷与强健，他抬身，钻进入口，消失在这个兔子洞里。

第 46 章

是阁楼[1]，兰登心想。全世界最戏剧性的阁楼。

里面的空气散发着霉味与古老的气息，仿佛数百年来的石膏灰尘已经变得极为细小、轻盈，拒绝落到地面，只是悬浮在空气中。空阔的空间在嘎吱作响，在呻吟，让兰登觉得自己好像刚刚爬进了一头巨兽的肚腹中。

他在宽阔的水平桁架上站稳脚，举起手电筒，手电筒的光束划破了黑暗。

展现在他面前的是一条看似永无尽头的隧道，柱子、横梁、桁弦和其他建筑结构纵横交错，构成蛛网式的三角形和四边形。这便是五百人大厅隐匿的骨架。

兰登几年前曾经参观过这个巨大的阁楼空间，就是在他那次弥漫着纳比奥罗葡萄酒迷雾的秘密通道之旅中。建筑模型室的墙壁上开了一个壁橱似的观景窗，观众可以仔细观看桁架结构模型，然后再借助手电筒通过窗户观看真实的桁架。

兰登此刻真的置身于阁楼中，他为这里的桁架结构与美国新英格兰的一个谷仓十分相似而惊讶不已——都是传统的主梁和支柱与"朱庇特箭头"连接体的组合。

西恩娜也从开口爬了进来，在兰登旁边的横梁上站稳脚，有些摸

---

1 原文为意大利语。

不清方向。兰登来回晃动着手电筒，给她看周围这非凡的景观。

从阁楼这一端望去，所见的景象就仿佛透过一长串等腰三角形，叠加并消失在远方的深处。他们脚下的阁楼没有楼板，水平支撑梁完全暴露在外，很像一连串巨大的铁路枕木。

兰登指着下面长长的竖井，压低嗓音说："这里是五百人大厅的正上方。只要我们能够走到另一面，我就知道怎么去雅典公爵台阶。"

西恩娜似信非信地望着他们面前这个由横梁和支柱构成的迷宫，走到阁楼另一边的惟一办法显然是像那些在铁路上玩耍的孩子那样，从一个支架跳到另一个支架上去。这些支架很大，每一根都由无数横梁构成，用宽铁扣捆绑成牢固的一束。支架很大，足以让人在上面保持平衡，但问题是它们之间的距离有点远，很难安全地跳过去。

"那些横梁我跳不过去，"西恩娜低声说。

兰登也怀疑自己是否能做到，而从这里摔下去必死无疑。他将手电筒亮光对准支架之间的空间。

在他们下方八英尺处，一些铁杆吊着一块落满灰尘的平面——可以算是地板——一直延伸到他们视野的尽头。兰登知道，它虽然看似结实，其实就是一块布，上面落满了灰尘。这是五百人大厅吊顶的"背面"——巨大的木质藻井，为瓦萨里的三十九幅油画提供了画框。这些油画全都以拼接百衲被的方式水平地装裱。

西恩娜指着下面落满灰尘的平面问，"我们能爬下去，再从那里走过去吗？"

除非你想穿过瓦萨里的某幅油画，掉进五百人大厅。

"我们其实有更好的办法，"兰登平静地说，不想吓着她。他开始顺着支架慢慢向前，走向阁楼的中央支柱上。

他上一次来这里参观时，除了透过建筑模型室的观景窗往外窥看之外，还从阁楼另一边的小门走了进去，在阁楼里面转了一圈。他当时喝了酒，记忆有些模糊。但如果他记得没错的话，沿着阁楼中央支柱有一条结实的木板通道，让游客能够进入到位于中间的观景大平台。

然而，当兰登来到支架中央时，他发现眼前的木板通道完全不像记忆中他上次参观时见到的样子。

我那天究竟喝了多少纳比奥罗葡萄酒？

这里没有值得游客光顾的结实结构，只有乱七八糟的零星木板，架设在横梁上，构成一条临时性的狭窄通道，与其说像座桥，还不如说像杂技演员脚下的高空钢丝。

从对面架过来的游客通道虽然结实，却显然只延伸到观景平台的中央。游客们只能从那里折返。呈现在兰登和西恩娜面前的这根偷工减料的平衡木，很可能是为工程师们维修另一边的阁楼空间而架设的。

"看样子我们得走那些木板，"兰登犹豫不决地望着那条狭窄的通道说。

西恩娜耸耸肩，不为所动。"比洪水泛滥季节的威尼斯糟糕不了多少。"

兰登意识到她说得有道理。他最近一次去威尼斯做研究时，圣马可广场上的积水有一英尺深，他从丹尼尔利饭店步行至圣马可大教堂时就是踩着木板过去的，木板下面垫着的不是煤灰块就是倒置的小桶。当然，有可能把路夫鞋弄湿与有可能在穿过某件文艺复兴时期的杰作时摔死不可同日而语。

兰登将这些思绪抛至脑后，装出一副镇定自若的样子踏上了狭窄的木板，希望这样能有助于平复可能在西恩娜心中暗暗滋生的忧虑。不过，他虽然表面上信心满满，在走上第一块木板时心却怦怦直跳。快到中间时，木板在他体重的压迫下开始弯曲，发出了不祥的嘎吱声。他加快步伐，终于抵达了另一边。第二个支架相对比较安全。

兰登舒了口气，一面转身用手电筒给西恩娜打着光，一面给她一些鼓励之词。她显然并不需要鼓励。手电筒的光束刚一照到木板上，她就异常敏捷地跳上过道。她那修长的身躯甚至都没有把木板压弯，眨眼间她就跑过通道，来到了他的身旁。

兰登信心大增，转身走向下一段木板。西恩娜一直等他走过去，并且转身给她打着手电筒时,才跟了上去。他们保持着这种节奏,继续向前走——两个身影在手电筒亮光中一前一后交替着行进。在他们的下方,警察对讲机的声音透过薄薄的天花板传了上来。兰登脸上露出了淡淡的微笑。我们就在五百人大厅上方盘旋,身轻如燕,无影无形。

"罗伯特,"西恩娜小声说,"你说伊格纳奇奥告诉过你去哪里寻找面具?"

"他说过……但用的是密码。"兰登解释说,伊格纳奇奥显然不想在录音电话中直接说出面具的具体位置,因此他用密码将这信息告诉了兰登。"他提到了天堂,我猜那是《神曲》的最后一部分。他的原话是'天堂二十五'。"

西恩娜抬头看了他一眼。"他的意思肯定是第二十五诗章。"

"我同意,"兰登说。诗章相当于小说中的章回,最早可以追溯至"吟唱"史诗的口头文学传统。《神曲》总共有一百诗章,分为三个部分。

《地狱篇》1—34

《炼狱篇》1—33

《天堂篇》1—33

天堂二十五,兰登想,希望自己过目不忘的记忆能够让他回忆起全文。根本不可能——我们需要找到原文。

"还有,"兰登接着说,"伊格纳奇奥对我说的最后一句话是:'大门给你留着,但你一定要快。'"他停顿了一下,回头望着西恩娜。"第二十五诗章大概提及了佛罗伦萨的某个具体地点,而且显然有大门。"

西恩娜皱起了眉头。"可这座城市大概有几十座大门。"

"是啊,所以我们才需要阅读《天堂篇》第二十五诗章。"他满怀希望地冲她一笑。"你不会碰巧背下了整部《神曲》吧?"

她茫然地望着他。"我小时候读过的一万四千行古意大利语诗歌？"她摇摇头。"教授，你才是过目不忘的人。我只是个医生。"

他们继续向前走。兰登有些伤感，即便经历了所有这一切，西恩娜似乎仍然不愿意透露她智力超群这一事实。她只是个医生？兰登不由得笑了。世界上最谦虚的医生。他想起了那些介绍她特殊才能的剪报。很遗憾，但也并不奇怪，那些才能没包括完整地背下历史上最长史诗的全文。

他们默默地继续前行，又过了几道横梁。终于，兰登看到前面的暗处出现了一个令人鼓舞的形状。观景平台！他们现在所走的这些危机四伏的木板直接通往一个结实得多而且带有栏杆的结构。他们只要爬到平台上，就能继续沿着过道向前，穿过小门从阁楼出去。兰登记得小门紧挨着雅典公爵台阶。

他们快靠近平台时，兰登瞥了一眼悬挂在他们下方八英尺处的天花板。到目前为止，他们身下的弧形壁画都基本相似，但前面这幅弧形壁画面积巨大——比其他壁画大得多。

《科西莫一世[1]成圣》，兰登心想。

这幅巨大的圆形壁画是瓦萨里最珍贵的画作，也是整个五百人大厅最中央的壁画。兰登经常向自己的学生展示这幅杰作的幻灯片，并且指出它与美国国会大厦中《华盛顿成圣》之间的相似性——那算是一种谦卑的提醒，羽翼未丰的美国从意大利那里学到的可远远不止有共和国的概念。

不过，兰登今天更感兴趣的不是研究它，而是尽快从它身边经过。他加快了步伐，一边轻轻扭头，小声告诉身后的西恩娜，他们快要到了。

正是在这一刻，他的右脚没有踩到木板中央，脚上那只借来的路夫皮鞋一半伸到了木板边缘外。他的脚踝一扭，身子向前冲去，他跌

---

1 科西莫一世，即科西莫·德·美第奇（1519—1574），一五三七年至一五七四年担任佛罗伦萨公爵，并在一五六九年担任第一代托斯卡纳大公。

跌撞撞地迈出一步，想重新保持平衡。

但是已经来不及了。

他的膝盖狠狠地撞到了木板上，双手不顾一切地扑向前方，试图抓住一根横撑。手电筒掉进了他们身下的黑暗处，落在了画布上，而画布像网一样接住了它。兰登双腿一用力，跳到下一个支架上，到达了安全地带。但是他脚下的木板却滑了下去，落到八英尺下瓦萨里《科西莫一世成圣》周围的木框上，发出一声巨响。

响声在阁楼里回荡。

兰登惊恐地赶紧站起来，转身望着西恩娜。

兰登借助落在下面画布上的手电筒发出的昏暗亮光，看到西恩娜站在他身后的支架上，被困在了那里，无法过来。她的眼神想要传送的信息兰登已然知晓。几乎可以肯定，木板掉下去时发出的响声已经暴露了他们的行踪。

* * *

瓦任莎猛地抬眼看向精美绝伦的天花板。

"阁楼上有老鼠？"声音传到下面时，手持摄像机的男子不安地开着玩笑。

大老鼠，瓦任莎想。她抬头凝视着大厅天花板中央的圆形绘画。一团灰尘正从藻井飘落下来，瓦任莎发誓自己看到画布上微微鼓起了一小块……仿佛有人从另一边在捅它。

"也许是哪位警官的手枪从观景台掉了下去，"男子望着壁画上的小块突起说。"你认为他们在找什么？所有这些动静真够刺激的。"

"观景台？"瓦任莎问。"人们真的可以上到那里？"

"当然可以。"他指着博物馆入口。"那扇门里面就有一道门，直接通往阁楼的狭窄通道。你可以看看瓦萨里设计的桁架，很了不起。"

五百人大厅的另一边突然传来了布吕德的声音。"他们究竟去了哪里？！"

他的话像他刚才痛苦的喊叫声一样，是从瓦任莎左边墙上的格栅后传来的。布吕德显然是在格栅后的某个房间里……比精美的天花板低了整整一层。

瓦任莎再次将目光转向头顶画布上凸出的那一块地方。

阁楼上的老鼠，她想，在想办法出去。

她感谢了手持摄像机的男子，然后快步向博物馆入口处走去。门虽然紧闭着，但考虑到警察们正在跑进跑出，她估计并没有上锁。

果然，她的直觉没错。

第 47 章

外面的广场上，在警察到达后掀起的一片混乱中，一位中年男子站在兰奇敞廊的阴影下，饶有兴趣地观察着这一切。他戴着 Plume Paris[1] 眼镜，系着一条涡旋纹花呢领带，一只耳朵上有颗小小的金耳钉。

他注视着这乱哄哄的场面，一只手不由自主地再次搔挠脖子。他突发皮疹，症状似乎越来越严重，下巴周围、脖子、脸颊、眼睛上方，到处都是小脓包。

他低头看了看指甲，那上面有血。他掏出手帕擦了擦手指，然后轻轻拍了拍脖子和脸颊上流血的脓包。

他把自己清理干净后，继续凝视着停在宫殿外的那两辆黑色面包车，离他最近的那辆面包车后座上有两个人。

其中一人是全副武装的黑衣士兵。

另一位是个上了年纪但妩媚动人的银发女子，她戴着一个蓝色护身符。

---

1 美国最佳视觉图像公司的一个眼镜品牌。

那名士兵似乎正准备给她进行皮下注射。

*　　*　　*

面包车内的伊丽莎白·辛斯基博士正心不在焉地望着窗外的宫殿,思考着这场危机怎么会恶化到这个地步。

"夫人,"她身旁传来了一个低沉的声音。

她昏昏沉沉地扭头望着她身边的士兵。他一手抓住她的前臂,一手举起注射器。"请不要动。"

针扎进她肌肤时一阵刺痛。

士兵注射完了之后说,"继续睡觉吧。"

她闭上眼睛,发誓自己看到阴暗处有个男子正注视着她。他戴名牌眼镜,系着一条刻板规矩的领带。他的脸红彤彤的,患有皮疹。她起初以为自己认识他,可当她睁开眼睛再看一眼时,男子已经消失了。

第 48 章

在漆黑的阁楼里,兰登和西恩娜之间隔着空无一物的约二十英尺距离。在他们下面八英尺的地方,掉下去的木板横在了支撑着瓦萨里《科西莫一世成圣》画布的木框上。手电筒还亮着,静静地躺在画布上,形成一个小小的凹陷,就像蹦床上放着的一块石头。

"你身后的木板,"兰登小声说,"你能把它拖过来搭在这边吗?"

西恩娜看了木板一眼。"除非木板的另一头落到画布上。"

兰登担心的也是这个。对他们来说,此刻最糟糕的莫过于让一块两英尺宽六英尺长的木板穿过瓦萨里的名画掉下去。

"我有主意了,"西恩娜说着侧身沿着支架向边墙那边走。兰登也在横梁上朝同一个方向前进。他们离手电筒的亮光越来越远,每走一步脚下就变得更加危险。等到达边墙那里时,他们已经完全被黑暗包围。

西恩娜指着他们下方模糊的影子小声说,"那下面,画框的边缘肯定都是固定在墙上的,应该能承受住我的重量。"

兰登还没有来得及反对,西恩娜就已经从支架上爬了下去,将几个支撑梁当做了梯子。她慢慢下到木质方格框上,方框嘎吱响了一下,却没有垮。于是,她开始沿着墙壁一点一点地向兰登的方向移动,仿佛在某个高建筑的壁架上行走一般。方框又嘎吱响了一下。

如履薄冰,兰登想。尽量靠近岸边吧。

西恩娜走了一半,快要接近他在黑暗中所站立的支架了。兰登的心中遽然重新燃起了希望,他们或许真的能及时从这里出去。

突然,前面的黑暗中传来了关门的声响,随即他听到有快速移动的脚步在沿着通道向他们走来。黑暗中出现了一道手电筒光束,照亮了周围,离他们越来越近。兰登感到自己的希望在消失。有人正冲他们这边逼近——沿着主通道,挡住了他们的逃跑路线。

"西恩娜,继续走啊,"他小声说,本能地作出了反应,"继续顺着墙走,远处有出口。这里我来应付。"

"不!"西恩娜急切地低声说。"罗伯特,回来!"

但兰登已经行动起来。他沿着支架往回走向阁楼的中央支柱。西恩娜留在黑暗中,沿着侧墙慢慢向前,在兰登下方八英尺处。

兰登来到阁楼中央时,一个握着手电筒看不清脸的身影刚刚抵达观景台。这个人在矮栏杆旁站住脚,将手电筒朝下让光柱正对兰登的眼睛。

强烈的光线晃得兰登睁不开眼睛,他立刻举起双臂投降。他感到自己从来没有像现在这样不堪一击过——高高地站在五百人大厅之上,差点没被强烈的光线闪瞎了眼。

兰登等待着一声枪响或者一道命令,但周围只有一片寂静。过了一会儿，光束离开了他的脸，开始在他身后的黑暗中搜寻，显然在寻找着什么东西……或者别的什么人。强光移走后，兰登此刻才辨出眼前挡住他去路的这人的身形。那是一个消瘦的女子，从头到脚一身黑衣。他确定在她那棒球帽下，会是一颗留着刺猬头发型的脑袋。

兰登的肌肉本能地绷紧了，他想起了马可尼医生倒在医院地面上死去的那一幕。

她找到我了。她来这里完成她的使命。

兰登眼前闪现出一个画面：一群希腊自由潜水者游入一条深水隧道中，远远过了应返回的时间极限，这时却迎面碰上了死胡同。

杀手将手电筒光束重新对准兰登的眼睛。

"兰登先生，"她压低嗓门说。"你朋友在哪里？"

兰登浑身发冷。这个杀手是冲我们两个来的。

兰登故意将目光转向与西恩娜相反的方向，回头望着他们刚刚过来的黑暗处。"她与这件事无关。你想要的是我。"

兰登暗自祈祷西恩娜能够在墙边找到出路。只要溜出观景平台的视野范围，她就能悄悄绕到中央木板通道上，在刺猬头女人身后向门口走去。

杀手再次举起手电筒，扫射着他身后空空荡荡的阁楼。亮光顷刻间从兰登的眼睛上移开后，他突然瞥见她身后的暗处有一个身影。

哦，上帝啊，不！

西恩娜确实在朝着中央木板通道的方向穿越一个支架，但不巧的是，她在杀手身后，距她仅十码之遥。

西恩娜，不！你离她太近了！她会听到你的动静的！

光束再次回到兰登的眼睛上。

"仔细听着，教授，"杀手低声说，"如果你想活命，我建议你相信我。我的任务已经终止。我没有理由伤害你。我和你现在是一伙，我或许知道如何帮助你。"

兰登根本没在听，他的思绪全都集中在西恩娜身上。她的身影已经隐约可见,她敏捷地爬到了观景平台后面的通道上,离握枪的女人非常近。

快跑!他在心中命令着她。快离开这该死的地方!

然而,兰登惊恐地看到,西恩娜没有动窝,她蹲在黑暗中,默默地观望着。

* * *

瓦任莎的眼睛在兰登身后的黑暗中搜寻。她究竟去哪里了?他们分开了吗?

瓦任莎必须找到办法,让这两个人从布吕德的手中逃出去。这是我惟一的希望。

"西恩娜?"瓦任莎低语道,她的声音很沙哑。"如果你能听到我说话,那就好好听着。你不想被楼下那些人抓住吧。他们可不是什么善主儿。我知道一条逃跑路线。我可以帮助你们。相信我。"

"相信你?"兰登反问道,突然提高了嗓门,让周围的人都能听到。"你是杀手!"

西恩娜就在附近,瓦任莎意识到。兰登是在对她说话……他想警告她。

瓦任莎再次开口道,"西恩娜,现在的情况很复杂,但我可以帮你们从这里逃出去。你想想你还能有什么机会。你被困在了这里,已经没有别的选择了。"

"她有选择,"兰登大声说道。"而且她也很聪明,知道跑得离你越远越好。"

"一切都改变了,"瓦任莎坚持说道,"我没有理由伤害你们中的任何一个。"

"你杀了马可尼医生!我猜冲我头部开枪的人也一定是你!"

瓦任莎知道兰登永远不会相信她没有杀他的意图。

交谈的时间已经结束。我再没有什么可用来说服他的了。

她毫不迟疑地将手伸进皮夹克里，掏出来一把无声手枪。

* * *

通道上的西恩娜一动不动地蹲在黑影中，就在跟兰登对峙的女人身后不到十码处。即便是在黑暗中，这个女人的侧影也绝对不会被认错。西恩娜惊恐地看到，她手里握着的正是她用来枪杀马可尼医生的那把枪。

她会开枪的，西恩娜知道，她感觉出了那个女人的身体语言。

果然，那个女人威胁着朝兰登方向逼近了两步，停在瓦萨里《科西莫一世成圣》上方观景平台周围的低矮栏杆旁。杀手此刻与兰登近在咫尺。她举起枪，直接对准了兰登的胸口。

"这只有瞬间的痛苦，"她说，"可是我别无选择。"

西恩娜本能地做出了反应。

* * *

瓦任莎脚下的木板突然产生了振动，刚好在她开枪那一刻让她微微侧身。正当她手中的枪开火时，她知道所瞄准的目标不再是兰登了。

她身后有什么东西在逼近。

逼近的速度很快。

瓦任莎猛地转过身，手中的枪也旋转了180度，对准袭击她的人。有人全速撞了瓦任莎一下，金色的头发在黑暗中一闪而过。枪又嗖地响了一下，但对方已经蜷缩到枪口以下，为的是猛地用力向上一顶。

瓦任莎的双脚离地，上腹狠狠撞在观景平台低矮的栏杆上，臀部则飞到了栏杆外。她舞动着双臂，想抓住什么来阻止自己下坠，但是来不及了。她从边上摔了下去。

瓦任莎在黑暗中下坠，勇敢地准备着与平台下方八英尺处布满灰尘的天花板相撞。可奇怪的是，她着陆时的地方比她想象的要柔软……仿佛她被一张布做的吊床接住了，而这个吊床此刻正在她的重量下凹陷。

瓦任莎茫然不知所措，仰面朝天躺在那里，瞪视着攻击她的人。西恩娜·布鲁克斯正将身体探出栏杆外望着她。瓦任莎震惊之余张开嘴想说话，可是她的身下突然传来响亮的撕裂声。

承受着她重量的那块布裂开了。

瓦任莎再次下坠。

这次的下坠时间是漫长的三秒，她一直仰视着天花板，那上面布满了精美的画作。她正上方是一幅巨大的圆形油画，描绘了科西莫一世在祥云中被一群天使围绕的情景——此刻它的正中央有一个犬齿交错的漆黑裂缝。

然后，伴随着突如其来的撞击，瓦任莎的整个世界消失在了黑暗中。

* * *

上面的罗伯特·兰登惊呆了，不敢相信自己看到的一切。他透过破裂的《科西莫一世成圣》，望着下面洞穴般的空间。刺猬头女人一动不动地躺在五百人大厅的石头地面上，一摊鲜血正快速从她的头部向四周扩散。她的手中仍然紧握着那支枪。

兰登抬头望着西恩娜，她正瞪视下面，那可怕的一幕把她吓呆了。西恩娜的表情是十足的震撼。"我没有想……"

"你做出了本能反应，"兰登小声说，"她正要杀了我。"

破裂的画布中传来了下面惊恐的喊叫声。

兰登轻轻地领着西恩娜离开了栏杆。"我们得走了。"

第 49 章

在比昂卡·卡佩罗公爵夫人的秘密书房里,布吕德特工听到了砰的一声令人难受的巨响,以及五百人大厅里有如炸了锅一般的骚动。他冲到墙上的格栅前向外张望。下方石板地面上的情景,他过了几秒钟才反应过来。

博物馆主管挺着个大肚子,已来到了他身旁。她从格栅那里看到下面的情形时,立刻惊恐地用手捂住了嘴。一群慌乱的游客正围绕着一个摔作一团的人形。博物馆主管慢慢将目光转向五百人大厅的天花板,随即痛苦地呻吟了一声。布吕德抬起头,顺着她的目光望去,看到了一个圆形天花板嵌板———一块画布,中央有一个很大的裂口。

他转身问她:"我们怎么上去!?"

* * *

在宫殿的另一边,兰登和西恩娜上气不接下气地从阁楼跑了下来,冲出了一道门。几秒钟后,兰登找到了隐藏在深红色帷幕后面的小凹室。他清晰地回想起了上次密道之旅中的发现。

雅典公爵台阶。

奔跑的脚步声以及人们的喊叫声似乎正从四面八方传来,兰登知道他们的时间不多。他拉开帷幕,和西恩娜一起钻了进去,来到了一个小平台上。

他们默默地沿着石头台阶往下走。这条通道被设计成一系列令人胆战心惊的之字形狭窄台阶。越往下就显得越发狭窄。正当兰登觉得墙壁似乎要挤过来将他压扁时,他们幸运地走到了尽头。

与地面齐平。

台阶底部的空间是一个小石屋,虽然它的出口无疑是世界上最小的门，看到它却令他们欣喜不已。这扇门只有四英尺高，采用的是非常结实的木料，上面的铁铆钉以及里面结实的门闩将人们挡在了外面。

"我能听到门外有街道的声音，"西恩娜小声说，仍在微微地颤抖。"门外是什么？"

"尼娜大街，"兰登回答，想象着人满为患的人行道。"可是那里或许有警察。"

"他们不会认出我们的。他们所寻找的是一个金发姑娘和一个黑发男人。"

兰登不解地望着她。"我们正是……"

西恩娜摇摇头，脸上露出哀伤的表情。"罗伯特，我不想让你看到我这副样貌，可不幸的是此刻我就是这副尊容。"她突然伸手抓住一把头上的金发，用力一拽，她所有的头发一起掉了下来。

兰登往后退缩了一下，吓到他的不仅是西恩娜戴着假发这一事实，还有她取下假发后变成的样子。西恩娜·布鲁克斯事实上头发完全秃了，她裸露的头皮光滑、苍白，像正在接受化疗的癌症病人。最为重要的是，她病了吗？

"我知道，"她说。"说来话长。你先弯下腰。"她举起假发，显然想将它戴在兰登的头上。

她不是开玩笑吧？兰登勉强弯下腰，西恩娜将假发硬套到他头上。假发与他的头根本不相配，不过她还是竭尽全力将它摆弄好。然后，她后退一步，对他左看右看。她不是太满意，又伸手松开他的领带，将领带圈套在他的额头上，重新系紧。领带变成了扎染印花头巾，将不太合适的假发固定在了他的头上。

接下来，西恩娜开始打扮自己。她卷起裤腿，将袜子捋到脚踝处。等她站起身时，嘴角挂着讥笑。原本可爱的西恩娜·布鲁克斯变成了一个朋克摇滚乐[1]光头仔。这位前莎士比亚剧演员的变化令人咋舌。

---

[1] 朋克摇滚乐，二十世纪七十年代后期西方一种新浪潮摇滚乐，歌词颓废，音乐节奏强烈，演奏风格放肆，以表现对社会的不满情绪，其歌手及追随者将头发染成鲜艳色彩，用别针、剃刀片或其他破烂装饰服装。

"记住,"她说,"识别一个人百分之九十都是依据身体语言,因此你走路时得像一个上了年纪的摇滚歌手。"

上了年纪,我可以做到,兰登想,摇滚歌手,我说不准。

兰登还没有来得及反驳她,西恩娜就已经打开门闩,将小门拉开了。她低下头,钻了出去,来到铺着鹅卵石、到处是行人的街道上。兰登跟在她身后,几乎是四肢着地爬到了阳光下。

这不相配的一对儿从维奇奥宫地下室小门出来时除了招来几个人惊讶的一瞥之外,再也没谁多看他们一眼。几秒钟后,兰登和西恩娜就淹没在了人群中,向东走去。

* * *

戴 Plume Paris 眼镜的男子穿行在人群中,边走边抓弄着流血的皮肤,同时与罗伯特·兰登和西恩娜·布鲁克斯保持着安全的距离。他们虽然化装得很巧妙,但是他注意到了他们从尼娜大街的一个小门出来,而且立刻认出了他们。

他尾随着他们仅仅走了几个街区,就开始上气不接下气。他的胸口剧痛,迫使他只能浅呼吸。他感到像是有人冲着他的胸骨打了一拳。

他咬牙忍住疼痛,强迫自己将注意力拉回到兰登和西恩娜身上,继续尾随他们穿行在佛罗伦萨的街道上。

第 50 章

朝阳已经升到了空中,沿着佛罗伦萨老城建筑物间如山谷般蜿蜒的狭窄街道投下了长长的阴影。店主们纷纷打开保护着他们的店铺和酒吧的金属格栅的大门,空气中弥漫着意大利特浓咖啡和新出炉的羊角面包散发的浓郁芳香。

虽然饥饿难捱,兰登仍在继续前行。我得找到那个面具……看看背后藏有什么秘密。

兰登带领西恩娜沿着狭窄的雷昂尼街往北走。他很不习惯看到她光秃秃的脑袋。她外观上的这种巨变让他突然意识到自己根本不了解她。他们前进的方向是大教堂广场,也就是伊格纳奇奥·布索尼给他打完最后一个电话后离开人世的地方。

罗伯特,伊格纳奇奥上气不接下气地说,你要找的东西藏在安全的地方。大门给你留着,但你一定要快。天堂二十五。上帝祝福你。

天堂二十五,兰登反复念叨着,仍然为伊格纳奇奥·布索尼居然对但丁的原文记得那么清晰而困惑不已,他居然能不假思索地提及某个具体诗章,看来这个诗章必然有让布索尼难以忘怀的内容。不管那是什么,兰登知道自己很快就能搞清楚,只要他拿到一本《神曲》就行。在他之前到过的许多地方,都很容易见到《神曲》。

齐肩长的假发开始让他头皮发痒。他虽然感到自己这副打扮有些可笑,却不得不承认西恩娜灵机一动想出的这招确实很管用。谁也没有再看他一眼,就连刚刚从他们身边经过、正赶往维奇奥宫增援的警察也对他们视若无睹。

西恩娜在他身旁一声不响地走了几分钟,兰登扭头瞥了她一眼,看看她是否没事。她好像完全心不在焉,大概是在努力接受一个事实:她刚刚杀了一直在追杀他们的那个女人。

"我出一里拉,告诉我你在想什么。"他开着玩笑,希望能将她的思绪拉回到现实中来,不用再去想死在维奇奥宫地面上那位刺猬头女人。

西恩娜慢慢从沉思中回到了现实。"我在想佐布里斯特,"她缓缓地说道,"我在竭力回忆我对他还有哪些了解。"

"结果呢?"

她耸耸肩。"我对他的了解大多来自于他几年前撰写的一篇颇有争议的文章。我怎么也无法忘记。那篇文章在医学界立刻像病毒一样流传开来。"她打了个寒噤。"对不起,不该用这个词。"

兰登认真地朝她一笑。"说下去。"

"他的论文主要是宣布,人类已经到了灭绝的边缘,除非我们遭遇一个灾难性的事件,能够急剧减少全球人口增长,否则我们这个物种将无法再生存一百年。"

兰登扭头盯着她,"只有一个世纪?"

"这是一个非常可怕的论点。他所预测的时间框架比以前的估计短很多,却有一些强有力的科学数据支撑。他树敌太多,居然宣称所有医生都应该停止从业,因为延长人的寿命只会加剧人口问题。"

兰登现在终于明白为什么这篇文章会在医学界疯狂传播了。

"不出所料,"西恩娜接着说,"佐布里斯特立刻遭到了来自四面八方的攻击——政客们、宗教界、世界卫生组织——他们全都嘲笑他,把他说成是一心想要引发人们恐慌情绪的预言灾难的疯子。让他们尤为愤怒的是,他声称如果今天的年轻人选择生育孩子,那他们的下一代将会目睹人类的末日。佐布里斯特运用了'末日时钟'[1]来阐述自己的观点,说如果人类在地球上生存的整个时间跨度被压缩为一个小时……那我们现在已经到了最后几秒钟。"

"我确实在网上看到过那个时钟,"兰登说。

"是啊,那就是他的时钟,它引起了一场轩然大波。不过,对佐布里斯特最强烈的攻击还在后来,他宣称他在遗传工程方面取得的进展如果不是被用来治疗疾病,而是被用来制造疾病,那这些进展对人类的贡献会更大。"

"什么?!"

"是的,他辩称他的技术应该被用来限制人口增长,应该被用来制造现代医学无法治愈的杂交系疾病。"

兰登内心的恐惧节节攀升,他的脑海里浮现出"专门设计的杂交

---

[1] 是一虚构钟面,由《原子科学家公报》杂志于一九四七年设立,标示出世界受核武威胁的程度:午夜零时象征核战爆发。

系病毒"的怪异画面，病毒一旦释放，将完全无法阻止。

"在短短的几年里，"西恩娜说，"佐布里斯特从医学界的宠儿变成了彻底的弃儿，成为一个被诅咒的人。"她停顿一下，脸上闪过一丝同情。"难怪他会突然崩溃，结束自己的生命。更悲哀的是，他的论点或许是正确的。"

兰登差一点摔倒在地。"你说什么？你认为他是正确的？！"

西恩娜表情严肃地耸耸肩。"罗伯特，从纯科学的立场来说——完全凭逻辑，不掺杂感情成分——我可以毫不犹豫地告诉你，如果不出现某种剧烈变化，我们物种的末日近在咫尺。它不会是大火、硫磺、天启或者核战争……是由于地球上人口数量太多而造成的全面崩溃。数学运算的结果毋庸置疑。"

兰登惊呆了。

"我对生物学做过大量研究，"她说，"某个物种如果数量太多，超出了其环境的承受能力，它自然就会灭绝。这种情况非常正常。你可以想象生活在森林中某个小池塘里的一大群水面藻类，快乐地享受着池塘里完美的营养物平衡。如果不受控制，它们会疯狂繁殖，很快就会覆盖池塘的整个水面，遮挡住阳光，结果阻碍了池塘中营养物的生长。这些藻类在消耗掉环境中一切可能的东西之后，就会很快死亡，消失得无影无踪。"她叹了口气。"等待人类的将会是相似的命运，那一天的到来远比我们想象的更早、更快。"

兰登感到十分不安。"可是……这似乎不可能。"

"不是不可能，罗伯特，而是不可想象。人类的内心有一个原始的自我保护机制，不愿意接受给大脑制造太多无法承受之压力的一切现实。这个机制叫做否认。"

"我听说过否认，"兰登俏皮地挖苦道，"但我认为它根本就不存在。"

西恩娜眨巴着眼睛。"有意思，但是请相信我，这是真的。否认是人类应对机制中的一个关键部分。如果没有它，我们每天早晨醒来时，都会被我们的各种死亡方式吓倒。相反，我们的大脑封闭掉各种真实存在的恐惧,将注意力集中在我们能够应付的压力上,比如按时上班或者交税。在我们产生了更广泛的涉及生存的恐惧时,我们会立刻抛开这些恐惧,将注意力重新集中到一些简单的任务和日常琐事上。"

兰登想起了最近对常春藤大学[1]学生进行的一项网络跟踪研究,即便是高智商网络使用者也展现出了本能的否认倾向。按照这项研究,绝大多数大学生在点击了一条介绍南北极冰雪消融或者物种灭绝的压抑新闻后,都会立刻退出网页,转而点击一些介绍琐事的网页,以消除心中的恐惧。他们最喜欢点击的网页包括体育要闻、搞笑猫视频,以及名人八卦新闻。

"在古代神话中,"兰登开口道,"一位习惯于否认的英雄是自大和骄傲的终极体现。相信自己在世界上不会遭遇危险的人比谁都更骄纵。但丁显然同意这一点,因此他将骄纵定为七宗罪中最恶劣的一种……并且在地狱最深的一环中惩罚骄纵的人。"

西恩娜思考了片刻,然后接着说下去。"佐布里斯特的文章指责许多世界领袖否认一切……只会将自己的脑袋埋进沙子里。他对世界卫生组织的抨击尤为激烈。"

"我敢打赌,他博得了不少赞许。"

"他们对佐布里斯特的反应如同对待一个宗教狂热分子,就像在街角举着写有'末日来临'的牌子的那种人。"

"哈佛广场就有几个这样的人。"

"是啊,我们都对这些人视而不见,因为我们谁也无法想象这种事会发生。但是相信我,不能仅仅因为人类无法**想象**某件事件会发生……就意味着它不会发生。"

"听上去,你好像是佐布里斯特的粉丝。"

"我是真理的粉丝,"她激动地说,"哪怕接受真理是件痛苦而艰

---

[1] 美国东北部哈佛、哥伦比亚、耶鲁、普林斯顿、康奈尔、布朗、达特茅斯、宾夕法尼亚等八所以学术成就及社会地位著称的名牌大学。

难的事。"

兰登陷入沉默，此刻又奇怪地感觉到自己与西恩娜之间的隔膜。他试着去理解她身上激情与超然的怪异结合。

西恩娜瞥了他一眼，脸上的表情缓和了一些。"罗伯特，你听我说，我并非赞同佐布里斯特所说的一场足以夺走世上一半人性命的瘟疫就是解决人口过剩的办法。我也不是说我们应该停止治疗病人。我只是说我们目前的道路是走向毁灭的一个简单公式。人口增长呈指数级，就发生在一个空间和资源非常有限的体系中。末日会突然到来。我们的体验将不是逐渐没有汽油……而更像是驱车驶下悬崖。"

兰登吁了口气，试图理解他刚刚听到的这番话。

"既然说到这里，"她伤感地指向右边的空中补充道，"我相信佐布里斯特就是从那里跳下去的。"

兰登抬头张望，看到他们正好经过右边巴杰罗博物馆简朴的石头外墙，它后面是锥形的巴迪亚塔，高耸于周围建筑之上。他盯着塔尖，想知道佐布里斯特为什么跳楼，希望他跳楼的原因最好别是他干了什么可怕的事，而无法面对最后的结果。

西恩娜说："那些批评佐布里斯特的人喜欢指出他的自相矛盾之处，也就是说他研发的许多遗传技术现在极大地延长了人的寿命。"

"而这只会进一步加剧人口问题。"

"正是。佐布里斯特曾经公开地说，他希望他能够将妖怪重新装回到瓶子里[1]，消除掉他对延长人类寿命所做的贡献。我认为这在同一个思想体系之内说得通。我们的寿命越长，我们用在赡养老人和资助病人上的资源也就越多。"

兰登点点头。"我在报刊上看到过，美国约百分之六十的医疗保健支出都花在了维系病人生命的最后六个月上。"

"对。虽然我们的大脑在说，'这很愚蠢，'我们的心却在说，'让奶奶尽量多活一段时间吧。'"

---

[1] 典出《一千零一夜》，渔夫将妖怪从宝瓶里释放出来后，妖怪却要吃了他。

兰登点点头。"这是阿波罗与狄俄尼索斯[1]之战——神话中一个著名的困境。那是大脑与心灵,理性与感性的古老战争,这两者绝少做出相同的选择。"

兰登听说过,美国嗜酒者互诫协会聚会时会引用这一神话故事来形容紧盯着一瓶酒的酗酒者,他的大脑知道那有损他的身体,但他的心却渴望着美酒的慰藉。这里传递的信息显然是:你并不孤独,就连神也左右为难。

"谁需要阿加苏西亚?"西恩娜突然小声问。

"什么?"

西恩娜瞥了他一眼。"我终于想起了佐布里斯特那篇文章的标题,《谁需要阿加苏西亚?》"

兰登从未听到过阿加苏西亚这个词,但他还是根据希腊语词根进行了猜测——阿加、苏西亚。"阿加苏西亚的意思……是'善意的牺牲'?"

"差不多吧。它确切的意思是'为造福人类而做出自我牺牲'。"她停顿了一下。"也被称作仁慈的自杀。"

兰登以前的确听到过这个说法——一次是与某位破产的父亲相关,这位父亲选择了自杀,目的是让他的家庭得到他的人寿保险;另一次则被用在了一位悔恨交加的连环杀手身上,他因为害怕自己无法控制杀人的冲动而选择了自杀。

不过,兰登能够回忆起来的最令人恐惧的例子,却是一九六七年问世的长篇小说《我不能死》[2]。在书中描绘的未来社会里,每个人都高兴地同意在二十一岁时自杀,这样既充分享受了青春,又避免了人口数量或者年迈问题给这座星球有限的资源增加的压力。如果兰登记得没错的话,《我不能死》的电影版将"终结年龄"从二十一岁提高

---

[1] 阿波罗与狄俄尼索斯同为古希腊神话中的宙斯之子。阿波罗为日神,是秩序、节制的象征;狄俄尼索斯为酒神,象征动态的生命之流,它不受任何约束和阻碍,不顾一切限制。
[2] 美国作家威廉·诺兰和乔治·约翰逊创作的一部长篇小说,一九七六年改编成电影,是历史上最有影响力的科幻电影之一,曾获奥斯卡最佳视觉效果奖。

到了三十岁,显然是为了让这部影片更加吸引构成票房主体的十八至二十五岁年龄段的观众。

"那么,佐布里斯特的这篇文章……"兰登说。"我不知道我是否完全理解了它的标题。'谁需要阿加苏西亚?'他这样说是讥讽吗?就像谁需要仁慈的自杀……我们全都需要那样?"

"其实不是,这个标题是个双关语。"

兰登摇摇头,没有明白。

"谁需要自杀——谁——W-H-O——世界卫生组织。佐布里斯特在文章中猛烈抨击世界卫生组织总干事伊丽莎白·辛斯基博士,她一直霸占着这个位置,而且据佐布里斯特说,她并没有认真对待人口控制问题。他在文章里说,如果辛斯基总干事选择自杀的话,世界卫生组织的情况会好得多。"

"仁慈的家伙。"

"我猜这就是天才所面对的险境。他们才华出众,能够比其他人更专注,但代价却是情感成熟度方面的缺陷。"

兰登想起了介绍小西恩娜的那些文章,智商达208的神童,还有超出智力测试题表极限的才能。兰登想知道,她在谈论佐布里斯特时,是否在也在某种程度上谈论她自己。他还想知道,她打算将自己的秘密隐瞒多久。

兰登看到前方出现了他一直在寻找的地标性建筑。他领着她穿过雷昂尼大街,来到了一条异常狭窄的街道十字路口。这其实更像一条小巷,上面的路牌上写着但丁·阿利基耶里街。

"好像你对人的大脑非常熟悉,"兰登说,"你在医学院主修的就是这个领域吗?"

"不是,不过我小时候看过很多书,对大脑科学感兴趣是因为我……有一些医疗问题。"

兰登好奇地看了她一眼,希望她继续说下去。

"我的大脑……"西恩娜静静地说,"与大多数孩子的大脑不同,因而带来了一些……问题。我花了大量时间,试图弄明白我究竟怎么啦。在这个过程中我对神经科学有了很多了解。"她与兰登四目相对。"是的,我的脱发情况与我的病情有关。"

兰登将目光转向了别处,为自己提出了这样的问题而感到尴尬。

"别担心,"她说,"我已经学会了伴随它生活下去。"

他们走进覆有建筑物阴影的凉爽小巷。兰登思考着他刚刚听到的一切,佐布里斯特,还有他那令人不安的理念。

有个问题不断地折磨着他。他问:"那些想杀了我们的士兵,他们是谁?这根本说不通。如果佐布里斯特在某个地方放置了一种潜在的瘟疫,大家不是都在同一条战线上,都要阻止它被释放出来才对吗?"

"那倒不一定。佐布里斯特或许是医学界的贱民,但他可能也有许多笃信他的理论的粉丝。这些人也认定,剔除老弱病残是为了拯救地球的必行之恶。就我们所知,这些士兵正试图确保佐布里斯特的理想能够得以实现。"

佐布里斯特拥有一支由追随者组成的私人部队?兰登思考着这种可能性。诚然,历史上不乏出于各种疯狂念头而选择自杀的狂热分子和邪教组织,他们相信自己的领袖就是救世主,或者相信宇宙飞船就在月亮背后等待着他们,或者相信最后的审判日近在眼前。相形之下,对于人口控制的推断至少建立在科学根据之上,但尽管如此,这些士兵仍然让兰登感到有哪里不对劲。

"我只是无法相信一队训练有素的士兵会赞同杀害无辜百姓……同时还得一直担心自己也有可能得病而死。"

西恩娜有些不解地望着他。"罗伯特,你认为战士们上战场是去干什么的?他们杀死无辜的人,同时自己也会冒生命危险。只要人们相信那是出于正当的理由,任何事便都有可能发生。"

"正当的理由?释放某种瘟疫?"

西恩娜望着他,褐色的眼睛在探寻着。"罗伯特,正当的理由不是释放瘟疫……而是拯救世界。"她停顿了一下。"贝特朗·佐布里斯特的那篇文章有一个段落引起了广泛的议论,它提出了一个非常尖锐的假设性问题。我希望你能回答它。"

"什么问题？"

"佐布里斯特是这么问的：如果你打开一个开关，会随机地消灭地球上的一半人口，你会这样做吗？"

"当然不会。"

"好吧。但是如果有人告诉你，假如你不立刻打开这个开关，人类将在一百年内灭绝，你会怎么做？"她停顿了一下。"你会将它打开吗？哪怕这意味着你有可能谋杀朋友、家人甚至你自己？"

"西恩娜，我不可能——"

"这只是一个假设性的问题，"她说，"你会为了不让我们物种灭绝而杀死今天一半的人口吗？"

他们正在讨论的这个话题令人毛骨悚然，也让兰登深感不安，因此当他看到前方一栋石头建筑的一侧出现了一面熟悉的红色横幅时，他如释重负。

"看，"他指着那里说，"我们到了。"

西恩娜摇了摇头。"就像我说过的。否认。"

第 51 章

但丁故居坐落在圣玛格丽特街，非常容易识别，因为建筑物的正面石墙上有个大横幅，悬挂在小巷半空中：但丁故居博物馆。

西恩娜望着横幅，有些不确定。"我们要去但丁故居？"

"不完全是，"兰登说，"但丁故居在前面的街角，这更像是但丁……博物馆。"兰登出于对里面艺术品收藏的好奇，曾经进去过一次，结果发现那些艺术品只是来自世界各地的与但丁相关的艺术杰作的复制品。不过，看到它们集中在同一个屋檐下还是很有意思的事。

西恩娜突然充满了希望。"你认为这里面会展出《神曲》的某个古代版本？"

兰登扑哧一笑。"不，但我知道他们有一个礼品店，里面出售巨幅招贴画，上面用微型字体印出了但丁《神曲》的全文。"

她惊愕地望着他。

"我知道，可这总比没有强。惟一的问题是我的视力在下降，只能靠你去阅读上面的小字了。"

看到他们走到门口，一位老人大声说道，"è chiusa, è il giorno di riposo。"

安息日？闭馆？兰登一时摸不着头脑。他望着西恩娜。"今天不是……星期一吗？"

她点点头。"佛罗伦萨人更愿意把星期一当做安息日。"

兰登呻吟了一声，突然想起了佛罗伦萨与众不同的日历安排。由于游客收入主要依靠周末，许多佛罗伦萨商人选择将基督教的"安息日"从星期天移到星期一，以防止安息日过多地影响他们的生意。

兰登意识到，不巧的是，这大概也将另一个可能性排除在外了："平装本交换中心"。那是兰登最喜欢的佛罗伦萨书店之一，里面肯定有《神曲》。

"还有别的办法吗？"西恩娜问。

兰登想了许久，终于点了点头。"附近有一个但丁迷们的聚集地。我相信在那里我们能借到一本《神曲》。"

"那里也有可能关门了，"西恩娜提醒他，"佛罗伦萨几乎每个地方都将安息日移到了星期一。"

"那个地方绝对不会。"兰登笑着回答。"那是教堂。"

*　　*　　*

在他们身后约五十码处，患有皮疹、戴着金耳钉的男子一直躲在人群中，此刻他靠着墙，利用这个机会喘口气。他的呼吸状况并没有好转，而脸上的皮疹却越来越明显，尤其是眼睛上方敏感的皮肤。他摘下 Plume Paris 眼镜，用衣袖轻轻擦了擦眼窝，尽量不把皮肤弄破。他重新戴上眼镜时，可以看到目标在继续移动。他强迫自己跟了上去，尽量放轻呼吸。

* * *

在兰登和西恩娜身后几个街区，布吕德特工站在五百人大厅内，眼前的地上躺着一具尸体，是他再熟悉不过的刺猬头女人。他单腿跪地，拿走她的手枪，小心翼翼地取出弹夹后递给一名手下。

身怀六甲的博物馆主管玛塔·阿尔瓦雷兹站在一旁。她刚刚向布吕德简单地介绍了自昨晚以来的这段短暂时间里发生的一系列与罗伯特·兰登有关的惊人之事……包括一条布吕德仍在琢磨的信息。

兰登声称他得了遗忘症。

布吕德掏出手机，拨通了一个号码。电话那头的铃声响了三下，他的上司接了电话，声音显得非常遥远、飘忽。

"什么事，布吕德特工？请讲。"

布吕德说得很慢，以确保他说的每个词对方都能听懂。"我们仍然在寻找兰登和那个姑娘，但现在又出现了新情况。"布吕德停顿了一下。"如果这个情况属实……一切就都改变了。"

* * *

教务长在自己的办公室里踱来踱去，竭力克制着不再给自己倒一杯威士忌酒，同时强迫自己正视这场越来越严重的危机。

在他的职业生涯中，他还从来没有出卖过客户，也从来没有毁过约。他此刻当然也无意打破这一传统。但与此同时，他怀疑自己有可能卷入到了一个复杂的行动中，其意图与他当初的想象大相径庭。

一年前，著名遗传学家贝特朗·佐布里斯特登上了"门达西乌姆号"，请求给他安排一个安全的地方进行工作。教务长当时认为佐布里斯特是在计划开发某种秘密医疗程序，申请专利后将进一步增加佐布里斯特的财富。"财团"以前也曾受雇于一些疑神疑鬼的科学家和工程师，他们喜欢在完全与世隔绝的情况下工作，以防自己的奇思妙想被人剽窃。

基于这一判断，教务长接受了这位客户。在得知世界卫生组织的人开始寻找佐布里斯特时，他并没有感到意外。甚至当世界卫生组织总干事伊丽莎白·辛斯基博士亲自出面查找佐布里斯特的下落时，他也没有多想。

"财团"所面临的对手向来都很强大。

"财团"如约履行了与佐布里斯特之间的合同，没有问过任何问题，并且在这位科学家的整个合同有效期内挫败了辛斯基寻找他的一切尝试。

几乎是整个合同有效期。

合同到期前不到一个星期，辛斯基终于获悉佐布里斯特在佛罗伦萨。她立刻出马，侵扰并追捕他，逼得他自杀身亡。教务长第一次未能如约提供保护，而这一点……以及佐布里斯特自杀时的怪异情形一直让他无法释怀。

他选择了自杀……而不愿意被抓？

佐布里斯特究竟在保护什么？

佐布里斯特死后，辛斯基没收了他保险箱里的一件物品，而"财团"此刻正在佛罗伦萨与辛斯基短兵相接，展开了一场高风险的寻宝大战，想找到……

找到什么？

教务长本能地将目光转向了书架，转向眼神迷乱的佐布里斯特两星期前送给他的那本巨著。

《神曲》。

教务长取出那本书，拿着它走回办公桌旁，重重地丢在桌上。他用颤抖的手指将书翻到第一页，又看了一遍佐布里斯特的题词。

我亲爱的朋友,感谢你帮助我发现这条路径。

整个世界也会因此感谢你。

教务长想,首先,我和你从来就不是朋友。

他将题词又看了三遍,然后将目光转向他的客户用红笔在日历上画出的鲜艳圆圈,明天的日期赫然在目。

他转过身,久久地凝视着天边。

四周一片寂静,他想起了那个视频,想起了协调员诺尔顿早些时候在打给他的电话里说的话。我认为你或许想先看看,然后再上传……里面的内容非常令人不安。

这个电话仍然让教务长感到不解。诺尔顿是他最优秀的行动协调员之一,提出这样的请求完全不是他的风格。他应该知道规矩,不能超越协议规定的范围提出建议。

他将《神曲》放回书架,走到威士忌酒瓶旁,又倒了一杯。

他得做出一个艰难的决定。

第 52 章

圣玛格丽特教堂也被称作但丁教堂,它的圣所与其说像教堂,还不如说更像一个小礼拜堂。虽然只有一间小小的礼拜室,这儿却是但丁信徒们经常光顾的地方。他们敬畏这个圣地,将它视为伟大诗人一生当中两个关键性事件的发生地。

据说,就是在这座教堂里,年仅九岁的但丁第一次见到贝雅特丽齐·波提纳里。他对她一见钟情,一辈子都对这个女子念念不忘。让但丁痛彻心扉的是,贝雅特丽齐后来嫁给了另一个男人,年仅二十四岁便离开了人世。

几年后,也就是在这座教堂里,但丁迎娶了杰玛·多纳蒂。即便是在伟大的作家和诗人薄伽丘[1]的笔下,这个女人也不适合当但丁的妻子。这对夫妇虽然也生儿育女,相互之间却几乎没有任何亲昵表现,但丁被放逐后,夫妇俩似乎谁也不急于再见到对方。

但丁的毕生之爱过去一直是而且将来也永远是已经离世的贝雅特丽齐·波提纳里。但丁虽然对她知之甚少,但无法抵挡对她的怀念,她的幽灵成为激发了他最伟大作品的灵感的缪斯女神。

但丁脍炙人口的诗集《新生》里对"天国中的贝雅特丽齐"的赞誉之词俯拾皆是。《神曲》更是满怀崇敬地将贝雅特丽齐描述为引领但丁穿过天堂的救星。但丁在这两部作品中表达了他对这位遥不可及的女子的渴慕。

今天,但丁教堂已经成为那些单相思的伤心恋人们光顾的圣地。年轻的贝雅特丽齐本人就安葬在这座教堂内,她那简朴的坟墓是但丁迷和同样为情所困的恋人们的一个朝觐点。

今天早晨,兰登和西恩娜穿过佛罗伦萨老城弯弯曲曲的街道向教堂走去。这些街道变得越来越窄,最后成了名副其实的人行道。偶尔会有一辆本地汽车出现在人们的视线中,在这迷宫里慢慢移动,迫使行人们将身体紧紧贴在两边的建筑上,让它通过。

"前面一拐弯就是教堂,"兰登告诉西恩娜,希望里面某位游客能够给他们提供帮助。他知道他们找到一位厚道人的机会已经大增,因为西恩娜重新戴上了假发,兰登也已经又穿上了上衣,两个人都恢复了正常状态,从摇滚歌手和光头仔……变身为大学教授和面目清秀的姑娘。

兰登为重新做回自己而松了口气。

他们大步走进一条更为狭窄的小巷——普雷斯托街。兰登扫视着周围不同的门洞。这座教堂的入口很不好找,因为建筑物本身就很小,没有任何装饰,而且被紧紧夹在另外两座建筑物之间。人们经常从它身边经过,却没注意到它。说来也怪,人们更容易借助耳朵而不

---

[1] 薄伽丘(1313—1375),意大利文艺复兴时期作家。反对贵族势力,拥护共和政权,代表作为《十日谈》。

是眼睛来发现它。

圣玛格丽特教堂的一个独特之处在于，它里面经常举行音乐会，而在没有安排音乐会的时候，教堂里会播放这些音乐会的录音，让游客随时可以倾听音乐。

不出所料，当他们沿着小巷前行时，兰登听到了隐隐约约的音乐声。音乐声越来越大，直到他和西恩娜站在了一个不起眼的入口前。惟一能够证明他们确实找对了地方的是一块小指示牌——与但丁故居博物馆鲜红的横幅形成了鲜明的对比——上面低调地宣称这里就是但丁和贝雅特丽齐的教堂。

兰登和西恩娜从街道走进阴暗的教堂内，周围的空气凉爽多了，音乐也更大声了。教堂内部的装饰朴实无华……空间比兰登记忆中的要小。里面只有几个游客，有的在交谈，有的在写日记，有的则安静地坐在长凳上欣赏音乐，还有几个人正在仔细观看里面收藏的奇特艺术品。

除了奈里·狄·比奇[1]设计的圣母祭坛外，这座礼拜堂里的原有艺术品几乎全部被当代艺术品所取代，这些当代艺术品表现的都是两个名人——但丁和贝雅特丽齐，这也是大多数游客寻找这个小礼拜堂的原因。大多数画作描绘了但丁初次见到贝雅特丽齐时的渴望眼神，诗人在其自述中说，他对贝雅特丽齐一见钟情。这些画作的质量参差不齐，依照兰登的品位，大多为低级庸俗之作，放在这里极不合适。在其中一幅画作中，但丁标志性的带护耳的红帽子仿佛是但丁从圣诞老人那里偷来的。不过，诗人仰慕地凝望着他的缪斯女神——贝雅特丽齐，这一主题的反复再现表明这是一座关于痛苦爱情的教堂——毫无结果，毫无回报，毫无收获。

兰登本能地将目光转向左边，看着贝雅特丽齐·波提纳里很不起眼的坟墓。这是人们参观这座教堂的主要原因，尽管并非冲着这座坟墓，而是冲着它旁边那个著名的物件。

---

1 奈里·狄·比奇（1419—1491），意大利文艺复兴时期画家，代表作有《圣约翰》、《报喜》等。

一个柳条篮。

这天早晨，一如往常，简朴的柳条篮就放在贝雅特丽齐的墓旁，一如往常，里面装满了叠好的纸片——每一张都是游客手写给贝雅特丽齐的书信。

贝雅特丽齐·波提纳里已经成为失恋者的守护神，而且按照由来已久的传统，人们将亲笔写给贝雅特丽齐的祈祷放进篮子里，希望她能够为书写者助一臂之力——激发某个人更加爱他们，或者帮助他们寻找到真爱，甚或给他们力量，让他们忘却某位已逝的恋人。

多年前，兰登正痛苦地为一本艺术史著作做研究。他曾经在这座教堂里伫足，并且在柳条篮里留了张纸条，恳求但丁的缪斯女神不要赐给他真爱，而是给他一些曾经让但丁创作出鸿篇巨制的灵感。

在我的心中歌唱吧，缪斯女神，通过我来讲述故事……

荷马[1]《奥德赛》的第一行看似一个十分适宜的祈愿，兰登暗自相信自己所写的这段话确实让贝雅特丽齐赐给了他神圣灵感，因为他回到家后非常顺畅地写完了那部著作。

"对不起！"教堂里突然响起了西恩娜的声音。"能请大家听我说一句吗？[2]每个人？"

兰登猛地转过身躯，看到西恩娜正大声冲着散落的游客说话。所有游客都望着她，显得有些紧张。

西恩娜冲大家甜甜地一笑，用意大利语问是否有人碰巧带了一本但丁的《神曲》。在遭遇了一连串白眼和摇头之后，她又用英语试了一遍，却同样一无所获。

一位老太太正在清扫祭坛，她冲着西恩娜嘘了一声，用一根手指压住嘴唇，示意她保持安静。

西恩娜回头望着兰登，皱起了眉头，仿佛在说："现在怎么办？"

西恩娜这种漫无目标的恳求方式出乎兰登的意料，但他不得不承

---

1 荷马（约公元前8—9世纪），古希腊吟游盲诗人，著有史诗《伊利亚特》和《奥德赛》。
2 原文为意大利语。

认，自己原以为她会得到更好的回应。兰登前几次来这座教堂时，看到许多游客在这个空空荡荡的空间里阅读《神曲》，显然特别享受这种完全沉浸在但丁的世界之中的体验。

今天却一个都没有。

兰登的目光落在了坐在教堂前排座位上的一对老年夫妇身上。老头光秃秃的脑袋耷拉着，下巴贴在胸前，偷偷地打着盹。他身边的老太太毫无倦意，一副白色耳机的连线从她灰白的头发下垂下来。

一线希望，兰登这么想，他慢慢顺着过道往前走，来到了这对老年夫妇身旁。正如兰登所希望的那样，老太太那副白色耳机连接着膝盖上的一部iPhone。她察觉到有人在看着她，便抬起头，取下耳塞。

兰登不知道老太太说何种语言，但iPhone、iPad和iPod在全球范围内的泛滥已经使其成为通行无阻的语汇，像世界各地卫生间的男/女标识一样，每个人都明白。

"iPhone？"兰登问，很是羡慕她手中的东西。

老太太立刻露出了笑脸，自豪地点点头。"真是个聪明的小玩具，"她小声说，带着英国口音。"我儿子买给我的。我正在听我的电子邮件。你能相信吗——听我的电子邮件？这个小宝贝真的在把邮件念给我听。我眼神不好，这真是帮了我大忙。"

"我也有一个，"兰登坐到她身旁，笑着说，尽量不吵醒她那仍在睡梦中的丈夫。"可昨晚我不知怎么把它弄丢了。"

"真不幸！你有没有使用'寻找iPhone'功能？我儿子说——"

"我真笨，一直没有启动这个功能。"兰登不好意思地看了她一眼，然后犹豫不决地说："如果不算太唐突的话，你介意我借你的手机用一下吗？我需要上网查一个东西。这能帮我一个天大的忙。"

"当然可以！"她拔出耳机，将手机塞到他手中。"没关系的，可怜的孩子。"

兰登接过手机，对她道了谢。老太太在他身边絮叨着她要是丢了iPhone会感到多么可怕，兰登调出Google搜寻窗口，按下了录音键。手机响了一下后，兰登说出了搜索关键词。

"但丁,《神曲》,天堂,第二十五诗章。"

老太太显得十分惊奇,显然还不熟悉这项功能。手机小小的屏幕上开始出现搜索结果,兰登偷偷瞥了一眼西恩娜,看到她正在柳条篮附近翻看着一些印刷资料。

离西恩娜所站的地方不远处,系着领带的男子跪在阴影中,正低着头虔诚地祈祷。兰登无法看到他的脸,但内心为这孤独的男子感到悲哀。他可能失去了挚爱,来这里寻求慰藉。

兰登将注意力重新集中到 iPhone 上。只需几秒钟,他就能调出某个链接,找到《神曲》的电子版——他可以免费查阅,因为这部著作早已过了版权保护期。当网页直接打开第二十五诗章时,兰登不得不钦佩技术的先进。我不能再像以前那样只推崇精装纸质书了,他提醒自己,电子书的时代到了。

老太太在一旁看着,慢慢开始有些担心。她提到在国外上网时流量费用很高。兰登意识到时间宝贵,赶紧将注意力集中在他面前的网页上。

字体很小,但小礼拜堂内昏暗的光线反而让高亮度的屏幕更显清晰。兰登很高兴,他偶尔查找到的正是曼德尔鲍姆的译本——已故的美国教授艾伦·曼德尔鲍姆完成的颇为流行的现代译本。正是由于其出色的译文,曼德尔鲍姆获得了来自意大利政府的最高荣誉——团结之星总统大十字骑士勋章。曼德尔鲍姆的译文虽然不如朗费罗的译文那样富有诗歌韵律,却更容易理解。

我今天需要的是清晰表达,而不是诗意,兰登心想,希望能很快发现暗示佛罗伦萨某个具体地点的文字,找出伊格纳奇奥藏匿但丁死亡面具之所。

iPhone 小小的屏幕每次只能显示六行文字,兰登一开始阅读,就回忆起了这段文字。但丁在第二十五诗章开头处提及了《神曲》,提及为创作这部巨著让他的身体付出的代价,提及了他内心痛苦的希望——或许他的这部来自天国的诗作能够让他克服远离美丽的故乡佛罗伦萨的痛苦。

第二十五诗章

假如有那么一天……假如这神圣的诗 篇——
这部集天地之精华
令我形销骨立度过漫长岁月的诗 篇——
能够克服那点残忍心
正是它阻挡我回到我曾安卧过的柔软羊棚
一只被群狼所忌的羔羊

只是这段文字仅提及了美丽的佛罗伦萨曾经是但丁在创作《神曲》时渴望回到的故乡,兰登没有看到它与佛罗伦萨任何具体地点相关。

"你知道流量收费是多少吗?"老太太打断了他的思路。她正盯着自己的手机,突然变得非常担心。"我刚刚想起来,我儿子要我在国外上网时小心一点。"

兰登向她保证自己只需要一分钟,并且说将弥补她的损失,尽管如此,他还是能感觉到她绝对不会允许他读完第二十五诗章的那一百行诗。

他赶快划到下一屏的另外六行,继续往下读。

到那时,我将带着另一个声音、另一身羊毛,
我将作为诗人回归,并且
在我的洗礼盆中接受那花冠;
因为我最初在那里接受信仰
让我的灵魂为上帝所认识,然后,
又因为这个信仰,彼得在我额前戴上花冠。

兰登也隐约记得这段文字,它影射但丁的敌人向他提出的一个政治交易。据历史记载,将但丁从佛罗伦萨放逐的"群狼"告诉他,他

可以回到佛罗伦萨,条件是他同意忍受一次当众受辱——当着所有人的面,独自站在他的洗礼盆中,身上只穿粗麻布,以此表示承认自己有罪。

在兰登刚刚读完的这一段中,但丁拒绝了上述条件,宣称如果他仍将回到自己的洗礼盆中,他不但不会身披象征着罪人的粗麻布,反而会戴着诗人的花冠。

兰登正准备用食指划动屏幕,但老太太突然反对,伸手索要iPhone。她显然重新考虑过将手机借给他是否正确。

兰登几乎没有听到她在说什么。就在他快要触摸到屏幕之前那一刻,他的目光再次扫过了一行诗……再次看到了它。

> 我将以诗人的模样回去,并且
> 在我的洗礼盆中接受那花冠;

兰登盯着那些文字,意识到自己在急于寻找诗歌中所提及的某个具体地点时,差一点错过开头几行中一个闪耀的地名。

> 在我的洗礼盆中……

佛罗拉萨有世界上最著名的一个洗礼盆,七百多年来为无数佛罗伦萨孩子举行过洗礼,其中包括但丁·阿利基耶里。

兰登的眼前立刻浮现出了这个洗礼盆的所在地。那是一幢恢弘壮丽的八角形建筑,在许多方面比圣母百花大教堂本身更加神圣。他此刻真想知道自己是否已经读到了所需要的全部内容。

伊格纳奇奥所暗示的地方会是这座建筑吗?

兰登的心中掠过一道金光,包括一组壮观的青铜大门的美丽画面逐渐清晰地浮现,在上午的阳光中闪烁着耀眼的光芒。

我知道伊格纳奇奥想告诉我什么了!

伊格纳奇奥·布索尼是佛罗伦萨屈指可数的几个能打开那些大门

的人之一。当兰登意识到这一点时,最后一缕怀疑顷刻间烟消云散。

罗伯特,大门给你留着,但你一定要快。

兰登将 iPhone 还给老太太,并且再三向她道谢。

他匆匆走到西恩娜身旁,兴奋地小声对她说:"我知道伊格纳奇奥所说的大门是什么了!是天堂之门!"

西恩娜似信非信。"天堂之门?那……不是在天上吗?"

"其实,"兰登朝她做了个鬼脸,径直向门口走去,"只要你知道去哪里寻找,佛罗伦萨就是天堂。"

第 53 章

我将作为诗人回归……在我的洗礼盆中。

但丁的诗句不停地在兰登的脑中回响。他带着西恩娜,沿着画室街狭窄的街道一路向北。目的地就在前方,每向前走一步,兰登就感到信心增加了一分。他确定他们找对了方向,并将追击者甩在了后头。

大门给你留着,但是你一定要快。

快赶到峡谷般的小街尽头时,兰登可以听到前方嗡嗡的嘈杂声。左右两边洞窟般的店铺突然不见了踪影,展现在他们面前的是一个开阔的空间。

主教座堂广场。

这个巨大的广场周围有着非常复杂的建筑群,一直是古代佛罗伦萨的宗教中心,如今它更多是一个旅游中心。广场此刻已经非常热闹,到处停放着旅游巴士,一群群游客聚集在佛罗伦萨这座闻名遐迩的大教堂周围。

兰登和西恩娜来到了广场南面,呈现在他们面前的是大教堂的侧面,由绿色、粉红色和白色大理石构成的大教堂外墙令人眼花缭乱。

大教堂不仅气势恢宏，建筑中的技艺也令人惊叹，它向左右两边延伸，一眼看不到尽头，总长度相当于将华盛顿纪念碑平放在地上。

虽然放弃了传统的单色石精致工艺，而采用了非同寻常的艳丽色彩搭配，这幢建筑物仍然是纯哥特式的——典雅、结实、耐久。兰登第一次来到佛罗伦萨时觉得这幢建筑几乎有些艳俗，但在随后的几次造访中，他发现自己会情不自禁地一连数小时细细地观察着它，莫名地迷惑于其异乎寻常的美学效果，并最终开始欣赏它的壮丽。

主教座堂——更正式的名称是圣母百花大教堂——除了给伊格纳奇奥·布索尼带来了一个绰号外，多年以来还给佛罗伦萨提供了一个精神中心，以及数世纪的戏剧性和阴谋不断。这座大教堂可谓命运多舛，不仅瓦萨里在其圆屋顶内部绘制的壁画《最后的审判》激起过漫长、恶语相向的争议……就连选择建筑师来完成圆屋顶的竞标过程也曾引发激烈的讨论。

菲利普·布鲁内列斯基最终赢得了利润丰厚的合同，完成了当时最大的圆屋顶结构。今天，布鲁内列斯基本人的塑像就坐落在教堂外，心满意足地抬头凝望着自己的杰作。

这天早晨，当兰登将视线转向空中，注视着这个曾经标志着那个年代建筑壮举的红瓦圆屋顶时，他回想起了自己做过的一个愚蠢决定。他曾爬上过大教堂的圆屋顶，结果发现圆屋顶的楼梯狭窄，游客人满为患，与他所见过的任何幽闭恐怖的空间一样令人感到压抑。尽管如此，兰登觉得自己还是要感谢攀登"布鲁内列斯基的圆屋顶"时所经历的痛苦折磨，因为这些经历驱使他阅读了罗斯·金[1]创作的一本妙趣横生的同名书籍。

"罗伯特，"西恩娜说，"你走不走啊？"

兰登意识到自己已经停下了脚步，正聚精会神地观赏着大教堂。他赶紧收回了目光。"对不起。"

---

[1] 罗斯·金，加拿大当代作家，著有《化妆舞会》、《藏书签》等小说，此处所指的是他所撰写的《圆顶的故事》。

他们紧贴着广场边缘继续前行。大教堂此刻就在他们的右边，兰登注意到游客早已纷纷从侧面的出口出来，同时在他们必看景点清单上打勾。

耸立在前方的无疑是一座钟塔，也是大教堂三大建筑物中的第二大建筑物。人们平常将它称作乔托钟塔，但它显然是旁边的大教堂的一部分。它的外墙同样装饰着粉红色、绿色和白色大理石，方形的尖顶直插云霄，高度达到了令人目眩的近三百英尺。兰登一直觉得这个细长的建筑数百年来屹立不倒真是个奇迹，因为它不仅经历了数次地震和恶劣天气的践踏，而且兰登知道它头重脚轻，顶端的钟塔承受着总重达两万多磅的几个大钟。

西恩娜快步走在他的身旁，紧张地扫视着钟塔背后的天空，显然在留意是否有无人驾驶飞机，但周围并没有它的踪影。虽然天色尚早，这里却早已人头攒动，兰登刻意留在了人群密集的地方。

钟塔附近有一排街头漫画家，正站在画架前，为游客绘制低俗的漫画——一个玩滑板的少年、一个挥舞曲棍球棒的龅牙女孩、一对骑在独角兽上亲吻的蜜月新婚夫妇。兰登不知为何觉得这着实有趣，这样的活动如今能获准就开设在米开朗基罗孩提时架设过画架的神圣鹅卵石街面上。

兰登和西恩娜继续绕着乔托钟塔的底座快步向前，然后右拐，直接在大教堂前穿过了宽阔的广场。这里聚集的人最多，来自世界各地的游客们将带照相功能的手机和录像机对准了大教堂色彩斑斓的正面。

兰登头也没抬，两眼紧紧盯住刚刚出现在视野中的一个规模小得多的建筑。大教堂主入口的正对面是整个建筑群的第三个也是最后一个建筑物。

这也是兰登最喜欢的地方。

圣约翰洗礼堂。

它的外墙也装饰着与大教堂相同的彩色大理石和条纹壁柱，但它完美的八角外形与恢弘的大教堂截然不同。有人说它像一个多层蛋糕，因为它的八边形结构分为风格迥异的三层，最上方是低矮的白色屋顶。

兰登知道，它的八角形与美学无关，纯粹是出于象征意义的考虑。在基督教中，数字八代表着重生与再生。此处的八角形是一种视觉上的提醒：上帝创造天与地用了六天，另一天为安息日，第八天则是基督徒通过洗礼"重生"或"再生"的日子。八角形已经成为世界各地洗礼堂的普遍形态。

兰登虽然认为洗礼堂是佛罗伦萨最引人注目的建筑之一，却也一直觉得为它所选的地点有些不公平。这座洗礼堂要是建在世上任何别的地方，都会成为人们关注的焦点。但是，在这里，它笼罩在两座庞大的姐妹建筑的阴影中，给人留下的印象仿如一个小侏儒。

直到你走进去，兰登一面提醒自己，一面想象着里面令人瞠目结舌的镶嵌画——那壮丽的画面曾使得早期的赞赏者声称洗礼堂的天花板就像天堂。兰登曾做着鬼脸告诉过西恩娜，只要你知道去哪里找，佛罗伦萨就是天堂。

数百年来，这座八角形的圣地为无数名人举行过洗礼仪式，其中就包括但丁。

我将作为诗人回归……在我的洗礼盆中。

由于被流放，但丁再未获准回到这神圣的地方，也就是他的受洗之所。不过，兰登越来越希望但丁的死亡面具在经历过昨晚那些令人匪夷所思的事件之后，能够最终代替他本人回到这里。

洗礼堂，兰登心想。伊格纳奇奥临死前一定将但丁的死亡面具藏在了这里。他回忆起伊格纳奇奥绝望的电话录音，在一阵颤栗中，他想象着肥胖的伊格纳奇奥紧紧抓住胸口，跌跌撞撞地跑过广场，进入小巷，将面具安全地藏进洗礼堂，然后打了最后一个电话。

大门给你留着。

兰登和西恩娜在人群中穿梭，他的目光一刻也没有离开过洗礼堂。西恩娜急切地快步向前，兰登几乎得小跑才能跟上她。即便隔着一段距离，他也能看到洗礼堂厚重的大门在阳光下闪耀。

两扇大门高达十五英尺,青铜所造,表面镀金,洛伦佐·吉贝尔蒂[1]用了二十多年才完成。大门上装饰着十块图案繁复的嵌板,上面的一些《圣经》人物精妙绝伦,以至于乔尔乔·瓦萨里将两扇门称为"各方面都完美无瑕……是有史以来最精美的杰作"。

不过,真正让这两扇大门享誉天下的却是米开朗基罗,他那热情的赞誉给了它们一个绰号,一直沿用至今。米开朗基罗宣称它们精美无比,完全适合被用作……天堂之门。

第54章

这是青铜铸就的《圣经》,兰登欣赏着眼前这两扇精美的大门,心中暗自赞叹。

吉贝尔蒂所造的"天堂之门"微微发亮,上面有十块方形嵌板,左右两扇门上纵向各排列五块。从伊甸园到摩西直至所罗门王的庙宇,吉贝尔蒂的雕塑在向人们一一呈现着《圣经·旧约》中的重要场景。

这一组震撼人心的场景数百年来在艺术家和艺术史学家们中间激起了旷日持久、参与者甚众的一场争论,从波提切利到现代评论家,每个人都为自己偏爱的"最佳嵌板"辩驳。根据人们大致达成的共识,胜出者当属"雅各与以扫"——即左边中间那一块——当选的原因据说是制作过程中使用了大量艺术手法。不过,兰登猜想这块嵌板真正的优势在于吉贝尔蒂选中在它上面落了款。

几年前,伊格纳奇奥·布索尼曾自豪地带兰登参观过这两扇大门,并且羞怯地承认,经过五百年的洪水、人为破坏以及空气污染,原来的镀金大门已被一模一样的复制品悄然替换,真品如今安全地存

---

[1] 吉贝尔蒂(1378—1455),意大利文艺复兴初期雕塑家,以制作取材于《圣经》故事的佛罗伦萨洗礼堂青铜大门的浮雕而著称。

放在主教座堂歌剧博物馆内，等待修复。兰登出于礼貌没有告诉布索尼，他早就知道这些是制作精良的赝品，而且是兰登见过的第二套吉贝尔蒂所造大门的"复制品"——第一套是他意外发现的，他在研究旧金山格雷斯大教堂的迷宫时发现，吉贝尔蒂的"天堂之门"的复制品自二十世纪中叶起就一直被用做该大教堂的正门。

正当兰登站在吉贝尔蒂的杰作前时，旁边一块简短的文字说明牌引起了他的注意。看到那上面用意大利语写的一个简短词语，他吃了一惊。

La peste nera——"黑死病"。我的上帝啊，兰登心想，我到哪里都能看到它！文字说明牌解释说，这两扇大门是为了向上帝"还愿"而受托制作的，是为佛罗伦萨逃过瘟疫一劫而向上帝表达感激之情。

兰登强迫自己将目光转回到"天堂之门"上，伊格纳奇奥·布索尼的话再次在他的心中响起。大门给你留着，但是你一定要快。

尽管伊格纳奇奥如此承诺，"天堂之门"却显然紧紧地关闭着，一如往常，它一般只偶尔在某个宗教节日才会打开。游客们通常从另一侧的北门进入洗礼堂。

西恩娜在他身旁踮起了脚，越过人群向里张望。"门上没有把手，"她说，"没有钥匙孔。什么都没有。"

是啊，兰登心想，知道吉贝尔蒂绝对不会让门把手这种世俗的东西毁了自己的杰作。"门朝里开，门锁也在里面。"

西恩娜噘起嘴唇，思索了片刻。"那么从外面……谁也不会知道门是不是上了锁。"

兰登点点头。"我希望这正是伊格纳奇奥的想法。"

他朝右边走了几步，目光顺着洗礼堂北侧扫过去，落在了一个朴素得多的大门上。那是游客入口，旁边一位百无聊赖的讲解员一面抽烟一面用手势打发过来询问的游客，让他们去看入口处的一块告示牌：APERTURA 1300——1700[1]。

---

[1] 意大利语：开放时间13:00—17:00。

还要过几个小时才对外开放。兰登心中暗自一喜。还没有人进去过。

他本能地想看一下手表，却再次意识到他的米老鼠手表已经不见了。

当他转身去找西恩娜时，她的周围已经聚集了一群游客，正隔着一道简单的铁栅栏拍照。这道栅栏在"天堂之门"前几英尺，目的是防止游客离吉贝尔蒂的杰作太近。

栅栏大门由黑色的铸铁制成，顶端为阳光放射般的尖刺，尖刺的顶端还涂了金色油漆，很像郊区住宅周围常见的简单栅栏。不知何故，介绍"天堂之门"的文字说明牌没有被安装在壮观的青铜大门上，却被安装在了非常普通的防护门上。

兰登曾经听说该文字说明牌所放置的位置有时会让游客们感到疑惑，果不其然，就在这时一位身穿橘滋牌[1]运动套装的胖女人从人群中挤了过来，瞥了一眼文字说明牌，冲着铸铁大门皱起眉头，不屑地嘲笑道："天堂之门？去他的，简直像我家的狗栅栏！"人们还没有来得及解释，她就已扬长而去。

西恩娜伸手握住起防护作用的大门，漫不经心地隔着铁条瞥了一眼门后的锁具。

"听着，"她转过身，对着瞠目结舌的兰登低声说，"背后的挂锁没有锁上。"

大门给你留着，但是你一定要快。

兰登抬头望着栅栏里面的"天堂之门"。如果伊格纳奇奥真的没有给洗礼堂大门上门闩，那么大门会一推就开。但他们所面临的挑战是如何进到里面，同时不引起广场上任何人，当然也包括警察和大教堂门卫的注意。

"快看！"身旁一个女人突然尖叫起来。"他要跳了！"她的声音里充满了惊恐。"就在那钟塔上！"

---

[1] 创立于一九九七年的著名女性时尚休闲服饰品牌。

兰登猛地从栅栏门旁转过身来，看到在尖叫的女人正是西恩娜。她站在五码开外，用手指着乔托的钟塔，大声喊叫着，"在顶上！他就要跳了！"

所有的眼睛都转向了天空，搜寻着钟塔顶。周围还有其他人开始用手指向那里，眯起眼睛张望，相互呼喊。

"有人要跳楼？！"

"在哪儿？"

"我看不到他！"

"在左边吗？"

一瞬间，广场上的每个人都惊慌失措，也都跟着将目光转向了钟塔顶端。如同炙热的野火扫过干草田一般，恐惧迅速蔓延了整个广场，所有人都伸长了脖子向上望去，还用手指指点点。

病毒式营销，兰登心想，知道供自己采取行动的时间不多。就在西恩娜回到他身旁那一刻，他飞快地抓住铸铁栅栏门，猛地将它拉开，西恩娜跟在他身后溜进了栅栏里面的小小空间。栅栏门关上之后，他们转过身来面对十五英尺高的青铜大门。兰登希望自己没有误解伊格纳奇奥的意思，他用肩膀抵住巨大的双扇门的一边，然后使劲地蹬腿。

没有任何动静，然后，笨重的大门开始缓缓启动。大门给你留着！"天堂之门"开了大约一英尺，西恩娜立刻侧身钻了进去。兰登跟着侧过身，一点一点地穿过狭窄的开口，进入了幽暗的洗礼堂中。

他们转过身，一起用力朝反方向推动大门，"砰"的一声将巨大的青铜门关上了。外面的嘈杂和喧嚣顿时消弥于无形，周围只剩下一片寂静。

西恩娜指着脚边地板上的一根长木梁，那显然是装在两扇大门的托架上充当门闩的。她说："一定是伊格纳奇奥为你搬开的。"

他们合力托起木梁，将它放回到托架中，不仅有效地锁上了"天堂之门"……也将他们自己安全地封闭在了室内。

兰登和西恩娜悄无声息地站了一会儿，身子靠着大门，慢慢调整好呼吸。与外面喧闹的广场声相比,洗礼堂内就如天堂一样祥和。

* * *

圣约翰洗礼堂外,戴着 Plume Paris 眼镜、系着涡纹花呢领带的男子穿过人群,全然不顾那些留意到他身上血淋淋皮疹的人不安的目光。

他刚刚来到青铜大门前,罗伯特·兰登和他那位金发伙伴刚刚机敏地消失在里面;即便是在门外,他也听到了大门被人从里面闩上的沉闷响声。

这边进不去了。

广场里的气氛慢慢恢复了正常,那些引颈凝望的游客们已经兴味索然。没有人跳楼。大家继续各行其是。

男子再次感到一阵瘙痒,他的皮疹加重了,指尖肿了起来,正在开裂。他将手伸进口袋,免得自己忍不住用手抓挠。在开始围着八角形的洗礼堂寻找另一个入口时,他的胸口一直在怦怦地悸动。

他刚转过街角,便突然感到喉结处一阵剧痛,随即他意识到是自己又在挠痒。

第 55 章

据说,只要一进入圣约翰洗礼堂,你就会身不由己地往上看。兰登虽然已经来过这里多次,却仍然感到有股神秘的力量在吸引他将目光慢慢转向头顶的天花板。

高悬于头顶上方的洗礼堂八角形拱顶表面的跨度超过八十英尺。它闪闪发光,仿佛是用正在燃烧的煤块建造的。它那光洁的琥珀金色表面反射着来自一百多万片彩色玻璃片发出的不均匀的外界光线。这些从一种玻璃状硅釉中纯手工切割出来的马赛克小片,被排列成六个同心圆环,上面描绘着《圣经》中的场景。

仿佛是为了给该建筑金碧辉煌的上半部增添强烈的戏剧效果,自然光穿过屋顶的中央圆孔照射进来,划破黑暗的空间——这一点很像罗马的万神庙。高处的一系列深凹小窗也投下一道道光线,它们紧密地聚焦在一起,几乎看似固体,宛如以千变万化的角度起着支撑作用的房梁。

兰登和西恩娜一起向洗礼堂更深处走去。他看到了天花板上传奇般的镶嵌画——以多层的方式展现的天堂与地狱,与《神曲》中的描绘非常相像。

但丁·阿利基耶里童年时曾看过这幅镶嵌画,兰登心想。来自上方的灵感。

兰登凝视着镶嵌画的正中央。主祭坛的正上方有一个二十七英尺高的耶稣基督塑像,坐在那里审判所有被拯救和被诅咒的人。

在耶稣的右手边,正直的人得到的回报是永生。

但是,在耶稣的左手边,背负罪孽的人有的被施以石刑,有的被串在铁杆上炙烤后成为各种怪兽的盘中餐。

目睹这一苦痛场面的是一幅巨型镶嵌画中的撒旦,撒旦被描绘成来自地狱的吃人怪兽。兰登每次见到这一形象时都会有些畏惧。七百多年前,这一形象也曾向下怒视着年幼的但丁·阿利基耶里,让他胆战心惊,并最终给了他灵感,使他栩栩如生地描绘出了隐藏在地狱最后一环中的一切。

头顶这幅恐怖的镶嵌画描绘了一个头上长角的恶魔,正在从头开始吞噬一个人。牺牲品的双腿从撒旦的嘴里垂下来,仿佛但丁笔下恶沟中被掩埋了一半的罪人胡乱摆动的双腿。

Lo'mperador del doloroso regno,兰登想起了但丁的原文。那个苦恼国的大王。

两条巨蛇扭动着身子,从撒旦的耳朵里爬出,也开始吞噬罪人。这给人的印象是撒旦有三个脑袋,与但丁在《地狱篇》最后一章中的描述一模一样。兰登在自己的记忆中搜索，回想起了但丁描绘的一些片段。

他的脑袋有三个面孔……他的三个下巴喷出混合了血的涎沫……他的三张嘴就像磨石……一次就咬掉三个罪人。

兰登知道，撒旦的这种三重邪恶具有象征意义：这让他与圣三位一体[1]的三重荣耀形成了完美的平衡。

兰登抬头凝望着那可怖的画面，试图想象这幅镶嵌画对年幼的但丁产生的影响。但丁每年都参加这座教堂举行的各种宗教仪式，每次祈祷时都会看到撒旦在低头怒视着他。但是，兰登这天早晨却有着一种不安的感觉：恶魔正直勾勾地盯着他。

他赶紧将目光转向洗礼堂的二楼阳台和走廊——妇女们获准在这个僻静之处观看洗礼过程，然后再往下转向伪教皇约翰二十三世[2]的悬棺——他的遗体安详地平躺在高高的墙壁上，既像一个史前穴居人，又像魔术师用悬停魔法抬起的道具。

最后，他的目光终于落到了华丽的砖地上，许多人都相信它的图案与中世纪天文学有关。他的目光顺着错综复杂的黑白图案一路延伸，直至停在屋子的几乎正中央。

就在那儿，他想，心里明白自己凝视着的正是十三世纪后半叶但丁·阿利基耶里受洗的地方。"我将作为诗人回归……在我的洗礼盆中，"兰登大声说道，声音在空无一人的教堂里回荡，"就在那儿。"

西恩娜看着兰登所指的地面中央，一脸的茫然。"可是……这里什么都没有啊。"

"不再有了，"兰登回答说。

那里只剩下一个用红褐色地砖铺成的大八角形。这块突兀而朴素的八边形区域显然打破了地面上精心设计过的华丽图案，很像一个填补过的大洞，而事实正是如此。

---

1 指圣父、圣子、圣灵三位一体。
2 伪教皇二十三世（1360—1419），原名巴尔塔萨·科萨，在伪教皇亚历山大五世去世后成为伪教皇二十三世，一四一五年被迫退位，去世前被任命为托斯卡纳红衣主教。

兰登赶紧解释，洗礼堂最早的洗礼盆其实是教堂中央的一个八角形大池子。虽然现代洗礼盆通常都是高边盆，早期的洗礼盆却更接近于这个词的本意——"泉水"或"喷泉"[1]。而这里的洗礼盆是一个深水池，受洗的人可以更深地浸入其中。兰登想知道，当孩子们被浸泡在地面中央曾经有过的一大池冰冷刺骨的水中时他们惊恐的尖叫声在这座石砌的屋子里听起来会是什么效果。

"这里的洗礼过程又寒冷又吓人，"兰登说，"是名副其实的通过仪式[2]，甚至有些危险。据说，但丁有一次曾跳进洗礼盆，救出一个快要被淹死的孩子。总之，最初的洗礼盆大约在十六世纪某个时候被填平了。"

西恩娜的眼睛开始四处搜寻，脸上写满了担心。"可是如果但丁的洗礼盆已经不复存在……那么伊格纳奇奥究竟将他的面具藏在哪里了？！"

兰登理解她的惊慌。这么大个地方，到处都可以藏东西——石柱、雕塑、墓葬背后，壁龛，祭坛内，甚至楼上。

不过，当兰登转过身来面对他们刚刚进来的大门时，他信心满满。"我们应该从那里开始，"他指着"天堂之门"右边紧挨着墙壁的地方说。

一道装饰性的大门背后，一面砌高的平台之上，有一个高高的八角形雕花大理石基座，看似一个小祭坛或者圣餐桌。它外部的雕花如此繁复，宛如珍珠母贝浮雕。大理石基座的顶上有一个锃亮的木盖，直径约三英尺。

西恩娜跟在兰登身后走过去时，显得有些迟疑。他们下了台阶，走入防护门里。西恩娜凑近去看，她倒吸了一口凉气，意识到映入她眼帘的是什么。

兰登的脸上露出了微笑。这的确既不是祭坛也不是桌子。那个锃亮的木顶其实是盖子，盖住了下面一个中空的结构。

---

1 洗礼盆原文为 font，这个英文单词也有泉水和喷泉之义。
2 通过仪式（rite of passage），人类学研究领域中一个相当古典的概念，指急遽地从一种社会状态转变到另一种状态的仪式，例如婚礼、成年礼、割礼。

"是洗礼盆吗？"她问。

兰登点点头。"如果但丁今天受洗，那肯定会是在眼前这个洗礼盆中。"他一刻也不想耽搁，深吸了一口气后，将手掌放在木盖上，正要将它推开时，他的心头掠过一阵带着刺痛的期待。

兰登紧紧抓住木盖的边缘，将它搬到一边，小心翼翼地让它顺着大理石基座滑下来，把它放在洗礼盆旁的地面上。随后，他俯视着下面两英尺宽、空空荡荡的黑暗空间。

里面可怖的景象让兰登倒吸了一口凉气。

但丁·阿利基耶里那张毫无生气的脸正从黑影中回望着他。

第56章

去寻找，你就会发现。

兰登站在洗礼盆旁，俯视着里面淡黄色的死亡面具，那张布满皱纹的脸茫然地向上注视着他，脸上的鹰钩鼻和翘起的下巴准错不了。

正是但丁·阿利基耶里。

毫无生气的脸已经令人感到非常不安，而它在洗礼盆中摆放的位置几乎不可思议。兰登一时无法确定自己所看到的一切。

这个面具……悬浮在空中吗？

兰登进一步俯下身，更加仔细地察看眼前的景象。洗礼盆有几英尺深，与其说是一个浅盆，还不如说是一个垂直的竖井。陡直的盆壁下方是一个八角形蓄水池，里面蓄满了水。说来也怪，但丁的面具栖息于在洗礼盆的半空中，仿佛被施了魔法一般悬停在水面上方。

兰登愣了一会儿才意识到是什么原因让他产生了这种错觉。洗礼盆的中央有一个垂直的中心轴，上升到洗礼盆一半高度后延伸为一个小小的金属浅盘，看似经过装饰的进水口，或者是用以托放婴儿屁股的地方，但此刻它正充当着放置但丁面具的基座，将其安全地托举在水面之上。

兰登和西恩娜并排站立，默默地凝视着但丁·阿利基耶里那张布满皱纹的脸。面具仍然密封于保鲜袋中，仿佛已经窒息。有那么一刻，一张脸从一个装满水的池子里凝视着他这一情景让兰登想起了自己孩提时的恐怖经历——被困在井底，绝望地抬头凝视着天空。

他摆脱掉心中的这些杂念，小心翼翼地伸手抓住面具的两边，也就是但丁的耳朵所在的位置。虽然以现代人的标准来看这张脸比较小，但这个古代石膏面具却比他想象的要重。他慢慢将面具从洗礼盆中取上来，将它举到空中，以便两个人可以更加仔细地察看。

即便是隔着塑料袋，面具仍然栩栩如生。湿石膏捕捉到了年迈的诗人脸上的每一道皱纹和每一处瑕疵。除了中央有一道旧裂纹之外，它保存得可谓相当完好。

"将它转过来，"西恩娜悄声说，"我们看看它的背面。"

兰登已经这么做了。维奇奥宫的监控视频曾显示兰登和伊格纳奇奥在面具的背面发现了什么东西，而且这一发现异常重要，以至于两个人带着这件文物走出了维奇奥宫。

兰登极其小心，以防这易碎的石膏面具掉在地上。他将面具翻过来，脸朝下放在自己的右手掌上，好仔细察看它的背面。与但丁那张饱经风霜、质感粗糙的脸不同，面具的背面很光滑，没有任何东西。由于这种面具不是给人戴的，它的背面也浇满了石膏，目的是让这娇贵的文物变得更坚固。这样一来，面具的背面就成了一个毫无特色的凹形，宛如一个浅汤碗。

兰登不知道自己应该在面具的背面发现什么，但显然不该是这样的。

什么都没有。

一无所有。

只是一个光滑、空无一物的平面。

西恩娜似乎同样感到困惑。"这只是一个石膏面具，"她低声说，"如果里面什么都没有，那你和伊格纳奇奥当时在看什么？"

我怎么知道，兰登心想，他将塑料袋表面绷紧，以便看得更清楚一些。什么都没有！兰登越来越沮丧，他将面具举高对着一道光，细细地查看。正当他将面具微微倾斜一点，以便看得更清楚一些时，刹那间他觉得好像在顶端附近瞥见了一点微微变色的痕迹——但丁面具额头部分的背面有一行横向的斑纹。

　　是一个天然的瑕疵？还是……别的什么东西？兰登立刻转过身，用手指了指他们身后墙壁上一块装有铰链的大理石嵌板。"看看那里面是否有毛巾。"

　　西恩娜有些狐疑，但还是照办了，她小心地打开了秘密壁橱，看到里面有三样东西——一个控制洗礼盆水位的阀门，一个控制洗礼盆上方聚光灯的开关，以及……一摞亚麻毛巾。

　　西恩娜对兰登投以惊讶的一瞥。兰登在世界各地参观过太多教堂，知道洗礼盆附近几乎总会备有方便神父取用的应急用吸水布——婴儿膀胱的不可预测性是全世界的洗礼都要面对的风险。

　　"好，"他看了一眼那些毛巾，"能帮我拿一下面具吗？"他轻轻将面具交到西恩娜的手中，然后开始忙乎起来。

　　首先，兰登抬起八角形的盖子放回到洗礼盆上，将其恢复成他们最初所见到的祭坛般的小桌子模样。接着，他从壁橱里取出几条亚麻毛巾，将它们像桌布一样铺开。最后，他按下洗礼盆的灯光开关，正上方的聚光灯亮了，教堂里的洗礼区和铺着毛巾的木盖被照得明晃晃的。

　　西恩娜将面具轻轻放在洗礼盆上，兰登又取出几条毛巾，像戴烤箱用的厚手套一般将它们裹在手上，然后将面具从密封塑料袋里取了出来，小心翼翼地避免徒手触碰它。很快，但丁的死亡面具就裸露着躺在了那里，面孔朝上，正对着明亮的灯光，活像手术台上被麻醉后的病人的脑袋。

　　面具充满戏剧性的纹理在灯光下更加令人不安，褪了色的石膏进一步凸显了但丁年迈时脸上的皱纹。兰登立刻用临时手套将面具翻转过去，让它面孔朝下。

　　面具的背面看似远不像正面那么苍老陈旧，不显得暗淡发黄，反而干净而洁白。

西恩娜直起头来，一脸的茫然。"你觉不觉得这一面要新一些？"

的确，兰登没有料到面具正反两面的色差有这么大，但背面的年代肯定与正面一样久远。"老化程度不同，"他说，"面具的背面由于有展柜保护，一直没有经受促进老化的阳光的侵蚀。"兰登默默地提醒自己，要将使用的防晒霜的防晒指数提高一倍。

"等一下，"西恩娜说，身子朝面具方向凑了凑。"你看！在额头上！你和伊格纳奇奥看到的肯定就是这个。"

兰登的双眼立刻掠过光滑洁白的表面，停留在他早前透过塑料袋看到过的那个褪变之处——横贯但丁额头背面的一道淡淡的斑纹。只是，兰登此刻在强烈的灯光下清晰地看到这些斑纹并非天然的瑕疵……而是人为造成的。

"这是……笔迹，"西恩娜结结巴巴地小声说道。"可是……"

兰登研究着石膏上的文字。那是一排字母——字体花哨，用淡淡的棕黄色墨水手写而成。

"只有这些吗？"西恩娜的声音里带着一丝恼怒。

兰登几乎没有听到她在说什么。这是谁写的？他想知道。是但丁时代的某个人吗？这似乎不大可能。如果真是那样，某位艺术史学家肯定早就在给面具做定期清洁或修复时发现了，而这段文字也早已成为面具传奇故事的一部分。可是兰登从未听说过有这回事。

他的脑海里立刻浮现出了另一个更大的可能性。

贝特朗·佐布里斯特。

佐布里斯特拥有这个面具，因而能够很容易随时要求私下接触它。他可能就是最近在神不知鬼不觉的情况下在面具的背面写了这段文字，然后再将它重新放回到文物展柜中的。玛塔曾经告诉过他们，面具的所有者甚至不允许博物馆馆员在他不到场的情况下打开展柜。

兰登简单地用三言两语解释了他的推测。

西恩娜似乎接受了他的观点，但显然她又感觉很困扰。"这毫无道理，"她有些焦躁不安，"如果我们认定佐布里斯特在但丁的死亡面具背面偷偷写了字，而且认定他还不怕麻烦地制作了那个小小的投影仪来指向这个面具……那么他为什么不写下一些更有意义的东西呢？我是说，这说不通啊！你我一整天都在寻找这个面具，而这就是我们的发现？"

兰登将注意力重新集中到面具背面的文字上。这段手书的信息非常简短，只有七个字母，而且看似毫无意义。

西恩娜的沮丧当然可以理解。

然而，兰登却感到了即将有重大发现时的那种熟悉的激动，因为他几乎立刻就意识到这七个字母将告诉他一切，也就是他和西恩娜采取下一步行动时需要知道的一切。

不仅如此，他还察觉到了面具有一种淡淡的气味——一种熟悉的气味，解释了为什么背面的石膏要比正面的石膏新得多……这种色差与老化或阳光毫无关系。

"我不明白，"西恩娜说，"这些字母完全相同。"

兰登平静地点点头，同时继续研究着那行文字——七个完全相同的字母，小心地横着书写在但丁面具额头的背面。

PPPPPPP

"七个 P，"西恩娜说，"我们该怎么办？"

兰登平静地一笑，抬起头来望着她。"我建议我们完全按照这些字母传递给我们的信息去做。"

西恩娜睁大了眼睛。"七个 P 是……一个信息？"

"对，"他咧嘴一笑。"如果你研究过但丁，那么这个信息就再清楚不过了。"

*　　*　　*

圣约翰洗礼堂外，系着领带的男子用手绢擦了擦指尖，轻轻按了按脖子上的胀包。他眯起眼睛，看着自己的目的地，尽量不去理会眼睛里的阵阵刺痛感。

游客入口。

门外有一个身着鲜艳运动上衣的讲解员,一面疲惫地抽着香烟,一面重新指点那些显然无法看懂洗礼堂开放时间的游客,尽管那上面书写的是国际通用时间。

APERTURA 1300—1700

患有皮疹的男子看了一下表。现在是上午 10 点 02 分。洗礼堂还要过几个小时才开放。他盯着那名讲解员看了一会儿,然后打定了主意。他取下耳朵上的金钉,将它装进口袋。然后,他掏出钱包,查看了一下。除了各种信用卡和一叠欧元外,他还带了三千多美元现金。

谢天谢地,贪婪是一宗全球性的罪孽。

第 57 章

Peccatum……Peccatum……Peccatum……

但丁死亡面具背后的七个字母 P 立刻将兰登的思绪拉回到《神曲》之中。一时间,他仿佛又站在了维也纳的讲台上,正在做题为"神圣但丁:地狱的符号"的讲座。

他的声音通过扬声器在报告厅里回荡。"我们现在已经穿过地狱的九个圈,来到了地球的中央,直接面对撒旦本人。"

兰登通过一张张幻灯片介绍不同艺术作品中呈现的三头撒旦形象——波提切利的《地狱图》,佛罗伦萨洗礼堂内的镶嵌画,以及安德烈·狄·奇奥尼[1]绘制的令人胆战心惊的黑魔,它身上的毛皮沾满

---

[1] 奇奥尼(约 1308—1368),意大利文艺复兴时期画家,乔托的学生,其代表作《死神的胜利》曾激发弗朗兹·李斯特创作了钢琴曲《死亡之舞》。

了受害者的鲜血。

兰登接着说下去:"我们一起顺着撒旦毛茸茸的前胸爬下来,并随着引力的变化而倒转了方向,从黑暗的地狱出来……再次见到群星。"

兰登快进了几张幻灯片,找到他已经放过的一张——多梅尼克·狄·米凯利诺在大教堂内绘制的圣像,画中的但丁身着红袍,站在佛罗伦萨城墙外。"如果大家仔细观看,就能看到那些星星。"

兰登指着但丁头顶上方群星璀璨的天空。"大家看到,天堂的结构是围绕地球的九个同心圆。天堂的这种九层结构旨在对应地狱的九个圈,并且与之取得平衡。大家或许已经注意到了,九这个数字是但丁的作品中反复出现的一个主题。"

兰登停顿了一下,啜饮了一小口水,让听众们在坠入凄惨的地狱并最终退出后定定神。

"因此,在忍受过地狱里的种种恐怖之后,大家肯定非常渴望向天堂进发。遗憾的是,在但丁的世界里,任何事情都不会这么简单。"他夸张地长叹一口气。"要想登入天堂,我们都必须——既是象征性的也是真正意义上的——爬一座山。"

兰登指着米凯利诺的画作。听众们可以看到,但丁身后的天边有一座圆锥形的山,高耸入云,直至天堂。一条道路盘山而上,在这座圆锥形的山间绕了九圈,越靠近山顶,环路的间距便越小。路上行人赤身裸体,痛苦地向上艰难跋涉,忍受着沿途的各种苦难。

"我给大家展示的是炼狱山[1],"兰登大声说,"不幸的是,穿越这九道环的艰难攀登过程是从地狱深处通往天堂荣耀的惟一路径。在这条道路上,大家可以看到那些悔恨交加的灵魂在攀登……每一个灵魂都得为自己所犯的罪付出相应的代价。嫉妒的人攀登时眼睛被缝合在一起,免得他们再生觊觎;骄纵的人必须背负巨石,谦卑地弯下腰;贪食的人攀登时不得携带任何食物和水,因而得忍受饥渴的煎熬;贪

---

[1] 王维克的《神曲》译本将炼狱译作净界,炼狱山译作净界山。

色的人必须穿过熊熊火焰,以清除心中的欲火。"他停顿了一下。"但是,在获准攀登炼狱山并且洗清自己的罪孽之前,你还必须先与他单独交流。"

兰登将幻灯片切换为米凯利诺那幅画作的局部放大图:一个长着翅膀的天使坐在炼狱山脚下的宝座上,他的脚边有一排悔过的罪人,正等待着获准进入登山的道路。奇怪的是,这位天使握着一把长剑,似乎正要将其刺入队伍中第一个人的脸。"

兰登大声问:"有谁知道这位天使在做什么吗?"

"刺穿某个人的头?"有人大着胆子说。

"不对。"

另一个人说:"刺穿某个人的眼睛?"

兰登摇摇头。"还有别的看法吗?"

后面有个声音不慌不忙地说:"在他的额头上写字。"

兰登的脸上露出了微笑。"看样子后面那位非常熟悉但丁的作品。"他再次指向那幅画。"我知道,这看起来像是天使要将手中的剑刺向这个倒霉蛋的额头,但实情并非如此。但丁的原文说,在访客进入炼狱山之前,守护炼狱山的天使要用剑在他的前额写上一些字。大家可能会问,'他写的是什么?'"

兰登停下来,先卖个关子。"奇怪的是,他只写了一个字母……而且连续写了七遍。有人知道这位天使在但丁的前额上写了七遍的那个字母是什么吗?"

"P!"人群中传来了一个声音。

兰登笑着说:"对,是字母 P。这个字母代表着 peccatum——拉丁文中的罪孽一词。这个字母连着写了七遍,象征着 Septem Peccata Mortalia,也就是——"

"七宗罪!"另一个人大声说道。

"对极了!因此,只有攀越炼狱山的每一层,你才能赎罪。你每登上一层,一位天使就会拭去你额头上的一个 P;到达顶层后,你额头上的七个 P 都会被逐一拭去……你的灵魂也就洗清了所有的罪孽。"

他眨了眼。"这个地方被称作因果炼狱。"

兰登从思绪中回过神来，看到洗礼盆对面的西恩娜正瞪视着他。"七个字母P？"她说，一面将他拉回到现实中，一面指着但丁的死亡面具。"你说这是一个信息？告诉我们下一步如何行动？"

兰登很快地解释了但丁心目中的炼狱山，这七个字母P代表着七宗罪，以及从前额去除这七个字母的过程。

"显然，"他总结道，"作为但丁的狂热信徒，贝特朗·佐布里斯特很熟悉这七个P，也熟悉从额头上拭去这些字母的过程正是走向天堂的一种方式。"

西恩娜半信半疑。"你认为贝特朗·佐布里斯特在面具上写下这些字母，是因为他希望我们……将它们从死亡面具上擦拭掉？你认为这就是我们要做的事？"

"我知道这有点……"

"罗伯特，即便我们擦拭掉这些字母，这对我们又会有什么帮助呢？！最多只是得到一个干干净净的面具而已。"

"也许是，"兰登满怀希望地咧嘴一笑，"也许不是。我觉得眼睛看到的并非就是一切。"他用手指着面具。"你还记得吗？我跟你说过这个面具背后的颜色较浅是由于老化程度不同。"

"记得。"

"我可能错了，"他说，"两面的颜色差异太大，不大可能是因为老化的关系。而且背面的质地有齿。"

"有齿？"

兰登向她展示，面具背面的质地比正面粗糙得多……而且有颗粒感，很像砂纸。"在艺术界，这种粗糙的质地被称作有齿。画家们更喜欢在有齿的表面上作画，因为颜料会附着得更加牢固。"

"我听不明白。"

兰登笑着问她："你知道石膏底子是什么吗？"

"当然知道。画家们用它给画布上底色，然后——"她突然打住，显然明白了兰登的意思。

"正是，"兰登说，"画家们用石膏底子来创造出一个粗糙的纯白表面，有时为了重新使用某块画布，也会用这种方法来覆盖不想要的画作。"

西恩娜顿时兴奋起来。"你认为佐布里斯特可能用石膏底子盖住了死亡面具的背面？"

"这可以解释为什么这一面会有齿而且颜色较浅，也许还能解释他为什么希望我们擦掉那七个字母 P。"

后一点似乎让西恩娜感到有些困惑。

"你闻闻，"兰登说，他将面具举到她的面前，好似神父在提供圣餐。

西恩娜退缩了一下。"石膏闻起来就像落水狗？"

"并非所有石膏都是这个气味。普通石膏闻上去像白垩土，有落水狗气味的是丙烯石膏。"

"也就是说……？"

"也就是说它是水溶性的。"

西恩娜扬起头，兰登可以感觉到她的大脑在飞速运转。她的目光缓缓移到面具上，然后又突然转回兰登身上。她睁大了眼睛。"你认为这层石膏下面有内容？"

"这可以解释很多事情。"

西恩娜立刻抓住洗礼盆的八角形木盖，将它推开一条缝，露出里面的水。她拿起一条干净的亚麻毛巾，将它投进洗礼水中，然后将仍在滴水的毛巾递给兰登。"你应该动手。"

兰登将面具脸朝下放在左手掌中，拿起了湿毛巾。他挤掉多余的水，开始用湿毛巾轻轻擦拭但丁面具前额部分的背面，湿润了写有七个字母 P 的位置。他用食指将那里很快地擦拭了几次后，又将毛巾浸到洗礼盆中，然后继续。黑色的墨水开始洇开了。

"这层石膏底子正在溶解，"他兴奋地说，"墨水随着它一起被擦掉了。"

当兰登第三次重复这一过程时，他开始以一种虔诚、严峻的单调语气说话,声音在洗礼堂内回荡。"耶稣·基督通过洗礼清除了你的罪孽,并通过水与圣灵带给你新生。"

西恩娜目不转睛地盯着兰登,仿佛他失去了理智。

他耸了耸肩。"这样说很恰当。"

她的眼睛骨碌碌地转了一圈后重新回到了面具上。兰登继续用水慢慢擦拭,丙烯石膏底之下原先的石膏开始显露出来,微微发黄的颜色更接近兰登对这一古老工艺品最初的预期。当最后一个字母 P 消失后,他用一条干净毛巾擦干那个区域,举起面具,让西恩娜仔细观看。

她惊呼了一声。

果然不出兰登所料,石膏底子之下还真是另有蹊跷:藏有第二层手书字迹,是赫然直接写在淡黄色石膏原件表面的九个字母。

然而,这九个字母这次构成了一个单词。

第 58 章

"Possessed?"西恩娜说,"我不明白。"

我也不敢说我就明白。兰登研究着七个字母 P 下方出现的文字:一个横穿但丁死亡面具前额背面的单词。

        possessed

"就像……'鬼迷心窍'[1]中的 possessed?"西恩娜问。

有可能吧。兰登抬头望着头顶上的镶嵌画,画中的撒旦正在吞噬那些没有能洗清自己罪孽的可怜灵魂。但丁……鬼迷心窍?这似乎说不

---

[1] 鬼迷心窍,原文为 possessed by the devil。

太通。

"应该还有更多文字,"西恩娜说着便从兰登的手中接过面具,更加仔细地观察起来。不一会儿,她开始频频点头。"是的,你看这个单词的前后两边……两边应该都有更多文字。"

兰登再次细看,终于注意到"possessed"这个单词前后两边湿润的石膏底子下隐隐约约出现了更多的文字。

西恩娜急不可待地夺过毛巾,继续在单词周围轻轻擦拭。更多古雅的花体字显露了出来。

哦,有着稳固智慧的人啊

兰登轻轻吹了声口哨。"哦,有着稳固智慧的人啊……请注意这里的含义……就藏在晦涩的诗歌面纱之下。"

西恩娜目不转睛地望着他。"你在说什么?"

兰登兴奋地解释说:"这段文字摘自但丁的《地狱篇》中最著名的一个诗节,是但丁在敦促最聪明的读者去寻找隐藏在他那神秘诗作内的智慧。"

兰登在讲解文学象征主义时经常以这段文字举例,这些诗句近似一位作者疯狂地挥舞着自己的双臂,大声喊叫:"嗨,读者!这里有一个象征性的双关语!"

西恩娜开始擦拭面具的背面,比刚才更加用力。

"你小心点!"兰登提醒她。

"你说得对,"西恩娜边说边使劲擦拭掉石膏底子。"但丁的其他几句原文都在这里,与你回想起来的一模一样。"她停下手,将毛巾伸进洗礼盆中清洗。

兰登惊慌地看到溶解的石膏将洗礼盆中的水变成了乳白色。我们得向圣约翰说声抱歉,他想,为这神圣的洗礼盆被用作洗涤槽而大感不安。

西恩娜将毛巾从水中提上来时,它还在滴水。她草草将它拧了拧,就把湿透的毛巾放在面具的中央,像在洗肥皂盒一样转动着毛巾。

"西恩娜!"兰登提醒她。"那是一个古……"

"背面全是字!"她一面擦拭着面具的里边一面告诉他。"而且用的是……"她没有把话说完,而是将脑袋朝左一歪,将面具转向右边,似乎正试图斜着读里面的文字。

"用什么写的?"兰登看不到,只好问她。

西恩娜已经擦拭完面具,正用一块干毛巾将它揩干。她将面具放在他面前,两个人可以一起细究擦拭后的结果。

兰登看到面具里面时,一时愣住了。整个凹面写满了字,有将近一百个单词。从最上方那句"哦,有着稳固智慧的人啊"开始,这段只有一行的文字不间断地续了下去……从右边弯向底部,在那儿颠倒过来继续折返穿越底部,再上行至面具的左边向上回到开始处,然后在一个较小的圈里重复类似的路径。

O you possessed of sturdy intellect, observe the teaching that is hidden here, beneath the veil of verses so obscure. Seek the treacherous doge of Venice who severed the heads from horses, and plucked up the bones of the blind. Kneel within the gilded mouseion of holy wisdom, and place thine ear to the ground, listening for the sounds of trickling water... Follow deep into the sunken palace... for here, in the darkness, the chthonic monster waits, submerged in the bloodred waters... of the lagoon that reflects no stars.

这段文字的轨迹诡异地令人联想起炼狱山上通往天堂的盘旋上升之路。兰登这位符号学家立刻辨认出了精确的螺旋。对称的顺时针阿基米德螺旋。他还注意到，从第一个单词"哦"到中间的句号，旋转次数也是一个熟悉的数字。

九。

兰登摒住呼吸，慢慢转动面具，阅读着上面的文字。它们沿着凹面向内盘旋，一直呈漏斗状通向正中央。

"第一诗节是但丁的原文，几乎一模一样，"兰登说，"哦，有着稳固智慧的人啊，请注意这里的含义……就藏在晦涩的诗歌面纱之下。"

"其余部分呢？"西恩娜问。

兰登摇摇头。"我认为不是。它采用了相似的诗歌格式，但是我认不出它是但丁的原文，更像是有人在模仿他的风格。"

"佐布里斯特，"西恩娜小声说，"一定是的。"

兰登点点头。这是一个再合理不过的猜测。毕竟，佐布里斯特修改过波提切利的《地狱图》，这显露出他有通过借用大师的作品与篡改艺术杰作来满足自己需求的癖好。

"其余部分非常怪异，"兰登再次旋转面具，向内阅读。"它提到了……切断马的头……抠出盲人的骨头。"他快速读到在面具中央写成一个紧密圆圈的最后一行，倒吸了一口凉气。"它还提及了'血红色的水'。"

西恩娜皱起了眉头。"就像你关于银发女人的幻觉？"

兰登点点头，为这段文字感到困惑。血红色的水……那里的潟湖不会倒映群星？

"看，"她越过他的肩膀阅读着里面的内容，指着涡旋中间的一个单词低声说。"一个具体的地点。"

兰登看到了那个词，第一次快速阅读时他没有注意到。那是世界上最壮丽独特的城市之一。兰登打了个冷颤，知道那恰好也是但丁·阿利基耶里被传染上那致命的疾病并最终去世的地方。

威尼斯。

兰登和西恩娜沉默不语地研究了一会儿这些神秘的诗句。这首诗令人忧心忡忡、毛骨悚然，同时又十分费解。用到的总督和泻湖这两个词令兰登深信不疑，这首诗提及的的确是威尼斯——一座由数百个相连的泻湖构成的独特的意大利水城，而且数百年里它一直为被称作总督的威尼斯元首所统治。

乍看起来，兰登无法确定这首诗究竟指向威尼斯的什么地方，但它显然是在敦促看到它的人听从它的指令。

将你的耳朵贴在地上，聆听小溪的流水声。

"它所指的是地下，"西恩娜说。她也随着他一起看下去。

兰登读到下一句时，不安地点了点头。

下到水下宫殿的深处……因为在这里，冥府怪物就在黑暗中等待。

"罗伯特？"西恩娜不安地问，"什么怪物？"

"冥府，"兰登回答道，"这个词中的 c-h 不发音，意思是'住在地下的'。"

兰登还没有说完，洗礼堂内便响起了固定门闩被人打开后发出的当啷声。游客入口显然被人从外面打开了。

*　　　*　　　*

"Grazie mille，"脸上长有皮疹的男子说。万分感谢。

洗礼堂的讲解员神情紧张地点点头，将五百美元现金装进了口袋，并环顾四周，以确保没有人注意到他们。

"Cinque minuti，"讲解员提醒对方，悄悄打开门闩，把大门推开一条小缝，刚好可以容得了皮疹的男子溜进去。讲解员关上门，将男子关在里面，也将一切声音阻挡在了外面。就五分钟。

这名男子声称他专程从美国赶来，为的就是在圣约翰洗礼堂里祈祷，希望他那可怕的皮肤病能被治愈。讲解员起初拒绝对他施以怜悯，但他的同情心最终还是被唤醒了。只为在洗礼堂里单独呆上五分钟而给出的五百美元报价无疑起了促进作用……再加上他不断增长的恐惧，他担心这个看似罹患传染病的男子会在他身旁站上三个小时，直到洗礼堂开门。

此刻，在偷偷溜进这个八角形的圣地之后，男子感到自己的目光不由自主地被吸引到了头顶上方。我的天哪。他还从未见过这样的天花板。一个长着三颗脑袋的恶魔正俯视着他，他赶紧将目光转到地面。

这地方好像空无一人。

他们究竟在哪里？

男子环顾四周，他的目光落到了主祭坛上。那是一块巨大的长方形大理石，置于一个神龛中，前面由小立柱和缆绳围成的障碍，将观众挡在外面。

这个祭坛似乎是屋内惟一可以藏身的地方，而且其中一根缆绳正在微微晃动……仿佛刚刚被人碰过。

* * *

兰登和西恩娜蹲在神龛后，不敢出声。他们差点没来得及收好脏毛巾，将洗礼盆盖摆正，就带着死亡面具一起躲到了主祭坛的背后。他们计划藏在那里，等到洗礼堂内满是游客时，再悄悄混入人群中出去。

洗礼堂的北门肯定刚刚打开过，至少打开过片刻，因为兰登听到了外面广场传来的声音，但是门突然又被关上了，周围重新恢复了宁静。

此刻，重归寂静之后，兰登听到一个人顺着石板地面走过来的脚步声。

是讲解员？为今天晚些时候向游客开放而先来查看一下？

他没有来得及关上洗礼盆上方的聚光灯，心里琢磨着讲解员是否会注意到。显然没有。脚步在快速朝他们这个方向走来，在兰登和西恩娜刚刚跨过的缆绳旁停了下来。

久久没有动静。

"罗伯特,是我,"是一个男人生气的声音,"我知道你就在后面。你快出来,亲自给我一个解释。"

第 59 章

假装我不在这里已经毫无必要。

兰登做了个手势,示意西恩娜继续安全地藏好,握紧但丁的死亡面具。面具已被重新放入密封塑料袋中。

兰登慢慢起身,像一位神父那样站在洗礼堂的祭坛后,凝视着面前这个人。这位陌生人长着一头淡棕色的头发,戴着名牌眼镜,脸上和脖子上生了可怕的皮疹。他神情紧张地挠着瘙痒的脖子,肿大的眼睛里闪烁着困惑与怒火。

"罗伯特,能告诉我你究竟在干什么吗?!"他厉声说道,然后跨过缆绳,朝兰登走来。他说话带着美国口音。

"当然,"兰登礼貌地说,"但你得先告诉我你是谁。"

对方蓦然停住脚,似乎不敢相信自己的耳朵。"你说什么?"

兰登觉得此人的眼睛里隐约有些熟悉的东西……他的声音也似曾相识。我见过他……以某种方式,在某个地方。兰登平静地重复了刚才的问题。"请告诉我你是谁,我是怎么认识你的。"

对方难以置信地举起了双手。"乔纳森·费里斯?世界卫生组织?飞到哈佛大学去接你的家伙!?"

兰登试图弄明白自己听到的这番话。

"你为什么不打电话?!"对方责问道,仍然在搔挠着脖子和脸颊——那里已经发红起泡。"我看到你和一个女人一起进来的,她究竟是谁?你现在是为她工作吗?"

西恩娜在兰登身旁站了起来,并迅速采取了主动。"费里斯医生?我叫西恩娜·布鲁克斯,也是一名医生。我就在佛罗伦萨工作。兰登教授昨晚头部中弹,得了逆行性遗忘症,因此他不知道你是谁,也不知道过去两天内他都遭遇了什么。我和他在一起,是因为我在帮助他。"

西恩娜的话在空荡荡的洗礼堂内回荡,可那男子仍然歪着脑袋,一脸的茫然,仿佛没有完全听懂她的话。一阵恍惚过后,他摇摇晃晃地后退一步,扶着一根立柱站稳身子。

"哦……我的上帝,"他结结巴巴地说,"现在一切都能解释通了。"

兰登看到男子脸上的怒容在慢慢褪去。

"罗伯特,"对方小声说,"我们还以为你已经……"他摇摇头,仿佛要把事情解释清楚。"我们还以为你倒戈了……以为他们收买了你……或者威胁了你……我们只是不知道!"

"他只和我一个人接触过,"西恩娜说,"他只知道自己昨晚在我工作的医院苏醒过来,而有人在追杀他。另外,他还一直有可怕的幻觉——尸体、瘟疫受害者、某个佩戴着蛇形护身符的银发女人在告诉他——"

"伊丽莎白!"男子脱口而出。"那是伊丽莎白·辛斯基博士!罗伯特,就是她请你帮助我们的!"

"如果真的是她,"西恩娜说,"那么我要告诉你她遇到麻烦了。我们看到她被困在一辆面包车的后座上,左右两边都是士兵,而且她那样子看似被注射了麻醉药之类的东西。"

男子慢慢点点头,闭上眼睛。他的眼睑鼓鼓的,很红。

"你的脸怎么啦?"西恩娜问。

他睁开眼。"你说什么?"

"你的皮肤……好像你感染了什么。你病了吗?"

男子吃了一惊。虽然西恩娜的问题很唐突,甚至有些不礼貌,但兰登心里也有同样的好奇。考虑到他今天已经遭遇了那么多与瘟疫相关的资料,红色、起泡的皮肤让他十分不安。

"我没事,"男子说,"都是该死的宾馆肥皂弄的。我对大豆严重过敏，而意大利香皂大多采用了大豆皂角。我真是愚蠢，居然没有检查。"

西恩娜如释重负地松了口气，肩膀也松弛了下来。"谢天谢地，你没有吃它。染上皮炎总比过敏性休克要好。"

两个人尴尬地放声大笑。

"告诉我，"西恩娜冒昧地说，"你听说过贝特朗·佐布里斯特这个名字吗？"

男子惊呆了，那副样子就像是刚刚与长着三个脑袋的恶魔面对面遭遇一样。

"我们相信我们刚刚发现了他留下的一个信息，"西恩娜说，"指引我们去威尼斯的某个地方。你觉得这有意义吗？"

男子睁大了眼睛。"天哪，当然！绝对有用！它指向什么地方？"

西恩娜深吸一口气，显然准备把她和兰登刚刚在面具背面发现的螺旋形诗歌告诉他，但是兰登本能地按住她的手，示意她保持沉默。这个男子的确看似盟友，可是在经历过今天发生的一系列事件之后，兰登的内心在告诉他不要相信任何人。而且，这人的领带有些眼熟，他觉得此人跟他早些时候看到在但丁小教堂里祈祷的很可能是同一个人。他在跟踪我们吗？

"你是怎么在这里找到我们的？"兰登问。

男子仍然为兰登无法回忆起往事而感到困惑。"罗伯特，你昨晚给我打电话，说你已经安排好，要与一位名叫伊格纳奇奥·布索尼的博物馆馆长见面，然后你就失踪了，而且再也没有来过电话。当我听说有人发现伊格纳奇奥·布索尼已经死了之后，我真的很担心。我在这里找了你一上午。我看到警察在维奇奥宫外的行动，就在我等着想搞清发生了什么事的时候，碰巧看到你从一扇小门爬了出来，身旁还有……"他瞥了西恩娜一眼，显然一时忘记了她的名字。

她赶紧说："西恩娜·布鲁克斯。"

"对不起……还有布鲁克斯医生。我一路跟着你们，希望知道你们究竟在干嘛。"

"我在但丁小教堂里看到了你，在祈祷。那是不是你？"

"正是！我想弄清楚你在做什么，可我仍然是一头雾水！你离开教堂时好像有使命在身，于是我一路跟着你。我看到你偷偷溜进了洗礼堂，便决定现身面对你了。我给讲解员塞了点钱，获准在这里单独呆几分钟。"

"真够勇敢的，"兰登说，"尤其是在你认为我已经背叛了你们的情况下。"

男子摇摇头。"我内心深处有个声音在说你绝对不会那么做的。罗伯特·兰登教授怎么会干那种事？我知道其中肯定另有原因。可是遗忘症？太不可思议了。我怎么都想不到。"

得了皮疹的男子又开始紧张不安地搔挠起来。"听着，我只有五分钟时间。我们现在就得离开这里。既然我能找到你们，那些想杀你们的人也会找到你们的。有许多事你还不明白。我们得去威尼斯，立刻动身。问题是如何神不知鬼不觉地离开佛罗伦萨。那些制住了辛斯基博士的人……那些追杀你的人……他们的眼线无处不在。"他指了指洗礼堂的大门。

兰登没有让步，仍然想要得到一些解答。"那些穿黑制服的士兵是什么人？他们为什么要杀我？"

"说来话长，"男子说，"我路上再跟你解释。"

兰登眉头一皱，不太喜欢这样的答案。他给西恩娜做了个手势，示意她走到一旁，然后小声问她："你信任他吗？你怎么看？"

西恩娜望着兰登，仿佛觉得他问出这种问题肯定是疯了。"我怎么看？我认为他是世界卫生组织的人！我认为他是我们寻找答案的最佳赌注！"

"他身上的皮疹呢？"

西恩娜耸耸肩。"正像他所说的那样——严重的接触性皮炎。"

"万一事情不像他所说的那样呢？"兰登小声说，"万一……万一另有隐情呢？"

"另有隐情？"她难以置信地看了他一眼。"罗伯特，那不是瘟疫，如果你介意的是那个的话。看在上帝的份上，他是医生。如果他得了某种致命疾病，而且知道会传染给他人，他绝对不会鲁莽到去传染给全世界。"

"万一他没有意识到自己感染了瘟疫呢？"

西恩娜噘着嘴想了想。"那恐怕你我早已被传染了……还有周围的每个人。"

"你对待病人的方式可能要改改了。"

"我只是实话实说。"西恩娜将装着但丁死亡面具的密封塑料袋递给兰登。"还是你拿着我们的小朋友吧。"

两人转向费里斯医生时，看到他刚刚低声打完一个电话。

"我刚给我的司机打过电话，"费里斯医生说，"他会在外面等我们，就在——"他突然停住了，目瞪口呆地盯着兰登手里的东西，他还是第一次看到但丁·阿利基耶里的死亡面具。

"天哪！"费里斯退缩了一下，"那究竟是什么东西？！"

"说来话长，"兰登说，"我路上再向你解释。"

第 60 章

纽约的编辑乔纳斯·福克曼在自己家被与办公室连线的电话铃声吵醒了。他翻了个身，看了一下钟：凌晨四点二十八分。

在出版界，午夜紧急电话如一夜成名一般罕见。福克曼不知所措地下了床，匆匆顺着过道走进办公室。

"喂？"电话那一头传来一个熟悉的低沉男中音。"乔纳斯，谢天谢地你在家。我是罗伯特。希望没有吵醒你。"

"你当然吵醒我了！现在是凌晨四点！"

"对不起，我在国外。"

哈佛大学难道不教学生时区吗?

"乔纳斯,我遇到了一点麻烦,需要你帮忙。"兰登的声音听上去很紧张。"我需要动用你的公司法人奈特捷[1]卡。"

"奈特捷?"福克曼大笑道,仿佛不敢相信自己的耳朵。"罗伯特。我们是做出版生意的,联系不到私人飞机。"

"我的朋友,我俩都知道你没有说实话。"

福克曼叹了口气。"好吧,我换个说话。我们没法为宗教史大部头著作的作者联系私人飞机。如果你愿意写《图像的五十道阴影》[2],我们还可以谈谈。"

"乔纳斯,不管花多少钱,我都会还给你的。我向你保证。我什么时候违背过诺言吗?"

除了上次承诺的交稿日期已经过了三年?不过,福克曼感觉到了兰登语气里的紧迫。"告诉我出什么事了。我会尽力而为。"

"我没有时间向你解释,但我这次真的需要你帮我。这可是生死攸关的事。"

福克曼已经与兰登合作过多年,十分熟悉他那蹩脚的幽默,但这次他没有从兰登焦急的语气中听出丝毫玩笑的成分。这个人绝对是认真的。福克曼呼了口气,打定了主意。我的财务经理会杀了我。三十秒后,福克曼记下了兰登对飞行的具体要求。

"没问题吧?"兰登问。他显然察觉到了福克曼听到飞行细节后的迟疑和惊讶。

"没问题。我还以为你在美国呢,"福克曼说,"知道你在意大利,我有些意外。"

"我跟你一样意外。"兰登说。"乔纳斯,再次感谢。我现在就去机场。"

---

1 奈特捷,为企业高层提供私人飞机服务的飞机租赁公司。
2 原文为 Fifty Shades of Iconography,此处是在调侃自二〇一二年出版后即畅销全球并让作者一夜成名的情色小说《格雷的五十道阴影》(Fifty Shades of Grey)。

* * *

奈特捷公司的美国中心位于俄亥俄州的哥伦布市，拥有一支二十四小时随时提供飞行服务的团队。

机主服务代表德碧·吉尔刚刚接到纽约一位企业联合法人代表打来的电话。"请稍等，先生，"她调整了一下耳机，开始在计算机终端上输入信息。"从技术上说，那将是奈特捷公司的一次欧洲飞行，但我可以帮你安排好。"她快速进入位于葡萄牙帕苏-迪阿尔库什的奈特捷欧洲部系统中，查看了一下目前位于意大利境内和周边国家的飞机位置。

"好的，先生，"她说，"看起来我们有一架'奖状优胜'[1]停在摩纳哥，一小时内就可以将它调往佛罗伦萨。这样安排能满足兰登先生的需求吗？"

"希望是吧，"出版公司的人说，语气中透着疲倦与一丝恼怒。"非常感谢。"

"不用客气。"德碧说。"兰登先生想飞往日内瓦？"

"是的。"

德碧继续输入信息。"都安排好了，"她最后说，"兰登先生确认将从卢卡市的塔西纳诺 FBO[2] 出发，此地位于佛罗伦萨以西约五十英里处。他将于当地时间上午十一点二十分起飞。兰登先生需要在起飞前十分钟抵达机场。你没有要求我们提供地面交通服务，没有餐饮要求，而且已经把他的护照信息告诉了我，所以一切就绪。还有别的需要吗？"

"给我一份新工作？"他笑着说，"谢谢。你已经帮了我大忙。"

"不用客气。祝你晚安。"德碧挂上电话，继续完成预订工作。她

---

1 奖状优胜，美国堪萨斯州塞斯纳公司制造的一种涡轮风扇发动机中型商务机。
2 FBO，英文全称为 Fixed Base Operator，意为固定运营基地，一般是设在机场或机场附近为除常规航班之外的小飞机，特别是公务机和私人飞机提供综合服务的基地或服务商。

输入了罗伯特·兰登的护照号码，正欲输入其他信息时，屏幕上突然跳出了一个闪烁的红色提醒方框。德碧看了一下方框中的内容，惊讶得睁大了眼睛。

一定是弄错了。

她试着重输了一遍兰登的护照号码。闪烁的提醒方框再次跳了出来。兰登如果预订航班，世界各地任何航空公司的电脑上都会出现这样一个提醒方框。

德碧·吉尔盯着屏幕看了一会儿，不敢相信自己的眼睛。她知道奈特捷公司非常注重客户的隐私，可这个警示方框已经超越了公司的隐私保密规定。

德碧·吉尔立刻拨通了相关部门的电话。

* * *

布吕德特工啪的一声关上手机，开始招呼自己的手下上车。

"兰登有动静了，"他大声说，"他将搭乘一架私人飞机去日内瓦。一小时内从卢卡 FBO 起飞，在这里以西五十英里。如果我们立刻动身，可以在他起飞前赶到那里。"

* * *

与此同时，一辆租用的菲亚特轿车沿着庞扎尼路一路向北狂飙，离开了大教堂广场，驶往佛罗伦萨的新圣母玛利亚教堂火车站。

兰登和西恩娜坐在汽车后座上，伏低了身子，费里斯医生则和司机一起坐在前排。预订奈特捷公司飞机的点子是西恩娜出的。如果他们走运，这个点子足以误导对方，从而让他们三个人安全地通过佛罗伦萨火车站，否则那里肯定会布满了警察。好在坐火车到威尼斯只用两个小时，而且在国内坐火车并不需要护照。

兰登望着西恩娜，而她正不安地盯着费里斯医生。费里斯显得十分痛苦,他呼吸困难,仿佛每吸一口气都疼痛难熬。

我希望她对他的病判断得没错,兰登心想。他看着费里斯身上的皮疹,想象着漂浮在拥挤的小车里的各种细菌。就连他的指尖看上去都像是红肿的。兰登尽量不去考虑这些,他将目光转到了窗外。

快到火车站时,他们经过了巴里奥尼大酒店——兰登每年都要参加的一个艺术会议的许多活动常在那里举办。看到它,兰登意识到自己将要干一件从未做过的事。

我没有去看大卫塑像就离开佛罗伦萨了。

兰登默默向米开朗基罗说了声抱歉,将目光转向前方的火车站……他的思绪飞到了威尼斯。

第61章

兰登要去日内瓦?

伊丽莎白·辛斯基博士坐在面包车后座上,身体随着汽车的颠簸不停地左摇右晃,她感觉越来越不舒服。汽车正风驰电掣般地驶离佛罗伦萨,奔向城西的一个私人机场。

辛斯基心想,去日内瓦毫无道理啊。

惟一与日内瓦相关的是世界卫生组织的总部在那里。兰登要去那里找我吗?兰登明明知道辛斯基就在佛罗伦萨却仍然要去日内瓦,这委实荒谬。她的心里闪过另外一个念头。

我的上帝啊……难道佐布里斯特的目标是日内瓦吗?

佐布里斯特熟谙象征主义,考虑到他已经与辛斯基较量了一年之久,在世界卫生组织总部创造出一个"零地带"[1]的确显出几分优雅作

---

[1] 零地带也称"原爆点",原为军事术语,狭义指原子弹爆炸时投影至地面的中心点,广义指大规模爆炸的中心点。后用于描述极端和暴力事件发生地。而在9.11恐怖袭击后很长一段时间内,这个词被用来专指世贸双子楼遗址那片废墟。

派。并且，如果佐布里斯特是在为某种瘟疫寻找一个爆发点，那么日内瓦肯定是一个糟糕的选择。相对于其他都市，日内瓦地理位置偏僻，每年这个时候还相当寒冷。而大多数瘟疫都在人群密集、气温较高的环境中蔓延。日内瓦海拔一千多英尺，完全不适合瘟疫的爆发传播。无论佐布里斯特有多么鄙视我。

那么现在的问题就是——兰登为什么要去日内瓦？这位美国教授从昨晚就开始举止失措，而这古怪的旅行目的地又为他那一长串怪异行为清单增添了新的内容。辛斯基绞尽脑汁，仍然无法为此找出合理的解释。

他究竟站在哪一边？

不错，辛斯基认识兰登只有几天的时间，但她通常看人很准，她绝不相信像罗伯特·兰登这样的人会经不住金钱的诱惑。可是，他昨晚中断了与我们的联系。他现在又像某个顽皮的特工一样与我们玩起了捉迷藏。他是不是被人说服，认为佐布里斯特的行为有一点道理？

这个想法令她不寒而栗。

不，她安慰自己。我非常清楚他的声望，他绝不是那种人。

辛斯基四天前的晚上在一家改装过的C-130运输机空荡荡的机舱内第一次见到罗伯特·兰登，这架飞机也是世界卫生组织的移动协调中心。

飞机降落在汉斯科姆机场时刚过晚上七点，那里离马萨诸塞州的剑桥市不到十五英里。辛斯基无法肯定自己能从仅仅电话联系过的这位学术名流身上期待什么，可当他自信地大步登上旋梯来到机舱后部并且带着无忧无虑的笑容跟她打招呼时，她有些喜出望外。

"我猜是辛斯基博士吧？"兰登紧紧握住她的手。

"教授，我很荣幸见到你。"

"感到荣幸的应该是我。谢谢你为我们做的一切。"

兰登个子很高，温文尔雅，相貌英俊，声音低沉。辛斯基估计他当时的衣着就是他在课堂上的装束——一件花呢夹克衫、卡其布裤子、路夫便鞋。考虑到他是在毫无心理准备的情况下直接被人接过来的，这一推测合情合理。他也比她想象的更年轻、更健壮，而这提醒她想起了自己的年龄。我几乎可以做他的母亲。

她疲惫地朝他展露微笑。"谢谢你能来，教授。"

兰登指着辛斯基派去接他的那位缺乏幽默感的下属说："你的这位朋友没有给我重新考虑的机会。"

"干得好，所以我才付给他工资。"

"护身符真漂亮，"兰登望着她的项链说，"是天青石？"

辛斯基点点头，然后低头看了一眼她那颗蓝宝石护身符，被雕刻成缠绕着节杖的一条蛇。"现代医学界的象征。我相信你一定知道，它叫墨丘利节杖。"

兰登猛地抬起头来，似乎想说什么。

她等待着。什么？

他按下冲动，礼貌地一笑，换了个话题。"为什么请我来这里？"

伊丽莎白指着一张不锈钢桌周围的临时会议区说："请坐。我有件东西需要你给看看。"

兰登慢慢向桌旁走去，伊丽莎白注意到，这位教授虽然看似对参加一次秘密会议很好奇，却丝毫没有为此心神不宁。这个人处乱不惊。她想知道一旦明白自己为什么会被带到这里来后教授是否还会这么放松。

伊丽莎白请兰登落座后，没有任何寒暄就直接拿出了她和她的团队不到十二小时前从佛罗伦萨一个保险柜里没收的物品。

兰登研究了这个雕刻过的小圆筒好一会儿，然后简要地概述了一些伊丽莎白已经获知的情况。这个物件是古代的圆柱形印章，可以被用来盖印。它上面有一个特别可怕的三头撒旦形象，外加一个单词：saligia。

兰登说，"Saligia 是一个拉丁助记符号，意思是——"

"七宗罪，"伊丽莎白说，"我们已经查过了。"

"好吧……"兰登有些不解，"你希望我看看这个东西有什么原因吗？"

"当然有。"辛斯基拿回小圆筒,开始使劲晃动它,里面的搅动球来回移动时发出了嘎嘎的响声。

兰登茫然地看着她的动作,还没来得及问她在干什么,圆筒的一端便开始发亮。她将它对准机舱内一块平整的绝缘板。

兰登不由自主地吹了声口哨,向投出的图像走去。

"波提切利的《地狱图》,"兰登大声说,"依据的是但丁的《地狱篇》。不过,我猜你大概已经知道了。"

伊丽莎白点点头。她和她的团队已经通过互联网识别出了这幅画,而且辛斯基在得知这居然是波切提利的作品时吃了一惊,因为这位画家最著名的作品是他那色彩明亮、理想化的杰作《维纳斯的诞生》和《春》。辛斯基非常喜欢那两幅作品,尽管它们描绘的丰饶与生命的诞生,只会提醒她想起自己无法怀孕这一悲剧——她成就卓越的一生中惟一的重大遗憾。

辛斯基说:"我原本希望你能给我说说这幅画作背后隐藏的象征主义。"

兰登整个晚上第一次露出恼怒的神情。"你就为这个把我叫来了?我记得你说事情很紧急。"

"迁就我一次吧。"

兰登耐住性子叹了口气。"辛斯基博士,一般来说,如果你想了解某幅具体的画作,你应该联系收藏原作的博物馆。就这幅画来说,那应该是梵蒂冈教廷图书馆。梵蒂冈有许多一流的符号学家,他们——"

"梵蒂冈恨我。"

兰登惊讶地看了她一眼。"也恨你?我还以为我是惟一被恨的那个呢。"

她苦笑着说:"世界卫生组织深感推广避孕是对全球健康至关重要——无论是对付艾滋病这样的性传播疾病还是控制人口。"

"而梵蒂冈的看法相反。"

"正是。他们花了大量精力和金钱向第三世界灌输避孕为罪恶这一信念。"

"是啊，"兰登心领神会地微微一笑。"还有谁比一群八十多岁的禁欲男性更适合告诉全世界如何做爱呢？"

辛斯基越来越喜欢这位教授了。

她又摇动小圆筒，给它充电，然后将图像再次投射到墙上。"教授，仔细看看。"

兰登朝图像走去，认真端详着。他越走越近，却又遽然止步。"奇怪，这幅画被人改动过了。"

他没用多久就发现了。"是的，我希望你能告诉我这些改动的意思。"

兰登陷入了沉默，眼睛扫视着整幅图像，驻足观看拼写出catrovacer的十个字母……然后是瘟疫面具……还有边上那句怪异的引文，关于什么"死亡的眼睛"。

"这是谁干的？"兰登问。"来自何处？"

"其实，你现在知道得越少越好。我只是希望你能够分析那些改动的地方，把它们的含义告诉我们。"她指了指角落里的桌子。

"在这里？现在？"

她点点头。"我知道这有些强人所难，可是它对我们的重要性，我怎么说都不为过。"她停顿了一下。"这很可能是生死攸关的大事。"

兰登关切地望着她。"破译这些可能需要一些时间，但是我想它既然对你这么重要——"

"谢谢你，"辛斯基趁他还没有改变主意赶紧打断了他的话。"你需不需要给谁打个电话？"

兰登摇摇头，告诉她自己原本计划一个人安静地过个周末。

太好了。辛斯基让他坐到桌子旁，交给他那个小投影仪、纸张、铅笔和一台笔记本电脑，上面还有安全的卫星连接。兰登一脸的疑惑，不明白世界卫生组织为什么会对一幅改动过的波提切利的画作感兴趣，但他还是尽职尽责地开始了工作。

辛斯基博士估计他会研究数小时都没有突破，因此坐下来忙自己的事。她时不时地能够听到他摇晃那个投影仪，然后在纸上快速地写着什么。刚过了十分钟，兰登就放下铅笔，大声说，"Cerca trova。"

辛斯基扭头看着他。"什么？"

"Cerca trova，"他重复了一遍。"去寻找，你就会发现。这个密码就是这个意思。"

辛斯基立刻过来坐到他身旁。兰登向她解释，但丁笔下的地狱的层次被打乱了，在将它们重新正确排序后，拼写出的意大利语短语便是cerca trova。辛斯基听得入了迷。

寻找并发现？辛斯基感到很诧异。这就是那个疯子给我的信息？这听上去像是一个赤裸裸的挑战。她的心中又响起了他们在美国外交关系委员会见面时这个疯子对她说的最后那句话：看起来我们这支舞才刚刚开始。

"你刚才脸都白了，"兰登若有所思地观察着她，"我想这不是你希望得到的信息？"

辛斯基回过神来，整理了一下脖子上的护身符。"不完全是。告诉我……你认为这张地狱图是在暗示我寻找某样东西吗？"

"当然是。Cerca trova。"

"它有没有暗示我在哪里寻找？"

兰登抚摸着自己的下巴，世界卫生组织的其他人员也聚集了过来，急于想得到信息。"没有明显暗示……没有，但对你应该从哪里开始，我有一个很不错的主意。"

"告诉我，"辛斯基说，兰登没有料到她的语气那么急迫。

"你觉得意大利的佛罗伦萨怎么样？"

辛斯基咬紧牙关，尽量不做出任何反应，但她的手下却没有她那么镇定。他们全都惊讶地相互对望了一眼，其中一人抓起电话就拨号，另一个人则匆匆穿过机舱，向机头走去。

兰登一时摸不着头脑。"是因为我说了什么吗？"

绝对是，辛斯基心想。"你凭什么说佛罗伦萨？"

"Cerca trova，"他回答说，然后快速地详细讲述了瓦萨里在维奇奥宫绘制的一幅壁画背后存在已久的谜团。

就是佛罗伦萨，辛斯基心想，兰登已经给她介绍了太多的情况。她的强硬对手在离佛罗伦萨维奇奥宫不到三个街区的地方跳楼自杀显然不仅仅是巧合。

"教授，"她说，"我刚才给你看我的护身符并且称它为墨丘利的节杖时，你停顿了一下，好像想说什么，但你迟疑了一下后似乎又改变了主意。你本来想说什么？"

兰登摇摇头。"没什么，只是一个愚蠢的看法。我身上的教授部分有时会有一点霸道。"

辛斯基紧盯着他的眼睛。"我之所以这样问是因为我需要知道我是否能信赖你。你本来想说什么？"

兰登咽了口口水，清了清嗓子。"也不是太重要，你说你的护身符是古代的医学象征，这没有错。可是当你称它为墨丘利节杖时，你犯了一个常见的错误。墨丘利的节杖上面盘着两条蛇，而最上方还有翅膀。你的护身符上只有一条蛇，没有翅膀，因此它应该被称作——"

"阿斯克勒庇俄斯节杖。"

兰登惊讶地把头一歪。"正是。"

"这我知道。我只是想试探一下你是否够诚实。"

"你说什么？"

"我想知道你是否会对我说真话，不管那真话可能会令我多么不快。"

"好像我令你失望了。"

"以后不要再这样了。你我只有完全坦诚才能在这件事情上合作。"

"合作？我们不是已经完成了吗？"

"没有，教授，我们还没有完成。我需要你一起去佛罗伦萨，帮助我找到某样东西。"

兰登凝视着她，不敢相信自己的耳朵。"今晚？"

"恐怕是的。我还没有告诉你目前的形势多么严峻。"

兰登摇摇头。"你告诉我什么都不重要。我不想飞往佛罗伦萨。"

"我也不想,"她神色严峻。"但遗憾的是我们的时间不多了。"

第 62 章

意大利的"银箭"高速列车向北一路疾驰,在托斯卡纳乡间划出一道优雅的弧线。列车光洁的顶部反射着正午的阳光。尽管在以一百七十四英里的时速驶离佛罗伦萨,"银箭"列车却几乎没有发出任何声响,轻柔反复的咔嚓声以及微微摇晃的动感对车上的乘客有着近乎抚慰的效果。

对于罗伯特·兰登而言,刚刚过去的一个小时恍如梦境。

此刻在"银箭"的这辆高速列车上,兰登、西恩娜和费里斯医生坐在一个包厢里,里面有一张行政级包厢的小床铺、四个真皮座位以及一张折叠桌。费里斯用自己的信用卡租下了整个包厢,还买了各种三明治和矿泉水。兰登和西恩娜在床铺旁的卫生间里洗漱过后一阵狼吞虎咽。

当三个人安顿下来、开始了前往威尼斯的两小时火车之旅后,费里斯医生立刻将目光转向了但丁的死亡面具。面具装在密封塑料袋中,就放在他们之间的桌子上。"我们需要破解这个面具要将我们具体带向威尼斯的什么地方。"

"而且要快,"西恩娜补充道,话音里带着急迫感。"这或许是我们阻止佐布里斯特瘟疫的惟一希望。"

"等一下,"兰登用手护住面具。"你答应过我,安全登上这列火车后,会回答我关于过去几天的一些问题。到目前为止,我只知道世界卫生组织在剑桥市请我帮助破解佐布里斯特版本的《地狱图》。除此之外,你还什么都没有告诉我。"

费里斯医生不安地扭动了一下身子,重新开始抓挠脸上和脖子上的皮疹。"我看得出你很沮丧,"他说,"我相信无法回忆起所发生的一切确实令人不安,但是从医学的角度来说……"他望着对面的西恩娜,在得到她的认同后继续说道,"我强烈建议你不要将精力浪费在回忆你不记得的具体细节上。对于遗忘症患者来说,最好的办法就是永远忘记已经忘记的过去。"

"过去的事就让它过去?"兰登火冒三丈。"见鬼去吧!我需要一些答案!你的组织将我带到了意大利,我在这里中了枪,失去了生命中的几天!我想知道这是如何发生的!"

"罗伯特,"西恩娜插嘴道,说话的声音很轻柔,显然试图让他平静下来。"费里斯医生没有说错。一次性地给你大量信息会让你承受不了,肯定不利于你的健康。你不妨想想你还记得的一些零星片段——那位银发女人,'寻找就会发现',《地狱图》中那些扭动的躯体——那些混杂在一起,以无法控制的形式突然重现在你脑海里的画面,让你差一点失去所有的能力。如果费里斯医生开始讲述过去几天的事情,他肯定会激发其他记忆,你的各种幻觉又会再次出现。逆向性遗忘症是一种非常严重的疾病。不恰当地触发记忆会对心智造成极其严重的破坏。"

兰登从来没有想到过这一点。

"你一定感到晕头转向,"费里斯补充说,"可是我们目前需要保证你的心智完好,只有这样我们才能往下推进。我们必须破解出这个面具要告诉我们什么。"

西恩娜点点头。

兰登没有吭声,他注意到两位医生似乎达成了一致意见。

兰登默默地坐在那里,努力克服心中的不安。遇到一个全然陌生的人,然后意识到你其实几天前就认识了他,那种感觉怪异极了。还有,兰登心想,他的眼睛里依稀有一些熟悉的东西。

"教授,"费里斯同情地说,"我看得出来你吃不准是否应该信任我,考虑到你所经历的一切,这是可以理解的。遗忘症一个常见的副作用是轻度妄想症与怀疑。"

有道理,兰登想,我现在就连自己的心智都无法信任。

"说到妄想症,"西恩娜开起了玩笑,显然想活跃一下气氛,"罗伯特看到你身上的皮疹后,还以为你感染上了鼠疫。"

费里斯睁大了肿胀的眼睛,放声大笑。"这个皮疹?教授,请相信我,如果我得了鼠疫,我绝对不会用非处方抗组胺药来治疗它。"他从口袋里掏出一小支药膏,扔给兰登。那果然是一支治疗过敏反应的抗痒乳膏,已经用了一半。

"对不起,"兰登觉得自己傻透了,"这一天真够漫长的。"

"别担心。"费里斯说。

兰登将目光转向车窗外,看着意大利乡间的柔和色调连缀融合为一幅安宁的拼贴画。亚平宁山脉的山麓丘陵逐渐取代了平原,葡萄园和农场越来越少。列车不久将蜿蜒通过山口,然后继续下行,一路向东,直奔亚德里亚海。

我这是要去威尼斯,他想,去寻找某种瘟疫。

这一天的经历匪夷所思,兰登感到自己仿佛穿行在一幅风景画中,除了一些模糊的形状外,没有任何特别的细节。就像梦境。具有讽刺意味的是,人们通常是从噩梦中醒来……而兰登感到自己仿佛是醒来之后进入了一场噩梦。

"告诉我你在想什么。"西恩娜在他身旁低声说。

兰登抬头看了她一眼,疲惫地笑了笑。"我一直在想我会在自己家中醒来,发现这一切只是一场噩梦。"

西恩娜仰起头,摆出一副严肃的神情。"要是醒来后发现我不是真的,你就不会想念我了?"

兰登只好向她赔笑。"会的,说实在的,我会有点想你。"

她轻轻拍了拍他的膝盖。"教授,别再白日做梦了,开始干活吧。"

兰登极不情愿地将目光转向但丁·阿利基耶里那张布满皱纹的脸,它正从他面前的桌子上茫然地盯着他。他轻轻拿起石膏面具,将它翻过来，凝视着凹面内螺旋文字的第一行：

哦，有着稳固智慧的人啊

兰登怀疑自己此刻是否当得起此说。但他还是埋头研究起来。

*　　*　　*

在奔驰的列车前方两百英里处，"门达西乌姆号"仍然停泊在亚德里亚海上。甲板下的高级协调员劳伦斯·诺尔顿听到自己的玻璃隔间外传来指关节的轻轻敲击声，他按了办公桌下的一个按钮，不透明的墙壁立刻变成了透明的，外面站着一个个子不高、皮肤被晒成褐色的人影。

教务长。

他脸色严峻。

他一声不吭地走了进来，锁上隔间的门，按了一下按钮，玻璃隔间再次变得不透明。他的身上散发着酒味。

"佐布里斯特留给我们的录像带，"他说。

"怎么呢？"

"我想看看。现在。"

第 63 章

罗伯特·兰登将但丁死亡面具背后的文字抄写到了一张纸上，以便近距离地分析它。西恩娜和费里斯医生也凑了过来，给他提供帮助，兰登只好尽量不去理会费里斯不断挠痒的动作和他沉重的呼吸。

他没事，兰登安慰自己，强行将注意力集中到面前的诗歌上。

哦，有着稳固智慧的人啊，
请注意这里的含义
就藏在晦涩的诗歌面纱之下。

"我说过，"兰登发声了，"佐布里斯特这首诗的第一诗节取自但丁的《地狱篇》，而且一模一样，是在告诫读者这里的文字暗藏深义。"

但丁那部寓意深刻的著作充满了对宗教、政治和哲学的隐晦评论，兰登经常建议他的学生像钻研《圣经》那样去研读这位意大利诗人——在字里行间努力发掘更深层的含义。兰登继续说道："研究中世纪寓意式作品的学者们通常将自己的分析分成两类——'文本'和'意象'……文本指作品的文字内容，意象指象征信息。"

"好吧，"费里斯急切地说，"那么这首诗从这一行开始——"

"意味着，"西恩娜插嘴道，"我们如果只看表面文字，那我们只能发现其中的一部分含义。真正的含义有可能深藏不露。"

"差不多是这样吧。"兰登将目光转回到文字上，继续大声念出来。

寻找那位欺诈的威尼斯总督
他曾切断马的头
抠出盲人的骨头

兰登说："嗯，我无法确定无头马和盲人的骨头，但我们似乎应该寻找一位具体的总督。"

"我认为……或许是总督的坟茔？"西恩娜问。

"或者塑像或画像？"兰登说。"威尼斯已经几百年没有总督了。"

威尼斯总督类似意大利其他城邦的公爵，在公元六九七年后的一千年里，总共有一百多位总督统治过威尼斯，他们的世系在十八世纪后期随着拿破仑的征服而终结,但他们的荣耀和权力仍然是令历史学家们特别着迷的话题。

"你们可能知道,"兰登说,"威尼斯两个最受人欢迎的旅游景点——总督府和圣马可大教堂——都是由总督为总督们自己修建的。许多总督就安葬在那里。"

西恩娜望着那首诗,"你是否知道有哪位总督被视为特别危险?"

兰登看了一眼那行诗。寻找那位欺诈的威尼斯总督。"这我不知道,但是这首诗并没有使用'危险的'这个词,而是用了'欺诈的'。这里面有区别,至少在但丁的世界里有区别。欺诈是七宗罪之一,而且是其中最恶劣的罪行,罪人在地狱的第九圈也就是最后一圈中接受惩罚。"

但丁所定义的欺诈是背叛自己所爱的人的行径。历史上最臭名昭著的例子是犹大背叛他心爱的耶稣,但丁视这项罪为最大的邪恶,因而将犹大打入地狱最深的核心处,并且以其最不光彩的居民的名字将这里命名为犹大环。

"好吧,"费里斯说,"那么我们要寻找一位有欺诈行径的总督。"

西恩娜点头表示赞同。"这将有助于我们缩小范围。"她停下来,继续阅读那首诗。"可是下一行……一位'切断马的头'的总督?"她抬头望着兰登。"有没有一位总督切断过马的头?"

西恩娜的这个问题,让兰登的心中浮现出了《教父》中那个可怕的画面。"我想不起来,不过按照下面一句,他还'抠出过盲人的骨头',"他扭头望着费里斯,"你的手机能够上网吧?"

费里斯立刻掏出手机,然后举起他那肿胀、患有皮疹的指尖。"我可能很难操作按键。"

"让我来。"西恩娜接过他的手机。"我来搜索威尼斯总督,同时输入无头的马和盲人的骨头。"她开始在小小的键盘上飞快地按动。

兰登又快速浏览了一遍全诗,然后继续大声朗读。

> 跪在金碧辉煌的神圣智慧博学园内,

将你的耳朵贴在地上，
聆听小溪的流水声。

"我从来没有听说过博学园这个词，"费里斯说。

"这是一个古词，意思是受缪斯女神保护的庙宇，"兰登说，"在古希腊早期，博学园是智者们相聚的地方，他们分享观点，讨论文学、音乐和艺术。第一座博学园是托勒密[1]在亚历山大城图书馆内修建的，比耶稣诞生还早几个世纪。此后，世界各地便出现了几百座博学园。"

"布鲁克斯医生，"费里斯满怀希望地看了西恩娜一眼，"你能不能查找一下威尼斯有没有博学园？"

"威尼斯其实有几十座博学园，"兰登顽皮地笑着说，"它们现在叫做博物馆。"

"啊……"费里斯说，"我估计我们得在更大的范围里搜寻。"

西恩娜一面继续在手机键盘上按键，一面平静地听着他们之间的对话，一心二用对她来说似乎根本不成问题。"好吧，我们在查找一座博物馆，并且将在那里发现一位切断过马头、抠出盲人骨头的总督。罗伯特，有没有哪座特别的博物馆会是查找的好地方？"

兰登已经在思考威尼斯所有最著名的博物馆——学院美术馆、雷佐尼科宫、格拉西宫、佩姬·古根海姆美术馆、科雷尔博物馆——可似乎没有一座符合这些描述。

他又将目光转回到诗歌上。

跪在金碧辉煌的神圣智慧博学园内……

兰登苦笑了一下。"威尼斯倒是的确有一座博物馆完全符合'金

---

[1] 此处指托勒密一世（公元前367？—283），古埃及国王，托勒密王朝的创始人，建都于亚历山大城，并且在此修建图书馆和博物馆。

碧辉煌的神圣智慧博学园'的描述。"

费里斯和西恩娜一起满怀希望地望着他。

"圣马可大教堂,"他说,"威尼斯最大的教堂。"

费里斯似乎不敢肯定。"那座教堂是博物馆?"

兰登点点头。"很像梵蒂冈博物馆,而且圣马可大教堂的内部完全由纯金箔片装饰,并因此而闻名于世。"

"一座金碧辉煌的博学园,"西恩娜显得由衷的兴奋。

兰登点点头,确信圣马可大教堂就是诗歌中提到的那座金碧辉煌的庙宇。几百年来,威尼斯人一直将圣马可大教堂称作黄金教堂,兰登认为它的内部是全世界所有教堂中最炫目的。

"诗中还说'跪'在那里,"费里斯补充道,"而教堂是合乎情理的下跪之所。"

西恩娜再次运指如飞地按动手机键盘。"我在搜索内容中再加上圣马可大教堂。那一定是我们寻找那位总督的地方。"

兰登知道他们会发现圣马可大教堂里到处都是总督,因为那里实际上曾经就是总督们的教堂。他感到自己有了信心,再次将目光转向那首诗。

> 跪在金碧辉煌的神圣智慧博学园内,
> 将你的耳朵贴在地上,
> 聆听小溪的流水声。

流水?兰登有些不解。圣马可大教堂的下面有水?他随即意识到自己这个问题太愚蠢。整个威尼斯城的下面都是水。威尼斯的每座建筑都在慢慢下沉、渗水。兰登的脑海里浮现出圣马可大教堂的形象,他想象着里面什么地方可以跪下来聆听小溪的流水声。一旦听到了……我们该做什么?

兰登将思绪拉回到那首诗上,大声将它念完。

> 下到水下宫殿的深处……
> 因为在这里，冥府怪物就在黑暗中等待，
> 淹没在血红的水下……
> 那里的泻湖不会倒映群星。

"好吧，"这个画面让兰登深感不安，"我们显然必须顺着小溪的流水声……一路跟踪到某个水下宫殿。"

费里斯挠了挠脸，显得有些泄气。"冥府怪物是什么？"

"地下的，"西恩娜主动说，手指仍然在按着手机键盘，"'冥府'的意思就是'地下'。"

"部分正确，"兰登说，"但这个词还有另一层历史含义，通常与神话和怪物相关。冥府怪物指一整类神话中的神和怪物——比如厄里尼厄斯[1]、赫卡特[2]和美杜莎[3]。他们被称作冥府怪物是因为他们居住在冥府，与地狱相关。"兰登停顿了一下。"他们在历史上曾经从地下来到过地上，在人间肆行暴虐。"

三个人沉默良久，兰登意识到大家都在思考着同一件事。这个冥府怪物……只可能是佐布里斯特的瘟疫。

> 因为在这里，冥府怪物就在黑暗中等待，
> 淹没在血红的水下……
> 那里的泻湖不会倒映群星。

"不管怎么说，"兰登尽量不让话题跑得太远。"我们显然要寻找一个地下场所，这至少可以解释诗中最后一行的所指——'那里的泻湖不会倒映群星'。"

"有道理，"西恩娜说着从费里斯的手机上抬起头来。"如果泻湖

---

[1] 希腊神话中的复仇女神。
[2] 希腊神话中司夜和冥界的女神。
[3] 希腊神话中三位蛇发女怪之一。

位于地下，那么它当然无法有天空的倒影。可是威尼斯有这样的地下泻湖吗？"

"我不知道，"兰登回答说，"但是一座建造在水上的城市具有无限的可能性。"

"万一这个泻湖位于室内怎么办？"西恩娜突然望着他俩问道。"这首诗提到了'水下宫殿'和'黑暗中'。你刚才说总督府与大教堂有关，是吗？那意味着那些建筑具备许多这首诗提到的特点——一个神圣智慧的博学园、一座宫殿、与总督有关——而且就位于威尼斯的大泻湖之上，在海平面上。"

兰登思考了一下。"你认为诗中的'水下宫殿'是总督府？"

"为什么不是呢？这首诗首先要我们在圣马可大教堂下跪，然后顺着流水的声音向前。也许流水声会将我们带到总督府的隔壁。那儿可能有地下喷泉之类的东西。"

兰登多次参观过总督府，知道它体积巨大。这座宫殿是个向四周延伸的建筑群，里面有一个规模庞大的博物馆，还有名副其实的迷宫般的机构办公室、公寓和庭院，外加一个分散在多个建筑中的庞大监狱系统。

"你的话或许有道理，"兰登说，"可是盲目地在那座宫殿里搜寻会花上数天时间。我建议我们严格按这首诗中所说的做。首先，我们去圣马可大教堂，找到这位欺诈总督的坟墓或者塑像，然后跪下来。"

"然后呢？"西恩娜问。

"然后，"兰登叹了口气，"我们使劲祈祷，希望能听到流水声……它总会将我们带向某个地方。"

在此后的沉默中，兰登想象着自己在幻觉中看到的伊丽莎白·辛斯基那张焦急的脸，她在河对岸呼唤着他。时间无多。去寻找，你就会发现！他想知道辛斯基如今身处何方……她是否没事。那些穿黑制服的士兵现在肯定已经意识到兰登和西恩娜逃走了。他们会用多久追上我们？

兰登重新将目光转向那首诗，竭力摆脱一阵倦意。他望着最后一行诗,心中闪过另一个想法。他不知道这个想法是否值得一提。那里的泻湖不会倒映群星。他的想法虽然可能与他们的寻找不相干,但他还是决定与大家分享。"还有一点我应该提一下。"

西恩娜从手机上抬起头来。

"但丁的《神曲》的三个部分,"兰登说,"《地狱篇》、《炼狱篇》和《天堂篇》,都以同一个词结束。"

西恩娜颇感意外。

"哪个词?"费里斯问。

兰登指着自己抄写的文字的最下方。"这首诗的结尾也用了同一个词——'群星'。"他拿起但丁的死亡面具,指着螺旋文字的正中央。

那里的泻湖不会倒映群星。

"而且,"兰登接着说,"在《地狱篇》的最后部分,我们看到但丁在一个深坑中聆听小溪的流水声,并且顺着它穿过了一个洞口……走出了地狱。"

费里斯的脸色微微发白。"上帝啊。"

就在这时,"银箭"钻进了一个隧道,包厢内充满了震耳欲聋的呼呼声。

兰登在黑暗中闭上眼睛,尽量放松大脑。他想,佐布里斯特或许是个疯子,但他的确读懂了但丁。

第 64 章

劳伦斯·诺尔顿感到如释重负。

教务长改变了主意,想观看佐布里斯特制作的视频了。

诺尔顿伸手拿出深红色的记忆棒,将它插进电脑中,与老板一起观看。佐布里斯特那段长达九分钟的怪异信息一直压在他的心头,他盼望着能有另一双眼睛来审视它。

这将不再是我的事了。

诺尔顿屏住呼吸，开始播放。

显示屏变暗，水花的轻柔拍打声充盈着整个隔间。摄像机穿越了地下洞窟的微红色迷雾，虽然教务长没有露出任何明显的反应，诺尔顿还是察觉到他不仅感到困惑，而且有些惊慌。

摄像机不再向前运行，转而慢慢向下倾斜，对准了泻湖的表面，然后突然扎入水下几英尺深处，画面上出现了一块钉在湖底的抛光的钛金属牌。

就在此地，正当此日，
世界被永远改变。

教务长微微退缩了一下。"明天，"他望着那日期低声说。"我们知道'这个地方'可能是哪里吗？"

诺尔顿摇摇头。

摄像机的镜头转向了左边，显示出水下的一个大塑料袋，里面有一种黄褐色的凝胶状液体。

"那是什么东西？！"教务长拉过一张椅子，坐了下来，眼睛死死盯着那左右摇晃的塑料袋，它如同一个系着绳子的气球般悬浮在水下。

录像还在继续播放，但一种令人不安的寂静笼罩着整个房间。不一会儿，画面一片漆黑，然后洞窟的墙壁上出现了一个长着鹰钩鼻的奇怪身影，他开始用晦涩的语言说话。

我是幽灵……

被迫藏匿地下，被放逐到这个黑暗的洞窟里。血红的河水在这儿聚集成泻湖，它不会倒映群星。我的宣告必须从地球深处向全世界发布。

可这就是我的天堂……孕育我那柔弱孩子的完美子宫。

地狱。

教务长抬头看了一眼。"地狱？"

诺尔顿耸耸肩。"我说过，这段视频非常令人不安。"

教务长重新将目光转向显示屏，目不转睛地观看。

长着鹰钩鼻的身影继续演说了几分钟，谈到了瘟疫，谈到了需要净化人口，谈到了他本人在未来的光荣作用，谈到了他与那些试图阻止他的无知灵魂之间的战斗，也谈到了少数几个忠心耿耿的人——他们意识到过激行动是拯救地球的惟一办法。

不管这场战争的目的是什么，诺尔顿一上午都在琢磨财团是否在为错误的一方效力。

那个声音在继续往下说。

我已经制造出了一个拯救人类的杰作，但我的努力所得到的回报不是赞美和荣誉……而是死亡威胁。

我并不怕死……因为死亡能将预言家变成殉道者……将崇高的思想变成强大的运动。

耶稣。苏格拉底。马丁·路德·金。

总有一天，我也会成为他们当中的一员。

我所创造的杰作就是上帝本人的作品……是来自上帝的礼物，因为上帝赋予了我创造这个杰作所需的智慧、工具和勇气。

现在，那一天越来越近。

地狱就沉睡在我的身下，准备从它湿漉漉的子宫里跳出来……在冥府怪物及其所有复仇女神目光的关注下。

尽管我的壮举很高尚，但我也像你们一样罪孽深重。就连我也犯有七宗罪中最黑暗的一种——面对它的诱惑，很少有人能独善其身。

骄纵。

我在录下这段信息的同时,已经屈从于骄纵的煽动……急于确保整个世界知道我的成就。

为什么不呢?

人类应该知道自己的救赎之源……知道永远封上地狱敞开的大门的那个人的名字!

每过去一小时,结果都会变得更加确定。数学像万有引力定律一样无情,没有任何商量的余地。生命的无限繁荣也几乎毁灭了人类生命,同样将成为人类的救赎。一个活生生的有机体——不管它是善是恶——它的美在于它将毫无杂念地遵循上帝的法则。

多产并繁殖吧。

于是,我将用火……来对付火。

"够了。"教务长说话的声音太低,诺尔顿几乎没有听到。

"你说什么?"

"把视频停下来。"

诺尔顿暂停了播放。"先生,结尾部分其实最可怕。"

"我已经看够了。"教务长看似很不舒服。他在隔间里来回踱步,然后突然转过身来。"我们需要联系 FS-2080。"

诺尔顿思考着这步行动。

FS-2080 是教务长最信任的一个联系人的代号,正是这个联系人介绍佐布里斯特成为了"财团"的客户。此时此刻,教务长肯定在责备自己相信了 FS-2080 的判断;推荐贝特朗·佐布里斯特为客户已经给"财团"结构微妙的世界带来了混乱。

FS-2080 是这场危机的起因。

围绕佐布里斯特的灾难链条正变得越来越长,而且似乎越来越糟,不仅对财团,而且很可能……对整个世界。

"我们需要知道佐布里斯特的真实意图,"教务长说。"我需要知道他究竟创造了什么,它的威胁是否真实。"

诺尔顿知道，如果说有人知道这些问题的答案，这个人只能是 FS-2080。没有人比 FS-2080 更了解贝特朗·佐布里斯特。是时候了，"财团"得破坏协议，并评估自己有可能在过去一年中不经意地给什么样的疯狂之举提供了帮助。

诺尔顿思考了一下直接面对 FS-2080 可能带来的后果。仅仅是主动联系对方都有可能存在一定的风险。

"先生，"诺尔顿说，"如果你主动联系 FS-2080，你显然需要做得非常微妙。"

教务长掏出手机时，眼睛里闪动着怒火。"我们已用不着考虑什么微妙不微妙了。"

* * *

戴着涡纹花呢领带和 Plume Paris 眼镜的男子和他的两个旅伴坐在"银箭"列车的包厢里，尽量克制着不去搔挠他那越来越严重的皮疹。他胸口的疼痛似乎也加重了。

列车终于钻出隧道，男子凝视着对面的兰登。兰登慢慢睁开眼睛，显然刚从遥远的思绪中回过神来。坐在他身旁的西恩娜又将目光转向了男子的手机。由于刚才列车高速通过隧道时没有信号，她将手机放到了桌上。

西恩娜似乎急于继续上网搜索，但她还没有来得及伸手去拿手机，它就突然振动了起来，发出一连串断断续续的铃声。

患有皮疹的男子非常熟悉这铃声，立刻抓起手机，瞥了一眼亮起来的屏幕，尽量掩饰自己的惊讶之情。

"对不起，"他说着站了起来，"是我病中的母亲打来的，我得接一下。"

西恩娜和兰登颇为理解地点点头。男子说了声抱歉，退出包厢，沿着过道快步走进附近的一个卫生间。

患有皮疹的男子接电话的时候锁上了卫生间。"喂？"

电话那头的声音很严肃。"我是教务长。"

第 65 章

"银箭"列车上的卫生间比商务班机上的卫生间大不了多少，里面的空间仅够让人转身。患有皮疹的男子结束了与教务长的电话交谈，将手机装进口袋。

一切已天翻地覆。他意识到整个景观突然逆转了，他需要一点时间来找到自己的方向。

我的朋友现在成了我的敌人。

他松开涡纹花呢领带，注视着镜中自己那张布满脓包的脸。他的样子比他想象的还要糟糕。可是与他胸口的疼痛相比，他的脸根本不算回事。

他犹豫不决地解开几个扣子，拉出衬衣。他强迫自己望着镜子……仔细查看着赤裸的胸口。

上帝啊。

发黑的区域变大了。

他胸口中央的皮肤是青黑色的，昨天刚开始时只有高尔夫球大小，如今已经有橙子那么大了。他轻轻碰了碰柔软的肌肤，顿时痛得脸都变了形。

他赶紧扣好衬衣纽扣，希望自己还有力气完成该做的事。

接下来的一小时很关键，他想，需要采取一系列微妙的策略。

他闭上眼睛，振作起来，盘算着自己接下来应该怎么做。我的朋友变成了我的敌人，他又想到。

他痛苦地深吸几口气，希望这能让他平静下来。他知道，如果打算隐瞒自己的意图，他就需要保持平静。

要想演得有说服力，内心的平静至关重要。

此人对于欺骗并不陌生，可他的心此刻在怦怦直跳。他又深吸了一口气。你这么多年来一直在欺骗别人，他提醒自己，这就是你的谋生之道。

他硬着头皮准备回到兰登和西恩娜身旁。

这是我最后的一场演出，他想。

作为走出卫生间之前最后的预防措施，他取出了手机里的电池，以确保手机再也用不了。

*　　*　　*

他脸色苍白，西恩娜心想。患有皮疹的男子重新走进包厢，痛苦地叹了口气，坐到座位上。

"没事吧？"西恩娜问，一脸的关心。

他点点头。"谢谢，没事。一切都好。"

显然，她已经得到了对方愿意分享的所有信息。西恩娜转换方向。"我还得用一下你的手机，"她说，"如果你不介意的话，我想再查一查总督的信息。我们也许可以在去圣马可大教堂之前先找到一些答案。"

"没问题，"他说着便从口袋里掏出了手机，查看了一下显示屏。"哦，糟糕，刚才打电话时电就快用光了，现在看样子完全没电了。"他看了一眼手表。"我们马上就到威尼斯了，现在只好等待。"

*　　*　　*

意大利海岸外五英里处，"门达西乌姆号"船上的高级协调员诺尔顿默默地望着教务长，后者有如困兽一般在玻璃隔间里转来转去。教务长打完电话后，脑子一直在飞速运转。诺尔顿很知趣地在他苦苦思索时不发出任何声响。

终于，这位皮肤被太阳晒得黝黑的人开口了，诺尔顿还从来没有听到他的声音如此紧张过。"我们别无选择,必须让伊丽莎白·辛斯基博士看到这段视频。"

诺尔顿一动不动地坐在那里,不想表露出自己的惊讶之情。那个银发恶魔?也就是我们帮助佐布里斯特躲避了整整一年的人?"好吧,先生。要我想办法用电子邮件将视频传给她吗?"

"上帝啊,不行。我们不能冒让公众看到这段视频的风险,那会引发大规模恐慌。我要你尽快把辛斯基博士请到这艘船上来。"

诺尔顿惊得目瞪口呆。他想把世界卫生组织的总干事请到"门达西乌姆号"上来?"先生,这种违反我们保密协议的做法显然风险——"

"照我说的去做,诺尔顿!立刻!"

第 66 章

"银箭"列车在飞速奔驰。FS-2080 眼睛盯着窗外,注视着玻璃上倒映出来的罗伯特·兰登。这位教授仍然在苦苦思索,试图破解贝特朗·佐布里斯特在但丁死亡面具上留下的谜语。

贝特朗,FS-2080 心想,上帝啊,我真想他。

失去之痛新鲜如昔。他们两个人相遇的那个夜晚宛如一个神奇的美梦。

芝加哥。暴风雪。

六年前的一月……但仍然恍如昨日。我踏着狂风肆虐的华丽一英里[1]上的积雪,竖起衣领以抵挡让人什么都看不见的雪盲。

---

[1] 华丽一英里,美国芝加哥北密歇根大街的一段,从卢普区直到橡树街,它将芝加哥的黄金海岸与市中心连接起来。二十世纪四十年代,地产商亚瑟·卢波洛夫给这段全城最富声望的居住与商业干道起了这个绰号。

尽管天气寒冷，我仍然叮嘱自己，任何事都无法阻止我前往目的地。今晚机会难得，我可以聆听伟大的贝特朗·佐布里斯特的演说……就在现场。

我已经看过这个人的所有文章，知道自己幸运地得到了专门为这场活动印制的五百张门票中的一张。

我赶到报告厅时都快冻僵了，但我还是惊恐地发现报告厅里几乎空无一人。演讲取消了？！由于天气恶劣，芝加哥市几近瘫痪……难道就是因为这个，佐布里斯特今天才无法到场？！

可是他来了。

一个高大、儒雅的人走上了讲台。

他个子很高……非常高……炯炯有神的绿眼睛深处似乎承载着世上的所有奥秘。他望着空空的报告厅——里面只有十来位铁杆粉丝——我为报告厅的空空荡荡而感到羞愧。

这可是贝特朗·佐布里斯特！

他凝视着我们，表情严肃。这一刻寂静得可怕。

然后，没有任何征兆地，他突然放声大笑，那双绿眼睛在不停地闪烁。"让这空荡荡的报告厅见鬼去吧，"他大声说，"我下榻的宾馆就在隔壁。让我们一起去酒吧！"

大家欢呼起来，于是一小群人转场去了隔壁的宾馆酒吧，挤进一个大隔间里，点了喝的。佐布里斯特跟我们分享了他研究过程中的故事，他晋身名流的经过，还有他对遗传工程未来的思考。大家不停地喝着酒，话题转到了佐布里斯特最近对超人类主义哲学的兴趣上。

"我认为超人类主义是人类长久生存的惟一希望，"佐布里斯特这么宣称，他掀开身上的衬衣，露出肩膀上所有的"H+"文身。"大家可以看到，我完全支持它。"

我感到自己仿佛是在和一位摇滚巨星单独相聚。我从来没有想到杰出的"遗传学天才"本人会如此富有蛊惑力，如此迷人。佐布里斯特每次看向我时，他那双绿眼睛都会激发出我身上从未有过的情感……是那种强烈的性吸引。

夜色渐浓,客人们渐渐各自找借口离开,返回到现实生活之中。午夜时,只剩下我独自和贝特朗·佐布里斯特坐在那里。

"谢谢你让我度过了一个美好的夜晚,"我对他说,因为喝了太多酒而有一点醉意。"你是一位了不起的老师。"

"奉承?"佐布里斯特微笑着向我这边靠了靠,我们的大腿碰到了一起。"它会让你心想事成。"

这种调情显然并不恰当,可这天晚上大雪弥漫,我们又是在芝加哥一家人去楼空的酒店中,那种感觉就像整个世界都停止了。

"你怎么打算?"佐布里斯特说,"在我房间里睡一晚?"

我惊呆了,知道自己看起来就像是被汽车大灯照着的一头鹿。

佐布里斯特的眼睛在热烈地闪烁。"让我猜猜看,"他小声说,"你从来没有和一个著名的男人在一起过。"

我脸一红,竭力克制内心的各种情感——尴尬、激动、害怕。"说实在的,"我对他说,"我还从来没有和任何男人在一起过。"

佐布里斯特微笑着又凑近了一点。"我不知道你一直在等什么,但是请让我成为你的第一个吧。"

在那一刻,我童年时所有尴尬的性恐惧和挫败感通通烟消云散……消弭在了雪花纷飞的夜晚。

我有生以来第一次感觉到了一种未被羞耻心困住的渴望。

我想要他。

十分钟后,我们在佐布里斯特的房间里赤身裸体地拥抱在一起。佐布里斯特不慌不忙,双手耐心地在我那毫无经验的胴体上激发出我从未体验过的感觉。

这是我自己的选择。他没有强迫我。

佐布里斯特的双臂紧紧拥抱着我,我感到仿佛世界上的一切都恰如其分。我躺在那里，凝视着窗外雪花飞舞的夜晚，知道我将跟随这个男人去天涯海角。

"银箭"突然开始减速，FS-2080从幸福的回忆中回到了压抑的现实里。

贝特朗……你走了。

他们在一起的第一夜也是不可思议的旅程的第一步。

我不只是他的情人。我成为了他的信徒。

"自由之桥，"兰登说，"我们快到了。"

FS-2080伤心地点点头，凝视着桥下的威尼斯泻湖，想起曾有一次与贝特朗一起在这里扬帆……那个祥和的画面此刻化作了一星期前的恐怖记忆。

他从巴迪亚塔跳下去的时候我在场。

他最后看到的是我的眼睛。

第 67 章

奈特捷公司的"奖状优胜"飞机在强烈的涡流中颠簸。它从塔西纳诺机场升空后，倾斜着向威尼斯飞去。机上的伊丽莎白·辛斯基博士几乎没有注意到飞机起飞时的颠簸，她一面抚摸着自己的护身符，一面凝视着窗外的天空。

他们终于不再给她注射药物了，辛斯基的头脑清晰了一些。布吕德特工坐在她身旁，一声不吭，大概仍然在琢磨整个事件突如其来的峰回路转。

一切全都逆转了，辛斯基想，仍然在努力相信自己所目睹的一切。

三十分钟前，他们冲进这个小机场，试图在兰登登上他所预定的私人飞机时拦截他。但是，他们没有发现那位教授，只看到一架在空转的"奖状优胜"，以及两位奈特捷公司的飞行员。他们一面在停机坪上踱步，一面查看着手表。

罗伯特·兰登没有露面。

这时，电话打了进来。

手机响起的时候，辛斯基还在她呆了一天的位置——黑色面包车的后座上。布吕德特工走进车里，将手机递给她，脸上一副目瞪口呆的表情。

"夫人，你的紧急电话。"

"谁打来的？"她问。

"他只让我告诉你他有关于贝特朗·佐布里斯特的重要信息传达。"

辛斯基一把抓过手机。"我是伊丽莎白·辛斯基博士。"

"辛斯基博士，你我从未谋面，但我的机构对在过去一年里隐藏贝特朗·佐布里斯特负责。"

辛斯基立刻坐直了身子。"不管你到底是谁，你是在庇护一名罪犯！"

"我们没有干非法的事，但这不是——"

"你居然还敢说没有！"

电话那头的男子耐心地长吸了一口气，说话的声音变得非常轻柔。"你我会有大量的时间来讨论我的行为伦理。我知道你不认识我，但我对你颇为了解。佐布里斯特先生支付给我一笔相当可观的费用，让你和其他人在过去一年中无法找到他。我现在联系你已经违反了我自己严格的保密协议。但是，我相信我们别无选择，只能将我们的资源集中在一起。我担心贝特朗·佐布里斯特可能干了非常可怕的事。"

辛斯基猜不出这个人是谁。"你现在才想到这一点？"

"是的，刚刚才意识到。"他的语气很真诚。

辛斯基不想兜圈子。"你是谁？"

"某个想帮助你的人，趁着还不算太晚。我有贝特朗·佐布里斯特制作的一段视频。他要我向全世界公布……就在明天。我认为你需要立刻看一看。"

"那上面说什么？"

"电话里说不方便。我们得见个面。"

"我怎么知道我该相信你？"

"因为我正要告诉你罗伯特·兰登的位置……以及他为什么行动怪异。"

辛斯基听到兰登的名字时打了个趔趄，然后惊讶地听完了对方的离奇解释。这个人似乎在过去一年中与她的敌人沆瀣一气，可在听完详情后，她的直觉告诉她，她需要相信这个人所说的话。

我别无选择只能答应他。

双方资源整合后，动用那架"被抛弃的"奈特捷"奖状优胜"飞机就成了轻而易举的事。辛斯基和士兵们现在处于追赶状态，正欲飞往威尼斯，因为按照这个人提供的情报，兰登和他的两个旅伴此刻正搭乘火车抵达那里。现在已经来不及动用地方当局了，但电话那头的男人声称他知道兰登要去哪里。

圣马可广场？一想到威尼斯人群最密集的地方，辛斯基就感到浑身发凉。"你是怎么知道的？"

"电话里说不方便，"对方说，"但我必须告诉你，罗伯特·兰登在不知情的情况下与一个非常危险的人同行。"

"谁？！"辛斯基问。

"佐布里斯特最亲密的知己。"对方重重地叹了口气。"一个我信任的人，但那显然是个愚蠢的错误。我相信这个人现在构成了严重的威胁。"

私人飞机搭载着辛斯基和六名士兵向威尼斯的马可波罗机场飞去，辛斯基的思绪回到了罗伯特·兰登身上。他失去了记忆？他什么都想不起来了？这个怪异的消息虽然解释了几件事，却让辛斯基更加难受。她早就后悔让那位杰出的学者卷入到这场危机中来了。

我让他别无选择。

差不多两天前，当辛斯基把兰登招募过来时，她甚至都没有让他回家去取护照。相反，她安排他作为世界卫生组织的特别联络人，不露声色地通过了佛罗伦萨机场。

当笨重的 C-130 升入空中、向东横跨大西洋时，辛斯基看了一眼身旁的兰登，注意到他好像不太舒服。他死死地盯着机身没有窗户的侧墙。

"教授，你发现这架飞机没有窗户了？它前不久还是一架军用运输机。"

兰登转过身，脸色惨白。"是的，我一进来就注意到了。我在密闭的空间里感觉不舒服。"

"所以你假装在望着一个想象出来的窗户？"

他不好意思地笑了。"差不多吧。"

"那么你看着这个。"她抽出一张照片，放到他面前。照片上是她那位瘦高个、绿眼睛的死敌。"这就是贝特朗·佐布里斯特。"

辛斯基已经向兰登讲述了自己在美国外交关系委员会与佐布里斯特的交锋，他对人口末日方程式的狂热，他那流传甚广的对黑死病给全球带来益处的论述，以及最为不祥的情况即他在过去一年中彻底销声匿迹了。

"那么著名的人物怎么能隐藏这么久而不被人发现呢？"兰登问。

"有许多人在帮他。非常专业的帮助。甚至有可能是某个外国政府。"

"什么样的政府会容忍有人制造瘟疫呢？"

"那种试图从黑市上购买核弹头的政府。别忘了，一种高效的瘟疫也是终极生化武器，相当值钱。佐布里斯特可以轻而易举地向他的合作者撒谎，向他们保证自己创造的东西用途有限。只有佐布里斯特一个人知道他所创造的东西事实上会造成什么样的后果。"

兰登陷入了沉默。

"不管怎么说，"辛斯基继续说道，"即便不是冲着权力或金钱，那些帮助佐布里斯特的人也会因为赞同他的思想而帮他。佐布里斯特有的是信徒，这些人愿意为他做任何事。他也是个名人。事实上，他不久前曾在你们大学发表过一个演说。"

"在哈佛大学？"

辛斯基掏出一支铅笔，在佐布里斯特照片的边上写了字母 H，并且在字母后面添上了一个加号。"你是符号学专家，"她说，"你认识这个吗？"

H+

"H+，"兰登微微点点头。"当然认识。几年前的夏天，校园里到处贴满了这个符号。我猜想是一个化学会议。"

辛斯基微微一笑。"不，那其实是 2010 年的'人类+'峰会，是超人类主义最大的聚会。H+ 是超人类主义运动的标识。"

兰登头一歪，仿佛要弄明白这个术语。

辛斯基说，"超人类主义是一种思想运动，可以被视为一种哲学，而且正快速在科学界扎根。它的基本理念是人类应该运用技术来超越我们躯体天生的弱点，换句话说，人类进化的下一步，应该是着手将生物工程应用在我们自己身上。"

"听上去不妙，"兰登说。

"像所有变化一样，那只是一个程度的问题。从技术角度来说，我们多年来一直在改变我们自己的基因结构——研发各种疫苗，让儿童对某些疾病产生免疫力……小儿麻痹症、天花、伤寒。不同之处在于，现在有了佐布里斯特在生殖细胞系基因工程方面取得的突破，我们正逐步了解如何创造可继承的免疫接种，也就是将在核心生殖细胞系层面上影响接种对象的疫苗——让此后的每一代人永远对这些疾病具有免疫力。"

兰登似乎吃了一惊。"这么说，人类将经历一次新的进化，会对许多疾病产生免疫力，比如说伤寒？"

"这更像是辅助进化，"辛斯基纠正他的话，"在正常情况下，进化过程——无论是肺鱼进化出足,还是猿猴进化出与其他手指相对的拇指——都需要数千年的时间才能发生。我们现在可以在一代人身上创造出对应剧烈变化的遗传适应。支持这项技术的人将它视为达尔文'适者生存'的最终表现——人类变成了一个学会改进自己进化过程的物种。"

"这更像是在扮演上帝的角色,"兰登说。

"我完全同意,"辛斯基说,"但是佐布里斯特与其他许多超人类主义者不同,他竭力辩解说运用我们已掌握的所有力量——比如生殖细胞系基因突变——来改善我们这个物种是人类的进化义务。问题是我们的基因组成就像一个纸牌搭成的屋子,每一张纸牌都与无数其他纸牌相连且得到它们的支撑,其背后的支撑方式常常超出我们的想象。如果我们试图去除某个人类特性,我们可能同时造成几百种其他特征发生移位,并带来灾难性的后果。"

兰登点点头。"进化是一个渐进的过程,这是有道理的。"

"正是!"辛斯基说。她发现自己越来越喜欢这位教授。"我们正在胡乱地摆弄一个花了千万年才完成的过程。现在已经到了非常危险的时刻。我们基本上已经拥有了激活某些基因序列的能力,而这将使我们的后代更加灵敏、更有耐力、体力更强,智力更高——从本质上说成为一种超级人种。这些假设中的'基因增强'人就是超人类主义者所称的后人类,有些人相信那将是我们物种的未来。"

"听上去很怪异,有点像优生学,"兰登说。

这句评论让辛斯基浑身直起鸡皮疙瘩。

在二十世纪四十年代,纳粹科学家们涉足过一种他们称作优生学的技术,企图用初级基因工程来提高那些具有某些"优秀"基因特质的人的出生率,同时降低那些具有"劣质"种族特质的人的出生率。

基因层面上的种族清洗。

"他们之间有一些相似之处,"辛斯基承认道,"虽然目前还很难预测人如何能创造出新的人种,但这个世界上有许多聪明人都相信,开启这个过程对于我们的生存至关重要。超人类主义杂志《H+》的一位撰稿人将生殖细胞系基因工程称作'毫无疑问的下一步',并且宣称它'浓缩了我们物种真正的潜能。'"辛斯基停顿了一下。"此后,为了捍卫该杂志,他们还在《探索》杂志上发表了一篇文章——《世界上最危险的点子》。"

"我想我会支持后者,"兰登说,"至少从社会文化学的角度来说。"

"怎么讲?"

"嗯,我认为基因增强很像整容手术,要花很多钱,对吗?"

"那当然。并非每个人都付得起钱来改进他们自己或者他们的孩子。"

"这意味着合法的基因增强会立刻创造出一个富人和一个穷人世界。我们目前贫富之间的差距已经越来越大,但基因工程将会创造出超级人种以及……可以想象到的低级人种。你认为人们会在乎百分之一的超级富人操纵整个世界吗?想想看,如果那百分之一也是货真价实的超级物种——更聪明、更强壮、更健康,那将是一种必然会滋生出奴隶社会或者种族清洗的局面。"

辛斯基冲她身旁这位英俊的学者微微一笑。"教授,你已经快速理解了我所认为的基因工程最严重的陷阱。"

"我或许已经理解了这一点,但佐布里斯特仍然让我有些困惑。这些超级人类的想法似乎无一例外都是为了改善人类,让我们变得更健康,治愈致命的疾病,延长我们的寿命。可是佐布里斯特对人口过剩的看法似乎为杀人披上了合法外衣。他的超人类主义和人口过剩的观点似乎相互矛盾,不是吗?"

辛斯基严肃地叹了口气。这个问题问得好,而且遗憾的是它有一个清晰且令人不安的答案。"佐布里斯特真心实意地相信超人类主义,相信借助技术来改善人类;但是,他也相信我们物种会在我们还没有来得及这样做之前就已经灭绝。光是我们的人口数量就会造成我们物种灭绝,我们根本都不会有机会来实现基因工程的美好前景。"

兰登睁大了眼睛。"因此佐布里斯特想减少人口……以争取更多时间?"

辛斯基点点头。"他曾经形容自己被困在一艘船上,旅客的人数每小时增加一倍,而他正绝望地要赶在船被自身重量压沉之前建造出一条救生艇。"她停顿了一下。"他主张将一半的人扔进大海。"

兰登吓了一跳。"这种想法令人不寒而栗。"

"的确。你别弄错了,"她说,"佐布里斯特可是坚信,激烈地遏制人口激增有朝一日会被视为至高的英雄行动……人类选择生存的一刻。"

"就像我说过的,令人不寒而栗。"

"更加恐怖的是,佐布里斯特不是惟一持有这种想法的人。如果佐布里斯特死了,他将成为许多人眼里的殉道者。我不知道我们抵达佛罗伦萨时会碰到什么人,但我们必须非常小心。试图寻找到这种瘟疫的人不止我们,而且为了你的自身安全,我们绝对不能让任何人知道你在意大利寻找它。"

兰登向她介绍了他的朋友伊格纳奇奥·布索尼的情况。布索尼是一位但丁专家,兰登相信布索尼可以安排他在闭馆后悄悄进入维奇奥宫,让他观看佐布里斯特的小投影仪中包含 cerca trova 字样的那幅画。布索尼或许还能帮助兰登破解关于死亡之眼的那段怪异的引文。

辛斯基将满头银发捋向脑后,目不转睛地望着兰登。"去寻找,你会发现,教授。时间无多。"

辛斯基走进飞机上的储藏室,取出世界卫生组织最安全的危险品保护管——该型号具有生物识别密封功能。

"把你的拇指给我,"她说着将小圆管放到兰登的面前。

兰登一脸的迷茫,但还是按她所说伸出了拇指。

辛斯基设置了危险品保护管的程序,只有兰登一个人可以将它打开。然后,她拿起那个小投影仪,将它安全地放在里面。

"你就把它当做一个便携式保险箱。"她微笑着说。

"还带有生物危害的标识?"兰登显得有些不安。

"我们只有这个。从好的方面来看,谁也不会去胡乱摆弄它。"

兰登道了声歉，去活动活动腿脚，顺便上一趟卫生间。辛斯基想趁他不在时将密封好的小圆管装进他夹克衫的口袋里。可是，小圆管装不进去。

不能让他带着这个投影仪到处转悠，而且谁都能看得出来。她想了想，然后回到储藏室，取出一把手术刀和一套缝合工具。她以专家级的精确在兰登夹克衫的衬里上切开一条口子，仔细缝出一个暗袋，大小刚好可以藏住那个生物管。

兰登回来时，她正在缝最后几针。

教授突然停住脚，紧紧盯着她，仿佛她刚刚在《蒙娜丽莎》上胡乱涂抹过一样。"你在我的哈里斯牌外套的衬里上开了个口子？"

"别紧张，教授，"她说，"我是受过专业训练的外科医生，这几针缝得相当专业。"

第 68 章

威尼斯的圣卢齐亚火车站是一座低矮的建筑，灰色的石块和混凝土透着一份典雅。它采用了极简主义现代风格的设计，美丽的建筑正面没有任何标识，只有一个符号——飞翔的 FS 两个字母，也就是意大利国家铁路系统的标识。

由于火车站位于大运河的最西端，抵达威尼斯的旅客一出站就会发现自己完全被威尼斯独特的景观、气味和声音所包围。

对于兰登而言，首先迎接他的总是这里充满咸味的空气，来自海洋的清风夹杂着车站外街头小贩出售的白匹萨[1]散发出的香味。今天，风从东方吹来，空气中带着刺鼻的柴油味，是那些水上计程车发动机空转时发出的，它们在涨潮的大运河上排成了长队。几十位船长向游

---

1 白匹萨：不加红酱，用大蒜、奶酪、腌制番茄等制成的匹萨饼。

客挥手呼喊,希望能有人搭载他们的水上计程车、贡多拉[1]、水上巴士和私人摩托艇。

水上的混乱,兰登沉思着,望着水面上的交通阻塞。不知何故,这种在波士顿会把人逼疯的拥堵在威尼斯却感觉很古雅。

运河对岸不远处便是圣-西梅恩-匹卡罗教堂,它那标志性的铜绿色圆屋顶高耸于午后的天空中。这座教堂是全欧洲最折衷的建筑结构。那异常陡峭的圆屋顶以及圆形的高坛均为拜占庭风格,而它那大理石圆柱门廊明显模仿了罗马万神殿的古希腊式入口。主入口的上方为一堵恢弘的三角墙,上面精美的大理石浮雕描绘了许多殉道的基督教圣徒。

威尼斯就是一座露天博物馆,兰登心想,他的目光落到了拍打着教堂台阶的运河河水上。一座慢慢下沉的博物馆。然而,相形之下,威尼斯被海水淹没的隐忧此刻几乎显得微不足道,让兰登揪心的是正潜伏在这座城市下的那个威胁。

而且无人知晓……

但丁死亡面具背面的那首诗仍然萦绕在兰登的脑海里,他想知道这首诗会将他们带往何处。那首诗他已经抄写了下来,就放在他的口袋里,但是面具本身——在西恩娜的建议下——兰登已经用报纸包好,悄悄放在了火车站内一个自助式寄存箱里。虽然对于这样一个珍贵的文物来说,那是一个极不合适的安放之处,可放在寄存箱里肯定比带着这个价值连城的石膏面具在一座到处是水的城市里转悠要安全得多。

"罗伯特?"西恩娜已经和费里斯走到了前面,她指了指水上计程车。"我们时间不多。"

兰登三步并作两步向他们追去,然而作为古建筑爱好者,他觉得无法想象自己会沿着大运河匆匆而过。游玩威尼斯时最愉快的经历莫

---

[1] 贡多拉,又译刚朵拉,威尼斯形状独特的凤尾船,几个世纪以来一直是水城威尼斯居民的代步工具,现已更多地为游客所用。

过于乘坐一路水上巴士——威尼斯最重要的敞篷水上巴士——最好是在晚上,坐在露天座位的最前排,看着被泛光灯照亮的一座座大教堂和宫殿在你身旁漂过。

今天不能坐水上巴士了,兰登心想。水上巴士的超慢速度已经恶名远扬,而水上计程车则要快得多。遗憾的是,火车站外此刻排队等候水上计程车的人一眼望不到尽头。

费里斯显然不愿意等待,他立刻主动出击。在花费了一大把钞票之后,他很快便招来了一辆水上轿车——一艘用南非红木制造的油光锃亮的威尼斯水上计程车,顶上还有折篷。虽然雇佣这艘优雅的小船确实过分了些,但它能确保隐秘、快速的行程——沿大运河到圣马可大教堂只需十五分钟。

船上的驾驶员是位英俊得惊人的男子,身穿定制的阿玛尼西装,看上去与其说像船长还不如说像电影明星。不过,说到底,这里毕竟是威尼斯,尽显意大利优雅之地。

"我叫莫里奇奥·品波尼,"他说,在欢迎大家登船时朝西恩娜使了个眼色。"葡萄酒?柠檬酒?香槟?"

"不用,谢谢,"西恩娜说,然后用意大利语匆匆对他说,请他尽快将他们送到圣马可大教堂。

"那当然[1]!"莫里奇奥又向她使了个眼色。"我的船,她是威尼斯最快的……"

兰登他们在船尾豪华的露天座位上坐下后,莫里奇奥启动了船上的沃尔沃 Penta 发动机,熟练地将船倒离了岸边。然后,他向右转动方向盘,加大油门,驾驶着他的大船,从一群贡多拉中间穿了过去。时髦的黑色贡多拉在摩托艇的尾流中上下颠簸,几位身着条纹衫的贡多拉船夫冲着他挥舞着拳头。

"对不起[2]!"莫里奇奥抱歉地大声喊道。"是几位要人!"

几秒钟后,莫里奇奥就驶离了圣卢齐亚火车站前拥挤的水道,沿

---

12 原文为意大利语。

着大运河向东疾驰。当他们在优美的赤足桥下加速时,兰登闻到了当地美食 seppie al nero——墨汁鱿鱼——独特的香味,那是从附近岸边搭着天棚的餐馆飘来的。他们在大运河上拐了一个弯,出现在他们眼前的是巨大的、有着圆屋顶的圣耶利米教堂。

"圣卢齐亚,"兰登低声念着教堂一侧铭文上那位圣徒的名字。"盲人的骨头。"

"你说什么?"西恩娜扭过头来,希望兰登对那首神秘的诗又有了更多新的理解。

"没什么,"兰登说,"只是胡思乱想。也许没什么用。"他指着那座教堂说:"看到那铭文了吗?圣卢齐亚就埋葬在这里。我有时也讲授圣徒传的艺术,也就是描述基督教圣徒们的艺术,因此我突然想到圣卢齐亚是盲人的守护神。"

"对,圣卢齐亚![1]"莫里奇奥插话道,急于为大家效力。"盲人的守护神!你们知道那个故事不?"他回头望着他们,响亮的声音盖过了发动机的轰鸣。"卢齐亚天生丽质,每个男人都渴望得到她。于是,卢齐亚为了向上帝保证自己的纯洁并守护自己的贞洁,她挖出了自己的眼睛。"

西恩娜叹息道:"这才叫献身。"

"为了补偿她,"莫里奇奥接着说道,"上帝给了卢齐亚一双更加美丽的眼睛!"

西恩娜望着兰登。"上帝知道那毫无意义,对吗?"

"上帝的行事奥秘难测。"兰登说,眼前浮现出二十多幅古代大师们描绘圣卢齐亚用盘子托着自己眼球的画作。

虽然圣卢齐亚的故事有无数不同版本,但它们讲述的都是卢齐亚挖出自己那双勾魂摄魄的眼睛,将它们放在托盘上送给最狂热的求爱者,并且轻蔑地说:"我将你最渴望的东西送给你……至于其余的,我请求你永远不要再来打搅!"可怕的是,给卢齐亚带来自残灵

---

[1] 原文为意大利语。

感的恰恰是《圣经》,人们永远将她与耶稣那句著名的劝诫联系在一起——"如果你的眼睛让你跌倒,就抠出来丢掉。[1]"

抠出,兰登意识到那首诗中用了同一个词。寻找那位欺诈的威尼斯总督……他曾抠出盲人的骨头。

这一巧合让他感到困惑,他寻思这是不是在暗示圣卢齐亚就是那首诗中所指的盲人。

"莫里奇奥,"兰登指着圣耶利米教堂大声问,"圣卢齐亚的骨骸是不是葬在那座教堂里?"

"一部分是的,"莫里奇奥说,一只手熟练地驾驶着船,同时回头望着船上的旅客,全然不顾前面的交通情况。"但大部分不在那里。人们对圣卢齐亚爱戴有加,她的遗骸分布在世界各地的教堂中。威尼斯人当然最热爱圣卢齐亚,因此我们庆祝——"

"莫里奇奥!"费里斯大声喊叫道。"圣卢齐亚眼睛瞎了,可你没有。看着前面!"

莫里奇奥宽厚地哈哈大笑,转过身去,刚好来得及熟练地避开一艘迎面而来的船只。

西恩娜目不转睛地盯着兰登。"你在想什么?那位抠出盲人骨头的欺诈的总督?"

兰登噘起嘴唇。"我也说不准。"

他快速地跟西恩娜和费里斯讲述了关于圣卢齐亚遗骸——她的骨骸——的历史,那是所有圣徒传中最怪异的一个故事。据说,在美丽的卢齐亚拒绝了一位势力强大的追求者的求爱后,这位男人公开谴责她,并将她绑在火刑架上,要将她烧死。根据传说,她的躯体拒绝燃烧。由于她的肉体能够防火,人们相信她的遗骸具有特殊力量,任何拥有它的人都将高寿。

"魔力骨头?"西恩娜说。

---

1 引自《新约·马可福音》9:47,确切的原文应为"倘若你一只眼叫你跌倒,就去掉它。"(And if your eye causes you to sin, tear it out.)

"据信是的,这也是她的遗骸分散在世界各地的原因。两千多年来,大权在握的领袖们都曾试图通过拥有圣卢齐亚的骨骼来阻止衰老和死亡。历史上还没有哪位圣徒的遗骸像她的那样无数次被人偷窃、再偷窃、迁移、分割。她的骨骼至少辗转经历过十多位历史上最有权势的人之手。"

西恩娜问:"包括那位欺诈的总督吗?"

寻找那位欺诈的威尼斯总督,他曾切断马的头,抠出盲人的骨头。

"很有可能,"兰登说。此时他意识到但丁的《地狱篇》非常明显地提到了圣卢齐亚。卢齐亚是三位享受天国之福的女人——三个有福的女人[1]——之一,她们出力召唤来维吉尔,帮助但丁逃出地狱。另外两位分别是圣母玛利亚和但丁心爱的贝雅特丽齐,可见但丁将圣卢齐亚放在了最高的位置上。

"如果你没有说错,"西恩娜说,声音中带着几许兴奋,"那么切断马头的同一位欺诈的总督……"

"……也盗窃了圣卢齐亚的骨骼。"兰登替她说完了后面的话。

西恩娜点点头。"这将大大缩小我们的搜索范围。"她回头瞥了费里斯一眼。"你肯定你的手机没电了?我们或许可以上网查找——"

"一点都没了。"费里斯说。"我刚刚查看过。对不起。"

"马上就到了,"兰登说,"我相信我们会在圣马可大教堂找到一些答案。"

在这场拼字游戏中,圣马可大教堂是兰登惟一感到有绝对把握的一块。神圣智慧的博学园。兰登指望这座大教堂能够透露那位神秘总督的身份……然后,如果幸运的话,再透露佐布里斯特选择释放他制造的瘟疫的具体宫殿。因为在这里,冥府怪物就在黑暗中等待。

兰登刻意不去想鼠疫的事,但是没有用。他常常琢磨这座了不起的城市在其鼎盛时期是什么样子……也就是在鼠疫削弱了它的国力,导致它相继被奥斯曼人和拿破仑征服之前……回到威尼斯政通民顺、

---

1 原文为意大利语。

成为欧洲商业中心的年代。根据各种流传的说法，当时世界上没有比威尼斯更美的城市，它的百姓所拥有的财富和文化无与伦比。

具有讽刺意味的是，正是威尼斯百姓对外国奢侈品的喜好给它带来了厄运。老鼠隐藏在商船中，致命的鼠疫又躲在老鼠背上，就这样从中国传到了威尼斯。曾经造成中国人口减少三分之二的瘟疫来到欧洲，很快杀死了三分之一的人——不管你是年轻还是年迈，也不管你是富人还是穷人。[1]

兰登读过对鼠疫爆发时威尼斯生活的描述。由于几乎没有干燥的陆地可以掩埋死者，威尼斯的各条运河上漂浮着膨胀的尸体，有些地区堆积的尸体太多，工人们只好像木排工那样将尸体钩到大海里。似乎无论人们怎么祈祷都无法平息鼠疫的怒火。等市政官员们意识到疾病的起因是老鼠时，已经为时太晚。但是，威尼斯仍然颁布了一条法令：所有抵达的商船都必须在海上停泊整整四十天后才能获准卸货。时至今日，四十这个数字——在意大利语中是 quaranta——仍然在冷酷地提醒着人们 quarantine（检验）一词的由来。

他们乘坐的水上计程车在运河上又急速转了个弯，喜庆的红色篷布顶着微风前进，将兰登的注意力从对死亡的严峻思考中吸引到了左边一栋优雅的三层建筑上。

威尼斯赌场：无限情感。

兰登从未完全弄明白这家赌场横幅上的文字，但这座壮丽的文艺复兴风格的宫殿自十六世纪起就一直是威尼斯景观的一部分。它曾经是一座私人豪宅，如今却是一家要求客人们西装革履穿戴整齐的赌场，而且之所以闻名是因为作曲家理查德·瓦格纳一八八三年完成歌剧《帕西法尔》后不久便在这里因突发心脏病而去世。

---

1 作者此处的说法有误。欧洲十四世纪爆发的鼠疫也称"黑死病"，起源于亚洲西南部（另一说起源于黑海城市卡法），约在一三四〇年代散布到整个欧洲。这场瘟疫在全世界造成了大约七千五百万人死亡，根据估计，瘟疫爆发期间的中世纪欧洲约有占人口总数30%的人死于黑死病。

过了赌场，运河的右边出现了一座巴洛克风格的建筑，它那具有乡土气息的正面墙壁上挂着一个更大的深蓝色横幅，宣告它是"佩萨罗宫：国际现代艺术美术馆"。兰登数年前曾进去观看过古斯塔夫·克里姆特[1]的杰作《吻》——当然是在它从维也纳借展期间。克里姆特用令人目眩的金叶阐释的一对紧紧拥抱的恋人，激起了兰登对这位画家作品的酷爱。时至今日，兰登仍然感谢佩萨罗宫引发了他对现代艺术的毕生嗜好。

莫里奇奥继续驾驶着水上轿车，在宽阔的运河上加快了速度。

前方出现了著名的里奥多桥，表明去往圣马可广场的行程已经过半。正当船接近那座桥并且要从桥下穿过时，兰登抬起头，看到一个孤独的身影一动不动地站在桥的栏杆旁，带着忧郁的面部表情低头望着他们。

那张脸不仅熟悉……而且恐怖。

兰登本能地退缩了一下。

那张脸很长，面色灰白，有着冷冰冰的死亡之眼和长长的鹰钩鼻。

船从这个不祥的身影下方穿了过去，兰登突然意识到那只是某位游客在展示自己刚买的东西——附近的里奥多市场每天都会卖出的数百个瘟疫面具中的一个。

但是，那个面具今天显得一点都不可爱。

第 69 章

圣马可广场位于威尼斯大运河的最南端，运河在这里与大海融为

---

1 克里姆特（1862—1918），奥地利画家，"维也纳分离派"奠基人，追求装饰性效果，风格与"新艺术"派相似，代表作有《贝多芬雕像装饰画》和《吻》。

一体。俯瞰着这危险交叉点的是 Dogana da Mar——海洋海关——那简朴的三角形堡垒，其瞭望塔曾经守卫过威尼斯免遭外国入侵。如今，瞭望塔已经被一个巨大的金色球形建筑所取代，顶上的风向标采用了财富女神的造型，在微风中不断变化着方向，提醒出海的水手们命运莫测。

莫里奇奥驾驶着时髦的快船奔向运河尽头，波涛汹涌的大海突然凶巴巴地出现在他们面前。罗伯特·兰登以前曾多次走过这条线路，只是每次都乘坐体积大得多的水上巴士，因此当他们的豪华水上轿车在大浪上倾斜着前进时，他感到有些不安。

要想抵达圣马可广场码头，他们的船必须穿过一片开阔的泻湖，那里的水面上聚集着数百艘船只，既有豪华游艇和油轮，也有私人帆船和巨型邮轮。那种感觉就像刚刚驶离一条乡间公路，进入了一条八车道高速公路。

西恩娜望着在他们前面三百码处驶过的十层楼高的邮轮，似乎同样感到不安。邮轮的甲板上挤满了旅客，全都扎堆儿拥在栏杆旁，忙着从水上给圣马可广场拍照。邮轮翻腾的尾流中还有三艘其他船只在排队，等待着通过威尼斯最著名的地标。兰登听说最近几年船只的数量快速翻了几倍，以致不论是白天还是黑夜，这里总有船只通过。

掌舵的莫里奇奥望着迎面而来的邮轮船队，又瞥了一眼左边不远处一个带天棚的码头。"我停在哈利酒吧行吗？"他指着因发明了贝里尼鸡尾酒[1]而闻名的餐馆说。"走几步路就可以到圣马可广场。"

"不行，把我们一路送过去，"费里斯示意着泻湖对面的圣马可广场码头命令道。

莫里奇奥大度地耸耸肩。"随你便。等一下！"

发动机旋转起来，水上轿车开始迎着起伏的波浪前行，进入了一条浮标标示的航道。那些经过这里的邮轮看似漂浮在水面上的公寓大楼，卷起的尾流摇晃得其他船只像软木塞一样上下颠簸。

---

[1] 一种用桃汁和香槟酒调制而成的鸡尾酒。

让兰登颇感意外的是，几十艘贡多拉也同样在穿越这条航道，它们细长的船身——近四十英尺长、几乎重达一千四百磅——在汹涌的水面上似乎显得十分平稳。每条船都由一位稳如磐石身穿传统黑白条纹衫的船夫操纵，他站在船尾左侧的平台上，用固定在右边舷缘上的单桨划船。即便是在遇到波涛时，每条贡多拉也都神秘地向左倾斜。兰登知道这种怪异的现象是由船的不对称结构造成的。每条贡多拉的船身都向右侧弯曲，与站在左侧的船夫正好方向相反，目的是避免船夫在右边划船时船身转向左边。

他们从那些贡多拉身旁经过时，莫里奇奥自豪地指着其中一条。"你们看到前面那个金属标志了吗？"他回头大声问道，示意凸出在船首之外雅致的装饰物。"那是贡多拉上惟一的金属构件，称作 ferro di prua——船首铁。可以算威尼斯一景！"

莫里奇奥解释说，凸出在威尼斯每条贡多拉船首外的镰刀形装饰有着象征意义，其弯曲的形状代表着大运河，六个刀齿代表着威尼斯的六个区，而它那长方形的刀刃则是威尼斯总督独特的头饰。

总督，兰登的思绪又回到了眼前的任务上。寻找那位欺诈的威尼斯总督，他曾切断马的头……抠出盲人的骨头。

兰登抬头凝视着前方的海岸线，水边有一个树木葱翠的小公园。树顶上方，在碧空的映衬下，红砖砌成的圣马可钟塔尖顶高耸入云，顶端是一个金色的大天使加百利，正从令人目眩的三百英尺高处向下俯瞰。

在一座由于存在下沉趋势而几乎没有任何高楼大厦的城市里，对于所有大胆进入威尼斯迷宫般的运河和水道的人而言，高耸的圣马可钟塔都相当于一座领航的灯塔。迷路的行者只要抬头仰望天空，就能找到圣马可广场。兰登仍然很难相信这座巨大的钟塔曾在一九〇二年倒塌，在圣马可广场上留下一大堆废墟。神奇的是，在这场灾难中惟一失去性命的只是一只猫。

来威尼斯观光的游客都会在许多令人惊叹的地方体验到这座城市独一无二的氛围，但是兰登最喜欢的地方永远是斯齐亚沃尼海滨大道。宽阔的石头大道坐落在水边，于公元九世纪用疏浚出来的淤泥修建而成，从旧军械库一直通到圣马可广场。

海滨大道沿线遍布着高档咖啡馆和雅致的宾馆，甚至还有安东尼奥·维瓦尔第[1]的家族教堂。它的起点是军械库——威尼斯古代造船厂，那里燃烧树枝时散发出的松香味曾弥漫在整个城市的上空，因为造船工人需要将滚烫的沥青涂抹在漏水的船只上，以堵塞漏洞。据说但丁·阿利基耶里就是在参观这些造船厂的过程中得到了灵感，在《地狱篇》里加入了滚烫的沥青河，作为酷刑之一。

兰登的目光转向了右边，顺着海滨大道一直向前，落在了大道引人注目的终点。这里是圣马可广场的最南端，宽阔的广场与大海相连。在威尼斯的鼎盛时期，这个光秃秃的峭壁曾被自豪地称作"所有文明的边缘"。

今天，圣马可广场与大海相连的三百米距离像往常一样至少排满了一百多条黑色的贡多拉，它们紧靠着系泊绳在水中颠簸，镰刀形的船首装饰在广场的白色大理石建筑旁时起时落。

兰登仍然觉得很难完全理解，这座不大的城市——它的面积只相当于两个纽约市的中央公园——居然会从海中崛起，成为西方最大、最富有的帝国。

莫里奇奥将船驶近一些，兰登可以看到广场上到处是人。拿破仑曾经将圣马可广场称作"欧洲的客厅"，而从现在的情况来看，这间"客厅"正在为太多的客人举办一场聚会。整个广场看似快被游客的重量压得沉入海底。

"我的上帝啊，"西恩娜望着那些人群低声语道。

兰登不知道她这么说是因为担心佐布里斯特会选择这样一个人口稠密的场所来释放他的瘟疫……还是因为她觉得佐布里斯特提醒人们人口过剩的危险的确切中了要害。

---

[1] 维瓦尔第（1678—1741），意大利作曲家，巴洛克音乐的代表人物，作品包括歌剧、协奏曲、宗教音乐等，以四部小提琴协奏曲《四季》最受人喜爱。

威尼斯每年的游客数量令人咋舌——估计为世界总人口的0.33%——二〇〇〇年大约为两千万。由于世界人口自二〇〇〇年以来又增加了十亿，威尼斯面对每年新增的三百万游客可谓不堪重负。它像地球一样空间有限，到了某个点上肯定将无法为每一位希望来威尼斯游玩的人运入足够的食物、清除掉足够的垃圾或者提供足够的床铺。

费里斯站在兰登身旁，眼睛不是望着陆地，而是看向大海。他在注视着每一艘驶来的船只。

"你没事吧？"西恩娜好奇地望着他。

费里斯突然转过身来，"没事……我只是在想事情。"他将脸转向船的前方，大声对莫里奇奥说："尽量靠近圣马可广场停船。"

"没问题！"莫里奇奥挥了一下手。"两分钟！"

水上轿车现在与圣马可广场齐平，右边是恢弘的总督府，高耸在海岸线上。

作为威尼斯哥特式建筑的一个完美范例，这座宫殿体现了低调的优雅。它没有法国或英国宫殿常见的塔楼或尖顶，而是被设计成一个巨大的长方体，以提供尽可能大的内部空间，可以容纳下总督数量庞大的政府与后勤人员。

从海面上望去，总督府占地甚广的白色石灰岩结构本来会显得骄横傲慢，但是所增加的柱廊、石柱、凉廊和四叶形透气孔大大缓和了这种效果。建筑外部布满粉红色石灰岩构成的几何图案，让兰登想起了西班牙的阿尔罕布拉宫。

船驶近停泊处时，宫殿前聚集的一群人似乎让费里斯颇感担心。这些人挤在一座桥上，全都指着将总督府一分为二的一条狭窄运河。

"他们在看什么？"费里斯问，语气中透着紧张。

"叹息桥，"西恩娜回答道，"威尼斯一座非常著名的桥梁。"

兰登顺着狭窄的航道望去，看到了呈一道弧线高架于两座建筑之间的那个雕刻精美的全封闭通道。叹息桥，他想，回忆起了自己童年时最爱看的一部电影——《情定日落桥》，故事依据的是一个传说，如果两个恋人在圣马可大教堂的钟声响起时在这座桥下亲吻,他们将永远相爱。这个极其浪漫的想法伴随了兰登一生。当然,这部电影里还有一位年仅十四岁的可爱的新星,名叫黛安·莲恩[1],少年兰登立刻迷恋上了她……而且一直对她无法忘怀。

多年后,兰登惊恐地得知叹息桥的名字不是来自激情叹息……而是苦难的叹息。事实上,这座密封的通道将总督府与总督的监狱连在了一起,囚犯们在监狱里受尽折磨后死去,他们痛苦的呻吟从狭窄运河边的铁窗里传出,在运河两边回荡。

兰登曾参观过那座监狱,惊讶地得知最恐怖的不是那些与水位平齐、经常遭水淹的囚室,而是位于宫殿顶层隔壁的囚室。这些囚室被称作"铅顶囚室",因为屋顶采用了铅板,所以夏天酷热难捱,冬天寒冷刺骨。大情圣卡萨诺瓦[2]就曾被囚禁在"铅顶囚室"中。他被宗教法庭指控犯有通奸和间谍罪,他在被囚禁了十五个月后,通过欺骗狱卒成功逃脱。

"小心!"[3]一条贡多拉刚刚腾出一个泊位,莫里奇奥将自己的水上轿车停进那个泊位时,大声对贡多拉船夫喊道。他在丹尼埃里饭店前找到一个停靠处,这里离圣马可广场和总督府只有一百码的距离。

莫里奇奥将一根绳索扔出去,套住一个系船柱,然后跳上岸,仿佛他在为某部冒险电影试镜一般。将船系牢后,他转过身,向船伸出一只手,帮助他的乘客上岸。

"谢谢,"兰登说,任由这位肌肉发达的意大利人拉他上岸。

紧接着上岸的是费里斯,不过他有些心不在焉,又朝大海望去。

西恩娜是最后一个。魔鬼般英俊的莫里奇奥拉她上岸时深情地凝视着她,似乎在向她暗示如果她甩掉那两位旅伴、继续和他一起留在

---

1 黛安·莲恩(1965—),美国电影演员,长于纽约,于一九七九年十三岁时在乔治·罗埃·希尔的电影《情定日落桥》中出道,与其演对手戏的是演员劳伦斯·奥利维尔。不久之后,她登上《时代》杂志封面,被誉为"格蕾丝·凯利新一代的接班人",代表作有《超人》、《好莱坞庄园》等。
2 卡萨诺瓦(1725—1798),意大利冒险家、作家、浪荡公子,当过间谍和外交官,主要著作为其自传《我的生平》,记述他的冒险经历,反映了十八世纪欧洲社会面貌。
3 原文为意大利语。

船上,她会玩得更开心。西恩娜却看似根本没有注意到。

"谢谢你,莫里奇奥,"她心不在焉地说,眼睛紧盯着旁边的总督府。

说完,她带着兰登和费里斯,迈着大步走进了人群。

第 70 章

贴切地以历史上最著名的一个旅行家命名的马可波罗国际机场位于圣马可广场以北四英里处,就在威尼斯泻湖的水边。

由于是豪华的私人飞机旅行,伊丽莎白·辛斯基十分钟前刚刚下了飞机,现在就已经飞速穿过泻湖,乘坐的是一艘未来风格的黑色交通艇——一艘杜波伊斯 SR52 "黑鸟"快艇。交通艇是早些时候给她打电话的那位陌生人派来的。

教务长。

辛斯基被困在面包车后座上无法动弹了一整天之后,宽阔的大海让她顿感精力充沛。她转过脸,迎着带有咸味的海风,满头的银发飘荡在她的脑后。从她上一次接受注射到现在已经过去了近两个小时,她终于感到自己清醒过来了。自昨晚以来,伊丽莎白·辛斯基第一次觉得恢复了正常。

布吕德特工和他的手下坐在她身旁,谁也没有说话。即便对眼下这次非同寻常的会面感到担心,他们也知道自己的看法无关紧要,因为做决定的不是他们。

交通艇加速前进,他们的右边出现了一座大岛,岸边低矮的砖房和烟囱星罗棋布。伊丽莎白认出了岛上著名的玻璃吹制工厂,意识到那是穆拉诺岛。

真不敢相信我会故地重游。她想,忍受着内心一阵悲伤的剧痛。兜了一个大圈。

多年前，当她还在医学院读书时，她和未婚夫一起来到威尼斯，参观穆拉诺玻璃博物馆。她的未婚夫在博物馆内看到了一个人工吹制的玻璃风铃，无意中说有朝一日他想在他们家的婴儿间里挂一个那样的风铃。伊丽莎白为自己一直隐瞒那痛苦的秘密而内疚，最终向他讲述了自己童年时患有哮喘病，糖皮质激素治疗摧毁了她的生殖系统这一悲剧。

让小伙子变得铁石心肠的究竟是她的不诚实还是她无法生育，伊丽莎白永远也没法确知了。总之，一星期后，她离开威尼斯时没有了她的订婚戒指。

那次令人心碎的旅行留给她的惟一纪念就是一个天青石护身符。阿斯克勒庇俄斯的节杖是象征医学与良药的合适符号，但在她这段往事中却是一味苦药。不过，她此后还是每天将它戴在了身上。

我那珍贵的护身符，她想，一个希望我给他生孩子的男人留下的分手礼物。

现在，威尼斯的这些岛屿在她的眼里已经失去了浪漫色彩，岛上那些独立的村落让她想到的不再是爱情，而是曾经为了控制黑死病而设置的一个个检验区。

当"黑鸟"交通艇快速经过圣皮埃特罗岛时，伊丽莎白意识到他们的目的地是一艘巨大的灰色游艇，看似停泊在一条深水航道上，正等待着他们的到来。

炮铜色的游艇很像美国军方秘密行动中所用的船只，船身后部绘制的船名也没有为这可能是何种船只提供任何线索。

"门达西乌姆号"？

隐约出现的游艇变得越来越大；不一会儿，辛斯基就能看到后甲板上有一个身影——一个矮壮的男子，皮肤被太阳晒得黝黑，正用望远镜注视着他们。交通艇靠近"门达西乌姆号"宽阔的后停靠平台时，男子走下舷梯来迎接他们。

"辛斯基博士，欢迎登船。"男子彬彬有礼地握住她的手，手掌柔软光滑，绝对不是船夫的手。"我很感激你能过来。请随我来。"

大家上了几层甲板，辛斯基隐约看到这里似乎到处都是忙碌的隔间。这艘奇怪的船上其实到处都是人，而且没有人闲着，人人都在忙碌。

在忙什么呢？

他们继续向上攀登时，辛斯基能听到游艇威力巨大的引擎发动起来，游艇重新开始移动，翻卷起汹涌的尾浪。

我们这是去哪儿？她不免警觉起来。

"我想单独和辛斯基博士谈谈，"男子对士兵们说，然后停下来望着辛斯基。"如果你不反对的话。"

伊丽莎白点点头。

"先生，"布吕德用不容置疑的口气说道，"我想建议你船上的医生给辛斯基博士做个检查。她患有——"

"我没事，"辛斯基打断了他的话。"真的没事，谢谢你。"

教务长看了布吕德好一会儿，然后指着甲板上的一张桌子，有人正往那上面摆放食物和饮料。"先休息一下，这是你们目前所需要的。你们马上又会上岸。"

教务长不再啰嗦，他转身背对着布吕德，将辛斯基请进了一间豪华特等客舱兼书房，并随手关了门。

"要饮料吗？"他指着里面的吧台问。

她摇摇头，还在试图弄明白自己所处的怪异环境。这个人是谁？他在这里干什么？

她的东道主双手十指相抵，形成尖塔状，顶着下巴，正仔细端详着她。"你知道吗，我的客户贝特朗·佐布里斯特称你为'银发恶魔'？"

"我也给他精心挑选了几个名字。"

男子面无表情，只是走到书桌旁，指着一本大书。"我想请你看看这个。"

辛斯基走过去，看了一眼那本巨著。但丁的《地狱篇》？她想起了在美国外交关系委员会与佐布里斯特相见时，他给她看的那些恐怖的死亡图像。

"这是佐布里斯特两星期前给我的,上面有题词。"

辛斯基仔细看了看扉页上手写的文字,下面还有佐布里斯特的签名。

> 我亲爱的朋友,感谢你帮助我发现这条路径,
> 整个世界也会因此感谢你。

辛斯基感到不寒而栗。"你帮他找到了什么路径?"

"我不知道。准确地说,几小时前我一无所知。"

"现在呢?"

"现在,我已经极为罕见地破坏了协议……主动联系了你。"

辛斯基风尘仆仆地赶到这里,完全没有心情进行一场隐晦的交谈。"先生,我不知道你是谁,也不知道你究竟在这艘船上干什么,但是你必须给我一个解释。告诉我,你为什么要为一个受到世界卫生组织到处追踪的人提供庇护。"

尽管辛斯基口气严厉,男子仍然沉着地低声回答道:"我意识到你我的工作目标曾经彼此冲突,但我建议我们忘掉那一切。过去的事已经过去。我感觉到,未来才是我们需要关注的重点,刻不容缓。"

他说完便掏出一个红色小U盘,将它插进电脑,并示意她坐下。"贝特朗·佐布里斯特制作了这段视频,他希望我明天替他传播出去。"

辛斯基还没有来得及说话,电脑显示屏就暗了下来,她听到了流水拍打的轻柔响声。显示屏上的黑色画面中开始慢慢有了图像……一个洞窟的内部,里面到处都是水……很像一个地下池塘。奇怪的是,那里面的水像是从内部照亮的……隐隐闪烁着一种怪异的暗红色冷光。

流水声仍在继续,镜头向下倾斜,进入到水中,焦点对准了洞窟底部,上面覆盖着淤泥。一块亮闪闪的长方形匾牌钉在洞窟底部,上

面有一段文字、一个日期和一个名字。

就在此地，正当此日，
世界被永远改变。

日期是明天，名字是贝特朗·佐布里斯特。

伊丽莎白·辛斯基打了个寒战。"这是什么地方？！"她问。"这地方在哪里？"

教务长第一次流露出了些许情感，算是回应：他长叹了一口气，交织着失望与担忧。"辛斯基博士，"他说，"我原本希望你或许会知道这个问题的答案。"

* * *

一英里之外，在斯齐亚沃尼海滨大道上看向大海，视野中稍稍出现了一点变化。任何仔细观察的人都会发现，一艘巨大的灰色游艇刚刚绕过东面一小块陆地，向圣马可广场驶来。

是"门达西乌姆号"，FS-2080 惊恐地意识到。

灰色的船身确定无疑。

教务长来了……时间无多。

第 71 章

兰登、西恩娜和费里斯靠近水边，穿过斯齐亚沃尼海滨大道熙熙攘攘的人群，费力地走向圣马可广场，他们终于来到了广场的最南端，也就是广场与大海相连的地方。

聚集在这里的游客几乎挤得密不透风，众人被吸引到构成广场边缘的两根伫立的巨柱旁拍照，在兰登周围营造出一种令他产生幽闭恐惧的挤压感。

威尼斯城的官方大门，兰登多少带有一点嘲讽地想，他知道这里也曾被用来公开处决犯人，直至十八世纪。

他看到一根柱子的顶端有一尊怪异的圣西奥多雕像，旁边是他杀死的传说中的龙。兰登一直觉得那条龙更像鳄鱼。

另一根柱子的顶端则是随处可见的威尼斯的象征——飞狮。在整个威尼斯城，人们无论走到哪里都能看到飞狮的形象，它骄傲地将爪子踏在一本打开的书上，书上还有拉丁语铭文 Pax tibi Marce, evangelista meus（马可，我的福音传播者，愿和平与你相伴）。据说，这句话是马可刚到威尼斯时一位天使说的，天使还预言马可的遗体将来也会安葬于此。这段虚实难辨的传说后来成为威尼斯人的借口，他们将圣马可的遗骸从亚历山大抢夺过来，埋葬在了圣马可大教堂内。时至今日，飞狮仍然是威尼斯的象征，在整个城市里随处可见。

兰登指了指右边那两根圆柱对面的圣马可广场。"万一我们走散了，就在大教堂的正门口碰头。"

西恩娜和费里斯欣然同意，于是他们开始绕着人群的边缘往前走，沿着总督府的西墙进入了广场。虽然有法律严禁给鸽子喂食，威尼斯那些闻名天下的鸽子似乎仍然活得很滋润，它们有些在人群脚边啄食，有些则俯冲向露天咖啡馆，劫掠没有遮盖的篮子里的面包，让身穿燕尾服的服务员叫苦不迭。

这座巨大的广场与欧洲大多数广场不同，形状不是正方形，而近似字母 L。较短的那部分被称作小广场，将大海与圣马可大教堂连接在一起。再往前走，广场突然左拐九十度进入较大的部分，从大教堂一直延伸到科雷尔博物馆。奇怪的是，广场的这部分不是一条直线，而是呈不规则的梯形，广场尽头要窄很多。这种游乐宫式的幻觉使整个广场显得比它实际上更长，地面用地砖铺出的图案勾勒出十五世纪街头商人最初的摊位轮廓，进一步突显了这种效果。

兰登继续向广场拐弯处走去，他能看到远处正前方圣马可钟塔闪亮的蓝色玻璃钟面——詹姆士·邦德在电影《太空城》中就是从那座天文钟里将一个恶棍扔了下去。

进入到左右两边都有建筑遮阴的广场后，兰登才真正开始欣赏这座城市最独特的礼物。

声音。

由于几乎没有汽车或者任何机动车，人们欣喜地发现在威尼斯听不到通常城市交通、地铁和喇叭的喧嚣。威尼斯的声音空间独特、丰富，没有丝毫机械成分，只有人声、鸽子的咕咕声和露天咖啡馆间为顾客演奏的小夜曲那轻快小提琴声。威尼斯的声音迥异于世界上任何其他都市中心。

傍晚的阳光从西边倾泻进了圣马可广场，在铺有石板的广场上投下长长的影子。兰登抬头望着钟塔高耸的尖顶，它矗立在广场上空，雄踞于古老的威尼斯天际线的核心。钟塔上方的凉廊上挤了数百人。光是想想自己如果呆在那上面就已经让兰登不寒而栗。他低下头，继续在人海中穿行。

* * *

西恩娜毫不费力地跟在兰登身旁，费里斯却落在了后面。西恩娜决定与两个男人保持相同距离，让他们谁也逃不出她的视线。可是，他们之间的距离越拉越大，她不耐烦地回头望着费里斯。费里斯指着自己的胸口，表示他有些喘不过气来，同时示意她先走。

西恩娜照办了，她快步追赶兰登，很快就不见了费里斯的身影。不过，正当她穿行在人群中时，一种不祥之感让她停下了脚步——她也说不清，但她怀疑费里斯是故意落在后面的……仿佛刻意要与他们保持一段距离。

西恩娜早就学会了相信自己的直觉，因此她躲进一个壁龛，从阴影中向外望去，扫视她身后的人群，寻找着费里斯。

他去哪里了？

好像他根本就没有想跟上他们。西恩娜仔细观察着,终于看到了他。她惊讶地发现,费里斯停住了脚,身子弯得很低,正在按着手机的键盘。

还是那部手机,可他告诉我说手机没电了。

她内心深处升起一阵恐惧,她再次认为应该相信自己的感觉。

他在火车上骗了我。

西恩娜注视着他,试图想象他在干什么。悄悄给某人发短信?背着她在网上搜索?试图赶在兰登和西恩娜之前解开佐布里斯特那首诗的秘密?

无论他是出于什么考虑,他都已经公然欺骗了她。

我不能信任他。

西恩娜不知道自己是否应该冲过去面对他,但她立刻决定在他发现自己之前重新混入到人群中。她继续朝大教堂走去,同时寻找着兰登。我得提醒他,不能再向费里斯透露任何信息了。

在离大教堂只有五十码处,她感到一只有力的手从背后拽住了她的毛衣。

她猛地转过身,劈面看到了费里斯。

患有皮疹的费里斯正大口喘着粗气,显然是从人群中一路跑过来追赶上她的。他身上有一种西恩娜从未见过的疯狂。

"对不起,"他上气不接下气地说,"我在人群中走丢了。"

西恩娜刚与他四目相遇就明白了。

他在掩饰着什么。

* * *

兰登来到圣马可大教堂前时,惊讶地发现自己的两个伙伴根本不在身后。同样令他吃惊的是,大教堂前居然没有游客排队。他随即意识到,现在是威尼斯下午较晚的时候,大多数游客在享用过意大利面加美酒的丰盛午餐之后都会略感疲倦,会决定在广场中逛逛或者慢慢喝杯咖啡，而不是再吸收更多历史知识。

兰登估计西恩娜和费里斯随时会赶到，便将目光转向眼前的大教堂入口。大教堂的正面有时会因提供了"多得令人不知所措的入口"而被人诟病，大教堂较矮的部分几乎完全被五个凹进的入口所占据。这五个入口处密集的柱子、拱门和多孔的青铜大门，即便没有任何其他作用，也极大地增添了整个建筑的亲和力。

圣马可大教堂作为欧洲最精美的拜占庭式建筑的典范之一，明显有着温和、古怪的外观。与巴黎圣母院或者沙特尔大教堂萧索的灰色高塔不同，圣马可大教堂虽然同样雄伟壮观，却显得接地气儿得多。它的宽度大于高度，顶端为五个凸起的雪白圆屋顶，看上去几乎散发出一种轻快的节日气氛，引得几本游览手册将圣马可大教堂比作为一个顶上抹了调合蛋白的婚礼蛋糕。

教堂中央圆屋顶的上方为一座细长的圣马可塑像，俯瞰着以他名字命名的广场。他的脚下是一个隆起的拱门，被绘成深蓝色，上面布满金色的星星。在这个多彩背景的映衬下，威尼斯金色的飞狮傲然站立，充当着这座城市闪耀的吉祥物。

而恰恰是在这头金光闪闪的飞狮下面，圣马可大教堂在向人们展示它最著名的珍宝之一——四匹巨大的铜马，此刻它们在午后的阳光中熠熠生辉。

圣马可的驷马。

这四匹马摆出一副随时准备跃入广场的姿势，跟威尼斯的许多无价之宝一样，它们也是十字军东征时从君士坦丁堡掠夺来的。另一件同样夺取来的艺术珍品是被称作"四帝共治"的紫色斑岩雕刻，就在四匹骏马的下方，位于教堂的西北角。该雕塑最著名的一点是它缺了一只脚，是在十三世纪从君士坦丁堡劫掠回来的过程中损坏的。二十世纪六十年代，这只脚奇迹般地在伊斯坦布尔出土。威尼斯请求土耳其将雕塑失去的这一块移交给他们，但土耳其政府的答复只有一句话：你们偷窃了雕塑，我们保留属于我们的这只脚。

"先生，你买吗？"一个女人的声音将兰登的目光拉回到地面。

一位魁梧的吉普赛女人握着一根高高的杆子，上面挂着各种威尼斯面具，大多采用了流行的全脸风格，是女人们常在狂欢节上戴的那种白色面具。她的商品中还有一些顽皮的半脸"小鸽子式"[1]面具，几个下巴呈三角形的"鲍塔"面具[2]，以及一个不用系带的穆雷塔面具[3]。尽管她兜售的面具五花八门，真正引起兰登注意的却是最上方的一个灰白色面具，长长的鹰钩鼻子下，那双恐怖的无神眼睛似乎在直勾勾地俯视着他。

是鼠疫医生。兰登赶紧将目光转向别处，他不需要别人提醒他来威尼斯的目的。

"你买吗？"吉普赛女人又问了一声。

兰登微微一笑，摇摇头。"它们都很漂亮，但是我不要，谢谢。"[4]

吉普赛女人走了，兰登的目光跟随着那个不祥的鼠疫面具，望着它在人群头顶上方晃动。他重重地叹了口气，再次将目光转向二楼阳台上那四匹铜马。

在一瞬间，他灵光一闪。

兰登突然觉得各种元素撞击到了一起——圣马可的驷马、威尼斯的面具、从君士坦丁堡掠夺的珍宝。

"我的上帝啊，"他低声说，"我明白了！"

第 72 章

罗伯特·兰登惊呆了。

---

1 "小鸽子式"面具，即哥伦比娜面具，因精致轻巧、简单美观而备受欢迎。这种半脸面具的名字源于哥伦比娜在意大利语中的意思是"小鸽子"。
2 "鲍塔"面具，一种夸张的面具，常常包括头顶和下巴部分。
3 "穆雷塔"的面具，材质为皮革和黑色天鹅绒的面具，只限女性使用。这种面具由于早期并没有固定系带，靠佩戴者用牙咬着镶嵌在面具内侧的部件来贴紧脸部。戴面具的时候姑娘们无法说话，更增添了一份让异性着迷的神秘感。
4 原文为意大利语。

圣马可的驷马！

那四匹雄壮的骏马，它们那具有皇家气派的颈脖和醒目的项圈，突然激发了兰登的记忆。他此刻意识到，这段记忆解释了但丁死亡面具背面所写的那首神秘的诗中一个的关键要素。

兰登曾经参加过一位名人的婚宴，地点就在新罕布什尔州历史悠久的兰尼米德农场，那里也是肯塔基赛马会冠军得主"舞者印象"的故乡。作为奢华款待的一部分，客人们观看了著名的马术表演团"面具背后"的一场表演。那是一场令人瞠目结舌的精彩表演，骑手身着耀眼的威尼斯服装，脸上戴着全脸面具。马戏团那些乌黑发亮的佛里斯兰马是兰登见过的最大的马。这些体型巨大的坐骑以雷霆万钧之势在场地上呼啸而过，起伏的肌肉、羽饰的马蹄以及硕长、优美的脖颈后飘动的长达三英尺的马鬃模糊成了一片。

那些美丽的精灵给兰登留下了深刻的印象，他回家后上网查找了一番，发现这种马曾经是中世纪国王们的最爱，不仅被他们用作战马，而且最近刚刚从灭绝的边缘被拯救回来。这种马最初被称作"粗壮形马"，如今被称作佛里斯兰马，算是向它们的原产地佛里斯兰表达敬意。荷兰的佛里斯兰省也是杰出的绘图艺术家 M.C. 埃舍尔[1] 的故乡。

原来，威尼斯圣马可大教堂上那些粗犷的骏马，其美学灵感正是来自于早期佛里斯兰马强健有力的身躯。网站上说，圣马可大教堂上的驷马如此之美，以至于它们成为"历史上被盗次数最多的艺术品"。

兰登以前一直认为这一可疑的殊荣当属根特祭坛画[2]，当时便登录 ARCA 网站，验证自己的看法。国际艺术类犯罪研究联合会（ARCA）并没有提供任何具体排位，却简明扼要地介绍了这座雕塑多舛的命运——它一直是掠夺和盗窃的目标。

这四匹铜马于公元四世纪在希俄斯岛[3] 浇注完成，作者是一位希

---

1 M.C. 埃舍尔（1898—1972），荷兰版画家，以其源自数学灵感的木刻、版画等作品而闻名。
2 根特祭坛画，又名《神秘羔羊之爱》，是现存最早的带有签名的尼德兰绘画作品。
3 希腊岛屿，位于爱琴海中。

腊雕塑家,姓名不详。铜马一直留在希俄斯岛上,直到狄奥多西二世[1]将它们匆匆运至君士坦丁堡,在竞技场中展出。后来,在第四次十字军东征过程中,威尼斯军队洗劫了君士坦丁堡,当时的威尼斯总督下令用船将这四匹价值连城的铜马塑像运回威尼斯,而这几乎是一个无法完成的任务,因为这些铜马太高太大。它们于一二五四年抵达威尼斯,安装在了圣马可大教堂的门脸之前。

五百多年后的一七九七年,拿破仑征服了威尼斯,霸占了这些铜马,将它们运到巴黎,安放在凯旋门的顶上,供人们瞻望。最后,在一八一五年,随着拿破仑在滑铁卢落败并随后被流放,这些铜马被人从凯旋门上吊了下来,用驳船运回了威尼斯,重新安放在圣马可大教堂的正面阳台上。

兰登虽然对这些铜马的历史相当熟悉,但ARCO网站上的一段话还是让他大吃一惊。

> 起装饰作用的项圈是威尼斯人于一二〇四年添加的,目的是掩盖为方便用船将它们从君士坦丁堡运往威尼斯而将马头切割下来的痕迹。

下令切割圣马可大教堂铜马马头的那位总督?兰登觉得这简直不可思议。

"罗伯特?"是西恩娜的声音。

兰登从自己的思绪中回过神来,扭头看到西恩娜正穿过人群向他走来,她的身旁紧跟着费里斯。

"诗中提到的那些马!"兰登兴奋地大声说道。"我想出来了!"

"什么?"西恩娜有些茫然。

"我们在寻找那位切断马头的欺诈总督!"

---

[1] 狄奥多西二世(401—450),阿卡狄乌斯长子,狄奥多西一世之孙,四〇八年至四五〇年在位,为东罗马帝国皇帝。狄奥多西二世于四三八年将帝国的法律汇编成了《狄奥多西法典》。

"怎么呢？"

"那首诗所说的并非真正的马匹。"兰登指着圣马可大教堂正面高处，一道阳光正好照亮了那四匹铜马。"而是指的是那些马！"

第 73 章

"门达西乌姆号"上，伊丽莎白·辛斯基的双手在颤抖。她正在教务长的书房里观看那段视频。虽然她这辈子也曾见过一些令人害怕的东西，但贝特朗·佐布里斯特自杀前制作的这段诡异的视频还是让她感到浑身冰冷。

在她面前的显示屏上，一张长着鹰钩鼻的脸在不停地摇曳，黑影投在某个地下洞窟持续滴水的洞壁上。这个黑影仍在讲述，自豪地描述着他的杰作——他创造的所谓的地狱——将通过对全球人口汰劣存优来拯救世界。

上帝救救我们吧，辛斯基心想。"我们必须……"她说，声音在颤抖。"我们必须找到这个地下位置。现在也许还来得及。"

"看下去，"教务长说，"后面的内容更加怪异。"

突然，那张脸投下的黑影在潮湿的洞壁上越来越大，带着阴森的气息渐渐逼近，直到一个人影猛然出现在画面中。

天哪。

辛斯基正目不转睛地盯着一位全副武装的瘟疫医生——不仅身披黑色斗篷，还戴着令人不寒而栗的鹰钩鼻面具。他径直走到摄像机前，面具占满了整个画面，形成了极为恐怖的效果。

"'地狱中最黑暗的地方，'他低声说，'是为那些在道德危机时刻皂白不辨的人准备的。'"

辛斯基感到脖子背后起了一层鸡皮疙瘩。一年前，当她在纽约摆脱掉佐布里斯特时，他在航空公司柜台那里留给她的正是这句话。

"我知道，"这位瘟疫医生继续说道，"有些人称我为恶魔。"他停顿了一下，辛斯基感到他的话所针对的正是她。"我知道有些人认为我是一个无情的野兽，只会躲在面具之后。"他又停顿了一下，走到离摄像机更近的地方。"可是我并非没有脸，也并非无情。"

说到这里，佐布里斯特扯下了面具，撩开了斗篷的兜帽，露出自己的脸。辛斯基惊呆了，目不转睛地盯着她上次在美国外交关系委员会的一片黑暗中见过的那双熟悉的绿眼睛。视频中的那双眼睛里闪动着相同的激情和欲火，但此刻还多了别的东西——一个疯子才有的狂热。

"我叫贝特朗·佐布里斯特，"他凝视着摄像机，"这就是我的脸，毫无遮掩地袒露着，让整个世界看到。至于我的灵魂……如果我能够像但丁为他心爱的贝雅特丽齐那样高高举起我这颗熊熊燃烧的心，你们将看到我也充满了爱。最深沉的爱。对你们所有人的爱。尤其是对你们当中某个人的爱。"

佐布里斯特又向前迈了一步，死死盯着摄像机，语气突然变得异常温柔，仿佛在向一位恋人倾诉。

"我的爱人，"他柔声说，"我珍贵的爱人。你是我的祝福，我的救赎，为我消除一切罪恶，为我捍卫所有美德。是你赤裸着躺在我的身旁，无意间帮我渡过深渊，给了我勇气去履行我现在已经完成的使命。"

辛斯基厌恶地听着。

"我的爱人，"佐布里斯特悲哀的声音继续在鬼气森森的地下洞窟里回荡，"你是我的灵感和向导，我的维吉尔和贝雅特丽齐在你身上合二为一，而这个杰作既属于我也属于你。如果你我像那对不幸的恋人一般，永远不再相见，只要知道我已经将未来交到了你那双温柔的手中，我就死而无憾了。我在地下的工作已经完成，现在我该再次爬到上面的世界中……重新凝望群星。"

佐布里斯特不再说话，群星一词在洞窟里回荡了片刻。然后，佐布里斯特非常平静地伸出手，摸到摄像机，结束了这段视频。

屏幕转为一片漆黑。

教务长关上显示屏。"那个地下的位置,我们没能辨认出来。你呢?"

辛斯基摇摇头。我从来没有见过这种地方。她想到了罗伯特·兰登,想知道他在破解佐布里斯特留下的那些线索方面有没有新的进展。

"不知是否对你有用,"教务长说,"我相信我知道佐布里斯特的恋人在哪里。"他停顿了一下。"是一个代号为 FS-2080 的人。"

辛斯基猛地站了起来。"FS-2080?!"她震惊地盯着教务长。

教务长同样吃了一惊。"这对你很重要吗?"

辛斯基难以置信地点点头。"这非常重要。"

辛斯基的心怦怦直跳。FS-2080。虽然她不知道这个人的真实身份,但她当然知道这个代号意味着什么。世界卫生组织多年来一直在监视类似的代号。

她问:"你熟悉超人类主义运动吗?"

教务长摇摇头。

"用最简单的话说,"辛斯基解释道,"超人类主义是一种哲学,认为人类应该运用一切现有技术来改造我们物种,让其变得更强大。适者生存。"

教务长耸耸肩,仿佛无动于衷。

"通俗地说,"她接着说下去,"超人类主义运动由一些很负责任的人构成,一些有道德责任感的科学家、未来学家和空想主义者。但是,正如许多运动一样,这场运动中也有一小撮好斗分子,他们认为这场运动发展过慢。他们是末日论思想家,相信世界末日即将到来,必须有人采取过激行动才能拯救这个物种的未来。"

教务长说:"我猜这些人包括贝特朗·佐布里斯特?"

"当然,"辛斯基说,"而且他是这场运动的一位领袖。他不仅天资聪颖,风度翩翩,而且撰写了许多关于世界末日的文章,催生了一大群超人类主义的狂热信徒。今天,他那些狂热信徒中的许多人都使用这些代号，而且所有代号都采用相同形式，两个字母加四个数字，比如 DG-2064、BA-2105 以及你刚才提到的这个代号。"

"FS-2080。"

辛斯基点点头。"那只能是一个超人类主义者的代号。"

"这些数字和字母有什么意义吗？"

辛斯基指着他的电脑说，"调出你的浏览器，我查给你看。"

教务长有些迟疑，但他还是走到电脑前，打开了搜索引擎。

"查找'FM-2030'，"辛斯基说着便在他身后坐了下来。

教务长输入了 FM-2030，显示屏上立刻出现了数千个网页。

"随便点击一个，"辛斯基说。

教务长点击了最上面的网页，显示屏上出现的是维基百科的一个网页，上面有一位英俊伊朗男子的照片——费雷杜恩·M.艾斯凡迪阿里——文字介绍他为作家、哲学家、未来学家和超人类主义运动先驱。他出生于一九三〇年，将超人类主义哲学介绍给了大众，并且颇有先见之明地预言了体外受精、遗传工程以及全球化文明。

按照维基百科的介绍，艾斯凡迪阿里最大胆的预测是新技术将让他活到一百岁，这对于他那代人而言是极为罕见的事。为了显示自己对未来技术的信心，费雷杜恩·M.艾斯凡迪阿里将自己的名字改为 FM-2030，一个将他姓名缩写字母与他年满一百岁的年份合而为一的代号。遗憾的是，他在七十岁时因胰腺癌去世，未能实现自己的目标，但为了纪念他，狂热的超人类主义追随者们仍然采用这种命名方式来表达对 FM-2030 的敬意。

教务长看完这段文字后，起身走到窗前，久久地呆望着外面的大海。

"这么说，"他终于低声开口道，仿佛是在自言自语，"贝特朗·佐布里斯特的恋人，这位 FS-2080，显然也是一个……超人类主义者。"

"毫无疑问，"辛斯基说，"很遗憾我不知道这位 FS-2080 究竟是谁，但——"

"这正是我要说的,"教务长打断了她的话,眼睛仍然凝视着外面的大海,"我知道。我确切地知道这个人是谁。"

第 74 章

这里的空气也像是用黄金打造的。

罗伯特·兰登这辈子参观过许多气势磅礴的大教堂,但圣马可金色大教堂总能以其真正的卓尔不凡令他深感震撼。数百年来,人们一直声称只需呼吸圣马可大教堂里的空气就能让人变得比原来更富有。这句话不仅可以被视为一个比喻,也是一个事实。

由于大教堂内部的饰面由几百万块古代黄金箔片构成,据说空气中飞舞的许多尘埃粒子都是货真价实的黄金剥落片。这些悬浮在空中的黄金尘埃与透过西面大窗户倾泻进来的灿烂阳光融为一体,构建出生机勃勃的氛围,既有助于虔诚的人得到精神财富,也使他们得以在深呼吸时,以肺部镀金的形式获取了物质财富。

此刻,西斜的太阳穿过西面的窗户,洒落在兰登的头上,宛如一面金灿灿的宽阔扇子,又似一块耀眼的绸质遮阳篷。兰登肃然起敬,不由自主地深吸了一口气,也感觉到身旁的西恩娜和费里斯在做同样的动作。

"往哪边走?"西恩娜悄声问他。

兰登指了指一个盘旋而上的台阶。大教堂的博物馆部分位于楼上,里面有一个详细介绍圣马可大教堂那些铜马的陈列展览。兰登相信展览将很快能告诉他们,究竟是哪位神秘的总督切割了铜马的头。

他们上楼时,他看得出来费里斯又呼吸困难起来,而西恩娜在向他暗示着什么——她在过去几分钟里一直想引起他的注意。她带着警示的神情悄悄地朝费里斯的方向微微点头示意,做出兰登没有看懂的嘴型。不过,他还没有来得及问她,费里斯就回头看了一眼,只是稍微晚了一拍,西恩娜已经转过目光,直视着费里斯。

"你没事吧,大夫?"她若无其事地问。

费里斯点点头,加快了上楼的步伐。

真是位表演天才,兰登心想,可是她想告诉我什么呢?

他们来到二楼后,可以看到整个大教堂就在他们脚下。教堂的结构采用了希腊十字架[1]形状,与长方形的圣彼得大教堂或巴黎圣母院相比,外观上更呈方形。由于教堂前厅与祭坛之间的距离较短,圣马可大教堂透着一种粗犷坚固的气质,以及极大的亲和力。

不过,为了避免完全没有距离感,圣马可大教堂的祭坛隐藏在一道圆柱构成的屏障之后,顶上还有一个颇有气势的十字架。祭坛上方为一华丽天盖所笼罩,这便是全世界最珍贵的祭坛装饰品之一——名扬四海的"黄金围屏"。这块"金色布匹"其实是一道宽阔的镀金银质背景幕布,称其为布匹只是因为它将以前的一些杰作——主要是拜占庭珐琅瓷片——融合在一起,交织成一个哥特式的框架。由于上面装饰着大约一千三百颗珍珠、四百颗石榴石、三百颗蓝宝石以及大量祖母绿宝石、紫水晶和红宝石,"黄金围屏"与圣马可的驷马一起被视为威尼斯最有价值的珍宝之一。

从建筑的角度来说,"大教堂"一词指欧洲或西方修建的任何东拜占庭式的教堂。由于仿造了君士坦丁堡的查士丁尼圣使徒大教堂,圣马可大教堂具有典型的东方风格,所以旅游指南常常建议游客们将它视为参观土耳其清真寺的一个可行的替代项目,因为很多穆斯林的礼拜堂就是由拜占庭式的教堂改造而成的。

兰登虽然从不认为圣马可大教堂可以替代土耳其那些壮丽的清真寺,但他也不得不承认,人们只需参观圣马可大教堂十字形结构右翼旁的那些密室,就能满足他们对拜占庭艺术的狂热,因为那里面藏着所谓的圣马可珍宝——二百八十三件价值连城的圣像、珠宝和圣杯,件件璀璨晶莹,都是从君士坦丁堡掠夺来的。

---

1 希腊十字架的四臂等长,臂与臂构成直角。

兰登高兴地看到,这个下午大教堂里比较安静。尽管里面仍然有大量人群,但他至少可以自由走动。他穿过一群群人,领着费里斯和西恩娜去往西边的窗户,游客们可以从这里来到外面的阳台上,观看那些铜马。兰登虽然对确认那位总督的身份充满信心,但他仍然在想着此后的下一步行动——找到那位总督本人。他的坟墓?他的塑像?考虑到摆放在这座教堂、地下室以及圆顶坟墓里的塑像多达数百座,那可能还需要其他形式的帮助。

兰登看到一位女讲解员正带领一群人参观,他礼貌地打断了她的讲解。"对不起,"他说,"埃托雷·维奥今天下午上班吗?"

"埃托雷·维奥?"女讲解员用古怪的眼神望着兰登。"是的,当然,不过[1]——"她突然眼睛一亮,停住了。"Lei è Robert Langdon, vero?!你是罗伯特·兰登,对吗?"

兰登耐心地笑了笑。"是我。我能和埃托雷聊聊吗?"

"可以,可以!"女讲解员示意自己的旅游团稍等片刻,然后就匆匆离开了。

兰登和该博物馆的研究馆员埃托雷·维奥曾经一起在一部介绍圣马可大教堂的短纪录片中出镜,而且此后一直保持着联系。"埃托雷撰写了介绍这个大教堂的书籍,"兰登向西恩娜解释说,"有好几本呢。"

西恩娜似乎仍然对费里斯不放心。兰登领着他们穿过二楼,走向西面的窗户时,费里斯一直紧跟在他们身旁。他们来到窗户前,铜马强健的后腿在午后阳光的照射下留下了清晰可辨的侧影。在外面的阳台上,游客们在四处走动,一面欣赏着那些铜马,一面俯瞰着圣马可广场壮观的全景。

"它们就在那里!"西恩娜指着通往阳台的门惊呼道。

"不完全正确,"兰登说,"我们在阳台上看到的这些铜马其实是复制品,圣马可的铜马原物出于安全和妥善保护的考虑存放在室内。"

---

[1] 原文为意大利语。

兰登领着西恩娜和费里斯顺着走廊来到一个灯光明亮的凹室，一模一样的四匹铜马似乎正从砖结构拱门背景中向他们奔来。

兰登带着由衷的赞赏指着那些塑像。"这才是原物。"

兰登每次近距离地观看这些铜马时，都会情不自禁地为它们肌肉组织的质地和细节而惊叹。唯其覆盖全身美轮美奂的金绿色铜锈才更凸显出它们起伏不定的皮肤那戏剧性的外观。对于兰登而言，这四匹经历过无数动荡之后仍然完好如昔的铜马，总在提醒着他保存伟大艺术品的重要性。

"它们的项圈，"西恩娜指着马脖子上的装饰性项圈说，"你说那些项圈是后来加上去的？为的是遮挡住切口？"

兰登已经给西恩娜和费里斯介绍过他在 ARCA 网站上看到的"切割过的马头"的细节。

"显然是的，"兰登说着朝旁边的文字说明牌走去。

"罗伯特！"他们身后传来了一个热情洋溢的声音。"你伤到我了！"

兰登转过身，看到埃托雷·维奥正挤过人群向他们走来。埃托雷一脸和气，满头白发，身穿蓝色西装，脖子周围挂着一条吊着眼镜的长链子。"你居然敢来我的威尼斯而不给我打电话？"

兰登笑着握住了他的手。"埃托雷，我想给你一个惊喜。你气色不错。这两位是我朋友，布鲁克斯医生和费里斯医生。"

埃托雷向他们问好，然后后退一步，打量着兰登。"和医生一起旅行？你生病了？你的衣服是怎么回事？你是想变成意大利人？"

"都不是，"兰登笑着说，"我是来了解一些有关这些铜马的信息的。"

埃托雷顿时来了兴趣。"还有什么是我们的著名教授不知道的？"

兰登放声大笑。"我想知道这些铜马在十字军东征年代的运输过程中，马头被切割下来的事。"

埃托雷·维奥脸上的表情仿佛兰登刚刚询问过女王的痔疮一样。"天哪，罗伯特，"他低声说，"我们不谈这些事。如果你想看看被切割下来的脑袋,我可以带你去看被斩首的卡尔玛涅奥拉[1]或者——"

"埃托雷,我需要知道哪位威尼斯总督切割过马头。"

"这种事从来没有发生过,"埃托雷反驳道,"我当然听到过那个传说,但几乎没有任何历史文献暗示有哪位总督干过——"

"埃托雷,求你了,就算卖我一个人情吧,"兰登说,"按照那个传说,究竟是哪位总督?"

埃托雷戴上眼镜,看着兰登。"根据传说,我们这些可爱的马是威尼斯最聪明、最具欺骗性的总督运来的。"

"欺骗性?"

"是啊,这位总督欺骗所有人参加了十字军东征。"他满怀期待地望着兰登。"这位总督拿着国家的钱远航去埃及……但他将军队带向了其他地方,攻克了君士坦丁堡。"

听上去像是欺诈,兰登暗想。"他叫什么名字?"

埃托雷皱起了眉头。"罗伯特,我还以为你学的是世界历史呢。"

"没错呀,但这个世界太大了,历史又太悠久,我只能寻求帮助。"

"那好吧,我再给你最后一条线索。"

兰登准备抗议,但随即意识到那样做只是白费力气。

"这位总督活了近一个世纪,"埃托雷说,"这在当时是个奇迹。信迷信的人认为他的长寿源于他勇敢地从君士坦丁堡拯救了圣卢西亚的遗骨,并且将它们带回到威尼斯。圣卢西亚失去了眼睛——"

"他抠出了盲人的骨骼!"西恩娜脱口而出,瞥了兰登一眼,而兰登也刚刚得出相同看法。

埃托雷用怪异的眼神看了西恩娜一眼。"可以这么说吧,我想。"

费里斯突然脸色变得异常苍白,仿佛刚才穿过广场的那段漫长路程以及后来攀登楼梯的努力还没有让他缓过气来。

---

[1] 意大利人体画家弗兰西斯科·海耶兹(1791—1882)创作的名画,题材取自意大利剧作家曼佐尼的悲剧《卡尔马涅奥拉伯爵》。

"我应该补充一句，"埃托雷说，"这位总督非常热爱圣卢西亚，因为他本人也失了明。他在九十高龄时，仍然站在这个广场上，虽然无法看见，却在鼓动十字军东征。"

"我知道是谁了，"兰登说。

"我希望你已经知道了！"埃托雷微笑着说。

他那过目不忘的记忆更多地适用于图像，而不是没有来龙去脉的理念，因此让兰登醒悟的是一件艺术品——古斯塔夫·多雷的一幅著名插图，描绘了一位消瘦、失明的总督，他双手高举过头顶，在鼓动一群人参加十字军。多雷那幅插图的名称依然清晰地印在他的脑海：《丹多洛劝诫十字军》。

"恩里科·丹多洛[1]，"兰登大声说，"那位似乎永远活着的总督。"

"太棒了！"埃托雷说。"我还担心你的记忆老化了呢，老朋友。"

"和我身上的其他部分一起老化了。他葬在这里吗？"

"丹多洛？"埃托雷摇摇头。"不，不在这里。"

"在哪儿？"西恩娜追问道，"在总督府？"

埃托雷摘下眼镜，想了想。"别着急，威尼斯的总督太多，我想不起来——"

他话还没有说完，一位神色惊慌的讲解员跑了过来，将他拉到一边，对他低声耳语了几句。埃托雷大惊失色，看着像是被吓坏了。他立刻匆匆走到栏杆旁，望着下面。随即他转过身来面对着兰登。

"我马上就回来，"埃托雷大声说，然后就急匆匆地离开了。

兰登一头雾水，也走到栏杆边，向下望去。下面出什么事了？

他起初什么也没有看到，那里只有游客在到处乱转。但是过了一会儿，他意识到许多游客都将目光转向了同一个方向，也就是教堂大门。一队威风凛凛、身穿黑色制服的士兵刚刚进入教堂，在教堂前厅呈扇状散开，堵住了所有出口。

---

[1] 丹多洛（1107—1205），威尼斯历史上著名的商人与政治军事家。第四次十字军东征时他成功诱导十字军把矛头从耶路撒冷转向东罗马帝国的首都君士坦丁堡。他在一一七三年出使君士坦丁堡，于一一九二年出任威尼斯总督；又在一二○二年，参加第四次十字军东征，一二○五年占领了君士坦丁堡建立拉丁帝国。

身穿黑色制服的士兵。兰登感到自己的双手抓紧了栏杆。

"罗伯特!"西恩娜在他身后喊道。

兰登的视线仍然停留在那些士兵身上。他们是怎么找到我们的。

"罗伯特!"她在紧急呼喊。"出事了!快来帮我!"

兰登听到她的呼救声很是诧异,在栏杆边转过身来。

她去哪里了?

他随即看到了西恩娜和费里斯。在圣马可驷马前的地面上,西恩娜正跪在费里斯的身旁……费里斯抽搐着倒在了地上,双手紧紧抓着胸口。

第 75 章

"我看他是心脏病发了!"西恩娜大声叫道。

兰登立刻赶到费里斯医生趴着的地方,看到他张着大嘴,喘不上气来。

他这是怎么啦?!对于兰登而言,一切都在同一时刻向他涌来。士兵们已经到了楼下,费里斯躺在地上抽搐,兰登顿时感到浑身无力,不知道自己该转向何方。

西恩娜俯身松开费里斯的领带,扯开他衬衣最上面几个纽扣,让他呼吸容易一些。可是就在费里斯的衬衣敞开那一霎那,西恩娜猛地一缩,惊叫一声,用手捂着嘴,跟跟跄跄地后退了几步,死死盯着费里斯那祖露的胸口。

兰登也看到了。

费里斯胸前的皮肤已经严重变色,他的胸骨上横着一块不祥的青紫色瘀斑,大小如一个葡萄柚。费里斯看上去像是被炮弹击中了胸膛一样。

"这是内出血,"西恩娜抬头望着兰登,惊恐写在她的脸上。"难怪他一整天都喘不上气来。"费里斯扭过头，显然想开口说话，但他只能发出含糊的声音。游客开始聚集到他们身旁，兰登感到情况马上就会变得一片混乱。

"那些士兵就在楼下，"兰登提醒西恩娜，"我不知道他们是怎么找到我们的。"

西恩娜脸上的惊愕和恐惧立刻化作了愤怒。她低头瞪着费里斯，"你一直在欺骗我们，是不是？"

费里斯又想开口说话，却一个音也发不出来。西恩娜粗粗搜查了费里斯的衣服口袋，掏出了他的钱包和手机，将它们装进自己的口袋，然后起身居高临下地怒视着他。

就在这时，一位意大利老太太挤过人群，怒气冲冲地对着西恩娜大声嚷嚷着。"你击打他的胸口！"[1] 她用拳头使劲捶着自己的胸口。

"不！"西恩娜厉声说道。"心肺复苏术会要了他的命！你看看他的胸口！"她转身望着兰登。"罗伯特，我们必须离开这里。立刻。"

兰登低头望着费里斯，后者正绝望地死死盯着他，眼神中充满了哀求，仿佛他有话要说。

"我们不能就这样丢下他不管！"兰登急切地说。

"相信我，"西恩娜说，"那不是心脏病。我们必须走，现在就走。"

人群慢慢聚集过来时，游客开始大声呼救。西恩娜一把抓住兰登的手臂，力气大得惊人，硬将他从混乱的现场拽出来，来到了阳台上的新鲜空气中。

兰登一时什么也看不见。直接照射在他的眼前的太阳，已经低垂到了圣马可广场的西端，整个阳台沐浴在一片金色的光芒中。西恩娜拉着兰登的手，左转沿着二楼露台向前，穿过刚刚走到外面观看广场和圣马可驷马复制品的游客人群。

他们顺着长方形大厅的前面部分快步前行，正前方就是泻湖。湖

---

[1] 原文为意大利语。

面上一个怪异的侧影引起了兰登的注意——一艘极其现代的游艇,外观像某种未来派的战舰。

他还没有来得及细想,就和西恩娜一起再次往左拐,顺着大教堂西南角的阳台奔向"告示门"。这是大教堂与总督府相连的附属建筑,之所以被称作"告示门",是因为总督们总是将各种法令张贴在那里,让公众阅读。

不是心脏病突发?费里斯那青紫色胸口的画面牢牢地印在了兰登的脑海里,一想到自己有可能会听到西恩娜对费里斯真实病情的诊断,他突然感到万分恐惧。不仅如此,情况似乎急转直下,西恩娜不再相信费里斯。难道这就是她早些时候引起我注意的原因吗?

西恩娜突然猛地站住脚,将身子探到典雅的栏杆外,偷偷看着下面圣马可广场一个隐蔽的角落。

"混蛋,"她说,"我没有料到这儿有这么高。"

兰登凝视着她。你想从这里跳下去?!

西恩娜看上去被吓坏了。"罗伯特,我们不能落入他们的手中。"

兰登转身对着大教堂,望着他们正后方那扇用铸铁和玻璃制造的沉重大门。游客们进进出出,如果兰登的估计没有错,他们只需穿过那道大门就能重新回到教堂后半截附近的博物馆中。

"他们把所有出口都堵死了,"西恩娜说。

兰登思考着他们的逃跑选项,最后只想出了一条。"我想我看到里面有一样东西可以解决这个难题。"

兰登甚至都没来得及细想,就领着西恩娜回到了大教堂里。他们绕着博物馆转了一圈,尽量混迹在人群中,不暴露自己。许多游客都将目光转向了斜对面,观望着宽阔的中殿另一边费里斯周围的骚动。兰登注意到那位怒气冲冲的意大利老太太正将两个身着黑制服的士兵带到外面的阳台上,向他们透露兰登和西恩娜逃跑的路线。

我们得快点,兰登心想。他扫视着周围的墙壁,终于在一大块壁毯附近看到了他在寻找的东西。

墙上的设备呈鲜黄色,上面贴着一个红色警示不干胶:消防报警器[1]。

"火警?"西恩娜说。"这就是你的计划?"

"我们可以随人群一起溜出去。"兰登伸手抓住报警手柄。什么也没有发生。他不假思索地立刻行动,用力往下一拉,看着上面的机械装置干净利落地砸碎了里面的玻璃小圆筒。

兰登所期待的警报声和混乱场面并没有出现。

周围一片寂静。

他又拉了一下。

没有任何动静。

西恩娜呆呆地望着他,仿佛他疯了一样。"罗伯特,我们这是在一座石头大教堂里,周围到处都是游客!你认为这些公用火灾报警器会处于启动状态吗,只要有一个捣乱者——"

"那当然!美国的消防法——"

"你这是在欧洲。我们没有那么多律师。"她指了指兰登身后。"而且我们也没有时间了。"

兰登回头看了一眼他们刚刚穿过的那道玻璃门,两名士兵正匆匆从阳台进来,冷酷的眼睛扫视着四周。兰登认出其中一人正是那名肌肉发达的特工,他们逃离西恩娜的公寓时,就是他向三轮摩托上的他们开了枪。

兰登和西恩娜几乎没有任何其他选择,只能溜进一个关闭的旋转楼梯间,重新回到一楼。他们来到楼梯口时,在楼梯间的阴影中停顿了一下。圣殿的对面站着几个士兵,把守着出口。他们正密切扫视着整个屋内的情景。

"我们要是走出去,肯定会被他们看到。"兰登说。

"这个台阶还可以往下,"西恩娜小声说。她指着脚下的台阶,那里有一块帷幕,上面写着游客止步[2],将下面的台阶隔绝了开来。帷幕背后的旋转台阶变得更为狭小,最下面一团漆黑。

---

1 2 原文为意大利语。

馊主意，兰登心想。下面是地下室，而且没有出口。

西恩娜已经跨过了帷幕，正摸索着顺旋转台阶下到地下室里，消失在黑暗中。

"下面是空的，"西恩娜从下面悄声说。

兰登并不感到意外。圣马可大教堂的地下室与许多其他地方不同，因为这是一座仍在使用的礼拜堂，会定期在圣马可的遗骸面前举行仪式。

"我好像看到自然光了！"西恩娜小声说。

这怎么可能呢？兰登竭力回忆自己以前参观这个神圣的地下空间时的情景，猜想西恩娜看到的大概是长明灯——位于地下室中央圣马可坟墓上方永远亮着的电灯。不过，听到上方传来了脚步声后，兰登根本来不及细想，就飞快地跨过帷幕，并且确保自己没有移动它，他将手掌贴在粗糙的石墙上，摸索着顺旋转台阶下行，从人们的视线中消失了。

西恩娜正在台阶底部等着他，她身后的地下室隐在什么也看不见的一团漆黑中。这是一个低矮的地下室，古老的柱子和砖砌拱道支撑着低得令人心慌的石头天花板。整个大教堂的重量都压在这些柱子上，兰登心想。他的幽闭恐惧症已经开始发威了。

"我说过，"西恩娜低声说，微弱的自然光隐隐照出了她那漂亮的脸庞。她指了指墙壁高处几个弧形小透气窗。

是采光井，兰登意识到。他已经忘了这里有采光井。这些采光井的目的是将明亮的光线和新鲜的空气引入狭窄的地下室里，通往从上方的圣马可广场垂下来的深竖井。窗玻璃外的铁窗棂采用了十五个连锁圆圈图案。兰登虽然怀疑它们是否可以从里面打开，但它们的高度及肩，看上去很牢固。可即便他们真的成功通过窗户逃到了竖井中，他们也无法从竖井爬出去，因为竖井高逾十英尺，顶上还有沉重的防护格栅。

在竖井透进来的昏暗光线中，圣马可大教堂地下室看似月光下的森林——树干式的柱子像茂密的树丛，在地上投下了长长的厚重黑影。兰登转身望向地下室中央,那里的圣马可坟墓上亮着一盏孤零零的灯。与这座大教堂同名的人就安息在祭坛背后的石棺中,它的前面有几张靠背长凳,供那些有幸应邀来威尼斯基督教中心敬拜的人落座。

兰登的身旁突然亮起了一盏小灯,他回过头,看到西恩娜正握着费里斯的手机,手机屏幕发出了亮光。

兰登愣了一下,随即回过神来。"我记得费里斯说他的手机没电了。"

"他撒谎,"西恩娜在不停地输入文字,"他在许多事情上都撒了谎。"她皱起眉头,望着手机,然后摇摇头。"没有信号。我还以为我可以查到恩里科·丹多洛坟墓的所在地呢。"她快步走到采光井旁,将手机高高举过头顶,靠近玻璃,想得到信号。

恩里科·丹多洛,兰登心想。他刚刚只顾着赶紧逃离,几乎没有机会认真考虑这位总督的事。尽管他们目前处境不妙,但他们这次造访圣马可大教堂确实达到了目的:得知了那位欺诈总督的身份——他曾切断过马头……还曾取出盲人的骸骨。

遗憾的是,兰登不知道恩里科·丹多洛的坟墓究竟在哪里,埃托雷·维奥显然也不知道。他对这座大教堂了如指掌……或许对总督府也同样熟悉。埃托雷没有能立刻想起丹多洛的墓地所在,这表明他的坟墓可能根本就不在圣马可大教堂或者总督府附近。

那么它究竟在哪里呢?

兰登瞥了西恩娜一眼,她已经将一张长凳拖到一个采光井下,并站到了上面。她打开窗户插销,猛地将窗拉开,然后将费里斯的手机伸到外面的竖井中。

外面圣马可广场的声响从上面传了下来,兰登突然想知道是否有办法从这里出去。长凳后面有一排折叠椅,兰登琢磨着是否能将一把折叠椅举起,扔进采光井。也许上面的格栅也是从里面闩上的?

兰登在黑暗中快步向西恩娜走去。他刚走了几步,额头便猛然撞击到了什么东西上。他倒退了几步,身子一软,跪倒在地,一时间,他以为有人袭击了他,但随即意识到不是那么回事,于是责骂自己竟没想到他六英尺的身躯远远超出了拱顶的高度,因为这里的拱顶是按照一千多年前普通人的身高修建的。

正当跪在硬邦邦的石头地面上,让眼前的金星慢慢消失时,他发现自己正低头望着地面上的一个铭文。

Sanctus Marcus[1]。

他盯着铭文看了很久。让他感到惊愕的不是铭文中圣马可的名字,而是铭文所用的语言。

拉丁文。

由于一整天都浸泡在现代意大利语中,现在突然看到用拉丁文书写的圣马可的名字,兰登有些不知所措。他随即意识到,这门已经消亡的语言在圣马可去世时曾是罗马帝国的通用语。

兰登的脑海里闪过了第二个念头。

在十三世纪初,也就是恩里科·丹多洛执政和第四次十字军东征时期,最强势的语言仍然是拉丁文。一位重新征服君士坦丁堡、给罗马帝国带来极大荣耀的威尼斯总督绝对不会以恩里科·丹多洛的名字下葬,采用的很可能会是他的拉丁文名字。

Henricus Dandolo。

想到这里,一个遗忘了很久的画面像浮现在他的脑海中,让他有一种触电般的感觉。虽然这个画面是他跪在礼拜堂中时出现的,但他知道这并不是神给他的灵感。更有可能的是,那只是一个视觉提示,激发他的大脑瞬间将不同的头绪联系在一起。突然出现在兰登记忆深处的这个画面是丹多洛的拉丁文名字……镌刻在一块破损的大理石板上,周围镶嵌着华丽的瓷砖。

Henricus Dandolo.

兰登想象着这位总督朴实的坟墓标识,激动得几乎喘不上气来。我到过那里。正如那首诗所言,恩里科·丹多洛的确埋葬在一座金碧

---

[1] 拉丁文,意为圣马可。

辉煌的博物馆里——神圣智慧博学园——但那不是圣马可大教堂。

真相浮现之后,兰登慢慢挣扎着站了起来。

"没有信号,"西恩娜说。她从采光井爬了下来,朝他走来。

"已经不需要了,"兰登吃力地说,"金碧辉煌的神圣智慧博学园……"他深吸一口气。"我……弄错了。"

西恩娜的脸变得苍白。"千万别告诉我找错了博物馆。"

"西恩娜,"兰登低声说,他感到很不舒服,"我们找错了国家。"

第 76 章

外面的圣马可广场上,兜售威尼斯面具的吉普赛女人正倚靠着大教堂外墙稍事休息。她像往常一样,选定她最喜欢的位置——地面上两个金属隔栅之间的一个小壁龛。这个地方非常理想,她在这里可以放下重量不轻的货物,观看落日。

多年来,她在圣马可广场目睹过许多事,但这会儿引起她注意的怪事却不是发生在广场上……而是发生在广场下面。脚边传出的一声巨响让她吃了一惊,她透过一个隔栅向里面的竖井望去,狭窄的竖井大约有十英尺深。竖井底部的窗户开着,有人将一张折叠椅扔进了竖井,刮擦着地面。

吉普赛女人讶异地看到,紧跟着折叠椅出现的是一个漂亮的女人,留着金色马尾辫,背后显然有人在托举她。她正从窗户爬出来,进入到小小的竖井里。

金发女郎站起身后立刻抬头向上望去,看到吉普赛女人正透过隔栅望着她时,她显然受了惊吓。她用一根手指压住嘴唇,示意吉普赛女人不要出声,然后冲着她微微一笑。她打开折叠椅,站到上面,将手伸向隔栅。

你个子太矮了,吉普赛女人心想。你这究竟是在干什么?

金发女郎重新下了折叠椅,与教堂地下室里的什么人说话。竖井里的空间非常狭小,有了折叠椅后,她几乎连落脚的地方都没有。不过,她还是站到一旁,腾出空间,让第二个人从大教堂地下室里爬出来,进入到拥挤的竖井中。这第二个人身材高大,一头黑发,身穿昂贵的西服。

他也抬头向上望去,隔着铁格栅与吉普赛女人四目相对。他笨拙地转动了一下四肢,与金发女郎换了个位置,爬到了摇摇晃晃的折叠椅上。他个子比她高,伸出手后打开了隔栅下面的安全闩。他踮起脚,双手按在隔栅上,用力向上托举。隔栅向上抬起了一英寸左右后,他又只好让它落下。

"Può darci una mano?"金发女郎大声对吉普赛女人说。

帮你们一把?吉普赛女人心想,根本不打算卷入到这种事情中。你们这是在干什么?

金发女郎掏出一个男式钱包,从里面抽出一张一百欧元纸币,挥舞着要给她。这个小贩连着卖三天面具也挣不到这么多钱。可讨价还价是她的看家本领,她摇摇头,伸出两根手指。金发女郎又抽出了一张纸币。

吉普赛女人不敢相信自己会有这样的好运,耸耸肩,不情愿地同意了。她尽量摆出若无其事的表情,蹲下身,抓住铁隔栅,死死盯着男子的眼睛,好与他同时用力。

就在男子再次向上托举时,吉普赛女人用力向上一拉,她那两只胳膊由于多年来一直举着她兜售的商品而变得粗壮有力。隔栅慢慢向上升起……开启了一半。正当她以为他们就要成功时,她的下方传来了一声巨响,男子不见了踪影。折叠椅在他的重压之下垮塌了,他重新掉进了竖井里。

铁隔栅在她的手中突然变得重了许多,她真想将它放回去,可那两百欧元给了她力量。她使出全身力气,拉起隔栅,试图让它靠在大教堂的墙壁上。隔栅终于靠到墙上去时,发生了砰的一声巨响。

吉普赛女人气喘吁吁地低头望去，竖井里只有两个扭成一团的人影和被压坏了的折叠椅。男子重新站起身，拍打掉身上的灰尘。吉普赛女人将手伸进竖井，索要应该给她的钱。

马尾辫女郎无比感激地朝她点点头，将两张纸币举过头顶。吉普赛女人向下伸出手，但还是够不到。

把钱给那男人呀。

竖井里突然出现了一阵骚动，大教堂内传出了愤怒的叫喊声。竖井里的男人和女郎惊恐地转过身，从窗户旁退缩了回去。

接下来，一切都乱成了一团。

黑发男子采取果断措施，他蹲下身，手指交叉成一个窝形，不由分说地命令女郎踩着他的手。她踩了上去，他用力将她举起来。她顺着竖井壁往上爬，并且用牙齿咬住那两百欧元，腾出双手努力去够着井沿。男子继续往上托举她，越来越高……越来越高……她的双手终于伸到了井沿之上。

她猛地一用力，像爬出游泳池那样进入了广场中。她把钱塞进吉普赛女人的手中，立刻转过身，跪在井沿旁，伸手去拉那男子。

太晚了。

黑色长衣袖里强有力的胳膊像某个饥饿怪物的触须一样，已经伸进竖井，牢牢抓住了男子的双腿，将他拖回到窗户旁。

"快跑，西恩娜！"男子高喊，一面仍在挣扎。"快跑！"

吉普赛女人看到他们四目相对，相互传递着痛苦与遗憾……然后一切都结束了。

男子被人粗暴地拉了回去，穿过窗户，重新进入了大教堂里。

金发女郎低头呆望着下面，满脸惊愕，眼睛里充满了泪水。"对不起，罗伯特，"她低声说，停顿了一下后又补充道，"为所发生的一切。"

女郎一转眼便以百米冲刺的速度蹿进了人群，马尾辫左右摇晃着。她跑进狭窄的"时钟百货"小巷……消失在了威尼斯的中心。

第 77 章

在浪花轻柔的拍打声中,罗伯特·兰登慢慢恢复了知觉。他闻到了浓烈的抗菌剂夹杂着咸涩海风的味道。他感到整个世界在他的身下左右摇晃。

我这是在哪儿?

他记得几只强有力的大手牢牢抓住了他,将他从采光井中拉回到了大教堂的地下室里,他在死死挣扎。那似乎就是刚才的事。可奇怪的是,他现在感觉到自己的身下不是圣马可大教堂冰冷的石头地面……而是柔软的床垫。

兰登睁开眼,打量着四周。这一个看似医疗机构的小房间,只有一个舷窗。左右晃动的状况还在继续。

我是在船上?

兰登只记得自己被一名黑衣士兵按倒在大教堂地下室的地面上,并且听到他怒气冲冲地对他低声呵斥道:"别再想逃跑了!"

兰登记得自己在高声呼救,而那些士兵则试图捂住他的嘴。

"我们需要把他从这里带走,"一名士兵对同伴说。

他的同伴不太情愿地点点头。"那好吧。"

兰登感到有几个力道很足的指尖熟练地摸索着他脖子上的动脉和静脉,找到颈动脉上的精确位置后,那些手指开始集中施压。几秒钟内,兰登的视线便开始模糊,他感到自己在渐渐失去意识,大脑开始缺氧。

他们想杀了我,兰登心想,就在圣马可的坟墓旁。

他的眼前开始变黑,但似乎不是一片漆黑……更像是一抹灰色,还不时插进来各种柔和的形状和声音。

兰登不知道已经过了多久,但周围的世界正开始重新变得清晰起来。他只知道自己目前身处某种船载医务室中，周围的无菌环境和异丙醇气味制造出了一种似曾相识的错觉——仿佛兰登兜了个圈子之后又回到了原处，像前一天晚上那样在一家陌生的医院里苏醒过来，只剩下一些零碎的记忆。

他立刻想到了西恩娜，不知她是否安全。他仍然可以看到她那双含情脉脉的褐色眼睛在凝视着他，眼神中充满悔恨与恐惧。兰登在心中祈祷她能够成功逃脱，祈祷她平安地逃离威尼斯。

我们找错了国家，兰登惊恐地意识到恩里科·丹多洛坟墓的真实所在地后，便立刻告诉了她。那首诗中提到的神秘的神圣智慧博学园根本不在威尼斯……而是在世界的另一边。正如但丁的文字所警告的那样，那首谜一样的诗的含义"就藏在晦涩的诗歌面纱之下"。

兰登曾打算在他们成功逃出大教堂地下室后，立刻将一切解释给西恩娜听，可他一直没有机会。

她逃脱了，只知道我没有成功。

兰登感到自己的腹部有东西在缩紧。

瘟疫仍然在那里……在世界的另一边。

兰登听到医务室外传来了靴子踏在过道上的响声，他转过脸，看到一个身穿黑制服的男人走进了他的船舱。来人正是那位把他按倒在地下室地面上的壮实士兵，他的眼神冰冷。他走近时，兰登本能地退缩了一下，但是他已经无路可逃。这些人爱怎么处置我就怎么处置我吧。

"我这是在哪儿？"兰登责问道，声音里充满了愤怒。

"在游艇上，停靠在威尼斯附近。"

兰登望着这个男人制服上的绿色徽章——一个地球，周围的字母为ECDC。兰登从来没有见过这个标识，也没有见过这些字母缩写。

"我们需要你的信息，"士兵说，"而且我们时间不多。"

"我怎么会把信息告诉你？"兰登问。"你差一点要了我的命。"

"远不是那么回事。我们只是采用了一种柔道缴械技术，名叫'绞技'。我们根本不想伤害你。"

"你今天上午朝我开了枪！"兰登大声说，清晰地回忆起了子弹击中西恩娜那辆疾驰的三轮摩托挡泥板的砰砰声。"你射出的子弹差一点击中我的脊椎骨末梢。"

对方眯起了眼睛。"如果我想击中你的脊椎骨末梢，我肯定能击中。我只开了一枪，想射中电动车的后轮胎，然后就能阻止你们逃走。我有令在身，要与你取得联系，并且弄清楚你究竟为什么表现得那么反常。"

兰登还没有来得及解读他的这番话，就又有两名士兵走了进来，向他的床边靠近。

走在他们之间的是一个女人。

一个幻影。

优雅飘逸，超凡脱俗。

兰登立刻认出她就是自己幻觉中的那个形象。站在他面前的这个女人高贵美丽，一头银色长发，佩戴着一个蓝色天青石护身符。由于她以前每次出现在他的幻觉中时，背景都是遍地尸首的恐怖画面，兰登花了一点时间才敢相信站在他面前的她确实是血肉之躯。

"兰登教授，"这个女人走到他的床边，疲惫地笑着说，"看到你没有事，我就松了口气。"她坐下来，给他把脉。"我知道你得了遗忘症。你还记得我吗？"

兰登细看了她一会儿。"我……有一点印象，但是不记得是否见过你。"

女人朝他凑近一点，脸上的表情非常凝重。"我叫伊丽莎白·辛斯基，是世界卫生组织总干事，我请你帮我查找——"

"一种瘟疫，"兰登勉强说，"是贝特朗·佐布里斯特制造出来的。"

辛斯基点点头，脸色缓和了一些。"你还记得？"

"不记得了。我醒过来时是在一家医院里，只有一个奇怪的小投影仪，以及你的幻象，在告诉我去寻找并发现。我一直在努力寻找，可这些人却试图杀死我。"兰登指着那些士兵说。

那名肌肉发达的士兵立刻摆出一副愤愤然的神情，显然想反驳，但伊丽莎白·辛斯基摆手阻止了他。

"教授，"她柔声说，"我相信你现在一定很困惑。由于是我把你拉进了这一切当中，后来发生的一切把你吓坏了。谢天谢地，你现在终于安全了。"

"安全？"兰登说。"我被人抓到了一条船上！"你也一样！

银发女人体贴地点点头。"由于你得了遗忘症，我担心我接下来要告诉你的许多事会让你摸不着头脑。不过，我们时间有限，许多人都需要你的帮助。"

辛斯基迟疑了一下，仿佛拿不定主意该如何说下去。"首先，"她说，"我希望你能明白，布吕德特工和他的手下从来没有想伤害你。他们有令在身，无论采用何种方式，都必须与你重新取得联系。"

"重新取得联系？我不——"

"教授，请听我说。一切都会说清楚的。我保证。"

兰登把背靠回医务室的床中，辛斯基博接下去的讲述令他头晕目眩。

"布吕德特工和他的手下是 SRS 小组——监测与反应支持小组。他们归欧洲疾病预防与控制中心领导。"

兰登瞥了一眼他们制服上的 ECDC 徽章。疾病预防与控制？[1]

她接着说下去。"他的小组专门负责监测并控制可传染疾病威胁。从本质上说，他们是特种部队，专门缓解急性、大规模卫生风险。你曾经是我寻找到佐布里斯特制作出来的传染病的主要希望，所以当你消失时，我给 SRS 小组下达了命令，要他们找到你……我将他们调到佛罗伦萨，给我提供支援。"

兰登目瞪口呆。"那些士兵是你的手下？"

她点点头。"是从欧洲疾病预防与控制中心借调来的。你昨晚失踪

1　ECDC 为 European Centre for Disease Prevention and Control（欧洲疾病预防与控制中心）的首字母缩写。

并且不再与我们联系之后，我们推测你肯定是遇到了一些变故。直到今天早晨，我们的技术支持团队看到你在查看哈佛大学邮箱，我们这才知道你还活着。对于你这种奇怪的举动，我们当时惟一的解释是你站到别的阵营里去了……可能另外有人出了一大笔钱，要你替他找到这种传染病。"

兰登摇摇头。"这太荒谬了。"

"是啊，这种情况虽然可能性很小，却是惟一合乎逻辑的解释。由于风险太高，我们不敢贸然行事。当然，我们绝对没有想到你得了遗忘症。当我们的技术人员看到你的哈佛大学邮箱突然被启用时，我们跟踪电脑上的 IP 地址，来到了佛罗伦萨的那座公寓，并开始采取行动。可是你骑电动车跑了，和那个女人一起。这让我们更加怀疑你已经开始为别人效力。"

"我们从你身边经过！"兰登激动得说不出话来。"我看到了你，坐在一辆黑色面包车的后座上，周围都是士兵。我还以为你被他们抓了。你当时显得神志不清，好像他们给你注射了什么药物。"

"你看到我们了？"辛斯基博士显得很意外。"奇怪的是，你没有说错……他们的确给我注射了药物。"她停顿了一下。"可那是我的命令。"

兰登完全弄糊涂了。她让他们给她注射药物？

"你可能不记得了，"辛斯基说，"可是当我们的 C-130 飞机降落在佛罗伦萨时，由于气压变化，我得了阵发性位置性眩晕。这是一种使人严重衰弱的内耳疾病，我以前也曾犯过。这种疾病只是暂时性的，并不严重，却能让患者头昏恶心，几乎无法抬头。平常我会躺到床上，忍受剧烈的恶心，但我们正面临佐布里斯特这场危机，因此我给自己开了处方，每小时注射一次胃复安，以免我感到恶心想吐。这种药有一个严重的副作用，就是让人顿生困意，但它至少能够让我在汽车后座上通过电话指挥行动。SRS 小组想带我去医院，但我命令他们在完成寻找到你的任务之前不得这么做。幸运的是，在我们飞往威尼斯的途中，这种眩晕终于结束了。"

兰登气得身子往后一仰,重重地倒在床上。我一整天都在逃离世界卫生组织的人,而正是这些人当初吸纳了我。

"教授,我们现在言归正传。"辛斯基的语气很急迫。"佐布里斯特制造的瘟疫……你是否知道在什么地方?"她凝视着他,眼中充满了强烈的期待。"我们的时间非常紧迫。"

离这里很远,兰登想说,但有些事让他欲言又止。他瞥了一眼布吕德,这个人早晨曾向他开枪,刚才又差一点勒死他。在兰登看来,这一切变化得太快,他不知道究竟该相信谁。

辛斯基俯下身来,脸上的表情更加严肃。"我们原以为那种传染病就在威尼斯,那个想法对吗?告诉我们在哪儿,我立刻派人上岸。"

兰登犹豫不决。

"先生!"布吕德不耐烦地吼了起来。"你显然知道一些事情……告诉我们它在哪儿!难道你不明白即将发生什么吗?"

"布吕德特工!"辛斯基转身怒视着他。"够了,"她命令道,然后回头望着兰登,静静地说下去。"考虑到你所经历的一切,我们完全理解你有些茫然失措,不知道该相信谁。"她凝视着他的眼睛。"可我们的时间不多了,我请求你相信我。"

"兰登能站起来吗?"一个陌生的声音问道。

门口出现了一个男人,身材不高,保养得很好,皮肤被太阳晒得黝黑。他老练地静静打量着兰登,但兰登在他的眼睛里看到了危险。

辛斯基示意兰登站起来。"教授,我本来不想跟这个人合作,但目前的形势十分严峻,我们别无选择。"

兰登犹豫不决地将双腿伸到床外,站直了身子,花了一点时间恢复平衡。

"跟我来,"男人说着便向门口走去。"你需要看一样东西。"

兰登站在那里没有动。"你是谁?"

男人停住脚,手指交叠成教堂尖顶形状。"名字并不重要。你可以叫我教务长。我经营着一个机构……我很遗憾地说,我这个机构犯了一个错误,帮助贝特朗·佐布里斯特达到了他的目的。我现在正努力亡羊补牢。"

"你想让我看什么？"兰登问。

男人目不转睛地盯着兰登。"这件东西会让你确信我们都是同盟军。"

第 78 章

兰登跟着皮肤黝黑的男子穿行在甲板下迷宫般幽闭恐怖的过道中，辛斯基博士和 ECDC 士兵排成单行尾随在后。在接近一个楼梯时，兰登希望他们会上到阳光下，可他们却顺着楼梯下到了游艇更深处。

此刻，他们来到了游艇的最底部，他们的向导领着他们穿过一大片封闭的玻璃隔间——其中一些为透明墙壁，另一些则采用了不透明墙壁。每一个隔音隔间里，不同雇员都在忙着往电脑里输入信息，或者在打电话。那些碰巧抬头并注意到兰登他们从这里经过的雇员，看到游艇这个部位出现陌生人时都大吃一惊。皮肤黝黑的男子点头让他们放心，然后继续前行。

这是什么地方？兰登在心中琢磨着。他们又穿过了几个精心布局的工作区。

他们的东道主终于来到了一个大会议室前，大家鱼贯而入。他们刚刚落座，男子便摁下一个按钮，玻璃墙突然发出嘶嘶声，变得不再透明，将他们密封在了里面。兰登吓了一跳，他以前从未见过这种装置。

"我们在哪儿？"兰登终于忍不住问道。

"这是我的船——'门达西乌姆号'。"

"'门达西乌姆号'？"兰登问。"就像……希腊欺骗之神普色乌度罗勾伊的拉丁文名字？"

男子露出了钦佩的表情。"没有多少人知道这一点。"

算不上什么高雅名称,兰登心想。门达西乌姆是一个见不得人的神,统治着所有小普色乌度罗勾伊——那些擅长作假、说谎和捏造的邪恶精灵。

男子掏出一个红色小 U 盘,将它插入会议室后面的一摞电子设备中。一块巨大的平板液晶显示器亮了起来,头顶的灯光开始转暗。

在寂静的期待中,兰登听到了水花拍打的轻响。他起初以为这声音来自船外,但随即他便意识到响声来自液晶显示屏的喇叭。屏幕上慢慢出现了一个画面——一个滴水的洞壁,摇曳的红光照亮了它。

"这段视频是贝特朗·佐布里斯特制作的,"他们的东道主说,"他要我明天向全世界发布。"

兰登似信非信地默默看着这段怪异的视频……一个洞窟空间,里面有一个泛着涟漪的泻湖……摄像机进入了泻湖……潜到水底,被淤泥覆盖的瓷砖地面上钉着一块牌子,上面写着:就在此地,正当此日,世界被永远改变。

牌子上的签名:贝特朗·佐布里斯特。

日期是明天。

我的上帝啊!兰登扭头看了辛斯基一眼,可她只是无神地盯着地面,显然已经看过这段视频,而且无法再将它看一遍。

摄像机镜头现在转向了左边,兰登困惑地看到一个凹凸不平的透明塑料泡悬停在水下,里面有一种黄褐色的胶质状液体。这个脆弱的圆球似乎被拴在地上,因此无法升到水面。

究竟是什么东西?兰登仔细观察着那膨胀的塑料袋,里面黏糊糊的东西似乎在慢慢打旋……几乎是在闷燃。

当他突然明白过来时,兰登惊呆了。佐布里斯特的瘟疫。

"先停一下,"黑暗中传出了辛斯基的声音。

显示屏上的画面静止在了那里,一个被拴住的塑料袋在水下摇晃——里面悬浮着一团被密封的液体。

"我想你能够猜得出那是什么,"辛斯基说,"问题是它能被隔绝多久。"她走到液晶显示屏前,指着透明塑料袋上的一个小标识。"很遗憾,这里显示了这种袋子所用的材料。你看得清吗?"

兰登心跳加速,眯起眼睛盯着上面的文字。那似乎是制造商的商标:索鲁布隆[1]。

"世界上最大的水溶性塑料制品制造商,"辛斯基说。

兰登感到胃像是被打了一个结。"你是说这种袋子……正在溶解?!"

辛斯基点点头,表情非常严肃。"我们已经联系过制造商,并且非常遗憾地获知,他们生产几十种不同级别的此类塑料制品,在任何环境中均可溶解,溶解的速度从十分钟到十个星期不等,完全取决于具体用途。虽然溶解速度也会因水的类型和温度而略有变化,但我们相信佐布里斯特肯定仔细考虑过这些因素。"她停顿了一下。"我们相信这个袋子的溶解时间应该是——"

"明天,"教务长插嘴说。"明天就是佐布里斯特在我的日历上画了圆圈的日子,也是这种瘟疫爆发的时刻。"

兰登坐在黑暗中,不知道自己该说什么。

"把其余部分放给他看,"辛斯基说。

液晶显示屏上的画面重新活动起来,摄像机镜头扫过微微发光的水和黑暗的洞窟。兰登相信这就是那首诗所提及的地方。那里的泻湖不会倒映群星。

这个场景让人联想起但丁所描写的地狱……痛泣之河流进地狱里的洞窟。

不管这个泻湖在什么地方,湖水都被陡峭、长满青苔的墙壁所包围。兰登觉得这些墙壁一定是人造的。他觉得摄像机只拍摄了这个巨大室内空间的一个小角落,而且墙壁上隐隐约约的垂直黑影也验证了他的这个观点。这些黑影很宽,柱状,间隔均匀。

---

[1] 成立于一九三三年、总部位于爱知县丰桥市的日本爱丝乐(Aicello)化学株式会社的可溶性塑料商标名称。

柱子，兰登意识到。

这些柱子支撑着洞窟的顶部。

这个泻湖不是在一个洞窟里，而是在一个巨大的房间里。

下到水下宫殿的深处……

他还没有来得及说话，注意力就被墙壁上新出现的一个黑影吸引了……一个人的身影，有着长长的鹰钩鼻。

啊，我的上帝……

这个身影开始说话，话语含糊不清，但是带着一种怪异的诗歌节奏，低沉的声音从水面上传了过来。

"我是你们的救赎。我是幽灵。"

在接下来的几分钟内，兰登观看了他这辈子所见识过的最恐怖的电影。这是一位精神错乱的天才在胡言乱语，是贝特朗·佐布里斯特的独白。他虽然采用了瘟疫医生的口吻，但大量运用但丁《地狱篇》中的典故，并且传递着一个非常清晰的信息：人口增长已经失控，人类生存正完全取决于平衡。

屏幕上的声音吟咏道：

"袖手旁观就是在迎接但丁笔下的地狱到来……拥挤不堪，忍饥挨饿，身陷罪恶的泥沼。于是，我勇敢地挺身而出，采取行动。有人畏缩不前，但一切救赎都得付出代价。终有一天，世人会领悟我献祭的美妙。"

屏幕上突然出现了佐布里斯特本人时，兰登吓得一缩。佐布里斯特将自己打扮成瘟疫医生的模样，然后他摘下了面具。兰登凝视着那张憔悴的脸和疯狂的绿眼睛，意识到自己终于见到了处于危机中心的这个男人的脸。佐布里斯特开始向被他称作"我的灵感"的某个人表达爱意。

"我已经将未来交到了你那双温柔的手中。我在地下的工作已经完成,现在我该再次爬到上面的世界中……重新凝望群星。"

视频结束了。兰登听出佐布里斯特最后一句话几乎与但丁《地狱篇》中的最后几个词完全相同。

会议室内一片漆黑。兰登意识到,他今天所经历的所有恐惧时刻刚刚凝结成了一个可怕的现实。

贝特朗·佐布里斯特如今有了一张脸……还有一个声音。

会议室的灯重新亮起,兰登看到所有目光都满怀期待地落在他的身上。

伊丽莎白·辛斯基站起身,不安地抚摸着她的护身符,脸上毫无表情。"教授,我们的时间显然不够。目前惟一的好消息是我们还没有检测到任何病原体,也没有病例报告,因此我们假定这只悬浮的索鲁布隆塑料袋还没有溶解。但是,我们不知道去哪里寻找。我们的目标是赶在它破裂之前控制住它,然后化解这场威胁。当然,要想实现这个目标,我们惟一的办法就是立刻找出它的所在地。"

布吕德特工站了起来,眼睛紧紧盯着兰登。"我们认为你之所以来威尼斯,是因为你得知这里就是佐布里斯特隐藏他的瘟疫的地方。"

兰登望着眼前这些人,他们一个个因为害怕而绷紧了脸,每一个又都期盼着奇迹的出现。他真希望自己能有更好的消息告诉他们。

"我们找错了国家,"兰登大声说,"你们寻找的东西与这里相距近一千英里。"

* * *

"门达西乌姆号"猛地转弯,驶往威尼斯机场。兰登的五脏六腑也随着游艇引擎低沉的轰鸣声嗡嗡作响。船上一片混乱。教务长冲了出去,大声向他的船员下达着命令。伊丽莎白·辛斯基一把抓起手机,接通了世界卫生组织C-130运输机的飞行员,命令他们尽快为飞离威尼斯机场做好准备。布吕德特工立刻打开一台笔记本电脑,看看是否能够联系到他们最终目的地的某个国际先遣小组。

远在世界的另一边。

教务长回到会议室,急切地问布吕德,"威尼斯警方有没有进一步消息?"

布吕德摇摇头。"毫无踪影。他们还在查找,但西恩娜·布鲁克斯已经消失了。"

兰登半天才回过神来。他们在寻找西恩娜?

辛斯基打完电话后也走了过来。"没能找到她?"

教务长摇摇头。"如果你们同意,我认为世界卫生组织应该在必要时授权动用其他力量将她绳之以法。"

兰登猛地站了起来。"为什么?!西恩娜·布鲁克斯并没有卷入这当中来!"

教务长的黑眼睛转向了兰登。"教授,我必须把布鲁克斯女士的一些事告诉你。"

第 79 章

从人满为患的里奥多桥上挤过去后,西恩娜·布鲁克斯沿着运河边的卡斯泰罗区步行道继续向西飞奔。

他们抓住了罗伯特。

她的眼前仍然浮现着他被士兵们从采光井拖进教堂地下室时,他抬头凝视着她的绝望眼神。她坚信抓住他的人一定会想方设法立刻说服他,让他说出他已经破解的一切。

我们来错了国家。

更糟糕的是,她知道抓住兰登的人会不失时机地向他透露所有真相。

对不起，罗伯特。

为所发生的一切。

请记住，我别无选择。

奇怪的是，西恩娜已经开始想念他了。此刻虽然身处威尼斯熙熙攘攘的人群中，她却感到熟悉的孤独偷偷袭上心头。

这种感觉对她来说并不陌生。

西恩娜·布鲁克斯从孩提时起就一直感到孤独。

她从小就聪慧过人，青春期时觉得自己就像一个陌生国度里的陌生人……一个被困在孤独世界里的外星人。她试图结交朋友，可她的同龄人全都热衷于她毫无兴趣的无聊琐事。她试图尊敬长者，可大多数成年人似乎也只是长大的孩子，甚至对他们周围的世界缺乏最基本的认识，而最令人不安的是，他们对周围的世界缺乏好奇，也缺乏关注。

我感到与一切都格格不入。

于是，西恩娜·布鲁克斯学会了如何成为一个幽灵，让人们对她视而不见。她学会了如何成为一个变色龙、一个演员，在人群中表现出另一副模样。她相信，童年时对舞台的向往来自她的毕生梦想——成为另一个人。

一个正常的人。

她在莎士比亚《仲夏夜之梦》中的表演让她体会到了成为他人的感觉，那些成年演员对她鼎力相助，却没有刻意奉承她。不过，她的欢乐很短暂。首演那天晚上，当她刚走下舞台、面对狂热的媒体界人士时，她的所有欢乐在那一刻化为乌有——其他演员全都悄无声息、不被注意地从后门溜走了。

他们现在也恨我。

到七岁那年，西恩娜已经看过许多书，足以诊断出自己患有重度抑郁症。当她将情况告诉父母时，他们似乎惊呆了。他们每次见到亲生女儿有怪异举动时都是这种反应。不过，他们还是送她去看了一位心理医生。医生问了她许多问题，可那些问题西恩娜也早已问过自己。医生开出的处方是阿米替林[1]结合利眠宁[2]。

西恩娜愤怒地从诊断床上跳了下来。"阿米替林？！"她反驳道。"我想变得更快乐，而不是变成行尸走肉！"

对方不愧是心理医生，面对她的突然发作显得非常平静，只是提出了第二个建议。"西恩娜，如果你不愿意服用药物，我们可以尝试更全面的疗法。"他停顿了一下。"听上去好像你被困在了一个怪圈中，你所想的都是你自己以及你如何与这世界格格不入。"

"你说得对，"西恩娜说，"我想停下来，可我做不到！"

他平静地笑了。"你当然停不下来。从生理学上说，人的大脑根本无法什么都不思考。人的心灵渴望情感，而且将继续为那份情感寻找燃料——无论是好是坏。你的问题在于你给它添加了坏的燃料。"

西恩娜从来没有听人以这种机械术语谈论心智，她立刻来了兴趣。"我如何才能给它添加不同的燃料？"

"你需要转移你的智力焦点，"他说，"你目前的思考对象主要是你自己。你想知道自己为什么与他人格格不入……想知道自己哪里出了问题。"

"的确如此，"西恩娜说，"可我正在试着解决这个问题。我在努力融入周围世界中。如果我不思考的话，又怎么能解决问题？"

他笑了。"我相信思考这个问题……就是你的问题所在。"他建议西恩娜努力将关注点从她自己以及她的问题上移开……转移到她周围的世界……及其问题上去。

从那以后，一切都变了。

她开始全身心地为他人感到难过，而不再只是自哀自怜。她开始有了一种博爱精神，在无家可归的人的临时居住点给大家分汤，念书给盲人听。令人难以置信的是，西恩娜帮助过的这些人当中没有一个似乎注意到她与众不同。他们只是为有人关心他们而心存感激。

---

[1] 一种抗抑郁症药物。
[2] 一种抗精神失常药物。

西恩娜每周工作得更加勤奋，几乎都没有睡眠时间，因为她意识到有那么多人需要她的帮助。

"西恩娜，悠着点！"大家劝她。"你拯救不了这个世界！"

这种话多么可怕！

通过这些公益活动，西恩娜认识了本地一家人道主义组织的几位成员。当他们邀请她一起去菲律宾工作一个月时，她欣然同意了。

西恩娜以为他们是去给贫穷的渔民或者乡间的农民分发食物。她在书中读到过，那里的乡间景色秀丽，宛如仙境，到处都是生机勃勃的海底和美得炫目的平原。因此，当大家置身于马尼拉城的人群中时，这座世界上人口最密集的城市让西恩娜惊吓得说不出话来。她还从未见过这种规模的贫穷。

单凭一己之力如何能改变这一切？

西恩娜只要向一个人发放食品，旁边就会有数百人用有气无力的眼神盯着她。马尼拉有着长达六小时的堵车现象、令人窒息的空气污染，以及令人恐惧的性交易。性工作者大多是儿童，其中许多人都被自己的亲生父母卖给了拉皮条的人，而这些父母则因为知道自己的孩子至少有口饭吃而感到欣慰。

这里到处都是童妓、乞丐、小偷，更糟糕的是西恩娜发现自己突然无所适从。她看到周围的人完全屈从于生存的本能。人类在面临绝望时……会变成动物。

所有那些阴暗的压抑如潮水般重新涌上了她的心头。她突然明白了人类的真相：就是一个濒临灭绝的物种。

我错了，她想，我无法拯救世界。

突如其来的狂躁令她不堪重负，她在马里拉街头狂奔，穿过人群，撞倒行人，一路向前，寻找开阔空间。

人的身体让我窒息！

奔跑中，她可以感觉到人们投在她身上的目光。她再也无法融入其中。她个子很高，皮肤白皙，金色马尾辫在身后晃动。男人目不转睛地盯着她，仿佛她一丝不挂。

等她停下脚步时,她不知道自己跑了多远,也不知道跑到了什么地方。她擦去眼睛里的泪水与污垢,看到自己站在一个棚户区中——一座由波纹金属和硬纸板拼搭而成的城中城。她的周围充斥着婴儿的哀号声,以及人类粪便的臭味。

我已经穿过了地狱之门。

"观光客,"一个低沉的声音在她身后讥笑道,"Magkano?"多少钱?

西恩娜猛地转过身,看到三个青年向她走来,而且像狼一样流着口水。她立刻知道自己处境危险,试图逃脱,但他们像集体狩猎的食肉动物一般围住了她。

西恩娜大声呼救,可没有任何人在意她的呼喊。她看到五米外就有一个老太太,坐在一个轮胎上,用一把锈迹斑斑的刀削去一个老洋葱腐烂的部分。西恩娜呼救的时候,老太太头都没有抬一下。

三个男子抓住她,将她拖进一个小棚屋。西恩娜很清楚接下来会发生什么事,恐惧压倒了一切。她用手头能抓到的一切进行反抗,但他们很强壮,不一会儿就将她压倒在一个落满灰尘的旧床垫上。

他们撕开她的衬衣,抓挠着她柔软的皮肤。听到她的尖叫声后,他们将她撕破的衬衣深深地塞进她的嘴里,令她差一点窒息。然后,他们将她翻过身,让她面对着散发出恶臭的床垫。

西恩娜·布鲁克斯一直怜悯那些无知的灵魂,因为他们生活在如此痛苦的世界中却依然相信上帝,可是此刻的她不得不在心里祈祷……真心诚意地祈祷。

上帝啊,求你让我远离罪恶。

她祈祷时,仍然能听到那些男人在哈哈大笑,能感觉到他们肮脏的手将她的牛仔裤顺着她乱蹬乱踢的双腿拉了下来。其中一人趴到了她的背上;他很沉,浑身大汗淋漓,汗珠滴在了她的肌肤上。

我是个处女,西恩娜心想,一切将在我身上这样发生。

突然,她背上的男子跳开了,嘲笑声变成了愤怒和恐惧的叫喊。滚落到西恩娜背上的热汗突然喷涌而出……落到床垫上后变成了红色的飞溅物。

当西恩娜翻过身来想知道发生了什么时，她看到老太太一手拿着剥了一半的洋葱，一手握着那把锈迹斑斑的刀，正站在袭击她的男子身旁。男子的后背血流如注。

老太太怒视着其他人，眼神里充满了威胁。她挥舞着血淋淋的刀，直到三个男子落荒而逃。

老太太没有说话，只是帮着西恩娜拿起衣服，穿好。

"Salamat，"西恩娜眼泪汪汪地低声说，"谢谢你。"

老太太轻轻拍了拍自己的耳朵，表示她听不见。

西恩娜双手合十，闭上双眼，毕恭毕敬地向她鞠了一躬。等她睁开眼睛时，老太太已经不见了。

西恩娜立刻离开了菲律宾，甚至都没有与小组其他成员告别。对自己的这段遭遇她一直守口如瓶，希望不再触碰就能渐渐淡忘，可是这样一来情况反而变得更糟。数月后，噩梦仍然在夜晚折磨着她，她无论在哪里都没有安全感。她开始练武术，不久便掌握了致命的点穴术，可她仍然去哪里都觉得危险。

她的抑郁症复发了，而且比以前严重了十倍，并最终导致她彻夜难眠。她每次梳头时都看到头发在大把大把地掉落，而且一天比一天多。她惊恐地发现，数周后，她的头发就掉了一半。她给自己做了诊断，得出的结果是她患上了休止期脱发——一种由压力引起的脱发症，惟一的治疗方法就是缓解压力。然而，她每次照镜子看到自己头发越来越少的脑袋时，都感到心跳加速。

我看上去就像个老太太！

最终，她别无他法，只好剃光了头发。至少这样看上去显得不老，只是呈现出一副病态。她不想显得像个癌症病人，便买了一顶假发，做成马尾辫形状戴在头上。这至少让她又像她自己了。

可是西恩娜·布鲁克斯的内心已经发生了变化。

我是残损品。

她一心想抛弃原来的生活，便去了美国攻读医学学位。她与医学一直有着不解之缘，希望成为医生后能够感到自己对社会有用……至少能够为减轻这个苦难世界里的痛苦做点事。

尽管课程很紧，学业对于她来说却不是件难事。当同学们忙着学习时，她找了一份兼职演员工作，额外挣些钱。表演的内容虽然不是莎士比亚，但凭借出色的语言功底和记忆力，她不仅没有感觉到那是工作，反而觉得表演就像一个庇护所，可以让她忘记她是谁……可以让她变成另一个人。

随便什么人。

自从开口说话那一刻起，西恩娜就一直试图摆脱自己的身份。孩提时，她就尽量避免使用自己的名字菲丽丝蒂，而更愿意使用她的中间名——西恩娜。菲丽丝蒂的意思是"幸运"，而她知道自己一点也不幸运。

不要将注意力集中在自己的问题上，她反复提醒自己，将注意力集中在全球问题上。

她在人满为患的马尼拉街头遇袭，这一事件引发了她对人口过多以及世界人口问题的关注。也就是在这个时候，她看到了贝特朗·佐布里斯特的著作。这位遗传学工程师对世界人口提出了一些非常先进的理论。

他是个天才，她读他的作品时意识到。西恩娜还从未对另一个人产生过这样的感觉。佐布里斯特的著述读得越多，她越觉得自己是在窥视一位心灵伴侣的内心世界。他的文章《你无法拯救世界》让西恩娜想起了小时候大家对她说的话……只是佐布里斯特的信念恰好相反。

你可以拯救世界，佐布里斯特写道。你不出手，谁会出手？此时不为，更待何时？

西恩娜非常认真地阅读佐布里斯特的数学方程式，了解他对马尔萨斯式人口灾难的预测，以及人类即将面临的崩溃。她有着过人的领悟力，喜欢这种高层次的推测，但她感到自己的压力指数在不断攀升，尤其是当她看到整个未来展现在她面前时……有数学保证……那么明显……无法避免。

为什么没有别人看到这一切即将到来?

虽然被他的观点吓到,西恩娜还是对佐布里斯特着了迷,观看他的讲座视频,阅读他的所有文章。当西恩娜听说佐布里斯特要在美国举行演讲时,她知道自己必须去见他。就在那天晚上,她的整个世界都被改变了。

当她再次回想起那个神奇的夜晚时,脸上浮现出一抹微笑。那是一个难得的幸福时刻……就几个小时前与兰登和费里斯一起坐在火车上时,她还清晰地回忆起了那一幕。

芝加哥。暴风雪。

六年前的一月……但仍然感觉像是昨天。我踏着狂风肆虐的华丽一英里上的积雪,竖起衣领,以抵挡让人什么都看不见的雪盲。尽管天气寒冷,我仍然叮嘱自己,任何事都无法阻止我前往目的地。今晚机会难得,我可以聆听伟大的贝特朗·佐布里斯特的演说……就在现场。

贝特朗走上讲台时,报告厅里几乎空无一人。他个子很高……非常高……炯炯有神的绿眼睛深处似乎盛载着世上的所有奥秘。

"让这空荡荡的报告厅见鬼去吧,"他大声说,"让我们一起去酒吧!"

于是我们几个人坐在一个安静的隔间里,听他说着遗传学、人口以及他刚刚感兴趣的……超人类主义。

大家喝着酒,我感到自己仿佛是在和一位摇滚巨星单独相聚。佐布里斯特每次看向我时,他那双绿眼睛都会激发出我身上从未有过的情感……是那种强烈的性吸引。

那对我来说是一种全新的感觉。

再后来,我独自和贝特朗·佐布里斯特坐在那里。

"谢谢你让我度过了一个美好的夜晚,"我对他说,因为喝了太多酒而有一点醉意。"你是一位了不起的老师。"

"奉承?"佐布里斯特微笑着向我这边靠了靠,我们的大腿碰到了一起。"它会让你心想事成。"

这种调情显然并不恰当,可这天晚上大雪弥漫,我们又是在芝加哥一家人去楼空的宾馆中,那种感觉就像整个世界都停止了。

"你怎么打算?"佐布里斯特说,"在我房间里睡一晚?"

我惊了,知道自己看起来就像是被汽车大灯照着的一头鹿。我不知道该怎么办。

佐布里斯特的眼睛在热烈地闪烁。"让我猜猜看,"他小声说,"你从来没有和一个著名的男人在一起过。"

我脸一红,竭力克制内心的各种情感——尴尬、激动、害怕。"说实在的,"我对他说,"我还从来没有和任何男人在一起过。"

佐布里斯特微笑着又凑近了一点。"我不知道你一直在等什么,但是请让我成为你的第一个吧。"

在那一刻,我童年时所有尴尬的性恐惧和挫败感通通都烟消云散……消弭在了雪花纷飞的夜晚。

再后来,我一丝不挂,他拥抱着我。

"放松,西恩娜,"他低声说,然后不慌不忙,双手耐心地在我那毫无经验的胴体上激发出我从未体验过的感觉。

佐布里斯特的双臂紧紧拥抱着我,我感到仿佛世界上的一切都恰如其分,我知道自己的生命有了目的。

我找到了爱。

我将跟随它去天涯海角。

第80章

"门达西乌姆号"甲板上,兰登紧紧抓住光滑的柚木栏杆,努力站稳左右摇晃的双腿,试图喘上一口气。海风越来越凉,低飞的喷气式商务飞机发出的轰鸣告诉他,他们快到威尼斯机场了。

我必须把布鲁克斯女士的一些事告诉你。

教务长和辛斯基博士默默地站在他身旁，关注着他的反应，同时给他一点时间，让他回过神来。他们刚才在甲板下告诉兰登的那些话完全出乎他的意料，让他感到心烦意乱。于是，辛斯基带他到甲板上来透透气。

海风凉爽，但兰登的脑子里仍然一片混乱。他只能失神地低头凝视"门达西乌姆号"掀起的尾浪，为刚才听到的那番话寻找一丝逻辑。

教务长说，西恩娜·布鲁克斯和贝特朗·佐布里斯特一直是情人。他俩都是某个超人类主义地下运动的活跃分子。她的全名叫菲丽丝蒂·西恩娜·布鲁克斯，但她的代号确实是 FS-2080……这个名字与她姓名的缩写和她年满一百岁的年份相关。

这一切根本说不通！

"我是通过另一个渠道认识西恩娜·布鲁克斯的，"教务长告诉兰登，"而且我信任她。因此，当她去年来找我，请我去见一位富有的潜在客户时，我同意了。这位客户其实就是贝特朗·佐布里斯特。他请我给他提供一个安全场所，让他在不被发现的情况下完成他的'杰作'。我以为他是在开发一种新技术，不希望被人剽窃……或者在进行某种最尖端的遗传研究，与世界卫生组织的伦理规定相冲突……我没有提出任何问题，但是相信我，我从来没有想过他是在制造……一种瘟疫。"

兰登只是神情茫然地点点头……完全不知所措。

"佐布里斯特是个但丁迷，"教务长继续说下去，"因此他选中佛罗伦萨为他的藏身地。于是，我的机构给他安排好了他所需要的一切——一套不引人注目的实验室，外加居住设施，各种假身份，安全的通讯渠道，以及一名私人随从。这个人不仅负责他的安全，而且负责为他购买食品和物资。佐布里斯特从不使用他本人的信用卡，也不在公共场合露面，因此别人根本无法跟踪他。我们甚至还给他提供了伪造身份、假名字以及其他文件，让他在神不知鬼不觉的情况下旅行。"他停顿了一下。"他在放置索鲁布隆塑料袋时显然出门旅行过。"

辛斯基长舒了一口气，没怎么掩饰自己的挫败感。"世界卫生组织从去年开始，一直试图发现他的蛛丝马迹，可他就像是从地球上消失了一样。"

"甚至都不让西恩娜知道他的行踪。"教务长说。

"你说什么？"兰登猛地抬起头，清了清嗓子。"你刚才不是说他们是情人吗？"

"他们曾经是，可他开始躲藏后就突然切断了与她的联系。尽管当初是西恩娜将他介绍给了我们，但我的协议是与佐布里斯特本人签订的，而协议的一部分就是当他消失时，他将从整个世界消失，包括在西恩娜的视野里遁形。他隐藏起来后显然给她写了一封告别信，说他已病入膏肓，大约一年后将离开人世，不希望她看到他病情恶化。"

佐布里斯特抛弃了西恩娜？

"西恩娜试图联系我，想从我这里得到信息，"教务长说，"但我没有接她的电话。我得尊重客户的要求。"

"两星期前，"辛斯基接着说，"佐布里斯特走进了佛罗伦萨的一家银行，以匿名的方式租用了一个保险箱。他离开后，我们的检测名单系统便得到了消息，银行新安装的人脸识别软件辨认出化了妆的男子正是贝特朗·佐布里斯特。我的小组飞抵佛罗伦萨，用了一个星期才找到他的藏身之处。屋里没有人，但我们在里面发现了证据，证明他制造了某种具有高度传染性的病原，并且将它藏在了某个地方。"

辛斯基停顿了一下。"我们急于找到他。第二天黎明，我们发现他正沿着阿尔诺河散步，于是我们立刻追了上去。他一路逃至巴迪亚塔，从塔顶跳下去自杀了。"

"这可能是他蓄谋已久的结局。"教务长补充说。"他相信自己来日无多。"

"我们后来才知道，"辛斯基说，"西恩娜也一直在寻找他。她不知怎么发现我们来到了佛罗伦萨，便尾随着我们的行动，认为我们有可能发现了他。不幸的是，她赶到那里时，正好目睹佐布里斯特从塔顶跳了下去。"辛斯基叹了口气。"我想亲眼目睹自己的情人和导师跳楼身亡，那对她一定是个极大的打击。"

兰登感到很不舒服，勉强听懂了他们所说的一切。在整个事件发生发展的过程中，他惟一信任的就是西恩娜，而这些人却在告诉他，她根本不是她所说的那样？不管他们说什么，他都不相信西恩娜会原谅佐布里斯特制造一种瘟疫。

她会吗？

西恩娜曾经问过他，你会为了不让我们物种灭绝而杀死今天一半的人口吗？

兰登感到不寒而栗。

"佐布里斯特死了之后，"辛斯基解释说，"我运用我的影响力，强迫银行打开了佐布里斯特租用的保险箱，却意外地发现里面只有一封写给我的信……以及一个奇怪的小玩意儿。"

"就是那个投影仪，"兰登插嘴道。

"正是。他在信中说，他希望我第一个到达'零地带'，并且说如果不按照他的《地狱图》上的提示，谁也找不到那地方。"兰登脑海中闪现出从微型投影仪中投射出来的那幅被修改过的波切提利的名画。

教务长补充道："佐布里斯特曾委托我将保险箱里的东西交给辛斯基博士，但时间为明天上午。当辛斯基博士提前拿到它时，我们很惊慌，并采取了行动，试图按照我们客户的愿望先将它找回。"

辛斯基望着兰登。"我对及时弄明白《地狱图》的含义不抱太大希望，于是便请你来帮助我。你现在想起来了吗？"

兰登摇摇头。

"我们悄悄飞抵佛罗伦萨，你约好了要见一个人，并且认为这个人可以提供帮助。"

伊格纳奇奥·布索尼。

"你昨晚见到了他，"辛斯基说，"但他随后便失踪了。我们以为你出了事。"

"事实上，"教务长说，"你的确出了事。为了拿回那个投影仪，我们安排一名特工从机场一路尾随你。她叫瓦任莎，但她在领主广场附近把你跟丢了。"他皱起了眉头。"把你跟丢是个致命错误。瓦任莎居然还推卸责任，怪到了一只小鸟的头上。"

"你说什么？"

"一只咕咕乱叫的鸽子。瓦任莎说，她躲在暗处，位置极佳，完全可以观察你。一群游客从那里经过，一只鸽子突然在她头顶上方的窗台花盆箱中大声咕咕乱叫，引得那些游客停下脚步，挡住了她。等她溜进小巷时，你已经不见了踪影。"他厌恶地摇摇头。"总之，她把你跟丢了几个小时，等她终于再次发现你的行踪时，你的身旁已经多了一个人。"

是伊格纳奇奥，兰登心想。我和他一定正带着但丁的死亡面具离开维奇奥宫。

"她成功地尾随你们朝领主广场方向走去，但你们两个显然看到了她，决定分头逃跑。"

这就对了，兰登想。伊格纳奇奥带着但丁的死亡面具逃跑，在心脏病发作之前将它藏在了洗礼堂中。

"瓦任莎这时犯了一个可怕的错误，"教务长说。

"她冲我头部开了一枪？"

"不，她过早暴露了自己。她抓住了你，并且开始审问你，而你此时其实还什么都不知道。我们需要知道你是否已经破解了那幅《地狱图》，或者已经把辛斯基博士需要知道的信息告诉了她。你拒不开口，说你宁死也不会透露。"

我当时正在寻找一种致命的瘟疫！我大概认为你们是雇佣军，想获得一种生物武器。

游艇的巨大引擎突然开始倒转，减速靠近机场的装货码头。兰登看到远处出现了那架C-130运输机毫无特征的机身，有人正在给它加油。机身上印有世界卫生组织的字样。

就在这时,布吕德走了过来,脸色严峻。"我刚刚得知,离目的地五小时范围内惟一合格的反应小组就是我们,也就是说我们没有援兵。"

辛斯基双腿一软。"与当地政府的联系呢?"

布吕德显得很谨慎。"还没有。这是我的建议。我们目前还不知道具体位置,因此他们也爱莫能助。再说,疾病控制行动远远超出了他们的专业范围,我们可能会冒他们弄巧成拙的风险。"

"Primum non nocere,"辛斯基点点头,低声说出了医学伦理学的重要规诫:首先,不造成伤害。

"还有,"布吕德说,"我们仍然没有西恩娜·布鲁克斯的消息。"他看了一眼教务长。"你知道西恩娜在威尼斯有联系人吗,可以给她提供帮助的?"

"我不会感到惊讶,"他说,"佐布里斯特的信徒遍布各地,以我对西恩娜的了解,我认为她会动用一切资源来执行她的指令。"

"你不能让她离开威尼斯,"辛斯基说,"我们不知道那只索鲁布隆塑料袋目前处于什么状况。如果有人发现它,只需稍微触碰一下,就会让它破裂,将传染病释放到水中。"

大家意识到事态的严重性后,都默不作声。

"恐怕我还有坏消息给你们。"兰登说。"那座金碧辉煌的神圣智慧博学园,"他停顿了一下,"西恩娜知道它在哪里,而且知道我们要去哪里。"

"什么?!"辛斯基警觉地提高了嗓门。"我想你说过还没有机会把你得出的结论告诉她!你说你只告诉她们来错了国家!"

"是的,"兰登说,"可她知道我们在寻找恩里科·丹多洛的坟墓。她只需在网上一查就能知道那在哪里。一旦她找到了丹多洛的坟墓……离那只正在溶解的塑料袋就不会太远了。那首诗中说,跟着流水的响声,去到水下宫殿。"

"混蛋!"布吕德大吼一声,愤然离去。

"她绝对不会比我们先到那里,"教务长说,"我们先行了一步。"

辛斯基重重地叹了口气。"我可没有这么大的把握。我们的交通工具速度不快,而西恩娜·布鲁克斯好像有的是资源。"

"门达西乌姆号"在码头停靠之后,兰登不安地凝视着跑道上笨重的C-130运输机。从外观上看它好像根本飞不上天,而且没有窗户。我已经坐过这玩意儿了?兰登一点都想不起来。

究竟是由于游艇靠岸时的晃动,还是对这架容易引起幽闭恐惧症的飞机的担心,兰登也不知道,但他突然感到一阵恶心。

他转身对辛斯基说:"我不知道我的身体是否适合坐飞机。"

"你的身体没问题,"她说,"只是你今天经历了一场磨难,当然你的体内还有一些毒素。"

"毒素?"兰登摇晃着后退一步。"你在说什么?"

辛斯基将目光转向了别处,显然在无意中说出了她原本不打算说的话。

"教授,我很抱歉,遗憾的是我刚刚得知,你的病情不像头部受伤那么简单。"

兰登感到极度恐惧,眼前浮现出了费里斯在大教堂里倒下时胸口肌肤的黑颜色。

"我究竟怎么啦?"兰登追问道。

辛斯基迟疑了一下,似乎拿不定主意如何说下去。"我们先上飞机吧。"

第 81 章

雄伟的弗拉里教堂东面有一家皮埃特罗·隆吉服装设计工作室,多年来一直是威尼斯不同历史时期的服饰、假发和其他装饰品首屈一指的制作商之一。它的顾客名单既包括电影公司和演出剧团,也包括颇具影响力的公众人物——他们依赖这家店的专业技能为他们制作狂欢节期间最豪华舞会上的服装。

店员正准备关门打烊,突然店门叮当一声被人推开了。他抬头望去,看到一位留着马尾辫的美丽女人冲了进来。她气喘吁吁,仿佛刚刚跑了数英里。她匆匆走到柜台前,褐色的眼睛带着失魂落魄和绝望的神情。

"我找乔尔乔·文奇,"她上气不接下气地说。

我们人人都想见他,店员心想,可谁也见不到那位魔法师。

乔尔乔·文奇——工作室的首席设计师——总是躲在帘子后面施展他的魔法,很少与顾客交谈,而且从来不会在没有预约的情况下见顾客。乔尔乔有钱有势,因而可以保留一些怪癖,包括喜欢独处。他秘密用餐,坐私人飞机出行,不断抱怨威尼斯游客泛滥。他不是那种爱热闹的人。

"对不起,"店员带着职业性的微笑说,"文奇先生不在店里,也许我可以帮你?"

"乔尔乔就在这里,"她大声说,"他就住在楼上。我看到他的灯亮着。我是他朋友,有急事。"

这个女人极度紧张。她自称是一位朋友?"请问芳名?"

女人从柜台上拿起一张纸,匆匆写了几个字母和数字。

"请把这个交给他,"她将纸递给店员,"请快一点。我时间不多。"

店员迟疑地拿着这张纸上了楼,放到长长的裁衣桌上。乔尔乔正弓着腰,全神贯注地在缝纫机前工作。

"先生,"他低声说,"有人来这儿找你。她说有急事。"

乔尔乔头也不抬,一面继续干着手头的活,一面伸手拿起那张纸,看了一眼。

缝纫机哒哒哒地停了下来。

"立刻请她上来,"乔尔乔命令道,同时将那张纸撕成了碎片。

第82章

巨大的C-130运输机还在爬升的过程中就转向了东南方，轰鸣着跨越亚得里亚海。在机舱内，罗伯特·兰登有一种既逼仄局促又漂泊无依的感觉——没有窗户的飞机压迫着他，脑海里不断翻滚的那些仍然没有答案的问题又令他茫茫然不知所措。

辛斯基告诉了他，你的病情不是头部受伤那么简单。

一想到她可能会告诉他些什么，兰登就心跳加速，可这会儿正忙着与SRS小组讨论疾控策略。布吕德在旁边打电话，向政府机构通报西恩娜·布鲁克斯的情况，时刻跟踪各方面寻找她的进展。

西恩娜……

兰登仍然在试图理解有关西恩娜错杂地卷入了这一切当中的说法。飞机进入平飞状态后，那位自称教务长的矮个子男人走过来，坐到了兰登的对面。他用指尖对抵成一个金字塔形状，托着下巴，然后噘起嘴唇。"辛斯基博士要我向你补充介绍一些情况……尽量让你搞清楚目前的形势。"

兰登想知道这个人究竟还能说些什么，可以让他对这一团混乱能哪怕稍微明白一点点。

"我刚才说到，"教务长说，"许多事都是从我的特工瓦任莎提前抓住你开始的。我们不知道你为辛斯基博士效力进展到了什么地步，也不知道你把多少信息告诉了她。可是我们担心，如果她知道了我们的客户雇用我们所保护之物的藏身之所，她就会没收或者销毁它。我们必须赶在她之前找到它，因此我们需要你为我们效力……而不是为辛斯基博士。"教务长停顿了一下，指尖相互叩着。"遗憾的是，我们已经摊了牌……而你肯定不信任我们。"

"于是你们就朝我头部开枪了？"兰登怒气冲冲地说。

"我们想出了一个计划,让你相信我们。"

兰登一头雾水。"你们绑架并审问过一个人之后……还怎么让这个人相信你们?"

对方不安地扭了扭身子。"教授,你了解苯二氮卓类的化学物吗?"

兰登摇摇头。

"这类药物除了其他用途外,还被用来治疗创伤后压力。你可能知道,如果有人遭遇一起可怕的事件,比如车祸或者性侵,长期记忆会让人永远感到痛苦不堪。神经科学家们如今借助苯二氮卓类药物,已经能够在创伤后压力发生之前治疗它。"

兰登默默地听着,无法想象这场对话的走向。

"当全新的记忆形成时,"教务长继续说下去,"那些事件会在你的短期记忆中储存大约四十八小时,然后就会转移到你的长期记忆中。服用了苯二氮卓新型混合药物后,人可以轻易刷新短期记忆……也就是在那些新记忆转移为长期记忆之前将它们的内容删除。比方说,性侵受害者在受到侵犯后数小时内服用一种苯二氮卓类药物,就能永远删除掉这些记忆,因而创伤永远不会成为她心智的一部分。惟一的副作用是她会失去人生几天内所有的记忆。"

兰登凝视着这个矮个子男人,不敢相信自己的耳朵。"你让我得了遗忘症!"

教务长抱歉地叹了口气。"恐怕是的,而且是化学药物造成的。很安全,但是的确删除了你的短期记忆。"他停顿了一下。"你在昏迷中含含糊糊地说到了某种瘟疫,我们认定那与你看过投影仪中的图像有关,绝对没有想到佐布里斯特真的制造出了一种瘟疫。你还不停地念叨着一个短语,我们听上去觉得像'Very sorry. Very sorry.'"

瓦萨里。这肯定是他当时已经破解出来的所有信息。去寻找,你会发现。"可是……我还以为我的遗忘症是由头部受伤造成的。有人向我开了枪。"

教务长摇摇头。"教授,谁也没有向你开枪。你的头部并没有受伤。"

"什么？！"兰登本能地用手指去摸脑后缝了针和肿胀的地方。"那么这究竟是什么！"他撩起头发，露出被剃光了的那块头皮。

"这是幻觉的一部分。我们在你的头皮上划了一个小口子，然后立刻在那里缝了几针。我们必须让你相信有人袭击你。"

这不是枪伤？！

"等你醒来时，"教务长说，"我们希望你能相信有人在追杀你……相信你处境危险。"

"是有人在追杀我！"兰登提高了嗓门，引来了飞机上其他人的目光。"我看到医院里的那名医生——马可尼医生——被人冷酷地开枪打死了！"

"那只是你眼睛看到的，"教务长心平气和地说，"不是真实发生的事。瓦任莎是我的手下，干这种活她可是技艺高超。"

"你是说杀人？"兰登问。

"不，"教务长平静地说，"是假装杀人。"

兰登久久地凝视着对方，眼前浮现出那位浓眉大眼、花白胡子的医生倒在地上的情景，鲜血从他的胸口喷涌而出。

"瓦任莎的枪里装着的是空包弹，"教务长说，"它会激发一个无线电控制的小鞭炮，再引爆马可尼医生胸前的一个血浆包。顺便说一声，马可尼医生没事。"

兰登闭上眼睛，这番话惊得他目瞪口呆。"那……医院病房呢？"

"只是一套临时道具。"教务长说。"教授，我知道这一切显得难以置信。我们动作很快，你当时又头昏眼花，因此不必做到尽善尽美。你醒过来时，看到了我们希望你看到的一切——医院道具、几位演员、一次精心设计好的枪击场面。"

兰登感到一阵眩晕。

"我的公司就是干这一行的，"教务长说，"我们非常擅长制造幻觉。"

"那么西恩娜呢？"兰登问，一边揉了揉眼睛。

"我需要作出判断,我选择与她合作。我最关心的是如何保护客户的项目不被辛斯基博士侵扰,而我和西恩娜在这一点上目标相同。为了赢得你的信任,西恩娜将你从杀手的枪口下救了下来,并且帮助你逃进了一条偏僻的小巷。等在那里的出租车也是我们安排的,汽车的后挡风玻璃上也有一个无线电控制的小爆炸装置,目的是在你逃跑时制造出最后的效果。出租车将你们送到了一个公寓,里面的一切是我们匆匆布置的。"

西恩娜那寒酸的公寓,兰登心想。他现在明白为什么那看上去像是用庭院旧货出售品拼凑起来的了,这也解释了西恩娜的"邻居"怎么居然会凑巧有完全合他身的衣服。

这一切都是精心布置出来的。

就连西恩娜在医院的朋友打来的紧急电话也是一场骗局。西恩娜,我是丹妮科娃!

"你给美国领事馆打电话时,"教务长说,"所拨打的是西恩娜为你查找出来的号码,电话的那一头就在'门达西乌姆号'游艇上。"

"我没有能接通领事馆……"

"当然没有。"

呆在那里别动,假扮的领事馆雇员叮嘱过他。我马上派人过去接你。然后,当瓦任莎露面时,西恩娜在街对面轻而易举地发现了她,并且将所有剧情串联在了一起。罗伯特,你自己的政府想杀死你!你不能再联系任何政府部门!你惟一的希望就是破解出那个投影仪的含义。

教务长和他的神秘机构——不管它究竟是什么——高效地重新给兰登设定了任务,让他不再为辛斯基效力,而是开始替他们工作。他们制造的幻觉成功了。

西恩娜完全把我骗住了,他的伤感之情甚于愤怒。他们在一起的时间虽然很短,可他已经渐渐喜欢上了她。让兰登感到最难受的是,像西恩娜这样聪明、热情的人怎么会对佐布里斯特提出的解决人口过剩的疯狂念头深信不疑?

"我坚信一点,西恩娜曾经对他说过,如果不出现某种剧烈变化,我们物种的末日近在咫尺……数学运算的结果毋庸置疑。"

"那么介绍西恩娜的那些文章呢?"兰登问。他想起了那张莎士比亚戏剧演出节目单,以及介绍她超高智商的文章。

"都是真的,"教务长说。"最出色的幻觉需要尽可能多地加入真实世界里的东西。我们没有太多时间精心布置,因此西恩娜的电脑和真实个人文件几乎就是我们手头拥有的一切。你绝不会认真想细看那些东西,除非你开始怀疑她的真实性。"

"也不会使用她的电脑。"兰登说。

"对,我们就是在这一点上失控的。西恩娜没有料到辛斯基的 SRS 小组会找到这栋公寓,因此当士兵们进来时,西恩娜惊慌失措,只好随机应变。她和你一起骑电动车逃走了,并且尽量让你的幻觉继续延续。当整个任务开始出错时,我别无选择,只好与瓦任莎中断联系。不过,她破坏了协议,继续追踪你们。"

"她差一点杀了我,"兰登说。他向教务长讲述了维奇奥宫阁楼中发生的最后决战场面,瓦任莎举起了手枪,瞄准了兰登的胸口。"这只有瞬间的痛苦……可是我别无选择。西恩娜突然冲了出来,将她推过了栏杆。瓦任莎掉下去摔死了。"

教务长听完兰登的话后重重地叹了口气。"我不相信瓦任莎想杀了你……她的枪里只有空包弹。她当时惟一的救赎希望就是控制住你。她大概在想,只要她向你射出的是空包弹,她就能让你明白:她不是杀手,而你深陷于幻觉之中。"

教务长停顿了一下,想了想之后继续说道:"西恩娜究竟是真的想杀了瓦任莎还是只想出面干预,我不敢妄下结论。我开始意识到,我其实并不那么了解西恩娜·布鲁克斯。"

我也不了解,兰登同意他的看法。不过,当他回想起西恩娜脸上震惊、悔恨的表情时,他感觉她对那位刺猬头姑娘所做的一切很可能是意外。

兰登感到自己像个漂浮物……完全孤立无援。他将目光转向窗户,渴望能凝视下面的世界,可是映入他眼帘的只有机舱的墙壁。

我得离开这里。

"你还好吗?"教务长关切地望着兰登。

"不好,"兰登回答,"一点都不好。"

* * *

他会没事的,教务长心想。他只是在试图接受眼下的新现实。

这位美国教授神情恍惚,仿佛刚刚被龙卷风卷入空中,转了几圈后猛地摔到一个陌生的国度里,不仅得了炮弹休克症,而且失去了方向感。

对于亲眼目睹的种种精心策划的事件,"财团"所针对的目标很少有机会搞清背后的真相,即便他们有机会的话,教务长当然也绝对不会在场看到后果。今天,他亲眼目睹了兰登迷乱的神情,而除了为此滋生的负疚感外,这个男人的心头还压着另一块石头——他感到自己对目前这场危机负有不可推卸的责任。

我接受了一个不该接受的客户。贝特朗·佐布里斯特。

我信任了一个不该信任的人。西恩娜·布鲁克斯。

他现在正飞往风暴中心——很可能是一种致命瘟疫的中央区,而且这种瘟疫具有在整个世界范围内造成大破坏的能力。如果他能从这一切中幸运逃生,他怀疑他的"财团"将无法在这场劫难的余波中幸存。接踵而至的将是永无止境的调查和指控。

难道这就是我的下场?

第83章

我要透气,罗伯特·兰登想。我要看得到景观……随便什么样的都行。

没有窗户的机身感觉像是从四面八方围了过来将他包裹在其中。当然,今天发生在他身上的这些怪事更是雪上加霜。他的大脑随着那些仍然没有答案的问题不停地抽动……大多数问题是关于西恩娜的。

奇怪的是,他想她。

她是在逢场作戏,他提醒自己,是在利用我。

兰登一言不发地起身离开了教务长,向飞机前部走去。驾驶舱的门敞开着,从那里倾泻进来的自然光像信号灯一样吸引着他。飞行员没有发现他,他站在门口,任由阳光温暖着他的脸庞。他眼前的开阔空间仿佛是天赐之物。洁净的蓝色天空看似如此祥和……如此永恒。

没有什么是永恒的,他提醒着自己,还在努力接受他们所面临的潜在灾难。

"教授?"他的身后传来了一个柔和的声音。他转过身去。

兰登惊讶地后退了一步。站在他面前的是费里斯医生。兰登最后一次见到这个人时,他正倒在圣马可大教堂的地面上抽搐,喘不上气来。而此刻他就在这飞机上,倚靠着机舱隔板。他头上戴着一顶棒球帽,抹了炉甘石软膏的脸呈淡粉色。他的胸口和躯干上裹着厚厚的绷带,他的呼吸也很平稳。如果说费里斯得了瘟疫,那么好像谁也不在乎他是否会将它传染给别人。

"你……还活着?"兰登凝视着他。

费里斯疲倦地点点头。"算是吧。"他的神态变化巨大,似乎比原来放松多了。

"我还以为——"兰登没有说下去。"说实在的……我都不知道该怎么想了。"

费里斯颇为同情地朝他一笑。"你今天听到的谎言太多,所以我觉得有必要过来向你道个歉。你大概已经猜到了,我并不是世界卫生组织的人,也没有去剑桥请你。"

兰登点点头,已经疲惫到了不再为任何事感到惊讶的地步。"你是教务长的手下。"

"是的。他派我去给你和西恩娜提供紧急现场帮助……帮助你们逃避 SRS 小组的追踪。"

"那么我得说你活干得很漂亮,"兰登回想起了费里斯出现在洗礼堂中的情景。他说服兰登相信他是世界卫生组织的雇员,然后协助兰登和西恩娜利用交通工具逃离佛罗伦萨,远离辛斯基的团队。"你显然不是医生。"

费里斯摇摇头。"不是,但我今天已经扮演过医生了。我的任务是帮助西恩娜让你继续保持幻觉,直到你破解出那个投影仪指向何方为止。教务长一心想找到佐布里斯特制造出来的东西,免得它落入辛斯基之手。"

"你们不知道那是一种瘟疫?"兰登问。他仍然对费里斯怪异的皮疹和内出血感到好奇。

"当然不知道!当你提及瘟疫时,我猜想那只是西恩娜编造出来的故事,目的是让你有动力继续破解。于是,我只好顺着她往下说。我安排大家登上了驶往威尼斯的火车……然后,一切都改变了。"

"怎么会呢?"

"教务长看到了佐布里斯特的那段怪异视频。"

这倒是解释得通。"他意识到佐布里斯特是个疯子。"

"正是。他突然意识到财团卷入到了什么当中,他害怕极了。他立刻要求与最熟悉佐布里斯特的那个人说话,也就是 FS-2080,看看她是否知道佐布里斯特干了什么。"

"FS-2080。"

"对不起,是西恩娜·布鲁克斯。FS-2080 是她为这次行动选定的代号,显然是什么超人类主义的玩意儿。教务长只有通过我才能联系上西恩娜。"

"于是便有了你在火车上打的那个电话,"兰登说,"你那位'生病的母亲'。"

"我显然无法当着你们的面接教务长打来的电话,于是我走了出去。他给我说了视频的事,我吓坏了。他希望西恩娜也只是上当受骗，可当我告诉他你和西恩娜一直在谈论瘟疫，而且似乎没有中断使命的意图时，他知道西恩娜和佐布里斯特一起涉足其中。西恩娜立刻成为了我们的对手。他要我随时将我们在威尼斯的位置通报给他……并且说他将派一个小组去扣留她。布吕德特工的小组差一点在圣马可大教堂逮住她……可她还是逃脱了。"

兰登呆呆地望着地面，仍然能够看到西恩娜逃跑前凝望着他的那双美丽的褐色眼睛。

对不起，罗伯特。为所发生的一切。

"她很厉害，"费里斯说，"你大概没有看到她在大教堂里袭击我。"

"袭击你？"

"是的。士兵们进来时，我正准备大声喊叫，暴露她的行踪，但她肯定预料到了。她立刻用掌根直接顶着我的胸口。"

"什么？！"

"我不知道究竟是什么击中了我，大概是某种功夫。由于我的胸口已经受了重伤，她这一招让我痛彻肺腑，五分钟后才缓过劲来。西恩娜赶在任何目击者说出真相之前就拉着你去了外面的阳台。"

兰登惊呆了，回想起当时的情景。那位意大利老太太冲着西恩娜高喊——"你击打他的胸口！[1]"——并且用力挥拳捶打了一下自己的胸口。

不！西恩娜回答。心肺复苏术会要了他的命！你看看他的胸口！

兰登回忆起当时的情景时，意识到西恩娜·布鲁克斯随机应变得有多快。她非常聪明地将老太太的意大利语进行了错误的翻译。你击打他的胸口！[2] 并不是建议西恩娜施行胸口按压……而是一句愤怒的指责：你攻击了他的胸口！

由于当时周围一片混乱，兰登甚至都没有注意到。

费里斯朝他苦笑道："你可能听说了，西恩娜·布鲁克斯非常

---

12 原文为意大利语。

聪明。"

兰登点点头。我已经听说了。

"辛斯基的手下把我带回到'门达西乌姆号'上，并且给我包扎了一下。教务长要我一起来，以便提供情报支持，因为除了你之外，今天惟一和西恩娜在一起的人就是我。"

兰登点点头，但思绪又飞到了费里斯的皮疹上。"你的脸呢？"兰登问。"还有你胸口的瘀伤呢？那不是……"

"瘟疫？"费里斯大声笑着摇了摇头。"我不知道是否已经有人告诉你了，我今天扮演过两位医生。"

"你说什么？"

"我在洗礼堂露面时，你曾说我有点面熟。"

"你确实有一点面熟。我想是你的眼睛。你说那是因为你去剑桥找过我……"兰登停顿了一下，"我现在知道这不是真的，因此……"

"我看上去有些面熟，因为我们已经见过面，但不是在剑桥市。"费里斯带着试探凝视着兰登，看他是否有所领悟。"你今天早晨在医院里醒过来时，看到的第一个人其实就是我。"

兰登想象着那糟糕的病房。他当时浑身无力，视线模糊，因此他可以肯定自己醒来时见到的第一个人是一位皮肤白皙、上了年纪的医生，浓眉大眼，留着杂乱的灰白胡子，只会说意大利语。

"不，"兰登说，"我看到的第一个人是马可尼医生……"

"对不起，教授，"费里斯突然用无可挑剔的意大利语打断了他，"你不记得我了吗？"他像上了年纪的人一样弓起腰，将想象中的浓密眉毛往后捋了捋，然后抚摸着并不存在的灰白胡子。"我就是马可尼医生。"[1]

兰登张开了嘴。"马可尼医生是……你？"

"所以你才觉得我的眼睛有些熟悉。我以前从未用过假胡须和假眉毛，等到发现情况不对时已经来不及了。很不幸，我对所用的胶水

---

1 原文为意大利语。

严重过敏。那是一种乳胶化妆胶水，让我的皮肤变得很粗糙，像火烧过一样。我相信你看到我时肯定吓坏了……尤其是考虑到你还在寻找某种可能存在的瘟疫。"

兰登瞠目结舌。他现在想起来了，在瓦任莎开枪将他击倒在地上、鲜血从他的胸前喷涌而出之前，马可尼医生搔挠过自己的胡子。

"更糟的是，"费里斯指着胸口周围的绷带说，"我身上的鞭炮移位了，而此时行动已经开始。我没有来得及将它重新调整好，结果它引爆时角度有了偏差，不仅导致我一根肋骨骨折，而且造成了严重的瘀伤。我一整天都感到呼吸困难。"

我还以为你得了瘟疫。

费里斯深吸一口气，做了个鬼脸。"我又该去坐一会儿了。"他离开时指了指兰登的身后。"看样子有人来给你做伴了。"

兰登转过身，看到辛斯基博士正从机舱另一头大步走来，长长的银发飘在脑后。"教授，你在这里！"

世界卫生组织总干事显得精疲力竭，但说来也怪，兰登却在她的眼睛里看到了重新燃起的希望之光。她已经有所发现了。

"很抱歉把你丢在了一旁，"辛斯基走到兰登身旁说。"我们一直在进行协调，并且做了一点研究。"她指着敞开的驾驶室门。"我看见你在汲取阳光？"

兰登耸耸肩。"你们的飞机需要窗户。"

她同情地朝他一笑。"说到光亮，我希望教务长能够把最近这些事给你点透了。"

"是啊，只是没有一样让我开心。"

"我也是，"她赞同道，然后瞥了一眼四周，以确保这儿只有他们两人。"相信我，"她低声说，"他和他的机构将承担严重后果。我会亲自过问的。不过，我们目前仍然需要将焦点放在那个塑料袋上，而且要赶在它溶解并释放出传染病之前。"

或者说赶在西恩娜抵达那里并且将它捅破之前。

"我需要和你谈谈丹多洛坟墓所在的这座建筑。"

自从意识到那就是他们的目的地后,兰登就一直在想象那座壮丽的建筑。神圣智慧的博学园。

"我刚刚得到一些好消息,"辛斯基说。"我们电话联系了一位当地的历史学家。他当然根本猜不到我们为什么会询问丹多洛的坟墓,但我问他是否知道那座坟墓下面有什么,你猜他说什么?"她笑着问。"水。"

兰登感到有些意外。"真的?"

"是的。好像那座建筑的下面几层被水淹了。数百年来,那座建筑下面的地下水位在逐年上升,至少淹没了底下两层。他说那下面肯定有各种透气的通道和被淹没的部分。"

我的上帝啊。兰登的眼前浮现出了佐布里斯特的视频,那是一个光线怪异的地下洞窟,洞壁上长满青苔。他在洞壁上看到了柱子留下的若隐若现的影子。"那是一个水下房间。"

"正是。"

"可是……佐布里斯特是如何下到里面去的?"

辛斯基的眼睛在闪闪发亮。"这是最令人称奇的部分。你都不敢相信我们刚刚发现了什么。"

* * *

威尼斯海岸线外不到一英里处有一座狭长的岛屿,名叫丽都岛。此刻,一架造型优美的塞斯纳"奖状野马"[1]从尼切利机场腾空而起,融入黄昏时分暮色渐浓的天空。

这架飞机的主人是著名服装设计师乔尔乔·文奇,可他本人却不在飞机上,他命令驾驶员将美丽的乘客送往她要去的地方。

---

1 奖状野马,世界上最小巧的商用公务喷气机。

第 84 章

夜幕已经降临在古老的拜占庭首都。

马尔马拉海沿岸到处亮起了泛光灯,照出了夜空中闪闪发光的清真寺和细长宣礼塔的轮廓。此刻正是晚祷时分,全城各地的高音喇叭都回荡着唤拜声——呼唤人们去做礼拜。

La-ilaha-illa-Allah。

世上只有一个上帝。

就在那些虔诚的人匆匆赶往清真寺时,这座城市的其他人却头也不抬地继续着他们的生活。喧闹的大学生们喝着啤酒,生意人达成交易,小贩们叫卖着香料和小块地毯,游客们则惊奇地看着这一切。

这是一个四分五裂的世界,一座充满对立力量的城市——宗教的、世俗的;古老的、现代的;东方的、西方的。这座永恒的城市横跨亚欧两大洲之间的地理边界,可以说是旧世界通往一个更加古老世界的桥梁。

伊斯坦布尔。

虽然它如今不再是土耳其的首都,数百年来却一直是三个独特帝国的核心,这三个帝国分别是拜占庭、罗马和奥斯曼。正由于此,伊斯坦布尔可谓全世界历史背景最丰富多样的地方之一。从托普卡皮宫到蓝色清真寺再到七塔城堡,这座城市到处都在讲述着战斗、荣耀和失败的传奇故事。

今晚,在其忙碌的人群上方的夜空中,一架 C-130 运输机穿过不断聚集的暴风雨前锋,逐渐降低高度,终于即将抵达阿塔图尔克[1]机

---

[1] 凯末尔·阿塔图尔克(1881—1938),土耳其共和国缔造者,第一任总统,被尊称为"土耳其之父",伊斯坦布尔国际机场便以他命名。

场。飞行员座舱中的罗伯特·兰登系着安全带,坐在飞行员身后的折叠座椅上,隔着挡风玻璃向外张望,为自己能够坐在看得见景观的座位上松了口气。

他吃了点东西,又在飞机后部睡了近两个小时(那是他最缺的东西),现在感到多少恢复了一点精力。

兰登此刻可以看到右边伊斯坦布尔市的灯光,一个耀眼的角形半岛,突出在漆黑的马尔马拉海中。这是伊斯坦布尔的欧洲部分,一条弯弯曲曲的黑色缎带将它与其亚洲部分分割开来。

博斯普鲁斯海峡。

乍看上去,博斯普鲁斯海峡宛如一条宽阔的裂缝,将伊斯坦布尔一分为二。事实上,兰登知道这条海峡是伊斯坦布尔的商业命脉。除了给这座城市提供了两条海岸线外,博斯普鲁斯海峡还使得船只能够从地中海直达黑海,让伊斯坦布尔充当了两个世界之间的中转站。

飞机穿过一层迷雾下降时,兰登扫视着远处的城市,试图看到他们专程来寻找的那座宏伟的建筑。

恩里科·丹多洛的墓地。

原来,恩里科·丹多洛这位欺诈的威尼斯总督没有被安葬在威尼斯,他的遗骸被埋在他于一二〇二年征服的这座要塞的中心……整座城市就在他的遗骸下方往四面八方扩散。真是再合适不过了,丹多洛长眠在他所征服的这座城市能够提供的最壮观的神殿里——这座建筑至今仍然是该地区王冠上的明珠。

圣索菲亚大教堂。

圣索菲亚大教堂始建于公元三六〇年,一直是东正教大教堂。但是在一二〇四年,恩里科·丹多洛率第四次十字军东征占领了这座城市,将它改为了一座天主教教堂。后来,在十五世纪,随着穆罕默德二世[1]占领君士坦丁堡,它又成了一座清真寺,并且一直是伊斯兰教

---

[1] 穆罕默德二世(1432—1481),奥斯曼帝国苏丹,也被称为征服者穆罕默德,或者直接被以外号"法提赫"相称。他二十一岁的时候指挥奥斯曼土耳其大军攻克君士坦丁堡,导致了拜占庭帝国的灭亡,随后逐渐建立起奥斯曼土耳其帝国。

的宗教活动场所。一九三五年后，它脱离了宗教影响，成为一座博物馆。

金碧辉煌的神圣智慧博学园，兰登心想。

圣索菲亚大教堂里装饰的镀金嵌板远比圣马可大教堂多，而且它的名字——圣索菲亚——字面意思为"神圣智慧"。

兰登想象着这座宏伟的建筑，试图去琢磨明白这样一个事实：在它下面的某个地方，幽暗的泻湖里拴着一个起伏不定的塑料袋，在水下左右摇晃，慢慢溶解，准备释放里面的东西。

兰登祈祷他们没有来晚。

"该建筑的下面几层被水淹了，"辛斯基在飞行途中告诉他，并且兴奋地示意他跟她回到她的工作区。"你都不敢相信我们刚刚发现了什么。你有没有听说过一位纪录片导演，名叫高克赛尔·古伦索伊？"

兰登摇摇头。

"我在搜索圣索菲亚大教堂时，"辛斯基解释说，"发现了一部介绍它的纪录片，是古伦索伊几年前拍摄的。"

"介绍圣索菲亚大教堂的纪录片有几十部。"

"我知道，"她说，来到了她的工作区，"可是没有一部是这样的。"她将自己的笔记本电脑转过来给他看。"你读这段文字。"

兰登坐下来，目光落在那篇文章上——各种新闻来源的一个汇总，包括《自由报每日新闻》[1]——讨论古伦索伊的最新纪录片：《在圣索菲亚大教堂的深处》。

兰登开始阅读，并立刻意识到了为什么辛斯基会那么兴奋。他看到文章的头两个词后，就惊讶地抬起头来看了她一眼。潜水？

"我知道，"她说，"你看下去。"

兰登将目光重新转回到文章上。

---

[1] 《自由报》是土耳其三大非官方报纸之一，也是土耳其发行量最大的报纸。

在圣索菲亚大教堂下潜水：纪录片大师高克赛尔·古伦索伊及其探险潜水团队在伊斯坦布尔游客最多的宗教建筑下数百英尺深的地方发现了一些被水淹没的小盆地。

他们在这个过程中发现了无数建筑奇迹，包括一些已经有八百年历史、被水淹没的殉道儿童的坟墓，以及无数水下隧道。这些隧道将圣索菲亚大教堂与托普卡皮宫、特克弗尔宫，以及阿内玛斯地牢传说中的水下扩建结构联在了一起。

"我相信圣索菲亚大教堂地面下的东西比它地面上的东西更令人兴奋，"古伦索伊介绍说。他描述了自己拍摄这部影片的灵感来源是一张一张老照片：一些研究人员划着小船，穿过一个部分被水淹没的大厅，仔细查看圣索菲亚大教堂的地基。

"你显然找对了建筑！"辛斯基兴奋地说道。"听上去好像那座建筑物的下面有足以划船的大空间，其中一些只能借助潜水装备才能到达……这大概能解释我们在佐布里斯特的视频中所看到的内容。"

布吕德特工站在他们身后，仔细研究着电脑显示屏上的画面。"听上去好像这座建筑下面的水道四通八达，连接着各个不同的地区。如果那只索鲁布隆塑料袋在我们到达之前溶解，我们将无法阻止里面的东西扩散。"

"里面的东西……"兰登插嘴道，"你们知道那是什么吗？我是说确切地知道吗？我明白我们要应对的是一种病原体，可是——"

"我们一直在分析那段视频，"布吕德说，"可以肯定里面的东西确实是生物体，而不是化学物……也就是说，里面的东西活着。考虑到塑料袋的容量很小，我们认定它具有高度传染性，而且具有自我复制的能力。一旦释放之后，它究竟会像某种细菌一般的通过水传播，还是会像病毒那样随空气传播，我们无法确定，但这两种可能性都存在。"

辛斯基说："我们正在收集该地区地下水的温度数据，尽量评估什么种类的传染病原有可能在那种地下水域中生存并繁殖，但佐布里斯特天资聪颖,可以轻而易举地创造出某种具有独特能力的东西。我认为佐布里斯特选择这个地方一定有他的原因。"

布吕德无奈地点点头,然后立刻开始重述他对这种非同寻常的传播机制的评估——他们刚刚意识到水下这只索鲁布隆塑料袋是一个多么高明的策略。佐布里斯特将塑料袋放置在地下以及水下,便创造出了一个特别稳定的孵化环境:水温稳定、无太阳辐射的运动缓冲区,而且极其隐秘,完全与世隔绝。通过选择耐用性恰当的塑料袋,佐布里斯特可以让传染病原在无人照料的情况下在特定期限内自然成熟,然后按时自行释放。

即便佐布里斯特本人再也不回到这里。

飞机突然猛地颠簸了一下之后着陆了。兰登跌坐在驾驶舱内自己的折叠座位上。飞行员紧急刹车,让这架大型飞机滑行到远处一个机库后停了下来。

兰登以为自己会见到一队世界卫生组织的雇员,个个穿着防化服。奇怪的是,惟一等待他们到来的只有一位驾驶员,旁边一辆白色大面包车上印有鲜艳的红色等边十字图案。

红十字会来了?兰登又看了一眼,意识到那其实是另一个同样使用红十字的机构。瑞士大使馆。

大家准备下飞机。兰登解开安全带,找到辛斯基,问道:"人都在哪儿?世界卫生组织的人员呢?土耳其政府人员呢?难道大家已经在圣索菲亚大教堂了?"

辛斯基尴尬地看了他一眼,解释说:"实际上,我们决定不惊动当地政府。我们身边已经有 ECDC 最精锐的 SRS 小组,因此目前最好悄悄采取行动,以免在大范围内制造恐慌。"

兰登看到布吕德和他的手下正将黑色大背包的拉链拉上,那里面装着各种防化装备——防化服、呼吸器、电子检测设备。

布吕德将包背到肩上,走了过来。"我们已经准备就绪。我们将进入那座建筑,找到丹多洛的墓,像那首诗中所提示的那样倾听流水声,然后我和我的小组将对那里重新进行评估,决定是否请求当地政府机构提供支援。"

兰登已经看出这个计划存在一些问题。"圣索菲亚大教堂日落时关闭,如果没有当地政府的协助,我们根本进不去。"

"没关系,"辛斯基说,"我在瑞士大使馆有关系,他联系了圣索菲亚大教堂博物馆馆长,请对方在我们一赶到那里时就给我们安排一次单独的贵宾游。馆长同意了。"

兰登差一点笑出声来。"为世界卫生组织总干事安排一次贵宾参观?还有一队士兵背着防化包?你不认为这有可能会引起一些人的反感?"

"SRS 小组和装备会呆在车内,就你、我和布吕德进去评估情况。"辛斯基说。"顺便说一句,贵宾不是我,而是你。"

"你说什么?!"

"我们告诉博物馆,一位美国著名教授和他的研究小组已经乘飞机过来,准备撰写一篇介绍圣索菲亚大教堂里各种符号的文章,但他们的飞机晚点了五个小时,他因此错过了这座建筑的开放时间。由于他和他的研究小组明天早晨就要离开,我们希望——"

"好了好了,"兰登说,"我明白了。"

"博物馆将派一名工作人员亲自接待我们,结果这个人居然是你的粉丝,酷爱你的那些介绍伊斯兰艺术的著作。"辛斯基疲惫地冲他一笑,显然想表现得乐观一些。"我们已经得到承诺,保证你将能进入大教堂内的每个角落。"

"更重要的是,"布吕德说,"整个大教堂内将会只有我们自己。"

第 85 章

罗伯特·兰登呆呆地望着窗外。面包车沿着连接阿塔图尔克机场与伊斯坦布尔市中心的海滨公路疾驰。瑞士政府官员设法安排了象征性的海关手续，因此兰登、辛斯基和其他人仅仅用了几分钟就上了路。

辛斯基命令教务长和费里斯与几名世界卫生组织的工作人员一起留在 C-130 运输机上，继续查找西恩娜·布鲁克斯的下落。

尽管谁也不相信西恩娜会及时赶到伊斯坦布尔，但是大家仍然担心她会给佐布里斯特在土耳其的某个信徒打电话，让对方赶在辛斯基的小组能够干预之前协助实现佐布里斯特狂妄的计划。

西恩娜真的会荼毒生灵吗？兰登仍然难以接受今天所发生的一切。虽然痛苦万分，但他还是强迫自己接受这个事实。罗伯特，你并不了解她。她耍了你。

一场细雨开始降落在伊斯坦布尔。兰登听着雨刮器在挡风玻璃上来回摇摆时发出的嗖嗖声，突然感到很疲惫。他的右边是马尔马拉海，他可以看到远处亮着舷灯的豪华游艇和巨型油轮正快速进出伊斯坦布尔港。滨水区到处可见灯光照亮的宣礼塔，那细长、优雅的身影高耸在圆屋顶清真寺之上，默默地提醒着人们：伊斯坦布尔虽然是座现代化的世俗城市，它的核心却深植于宗教之中。

兰登一直觉得这条十英里长的公路是欧洲风景最优美的驾车线路之一。它沿着一段君士坦丁城墙延伸，可谓体现伊斯坦布尔新旧冲突的完美典范。这条大道如今被命名为约翰·F. 肯尼迪大道，但城墙修建的年代比这位美国总统出生早了一千六百多年。肯尼迪一直极为推崇凯末尔·阿塔图尔克的设想：从昔日帝国的灰烬中重生一个土耳其共和国。

肯尼迪大道有着无与伦比的海景，它穿过秀美的树丛和历史公园，经过耶尼卡帕港，最终在伊斯坦布尔城边缘与博斯普鲁斯海峡之间蜿蜒，绕着黄金角一路向北。黄金角高耸于伊斯坦布尔城之上，顶上屹立着奥斯曼帝国的要塞——托普卡帕宫。由于地处博斯普鲁斯海峡战略瞭望点，这座宫殿是游客最爱参观的一个景点。他们来这里可以同时欣赏视野开阔的美景，以及博物馆内收藏的令人惊叹的奥斯曼珍宝，包括据说属于穆罕默德先知本人的斗篷和长刀。

我们不会去那么远。兰登的脑海里浮现出他们的目的地——圣索菲亚大教堂，它就位于前方不远处的市中心。

面包车驶离了肯尼迪大道，蜿蜒着开进人口密集的市区。兰登凝视着街头和人行道上拥挤的人群，仍在为今天的各种对话而烦恼。

人口过剩。

瘟疫。

佐布里斯特变态的理想。

尽管兰登早就知道 SRS 小组这次行动的精确地点，却直到这一刻才充分意识到这意味着什么。我们这是要去"零地带"。他的眼前幻化出那只装有淡棕色液体的塑料袋慢慢溶解的情景，不明白自己为何卷入到了这一切当中。

兰登和西恩娜在但丁死亡面具背面发现的那首奇怪的诗最终将他带到了这里，伊斯坦布尔。兰登为 SRS 小组确定的目的地是圣索菲亚大教堂，而且他知道他们抵达那里后要做的事情可能会更多。

> 跪在金碧辉煌的神圣智慧博学园内，
> 将你的耳朵贴在地上，
> 聆听小溪的流水声。
> 下到水下宫殿的深处……
> 因为在这里，冥府怪物就在黑暗中等待，
> 淹没在血红的水下……
> 那里的泻湖不会倒映群星。

兰登再次感到不安，他知道但丁《地狱篇》最后一章结尾部分描绘的情景几乎与这一模一样：但丁和维吉尔一路跋涉，抵达了地狱的最低点。由于这里没有出路，他们听到了流水穿过脚下石块的响声，然后顺着这些小溪，穿过大大小小的裂缝……终于找到了安全地带。

但丁写道："下面有个地方……那里不用眼睛看，只用耳朵聆听一条小溪的流水声。小溪顺着岩石中的缝隙流进来……引导人和我顺着这条隐秘的路，回到了光明世界。"

但丁描绘的情景显然是佐布里斯特那首诗的灵感来源,只是佐布里斯特似乎将一切都颠倒了。兰登和其他人确实会跟踪流水的响声,可是与但丁不同,他们不是远离地狱……而是直接走向它。

面包车穿行在越来越窄的街道和越来越密集的人群中。兰登开始领会了令佐布里斯特将伊斯坦布尔市中心选定为这场瘟疫引爆点的邪恶逻辑。

东西方相会之处。

世界的十字路口。

伊斯坦布尔历史上曾无数次遭受致命瘟疫的摧残,每次都会因此人口数锐减。事实上,在黑死病流行的最后阶段,这座城市被称作帝国的"瘟疫中心",每天被鼠疫夺去生命的人数据说超过一万。几幅奥斯曼名画描绘了当时的情形:市民们绝望地挖掘瘟疫坑,以掩埋附近塔克西姆田野里堆积如山的尸体。

卡尔·马克思曾经说过:"历史总在重复自己。"兰登希望马克思说错了。

细雨迷蒙的街头,毫不知情的人们正忙于自己傍晚时分的事务。一位美丽的土耳其妇女大声呼唤孩子吃晚饭;两位老人在一家露天咖啡馆分享着他们的饮品;一对衣着考究的夫妇打着雨伞,手牵手在散步;一位身穿燕尾服的男子跳下公共汽车,沿着街道向前奔跑,并且用外套罩住手中的小提琴盒——显然快要来不及准时赶上音乐会了。

兰登仔细观察着周围那些人的脸,想象着他们每个人生活中错综微妙的细节。

群众由个体组成。

他闭上眼睛,扭过头,竭力放弃他的思绪中这种病态的变化。可是破坏已经造成。在他心灵的阴暗处,一个讨厌的图像逐渐清晰起来——勃鲁盖尔[1]那幅《死亡的胜利》中描绘的凄凉景象——某座海

---

1 此处指老彼得·布吕赫尔(约 1525—1569),文艺复兴时期布拉班特公国(曾在十五至十七世纪建国,领土跨越今荷兰西南部、比利时中北部、法国北部一小块)画家。

滨城市的全景图，那里瘟疫肆虐，到处都是凄惨、苦难的可怕景象。

面包车向右拐进托伦大道，兰登一时间以为他们已经抵达了目的地。在他左边，细雨的迷雾中悄然矗立着一座清真寺。

可那不是圣索菲亚大教堂。

蓝色清真寺，他立刻意识到，看到了这座建筑上方六个铅笔状细长的宣礼塔，上面还有多层阳台，最上面的尖顶直插云霄。兰登曾经在一篇文章中看到过，蓝色清真寺那些附带阳台、有着童话色彩的宣礼塔曾经给迪斯尼乐园标志性的灰姑娘城堡的设计带来过灵感。蓝色清真寺得名于它内墙装饰的蓝色瓷砖形成的那片炫目的海蓝色。

我们快到了，兰登心想。面包车加速驶进了卡巴萨卡尔大道，沿着苏丹艾哈迈德公园前宽阔的广场前行。广场正好位于蓝色清真寺和圣索菲亚大教堂之间，因能够看到这两座建筑而闻名遐迩。

兰登眯起眼睛，隔着被雨水打湿的挡风玻璃向外张望，寻找着圣索菲亚大教堂的轮廓，但是雨水和车灯模糊了他的视线。更糟糕的是，大道上的车流似乎停了下来。

前方，兰登只看得到无数闪烁的刹车灯形成的一条直龙。

"大概是出什么事了，"司机说，"好像是音乐会。走路过去或许更快。"

"有多远？"辛斯基问。

"穿过公园就到了。三分钟。很安全。"

辛斯基朝布吕德点点头，然后回头对 SRS 小组说，"呆在车上。尽可能靠近建筑物。布吕德特工将很快与你们联系。"

话刚一说完，辛斯基、布吕德和兰登就下车来到了街上，向公园对面走去。

三个人沿着树冠相连的小道匆匆而行，苏丹艾哈迈德公园内的阔叶树林给他们抵挡越来越糟糕的天气提供了一些遮蔽。小道两边随处能见到指示牌，将游客引向这座公园内的各个不同景点——来自埃及卢克索的一个方尖碑、来自德尔斐阿波罗神庙的蛇形石柱，以及起点柱——它曾是拜占庭帝国的"零起点"，所有距离都从它这里开始测量。

他们终于在公园中央走出了树林，这里有一个圆形倒影池。兰登走进空地，抬头向东面望去。

圣索菲亚大教堂。

与其说是一座建筑，还不如说是一座小山。

圣索菲亚大教堂在雨中熠熠生辉，巨大的身影本身就像一座城市。中央圆屋顶宽阔得无以复加，上面有银灰色的隔栅，看似坐落在四周其他圆屋顶建筑堆砌而成的聚集物上。四座高耸的宣礼塔在大教堂的四角拔地而起，每一座都有一个阳台和银灰色的尖顶，而且与中央圆屋顶相距较远，人们几乎很难确定它们会是整个建筑的一部分。

辛斯基和布吕德一直步履匆匆，此刻突然一起停下脚步，抬头向上望去……向上……在心中默默估量着眼前这座建筑的高度与宽度。

"我的上帝啊。"布吕德轻轻呻吟了一声，不敢相信自己的眼睛。"我们要搜查……它？"

第 86 章

我被扣留了。教务长在 C-130 运输机内来回踱步，意识到了这一点。他原本同意去伊斯坦布尔，是要帮助辛斯基赶在这场危机完全失控之前化险为夷。

当然，他还有一点私心。由于无意间卷入到了这场危机当中，他很可能逃脱不了干系。选择与辛斯基合作或许有助于减轻他将受到的惩罚。可辛斯基现在将我拘禁了起来。

飞机在阿塔图尔克机场的政府机库刚一停稳，辛斯基和她的小组就下了飞机。世界卫生组织的负责人命令教务长和他的几位"财团"员工留在飞机上。

教务长想走到机舱外呼吸一点新鲜空气，却被那几位冷若冰霜的飞行员挡住了去路。他们提醒他，辛斯基博士要求每个人都呆在飞机上。

情况不妙，教务长心想。他坐了下来，第一次真正感到自己前途未卜。

教务长多年来早就习惯了做木偶的操纵者、拉紧那根细绳的人，可突然间他所有的力量全部被剥夺了。

佐布里斯特，西恩娜，辛斯基。

他们都鄙视他……甚至在利用他。

如今他被困在世界卫生组织这架运输机怪异的隔间里，连个窗户都没有。他开始琢磨自己的运气是否已经用完……眼下的局面是不是对他一辈子欺骗行径的因果报应。

我靠骗人为生。

我向人们提供各种虚假信息。

尽管教务长不是世界上惟一兜售谎言的人，他却是这一行中的龙头老大。那些小打小闹的人与他不可同日而语，而他甚至都不屑于与他们为伍。

如今网上到处可以找到"托辞"公司和"托辞"网络公司这样的机构，它们在世界各地赚钱的手段都是向那些花心的人提供欺骗配偶的方法，并且确保他们不被人揭穿。这些机构许诺让时间"短暂停止"，让它们的客户从丈夫、妻子或孩子身边溜走。它们是制造假象的大师——编造商务会议和医生约诊，甚至虚假的婚礼。所有这些都包括伪造的邀请函、宣传手册、飞机票、宾馆预订确认单，甚至还有特别联系电话号码，电话另一头是"托辞"公司总机，那里有受过培训的专业人员假扮这场骗局所需要的宾馆接待员或其他联系人。

但是，教务长从来没有把时间浪费在这种小儿科把戏上。他只安排大型骗局，与那些为了得到最佳服务而愿意支付数百万美元的人交易。

政府。

大公司。

偶尔也有超级富翁。

为了达到自己的目标，这些客户可以充分利用"财团"的资源、人员、经验和创造力。尤为重要的是，他们可以得到无迹可循的承诺——也就是说，无论为他们的骗局编造出什么样的假象，这些假象都永远不会被追查到他们身上。

不管是试图支撑股市、为战争辩护、赢得一场选举还是引诱一个恐怖分子露面，世界上的许多权力掮客都依赖大型做假信息方案来帮助他们左右公众认知。

向来如此。

六十年代，苏联人创建了一个完整的虚假间谍网，多年内故意泄露假情报，让英国人截获。一九四七年，美国空军精心编造了一场飞碟骗局，以转移公众对一架机密飞机在新墨西哥州罗斯维尔坠毁事件的关注。不久前，全世界都被误导，相信伊拉克存在大规模杀伤性武器。

在近三十年的时间里，教务长曾多次帮助权倾一时的人保护、保留并扩大他们的权力。尽管在接活时慎之又慎，他却一直担心自己总有一天会承接某个不该接的活。

这一天现在终于来临。

他相信，每一个重大失误都可以归咎于某个时刻——一次偶遇、一个错误决定、一个轻率的眼神。

他意识到，就目前这件事而言，那个时刻发生在几乎十多年前。他当时同意聘用一位医学院的年轻学生，因为她想挣点外快。这个女人聪明过人，语言技能出众，而且善于随机应变，因而立刻就在"财团"脱颖而出。

西恩娜·布鲁克斯天生就是干这一行的料。

西恩娜立刻明白了他干的是哪一行，而教务长也意识到这位年轻姑娘对于保守秘密并不陌生。西恩娜在他这里工作了近两年，挣到了一大笔钱，帮助她支付医学院的学费。然后，在没有任何征兆的情况下，她突然宣布自己不干了。她想拯救世界，她告诉他，她在他这里办不到。

教务长怎么也没有料到西恩娜·布鲁克斯在消失了近十年后再次露面，并且给他带来了一个礼物——一位极其富有的潜在客户。

贝特朗·佐布里斯特。

教务长想到这里有些恼怒。

这是西恩娜的错。

她一直是佐布里斯特的同党。

旁边就是C-130上的临时会议桌，世界卫生组织的官员们正在那里打电话，相互争论，情绪激动。

"西恩娜·布鲁克斯？"其中一人冲着电话喊道。"你能肯定吗？"这位官员听了片刻，皱起了眉头。"好吧，把详情告诉我。我不挂电话。"

他捂住听筒，转身对他的同事说，"好像西恩娜·布鲁克斯在我们动身后不久便离开了意大利。"

会议桌旁的每个人都惊呆了。

"怎么可能？"一位女雇员问。"我们在机场、桥梁和火车站都设了监控……"

"内切利机场，"他说，"在丽都岛上。"

"不可能，"女雇员摇摇头，"内切利岛很小，没有离岛航班。那里只有当地的一些直升机旅游项目，以及——"

"西恩娜·布鲁克斯设法弄到了停在尼切利岛上的一架私人飞机。他们正在调查此事。"他重新将听筒放到嘴边。"是的，我在听呢。你有什么消息？"他听着最新情况汇报，肩膀越垂越低，最后只得坐下来。"我明白了，谢谢你。"他挂上了电话。

他的同事们用期待的目光望着他。

"西恩娜的飞行目的地是土耳其，"他说着揉了揉眼睛。

"那就给欧洲航空运输指令中心打电话呀！"有人大声说。"让他们命令那架飞机返航。"

"我做不到。"他说。"飞机十二分钟前降落在了赫扎尔芬私人机场,离这里只有十五英里。西恩娜·布鲁克斯消失了。"

第87章

雨点噼噼啪啪地打在圣索菲亚大教堂古老的圆屋顶上。

在近一千年的时间里,它一直是全世界最大的教堂,即便是现在,人们也很难想象有哪座教堂比它更大。此时再见到它,兰登想起查士丁尼皇帝[1]在圣索菲亚大教堂落成后,曾后退几步,骄傲地宣布,"所罗门,我超过了你!"

辛斯基和布吕德越来越确定地大步朝这座宏伟的建筑走去,而它也在他们的脚步声中显得越来越庞大。

这里的人行道两旁排列着一些古代炮弹,是当年征服者穆罕默德的士兵们使用的。这一装饰在提醒着人们,这座建筑的历史充满了暴力,它一次次被征服,一次次被改变用途,以满足不同获胜权贵的精神需求。

三个人慢慢走近大教堂南面的外墙,兰登瞥了一眼右边三个圆屋顶、地窖式的辅助建筑物凸出在大教堂之外。这些便是历代苏丹之陵,其中一位苏丹——穆拉德三世——据说有一百多个孩子。

手机铃声划破了夜空,布吕德掏出手机,查看了对方号码,简短地问了一声,"什么事?"

他听着对方的报告,难以置信地摇了摇头。"这怎么可能?"他又听了一会儿,叹了口气。"好吧,随时向我汇报。我们正准备进去。"他挂了电话。

"什么事?"辛斯基问。

"睁大眼睛,"布吕德扫视着四周,"我们可能有客人。"他将目光

---

[1] 查士丁尼(483—565),拜占庭皇帝,曾主持编撰《查士丁尼法典》,征战波斯,征服北非及意大利等地。

转回到辛斯基身上。"似乎西恩娜·布鲁克斯来到了伊斯坦布尔。"

兰登瞪大了眼睛望着布吕德，不敢相信西恩娜居然有办法来土耳其，更不敢相信她在逃离威尼斯后居然还敢冒着被抓以及可能送命的风险，确保贝特朗·佐布里斯特的计划能够成功。

辛斯基同样震惊。她深吸一口气，似乎想再问一问布吕德，但又忍住了。她扭头问兰登："朝哪边走？"

兰登指着他们左边，也就是圣索菲亚大教堂的西南角。"那里就是沐浴泉。"他说。

他们与博物馆联系人的碰头地点是一个泉眼，上面有一个华丽的网格结构，曾经是穆斯林祈祷前沐浴的地方。

"兰登教授！"他们走近时听到一个男人在招呼。

一个土耳其男子笑容可掬地从遮蔽泉水水源的八角形凉亭中走了出来，正兴奋地冲着他们挥手。"教授，在这里！"

兰登他们赶紧走了过去。

"你好，我叫米尔沙特，"他说，带有口音的英语透着热情。他身材瘦小，有些谢顶，戴着学究气很浓的眼镜，穿了一件灰色上衣。"我感到十分荣幸。"

"应该是我们感到十分荣幸，"兰登握着米尔沙特的手说，"谢谢你在这么仓促的情况下接待我们。"

"是啊，是啊！"

"我叫伊丽莎白·辛斯基，"辛斯基博士与米尔沙特握手后又指着布吕德说，"这位是克里斯多夫·布吕德。我们来这里协助兰登教授。很抱歉，我们的飞机晚点了。你能接待我们真是太好了。"

"别客气！这没有什么！"米尔沙特滔滔不绝地说道。"为了兰登教授，我随时愿意单独带你们参观。他那本《穆斯林世界里的基督教符号》在我们博物馆的礼品店里很畅销。"

真的吗？兰登心想。现在我终于知道有一个地方卖这本书了。

"咱们走吧？"米尔沙特示意他们跟在他身后。

大家快步走过一块小空地，经过普通游客入口，继续向前，来到大教堂原先的正门口。这里有三个凹陷的拱道,下方是雄伟的青铜大门。

两名武装保安在那里等着迎接他们。他们看到米尔沙特后,打开其中一扇门上的锁,将它推开。

"萨奇奥伦,"米尔沙特说。这是兰登熟悉的几个土耳其语短语之一,"谢谢你"的一种极为客气的表述。

他们进去后,保安关上了沉重的大门,重重的响声在石室回荡。

兰登和其他人正站在圣索菲亚大教堂的前廊中,这也是基督教教堂里常见的狭窄前厅,从建筑结构上充当圣俗之间的缓冲。

兰登常常称之为精神壕沟。

他们穿过前廊后向另一组门走去,米尔沙特拉开其中一扇门。兰登发现,里面不是他以为会见到的圣殿,而是另一个前廊,比第一个前廊略大。

内门厅,兰登意识到。他忘了,圣索菲亚大教堂的圣殿享有将其与外面世界隔绝开来的两层保护。

仿佛要让参观者为即将见到的一切做好准备,内门厅的装饰比前廊华丽许多,墙壁采用的是抛光过的石头,在典雅的枝形吊灯照耀下熠熠生辉。这个肃静场所的另一边有四扇门,门的上方有精美的镶嵌画。兰登正目不转睛地欣赏着。

米尔沙特走到其中一扇最大的门前。这扇门体积巨大,上面裹着青铜。"皇帝之门,"米尔沙特小声说,他激动得声音都有些颤抖。"在拜占庭时期,这扇门只有皇帝可以使用。游客们通常不能走这道门,不过今晚很特别。"

米尔沙特伸手去推门,却又停了下来。他小声问:"在我们进去之前,我先问你们一声。里面你们有没有特别想看的东西?"

兰登、辛斯基和布吕德互相看了一眼。

"有,"兰登说,"当然,要看的东西很多,但如果可能的话,我们想先从恩里科·丹多洛的墓开始。"

米尔沙特头一歪,仿佛没有听明白。"你说什么?你想看……丹多洛的墓？"

"对。"

米尔沙特显得有些垂头丧气。"可是，先生……丹多洛的墓太一般了，没有任何符号，根本不是我们最好的文物。"

"我意识到了，"兰登礼貌地说，"不管怎样，请你带我们去看看吧。"

米尔沙特盯着兰登看了一会儿，然后将目光转向大门正上方的镶嵌画，也就是兰登刚刚欣赏过的马赛克。那是公元九世纪制作的万能的主的圣像，画中的耶稣左手握着《新约》，右手在向人们赐福。

这时，仿佛灵光乍现，他们的向导突然明白了。米尔沙特嘴角往上一翘，心领神会地笑了。他竖起一根手指，摇晃起来。"聪明人！非常聪明！"

兰登不解地望着他。"你说什么？"

"别急，教授，"米尔沙特像共谋犯似的低声说，"我不会告诉任何人你来这里的真正目的。"

辛斯基和布吕德疑惑地看了兰登一眼。

兰登只好耸耸肩，米尔沙特推开门，请他们进去。

第88章

有些人将这里称作世界第八大奇迹。兰登站在里面，不得不赞同这一说法。

几个人跨过门槛，进入宏大的圣殿时，兰登突然意识到，圣索菲亚大教堂顷刻之间就能以其恢弘壮观的规模震撼参观者。

空旷的圣殿让欧洲那些伟大的大教堂相形见绌。兰登知道，它的巨大空间所产生的惊人力量一部分是幻觉，是其拜占庭式地面图案带来的戏剧性效果。集中式的内殿将所有内部空间集中在一个正方形房间内，而不是沿着十字形的四条臂膀向外延伸，与后来出现的大教堂的风格截然不同。

这座建筑比巴黎圣母院早七百年，兰登想。

凝神于房间的宽阔片刻之后，兰登又将目光转向一百五十多英尺高的头顶，那似整个建筑的皇冠——金色圆屋顶。四十根拱肋像阳光一样从正中央朝四周放射开来，伸展成一个圆形拱廊，上面有四十扇拱形窗户。白天，光线透过这些窗户倾泻进来，在金色嵌板中镶嵌的玻璃片上反射、再反射，营造出圣索菲亚大教堂最著名的"神秘之光"。

兰登之前只看到过一次精确地捕捉了这里金碧辉煌之气氛的画作。约翰·辛格·萨金特[1]。并不奇怪，在创作他那幅著名的画作《圣索菲亚大教堂》时，这位美国画家限定他自己的调色板上只有不同色调的一种颜色。

金色。

这个闪闪发光的金顶常常被称作"天堂圆屋顶"，下面由四个巨大的拱券支撑，而这些拱券又依托于一系列半圆形屋顶和弧形结构。这些支撑结构再由下面一层更小的半圆形圆屋顶和拱廊顶住，营造出一连串建筑组件从天而降的效果。

同样从天而降的是长长的缆绳，而且采取了更加直接的路线。这些缆绳从圆屋顶垂直而下，下面连接的枝形吊灯构成了一片耀眼的灯海。枝形吊灯显得很低，仿佛个子较高的游客都会撞到上面。这其实又是巨大空间造成的一个幻觉，因为吊灯离地面有十二英尺高。

与所有伟大的神殿一样，圣索菲亚大教堂惊人的空间有两个用心。其一，它在向上帝证明，人类会竭尽全力向他表示敬意。其二，它也是对礼拜者的一种休克疗法——一个雄伟的物理空间，会让那些进入其中的人自觉渺小，他们的自我被抹平，他们肉身的存在和宇宙

---

[1] 萨金特（1856—1925），美国画家，长期侨居伦敦，以肖像画著称，后致力于壁画和水彩画，代表作有《某夫人》、《康乃馨、百合、蔷薇》等。

重要性会在上帝面前缩成斑点大小……如同造物主手中的一个原子。

直到一个人变得微不足道,上帝才能重新创造他。马丁·路德在十六世纪说出了这番话,但自宗教建筑最早出现开始,这一概念就已是建造者们思想的一部分。

兰登望着布吕德和辛斯基,他们刚才也在仰视圆屋顶,此刻将目光转回到了地面。

"耶稣啊,"布吕德说。

"是啊!"米尔沙特兴奋地说,"还有真主和穆罕默德!"

兰登轻轻笑出了声。米尔沙特指着主祭坛让布吕德看,那里有一幅巨大的耶稣镶嵌画,左右两边各有一个巨大的圆盘,上面分别用绚丽的阿拉伯语书法写着穆罕默德和真主的名字。

米尔沙特解释说:"我们博物馆力图让观众明白这个神圣场所的各种用途,同时展出它最初还是一座大教堂时的基督教图像,以及它后来成为一座清真寺时的伊斯兰教图像。"说到这里,他自豪地笑了。"虽然在现实世界中,不同宗教之间有摩擦,我们认为它们的象征在一起却相处得很好。我知道你会同意的,教授。"

兰登真诚地点点头。他想起当这座建筑物被改为清真寺时,所有的基督教图像都被用白色涂料覆盖了。将修复后的基督教象征与穆斯林象征并排摆放在一起,产生了一种令人着迷的效果,尤其是因为这两种符号的风格和情感完全对立。

基督教传统偏好实实在在的上帝和圣徒图像,伊斯兰教却专注于用书法和几何图形来代表上帝的宇宙之美。伊斯兰传统认为,只有神能够创造生命,因此人无权创造生命图像——无论是神、人,还是动物的图像。

兰登回想起自己有一次曾试图向他的学生们解释这个概念:"例如,一位穆斯林米开朗基罗永远不会在西斯廷礼拜堂的天花板上绘制神的面庞,他会写上神的名字。绘制神的脸庞被视为亵渎之举。"

兰登接着解释这背后的原因:

"基督教和伊斯兰教都以语言为中心,也就是说它们都以圣言为中心。在基督教传统中，圣言在《约翰福音》中变成了肉身：'道成肉身，住在我们中间。'因此，将圣言描绘成具有人的形状是可以接受的。但是，在伊斯兰教传统中，圣言并不化为肉身，因此圣言需要保持文字形式……在大多数情况中，书法变成了对伊斯兰教圣徒名字的诠释。"

兰登的一个学生用一句有趣但精确的旁注总结了这一复杂的历史："基督徒们喜欢脸；穆斯林们喜欢字。"

米尔沙特指着壮丽的神殿对面说："就在我们眼前，你们能看到基督教与伊斯兰教的独特融合。"

他迅速指出了庞大的后殿里各种符号的融合，尤其显著的是圣母和圣婴在俯视一个米哈拉布——清真寺中指示麦加方向的半圆形壁龛。它的附近有一个台阶，通往上面的一个讲道台，虽然外观很像基督教的布道台，但其实那是一个敏拜尔——阿訇主持礼拜五宗教活动时的讲经坛。同样，旁边类似基督教唱诗班座位的讲台状结构其实是穆安津[1]领祷台，穆安津会在这个高台上跪下来，跟着阿訇的祈祷声吟诵。

"清真寺和大教堂惊人的相似，"米尔沙特说，"东西方传统之间的差异并不像你想象的那么大。"

"米尔沙特？"布吕德不耐烦地插嘴道，"我们真的想看看丹多洛的墓，可以吗？"

米尔沙特略显不快，仿佛布吕德的催促多少有些对这座建筑不敬。

"是啊，"兰登说，"很抱歉催你，但我们行程很紧。"

"那好吧，"米尔沙特指着他们右边一个高高的阳台说，"我们这就上楼去看看那个墓。"

"在上面？"兰登很是意外。"恩里科·丹多洛不是埋在地下室里吗？"他想起了这个墓，但却记不起它在这座建筑中的具体位置。他

---

[1] 伊斯兰教清真寺塔顶上按时呼唤信徒做礼拜的人。

一直在想象这座建筑黑暗的地下区域。

米尔沙特似乎被这个问题弄糊涂了。"不,教授,恩里科·丹多洛的墓肯定在楼上。"

*　　*　　*

究竟出什么事了?米尔沙特心想。

当兰登提出要看丹多洛的墓时,米尔沙特以为这个请求只是某种借口。谁也不会想看丹多洛的墓。米尔沙特认为兰登真正想看的是丹多洛墓旁边那件谜一样的珍宝——镶嵌画《三圣像》——万能的基督的一幅古代镶嵌画,可以被称作圣索菲亚大教堂最神秘的艺术品之一。

兰登是在研究这幅镶嵌画,而且试图不让人知道,米尔沙特猜测这位教授大概是在秘密撰写一篇论述《三圣像》的文章。

可是,米尔沙特现在却被弄糊涂了。兰登当然知道《三圣像》镶嵌画在二楼,所以他为什么要表现得很惊讶?

除非他确实是在寻找丹多洛的墓?

米尔沙特一头雾水,领着他们向楼梯走去,途中经过圣索菲亚大教堂两个著名的水瓮之一——亚力山大大帝时期用一整块大理石雕凿出来的庞然大物,能装三百三十加仑水。

米尔沙特领着这帮人默默地上楼,心中突然感到有些不安。兰登的两位同事一点也不像学者。其中一位有些像当兵的,肌肉发达,面无表情,一身黑衣。至于那位银发女人,米尔沙特感觉……似乎以前见过她。也许在电视上?

他开始怀疑这次参观的目的并不像他们所说的那样。他们来这儿的真实意图是什么?

"还有一段楼梯,"他们上到过渡平台时,米尔沙特高兴地说。"楼上便是恩里科·丹多洛的墓,当然"——他停下来望着兰登——"还有著名的镶嵌画《三圣像》。"

就连些许退缩也没有。

看样子兰登真的不是为了《三圣像》镶嵌画来这儿的。他和他的客人不知为何念念不忘丹多洛的墓。

第89章

米尔沙特领大家上楼时,兰登看得出布吕德和辛斯基担心极了。的确,上二楼似乎毫无道理。兰登不断想象着佐布里斯特视频中的地下洞窟……以及介绍圣索菲亚大教堂下面被水淹没区域的那部纪录片。

我们得下去!

即便如此,如果这里就是丹多洛墓的所在地,他们别无选择,只能依照佐布里斯特的指令。跪在金碧辉煌的神圣智慧博学园内,将你的耳朵贴在地上,聆听小溪的流水声。

终于来到二楼后,米尔沙特带头沿着阳台边向右走,从这里可以看到下面神殿里的壮丽景观。兰登目不转睛地注视着前方。

米尔沙特继续滔滔不绝地介绍镶嵌画《三圣像》,但兰登已经没有心思聆听了。

此刻他可以看到自己的目标了。

丹多洛之墓。

它与兰登记忆中的一模一样——一块长方形汉白玉,嵌入锃亮的石头地面,四周有一些小立柱和链条构成的警戒线。

兰登赶紧走过去,仔细查看上面的铭文。

Henricus Dandolo

等其他人尾随而至时,兰登已经开始了行动。他跨过隔离链,双脚直接站在墓碑前。

米尔沙特大声阻止,但兰登不仅没有理睬,反而立刻跪了下来,仿佛要在这位欺诈的总督脚跟前祈祷。

兰登的下一步行动引得米尔沙特惊呼起来。兰登将双手平摊在墓上,然后自己平躺了上去。当他将脸贴近地面时,他意识到自己看似在向麦加致敬。这一举动显然让米尔沙特惊呆了,他安静了下来,整个大教堂突然鸦雀无声。

兰登深吸一口气,把头转向右边,轻轻将耳朵贴在了墓石上。石头接触到他的肌肤时,感觉凉冰冰的。

他听到了透过石头回荡而上的声音,宛如白昼一般清晰。

我的上帝。

但丁《地狱篇》最后一章似乎正从下面回响上来。

兰登慢慢转过头,凝视着布吕德和辛斯基。

"我听到了,"他低声说,"潺潺的流水声。"

布吕德跨过缆绳,在兰登的身旁蹲下来,仔细聆听。过了一会儿,他使劲点了点头。

他们现在可以听到水流声,剩下的问题是:它是在哪里流动?

兰登的脑海里突然浮现出一些图像——一个被水淹没了一半的洞窟,沐浴在怪异的红色光线中……就在他们下面某处。

> 下到水下宫殿的深处……
> 因为在这里,冥府怪物就在黑暗中等待,
> 淹没在血红的水下……
> 那里的泻湖不会倒映群星。

兰登站起身,跨过缆绳走了出来。米尔沙特怒视着他,脸上一副又是震惊又是被欺骗的表情。兰登的个头比他高出了近一英尺。

"米尔沙特,"兰登说,"我很抱歉。你也看到了,现在的情况非常特殊。我没有时间解释,但我有几个重要问题要问你,是关于这座

建筑的。"

米尔沙特无可奈何地微微点了点头。"好吧。"

"我们在丹多洛墓上听到石头下面有小溪在流向某个地方。我们需要知道这些水流是在哪儿。"

米尔沙特摇摇头。"我不明白。圣索菲亚大教堂的地面之下到处都可以听到流水声。"

大家全都惊呆了。

"是的,"米尔沙特告诉他们,"尤其是在下雨的时候。圣索菲亚大教堂大约有十万平方英尺的屋顶需要排水,而且常常需要数天时间才能排空。经常是水还没有完全排空,天又下雨了。流水声在这里十分常见。你们或许知道,圣索菲亚大教堂的下面就是一个个巨大的水窟,有人甚至还拍过一部纪录片——"

"我知道,我知道,"兰登说,"可是你是否知道在丹多洛墓上听到的流水声……那些水具体流向哪里?"

"当然知道啦,"米尔沙特说,"圣索菲亚大教堂的水全都流向同一个地方,你听到的流水也不例外。那就是伊斯坦布尔的地下蓄水池。"

"不对,"布吕德跨过缆绳后大声说,"我们要找的不是蓄水池,而是一个很大的地下空间,或许还有柱子。"

"是的,"米尔沙特说,"伊斯坦布尔的古代蓄水池正是那样的,一个巨大的地下空间,里面还有柱子。很壮观。它建于公元六世纪,目的是为这座城市储存供水。虽然它现在所储存的水只有四英尺深,却——"

"它在哪里?"布吕德大声问,声音在空荡荡的神殿里回荡。

"蓄水池?"米尔沙特好像被吓住了,"离这里一个街区,就在大教堂的东面。"他指着外面。"那地方叫耶勒巴坦沙拉已。"

沙拉已?兰登想。与托普卡皮沙拉已一样?他们开车过来时,到处都能看到托普卡帕宫的指示牌。"可是……沙拉已的意思是'宫殿'吗?"

米尔沙特点点头。"是的。我们古老的蓄水池叫耶勒巴坦沙拉已，意思是——水下宫殿。"

第 90 章

倾盆大雨噼噼啪啪地下。伊丽莎白·辛斯基博士冲出了圣索菲亚大教堂，后面跟着兰登、布吕德以及他们那位疑惑不解的向导米尔沙特。

下到水下宫殿的深处，辛斯基想。

伊斯坦布尔的蓄水池——水下宫殿——显然位于蓝色清真寺的方向，再稍稍靠北一点。

米尔沙特领路。

辛斯基眼看别无选择，只好告诉米尔沙特他们的真实身份，以及他们正与时间赛跑，阻止水下宫殿内有可能爆发的一场公共卫生危机。

"这边！"米尔沙特高喊，领着他们穿过已经被黑夜笼罩的公园。山一般的圣索菲亚大教堂落在他们身后，蓝色清真寺童话般的尖顶在前面若隐若现。

布吕德特工匆匆走在辛斯基身旁，正冲着手机大喊，一面将最新情况通报给 SRS 小组，一面命令他们在蓄水池入口处碰头。"看样子佐布里斯特选定的目标是这座城市的供水系统，"布吕德气喘吁吁地说，"我需要所有进出蓄水池的管道分配图。我们将启动全面隔离和控制方案。我们需要物理和化学屏蔽，外加真空——"

"等等，"米尔沙特冲他大声喊叫，"你误解我的意思了。这个蓄水池不是伊斯坦布尔的供水系统。不再是了！"

布吕德放下手机，瞪着米尔沙特。"什么？"

"古时候，这个蓄水池确实是供水系统，"米尔沙特澄清道，"但现在不是了。我们已经进行过现代化改造。"

布吕德在一棵大树下停住脚，大家也随着他停了下来。

"米尔沙特，"辛斯基说，"你能肯定现在没有人饮用那里面的水？"

"当然没有。"米尔沙特说，"那里面的水基本上就留在那里……最终慢慢渗入到地下。"

辛斯基、兰登和布吕德不安地交换着眼神。辛斯基不知道是该松口气还是该感到更紧张。如果没有人经常接触那里面的水，佐布里斯特为什么会选择污染它呢？

"我们几十年前改造供水系统时，"米尔沙特解释说，"蓄水池被弃之不用，变成了一个地下大池塘。"他耸耸肩。"现在它只是一个旅游景点。"

辛斯基猛地转过身来望着米尔沙特。旅游景点？"等一下……人们可以下到那里面？进入到蓄水池中？"

"当然可以，"他说，"每天都有成千上万的游客去那里，那个洞穴很是壮观。上面还有木板搭成的走道……甚至还有一个小咖啡馆。里面的通风设备有限，因此空气又闷热又潮湿。不过，参观人数依然不少。"

辛斯基与布吕德四目相对，她可以看出自己和这位训练有素的 SRS 特工在想象着同一个画面——一个阴暗、潮湿的洞窟，到处都是死水，一种病原体正在里面慢慢孵化。雪上加霜的是水面上方还有木板人行道，整天都有游客们在那里走动，就在水面上方。

"他制造了一种生物气溶胶，"布吕德说。

辛斯基点点头，脚下一软。

"什么意思？"兰登问。

布吕德回答："意思是这种东西可以通过空气传播。"

兰登陷入了沉默，辛斯基看得出他现在终于意识到了这场危机的潜在规模。

辛斯基一直将空气传播病原体视为一个可能出现的情况，可当她得知蓄水池是伊斯坦布尔的供水来源时,她曾希望这或许意味着佐布里斯特选择了一种水传播生物体。生活在水中的细菌更为顽强,也耐天气变化,但它们的繁殖速度较慢。

空气传播的病原体扩散得很快。

非常快。

"如果是空气传播的话,"布吕德说,"它很可能是病毒型的。"

一种病毒,辛斯基赞同这个看法。佐布里斯特能够选择的传播速度最快的病原体。

在水下释放空气传播的病毒确实非同寻常,然而许多生命形式都是在液体中孵化,然后释放到空中的——蚊虫,霉菌孢子,造成军团病、真菌毒素和赤潮的细菌,甚至人类。辛斯基表情凝重,想象着蓄水池里充满了病毒……然后被感染的微小水珠升到潮湿的空气中。

米尔沙特忧心忡忡地望着车水马龙的街道对面。辛斯基顺着他的目光望去,那里有一座低矮的红白间砖结构建筑,惟一的门敞开着,似乎露出了里面的楼梯井。一些衣着讲究的人打着伞,三三两两地等在门外,一名门卫则控制着走下台阶的来宾人数。

某个地下舞会俱乐部?

辛斯基看到建筑物上的金色大字后,感到胸口一紧。除非这个俱乐部的名称叫"蓄水池",而且成立于公元五二三年,她意识到米尔沙特为什么那么担忧了。

"水下宫殿,"米尔沙特结结巴巴地说,"好像……好像今天里面有音乐会。"

辛斯基简直不敢相信。"在蓄水池里举办音乐会?"

"它的室内空间很大,"他回答,"所以经常被用作文化中心。"

布吕德显然已经听不下去了。他朝建筑物跑去,躲闪着阿莱姆达尔大道上那些喇叭轰鸣的车辆。辛斯基和其他人也跟在布吕德的身后奔跑起来。

他们来到蓄水池入口处时,门口围着几个来听音乐会的人,都在等待着被放行——三个全身裹在长袍里的女人,两个高举着手的游客，一个穿燕尾服的男子。他们都挤在门口躲雨。

辛斯基可以听到下面传出的一首古典音乐作品的旋律。是柏辽兹[1]，她根据配器风格这么猜，但不管那是哪首乐曲，都显得与伊斯坦布尔的街道格格不入。

他们慢慢走近，她感到一股暖风从台阶下刮了上来。它来自地球深处，正从封闭的洞窟中逃逸出来。这股暖风不仅将小提琴声带到了地面，而且将潮湿的空气以及人群散发的气味也带了上来。

它还给辛斯基带来了强烈的不祥之感。

一群游客沿台阶走了上来，一路兴奋地聊着，走出了建筑物。门卫随即开始将下一批听众放进去。

布吕德立即试图挤进去，但门卫乐呵呵地一挥手，拦住了他。"请稍等，先生。里面的人已经满了。要不了一分钟就会有另外一个人出来。谢谢你。"

布吕德准备强行进入，但辛斯基抓住他的肩膀，将他拉到了一旁。

"等等，"她命令道，"你的小组还在路上，你不能单独搜查这个地方。"她指着大门旁边墙上的文字说明牌。"这个蓄水池太大了。"

文字说明牌介绍说，里面有一个大教堂规模的地下空间，将近两个足球场那么长，三百三十六根大理石柱支撑起十万多平方英尺的天花板。

"看看这个，"兰登说，他站在几米外。"你都简直不敢相信。"

辛斯基转过身来。兰登指着贴在墙上的音乐会海报。

哦，我的上帝啊。

世界卫生组织总干事并没有听错，里面演奏的音乐确实是浪漫主义风格，但这首乐曲却不是柏辽兹的，而是另一位浪漫主义作曲家——弗朗兹·李斯特——的作品。

---

1 柏辽兹（1803—1869），法国浪漫主义作曲家、音乐理论家。代表作包括《幻想交响曲》、《哈罗尔德在意大利》、歌剧《特洛伊人》等。

今晚，在地底下，伊斯坦布尔国立交响乐团正在演奏李斯特最著名的作品——《但丁交响曲》，一首灵感完全来自但丁进入地狱并重返人间的乐曲。

"这部作品会在这里上演一个星期，"兰登正端详着海报上极小的字体。"免费音乐会，一位匿名捐赠人出资。"

辛斯基认为自己能猜出这位匿名赞助人的身份。看样子，贝特朗·佐布里斯特对制造戏剧性效果很有天赋，这同时也是他采用的一个残忍的实用策略。长达一星期的免费音乐会将把比平常多出数千的游客吸引到蓄水池中，让他们置身在一个拥挤的区域内……他们将在那里呼吸被细菌污染的空气，然后回到各自位于国内或者海外的家中。

"先生，"门卫在呼唤布吕德，"我们又有了两个空位子。"

布吕德转身对辛斯基说："赶紧联系当地政府。不管我们在下面发现什么，我们都需要支援。等我的小组到达这里时，让他们用无线电联系我，听候我的命令。我先下去，看看是否能弄清楚佐布里斯特把那玩意儿拴在了哪儿。"

"不带呼吸器吗？"辛斯基问。"你都不知道那只索鲁布隆塑料袋是否还完好无损。"

布吕德皱起眉头，将手伸进从门口吹出来的暖风中。"我真不愿意这么说，但如果这传染病已经传播，那么我估计这座城市里的每个人大概都已经被感染了。"

辛斯基也一直在想着这一点，只是不愿意当着兰登和米尔沙特的面说出来。

"再说，"布吕德补充道，"我以前见过我的小组穿着生化防护服出现时人群的反应。我们会造成全面恐慌，还会引发踩踏事件。"

辛斯基决定听从布吕德的意见，他毕竟是专家，以前也处理过类似情况。

"我们惟一比较现实的办法，是假定那玩意儿在下面仍然很安全，然后有效地控制它。"

"好吧,"辛斯基说,"就这么办吧。"

"还有一个问题,"兰登插嘴道,"西恩娜怎么办?"

"什么她怎么办?"布吕德问。

"不管她来伊斯坦布尔的意图是什么,她有语言天赋,可能还会说几句土耳其语。"

"怎么呢?"

"西恩娜知道那首诗中所提及的'水下宫殿',"兰登说。"在土耳其语中,'水下宫殿'指的就是……"他指着大门上方的"耶勒巴坦沙拉已"标识,"……这里。"

"这倒是真的,"辛斯基疲惫地认可道,"她可能已经想出来了,并且绕过了圣索菲亚大教堂。"

布吕德望着孤零零的门,暗暗骂了一声。"好吧,如果她在下面,并且计划在我们动手之前戳破那只塑料袋,至少她也才赶到这里不久。这地方很大,她可能不知道去什么地方寻找。周围到处都是人,她大概也无法在不被人看到的情况下跳入水中。"

"先生,"门卫再次呼唤布吕德,"你想现在进去吗?"

布吕德看到又有一群听音乐会的人正从街对面走来,便向门卫点头示意他确实想进去。

"我和你一起进去,"兰登说。

布吕德转身望着他。"绝对不行。"

兰登一副不容商量的口气。"布吕德特工,造成我们目前这种局面的原因之一是西恩娜·布鲁克斯一整天都在骗我。你刚才也说过,我们可能都已被感染了。不管你愿不愿意,我都要帮你。"

布吕德凝视了他片刻,做出了让步。

* * *

兰登尾随布吕德进门后开始下台阶。他感觉得到来自蓄水池深处的暖风正从他们身边吹过。湿润的微风不仅吹来了李斯特《但丁交响曲》的片段,而且裹挟着一股熟悉但难以形容的气味……无数人拥挤在一个密闭空间里散发出的气味。

兰登突然感到一道鬼魅般的幕布要将他包裹起来,仿佛一只无形之手的长手指正从地下伸出来,抓挠他的肌肤。

是这音乐。

乐团的合唱队——一百多个声音——正在演唱一句人们耳熟能详的歌词,准确有力地吐出但丁阴郁文字的每一个音节。

"Lasciate ogne speranza,"他们在吟唱,"voi ch'entrate。"

这六个词——但丁《地狱篇》中最著名的一行——像不祥的死亡恶臭一样从台阶底部涌上来。

合唱队在喧嚣的小号和圆号的伴奏下,再次唱出了那句警示。"Lasciate ogne speranza voi ch'entrate!"

入此门者,须弃所有希望!

第 91 章

地下洞窟沐浴在红色灯光中,灵感来自地狱的歌声在其中回响。人声的呜咽、弦乐器奏出的不和谐音、定音鼓低沉的滚奏,像地震波一样在这洞窟里轰鸣。

极目望去,兰登看到这个地下世界的地面其实是如玻璃一般的水,漆黑、静止、平稳,就像新英格兰某个冰冻池塘上的黑冰。

那里的泻湖不会倒映群星。

几百根粗大的多利安式柱子[1]精心排列成行,一眼看不到尽头。这些柱子每一根都有三十英尺高,从水中升起,支撑起洞窟的拱顶,

---

[1] 多利安式柱子,又译作"陶立克柱式",古希腊最基本的柱式之一,公元前五世纪中叶趋于成熟。它的主要特征是比较粗大雄壮,没有柱础,柱身有二十条凹槽,柱头没有装饰。最早的高度与直径之比为六比一,后来改至七比一。

由一系列独立的红色聚光灯自下往上照耀着,营造出一个超现实主义森林,像某种镜子反射的幻觉那样逐渐消失在黑暗中。

兰登和布吕德在台阶底部止步,在眼前这个光怪陆离的洞窟入口站立了片刻。洞窟本身似乎都发出一种淡红色的光芒。兰登打量着这一切时,发现自己在尽可能地浅呼吸。

下面的空气比他想象的还要滞重。

兰登可以看到左边远处的人群。音乐会的举办地在地下空间的深处,半靠着最远端的墙壁,观众们就坐在一块块巨大的平台上。几百名观众围绕着乐队,构成一个个同心圆环,另外一百多人站在最外边。更多的人则在附近的木板人行道上找到了位置,依靠着结实的栏杆,边欣赏音乐边凝视着下面的积水。

兰登扫视着这片人影构成的无形海洋,眼睛搜寻着西恩娜。到处都见不到她。他只看到身穿燕尾服、长袍、斗篷、布尔卡[1]的身影,甚至还看到身穿短裤和长袖运动衫的游客。聚集在红色灯光中的人群,他们的精气神儿在兰登看来就像是某种神秘教派聚会上的一群神父。

他意识到,如果西恩娜在这下面,要发现她几乎不可能。

就在这时,一个体格魁梧的男子从他们身旁经过,沿台阶走了出去,而且一路走一路咳嗽。布吕德转身望着他出去,细细地审视着他。兰登感到自己的喉咙也隐约有些发痒,但他安慰自己说那只是他的想象。

布吕德试探着在木板人行道上向前迈出一步,低头看着通往各个不同方向的分叉。他们面前的路径简直宛如弥诺陶洛斯的迷宫[2]。一条木板人行道很快就分叉变成了三条,每一条又再次分叉,构成一个悬浮的迷宫,在水面之上晃动,在柱子之间蜿蜒,消失在黑暗中。

我迷失在一个黑暗的森林里,兰登想起了但丁那部杰作中不祥的第一诗章,因为这里没有笔直的路可寻。

---

1 穆斯林女子在公共场合下穿的蒙住全身、只露出眼睛的长袍。
2 源自希腊神话传说,弥诺陶洛斯为牛头人生怪物,被弥诺斯王之孙囚禁在克里特岛的迷宫中,每年要吃雅典人送来的童男童女各七人,后被雅典王忒修斯所杀。

兰登看了一眼栏杆外的积水,水深约四英尺,异常清澈。石板地面清晰可见,上面覆盖着一层细细的淤泥。

布吕德向下扫了一眼,不置可否地哼了一声,然后将目光重新转回到室内。"你有没有看到什么地方与佐布里斯特那段视频中的环境很相似?"

哪里都像,兰登想。他观察着周围潮湿、陡峭的墙壁,然后指着洞窟右边最远处的角落,那里远离乐队舞台周围拥挤的人群。"我猜想应该在那边什么地方。"

布吕德点点头。"我的直觉跟你一样。"

两个人挑选了右边的岔路,沿着木板人行道匆匆往前走。这条路让他们远离了人群,通向了水下宫殿的最远处。

他们一路向前走,兰登忽然想到在这个地方躲上一夜而且不被人发现是多么容易。佐布里斯特拍摄那段视频时肯定就是这么做的。当然,如果他慷慨地资助了长达一个星期的系列音乐会,他也完全可以请求单独在储水池里待一段时间。

如今这一切已经不重要了。

布吕德加快了步伐,仿佛潜意识里要与这首交响曲的节奏保持一致。乐曲此刻已经变成了疾风暴雨般的一连串下行半音延留音。

但丁和维吉尔正下到地狱中。

兰登全神贯注地扫视着右边远处长满青苔的陡峭墙壁,试图将它们与在视频中看到的情形联系起来。每次遇到分叉路口时他俩都向右拐,离人群越来越远,径直去往洞窟最偏僻的角落。兰登回头看了一眼,为他们已经走过这么远的距离而惊讶。

他们现在几乎是一路小跑,刚开始还能见到几位闲逛的游客,可一旦进入到最里面的部分,就没有再看到一个人影。

这里只剩下布吕德和兰登。

"周围看上去都差不多。"布吕德有些绝望。"我们从哪里着手?"

兰登和他一样感到有些绝望。他对视频中的画面记忆犹新,可这里的一切都没呈现出足以让他识别的特征。

他们继续前行,兰登仔细阅读着木板人行道旁的信息牌。这些由柔和灯光照亮的文字说明牌随处可见,其中一块介绍这里面的容积达两千一百万加仑。另一块指出,有根柱子与其他柱子不相配,因为它是在修建过程中从附近一个建筑中偷来的。还有一块文字说明牌上有一个图形,显示的是如今已经见不到了的一个古代雕刻——流泪的母鸡眼符号,它在为修建蓄水池时丧生的所有奴隶哭泣。

奇怪的是,有一块牌子让兰登突然停住了脚步,那上面只有一个单词。

布吕德也停了下来,转身问他,"怎么啦?"

兰登指着那块牌子。

牌子上除了有一个显示方向的箭头外,还有一个名字:令人胆战心惊的戈耳戈[1]三姐妹之一,臭名昭著的女怪。

美杜莎 ⇒

布吕德看了那上面的文字,耸耸肩。"那又怎么样?"

兰登的心在怦怦直跳。他知道美杜莎不仅是令人胆战心惊的蛇发女怪,目光能让任何看到她的人变成顽石,而且还是希腊众多地下精怪中为人们所熟知的一位……这些地下精怪属于特殊一类,被称作冥府怪物。

> 下到水下宫殿的深处……
> 因为在这里,冥府怪物就在黑暗中等待……

她在给人指路,兰登意识到。他沿着木板人行道奔跑起来,在黑暗中左弯右拐,布吕德几乎都跟不上他的脚步。跟随着美杜莎的标识,兰登终于来到了一条路的尽头,这是一个小观景台,靠近蓄水池最右边的墙壁底部。

---

[1] 希腊神话中三位蛇发女怪,面貌狰狞,人见后立刻化为顽石。三姐妹之一的美杜莎后来被希腊英雄珀尔修斯所杀。

呈现在他面前的是一个令人难以置信的景象。

一块巨大的大理石雕像耸立在水面之上，那是美杜莎的头，上面的每一根头发都是一条扭动的蛇。让她的出现显得更加匪夷所思的是她的头被颠倒着置于她的脖颈上。

像被诅咒的人那样颠倒着，兰登意识到。他想起了波提切利的《地狱图》，画中的罪人都被倒着放在恶沟里。

布吕德气喘吁吁地赶了过来，站在兰登身边的栏杆旁，万分惊讶地盯着颠倒的美杜莎。

这个美杜莎头雕像如今是其中一根石柱的基座，兰登怀疑它大概是从其他地方掠夺来的，在这里被用作了廉价建筑材料。她的颠倒姿势无疑源自人们的迷信，认为将她颠倒过来后，她就会失去魔力。即便如此，兰登仍然无法摆脱掉萦绕在他心头的各种思绪。

但丁的《地狱篇》。最后一章。地球中央。引力在那里发生逆转。上在那里变成了下。

这种不祥之感像针一样刺扎着他的皮肤。他眯起眼睛，透过微红色的雾霭望着那尊头部雕像。美杜莎那些由小蛇构成的头发大多浸泡在水下，但她的眼睛露在水面之上，正对着左边，凝视着泻湖对面。

兰登胆怯地将身子探到栏杆之外，转过头，顺着美杜莎的目光，朝水下宫殿一个熟悉的空荡角落望去。

他立刻明白了。

就是这里。

这里就是佐布里斯特的"零地带"。

第 92 章

布吕德特工悄悄俯下身，从栏杆下钻过去，跳进了齐胸深的水中。凉水向他涌来，浸湿了他的衣服，他的肌肉立刻紧绷起来，抵挡寒冷。靴子底下的蓄水池地面虽然滑溜，感觉却很坚固。他站了一小会儿，仔细查看着四周，望着水波形成的一个个同心圆环像冲击波一样从他身边散去，奔向泻湖对面。

布吕德起初一直在屏住呼吸。动作要慢，他告诫自己，不要制造湍流。

在他上方的木板人行道上，兰登站在栏杆旁，扫视着周围。

"一切准备就绪，"兰登小声说，"没有人看到你。"

布吕德转过身，面对着颠倒的美杜莎头，一盏红色聚光灯将这巨大的雕像照得雪亮。他现在与雕像在同一个水平面上，因此雕像显得更大。

"顺着美杜莎的目光，向泻湖对面走，"兰登低声说，"佐布里斯特是象征主义和戏剧效果天才……如果他将他的创造物直接放在美杜莎致命的视线中，我一点都不感到意外。"

英雄所见略同。布吕德对这位美国教授充满了感激，因为他坚持要与自己一起下来；兰登的专业知识几乎立刻将他们带到了蓄水池中这个偏僻的角落。

《但丁交响曲》的旋律继续在远处回荡。布吕德掏出 Tovatec[1] 防水小手电筒，将它放到水下后拧亮。一道卤素灯光束穿过池水，照亮了他面前的蓄水池地面。

稳住，布吕德提醒自己。什么都不要搅动。

他没再说话，而是小心翼翼地开始往泻湖深处进发，慢慢地蹚着水，像水下扫雷艇那样井然有序地来回移动着手电筒。

*　　*　　*

栏杆旁的兰登开始不安地感到自己的喉咙在发干。蓄水池里的空气既潮湿又陈腐，还让他感觉严重缺氧。当布吕德小心谨慎地在泻湖

---

[1] 位于美国夏威夷州檀香山市的 Invota 公司制造的一款著名手电筒。

中蹚水前进时，兰登再次安慰自己一切都会好的。

我们及时赶到了。

那东西完好无损。

布吕德的小组可以控制住它。

即便如此，兰登还是有些胆战心惊。由于毕生都患有幽闭恐惧症，他知道自己在任何情况下来到这下面都会感到焦虑。几千吨泥土就在他的头顶上方晃动……惟一的支撑就是这些正在腐朽的柱子。

他强迫自己不去想这些事，又回头望了一眼，以确保他们没有引起其他人不恰当的兴趣。

什么也没有。

附近仅有的几个人正站在其他木板人行道上，目光全都冲着相反的方向，也就是乐队的方向。似乎没有人注意到布吕德在蓄水池的这个角落里慢慢蹚水。

兰登将视线移回到这位 SRS 队长身上，那只手电筒仍然在兰登面前的水下怪异地左右晃动，照亮了布吕德脚下的路径。

兰登正观望着，他眼角的余光突然注意到左边有动静——一个不祥的黑影在布吕德前面升出水面。兰登猛地转过身，凝视着那一片混沌的黑影，有点期待某种海中怪兽会突然从水面上跃出。

布吕德也停止了脚步，显然他也看到了。

远处的角落里，一个摇曳的黑影在墙上升到了约三十英尺高的墙壁上，鬼魅般的轮廓与佐布里斯特那段视频中出现过的瘟疫医生几乎一模一样。

那是个影子。兰登长舒一口气。布吕德的影子。

黑影是布吕德经过泻湖中一盏水下聚光灯时投下的，似乎与佐布里斯特在视频中投下的身影完全相同。

"就是那里，"兰登冲着布吕德喊道，"你快到了。"

布吕德点点头，继续慢慢向前。兰登与他步调一致，也顺着栏杆前行。布吕德越走越远，兰登又偷偷朝乐队方向看了一眼，以确保没有人注意到布吕德。

什么都没有发现。

正当兰登将目光重新转回到潟湖上时,脚旁木板人行道上的微弱反光引起了他的注意。

他低头望去,看到那里有一小滩红色液体。

血液。

奇怪的是,兰登正站在当中。

我流血了?

兰登虽然不觉得疼,却开始疯狂地全身寻找,看看是否受伤,或者是否对空中无形的毒素起了反应。他检查了鼻子,看看是否流血,然后检查了指甲和耳朵。

兰登有些困惑,不知道地上的血是从哪里来的。他看了看四周,确信在这偏僻的木板人行道上,只有自己一个人。

他再次低头看着那摊水,这次注意到一道小水流正顺着木板人行道淌过来,在他脚边的低洼处聚集。红色的液体似乎来自前面某个地方,正顺着木板人行道上的斜面流过来。

那里有人受伤了,兰登意识到。他立刻看了一眼布吕德,布吕德正慢慢接近潟湖中央。

兰登沿着木板人行道大步向前,顺着流水痕迹走过去。他快走到尽头时,流水痕迹变得更宽,而且四处流淌。他沿着流淌的液体一路小跑,来到了墙壁前,木板人行道在这里突然终止。

路走到了尽头。

他在朦胧的黑暗中看到一大摊水,泛着红光,仿佛某人刚刚在这里被杀。

就在这一刻,正当兰登注视着红色液体从木板人行道滴落进蓄水池中时,他意识到自己原先的猜测错了。

那不是血。

这个巨大空间里的红色灯光,再加上木板人行道的红颜色,制造了一种错觉,给这些洁净的水滴增添了暗红的色泽。

那只是水。

意识到这一点后，他非但没有如释重负，反而感到异常恐惧。他低头凝视着那摊水，看到木板人行道支架上有水花印迹……还有足迹。

有人在这里从水下爬了上来。

兰登想转身呼喊布吕德，可他离这里太远，音乐刚好进入铜管乐器和定音鼓齐鸣的一个强奏乐段，震耳欲聋。兰登突然发现自己身边有动静。

这里还有别人。

他慢慢转过身，望着墙壁，那里也是木板人行道的尽头。他能够看出十英尺外有一个圆圆的东西，包裹在黑影中，就像一块被黑布蒙着的大石头，不停地滴着水。那东西一动不动。

然后，它突然动了起来。

那东西慢慢变长，毫无特征的头从弓着的位置慢慢抬起。

那是裹着黑色蒙面布尔长的一个人，兰登意识到。

这种传统伊斯兰服饰将这个人裹得严严实实，可是当蒙面纱的头转向兰登时，两只深色的眼睛露了出来，穿过蒙面长袍面部的窄缝，紧紧地盯着兰登。

电光火石之间，他明白了。

西恩娜·布鲁克斯猛地从藏身之处冲了出来，刚跨出一大步就开始狂奔着扑向兰登，将他撞倒在地，然后沿着木板人行道飞蹿而去。

第 93 章

泻湖中的布吕德特工停下了脚步。他那支 Tovatec 钢笔手电筒卤素灯泡射出的光束刚刚照到一块金属板上，引起了强烈反光，就在前方蓄水池的水下地面上。

他屏住呼吸，小心翼翼地向前迈出一步，竭力不引起水的波动。

他透过玻璃般透明的水面，看到池底固定着一块光滑的长方形钛金属牌。

佐布里斯特的金属牌。

池水清澈见底，他几乎可以看到那上面写着的日期和其他文字：

就在此地，正当此日，
世界被永远改变。

三思而后行，布吕德心想。他的信心遽然增强了。明天到来之前还有几个小时，我们可以阻止这一切。

布吕德回忆着佐布里斯特视屏中的画面，慢慢将手电筒光束一点一点地移向金属牌左边，寻找系在那里的索鲁布隆塑料袋。当手电筒光束照亮漆黑的池水时，布吕德睁大了眼睛，无比困惑。

没有塑料袋。

他将手电筒光束又往左边移了移，对准视屏中塑料袋出现的准确位置。

仍然一无所有。

可是……它原来就在这儿的！

布吕德咬紧牙关，试探着又向前迈出一步，慢慢让手电筒光束扫过整个区域。

没有塑料袋。只有那块金属牌。

布吕德一时间希望那只是一个威胁，就像今天许多事情一样，只是一场虚惊。

难道这一切只是个骗局？

难道佐布里斯特只是想吓唬我们？

就在这时，他看到了。

金属牌左边的池底，隐约可见一截软塌塌的绳子，绳子另一头有一个微型塑料夹，上面还悬挂着一些索鲁布隆塑料碎片。

布吕德呆呆地望着那只透明塑料袋的残片，它仍然依附在绳子一端，如同聚会上某个爆炸了的气球上绳子打结的地方。

他慢慢意识到了真相。

我们来晚了。

他想象着系在水下的塑料袋慢慢溶解、爆炸……里面的致命东西扩散到水中……然后冒着气泡浮到泻湖水面上。

他用颤抖的手指摁灭了手电筒，在黑暗中站立了片刻，重新整理思绪。

这些思绪立刻化作了祈祷。

上帝帮帮我们吧。

* * *

"布吕德特工，重复一遍！"辛斯基冲着无线电大声喊道。进入蓄水池的台阶她刚下到一半，正力图找到更好的信号。"我没有听到！"

暖风从她身边吹过，顺着台阶向上涌出敞开的门。SRS 小组已经赶到，但是没有进来。他们正在蓄水池后面做着准备，尽量先不让人们看到防化服，同时等待着布吕德的现场评估结果。

"……破裂的袋子……"辛斯基的无线电传来了布吕德断断续续的声音，"……而且……释放了。"

什么？！辛斯基匆匆下了台阶，心中暗自祈祷自己听错了。"重复一遍！"她来到台阶底部后命令道。这里听到的乐队演奏的音乐声更大。

不过，布吕德的声音倒是比刚才清晰了许多。"……我再重复一遍……接触性传染物已经释放！"

辛斯基向前一个踉跄，差一点在台阶底部摔进蓄水池入口。这怎么可能呢？

"袋子已经溶解，"布吕德的声音宛若雷鸣。"接触性传染物已经进入水中！"

辛斯基博士惊出一身冷汗。她抬起头,放眼望去,试图估算出展现在她面前的这个地下世界究竟有多大。透过淡红色的雾气,她看到一片巨大的水域,几百根柱子从中升起。不过,最为重要的是,她看到了人。

成百上千的人。

辛斯基凝望着不明就里的人群——他们都被困在了佐布里斯特的地下死亡陷阱里。她本能地反应道。"布吕德特工,立刻上来。我们马上疏散人群。"

布吕德的回答毫不迟疑。"绝对不行!封闭所有出口!不能让任何人出去!"

作为世界卫生组织总干事,伊丽莎白·辛斯基已经习惯于人们执行她的命令,不提任何问题。她一时以为自己听错了 SRS 头儿的话。封闭所有出口?!

"辛斯基博士!"布吕德的喊声压倒了音乐声。"你听到了吗?关闭那些该死的门!"

布吕德又重复了一遍自己的意思,但其实是多此一举。辛斯基知道他说得对。面对有可能爆发的大规模传染病,惟一可行的办法就是将它控制住。

辛斯基条件反射般伸手抓住自己的天青石护身符。牺牲少数人来拯救更多的人。她下定了决心,将无线电拿到嘴边。"同意,布吕德特工。我将下令封闭所有的门。"

辛斯基正准备转身离开恐怖的蓄水池,下令封闭整个区域,却感到人群突然开始骚动。

不远处,一位身披黑色蒙面长袍的女子正沿着拥挤的木板人行道向她跑来,一路上撞倒了许多人。这个戴面纱的女子似乎直奔辛斯基和出口而来。

有人在追她,辛斯基意识到,随即看到一个男人在她身后奔跑。

辛斯基惊呆了。是兰登!

辛斯基立刻将目光转向穿着蒙面长袍的女子,看到她正快速逼近,而且用土耳其语大声向木板人行道上的人喊叫着什么。辛斯基不懂土耳其语,但根据人们脸上惊恐的反应来看,这个女人的话相当于在人头攒动的剧院里高喊"着火啦"!

惊恐立刻在人群中蔓延开来,刹那间,奔向台阶的不再只有那位蒙着面纱的女人和兰登,每个人都在向这里跑来。

辛斯基转身背对着蜂拥而至的人群,开始拼命地大声呼唤台阶上面她的团队。

"把所有门锁上!"辛斯基尖叫道。"把蓄水池封闭起来!赶快!"

* * *

等兰登绕过拐角进入楼梯井时,辛斯基正位于台阶半中间,在努力向上走,并且发疯似的喊叫着要把所有门关上。西恩娜·布鲁克斯就在她身后,湿漉漉的蒙面长袍异常沉重,导致她上楼时极为吃力。

兰登跟在她们身后,可以感到惊恐的音乐会听众正潮水般地向他涌来。

"封闭出口!"辛斯基再次高喊。

兰登的长腿一步三个台阶,眼看就要追上西恩娜了。他可以看到蓄水池沉重的双扇大门在他头顶上开始慢慢向内关闭。

太慢了。

西恩娜赶上了辛斯基,她抓住辛斯基的肩膀,将它当做杠杆,发疯似的越过她,朝出口攀爬。辛斯基身子一歪,跪倒在台阶上,她那心爱的护身符碰到水泥台阶上,断成了两截。

兰登本能地想停下脚步,将倒在那里的辛斯基扶起来,但他忍住了,只是径直从她身边掠过,向台阶顶上的平台奔去。

西恩娜就在几英尺外,几乎伸手可及,但她已经到了平台上,而大门关闭的速度没有那么快。西恩娜脚不停步,敏捷地侧过身,修长的身子横着从狭窄的门缝往外钻。

她刚钻出去一半，长袍就勾在了一根门闩上，不仅拖住了她，而且将她卡在了门中央。她离自由只有一步之遥。她扭动身子想挣脱出去，但兰登已经伸手抓住了长袍的一大块。他牢牢抓着，用力往后拉，想把她拖进来。她发疯似的扭动着，突然间，兰登手里只剩下了一团湿漉漉的长袍。

大门砰的一声合拢，不仅夹住了那团长袍，还差一点夹住兰登的双手。软绵绵的长袍夹在两扇大门之间，外面的人怎么也无法将大门关紧。

兰登从门缝中看到西恩娜·布鲁克斯向人来车往的街道对面跑去，她那光秃秃的脑袋被路灯照耀得亮晃晃的。她依然身着已经穿了一整天的毛衣和牛仔裤，一种遭人背叛的感觉如烈火一般涌上兰登的心头。

这种感觉只持续了一瞬间。一个要压碎一切的重量突然将兰登重重地推到了门上。

蜂拥而至的人群已经来到了他身后。

台阶井里回荡着惊恐和困惑的叫声，交响乐队奏出的优美音乐已经蜕变成了混乱的刺耳音调。随着拥挤到这个瓶颈中的人越来越多，兰登可以感到后背上的压力也越来越大。他的胸腔紧抵着大门，疼痛难捱。

门突然猛地向外打开，兰登像从香槟酒瓶飞出去的软木塞一样被抛进了黑夜中。他跌跌撞撞地跑过人行道，差一点摔倒在街上。在他身后，一股人流从地下冲了出来，酷似蚂蚁逃离被喷了毒药的蚁丘。

SRS 特工们听到嘈杂声后从建筑物背后走了出来。他们穿着防化服，戴着呼吸器，全副武装的模样瞬间加剧了人群的惊慌。

兰登转过脸，望着街道对面，追踪着西恩娜。他能看到的只有车流、灯光和混乱。

突然，他左边的街道深处有一个光秃秃的脑袋反射出苍白的亮光，尽管稍纵即逝，却在沿着熙熙攘攘的人行道往前飞奔，消失在街角。

兰登绝望地回头看了一眼，寻找着辛斯基、警察或者没有穿肥大防化服的 SRS 特工。

没有。

兰登知道自己只能单独行动了。

他毫不犹豫地冲出去追赶西恩娜。

* * *

在蓄水池最深处，布吕德特工独自站在齐腰深的水中。惊慌失措的游客和乐手们相互推搡着向出口挤去，消失在了台阶上方。闹哄哄的声音在黑暗中回荡。

门并没有被封闭，布吕德惊恐地意识到。封锁行动失败。

第 94 章

罗伯特·兰登虽然不擅长跑步，但多年来坚持游泳让他练就了一双强有力的大腿，而且他的步幅很大。仅仅用了几秒钟，他就追到了街角，却发现前面是一条更宽阔的大道。他的眼睛急切地扫视着人行道。

她应该在这里！

雨已经停了，兰登站在街角，被路灯照亮的整条街道一览无余。这里根本无处藏身。

可西恩娜却似乎从人间蒸发了。

兰登站住脚，双手搁在臀部，一面喘着气，一面扫视眼前这条被雨水淋湿的街道。他看到的惟一运动着的物体在他前方约五十码处——一辆伊斯坦布尔现代化的公共汽车刚刚驶离路缘，正加速沿着大道行驶。

西恩娜是不是上了公共汽车？

这好像太冒险了。她知道到处都有人在查找她，难道她真会将自己困在公共汽车里吗？不过，话又说回来，如果她相信谁也没有看到她拐过街角，如果那辆公共汽车正好要开走，那它便提供了一个再恰当不过的机会……

也许吧。

公共汽车顶上有一个目的地显示器——一种可以编程的灯光显示，那上面只有一个词：加拉塔。

前面的街道旁有一家餐馆，外面的雨棚下站着一位上了年纪的男人，兰登朝他跑去。这个人穿了一件绣花长袍，头上裹着白色包头布。

"对不起，"兰登跑到他跟前后上气不接下气地说，"你会说英语吗？"

"当然会，"男人说，一点也不为兰登急迫的语气所动。

"加拉塔？！那是个地名吗？"

"加拉塔？"男人回答说。"是加拉塔大桥？加拉塔塔？还是加拉塔港口？"

兰登指着渐渐远去的公共汽车。"加拉塔！那辆公共汽车的目的地！"

裹着包头布的男人望着远去的公共汽车，想了一想。"加拉塔大桥，"他说，"那辆公共汽车从老城区出发，去海峡对面。"

兰登叹了口气，再次扫视整条街道，还有没有看到西恩娜的身影。这时，周围响起了刺耳的警笛声，应急救援车辆从他们身旁开过，朝蓄水池方向驶去。

"出什么事了？"男人问，神色有些紧张。"没问题吧？"

兰登又看了一眼远去的公共汽车，知道这是一场赌博，但他别无选择。

"有问题，先生，"兰登说，"出了紧急情况，我需要你的帮助。"他指了指路边，一位负责停车的餐馆服务员刚刚将一辆漂亮的银色宾利车开过来。"那是你的车?"

"是的,可是——"

"我需要你开车送我一程。"兰登说。"我知道我们互不相识,但一场灾难正在发生。这是生死攸关的事。"

裹着包头布的男人久久凝视着兰登的眼睛,仿佛在寻找他的灵魂。终于,他点了点头。"那你最好赶紧上车。"

宾利车轰鸣着驶离了路缘,兰登紧紧抓住车座。男人显然驾驶经验丰富,而且似乎很喜欢这种在车流里左右穿梭、追赶公共汽车的挑战。

不出三个街区,宾利车就追到了公共汽车身后。兰登在座位上向前探身,眯起眼睛盯着公共汽车的后挡风玻璃。车内灯光昏暗,兰登只能依稀分辨出乘客的轮廓。

"请跟紧这辆公共汽车,"兰登说,"你有电话吗?"

男人从口袋里掏出手机,递给兰登。兰登一再向他表示感谢后,突然意识到自己不知道给谁打电话。他没有辛斯基或布吕德的联系方式,如果给位于瑞士的世界卫生组织打电话,那不知道什么时候才能联系上他们。

"怎么联系这里的警察?"兰登问。

"一一五一五,"男人说,"在伊斯坦布尔任何地方都是这个号码。"

兰登按了这三个数字后等待着。电话那头似乎总也没有人接听。终于接通后,兰登听到的却是一段录音,先是用土耳其语,然后是用英语。由于打进来的电话太多,兰登需要等待。兰登不知道这么多人打电话是否与蓄水池那里的危机有关。

水下宫殿现在大概已经乱成了一团。他想象着布吕德从泻湖中爬上来的情景,想知道他在那里发现了什么。兰登有一种不祥的预感:自己早已知道了答案。

西恩娜赶在他之前下到了水里。

在他的前面,公共汽车的刹车灯开始闪烁,它停靠在了路边的一个汽车站。开宾利车的男人也停了车,与公共汽车保持大约五十英尺的距离,让兰登能够清楚地看到所有上下车的乘客。只有三个人下了车,全是男性,兰登却仍然仔细观察了每一个人,因为他完全清楚西恩娜的化妆本领。

他的目光重新转回到公共汽车后挡风玻璃上。那玻璃带有颜色,但车内的灯此刻全部亮了起来,兰登可以清楚地看到车上的每个人。他探身向前,伸长了脖子,将脸贴近宾利车的挡风玻璃,寻找着西恩娜。

千万别告诉我下错了赌注!

这时,他看到了她。

在公共汽车的最后一排,一对消瘦的肩膀向上隆起,上面是一个光秃秃的后脑勺。这个人正背对着兰登。

那只能是西恩娜。

公共汽车开始加速,车内的灯光再次转暗。就在它驶进黑夜之中那一刻,那颗脑袋转了过来,朝后挡风玻璃外瞥了一眼。

兰登赶紧低下头,躲在车内的阴影中。*她看到我了吗?* 裹着包头布的男人已经发动了汽车,继续尾随那辆公共汽车。

汽车驶进了一段下坡道,下面是海边。兰登可以看到前面有一座矮桥,桥上的灯光横跨在水面上,上面的交通完全瘫痪。事实上,桥的入口附近已经拥堵成了一片。

"香料市场,"男人说,"是人们在雨夜最爱光顾的地方。"

男人指了指水边,那里有一座长度超出人们想象的建筑,笼罩在伊斯坦布尔最壮丽清真寺的阴影中。如果兰登没有记错的话,那应该是蓝色清真寺,它那两座著名的宣礼塔的高度足以为证。香料市场看似比美国大多数购物中心还要大,兰登可以看到人们在它巨大的拱门下进进出出。

"Alo?!"车内某个地方传出了一个细小的声音。"Acil Durum! Alo?!"

兰登低头看了一眼手中握着的手机。是警察。

"喂！"兰登脱口说着便将手机贴在耳朵旁。"我叫罗伯特·兰登，在为世界卫生组织工作。蓄水池那里出现了紧急情况，我正在跟踪这场危机的制造者。她就在香料市场附近的一辆公共汽车上，正要去——"

"请稍等，"接线员说，"我帮你转接过去。"

"不，等一下！"可是兰登已经被对方设置到了等待状态。

宾利车车主扭头望着兰登，脸上流露出惊恐的神色。"蓄水池那里出现了危机？！"

兰登正要解释，但车主的脸突然泛起了红光，变得可怖。

刹车灯！

车主急忙转过头，宾利车直接停在了公共汽车后面。公共汽车内的车灯再次亮起，兰登清清楚楚地看到了西恩娜。她站在汽车后门口，一面用力拉扯紧急停车拉绳，一面拍打着车门，要求下车。

她看到我了，兰登意识到。西恩娜肯定已经看到了加拉塔桥上的交通状况，知道自己不能冒险被人在车上抓住。

兰登立刻打开车门，但西恩娜已经下了车，正疾步跑进黑暗中。兰登将手机扔给机主。"快给警察打电话！把发生的事告诉他们！要他们将这个地区包围起来！"

裹着包头布的男人惊恐地点点头。

"谢谢你！"兰登大声说。"非常感谢！"

兰登说着就冲下了山坡去追赶西恩娜。她径直跑向了在香料市场周围闲逛的人群。

第95章

伊斯坦布尔的香料市场已有三百年的历史，是世界上最大的带顶棚的市场之一。整个建筑群呈 L 形，总共有八十八个拱形结构，每一个又分为数百家店铺。当地的商贩们在这些店铺里热情地叫卖着来自世界各地的五花八门的美食——香料、水果、草药,以及伊斯坦布尔到处可见的糖果般的蜜饯——土耳其软糖。

市场的入口位于鲜花大道和塔赫米斯街的街角,是一座巨大的哥特式石拱门,据说每天穿过它的游客有三十多万。

今晚,当兰登接近人头攒动的大门口时,他感到那三十万人似乎此刻全都聚集在这里。他还在奔跑,眼睛一刻也没有离开过西恩娜。她就在他前方约二十码处,正直接奔向市场大门,没有停下脚步的意思。

西恩娜跑到拱门前迎面遇上了密集的人群。她左躲右闪,挤了进去。她刚一进去,便偷偷回头看了一眼。兰登在她的眼睛里看到了一个惊恐万状的小女孩,正战战兢兢地逃命……带着绝望和不知所措。

"西恩娜!"他高声喊着。

可是她钻进人海中,不见了踪影。

兰登不顾一切地追了上去,不停地撞到别人身上。他推开挡住他的人,伸长了脖子张望,直到发现她在左边市场的西通道中渐行渐远。

通道两边摆满了一桶桶异国香料——印度咖喱、伊朗藏红花、中国花茶——鲜艳的色彩组成了一条由黄色、棕色和金色构成的隧道。兰登每走一步都能闻到不同的芳香——气味浓郁的蘑菇、苦根、麝香油——弥漫在空气中,如同由来自世界各地的不同语言组成的震耳欲聋的大合唱。各种感官刺激势不可挡地迎面扑来……配以人群无休止的脚步声。

成千上万人。

强烈的幽闭恐惧感袭上兰登的心头,他几乎想停下脚步,调整一下,然后再强迫自己进入市场深处。他可以看到西恩娜就在他前面,义无反顾地在人群中穿行。她显然是要一路跑到终点……不管那终点对她而言是什么地方。

一时间,兰登想知道自己为什么要追她。

为了正义？鉴于西恩娜的所作所为，兰登无法想象她被抓后会有什么样的惩罚在等着她。

为了预防一场大规模流行病爆发？该发生的已经发生了。

兰登在陌生人海中左推右搡，突然意识到了自己为什么那么想拦住西恩娜·布鲁克斯了。

我想要答案。

前方十码外，西恩娜正奔向市场西半部尽头的出口。她又回头瞥了一眼，看到兰登离她那么近，她吃了一惊。当她再次转过身，眼睛望着前面时，她脚下一绊，向前倒去。

西恩娜的头向前一冲，撞在了前面一个人的肩膀上。就在这个人倒下去时，她伸出右手，寻找一切可能的东西，不让自己摔倒。她只找到一个装核桃的铁桶边缘，便不顾一切地抓住了它。铁桶倒扣在她身上，里面的核桃像滑坡一样滚落在地。

兰登仅仅跨出三大步就赶到了她摔倒的地方。他低头望着地面，却只看到倒在地上的铁桶，以及满地的核桃。没有西恩娜。

店主正在发疯似的尖叫。

她去哪里了？！

兰登环视着四周，可是西恩娜不知为何已经消失得无影无踪。等他将目光转向前面十五码处的西出口时，他明白了她那戏剧性的摔倒绝非意外。

兰登跑到出口处，冲进外面巨大的广场中。这里也人满为患。他盯着广场，徒劳地搜寻着。

他的正前方便是加拉塔桥，位于一条多车道公路的另一边，横跨在黄金角宽阔的水面上。他的右边是新清真寺的两座宣礼塔，明晃晃地屹立在广场上方。他的左边只有开阔的广场……到处都是人。

刺耳的汽车喇叭声将兰登的目光再次吸引到这条将广场与海面分割开来的公路上。他看到了西恩娜，离他约一百码远，正穿行在高速行驶的车流中，差一点被夹在两辆卡车之间。她向海边跑去。

兰登的左边是黄金角的海岸，也是繁忙的交通枢纽，那里到处都是渡船码头、公共汽车、出租车和旅游船。

兰登穿过广场，奔向公路。到达护栏那里后，他根据迎面而来的车灯计算好时间，然后纵身一跃，安全地跳过了几条双车道公路中的第一条。整整十五秒，他全然不顾刺眼的车灯和愤怒的汽车喇叭声，成功地从一条中线前进到另一条中线——停步、起跑、躲闪，直至越过最后一道护栏，落在绿茵茵的海岸上。

他虽然还能看到她，但西恩娜已经远远冲到了前面。她绕过出租车站和停在那里的大巴，径直向码头跑去。兰登看到各种船只在码头那里进进出出——旅游船、水上出租车、私人渔船和摩托艇。水面上，城市灯光在黄金角西边闪烁。兰登相信，一旦西恩娜到了城市另一边，他们就再也别想找到她了，也许永远不会再找到她。

兰登终于抵达码头后，立刻左转沿着木板人行道向前狂奔，引来周围游客惊诧的注目。这些游客正排着队，等待着登上某条装饰得花里胡哨的晚宴船。那些船甚至还有清真寺式的圆顶、仿金花饰和闪烁的霓虹装饰灯。

博斯普鲁斯海峡上的拉斯维加斯，兰登发着牢骚，从那里跑了过去。

他看到远处的西恩娜已经停下了脚步，站在私人游艇云集的码头区，正苦苦哀求一位船主。

别让她上船！

他越跑越近，可以看到西恩娜哀求的对象是一位青年。青年站在一条时髦摩托艇的船舵旁，正准备将它驶离码头。他满脸带笑，但彬彬有礼地摇着头。西恩娜继续打着手势，可船主似乎不为所动，转身开始发动船。

兰登离她越来越近。西恩娜瞥了他一眼，脸上写满了绝望。在她下面，摩托艇的两个尾挂发动机快速转动起来，掀起一团水花，推动着摩托艇离开了码头。

西恩娜突然飞到了空中。她从码头纵身跳向大海，砰的一声落在摩托艇的玻璃钢船尾上。船主听到撞击声后转过身来，难以置信的表情写在他的脸上。他猛地一拉操纵杆,船开始在原地空转,此时离码头大约二十码远。他怒气冲冲地吼叫着,向船尾这位不请自来的乘客走去。

见船主走来,西恩娜不费吹灰之力就往旁边一闪身,抓住了船主的手腕,利用他走过来时的冲力,将他举起来扔到了船缘外。船主头朝下地栽入水中,但立刻又浮到了水面上,一边在水里扑腾,一边不停地高喊——无疑是土耳其语脏话。

西恩娜似乎不为所动。她把一个救生圈扔进水里,走到船头,将两个操纵杆往回一推。

引擎发出一阵轰鸣,摩托艇加速驶走了。

兰登站在码头上,大口大口地喘着气,无奈地望着漂亮的白色船身划过水面,变成黑夜里的一个魅影。他抬头凝视着地平线,知道西恩娜现在不仅能够到达远处的海岸,还能到达从黑海到地中海之间蛛网般密布的各条水道。

她走了。

船主在附近爬上岸,站起身,匆匆去报警。

兰登眼见着那条偷来的摩托艇上的灯光越来越弱,心中突然无比孤独。引擎的轰鸣声也渐渐远去了。

这时,引擎声戛然而止。

兰登凝视着远处。她关了引擎?

摩托艇上的灯光似乎不再远去,而是在黄金角的细浪中微微上下跳动。不知为何,西恩娜·布鲁克斯将船停在了那里。

她没有油了?

他将双手放到耳朵后,做成杯状,仔细倾听,终于听到了引擎空转的突突声。

既然船上还有油,那她在干什么?

兰登等待着。

十秒。十五秒。三十秒。

然后,没有任何征兆地,引擎再次轰鸣起来,起初有些不大情愿，随即变得非常果断。兰登惊讶地看到，摩托艇亮起了转向灯，掉头朝他驶来。

她回来了。

船越来越近，兰登看到西恩娜站在方向盘后，两眼无神地盯着前方。离岸三十码时，她开始减速，将摩托艇安全地停靠在了它刚刚离开的码头。然后，她关上了引擎。

四周一片寂静。

兰登朝下面望去，不敢相信自己的眼睛。

西恩娜一直没有抬头。

她用双手捂着脸，弓着背，身体开始颤抖。当终于抬头看向兰登时，她的眼里噙满了泪水。

"罗伯特，"她在抽泣，"我不能再逃了。我已无处可去。"

第 96 章

已经释放了。

伊丽莎白·辛斯基站在蓄水池入口台阶的底部，呆呆地凝望着空空荡荡的洞窟。她戴着呼吸器，因而感到呼吸有些困难。虽然无论下面有什么样的病原体，她或许早已接触到了，但穿上防化服、随着SRS 小组进入这荒凉的空间时，她还是感觉安全了许多。他们都穿着肥大的连体衣，顶上与密封头盔相连，那样子像一群宇航员在攻破一个外星人的宇宙飞行器。

辛斯基知道，在上面的街道上，几百名惊恐不已的音乐会听众和音乐家正挤在一起，茫然不知所措。许多人因为一窝蜂拥出来时受了伤，正在接受治疗，其他人则已经彻底逃离了这里。她庆幸自己逃出去时只是膝盖有些擦伤，外加护身符断了而已。

只有一种接触性传染病的传染速度超过病毒，辛斯基心想，那就是恐惧。

楼上的大门已经关闭，进行了密封处理，并且有当地警察把守。辛斯基原以为当地警察到来后，她不得不与他们进行司法交涉，可当他们看到SRS小组的防化装备，听到辛斯基提醒他们这儿可能会有瘟疫时，任何潜在的冲突立刻烟消云散。

我们只能依靠自己了，世界卫生组织总干事想。她呆呆地望着森林般的柱子在泻湖中的倒影。谁也不想下到这里来。

在她身后，两位特工将一块巨大的聚氨酯板横着铺在入口台阶底部，然后用热风枪将它粘贴到墙上。另外两名特工在木板人行道上找到了一块空地，已经开始摆放各种电子设备，仿佛在准备分析某个犯罪现场。

一点都没有错，辛斯基想，这就是一个犯罪现场。

她的眼前再次浮现出从蓄水池中逃出去的那个身披蒙面长袍的女人形象。种种迹象表明，西恩娜·布鲁克斯冒着生命危险破坏了世界卫生组织控制疾病传播的努力，并且完成了佐布里斯特的邪恶任务。她下到这里，戳破了那只索鲁布隆塑料袋……

兰登追赶西恩娜，消失在了黑夜中。辛斯基仍然没有得到任何消息，不知道那两个人情况怎么样。

我希望兰登教授平安无事。

*　　*　　*

布吕德特工站在木板人行道上，水正从他身上滴落下来。他呆望着颠倒的美杜莎雕像，不知道下一步该做什么。

作为SRS特工，布吕德受过专门训练，知道如何从宏观上看问题，将任何迫在眉睫的伦理或个人问题放到一边，集中精力从长远的角度来尽可能多地拯救生命。在今天这一刻之前，他很少考虑过个人健康所面临的威胁。我蹚水走近了这玩意儿，他想，责备自己居然采取如此冒险的行动，但同时也知道自己别无选择。我们需要立刻做出评估。

布吕德强迫自己将思绪集中到手头的任务上，也就是执行 B 方案。遗憾的是，在疾病控制危机中，B 方案永远只有一个：扩大隔离半径范围。与传染病交锋常常像扑灭一场森林大火：你有时不得不做出让步，牺牲一场局部战斗，希望赢得整个战争的胜利。

此刻，布吕德仍然没有放弃全面控制这个想法。西恩娜·布鲁克斯最有可能是在人群歇斯底里地疏散前几分钟才戳破那只塑料袋的。如果真是这样，就算有几百人逃离了现场，这些人仍有可能因距离病原源头较远，没有被传染到。

除了兰登和西恩娜，布吕德意识到。这两个人都在"零地带"，如今都在城里的某个地方。

布吕德还担心着另一件事——一件不符合逻辑的事一直在他心中挥之不去。他在水中的时候并没有发现真正破裂的索鲁布隆塑料袋。他认为，如果西恩娜弄破了那只塑料袋——无论是将它踢破、扎破还是采用了什么其他方式——他应该会看到碎片在什么地方漂浮。

可是布吕德什么都没有看到。塑料袋的任何残片似乎都消失了。布吕德不相信西恩娜会带走那只塑料袋，因为此时的塑料袋只会是一团黏糊糊、正在溶解的脏东西。

那么它在哪儿呢？

布吕德有种不安的感觉，他觉得有什么东西自己没有考虑到。即便如此，他还是将注意力集中到了一种疾病控制的新策略上，但这就要求他回答一个关键问题。

这种接触性传染病目前的传播半径是多少？

布吕德知道自己几分钟后就必须回答这个问题。他的小组已经在木板人行道上放置了一些便携式病毒检测仪，从潟湖开始，渐渐地越放越远。这些仪器被称作多 PCR 单元，采用多聚酶链反应来检测是否有病毒污染。

布吕德仍然抱有希望。由于潟湖中的水是死水，而且病原体刚刚被释放出来，所以他相信 PCR 设备能够检测出面积相对较小的污染区域，然后，他们就能运用化学物和抽吸等手段进行处理。

"准备好了吗？"几名技术员通过喇叭筒高声喊道。

蓄水池里的特工们全都竖起了大拇指。

"测试样本，"喇叭筒传来了指令。

在整个洞窟内，分析师们弯下腰，启动各自负责的PCR设备。每台设备开始分析操作员所在位置的样本。这些位置以佐布里斯特的瘟疫为中心，以圆弧状向外扩延，圆弧之间的间隔越来越宽。

蓄水池内一片寂静，每个人都在等待着，祈祷能只看到绿灯亮起。

接着，结果出来了。

离布吕德最近的仪器上，病毒检测灯开始亮起了红灯。他浑身的肌肉开始发紧，他将目光转向下一台仪器。

那上面的红灯也开始闪烁。

不。

惊讶的耳语声在洞窟四处回荡。布吕德惊恐地看到，PCR设备一个接一个开始亮起红灯，一直穿过蓄水池，直到入口处。

哦，上帝啊……他想。不断闪烁的红色检测显示灯像一片灯海，绘制出一幅再明确不过的画面。

污染半径之大已经超出了想象。

整个蓄水池中到处都是病毒。

第 97 章

西恩娜·布鲁克斯蜷缩在偷来的摩托艇驾驶盘旁，罗伯特·兰登低头凝望着她，竭力弄明白自己刚才所目睹的一切。

"我相信你很鄙视我，"她抽泣着说，眼泪汪汪地抬头望着他。

"鄙视你？！"兰登大叫道。"我根本不知道你是谁！你只是一味地在骗我！"

"我知道，"她低声说。"对不起。我只是想做正确的事。"

"释放出一种瘟疫？"

"不，罗伯特，你不明白。"

"我不明白！"兰登回答道。"我明白你蹚水过去，弄破了那只索鲁布隆塑料袋！你是想赶在人们能够控制住它之前将佐布里斯特的病毒释放出去！"

"索鲁布隆塑料袋？"西恩娜的眼睛里带着疑惑。"我不明白你在说什么。罗伯特，我去蓄水池是想阻止贝特朗制造出来的病毒……把它偷走，让它永远消失……不让任何人去研究它，包括辛斯基博士和世界卫生组织。"

"把它偷走？为什么不让世界卫生组织得到它？"

西恩娜深吸了一口气。"你不知道的事情太多了，可这一切现在已毫无意义。罗伯特，我们来晚了。我们原本就没有机会。"

"我们本来是有机会的！病毒原本应该在明天释放！那才是佐布里斯特选定的日子，可是你下到了水中——"

"罗伯特，我没有将那病毒释放出来！"西恩娜喊道。"我进入到水中时，确实想找到它，可已经太晚了。那里什么都没有。"

"我不相信你的话，"兰登说。

"我知道你不相信。我也不怪你。"她从口袋里掏出一个被水浸透的小宣传册。"可也许这个能管点用。"她将宣传册扔给兰登。"我下水之前发现了这个。"

他接住宣传册，将它打开。那是蓄水池连续七场演奏《但丁交响曲》的音乐会节目单。

"你看看那些日期，"她说。

兰登将那些日期看了一遍又一遍，不明白自己所看到的一切。不知为何，他一直有这样一种印象，即今晚的演出是首演，也就是连续一周七场演出中的第一场，目的是引诱人们进入到充斥着瘟疫的蓄水池中。但是，这份节目单却在讲述着一个不同的故事。

"今晚是最后一场？"兰登抬起头来问。"乐队已经演奏了整整一个星期？"

西恩娜点点头。"我当时和你一样吃惊。"她停顿了一下，眼睛里流露出忧伤的神情。"罗伯特，病毒已经扩散，而且已经扩散了一个星期。"

"这不可能。"兰登反驳道。"明天才是传播的日期。佐布里斯特甚至还制作了一块金属牌，在上面刻上了明天的日期。"

"是的，我在水中看到那块金属牌了。"

"那么你知道他确定的日期是明天。"

西恩娜叹了口气。"罗伯特，我非常了解贝特朗，尽管我不大愿意向你承认。他是个科学家，也是一个以结果为导向的人。我现在意识到，金属牌上的日期不是病毒释放的日期，而是别的东西，一件对他的目标更加重要的东西。"

"那会是……？"

船上的西恩娜一脸严肃地抬起头来凝视着他。"那是病毒在全球范围内达到饱和状态的日期——是对日期的一种数学预测，在那天之后，他制造的病毒将传播到世界各地……每个人都会感染。"

这一前景让兰登不寒而栗，可他还是不由自主地怀疑她在骗人。她的说法有一个致命的漏洞，而且西恩娜·布鲁克斯已经证明她在所有事情上都谎话连篇。

"有一个问题，西恩娜，"他目不转睛地盯着她，"如果这种瘟疫已经传播到了世界各地，那人们怎么没有得病呢？"

西恩娜扭过头去，突然之间觉得无法正视他的目光。

兰登重复了一遍。"如果瘟疫已经传播了一个星期，为什么到现在还没有人得病？"

她慢慢转过头来对着他。"因为……"她吞吞吐吐地说，"贝特朗并没有制造瘟疫。"她的眼睛再次噙满泪水。"他制造出的东西更加危险。"

第98章

尽管正透过呼吸器顺畅地吸进氧气，伊丽莎白·辛斯基还是感到头晕目眩。五分钟之前，布吕德的 PCR 设备显示出了恐怖的真相。

我们控制它的时机早就过了。

那只索鲁布隆塑料袋显然上个星期就已经溶解，而且很可能就是在这些音乐会的首演之夜。辛斯基现在知道音乐会已经连续举办了七天。绳子上残留的索鲁布隆碎片之所以没有溶解，是因为那上面抹了一层胶水，以有助于绳子上的夹子将它们夹紧。

这种传染物已经释放了一个星期。

既然现在无法隔离病原体，SRS 特工们便围聚着蓄水池临时实验室中的样本，执行起了他们所习惯的后备任务——分析、分类、威胁评估。到目前为止，PCR 单元只显示了一个明确的数据，而对这一发现谁都没有感到意外。

这种病毒通过空气传播。

索鲁布隆塑料袋里的东西显然以气泡的形式浮到了水面，然后将病毒粒子雾化到空中。并不需要太多，辛斯基想，尤其是在这样一个封闭的空间里。

病毒与细菌或化学病原体不同，能够以惊人的速度和渗透力在人群中传播。它们具有寄生习性，进入有机体后便会附着在宿主细胞上，这个过程称作吸附。然后，它们将自己的 DNA 或 RNA 注射到细胞中，募集被侵入的细胞，强迫它大量复制自己。一旦复制出来的病毒达到足够数量，新的病毒粒子就会杀死细胞，冲破细胞壁，快速寻找到新的宿主细胞后进行攻击，然后重复这一过程。被感染的人会在呼气或者打喷嚏的过程中将呼吸道飞沫带到体外，而这些飞沫又会悬浮在空气中，被其他宿主吸进体内，于是整个过程再次循环往复。

指数倍增长，辛斯基想起了佐布里斯特解释人口爆炸时所用的图表。佐布里斯特是在用病毒的指数倍增长来对付人的指数倍增长。

但目前亟待解决的问题是：这种病毒会如何作为？

直白地说，它如何攻击宿主？

埃博拉病毒破坏血液的凝固能力，造成无法阻止的大出血。汉坦病毒造成肺部衰竭。各种肿瘤病毒导致癌症。HIV 病毒则攻击人的免疫系统，造成艾滋病。如果 HIV 病毒通过空气传播的话，那将是一场人类大灭绝事件。这在医学界是公开的秘密。

那么佐布里斯特制造的病毒究竟会干什么？

无论它会干什么，其后果显然都需要过一段时间才会显现出来……附近医院也没有报告病人出现异常症状的病例。

辛斯基不愿意耐心地等待答案，便向临时实验室走去。她看到布吕德站在台阶附近，正压低嗓门打电话。他的手机有了微弱信号。

她加快了步伐，走到他身旁时，他正要挂上电话。

"好的，明白了，"布吕德说，脸上的表情介于难以置信与恐惧之间。"我再说一遍，这个信息一定要严格保密，目前可以说比你的生命更重要。一有新消息就给我打电话。谢谢。"他挂了电话。

"出什么事了？"辛斯基问。

布吕德慢慢呼出一口气。"我刚刚给我的一位老朋友打过电话，他是亚特兰大疾病防治中心的首席病毒专家。"

辛斯基立刻火冒三丈。"没有我的授权你就惊动了疾病防治中心？"

"我打这个电话是经过了深思熟虑的，"他说，"我联系的人很谨慎，我们需要的数据应该比能从这临时实验室得到的好得多。"

辛斯基瞥了一眼几位 SRS 特工，他们正在水中取样，然后聚集在便携式电子仪器旁。他说得对。

布吕德接着说下去。"我在疾病防治中心的这个联系人此刻就在一个设备齐全的微生物实验室中，并且已经证实的确存在一种极具传播性、从未见过的病毒性病原体。"

"等等!"辛斯基打断了他的话。"这么快你就把样本送给他了?"

"我没有,"布吕德严肃地说,"他给自己验了血。"

辛斯基马上明白了这句话的含义。

它已经传遍全球了。

第 99 章

兰登慢慢走着,感觉神志恍惚,仿佛他正穿行在一个特别真切的噩梦中。还有什么会比瘟疫更危险呢?

西恩娜自离开摩托艇上了岸后就一直没有开口。她示意兰登跟随她离开码头,来到一条安静的石子路,远离海边和人群。

虽然她已不再流泪,兰登却仍然感觉到情感的激流在她心中汹涌。他听得到远处警笛的尖啸,但西恩娜似乎根本没有注意到。她茫然地盯着地面,似乎被他们脚下石子发出的节奏清晰的啪啪声催眠了。

他们走进一个小公园。西恩娜将他领到一片茂密的小树林里,远离人们的视线。他们在一张长凳上坐了下来,从这里可以俯视海面。远处的海岸上,古老的加拉塔塔在山坡上星罗棋布的寂静民居上空微微发光。放眼望去,整个世界显得那么祥和,兰登猜想,这与蓄水池那里正在发生的一切迥然不同。他猜测辛斯基和 SRS 小组此刻已经意识到自己来晚了,无法阻止这场瘟疫的流行。

西恩娜坐在他身旁,凝视着大海对面。"罗伯特,我没有多少时间。当局终会查出我的去向,可是在他们找到我之前,我要把真相告诉你……所有真相。"

兰登默默地朝她点点头。

西恩娜擦了一下眼睛,在长凳上挪了挪身体,面对着他。"贝特朗·佐布里斯特……是我的初恋情人。他后来成为了我的导师。"

"我已经听说了，西恩娜，"兰登说。

她显得有些诧异，但还是接着说下去，仿佛害怕自己会失去勇气。"我认识他的时候正好处在容易受他人影响的年龄段，他的思想和智慧让我着迷。贝特朗像我一样，也认为我们物种正处于崩溃的边缘……我们即将面临可怕的末日，而且这个末日正以人们不敢接受的速度向我们奔来。"

兰登没有吭声。

"在我的整个童年，"西恩娜说，"我一直都想拯救世界，但我听到的只是：'你拯救不了这个世界，所以不要牺牲你的幸福去尝试。'"她停了一下，忍住泪水，脸上的表情非常严肃。"后来，我遇到了贝特朗，他英俊而又才华横溢。他告诉我拯救世界不仅是可能的……而且在道义上必须这么做。他把我介绍进了一个圈子，里面都是志同道合的人，而且个个能力超群、才华出众……他们真的能改变未来。罗伯特，我有生以来第一次不再感到孤独。"

兰登冲她淡淡一笑，感觉到了她这番话中的苦楚。

"我生活中曾遭遇过一些可怕的事，"西恩娜接着说下去，越来越激动。"一些我无法忘怀的事……"她转过身，紧张地用手摸了一下光秃秃的脑袋，整理了一下思绪后重新转过身去望着他。"也许这就是为什么这么多年来惟一支撑我继续向前的就是我的信念，未来的我们能够比现在的我们更好……我们能够采取行动，避免灾难性的未来。"

"贝特朗也相信这一点，是吗？"兰登问。

"毫无疑问。贝特朗对人类充满了希望。他是超人类主义者，相信我们正生活在一个璀璨的'后人类'时代的门槛上，那才是一个真正变革的时代。他有着未来主义者的头脑，有着以极少人能够想象到的方式看到未来的慧眼。他懂得技术的神奇力量，相信几代人过后，我们物种将变成截然不同的动物——基因增强后会变得更健康、更聪明、更强壮、甚至更具同情心。"她停了一下。"除了一个问题。他认为我们作为一个物种可能坚持不到实现这一切的那一天。"

"由于人口过剩……"兰登说。

她点点头。"马尔萨斯所预测的大灾难。贝特朗常常告诉我,他感觉自己就像圣乔治试图杀死冥府怪物。"

兰登没有听懂她的话。"美杜莎?"

"从比喻的角度来说,是的。美杜莎和所有冥府神祇都生活在地下,因为它们与大地母亲直接相连。从讽喻的角度来说,冥府怪物一直象征着……"

"生育力,"兰登说,为自己没有能早一点想到其中的关系而惊讶。丰饶。人口。

"对,生育力,"西恩娜说,"贝特朗用'冥府怪物'一词来代表我们自己的繁殖力所带来的险恶威胁。他将我们后代的人口过剩形容为一个从天边慢慢逼近的怪物……我们必须立刻控制住这个怪物,不然它就会毁掉我们所有人。"

我们自己的繁殖力会断送我们,兰登意识到。冥府怪物。"贝特朗要与这个怪物搏斗……如何搏斗?"

"请别忘了,"她辩解道,"这些问题不容易解决。分类往往是一个庞杂的过程。一个人如果将一名三岁孩子的大腿锯掉,那将是一个可怕的罪行……除非这个人是一名医生,这样做是为了救孩子一命,免得那里出现坏疽。有时候,人只能两害相权取其轻。"她的眼泪再次夺眶而出。"我相信贝特朗有一个高尚的目标……但他的方法……"她将目光转向别处,快要崩溃了。

"西恩娜,"兰登柔声说道,"我需要弄明白所有这一切。我需要你向我解释贝特朗所做的一切。他究竟向这个世界释放了什么?"

西恩娜再次转过身来面对着他,淡褐色的眼睛里流露出恐惧。"他释放了一种病毒,"她小声说,"一种非常特别的病毒。"

兰登屏住呼吸。"告诉我。"

"贝特朗制造了一种被称作病毒载体的东西。这是一种故意设计出来的病毒,目的是将遗传信息植入到它所攻击的细胞中。"她停顿了一下,让他理解这个概念。"病毒载体……不是杀死它的宿主细胞……而是将一段预先确定的 DNA 植入到这个细胞内,说白了就是修改细胞的基因组。"

兰登努力弄明白她这段话的意思。这种病毒改变我们的 DNA?

"这种病毒的邪恶在于我们不知道自己被感染。谁也不会生病,它也不会引起明显症状来暗示它在改变我们的基因。"

兰登在那一刻可以感觉到血液在血管里脉动。"那它会带来哪些变化?"

西恩娜闭上了眼睛。"罗伯特,"她低声说,"这种病毒刚从蓄水池里的泻湖中释放出来的那一刻,一连串的连锁反应就会开始。每一人只要进入那个洞窟、呼吸过里面的空气,就会被传染。他们会成为病毒宿主……在不知不觉中成为帮凶,将病毒传播给其他人,诱发呈指数级传染的疾病,而这种疾病现在已经像森林大火一样蔓延到了世界各地,病毒已经进入了所有人体内,你、我……所有人。"

兰登站起身,发疯似的开始在她面前来回踱步。"它对我们会有什么影响?"他又问了一遍。

西恩娜沉默了很久。"这种病毒能够让人……失去生育能力。"她不安地扭动了一下身子。"贝特朗制造了一种不育瘟疫。"

她的话让兰登大为震惊。一种让我们不育的病毒?兰登知道,世界上的确存在着一些能造成不育的病毒,可是一种通过空气传播的高传染性病原体也能做到这一点,并且是通过改变我们基因的方式,这似乎属于另一个世界……应该是未来某种奥威尔[1]式的反乌托邦。

"贝特朗经常在理论上推测这种病毒的可能性,"西恩娜静静地说,"但我绝对没有想到他会去制造它……更没有想到他会成功。当我收到他的来信并且得知他已经制造成功时,我惊呆了。我绝望地到处找他,恳求他销毁这种病毒,可我还是晚了一步。"

"等等,"兰登打断了她,终于出声了。"如果这种病毒让地球

---

[1] 奥威尔(1903—1950),英国小说家、新闻记者,代表作有反乌托邦政治讽刺小说《动物庄园》和《一九八四》。

上的每个人都失去生育能力,那就不会再有后代,人类就会开始消亡……立刻。"

"说得对,"她的声音仍然很小,"只是灭绝不是贝特朗的目标。他的目标恰恰相反,所以他才制造了这种随机激活的病毒。即便'地狱'病毒如今已经侵入了所有人类的DNA,并且将从这一代人开始代代相传,但它只会在一定百分比数量的人身上被'激活'。换句话说,就算现在地球上的每个人身上都携带了这种病毒,它也只会在随机挑选的部分人身上造成不育。"

"哪一……部分?"兰登情不自禁地问,简直不敢相信自己居然会问这种问题。

"你也知道,贝特朗念念不忘黑死病,那场瘟疫不加选择地消灭了欧洲三分之一的人口。他相信,大自然知道如何为自己进行选择。当贝特朗对不育率进行计算时,他兴奋地发现黑死病造成的三分之一的死亡率似乎正是在可控范围内开始汰劣存优所需的比例。"

这太荒谬了,兰登想。

"黑死病减少了人口,为文艺复兴铺平了道路,"她说,"因此贝特朗制造了'地狱'病毒,希望它能够成为全球复兴的当代催化剂——一种超人类主义黑死病——惟一的区别在于那些出现病症的人不会死亡,只会失去生育能力。假如贝特朗制造的病毒已经生效,那么世界三分之一的人口现在已经失去了生育能力……三分之一人口将永远无法生育。它所产生的效果类似于一种隐性基因……虽然代代相传,却只影响他们当中的一小部分人。"

西恩娜的手在颤抖。"贝特朗在写给我的信中显得很自豪,他说他认为'地狱'是解决人口问题的一个文雅、人性的办法。"她的眼睛里再次噙满泪水,她将眼睛擦干。"与黑死病的歹毒相比,我承认这种方法包含了一定的悲怜之心。医院里将不会挤满奄奄一息的病人,街头将不会有尸体腐烂,也不会有幸存者为失去心爱的人悲痛欲绝。人类只会停止生育那么多孩子。我们的星球将迎来生育率的稳步下降,直到人口曲线确实颠倒逆转,我们的总人口开始减少。"她停了一下。"它所造成的后果将比瘟疫更严重,因为瘟疫只会短暂地减少我们的人口,造成人口增长曲线临时下垂。贝特朗用'地狱'病毒创造了一个长期的解决方案,一个永恒的解决方案——一个超人类主义解决方案。他是生殖细胞系基因工程师。他从根本上解决了这些问题。"

"这是基因恐怖主义……"兰登低声说,"它在最根本的层面上改变了我们的现在和我们的过去。"

"贝特朗并不这么看。他梦想着修补人类进化过程中的致命缺陷……也就是我们物种繁衍能力太强这一事实。我们是一个有机体,虽然有着无与伦比的智力,却似乎无法控制我们的人口。无论推广过多少免费避孕措施,开展了多少教育,给予了多少政府诱导,都不起作用。无论我们是否想要……我们仍然不断地生儿育女。你知道吗?CDC刚刚宣布,美国几乎有近一半的孩子都是意外来到人间的。在不发达国家,这个数字超过百分之七十!"

兰登以前见过这些统计数字,可直到现在才开始明白它们的含义。作为一个物种,人类就像被引进到某些太平洋岛屿上的兔子,由于没有天敌,它们数量激增,破坏了生态系统,并最终灭绝。

贝特朗·佐布里斯特重新设计了人类……企图拯救我们……将我们改变成生育能力不那么强盛的物种。

兰登深吸一口气,凝视着博斯普鲁斯海峡,感觉自己就像远处海面上的船只一样漂泊无依。警笛声越来越响,是从码头方向传来的。兰登意识到剩下的时间不多了。

"最恐怖的,"西恩娜说,"还不是'地狱'会造成不育,而是它有能力做到这一点。通过空气传播的病毒载体是一个巨大突破,是一种极为领先的技术。贝特朗一夜之间将我们从遗传工程的中世纪带到了未来。他破解了进化过程,让人类有能力从广义上重新定义我们物种,可以算是大手笔。潘多拉已经从盒子里出来了,我们无法再把她装回去。贝特朗创造出了修改人类的钥匙……一旦这些钥匙落入坏人手中,那就只有请上帝帮助我们了。这种技术应该永远不要问世。贝特朗在写给我的信中解释了他达到目的的过程，我看完后立刻将信烧了。然后，我发誓一定要找到他制造的这种病毒，将它彻底销毁。"

"我不明白，"兰登说，声音里带着一丝怒火。"你既然想销毁这种病毒，那你为什么不与辛斯基和世界卫生组织合作呢？你应该联系CDC或者某个人。"

"你不是开玩笑吧？最不应该获得这种技术的就是政府机构！罗伯特，你好好想想。在整个人类历史上，科学发现所带来的每一种突破性的技术都被应用在了武器上——从简单的火到核能——而且几乎总是掌控在那些强权政府的手中。你认为我们的生物武器来自何处？它们最初就来自在世界卫生组织和CDC这些地方所做的研究。贝特朗的技术将一种流行病式的病毒用作基因载体，是有史以来最强大的武器。它为通往我们目前还无法想象的恐怖局面铺平了道路，包括既定目标生物武器。你可以设想一下，一种病原体，只攻击那些基因密码中包含某些人种标识的人。它将在基因层面使大范围种族清洗变为可能！"

"我理解你的担心，西恩娜，真的理解，但这种技术也可以造福于人类，不是吗？这个发现对于基因医药学而言难道不是天赐之物吗？比方说，成为在全球范围内进行免疫接种的一个新方法？"

"也许吧，但遗憾的是，我已经学会对那些大权在握的人做最坏的预测。"

兰登听到远处传来直升机划破夜空发出的噗噗声。他从树丛缝隙中朝香料市场方向望去，看到一架飞机的航行灯越过山丘，在向码头逼近。

西恩娜立刻紧张起来。"我得走了。"她站起身，向西面的阿塔图尔克大桥看了一眼。"我可以步行通过那座桥，然后就能到达——"

"你不能走，西恩娜，"兰登坚定地说。

"罗伯特，我之所以回来，是因为我觉得欠你一个解释。现在你已经得到了。"

"不，西恩娜，"兰登说，"你回来是因为你一生都在逃避，现在终于意识到你无法再逃避了。"

西恩娜在他面前仿佛在缩小。"我还有什么选择?"她问,凝望着在水面上搜索的直升机。"他们一发现我就会将我关进监狱。"

"西恩娜,你并没有做错什么事。你没有制造那种病毒……也没有释放它。"

"是的,可我一直在竭力阻挠世界卫生组织找到它。就算我不会在某个土耳其监狱服刑,我也将面临某个国际法庭的审判,罪名将是进行生物恐怖主义活动。"

直升机的噗噗声越来越响,兰登朝远处的码头望去。直升机悬停在空中,旋翼掀起了阵阵浪花,探照灯扫过了码头旁的船只。

西恩娜看似随时准备如箭一般发射出去。

"你听我说。"兰登的语气异常温柔。"我知道你经历了许多事情,也知道你现在很害怕,可你需要有一个大局观。贝特朗制造了这种病毒,你在设法阻止它。"

"可我失败了。"

"是的,如今病毒已经释放了出来,科学界和医学界需要将它完全弄明白。这个世界上只有你一个人对它有所了解,也许有办法消解它的威力……或者为此做一些准备。"兰登敏锐的目光凝视着她。"西恩娜,这个世界需要知道你所知道的一切。你不能就此消失得无影无踪。"

西恩娜修长的身躯开始颤抖,仿佛忧伤和焦虑的水闸就要突然打开。"罗伯特,我……我不知道该做什么。我甚至都不知道我究竟是谁。你看看我。"她摸着自己光秃秃的脑袋。"我已经变成了一个怪物,怎么能面对——"

兰登走上前,将她搂在怀里。他可以感觉到她的身子在颤抖,感觉到他怀中的她是那么脆弱。他低声对她说:"西恩娜,我知道你想逃走,但我不会让你走的。你早晚总得信赖某个人。"

"我不能……"她开始抽泣。"我不知道如何去信任别人。"

兰登紧紧拥抱着她。"慢慢来。你先迈出一小步,先信任我。"

第 100 章

金属与金属相碰时发出的刺耳响声**在没**有窗户的 C-130 运输机机舱内回荡,把教务长吓了一跳。外面有人在用手枪枪托敲打飞机舱门,要求进来。

"大家都坐着别动,"C-130 的飞行员命令道,然后走到舱门口。"是土耳其警察,他们刚刚把车开到了飞机旁。"

教务长和费里斯飞快地对视了一眼。

机舱内,世界卫生组织的工作人员刚才一直在惊恐地打着电话。教务长从他们的骚动中意识到,病毒控制任务已经失败。佐布里斯特完成了计划,他想,是我的公司成就了他。

舱门外,一些不容置疑的声音开始用土耳其语喊话。

教务长猛地站了起来。"不要打开舱门!"他命令飞行员。

飞行员停下手,怒视着教务长。"为什么不?"

"世界卫生组织是国际救援机构,"教务长回答,"这架飞机属于主权领地。"

飞行员摇摇头。"先生,这架飞机停在土耳其机场,在它离开土耳其领空之前,都得遵守当地法律。"飞行员走到舱门前,将它打开。

两个穿制服的人朝机舱内张望着,一本正经的眼睛里没有丝毫怜悯之意。"谁是这架飞机的机长?"其中一人大声问道,带着浓重的口音。

"我是,"飞行员说。

警官递给机长两张纸。"逮捕证。这两位旅客必须跟我们走。"

机长扫了一眼那两份文件,然后望着教务长和费里斯。

"给辛斯基博士打电话,"教务长命令世界卫生组织的机长。"我们是在执行国际紧急任务。"

其中一位警官被逗乐了，他望着教务长，讥笑道，"伊丽莎白·辛斯基博士？世界卫生组织总干事？正是她下令逮捕你们的。"

"这不可能，"教务长说，"我和费里斯先生来土耳其是想帮助辛斯基博士。"

"那你们显然没有帮好，"另一位警官说，"辛斯基博士联系了我们，将你们两个列为在土耳其领土上策划了一场生物恐怖活动的同谋。"他掏出手铐。"你们两人必须去警察总部接受问询。"

"我要求给我配律师！"教务长喊了起来。

三十秒钟后，他和费里斯被戴上手铐，架着走下旋梯，粗暴地推到了一辆黑色轿车的后座上。轿车立刻驶离飞机，飞速穿过跑道，来到了机场的一个偏僻角落。它停在一道铁丝网旁，那上面剪出了一个口子，可以让汽车通过。汽车穿过铁丝网后，颠簸着穿过一片尘土飞扬、满是破旧机场机械的垃圾场，最后停在了一个陈旧的维修站附近。

两位身穿警服的人下了车，环顾四周，看到没有人跟踪后，显然很满意。他们脱掉警服，扔到一旁，然后把费里斯和教务长扶下车，打开他们的手铐。

教务长揉着手腕，意识到自己被抓后显然会挺不住。

"车钥匙在车垫下面，"其中一人指着停在旁边的白色面包车说，"后座上有一个包，里面有你要的一切——旅行文件、现金、预存过话费的手机、衣服，还有其他几样我们觉得你有可能会喜欢的东西。"

"谢谢，"教务长说，"你们表演得不错。"

"只是训练有素而已，先生。"

两个土耳其男子说着便上了那辆黑色轿车，把车开走了。

辛斯基绝不会轻饶我的，教务长提醒自己。他在飞往伊斯坦布尔的途中就已经察觉情况不妙，便向财团在土耳其的分部发了一封紧急电子邮件，说明他和费里斯可能需要营救。

"你认为她会追捕我们吗？"费里斯问。

"辛斯基？"教务长点点头。"绝对会的。不过，我估计她目前还顾不上我们。"

两个人上了白色面包车,教务长翻看着包里的东西,将他们的文件整理好。他取出一顶棒球帽,戴到头上。他看到帽子里面有一小瓶高原骑士单一麦芽威士忌酒。

这些家伙还真不赖。

教务长望着琥珀色的威士忌酒,告诉自己必须等到明天才能享用它。他又想起了佐布里斯特的索鲁布隆塑料袋,琢磨着明天会是什么样子。

我破坏了自己制定的最重要的规矩,他想,我背叛了客户。

教务长感到不可思议的茫然。他知道在接下来的几天里,全世界都会铺天盖地地报道一则新闻,一场大灾难,而他在这场灾难中扮演了至关重要的角色。如果没有我,这样灾难可能不会发生。

他生平第一次感到,不打探客户秘密不再是什么美德。他开启了威士忌酒瓶的封口。

享用它吧,他安慰自己,无论发生什么情况,你剩下的时日都不多了。

教务长猛喝了一大口,品味着喉咙里暖暖的感觉。

突然,聚光灯和警车顶上的蓝色闪光灯将黑夜变成了白昼,他们已经被警车包围了。

教务长发疯似的朝各个方向望去……然后坐下来,呆若木鸡。

逃不掉了。

一名全副武装的土耳其警官慢慢向面包车靠近,手中的步枪瞄准了他们。教务长最后喝了一口高原骑士,然后静静地将双手举过头顶。

他知道,这些警官不是他的手下了。

第 101 章

瑞士驻伊斯坦布尔的领事馆位于莱文特第一广场一座超现代化又

时髦的摩天大楼里。该建筑凹面的蓝色玻璃幕墙宛如一块未来派的巨石，屹立在这座古老都市的天际线中。

从辛斯基离开蓄水池到她在领事馆的办公室里设立一个临时指挥中心，时间已经过去了近一个小时。当地新闻频道一刻不停地报道着蓄水池在李斯特《但丁交响曲》最后一场演出时发生的惊恐踩踏事件。虽然还没有关于详细情况的报道，但身着防化服的国际医疗小组的到场，引发了人们的胡思乱想。

辛斯基凝视着窗外的灯光，一股强烈的孤独感油然涌上心头。她不自觉地伸手去摸脖子上挂着的护身符项链，却什么也没有能握住。护身符已经断成了两截，静静地躺在她的书桌上。

这位世界卫生组织的总干事刚刚安排了一系列紧急会议，几小时后将在日内瓦举行。来自不同机构的专家已经出发，辛斯基本人也计划过一会儿就回日内瓦，向他们介绍情况。多亏某个值夜班的工作人员送来了一大杯热气腾腾的正宗土耳其咖啡，辛斯基已将它一饮而尽。

领事馆的一位青年站在敞开的门口，向她这边张望。"夫人？罗伯特·兰登求见。"

"谢谢你，"她说，"请他进来吧。"

二十分钟前，兰登给辛斯基打来了电话，解释说西恩娜·布鲁克斯从他手里溜走了。她偷了一条船，逃到了海上。辛斯基早已从当地警察那里得知了这一消息。警察仍然在海上搜索，可是迄今仍毫无结果。

兰登高大的身影出现在门口时，她差一点没有认出他来。他的衣服很脏，头发凌乱，眼睛凹陷，显得疲惫不堪。

"教授，你没事吧？"辛斯基站起身来。

兰登无力地朝她笑了笑。"今晚把我累得够呛。"

她指着一张椅子说："请坐吧。"

兰登坐下来后开门见山地说："我认为佐布里斯特制造的传染物一星期前就已经释放出来了。"

辛斯基耐心地点点头。"是啊，我们也得出了相同的结论。虽然目前还没有病症报告，但我们已经分离了一些样本，正准备进行集中化验。遗憾的是，我们可能需要数日乃至数周才能真正弄明白那是什么病毒……以及它有什么破坏力。"

"那是一种载体病毒，"兰登说。

辛斯基惊讶地侧过脑袋，为他知道这个术语吃了一惊。"你说什么？"

"佐布里斯特制造了一种空气传播的载体式病毒，能够修改人的DNA。"

辛斯基猛地站了起来，碰倒了她刚才坐着的椅子。这根本不可能！"你凭什么这么说？"

"西恩娜，"兰登静静地回答，"是她告诉我的，半小时前。"

辛斯基双手按在桌上，目不转睛地盯着对面的兰登，突然对他产生了怀疑。"她没有逃走？"

"她本来的确逃走了，"他说，"她已经上了一条船，正加速驶向大海，可以轻易地永远消失。可是她改变了主意，主动回来了。西恩娜想帮助化解这场危机。"

辛斯基突然放声大笑起来，声音刺耳。"请原谅我不信任布鲁克斯小姐，尤其是当她说出这番牵强附会的话时。"

"我相信她，"兰登语气坚定，"如果她说这是一种病毒载体，我认为你应该认真考虑她的话。"

辛斯基突然感到筋疲力尽，她在心中努力分析着兰登的这番言论。她走到窗前，凝视着窗外。一种改变DNA的病毒载体？尽管这种情况听上去几乎不可能，而且令人毛骨悚然，但她不得不承认这背后有着其怪异的合乎逻辑的地方。佐布里斯特毕竟是一位遗传工程师，非常清楚一点：哪怕是一个基因发生最小的变异，都会对人体造成灾难性的后果：癌症、器官衰竭、血液系统疾病。就连囊性纤维化这样可恶的疾病——它会造成受害者在自己的黏液中淹死——起因也只是第七对染色体上一个调节因子出现了小小的问题。

专家们现在已经开始向病人直接注射一些初级的载体基因,以治疗这些遗传疾病。这些非传染性病毒经过编码处理,会在病人的体内移动,将替换DNA安装到人体内,修补DNA中损坏的部分。

但是,像所有科学一样,这种新科学也有其黑暗的一面。载体病毒的效果既可以是有益的,也可以是破坏性的……完全取决于遗传工程师的意图。如果一种病毒被恶意编码,它会将受损的DNA植入健康的细胞中,其结果将会是毁灭性的。不仅如此,如果这种具有破坏性的病毒被设计成具有高传染性,而且能通过空气传播的话……

想到这种前景,辛斯基不寒而栗。佐布里斯特设想的遗传噩梦究竟是什么?他计划如何减少人口?

辛斯基知道,寻找到这个答案可能需要数周的时间。人类的遗传密码包含着一个看似无限大的化学排列迷宫。要想在这座迷宫里寻找到佐布里斯特具体修改了哪一个密码,这无疑像大海捞针……连这片大海位于哪颗行星上都不知道。

"伊丽莎白?"兰登低沉的声音将她拉回到了现实世界中。

辛斯基从窗前走回来,望着他。

"你听到我的话了吗?"他仍然平静地坐在那里。"西恩娜曾经像你一样想销毁这种病毒。"

"我真的不相信。"

兰登叹了口气,站起身来。"我认为你应该听取我的意见。佐布里斯特自杀前不久曾经给西恩娜写过一封信,将自己的研究成果告诉了她。他详细描述了这种病毒的作用……它将如何攻击我们……以及它将如何帮他达到目的。"

辛斯基惊呆了。还有一封信?

"西恩娜看完佐布里斯特对自己创造物的描述后,吓坏了。她想阻止他。她认为这种病毒极度危险,因而她不希望任何人得到它,包括世界卫生组织。你明白了吗?西恩娜一直在试图销毁这种病毒……不是释放它。"

"还有一封信?"辛斯基问,她的注意力现在只集中在了一点上。

"里面有具体细节吗？"

"西恩娜是这么对我说的，是的。"

"我们需要得到那封信！只要得到那些细节，我们就能节省数月的时间，就能很快弄明白它是什么以及如何应对它。"

兰登摇摇头。"你不明白。西恩娜看完那封信后非常害怕，立刻将它烧了。她想确保没有人——"

辛斯基的一只手重重地拍在书桌上。"她烧掉了那封信，而那封信是惟一可以帮助我们为这场危机做准备的东西。你居然还希望我信任她？"

"我知道这个要求有些过分，尤其是考虑到她的所作所为，但与其谴责她，也许不如换个角度来考虑会更有益，西恩娜聪明过人，还有令人称奇的记忆力。"兰登停顿了一下。"如果她能够回忆起佐布里斯特信中足够多的内容，给你提供帮助呢？"

辛斯基眯起眼睛，微微点点头。"好吧，教授，如果真是那样，你建议我怎么做？"

兰登指着她那只空空的咖啡杯。"我建议你再要一点咖啡……听听西恩娜提出的一个条件。"

辛斯基感到心跳在加速。她瞥了一眼电话。"你知道怎么联系她？"

"我知道。"

"告诉我她有什么要求。"

兰登告诉了她。辛斯基陷入了沉默，思考着西恩娜的要求。

"我认为这是正确之举，"兰登接着说道，"你能失去什么呢？"

"如果你说的一切都是真的，我可以向你保证。"辛斯基将电话机推到他面前。"请给她打电话吧。"

出乎辛斯基的意料的是，兰登没有理会电话机，而是起身向门外走去，并且说他马上就会回来。辛斯基很是疑惑，便走进过道，望着他大步走过领事馆的等候区，推开玻璃门，走进了玻璃门外的电梯间。她起初以为他是要离开，可他没有按电梯，而是不声不响地进了女卫生间。

不一会儿，他带着一个看似三十岁出头的女人走了出来。辛斯基过了良久才接受那确实是西恩娜·布鲁克斯本人这一事实。她早些时候看到过的那位留着马尾辫的漂亮女子像是完全换了个人。她没有一根头发，仿佛刚刚被剃了个光头。

两个人走进辛斯基的办公室后，默默地坐到了办公桌对面的椅子上。

"请原谅，"西恩娜飞快地说道，"我知道我们有许多事要讨论，但我希望你首先允许我说出我的真心话。"

辛斯基注意到西恩娜的声音里有一丝悲伤。"当然。"

"夫人，"她的声音很虚弱，"你是世界卫生组织的总干事，你比任何人都清楚我们物种正处于崩溃的边缘……我们的人口已经失控。多年来，贝特朗·佐布里斯特一直想与你这样有影响力的人共同讨论这场即将到来的危机。他拜访过无数机构，包括世界观察研究所[1]、罗马俱乐部[2]、人口问题[3]、美国外交关系委员会等。他相信这些机构能够带来改变，却从未发现有谁敢与他进行一场有意义的对话，讨论真正的解决方案。你们全都以诸如加强避孕教育、向子女较少的家庭提供减税奖励，甚至将人送到月球上去一类的计划来搪塞他！难怪贝特朗会发疯。"

辛斯基目不转睛地望着她，没有做出任何反应。

西恩娜深吸一口气。"辛斯基博士，贝特朗亲自找过你。他恳求你承认我们正处在悬崖边缘……恳求与你进行某种形式的对话。可是你不但没有倾听他的想法，反而称他为疯子，将他列入了监视名单

---

[1] 世界观察研究所是一个独立的研究组织，总部设在美国首都华盛顿。它以事实为基础对重大全球性问题进行分析，分析结果被世界领袖们所公认。该研究所的三个主要研究领域包括气候与能源、食品与农业和绿色经济。

[2] 罗马俱乐部创建于一九八八年，总部设在罗马，是关于未来学研究的国际性民间学术团体，也是一个研讨全球问题的全球智囊组织。其主要创始人是意大利的著名实业家、学者 A. 佩切伊和英国科学家 A. 金。

[3] Population Matters，即英国理想人口信托组织，鼓吹通过减少人口来提高人们的生活水平和环境的可持续性。

中，迫使他转入地下。"西恩娜的声音越来越动情。"贝特朗死得很孤独，因为像你这样的人拒绝敞开心扉，拒绝承认我们灾难性的环境有可能真的需要某种令人不快的解决办法。贝特朗只是说出了真相而已……而他却因为这一点遭到排斥。"西恩娜擦了擦眼睛，凝视着办公桌对面的辛斯基。"相信我，我知道孤独一人是什么样的感觉……世界上最可怕的孤独是被人误解后的与世隔绝。这会让人失去对现实的把控力。"

西恩娜不再开口，随之而来的是尴尬的沉默。

"我要说的就是这些，"她低语道。

辛斯基久久地凝望着她，然后坐了下来。"布鲁克斯女士，"她尽可能地保持平静，"你说得对。我以前可能确实没有倾听……"她将双手交叠在一起，放在办公桌上，然后直视着西恩娜。"可我现在在听。"

第102章

瑞士领事馆会客室里的钟已敲过了凌晨一点。

辛斯基办公桌上的记事本变成了一张大拼图，上面布满了文字、问题和图表。五分钟过去了，世界卫生组织总干事既没有挪动身体也没有说话。她站在窗前，凝视着外面的夜幕。

在她身后，兰登和西恩娜静静地坐在那里，等待着。他们手中的杯子里还剩下最后一点土耳其咖啡，研磨咖啡的渣底和开心果散发出的浓郁芳香弥漫在整个房间里。

惟一的响动来自头顶日光灯发出的嗡嗡声。

西恩娜感觉到自己的心脏在怦怦直跳。她想知道辛斯基在听完残酷的真相细节后究竟作何考虑。贝特朗制造的病毒是一种不育瘟疫，全世界总人口的三分之一将失去生育能力。

西恩娜在整个解释过程中一直密切注视着辛斯基的表情变化。辛斯基虽然自制力甚强，但她的各种情绪变化仍然显露无遗。首先是震惊，不得不接受佐布里斯特真的制造出了一种空气传播的病毒载体这一事实。然后是短暂的希望，因为她得知这种病毒意不在夺取人的生命。最后……慢慢地，惊骇之情溢于言表。真相已经大白，她意识到地球人口的很大一部分将会失去生育能力。这种病毒攻击人的生育能力这一事实显然触动了辛斯基个人的内心深处。

对于西恩娜而言，如释重负是她目前压倒一切的情绪。她已经将贝特朗那封信里的内容全部告诉了世界卫生组织总干事。我已经再也没有任何秘密了。

"伊丽莎白？"兰登打破了沉默。

辛斯基慢慢从思绪中回到了现实里。她转过身来望着他们时，脸上的表情异常严肃。"西恩娜，"她的语气很平淡，"你提供的信息非常重要，能够帮助我们制定策略来应对这场危机。我很感谢你的坦诚。你也知道，人们在理论探讨中，已将流行病式的病毒载体作为开展大规模免疫活动的一种可行方法，但每个人都相信掌握这种技术仍然需要很多年。"

辛斯基回到办公桌旁，坐了下来。

"请原谅，"她摇摇头，"这一切目前对我来说感觉像科幻小说。"

毫不奇怪，西恩娜心想。医学史上的每一个巨大突破都给人这种印象，比如青霉素、麻醉、X光、以及人类第一次通过显微镜看到细胞分裂。

辛斯基博士盯着自己的记事本。"再过几小时我将抵达日内瓦，面对排山倒海般袭来的各种问题。我可以肯定，第一个问题将是还有没有办法对付这种病毒。"

西恩娜猜想她说得对。

"而且，"辛斯基接着说道，"我可以想象得到，首先提出的解决办案会是分析贝特朗的病毒，尽可能了解它，然后再设法制造出它的另一个品系，并且对这个品系进行编码，让它们将人类的DNA复原。"辛斯基扭头望着西恩娜，脸上并没有乐观的表情。"对抗这种病毒的方法究竟能否问世还是个问题，但作为假设技术上可行，我想听听你对这种手段的看法。"

我的看法？西恩娜不由自主地瞥了兰登一眼。兰登点点头，向她传递了一个清晰的信息：你都已经走到了这一步，说出你的心里话。你怎么看就怎么说。

西恩娜清了清嗓子，转身对着辛斯基，语气清晰坚定。"夫人，我和贝特朗多年来一直专注于遗传工程领域。你也知道，人类基因组的结构非常微妙……就像用纸牌搭建的屋子。我们做出的调整越多，不慎搞错一张牌并造成整个结构倒塌的可能性就越大。我个人认为，企图还原木已成舟的事存在巨大的危险。贝特朗作为遗传工程师，有着非凡的技能和想象力，远远领先于他的同行。在这个时间节点上，我无法百分之百地信任任何人为了纠正它就在人类基因组中乱捅乱戳。即便你设计出自己认为可能成功的东西，拿它尝试仍然会存在让所有人再次感染上某种新东西的危险。"

"非常正确，"辛斯基说，似乎对西恩娜这番话并不感到意外。"当然，还有一个更大的问题，我们有可能根本就不想对付它。"

她的话把西恩娜惊得瞠目结舌。"你说什么？"

"布鲁克斯女士，我可能不赞同贝特朗的方法，但他对世界现状的评估却是精确的。我们星球正面临着人口严重过剩的问题。如果我们没有其他可行方案，就贸然处理贝特朗制造的病毒……我们只是简单地回到了原点。"

西恩娜的震惊肯定溢于言表，因为辛斯基疲惫地冲她一笑，接着补充道："你没有料到我会说出这样的观点吧？"

西恩娜摇摇头。"我都不知道还会出现什么意想不到的事。"

"那我就再给你一个惊吓吧，"辛斯基继续说道，"我刚才提到过，来自全球最重要卫生机构的负责人几小时后将聚集在日内瓦，讨论这场危机，并且准备行动计划。我在世界卫生组织工作了这么多年，还想不起来有哪次会议比这次更重要。"她抬头凝视着西恩娜。"西恩娜，我想让你出席这次会议。"

"我?"西恩娜吓了一跳。"我不是遗传工程师,而且我已经把我知道的一切都告诉了你。"她指着辛斯基的记事本。"我能提供的一切都在你的笔记中。"

"远远不够。"兰登插嘴道。"西恩娜,关于这种病毒的任何有意义的讨论都需要建立在对其来龙去脉的了解之上。辛斯基博士和她的团队需要构建一个道德标准,以评估他们对这场危机的应对措施。她显然认为你身份特殊,能够给这次对话增加分量。"

"恐怕我的道德标准不会让世界卫生组织高兴。"

"很有可能不,"兰登说,"正因为如此,你才更应该去那里。你是新一代思考者的代表,可以提供相反的观点。你可以帮助他们理解贝特朗这种空想家的心态——他们是如此杰出的个体,信念强大到以天下为己任。"

"贝特朗不是第一人。"

"当然不是,"辛斯基插嘴说,"他也不会是最后一个。世界卫生组织每个月都会发现一些实验室,那里的科学家们涉足于科学的灰色地带,从利用人类干细胞到培养嵌合体……甚至杂交出一些自然界并不存在的物种。这相当令人不安。科学进步的速度太快,谁也不再清楚该在哪里划出边界。"

西恩娜不得不同意这个观点。不久前,两位非常受人尊重的病毒学家——福吉尔和川冈义弘——制造出了一种高致病性变异 H5N1 病毒。尽管这两位研究人员完全是出于学术研究目的,但他们制造出来的这种新病毒所具有的某些能力还是引起了生物安全性专家的警觉,并且在网络上引发了激烈的争议。

"我担心局面只会变得越来越昏暗,"辛斯基说,"我们正处在各种无法想象的新技术即将问世之际。"

"还有各种新哲学。"西恩娜补充说。"超人类主义运动即将从暗处走出来,爆发成主流思潮,它的一个基本信念就是我们人类有道德义务,应该参与自己的进化过程……运用我们的技术来改进我们这个物种,创造出更好的人类——更健康、更强壮、拥有功能更强的大脑。这一切不久都将成为可能。"

"你不认为这些信念与进化过程相冲突?"

"当然不,"西恩娜毫不犹豫地回答,"人类在过去数千年里以不断递增的速度进化,并且在这个过程中发明了许多新技术——钻木取火,发展农业来给我们自己提供粮食,发明疫苗来对付疾病,如今则是制造基因工具来改造我们的躯体,让我们在一个不断变化的世界里继续生存下去。"她停顿了一下。"我认为遗传工程只是人类进步漫长过程中的另一步。"

辛斯基没有说话,而是陷入了沉思。"那么你认为我们应该张开双臂拥抱这些工具。"

"如果我们不拥抱它们,"西恩娜回答,"那么我们就不配活在这个世界上,就如同因为害怕生火而被冻死的穴居人一样。"

她的话似乎在空中停留了很久。

首先打破沉默的是兰登。"我不想显得很老派,"他说,"但我是在达尔文的进化论中长大的,因此我不得不置疑这种加速自然进化过程的知识。"

"罗伯特,"西恩娜加重了语气,"遗传工程不是加速进化过程。它就是事物的自然进程!你忘记了一点,正是进化造就了贝特朗·佐布里斯特。他那过人的智力正是达尔文所描述的过程的产物,是随着时间的推进逐渐演化而来的。贝特朗对遗传学罕见的洞察力不是来自某种灵光一现……而是人类智力多年进化的结果。"

兰登陷入了沉默,显然在思考这个论点。

"作为一名达尔文主义者,"她接着说,"你知道大自然一直有办法控制人口——瘟疫、饥荒、洪灾。可是我问你一点——大自然这次是否有可能找到了不同的办法?不是给我们带来恐怖的灾难和痛苦……或许大自然通过进化过程创造出了一名科学家,让他发明不同的方法来逐渐减少我们的数量。不是瘟疫。不是死亡,只是一个与环境更协调的物种——"

"西恩娜,"辛斯基打断了她,"天色已晚,我们得走了。不过在我们动身之前,我还需要再说明一点。你今晚一再告诉我贝特朗不是恶人……并且说他热爱人类,他只是如此渴望拯救我们物种,因此才会采取这些极端的方法。"

西恩娜点点头。"只要目的正确,可以不择手段。"她引用了佛罗伦萨臭名昭著的政治理论家马基雅维利的一句名言。

"那么告诉我,"辛斯基说,"你是否相信只要目的正确,就可以不择手段呢?你认为贝特朗拯救人类的目的是崇高的,因此他释放这种病毒是正确的?"

房间里的气氛顿时紧张起来。

西恩娜向前凑过身,靠近办公桌,脸上的表情果断坚定。"辛斯基博士,我已经告诉过你,我认为贝特朗的行为是鲁莽的,而且也是极其危险的。如果我能阻止他,我一定会立刻阻止的。我需要你相信我。"

伊丽莎白·辛斯基伸出双手,轻轻握住桌子对面西恩娜的那双手。"西恩娜,我相信你。我相信你告诉我的一切。"

第 103 章

黎明前的阿塔图尔克机场空气寒冷,夹杂着水气。淡淡的薄雾笼罩着四周,也笼罩着私人飞机航站楼周围的停机坪。

兰登、西恩娜和辛斯基乘坐林肯城市款轿车抵达了机场,世界卫生组织的一名工作人员在机场外迎接他们,并且扶他们下了车。

"夫人,我们已经准备就绪,只等你的命令,"他说着便将三个人领进了简陋的航站楼。

"兰登先生的安排呢?"辛斯基问。

"乘坐包机去佛罗伦萨。他的临时旅行文件已经在机上了。"

辛斯基满意地点点头。"我们讨论过的另一件事呢？"

"已经在转运过程中，包裹将尽快运过去。"

辛斯基向他表达了谢意，对方径直向停机坪上的飞机走去。她转过身来望着兰登。"你真的不想和我们一起去？"她疲惫地冲他一笑，将银色长发捋到耳朵后。

兰登开起了玩笑。"考虑到目前的局面，我不知道一位艺术教授还能提供什么帮助。"

"你已经给了我们太多的帮助，"辛斯基说，"超出了你的想象。这还不包括……"她指着身边的西恩娜，可是西恩娜已经不在他们身边。她站在二十米外的大窗户旁，凝视着正在等待的C-130，沉浸在自己的思绪中。

"感谢你信任她，"兰登静静地说，"我感到她这辈子得到过的信任不多。"

"我想我和西恩娜·布鲁克斯会有大量时间去了解彼此。"辛斯基向他伸出手。"教授，一路平安。"

"一路平安，"兰登与她握手作别，"祝你在日内瓦好运。"

"这正是我们需要的，"她说，然后朝西恩娜的方向点头示意，"我给你们俩一点时间，聊完后送她出来。"

辛斯基向航站楼对面走去。她心不在焉地将手伸进口袋，掏出已经断成两截的护身符，将它们紧紧握在手中。

"不要把那阿斯克勒庇俄斯节杖扔了，"兰登在她身后大声喊道，"它可以修好。"

"谢谢，"辛斯基冲他一挥手，"我希望一切都能修好。"

*　　　*　　　*

西恩娜·布鲁克斯独自站在窗前，凝视着跑道上的灯光。雾气很低，乌云聚集，这些灯光显得朦胧可怖。远处的控制塔顶上，土耳其国旗在自豪地飘舞——一抹红底上印着古老的新月和星星符号。这一奥斯曼帝国遗留的痕迹,仍傲然在现代世界中飞舞。

"我出一里拉,告诉我你在想什么。"她的身后传来了一个低沉的声音。

西恩娜没有回头。"暴风雨就要来了。"

"我知道,"兰登低声回答。

过了很久,西恩娜才转过身来看着他。"我真希望你和我们一起去日内瓦。"

"你这样说我真的很高兴,"他说,"可你们会忙着讨论未来,你最不需要的就是一个老派的大学教授拖你的后腿。"

她不解地望着他。"你觉得你对我来说年纪太大了,是不是?"

兰登放声大笑。"西恩娜,我对你来说当然年纪太大了!"

她有些尴尬,扭动了一下身子。"好吧……但至少你知道在哪儿能找到我。"她像个少女似的耸耸肩。"我是说……如果你还想再见到我的话。"

他看着她笑了。"我当然想。"

她的心情好了一些,但两个人都久久没有说话,谁也不知道该如何道别。

西恩娜抬头看着这位美国教授,一种陌生的情感涌上她的心头。她突然踮起脚,给了他一个深深的吻。她后退一步时,眼睛里噙着泪水。"我会想你的,"她低声说。

兰登深情地笑着将她搂在怀里。"我也会想你的。"

他们紧紧拥抱着,久久不愿意分开。最后,兰登说道:"有一句古语……常常被认为出自但丁的笔下……"他停顿了一下。"记住今晚……因为它是永远的开始。"

"谢谢你,罗伯特,"她说,眼泪开始止不住地往下流。"我终于感到自己有目标了。"

兰登将她搂得更紧。"你总是说你想拯救世界,西恩娜。这或许就是你的机会。"

西恩娜淡淡地一笑,转过身去。她独自走向等待着的 C-130,想着刚刚发生的……想着仍然有可能发生的……以及未来的一切可能性。

记住今晚，她在心中对自己说，因为它是永远的开始。

西恩娜登机的时候，在心里祈祷但丁的话是对的。

第 104 章

午后苍白的太阳低垂在大教堂广场上空，将乔托钟楼的白色大理石片照得闪闪发亮，并将钟楼长长的阴影投在佛罗伦萨雄伟的圣母百花大教堂上。

罗伯特·兰登悄悄走进大教堂时，伊格纳奇奥·布索尼的葬礼已经开始。他找了个座位坐下来，为伊格纳奇奥的一生能够被在这里得以纪念而感到高兴，因为他多年来一直在精心照管这座不朽的大教堂。

虽然外观色彩明亮，佛罗伦萨这座大教堂的内部却朴实无华，没有任何装饰。尽管如此，这一禁欲主义的圣所里今天还是弥漫着欢庆的气氛。来自意大利各地的政府官员、朋友和艺术界的同事纷纷走进这座大教堂，纪念那位他们亲昵地称作"小主教座堂"的乐天派胖子。

媒体报道说，布索尼是在做着他最喜欢做的事情——深夜在大教堂周围散步——时离开人世的。

葬礼的基调出人意料地欢快，朋友和家人们纷纷幽默地致词，有位同事说布索尼自己承认，他对文艺复兴艺术的热爱完全可以与他对意大利肉酱面和焦糖布丁的热爱相媲美。

仪式结束后，送葬的人聚集在一起，开心地回忆着伊格纳奇奥的生前轶事。兰登在大教堂内四处转悠，欣赏着伊格纳奇奥曾经那么热爱的艺术品……穹顶下方是瓦萨里的《最后审判》、多纳泰罗和吉贝尔蒂的彩色玻璃窗，乌切洛[1]的大钟，以及经常被人忽视的马赛克铺饰的地面图案。

兰登不知不觉中站在了一个熟悉的面孔前——但丁·阿利基耶里。在米凯利诺这幅著名的壁画中，这位伟大的诗人站在炼狱山前，伸出双手，仿佛要进行谦卑的祭奉一般，捧着他的杰作《神曲》。

兰登不禁好奇，但丁是否想到过自己这部史诗会对世界产生的影响，在数百年后，在这位佛罗伦萨诗人本人绝对没有预见过的未来。

他寻找到了永恒的生命，兰登想，回想起希腊早期哲学家们对荣誉的看法。只要人们提及你的名字，那就是你的永生。

兰登穿过圣伊丽莎白广场、回到佛罗伦萨豪华的布鲁内列斯基饭店时，夜幕已经降临。他走进楼上自己的房间，看到一个大包裹正在那里等着他。他如释重负。

终于送来了。

这就是我请辛斯基送来的包裹。

他赶紧剪开盒子上的透明胶，取出里面的宝贝，欣慰地看到它经过精心包裹，下面还垫着气泡塑料膜。

不过，兰登意外地发现，盒子里还多了几样东西。看样子伊丽莎白·辛斯基动用了她的强大影响力，找到了几件他没有提出要求的东西。盒子里有兰登自己的衣服——老式衬衣、卡其布裤子、磨损旧了的哈里斯花呢上衣——全都被洗净熨好。就连他的科尔多瓦路夫皮鞋也在里面，而且刚刚擦过。他还欣喜地看到了自己的钱包。

不过，真正让兰登会心一笑的却是里面的最后一个物件。他既因为这个物件终于被归还而释然……又为自己对它如此在意而有几分尴尬。

我的米老鼠手表。

兰登立刻将这块收藏版手表戴到手腕上。磨损的皮表带贴在皮肤

---

[1] 乌切洛（1397—1475），意大利文艺复兴初期佛罗伦萨派画家，注重运用透视法，代表作为三幅《圣罗马诺之战》。

上让他有一种奇怪的安全感。等他重新换上自己的衣服、穿回那双路夫皮鞋后，罗伯特·兰登觉得自己几乎又复原了。

他从门房那里借了一个布鲁内列斯基饭店的大手提袋，将一个珍贵的包裹放在里面，走出了饭店。他沿着卡尔扎伊乌奥利路向维奇奥宫孤零零的尖顶走去，傍晚温暖得异乎寻常，给他这段漫步增添了梦幻般的气息。

到达后，他去保安室登记了一下，那里已经有他的名字，应邀去拜访玛塔·阿尔瓦雷兹。他被领进了五百人大厅，里面仍然有熙熙攘攘的游客。他到得非常准时，期待着玛塔会在门口迎接他，不料却哪里都见不到她的身影。

他招呼一位恰好经过那里的讲解员。

"对不起，"兰登大声喊道，"请问你见到玛塔·阿尔瓦雷兹了吗？"

那位讲解员脸上露出了灿烂的笑容。"阿尔瓦雷兹女士？！她不在这里！她刚生了孩子！卡塔琳娜！可漂亮了！"

兰登听到玛塔的好消息后高兴极了。"啊……太好了，真是太好了！"

讲解员匆匆走远后，兰登琢磨自己该如何处理包裹里的东西。

他立刻打定主意，穿过拥挤的五百人大厅，经过瓦萨里的壁画，径直走进维奇奥宫博物馆，尽量不让任何保安看到。

最后，他来到了博物馆狭窄的过道外。过道里没有灯光，几个小立柱外加缆绳将它隔离了开来，指示牌上写着：CHIUSO/ 关闭。

兰登小心地看了看四周，然后从缆绳下方溜进了黑漆漆的空间里。他小心翼翼地伸手从手提袋里取出一个小巧的包裹，撕去外面的气泡塑料膜包装。

塑料膜拿开后，但丁的死亡面具当即直勾勾地凝望着他。脆弱的石膏面具仍然装在原来的密封塑料袋里，是兰登请辛斯基帮他从威尼斯火车站的储物柜里取来的。面具似乎完好无损，除了——背面多了一首诗，是用优美的花体字书写的。

兰登看了一眼文物展柜。但丁的死亡面具是面对观众展示的……谁也不会注意它的背面。

他将面具小心地从密封塑料袋里取出来，轻轻举起它，将它放回到展柜里的托座上。面具正好卡到位，在自己熟悉的红色天鹅绒背景中安顿下来。

兰登关上展柜，站立着凝视但丁那苍白的面容——它在黑漆漆的房间里形同鬼魅。终于回家了。

他在离开展室前悄悄移走了小立柱、缆绳和标识牌。他向展厅另一边走去时，停下脚来与一位年轻的女讲解员说话。

"小姐？"兰登说。"但丁死亡面具上方的灯光应该打开，黑暗中根本看不清。"

"对不起，"女讲解员说，"那个陈列已经关闭，而且那里没有但丁的死亡面具了。"

"这就怪了，"兰登装出一副惊讶的样子，"我刚刚还在欣赏它呢。"

女讲解员的脸上露出疑惑的表情。

趁她匆匆向过道走去时，兰登悄悄溜出了博物馆。

尾　　声

　　月光明媚，漆黑的比斯开湾一眼望不到尽头。在三万四千英尺的高空，意大利航空公司的一架红眼航班正向西飞往波士顿。

　　罗伯特·兰登坐在机舱内，全神贯注地看着一本平装版的《神曲》。长诗抑扬顿挫的三行诗节节奏，以及喷气发动机的嗡嗡声，已经让他进入了一种半催眠状态。但丁的文字似乎正从书页里流淌出来，在他的心中激起共鸣，仿佛是专门为这一刻的他而写的。

　　兰登现在意识到，但丁的诗歌与其说描绘了地狱里的悲惨情景，还不如说描绘了人类克服任何挑战的精神力量，不管那种挑战多么令人恐惧。

　　窗外，一轮明月已经升起，耀眼的光辉盖住了所有其他天体。兰登望着窗外的天穹，沉浸在对过去几天内所发生的一切的思索中。

　　地狱中最黑暗的地方是为那些在道德危机时刻皂白不辨的人准备的。对于兰登而言，这句话的含义从来没有如此清晰过：在危险时刻，没有比无为更大的罪过。

　　兰登知道，他自己像数以百万计的人一样，都犯有这种罪。在面临的危机攸关整个世界时，否认已经成为了一种全球性的流行病。兰登向自己承诺，他将永远不会忘记这一点。

　　飞机划过长空，向西而去。兰登想起了那两位勇敢的女人，她们此刻正在日内瓦，面对未来，在为一个不断变化的世界中出现的各种复杂情况导航。

　　窗外，天际出现的一片云朵从旁边慢慢飘过，最终掠过月亮，遮住了它灿烂的光芒。

　　罗伯特·兰登舒舒服服地往后一仰，觉得自己该睡觉了。

　　他关上顶灯，最后再看了一眼窗外的天穹。在最新降临的一片黑暗中，整个世界彻底变了样。天空布满闪烁的群星。